一千零一夜

纳 训 译

人民文学出版社

目　次

3

叔尔康、臧吾·马康昆仲和鲁谟宗、孔马康叔侄的故事（续）

宰相丹东讲故事替臧吾·马康消愁解闷

臧吾·马康和宰相丹东在一起讨论战略战术，连续谈了几昼夜，可是他依然念念不忘叔尔康，终日愁眉不展，闷闷不乐。之后，他对宰相丹东说："我很想听一听古代帝王们的言行掌故，借此消愁解闷。也许安拉会因此消除我心头之恨，从而我就不悲伤哭泣了。"

"如果陛下的忧愁、苦恼须听讲故事才能消除，那么事情就好办了。因为先王在位之时，我是负责讲故事和朗诵诗歌的。今夜里，我讲个故事替你消愁解闷吧。"

臧吾·马康听了宰相丹东的诺言，满心欢喜，念念不忘，一心盼望黑夜赶快降临，好听宰相丹东讲古代帝王的故事。好不容易等到天黑，便吩咐点燃灯烛，烧起香炉，并预备食物。一切备办齐全，这才邀请宰相丹东，并召集大将白赫拉睦、鲁斯图、图尔科叔和侍从武官前来听讲故事。人们都到齐了，臧吾·马康回头看宰相丹东一眼说："爱卿，天黑了，望你履行诺言，给我们讲故事吧。"

"听明白了，遵命就是。"宰相丹东回答着，开始讲苏里曼沙的故事。

苏里曼沙的故事

古时候,艾斯摆汉山脉后面,有一座城市,叫虎宰拉五,是一个王国的京城。国王名叫苏里曼沙,为人好善乐施,行事公正,有信义,性情善良,因而声誉传播远近,人们争相乐道其事,各方英勇豪放之士,不辞跋涉,纷纷前去投奔他。在那样的太平盛世,国王苏里曼沙在位日久,享尽人间荣华富贵。可惜美中不足,他还没娶妻生子,无法享受天伦之乐,因而感到忧愁苦恼,终日惴惴不安。国王的宰相,宽怀大度,性格与国王的近似,所以彼此处得很好。

有一天,国王传宰相进宫,跟他谈心解闷,说道:"爱卿!由于我还没有妻室儿女,所以郁结于衷,闷闷不乐,心情越来越不舒畅。作为一国的君王,这种情况长此下去,是不成个体统的,在官员和老百姓面前也是不体面的。人总归是从子女方面享受天伦的乐趣,希望子孙繁荣昌盛,这也是人的常情。关于这桩事情,你给我出个好主意吧。"

宰相听了国王由衷之言,感动得涕泗交流,说道:"主上,属于安拉职权范围内的事情,您要我来谈论,这可难了。莫非陛下存心叫我为干预安拉的事情而下地狱吗?如果陛下愿意,索性买个女奴,把她收房好了。"

"你要知道!爱卿:做国王的如果不讲究门当户对,随便买个来路不明、出身微贱的娘儿做妻室,说不定将来会生出一个杀人放火的坏儿子呢。这跟瘠土里种不出好庄稼是一样的道理。生出那样的子嗣来,他也许不听教育,不服从命令,而且会犯上作乱呢。因此,我绝不愿买个女奴来种下这种祸根。我一心只希望你替我向王宫中物色一位出身高贵的千金小姐。要是在信仰伊斯兰教的帝王府中果然找到合适的人儿,我便前去求婚,请有面子的人证婚,以便借此博得安拉的欢喜。"

"陛下的愿望,安拉会满足您,会使您达到希望目的的。据我所知,白玉佐五国王宰赫鲁沙的女儿,生得非常标致漂亮,远近闻名,言语不能形容她的美丽,真是举世无双,有倾国倾城之色。我认为陛下可以派个阅历丰富而且能言善道的使臣,前去向她父亲婉言求婚,他是会答应的,因为婚姻是人生大事,穆圣说过:'伊斯兰教是不提倡禁欲的。'"

　　国王听了宰相的一席话,感到无限欢喜,一时心花怒放,满腔的忧愁苦恼情绪,都烟消云散了,诚恳地对宰相说:"爱卿!老实说,你是群臣中最足智多谋的,也是最谦虚不过的;求婚这桩事,除了你别人是办不成的。现在你快回去,准备一番,明天一早动身起程,去替我求婚吧。若不成功,那就不必来见我了。"

　　"听明白了,遵命就是。"

　　宰相承担求婚使命,匆匆回到相府,忙着备办适于赠送王公的各种名贵珠宝玉器和价值昂贵、体积轻巧、易于携带的各种物品,并预备阿拉伯骏马、大卫式铠甲和钱柜等各种丰富的上好礼品,用骡子和骆驼驮运。此外还有一百名男仆和一百名婢女,也当礼物一并送给白玉佐五国王。

　　一切礼物备办妥帖,宰相带着人马起程,旌旗在他头上飘扬,声势浩大。临行,国王嘱咐宰相,叫他快去快回。宰相满口应诺,任劳任怨地赶路程,整天整夜在平原和沙漠中跋涉,直至距目的地只剩一天路程的地方,这才在当地的一条河边歇宿,然后打发一个信使,兼程赶往京城,向国王宰赫鲁沙报告消息。

　　差人奉命,诚惶诚恐地一直赶到京城。恰巧那天国王宰赫鲁沙驾临城郭附近的御花园中消遣,正碰上差人进城,看出他是外路人,便吩咐左右的人去唤他。差人来到国王面前,把虎宰拉五国王苏里曼沙的宰相前来献礼的消息一报告,博得国王的欢喜、快慰,优礼接待差人,带他进入王宫,问道:"你是在什么地方跟宰相分手的?"

　　"愿安拉庇护令尊令堂在天之灵,并赏赐陛下万寿无疆。我是今天早晨打河边跟宰相分手，奉命前来报信的。"

因为国王苏里曼沙的版图广阔，国王宰赫鲁沙不得不表示尊敬他，所以才派宰相率领朝臣、侍卫和文武官员出城，到很远的地方，迎接苏里曼沙的宰相，表示竭诚欢迎。

苏里曼沙的宰相在河边歇宿，休息到半夜，然后吩咐人马，动身起程，向京城迈进，连续不断地跋涉到天亮，才到达目的地。清晨，阳光照遍了山岗、平原，就在离城约莫三里地的地方，他和国王宰赫鲁沙派出来迎接的官员碰头言欢，各尽宾主之礼，互相问候。眼看那种情景，他暗自高兴，认为希望很大，不至于虚此一行。于是跟随欢迎者，欣然进城，来到王宫，跨入大门，穿过第七道长廊，这才下马。然后步行，走进一幢最高的宫殿里。他举目一望，见殿堂的正上方，摆着一张杜松床，镶满了珍珠宝石，四条床腿是象牙雕的；床上铺着一个红金线绣花的绿缎垫子，挂着一笼镶珠玉的罗帐。国王宰赫鲁沙正襟坐在床上，朝中文武官员排队站在床前侍候。他小心翼翼、毕恭毕敬地向前，慢步挨到国王面前，然后镇静下来，用异常谦逊、诚恳的态度和非常文雅的语言，极尽能事地赞美、恭维国王一番。国王感到欢喜、满意，让他坐在自己身边，对他表示无上的敬意，笑容可掬地跟他亲切交谈，并摆出筵席款待他。直等陪客的官员吃饱喝足，大家告辞归去，殿上只剩国王的亲信随员，宰相才趁机起立，随即跪下去感谢赞美一番，然后启齿说道："启奏主上：臣不辞奔波、跋涉，奉命远道前来觐见陛下，借此机会替敝国王向陛下的千金公主求婚，缔结姻亲关系。如蒙陛下允诺，则此婚约的缔结，对贵我两国来说，都是极其光荣、幸福的。敝国王苏里曼沙，拥有虎宰拉五的大好河山，为人慷慨豪爽，行事公正而有信义，一向羡慕令媛的姿色才德，故派臣携带大批礼品，前来献礼，征求陛下的同意，表示愿做陛下的东床，并以此为荣幸。但不知陛下尊意以为如何？"

宰相陈述来意之后，静默下来，等候国王回答。国王听了宰相恳切的叙谈，毕恭毕敬地俯伏下去，吻了一下地面，然后站起来。他对使臣的谦恭态度,引起随从人员大为惊奇、诧异。首先国王对这桩伟大的事情,表示欢迎、赞同,所以他一直站着说:"伟大慈祥的宰相阁下!你请听我说吧:我们是贵国王苏里曼沙的藩属,和他缔结姻亲关系,这使我们感到更光荣更自豪。我的女儿是贵国王的一个婢女,让她进宫去侍奉贵国王,是我非常乐意的,因为这样一来,贵国王便成为我的支柱、靠山了。"

国王宰赫鲁沙剀切表示意见之后,立刻召法官和证人进宫,当他们的面,宣布国王苏里曼沙委托他的宰相前来向公主求婚的消息,吩咐法官和证人办理缔婚手续。法官和证人遵循命令,按法定手续,办完婚约之后,国王苏里曼沙的宰相随即把带来的大批名贵礼品呈上,献给国王宰赫鲁沙。

国王宰赫鲁沙一面替公主备办妆奁,一面格外优待宰相,大摆筵席,庆祝婚礼,招待官绅富庶;凡足以悦目畅怀的设施,无不应有尽有,热热闹闹地欢度了两个月。陪嫁公主的妆奁,全是名贵的珠宝玉器、钱财古玩和细软的绫罗绸缎,装在箱笼中,共计二十驮。此外还陪嫁一批罗马和土耳其籍的婢女。公主乘坐的驼轿,是黄金的,镶满了珍珠宝石,富丽堂皇得像宫殿的楼阁一样。整套妆奁准备齐全,是动身起程的时候了,国王这才吩咐在城外张起帐篷,热烈庆祝欢送,并亲身送别,随行了十里,然后辞别公主和宰相,让她们欢欢喜喜、快快乐乐地归去。

宰相带领人马,照拂公主,在归途中不分昼夜地赶路,直至距京城还剩三天路程时,才派一个差人先行,前去报信。差人遵循命令,星夜奔到京城,向国王苏里曼沙报告宰相迎接公主归来的消息。国王听了,非常欢喜快乐,重赏差人,并吩咐部队佩戴齐全,全副武装,抬着旌旗,布成庄重严肃的场面,欢欢喜喜地出去迎接公主和随行人员,表示敬重她们。同时派人去城中晓谕庶民,让所有的闺女、妇人和上年纪的老太婆,通通出城迎接公主。所有的军民都遵从命令,按规定的时间出城迎接。此外朝中文臣武将和大小官员,都请求装饰城郭、街道,以便他们站在路旁欢迎公主。

一切设施按计划准备齐全之后,接着公主也就来到。先是仆人开道,随后便是婢女的行列。公主穿着她父亲给她预备的最华丽的宫妆,随在婢女队后,刚一出现,部队便从左右两方面,把驼轿围绕起来,簇拥着进城,向王宫迈进。城中万人空巷,人们都出来看热闹。锣鼓号角声齐鸣,空中旌旗飘扬,到处都散发出馨香气味;还有舞剑的,驱马的,人呼马叫,车水马龙,一片欢腾气象,煞是热闹。到了王宫门前,仆人把驼轿抬进宫去,宫院里顿时被公主的容颜和她的首饰映得明亮耀眼。

当天夜里,仆人打开大厅的门窗,排班站在门前,开始举行结婚仪式。公主在宫娥彩女们簇拥、陪同下,姗姗走进大厅。她的标致、漂亮和文雅风度,在宫娥彩女队中,显得格外独特,像被群星围绕着的一轮明月,也像项链中的一颗独珠子。她走进大厅,在镶满珍珠宝石的、用方解石雕成的一张床铺上,正襟坐定,然后举行隆重的婚礼,盛况空前。

太子塔智·木鲁可

国王苏里曼沙娶了国王宰赫鲁沙的女儿,结为美满恩爱夫妻。光阴荏苒,不知不觉也就过了一年。皇后妊娠期满,生下一个满脸福相的太子。稳婆小心翼翼地接生,剪了脐带,包裹起来,点了眼药,然后派人去向国王报喜。国王苏里曼沙听了喜报,十分欢喜,重赏报喜的人。他喜不自胜,直奔后宫去看太子,把他抱在怀里,亲切地吻他的额角,面对他那非凡的俊秀模样,感到无限欢喜、快慰,给他取名塔智·木鲁可,并派专人好生哺乳、养育。

时间一天天、一年年流水般不断逝去,不知不觉间,太子塔智·木鲁可已年满七岁。国王苏里曼沙聘请学者名流,教太子读书写字,学习礼节、知识。太子塔智·木鲁可,在名师的教育指导下,循规蹈矩,勤勤恳恳地攻读了几年,很快就学完必修的课程,成为知书识礼的文人。国王苏里曼沙爱子心切,进而聘请法学大师和武士,教太子塔智·木鲁可法学和骑射、武艺的知识和本领。太子塔智·木鲁可,听教听说,埋头勤学苦练,到年满十四岁时,身体发育茁壮,而且兼通文武,因而初露头角,即经常出入社交场所,待人接物,和蔼可亲,博得人们的夸奖、钦佩。

太子塔智·木鲁可年满十八岁时,身体越来越健壮,红光满面,腮上有颗龙涎香似的黑痣,显得格外英俊,俨然是个风流才子。他交游日广,结识许多知心朋友。凡是跟他结交往来的人,谁都希望将来老王百年归天之后,让太子继承王位,他们便可做他的文臣武将。

太子塔智·木鲁可爱打猎,一有机会便带领人马,入山狩猎,从来不知疲倦。国王苏里曼沙关心太子,怕在深山野兽中发生意外,劝他抛弃打猎嗜好,别再冒险。可他不听劝告,仍然经常出去打猎。有一天他吩咐仆从准备十天的粮草,要上山打猎,大干一场。

仆从遵循命令,果然备办了够用十天的粮草。一切准备妥帖之后,太子率领人马,出去打猎,连续跋涉了四天路程,找到一处树林茂盛、水草丰富、野兽栖息出入的地方。这里具备了最好的狩猎条件,他便对仆从们说:"在这儿张上猎网吧,把范围扩大些,我们的力量可以集中在一方面。"

仆从遵循命令,就地张起罗网,猎圈的范围圈得相当广阔。这样一来,许多羚羊和不同种类的野兽,被圈在猎圈里,吓得惊叫、逃窜起来。太子跨马率领仆从,配合猎犬和猎鹰,张弓搭箭,从后面追赶、猎捕。他们一鼓作气地不断追捕、围抄,直赶到最终点。结果,除少数的野兽漏网逃窜外,其他极大多数都被捕获。

太子塔智·木鲁可吩咐仆从,把猎物收集起来,亲自挑选其中最好的一部分,作为献给父王的礼物,其余的分别送给朝中文臣武将,并派人护送猎物,先行回城。他自己率领人马,在猎区内宿营过夜。

第二天,有一伙外地商人,携带货物和奴仆从那里路过,就有水草的地方打尖。太子塔智·木鲁可眼见商人,便吩咐一个随从:"你去打听一下那伙人的情况！问他们到这儿来做什么？"

随从遵命，果然去到商人们打尖的地方，对他们说："告诉我吧！你们是做什么的？"

"我们是做生意买卖的，在这儿打尖休息一会儿。"商人们诚惶诚恐地回答使者。"这是因为一方面我们距离家乡还远，另一方面呢，是因为有国王苏里曼沙和太子塔智·木鲁可在朝，我们的安全就有保障了。因为我们知道，凡来到他境内的人，都是平安无事的。我们随身还带来一套最名贵的衣服，是预备献给太子塔智·木鲁可的。"

差人听了商人们的谈话，明白个中底细，迅速回到太子面前，把听到送礼的事，从头叙述一遍。太子听了说："如果他们要送我礼物，叫他们到这儿来吧，我暂时还不回城呢，让他们在这儿和我见面吧。"他说罢，骑马带领随从，走向商人们打尖的地方，和他们见面言欢。

商人们站起来迎接太子，赞美他，祝福他，替他祈福求寿。太子走进人们临时为他张搭的红缎子绣花、镶珠宝的帐篷里，坐在铺着绸垫、椅背上嵌着翡翠的交椅上召见商人们，叫他们把货物拿给他看。他从货物中选择了适于他使用的一部分，出重金买下，便和他们告别。当他跨马要动身走的时候，无意间发现商人队伍中有个异常漂亮的青年，衣冠整洁，举止活泼伶俐，具有如花似月的容貌。可他经受不起风霜、离愁之苦，形容憔悴，脸色苍白，显得疲劳不堪，垂头丧气地唉声叹息着，眼眶里噙满晶莹的泪水。他边伤心哭泣，边凄然吟道：

> 别来久矣！
> 忧愁、恐惧的心情却一直没有个止境。
> 朋友！
> 我告诉你：
> 我的眼泪夺眶奔流不停。
> 分别的时候，

我把自己的心儿抛弃。

到如今，

一个人孤单、寂寞，

苟延性命，

胸中既没有心灵，

也不存在任何希冀。

朋友！

劳驾陪我稍停一会，

让我跟那个人儿作最后话别，

因为她的谈吐足以治疗各种疾病。

他吟罢，伤心哭泣一会儿，倒在地上，昏迷不省人事。太子眼看这种情景，感到惊奇、诧异，便挨到青年身边，好生注视他的动静。一会儿，青年苏醒过来，见太子站在他面前，便一骨碌爬起来，跪在太子脚下，吻了地面。太子问道："怎么不把你的货物拿给我看？"

"我的主人啊！因为我的货物中没有适于殿下使用的。"

"你非拿给我看不可，同时必须把你的情况告诉我，我看你这么忧愁苦恼、悲哀哭泣，个中一定是有缘故的。如果你是受了冤枉、委屈，我会替你伸冤雪恨。如果你是负债，无法应付，我替你偿还好了。因为眼看你这副可怜相，我难过极了，像烈火烧心一样。"太子说罢，吩咐随从摆上两张椅子，让青年陪他一起坐下，说道："拿出你的货物来，叫我看一看吧！"

"我的主人哟！我的货物没有适合殿下使用的，请别再提这个了吧。"

"非拿给我过目不可。"太子说罢，吩咐他自己的仆人去取。

仆人遵循命令，强迫着一哄把青年的货物搬来，摆在太子面前。青年盯着货物，边叹息、哭泣，边打开货物，一件件顺序拿给太子过目。货物中有件价值千金的缎子金线绣花衣服。他刚打开，便有一块绸布从衣服中落到地上。青年慌里慌张地赶忙拾起，塞在股下藏

9

起来，神色显得恍惚迷离。太子眼看他的举止，不明白其中的道理，感到十分惊奇诧异，问道："这块绸布是做什么用的？"

"我的主人啊！这块绸布，对殿下来说，是毫无用处的。"

"让我看一看。"

"我的主人啊！当初我不肯拿货物给你看，就是为这块绸布的缘故，所以现在我不能让你看它。"

"我一定要看。"太子一再纠缠，终于发脾气了。

青年迫于权势，不得已，只好从股下拿出那块绸布，唉声叹气、哭哭啼啼地埋怨自己命苦。太子产生恻隐之心，心平气和地说道："我看你的精神面貌不太正常。你一见这块绸布，就悲哀哭泣。这是什么缘故？都告诉我吧。"

青年听了太子提到绸布，长叹一声，说道："我的主人啊！我和这块绸布，其中有一段离奇、曲折的经历呢。"他说着，展开那块绸布。

太子仔细一看，见绸布上绣着相对站在一起的两只羚羊。其中一只是金线绣的，另一只是银线绣的。羚羊脖子上戴着红金项圈和三块橄榄石。他望着绣工的精巧美观，十分羡慕、钦佩，喟然叹道："赞美伟大的安拉！是他教人学会知识本领哪。"他急于要知道青年的身世和遭遇，说道："小伙子！你跟绸布到底发生过什么离奇曲折的关系？全都告诉我吧！"

青年体会到太子对他的关怀，便振作起来，谈了下面的故事。

阿济子和阿济簪

我父亲是个巨商大贾，膝下只有我一个独生子。我叫阿济子，从小就跟我的表妹阿济簪生活在一起。这是因为表妹阿济簪的父亲早年过世，我父亲便抚养她，当亲生女儿教育抚养。而且远在她父亲逝世前，我父亲和她父亲曾谈过我和阿济簪的婚姻问题。两位老人都希望我和阿济簪长大成人之后，结为夫妇，彼此亲上加亲。

似水的流年，不断地消逝。我和阿济簪在父母无微不至的教育抚养下，逐渐长大成人。有一次我父亲对我母亲说："阿济子和阿济簪都发育完全、长大成人了，我们准备一番，让他俩在今年内成婚吧。"

我母亲欣然同意我父亲的意见，于是两位老人精神抖擞，欢欢喜喜地备办宴会用的各种食物和新郎的穿戴、新娘的妆奁。

结婚所需要的各种东西预备妥当齐全之后，便决定于礼拜五聚礼后，举行结婚仪式，欢宴宾客。于是我父亲忙忙碌碌地去通知亲戚，邀请商界的朋友来参加婚礼。同样，我母亲也分头去请她的亲戚和故交。

礼拜五那天，从清晨我们家里便忙着擦地板，铺地毡，装饰墙壁，布置客厅，摆设杯盘、糖果，只待聚礼后接待宾客，填写婚书，举行仪式，婚姻大事便告结束。我母亲打发我去澡堂沐浴，给我预备一套结婚穿的最华丽的新衣。

我在澡堂沐浴熏香，穿上洒过香水的新衣，衣冠楚楚地走出澡堂。我所行经的地方，一路之上，到处泛出芬芳的余香。我在走向清真寺的中途，突然想起一个知心朋友，决心去请他参加婚礼。当时我认为时间还早，我亲身去一趟转回来，将正赶上聚礼的时候。

在去找朋友的途中，我走进从来不曾走过的一条胡同里。由于刚从澡堂出来，身上又穿着整整齐齐的新衣服，所以热得大汗直流，感到疲倦，便在巷中一户人家的门前，拿绣花手巾垫着，坐在台阶上休息。当时天气炎热，我满面都是汗水。我的手巾垫坐着，预备扯衣襟来擦汗。这时候，我发觉一条比和风还轻盈、看去令人感到悦目畅怀的白绸巾，莫名其妙地落到我面前。我拾起手巾，抬头朝上看，想知道手巾到底是从什么地方掉下来的。我这一看，视线就跟这幅羚羊图的主人的眼睛碰在一起。当时我见她居高临下，倚着铜窗栏，凝神注视着我。她生得那么标致漂亮，是我生平不曾见过的，她的美态也不是语言能形容的。

她见我注视她,便举起手来,亲切地吻了一下,然后把中指和食指并在一起,轻轻地贴在胸前,接着她的头就缩进窗去,把窗户一关,人就不见了。虽然我没有听见她说什么,我也不明白她的举动到底暗示着什么,但那景象给了我深刻的印象。我顿时迷惘起来,如在五里雾中。

我一再抬头观看,但窗户依然关着。我耐心地坐在那儿等待,直到日落,始终不见什么动静,也没有看见一个人影。我捏着那块手巾,站了起来,打算离开那个地方。临行,我好奇地打开手巾看了一看,却想不到会有一股强烈的麝香气味,从手巾里散发出来,馨香扑鼻,终于把我给陶醉了。当时我的感受,真像置身在天堂之中。我把手巾捧在手里仔细观看,发现一张折叠得整整齐齐的美丽信笺,从手巾里落到地上。我拾起来,打开仔细观看。那信笺是用香熏过的,上面写着几行诗句:

一

我违反书法的艺术规律,
草率地写了一封书信,
寄给心爱的人儿诉说情愁。
他问我:
"你的笔迹如何这般细微?
差点叫人识辨不清。"
我回道:
"因为我憔悴、瘦损,
疲倦无力。
凡是出自情人的手笔,
大都是这种类型。"

二

羞怯俨然是一位善于书写的能手，

它以馨花当墨汁，

在他的两个腮角上写了两行字迹。

从此他但抛头露面，

两个月儿便在人前出现。

他弯腰的时候，

摇来摆去，

显然是含羞答答的杨柳。

我读了香笺上的诗，一股渴慕、恋念的情绪，顿时涌上心头，胸中燃烧着炽烈的爱情火焰。我拿着绸巾和香笺，茫然走出胡同，转回家去。当时我想象不到那条绸巾会给我带来什么吉凶祸福。在情场中，我初露头角，缺乏经验阅历，不知该用什么方法和她联系。

我慢吞吞回到家里，已是天黑点灯时候，只见我表妹阿济簪坐在房中，悲哀哭泣。可她一见我，立刻拭干眼泪，站起来迎接我，替我宽衣，问我不回家的原因，告诉我许多宾客，包括官宦绅商、亲戚朋友，都应邀前来参加婚礼，法官和证婚人也都到场。大家齐聚一堂，吃饱喝足，一直等我回来写婚书，举行结婚仪式。等到最后，都绝望了，这才纷纷告辞，不欢而散。她说："令尊大人大发雷霆，非常生气，原因是他备办这桩喜事，花了很多钱财，却落得这样一个收场，因此他发誓说，不到来年，他是不再给我们办结婚手续的了。"最后她问我："你干吗这时候才回家？今天你在外面碰到什么意外事件？因为你不按时回家，所以才出现这种结局呀。"

我把经过情况，从头讲给她听，并拿绸巾和香笺给她看。她接了过去，看一看绸巾，读一读笺上的诗句，忍不住热泪夺眶而出，接连从腮上流下来。继而她凄然吟道：

据说第一次爱情是自己选择的。

这种说法纯属撒谎骗人，

我认为爱情都是受强制的。

强迫下的爱情才算十全十美，

当中没有分毫缺点。

各种消息证实此中的正确性，

不带半点矫揉造作气息。

如果出自你的心愿，

你就指它是折磨人的一种罪孽，

或者说它是隐在心里的阴谋诡计，

还可以把它当成恩惠、报复或目的，

供人任意舍取。

心灵既可凭它获得慰藉，

也能因它遭受毁灭；

总之非此即彼。

在这样的处境里，

他所过的日子全都是节日，

她的嘴角随时随地挂着笑影，

她身上散发出来的芬芳气息跟和风无异。

可是吹拂到人身上的时候，

却比剑锋还锐利，

叫人变成残废，

邪恶、疫疠牢不可破地包围着人心。

她吟罢，问道："她对你谈些什么？做何表示？"

"她没有对我谈什么；她只是把手指放在嘴上吻了一下，再把食指和中指并在一起，贴在胸前，指一指地面，随即把头缩了进去，关上窗子，悄然隐去。我的心被她带走，一直坐在那儿等到太阳西偏，可她一直没有再开窗出现，最后我绝望了，才起身回家。我的情况就是这样。此中之谜,你给我详细解释、分析吧。"

她抬头望着我说:"表哥!如果你要我的眼珠,我一定挖出来献给你。我非帮助你达到希望目的不可,同时我也非帮助她获得她的需求不可。因为跟你爱她的情况一样,她正恋爱着你呢。"

"她的手势,你怎么解释呢?"

"她吻自己的手指,暗示说你在她心目中,有灵魂与肉体那样重要的地位,并急于要同你碰头见面。手巾是情人向心爱者致意的标志。香笺是她的灵魂和你紧密联系在一起的具体表示。她把两个手指并在一起贴在胸前,这是告诉你两天后再上那儿去,听她指示你去接近她该走的路线。这是我对她的暗示所做的解释。我的表哥哟!告诉你吧:她不但信任你,而且热爱你。如果我出面周旋,一定能在最短期内,叫你同她碰头聚首,并绝对保守你俩之间的秘密。"

我听了表妹的解释和谈话,衷心感谢她,暗自说道:"我耐心等两天吧。"于是我待在家里,整整两天不出门,也不吃喝。我表妹无微不至地照拂我,关心我,一再安慰我,鼓励我。

我郁结于衷,闷闷不乐,好容易在家里待了两天,我表妹才对我说:"你欢欢喜喜地打起精神来,穿上新衣服,按期去赴她的约会吧!"她说罢,帮我更衣,替我熏香。我振作起来,鼓足勇气,走出大门,勇往直前地去到那条胡同中,坐在那家门前的台阶上,等了一会,墙上的窗户豁然洞开。我抬头观看,一见她,便不自主地迷惘起来。我竭力挣扎,勉为其难地摆脱迷糊状态,鼓足勇气,第二次抬头观看,可是一见她,便又一次陷入蒙眬、迷离状态。

息了一会,我逐渐清醒过来,抬头一看,见她手里拿着一面镜子和一块红手巾。她见我注视她的时候,立刻卷起手袖,伸开手指,用巴掌拍拍胸膛,然后举起双手,一手拿镜子照着窗外,一手捏着手巾,缩进窗内,又伸出来,一上一下地向胡同对面指点了三次,然后把手巾扭一扭,折叠起来,点点头,把窗户一关,悄然隐去。她一句话不说,把痴痴呆呆的我撇在那儿,叫我茫然不知她所指点的是什么。我一动也不动,坐着直等到晚饭时候,才离开那个地方。我回到家中,已经是夜深时候。我表妹还没睡觉,一个人孤单单地坐在堂屋里,手撑着腮帮子,流着清泪,伤心饮泣,凄然吟道:

> 他受淫荡者玩弄、嬉戏,
> 这和我有什么关系?
> 可他毕竟还是一条嫩枝,
> 叫我怎能不关心?
> 露出头角的人哟!
> 你掠夺了我的心。
> 我凭分辩无法挽回爱情。
> 你暗中追求、猎奇,
> 你的秋波远非锋利的宝剑可以比拟。
> 爱情的重担压在我的肩头,
> 我瘦弱的身体连衬衫也担负不起。
> 我避免责难、怨言,
> 仰望着追逐者的眼睑挥泪、泣血;
> 她锐利的眼睛使他诚惶诚恐、战战兢兢。
> 但愿我的心也像她的心,
> 可我羸弱瘦削的身体,
> 只能和她的腰肢相比。
> 对你来说,我的一品官员!
> 你漂亮的容颜吸引着追逐者的视线,
> 使我陷于彷徨、迷离境地,
> 哭坏了眼睛。
> 据说约瑟夫一身具备着人世间的全部美丽,
> 这种说法显然是欺世骗人的。
> 请问我的一品官员:
> "你的美貌究竟包罗多少个约瑟夫的特点?"

慑于你的威严，

我尽量压制自己的性情，

逃避监视者的眼睛。

我的压抑到底该延长到什么时候？

听了表妹的吟诵，我越发忧愁苦恼，不言不语，一屁股坐在屋角里。她赶忙站起来奉承我，替我宽衣，用手袖给我拭脸上的汗水，然后打听我去幽会的情形。我把经过，从头到尾详细叙述一遍。她说："表哥！她拿巴掌拍胸膛，暗示说：五天后你再来吧。她把头伸出窗外，并拿镜子向外照，暗示说：你来时坐在染坊门前，等我派人来见你。"

听了表妹的解释，我感到急躁，心里顿时燃起熊熊的火焰，说道："亲爱的表妹！指安拉起誓，你的解释非常正确。我亲眼看见，那条胡同里，果真有一间犹太人开的染坊呢。"我无法抑制急躁情绪，气得伤心流泪。我表妹安慰我："表哥呀！你振作起来，鼓足勇气，一往情深地追求下去吧。须知有人始终经受爱火的烧炙，为达到最终目的，不惜花几年工夫，在情场中苦心周旋。你自己只需要一周的时间，干吗显得这么急躁、苦闷呢？"她一直拿话安慰我，给我端来饭菜。我抬起碗来，可咽不下去。我拒绝吃喝，继续失眠，尝不到睡眠的滋味，健康受到影响，形容憔悴不堪。因为过去没有经验，这是初恋，我经受不起爱情之火的烤焙，弄得皮黄骨瘦，还带累表妹受罪。她牺牲睡眠，每天夜里给我谈狂恋者的心情和苦心孤诣克服急躁情绪的途径，慢慢把我催眠。可我每次从梦中惊醒，都见她熬夜坐在我的床前，挥泪饮泣。

当时我度日如年，惴惴不安地等了五天，我表妹便烧水给我洗澡，替我换衣服，说道："你快跟她幽会去吧！安拉会满足你的愿望呢，你会一帆风顺地达到目的的。"

那天是礼拜六。我离开家，一口气走到胡同里，见染坊的门窗关闭着，是犹太人休假的日子。我坐在染坊门前，等到午后，眼看着太阳西偏,直到日落天黑,始终不见她的踪影,也没听到一点动静。我一个人孤零零地坐在那里,觉得危险,怕发生意外,这才一骨碌站了起来,醉汉般离开胡同,无精打采地转回家去。一进门,我看见表妹阿济簪寂然站在堂屋里,一只手攀着钉在墙上的木桩,另一只手按着自己的胸膛,悲哀哭泣,凄然吟道:

> 我这个被骨肉遗弃的阿拉伯女性,
> 除了回忆着汉志的柳树和桂花唉声叹息,
> 哪里还有欢喜快乐的余地?
> 我借他背上发散出来的温度灌溉我自己的思念,
> 也凭他的英勇培育我的眼泪,
> 在逆旅中我获得些许慰藉。
> 纯真的爱情是我至高无上的荣誉,
> 他却把我对他的恋念视为犯罪行为。

她吟罢,回头看见我,赶忙用手袖拭干眼泪,喜笑颜开地迎向我,说道:"表哥!我祝贺你。干吗你不留在情人家里,痛痛快快地过夜呢?"

我听了她的问话,忍不住怒火上冲,一脚踢中她的胸口。她应声倒下,猛然碰在墙脚下的一根木桩上,顿时砸得头破血流。可是她忍气吞声,毫无怨言,一骨碌爬起来。从容烧张纸,用灰烬敷在伤口上,止住了血,再拿布条裹起额头,然后擦去流在地毡上的血迹,好像什么事情也没发生似的,仍然笑容满面,温存地挨到我面前,好言说道:"表哥啊!指安拉起誓,刚才我跟你谈话,本来没有嘲弄你的意思。当初我头痛得要命,一心一意打算放血医治,结果弄得头昏脑涨,不知该怎么办才好。现在可好多了,快恢复原状了。告诉我今天你去幽会的结果吧!"

我把当天吃闭门羹的经过全都讲给她听。谈罢,我怄气得直淌眼泪。她却对我说:"表哥!你的希望目的很快就要实现,这是我应该预先给你报喜的。依我说,她这样做是存心接纳你的一种迹象呢。此次她不跟你见面,为的是要试验你,看你有没有耐心,对爱情是不是忠诚。显然,你的忧愁、苦恼情绪,就要消逝了,欢喜快乐的事,很快就会出现在你面前。明天你再去幽会她,看她怎样指示你。"

她一再安慰我,但我的忧愁苦闷只是有增无减。她给我端来饭菜,被我一脚踢翻,杯盘碗盏全都砸碎。我怒目说道:"大凡投身情场,专心谈情说爱的人都是疯子,他既不贪口腹,甚至于连睡眠的滋味也分辨不清楚。"

"不错,表哥啊!指安拉起誓,这是恋爱的象征呢。"我表妹阿济簪同意我的看法。她边流泪,边收拾杯盘碗盏的碎片,并扫除撒落的饭菜,然后坐在我面前,陪我谈心。我一心只望日子过快些,虔心虔意地祷告、祈求,恳求安拉缩短时间,让明天提前降临。

第二天清晨,我出去和她幽会,急急忙忙赶到那条胡同里,在她屋前的台阶上坐下。墙上的窗户豁然洞开,她伸出头来,笑了一笑,然后飘然隐去。息了一会,她又出现在窗前。此次,她拿来一面镜子、一个布袋、一盆花草和一盏灯。首先她把镜子装在布袋里,捆绑起来,扔在屋里。继而她把头发披在脸上,并将油灯摆在盆花上面,一动也不动地待了一会,这才收了进去,把窗户一关,悄然隐去。

她一句话也不跟我讲。她的举止和一连串隐晦难猜的暗示,惹得我扑朔迷离,心脏差一点爆炸、粉碎了。她可望而不可即,因此我受爱情猛烈冲击,越来越不可抑制与时俱增的迷恋心情和放荡行为。最后我忧心忡忡地流着眼泪回到家中,见我表妹阿济簪孤零零地面墙坐在屋里。她满腔情愁,忧郁成疾,但她温良成性,慑于我的迷恋行为,不肯吐露她对我的纯爱心情。我仔细一看,见她脸上出现两处伤痕:一处是旧日砸破了的额头,一处是伤感过度,新近被泪水浸坏了的眼睛。当时她憔悴不堪,羸弱到不可复原的境地。她洒着伤感的眼泪,凄然吟道:

动身走了的人儿哟！
你永久生存在我的心房里。
你旅行到哪里，
那里保险你绝对安宁。
你留宿、过夜的地区，
安拉是你的邻居，
他保佑你，
不让沧桑世变的风暴侵袭你。
你扬长而去，
远远离开我的视线，
我倍感伶仃、孤寂，
眼泪像倾盆大雨，
滂沱四溢。
但愿我知道你去什么地方成家立业，
跟什么样的民族交游、为邻。
今后如果你喝的是洁净、澄清的淡水，
那么眼眶里流出来的泪水却是我解渴的泉源。
人世间一切的一切都非常甜蜜，
只有离开你是唯一的苦刑。

　　她吟罢，抬头看见我，喜不自胜，立刻拭干眼泪，站起来照拂我，激动得一时说不出话来。她静默一会儿，和颜悦色地说道："表哥！快把此次的成就告诉我吧！"

　　我把经过情形全都讲给她听。她说："你再忍耐一时吧！你跟她聚首碰头的时间临近了，你的希望就要实现了。她把镜子装在布袋里，暗示说等太阳落山、天黑以后你再来。她拿来盆花，暗示说你来时，从胡同后面的花园里进来。她拿油灯暗示说：你到花园里，再走向有灯光的地方，坐在那儿等我。"

听了表妹的解释,我急于求成,不耐其烦,一声吼叫起来,说道:"你给过我多少次期望了!我一味听你指使,屡次去和她幽会,却达不到目的,都等于白费精力。我看你的解释,却没半点准确性。"

我表妹笑了一笑,说道:"你应该再忍耐些,今日天黑时,你会一帆风顺地达到目的。我这是说老实话,一点也不骗你。"她说罢,吟道:

> 你忘记时日!
> 时日会自然消逝,
> 但你千万别跨进苦闷的屋宇。
> 也许一桩难能可贵的稀奇事情,
> 获得它的机缘会突然降临。

她吟罢,挨近我,和颜悦色地安慰我。她怕我发脾气,不敢给我饮食。她殷殷勤勤地照拂我,诚惶诚恐、小心翼翼地亲近我。她替我换了衣服,说道:"表哥!你请坐下,让我陪你谈心、消遣吧。若是安拉意愿,到天黑时,包管你跟心爱的人儿欢聚在一起。"

我不理睬她,一心一意只盼望日子过得快些,好去和那个女郎幽会。我怀着盼星星盼月亮的心情,坐立不宁。我向安拉祷告祈求:"我主!恳求您让黑夜赶快降临。"

我度日如年,好不容易才等到日落。我表妹痛哭流涕,给我一粒麝香,嘱咐道:"表哥啊!你和心爱的人儿见面、达到目的、满足愿望的时候,把这粒麝香衔在嘴里,并把下面的诗念给她听:

> 求教于情场中的前辈,
> 请剀切传授你们的经验。
> 爱情猛烈冲击着的一个青年,
> 他应该怎样周旋?"

她嘱咐毕,亲切地吻我,并赌咒发誓,一再叮咛,叫我和情人分手时,才念诗给她听。我接受她的意见,说道:"听明白了,遵命就是。"

于是我在晚饭时离家，一直走进那条胡同里，来到她的花园门前，见园门洞开。我走进园门，发现花园深处的灯光，便朝那方面走过去，举目一望，才知那是供人游息的一个亭阁。拱形的圆顶是象牙和檀木组成的，结构异常精致美观。圆顶上悬着吊灯，金蜡台中燃着辉煌的蜡烛。亭中央有一个喷水池，水池周围装饰着各种动物的雕像。亭中的椅凳上铺着镶金银的绣花丝绸垫子。池旁的餐桌上摆着丰盛的筵席，用丝帕覆盖着食品。桌旁边有个大瓷缸，盛满醇酒；酒缸旁边摆着嵌金的水晶杯；还有一个大银盘，盘中盛满了各式各样的水果和馨花。其中有无花果、石榴、葡萄、桔子、苹果、香橙、玫瑰、素馨、桃金娘、蔷薇、水仙和其他美丽可口、香味扑鼻的果实、花卉。

我去到花园中幽静的亭阁里，顿觉心旷神怡，欣喜若狂，胸中的忧愁苦闷，顿时烟消云散。可是美中不足，那幢屋宇里寂然没有一个人影，也不见婢仆的踪迹，亭阁中堂皇的陈设和丰富的筵席也没有人看管。我怀着惊奇诧异心情，规规矩矩地坐在那里，等候心爱的人儿前来和我幽会。

从初更起，我耐心等到三更时候，始终不见心爱的人儿光临。我饿得要命。这是因为我一往情深，过分钟情，接连几天没有吃喝睡眠，一旦来到这幽静地方，眼看表妹对我的意中人的暗示所作的正确解释，这才摒除胸中的疑虑，如释重负的缘故。当时我心满意足，泰然自若，食欲经不起美酒肥肉的诱惑，便想开怀吃喝。

我毫不迟疑，走到餐桌前，揭开餐巾，见中央的一个大瓷盘里，盛着四只香味扑鼻的红烧鸡，还有四个碗钵，分别装满了各种甜、咸食品，其中煮石榴子、糕饼、面食、糖果、蜜饯、肉食，应有尽有。面对那桌筵席，禁不住馋涎欲滴。我狼吞虎咽，大吃大喝，每种食物都吃了一些。我吃饱喝足，洗过手，胃里装得太满，什么都不感兴趣，不知不觉，迷迷糊糊地倒身睡熟了。

我连日没有好好睡觉，因此这一觉睡得十分香甜，直睡到次日清晨才被烈日晒醒。我一觉蒙眬醒来，见我身上摆着一块木炭和一些食盐。我赶忙爬起来,边抖衣服上的木炭和食盐,边四下观看,却不见一个人影。我仔细一打量,才想到我原是在云石地板上,无垫无盖地睡了一夜。我迷惘起来,感到无限的忧愁顾虑,气得眼泪直流,只好垂头丧气地离开亭阁花园。我回到自己家里,见表妹阿济簪捶着她自己的胸膛,洒着如注的眼泪,哀然吟道:

> 一股凉爽的和风从心坎里刮起,
> 吹动了情愁。
> 东风啊,
> 你来吧!
> 给每个狂恋者带来应享的权利。
> 如果能够恋爱到底,
> 我们准会像别的情侣那样紧紧拥抱在一起。
> 从表哥的容颜离开我的视线,
> 安拉便叫我绝望于生存的乐趣。
> 但愿我能知悉:
> 他的心像不像我的心,
> 融化在爱情的烈焰里?

她吟罢,回头看见我,立刻站起来,拭干眼泪,热情地照拂我,轻言慢语地说道:"表哥啊!昨晚你在情人家里过夜,那是安拉让你会见心爱的人儿了,算是一帆风顺地达到目的了。我可是为骨肉离散而伤心哭泣,这该引起谁的埋怨?博取谁的同情呢?但愿安拉别为我而责备你。"她强颜苦笑着服侍我,替我脱掉衣服,铺开看了一看,闻了一闻说:"指安拉起誓,这种气味不是从情人那里带来的。表哥啊!告诉我其中的情况吧。"

我果然把经过的情形,从头叙述一遍。她听了,第二次苦笑一笑说:"我痛心极了。那个叫你伤心的人真该死罪。表哥啊!指安拉起誓,那个娘儿未免太高傲自大了,我替你担忧着呢。你要知道,我的表哥啊！她拿食盐摆在你身上，暗示说你睡梦沉沉，像腐烂的食物一样，令人讨厌、作呕，必须用食盐防腐、挽救，免得被人唾弃。这是因为你强调你自己一往情深，过分钟情。而真正求爱的人，应该牺牲睡眠，你却酣睡不醒，证明你的爱情是虚伪的。同样的事实，说明那个对你表示倾心的女人，她的爱情也不真诚。因为她见你睡梦沉沉，却不肯唤醒你，对你倾叙衷情。这桩事情，揭穿了她的虚伪骗局。她拿木炭摆在你身上，这暗示说：你对爱情既然虚伪，愿安拉惩罚你，改变你的皮肤，使它黑得像木炭那样讨厌。以上是我对她的暗示所作的分析、解释。愿安拉保佑你，别让你受到她的愚弄、蹂躏。"

我听了表妹的解释，气得捶自己的胸膛，懊悔道："指安拉起誓，你分析、解释得非常正确。投身情场的人，的确应该牺牲睡眠，我违犯情理，一觉不醒，这是我害了自己。我贪图吃喝、睡眠，犯了莫大的过错，这该怎么办呢？"我痛哭流涕，百般悔恨，最后对表妹说："你给我想个挽救的办法吧！你可怜可怜我，安拉会赏赐你呢。假若你不替我想办法，我眼前只有死路一条了。"

表妹向来爱我爱到极点。她答应我的要求，说道："好的，我给你想办法吧。表哥啊！我屡次对你说，我要是能够抛头露面，挺身出来斡旋，在最短期内，一定让你和她碰头见面，而且能够严格保守秘密。我要这样做的唯一目的，只图博得你的欢喜。若是安拉愿意，我预备尽最大努力，促成你俩的幽会。不过你必须听从我的吩咐、指引。这样吧：今天夜里，你还是上花园去，坐在亭阁里，耐心等待她来和你相会，但是千万别贪吃饮食，因为饮食容易引人入睡。你要当心，不要再打瞌睡，因为要到二更时，她才去亭阁里和你幽会。至于她的阴谋诡计，你可以不必顾虑。你的安全，自有安拉保证。"

我听了表妹的一番由衷之言，喜不自禁。我暗自祷告，祈求黑夜迅速降临。我坐立不安，好不容易才等到天黑，正预备前去幽会的时候，表妹嘱咐我："表哥啊！你跟她幽会毕，临走时，别忘了念那首诗给她听。"

"遵你的命,我一定念给她听。"我边回答表妹,边匆匆走出大门,一口气赶到花园里,进入亭内,见桌椅筵席布置、摆设得整整齐齐,情景跟昨夜毫无差别,各种饮食、酒肴、馨花、果品,应有尽有。我规规矩矩地坐在椅上,闻着各种香甜的美味,馋涎欲滴,总想吃喝一点,虽然一再抑制自己,可始终克服不了欲望,最后还是站了起来,挨到餐桌面前,揭开餐巾,吃喝起来。每种饮食我都尝一尝,合口味的便多吃几口,一会儿就吃饱喝足,肠胃里装得满满的。之后我拿个枕头垫着头休息了一会儿。当时我并不打算睡眠,然而事与愿违,不知不觉便呼呼地睡熟了。待我一觉醒来,已经是第二天日上三竿的时候了。我一看,自己无垫无盖地卧在地板上,身上摆着一个踝骨、一截小木棒、一个枣核和一个皂荚核,情况和昨天一样,静悄悄地不见一个人影。我一骨碌爬起来,抖掉身上的踝骨和皂荚核等物,怒气冲冲地离开那个地方,匆匆回到家中。我表妹正坐在屋里,伤心哭泣,她凄然吟道:

> 我的心儿受伤,
> 身体憔悴、枯槁不堪,
> 泪水接连从腮颊上流淌。
> 此中罪责固难归给爱人承担,
> 不过善良者所做的一切终归离不开善良。
> 表哥哟!
> 你把爱情灌满我的心房,
> 我的眼睛却受到泪水摧残。

我迁怒于表妹,大骂一通。她伤心哭泣一会儿,然后擦干眼泪,低声下气地挨到我面前,吻我的手,热情地亲近我。但我刚愎自用,一味拒绝她,对她表示冷淡,显出心烦意乱的急躁情绪。她打量我一番,猜测道:"表哥!看来昨晚你又睡大觉了。"

"不错,我睡觉了。"我对她说,"昨晚我酣睡了一夜,今天蒙眬醒来,发现我身上摆着踝骨、木棒、枣核和皂荚子等废物。我不明白她给我弄这一手到底是什么意思。"我说着忍不住流下两行清泪,慢慢挨近她,恳求道:"给我解释、分析一下她的这种暗示吧!我该怎么做呢?帮助我解决这个问题吧!"

"我尽力而为之好了。"她慨然答应我的要求,"告诉你吧:她拿断木棒放在你身上,暗示说你人来心不来,就是说你本人虽然到场,可你心不在焉。因此她好像对你说,这不是恋爱者应有的态度,今后你甭自命为求爱的人了。她拿枣核暗示说,要是你果真投身情场,专心恋爱,那么爱火一定会在你心房里燃烧起来,这你就不至于贪睡了,因为爱情像枣一样甜蜜,能在心房里燃烧起火焰。她用皂荚子暗示说,情人的心已经被人夺去,你应该拿出圣约伯①的耐性,好生忍受别离的滋味。"

我听了表妹的解释,心里骤然烧起了熊熊的火焰,忧愁苦闷到极点,一时按捺不住急躁情绪,不自主地狂叫起来,满以为我不能控制睡眠,这是我福薄、倒霉的原因。没奈何,我只得向表妹乞怜,说道:"亲爱的表妹!指我的生命起誓,求你可怜我,给我指出门路来,让我和她碰头见面吧。"

她抑制不住情愁,边哭泣,边说道:"亲爱的表哥啊!我万感交集,不能对你畅所欲言;不过今夜里,你仍然上她那儿去;可是你要当心,别再贪吃贪睡,便可以达到目的。这是我指给你的门路,愿你顺利前进。"

我接受表妹的指引,说道:"若是安拉愿意,这次我不再贪吃贪睡了。你所吩咐的,我事事照办。"

她抖擞精神,站起来,端来饭菜,说道:"现在你安下心来,痛痛快快地吃喝,别心事重重地再想不开吧。"

我听从她的吩咐,果然吃喝起来。我吃饱喝足,已是天黑时候。

---

① 约伯,希伯来人的先知,是忍苦耐劳的典型人物。

表妹给我拿来一套最华丽的衣冠,替我穿戴起来。她发誓叮咛,要我念那首诗给女郎听,而且一再嘱咐我,要我认真提防,不可贪吃贪睡。

我离开表妹,匆匆去到女郎的花园里,在亭阁中坐定,用手指撑着眼皮熬夜,并且摇晃着脑袋,避免瞌睡侵袭。对馨香的食物的诱惑,我也注意提防,不让它们从中作祟。可是到了深更半夜,我饥肠辘辘,想吃喝的念头越来越迫切。最后我挨到餐桌面前,揭开餐巾,吃了鸡肉和各种食物,又挨到酒坛面前,本来只打算喝一杯,无奈喝起来就克制不住食欲。于是我左一杯右一杯,接连干了十杯,终于喝得酩酊大醉,颓然倒在地上,像被杀死的僵尸,全然不知人事。

在沉醉的状态中,我一直睡梦沉沉。待我清醒时已是次日清晨,发现我自己睡在花园门外的路旁,身上摆着一文铁钱和一把锋利的匕首。我一骨碌爬起来,满腔恐怖,哆嗦着拾起铁钱和匕首,跟跟跄跄一口气奔到家中,隐约听见表妹悲戚的哀吟:

> 在这个家庭里,
> 我可怜无告,
> 如坐针毡,
> 终日挥泪遣愁。

我支持不住,扔掉手中的铁钱和匕首,直挺挺地倒在地上,昏迷不省人事。我昏昏沉沉、迷迷糊糊地躺了一阵才清醒过来,对表妹说:"我失败了!"于是把经过的始末,从头叙述一遍,气得痛哭流涕。

我的恸哭和痴情,引起表妹无限忧虑。她埋怨道:"我对你无能为力了。我叫你当心别再睡觉,可是你听而不闻,不把我的忠告当一回事,从此我的话对你不会起什么作用了。"

"指安拉起誓,求你给我解释、分析一下这文铁钱和这把匕首的用意吧。"我向她苦苦哀求。

"她拿这文铁钱代表她的右眼,暗示说:下次你再到这儿来酣睡,我准用这把匕首结果你的性命。她的阴谋诡计,实在可畏。我替你的生命担忧,因而满腔郁结,说起话来,词不达意。今后如果你相信自己不会再打瞌睡,那你自管去和她幽会,准可达到目的。假若你贪睡的习性无法改变,就该抛弃幽会的念头,免得拿生命去冒险。"

"表妹哟!指安拉起誓,这该怎么办呢!求你帮助我解决这个疑难问题吧。"

"我尽力而行。"她慨然允诺,"只要你听吩咐,这就成了。"

"我一定听你吩咐。"我表示决心。

"等天黑时,我再告诉你。"她说着扶我进房,照拂我睡觉,耐心地等我睡熟。

我一觉睡到傍晚才从梦中醒来,见表妹坐在我身边,手中捏着扇子,边给我打扇,边伤心饮泣,眼泪浸湿了衣襟。她见我醒来,擦干眼泪,赶忙给我端来饭菜。我拒绝吃喝。她说:"我不是告诉你听吩咐吗?你还是吃吧!"

我不好意思再违拗她,果然接着她递给我的饮食,吃喝起来。待我吃饱,她便拿混糖的葡萄汁给我喝。我吃饱喝足,洗了手,用香帕擦过,然后和表妹对坐谈心,顿觉心旷神怡。

天黑定了,表妹替我更换衣服,嘱咐道:"表哥啊!今晚你别再贪睡,必须熬他一个通宵才对。因为今天不到夜深时,她不会来见你。若是安拉意愿,今晚你是能和她见面的。但是你千万别忘记我的嘱咐。"

她嘱咐毕,痛哭流涕。眼看她为我伤感到这步田地,我心里感觉难受,问道:"你所谓的嘱咐,到底指的是什么?"

"我是说你和她分手时,别忘记把前次提过的那首诗念给她听。"

我满心欢喜快乐,离开表妹,走出大门,一口气去到花园中的亭阁里坐下,静悄悄地等到二更时候,觉得时间过得太慢,真是度夜如年。我继续熬夜,坚持到四更,已是鸡叫头遍时候。我饥肠辘辘,饿得要命,克制不住食欲的冲击,便挨到餐桌面前,大吃大喝,饱餐一顿。之后头脑感到沉重,迷迷糊糊地正要倒下去睡觉的时候,突然听得远处传来说笑的声音。我霍地站起来,赶忙洗手漱口,整理衣冠,振作精神。接着她姗姗出现在我眼前,身边带着十个婢女。她在婢女中,好像众星围拱的一轮明月。她身穿一套金线银线绣花的绿缎子衣服。她的形影,恰像诗人的描绘:

> 她穿一身绿衣,
>
> 垂着发辫,
>
> 敞开纽扣,
>
> 姗姗来到情人面前,
>
> 显出高傲、自矜神情。
>
> 我说道:"请问你尊姓大名?"
>
> 她回答:"给情人的心加烙印就是我的浑名。"
>
> 我诉苦说:"你对爱情何其残酷、悭吝!"
>
> 她说道:"你向顽石诉苦,却一点不自觉。"
>
> 我说道:"你的心即使是石头,
>
> 安拉却叫清泉从顽石中泻流。"

她一见我,便喜笑颜开地问道:"你干吗熬夜而不睡觉呢?从今晚熬夜的情况来看,我知道你是谈情说爱的人了。因为凡是闻到爱情气味的人,经受不起相思的折腾,他总是通宵不能睡眠。"接着她转向婢女们,以目示意,让她们鱼贯而退。之后,便挨过来,倒在我怀里。我紧紧地搂着她的腰肢,热烈地和她亲吻。于是我和她彼此一往情深,亲如夫妻,无拘无束,卿卿我我地低谈细语、说笑嬉戏,手牵着手慢步寻开心,一直陶醉在甜蜜的美梦里,飘飘然如入仙境,过了最快乐美满的一夜。

次日清晨,已是尽欢而散的时候,我向她告别。她一把拉住我的手,说道:"等一等,我有话嘱咐你,还要告诉你一桩事情。"于是她打开手巾,取出这块绸布,展开在我眼前。我一看,绸布上绣着这幅羚羊图,觉得非常可爱。

她把羚羊图送给我,说道:"这是我妹妹绣的。"

"你妹妹叫什么名字?"我问她。

"她叫努鲁勒·胡达。你好生保存这幅羚羊图吧。"她嘱咐我。

我欣然收起羚羊图,约定每天夜里都上花园去和她幽会,然后告别,欢天喜地地回到家里。表妹赶忙起床迎接我。她愁容满面,腮上挂着眼泪,非常关心地问道:"我嘱咐你临行念诗给她听,你依从我的吩咐念给她听了吗?"

"这桩事情叫我给全忘了,因为当时我的兴趣和注意力都集中在这幅图画上,所以忘了实践诺言。"我回答着把羚羊图扔在她面前。

她拾起羚羊图,看了一眼,一屁股坐下去,激动得不能克制自己,眼泪汪汪地吟道:

> 要求分离的人哟!
> 请你慢些,
> 当心别受拥抱诱惑、欺骗。
> 也请你缓和些,
> 因为欺骗是时日的习性,
> 聚首的结局终归是离别。

她吟罢,说道:"表哥! 这幅羚羊图,送给我吧。"我满足她的要求,果然把羚羊图转送给她。她再次展开羚羊图,仔细打量一番,然后收藏起来。

当天夜里,是我去幽会的时候了,表妹对我说:"表哥啊! 此去,祝你一帆风顺,愿你早去早归。你和她分手时,请把前次提过的诗念给她听。"

我忘了那首诗的词句,因而说道:"请把那首诗给我重念一遍。"她果然念给我听。我牢牢记住,然后和她分手,一直去到花园中,见姑娘坐在亭阁里,等着和我幽会。

一见面，她离开座位，挨到我面前，热情地和我亲嘴，同我并肩坐在一起，卿卿我我地和我谈情，并一起吃喝嬉戏，像昨晚初次会面那样，尽量满足彼此的愿望和要求，陶醉在酒色氛围中，直快活、享乐到次日清晨。是和她分别的时候了，我便念诗给她听：

> 求教于情场中的前辈，
> 请剀切传授你们的经验。
> 爱情猛烈冲击着的一个青年，
> 他应该怎样周旋？

　　她听罢，有动于衷，霎时间眼眶里噙满泪水，凄然吟道：

> 他透露内心里的爱情，
> 且保守个中密谋。
> 他甘心忍受任何折腾人的事件，
> 到时候便俯首归顺。

　　我把她的诗牢记在心里，然后告别，欢天喜地地回到家里。当时表妹卧病不起，母亲坐在她床前伤心哭泣。一见面，母亲便责备我："阿济子！你干吗撇下表妹不管？叫她忧郁成疾，卧床不起，这是什么道理？现在你快诚心忏悔，从此洗心悔过吧！"

　　表妹抬头看我一眼，挣扎着坐起来，说道："阿济子！我告诉你的那首诗，你念给她听了没有？"

　　"不错，我念了。"我说，"她听了那首诗还流泪呢。和我分手时，她也吟一首诗给我听。她的诗我可记住了。"

　　"把她的诗念给我听吧！"

　　我果然把诗念了一遍。表妹听了，痛哭流涕，吟道：

> 他集中全部精力，
> 把耐性推到至高无上的境地。
> 然而除却一颗残酷无情的心，

他没获得理想中的报酬。

表妹吟罢,说道:"下次你去和她幽会时,把刚才我吟的这首诗念给她听吧!"

"听明白了,遵命就是。"我听从她的吩咐。

当天夜里,我践约去花园里和情人幽会,照例跟她在一起吃喝嬉戏,放荡不拘,尽情享乐,直到次日黎明,才尽欢而散。临行我把表妹的诗念给她听。她听罢,簌簌地流下两行清泪,随即吟道:

> 为保守个中秘密,
> 如果不耐心忍受,
> 除却毁灭自己的生命,
> 他不可能和我亲近。

我把她的诗记在心里,然后告别,回到自己家里,见表妹躺在床上,昏迷不醒。我母亲守在床前,悲哀哭泣。表妹听见我谈话的声音,睁眼问道:"阿济子!你念诗给她听了没有?"

"念了。"我说,"她听了那首诗伤心流泪,同样也吟诗给我听。"于是我把她吟的诗念了一遍。表妹听罢,顿时第二次晕厥,人事不知,过了好一阵才慢慢苏醒,凄然吟道:

> 我们听令,
> 我们遵命,
> 我们从容死去。
> 请向当初不肯接见的人儿
> 转达我崇高的敬意。

当天夜里,我照例往花园里和情人幽会,跟她并肩坐在一起,吃喝嬉戏,尽情享受,一觉睡到黎明。临别,我把表妹的诗念给她听。她听了表妹的诗,惊得狂叫起来,惴惴不安,说道:"指安拉起誓,吟这首诗的人已经死了。"她悲哀哭泣一会,接着说:"你不跟吟这首诗的人亲近,真该死罪!"

"她是我的表妹。"我说。

"你撒谎!"她不相信,"指安拉起誓,如果她真是你的表妹,你一定会像她爱你那样钟情她的。你是杀害她的凶手。但愿安拉像你杀她那样地杀死你。指安拉起誓,假若你早日告诉我你有一个表妹,那我是不同你交往的。"

"你的暗示是我表妹解释、分析给我听的,也就是她教我怎样应付你的。假若不按照她的指示行事,那我是无法跟你接近的。"

"她知道我们的情况吗?"

"不错,她全都明白。"

"愿安拉像你摧残她的韶华那样折腾你的青春吧!"她咒骂我一句,然后吩咐道,"你赶快回家看她去!"

我和情人分手,忧心忡忡地奔跑着刚回到胡同里,便听见邻舍的人传播阿济簪逝世的噩耗。我没有停留,急急忙忙回到家中。母亲一见我,便埋怨道:"儿啊! 你表妹阿济簪之死,是你一手弄成的,你的罪行,安拉是不会饶恕的。你快虔心虔意地忏悔、认罪吧!"

我表妹阿济簪不幸一命呜呼,我父亲替她料理善后,主持丧葬。我们洗涤装殓她的遗体,送到茔地安葬,并守坟三天,继续追悼、超度。丧葬毕,我回到家中,一直为她之死感到悲哀苦恼。我母亲对我说:"儿啊! 现在我急于要知道你到底是怎么对待她的,致使她因胆破而死? 我屡次问她害病的原因,她始终缄默,不肯吐露真情。指安拉起誓,快把你的所做所为和致她死命的原因告诉我吧。"

"我什么也没有做!"我不肯认错。

"安拉会惩罚你呢!"我母亲生气了,"她把冤情埋藏在心里,不轻易吐露半句,毫无怨言地牺牲自己。她临终时,睁眼对我说:'娘! 安拉把我的命运交在令郎手里,因此无论他怎样对待我,安拉是不过问的。从此安拉叫我从人世转向永恒的宇宙去了。'我安慰她:'儿啊! 你还年轻,病是会痊愈的,你别绝望!'接着我又追问她害病的原因。她始终不告诉我，只微笑着说：'娘！令郎去他经常去的地方幽会时，请转告他，幽会毕分手时，对情人说"信义属善良德行，阴险是卑鄙行径"这两句话吧！我嘱咐他这样做，的确是出自内心的关怀，足以证明我生前死后，始终是关心、爱护他的。'最后她给你留下一件礼物，曾发誓叮咛我，必须等你心回转意，发现她的好处而怀念她时，才让我把礼物交给你。礼物叫我收藏起来了。有朝一日，假若你果真回头追念她时，我自然会把礼物拿给你。"

"给我看一眼吧！"我急于要看一看她遗下的礼物。

老人家不肯拿给我看。后来事过境迁，我向往着享乐、放荡生活，昏昏沉沉地早把表妹的惨死抛在脑后，一心一意只想整天整夜待在情人身边，过无拘、放荡的享乐生活。因此她死后第五天夜里，我便上花园去和情人幽会，见她像坐在热锅上，早就等我多时了。一见面她奔到我面前，使劲搂着我的脖子，打听我表妹的消息。我说："她死了。我们把她安葬之后，在坟前守护三天，照例追悼、超度，不知不觉就过了四昼夜。今天是她死后第五天了。"

她听了我表妹阿济臂的噩耗，长叹一声，忍不住伤心流泪，说道："我不是说过，是你害死她吗？如果你早些时候告诉我她的境遇，那我一定要报答她的恩情呢。因为你是在她的帮助、指引下，才能到我这儿来的。假若没有她，我和你根本是不会碰头聚首的。不过她的遭遇太惨，你的罪孽深重，难免不受惩罚，我担心你会因此引火烧身，终久会陷在灾祸里的。"

"她死前表示原谅我了。"我说，还把母亲告诉我的情况，从头说给她听。

"指安拉起誓，你回去时，向令堂打听一下，她留给你的到底是件什么礼物。"

"据我母亲说，我表妹临终时嘱咐她：'令郎上他经常去的地方幽会时，请告诉他对情人说"信义属善良德行，阴险是卑鄙行径"这两句话吧！'"

"愿安拉怜悯她在天之灵！她总算把你从我手中给挽救了。老实说，我原是存心危害你的，现在我可是洗心革面，不伤害你，也不扰乱、迷惑你了。"

我大吃一惊，说道："你我之间既已发生爱情，彼此建立深厚友谊，在这种情况下，你说吧，当初你是打算怎么对付我的？"

"你虽然钟爱我，但是你年轻无知，天真无邪，不懂得我们妇女的阴谋诡计。你表妹要是不死，她可以帮助你。这次也是她救了你，使你摆脱危险的。现在让我忠告你几句：从今以后，像我们这一流的妇女，无论年轻的或上年纪的，你都别跟她交谈，更不可向她求爱。你须牢牢记住，千万不可疏忽大意，因为她们的阴险、欺骗手法，你是一点也不知道的。兼之给你分析、解释暗示的那个人既已过世，我怕你再陷入迷魂阵时，你就得不到挽救了。可惜你的表妹，她的遭遇实在可叹可悲。但愿她死前我能见她一面，报答一下她的恩情，这是我的夙愿。但愿安拉怜悯她在天之灵！因为她善良成性，忠于诺言，宁可牺牲性命而不泄露半点秘密。这种人的际遇，可歌可泣，我们应该畅洒同情之泪。再说，如果没有她，你原是不可能和我见面的。现在我迫切希望你替我做一桩事情。"

"要我做一桩什么事情？"我问她。

"希望你带我上坟茔去一趟，让我站在坟前，吟诗凭吊她的灵魂。"

"若是安拉愿意，明日我带你去。"我答应她的要求，当天和她在一起过夜。她一直唉声叹气，埋怨我事前不把表妹阿济簪的情形告诉她。我乘机问道："'信义属善良德行，阴险是卑鄙行径'这两句话到底包含什么妙意？"她不吭声，始终缄默不语。

次日清晨，她预备一个钱袋，装满金钱，说道："走吧！带我上茔地给阿济簪扫墓去，我打算吟首诗刻在墓碑上纪念她，并替她祈求、祷告，而且我还要布施钱财超度她的灵魂。"

"听明白了，遵命就是。"我欣然应诺，即时带她上茔地去。我在前边走,她跟在我后面。一路之上,她边走边施舍。每布施一人,便向受施者说:"这是为超度阿济簪的灵魂而布施的,因为她成全别人而牺牲自己的缘故。"

她边布施,边说明施舍的理由。到达坟地时,她袋中的钱施舍完了。她倒在阿济簪的坟头上,痛哭流涕。继而她掏出一只钢凿和一把铁锤,工工整整地把下面的诗刻在墓碑上:

> 我行经一处荒芜的茔地,
> 来到一座泥土未干的坟前,
> 七朵白头翁在坟头上争艳。
> 我问道:"墓穴里埋的是谁?"
> 泥土回答说:
> "这是失恋者葬身之地。
> 请你礼貌些,规矩些!"
> 我叹息、祷祈:
> 爱的牺牲者哟!
> 愿安拉怜悯你,
> 让你住在最高一层的乐园里。
> 因为失恋者的苦楚、可怜,
> 连他们的坟墓也显得格外凄凉、悲切。
> 若是我能够,
> 我要围绕着你的坟墓开辟一座花园,
> 用澎湃的泪水灌溉园中的树木、花卉。

勒石刻碑之后,她号啕痛哭一场,这才站起来,跟我一起回到她家中,然后嘱咐我:"指安拉起誓,我恳求你和我紧密联系,千万不可中断我们之间的关系。"

"听明白了,遵命就是。"我慨然答应她的要求。

从那回之后,我满足她的要求,经常和她保持联系,按时上她家去和她幽会。我每次在她家里过夜,她总是格外优待我,敬重我,经常叫我重复说表妹阿济簪嘱咐我的那两句格言给她听。在这样的环境里,我跟她往来,和她在一起吃喝、嬉戏,出一套进一套地总穿丝绸细软,朝欢暮乐,无忧无虑,放荡不羁,把表妹的遭遇早已忘得一干二净,终日沉沦在舒适、享乐的生活里,整整过了一个年头,身体养得又肥又胖,从来想象不到人世间会发生悲欢离合、灾难临头的事件。

大年初一那天,我上澡堂去熏香沐浴,然后换了一套最华丽的衣履,走出浴室。一路之上,我衣服上散发出来的强烈的芬芳气息,使我怡然陶醉。我欢天喜地地抱着万事大吉的念头回到家中,趁兴喝了几杯美酒,耐心等到晚饭时候,才满腔热情、醉醺醺地走出大门,预备往花园里去幽会。

我醉眼蒙眬,不辨东西,走错了路,来到一条叫乃勾补的胡同里,碰上一个老太婆。她一手持烛,一手捏着一封书信,哭哭啼啼地吟道:

> 可亲可喜的信使呀!
>
> 欢迎你,
>
> 竭诚欢迎你!
>
> 在我面前,
>
> 你的言语多么优美,多么甜蜜!
>
> 从我一心关怀的人儿那里派来的献礼者呀!
>
> 愿安拉保佑你。
>
> 大凡和风吹拂着的一天,
>
> 愿他保护你健康、安宁。

那个老太婆迎面走到我身边,问道:"孩子! 你识字吗?"

"不错,老大娘,我多少认识几个。"我说。

"你替我念一念这封信吧!"她把手中的信递给我。

我接过信来,拆开念给她听。原来那是一个游子从外乡寄回来的平安家书。她听罢,非常欢喜,并表示感谢我,说道:"像你替我解忧一样,愿安拉消除你的忧愁、苦闷。"于是她拿着信走了。当时我急于要小便,便蹲下去便溺。小便后,我站起来,刚要走出胡同,不想那个老太婆又回到我面前,弯下腰来吻我的手,说道:"我的孩子啊!愿安拉赏你长寿,让你尽情享受青春。现在希望你随我去那道门前,再替我解决一个困难问题。这是因为我听你念信之后,把来信的内容说给家里的人听,可他们都不相信,所以希望你去我家,把这封信念给他们听一听。我的请求,千万请你答应我。"

"这封信到底是怎么一回事情?"我问她。

"这是我儿子寄来的平安家信。他在外乡经营生意,整整十年没有回家。在这期间,杳无音信,我们感到悲观失望,以为他死在异乡了。可想不到今天突然收到这封家信。从他出门至今,他妹妹终日为他悲哀哭泣,不相信她哥哥还活在人间。她说:'要把念信的人请到这儿来念给我听,我才相信,也才放心呢。'孩子!多情善感的人,最容易发生猜惧念头,这种情况你是清楚明白的。现在请你给我一些方便,随我过去,俾你站在我家大门外面,念一念这封信,让我女儿躲在门后听一听,以便消除她心中的疑虑。这样一来,你的情谊我这一辈子也不能忘记。从另一方面说,你见义勇为,替人排难解纷,功德也是无量的。因为穆圣说过:'今生热心替人排难解纷的人,来世安拉会替他解决困难问题。'同样穆圣还说:'今生热心替兄弟手足解决一件疑难事情的人,来世安拉会替他解决七十二个困难问题。'根据这个道理,我前来呼吁求援。希望你慨然允许我的要求,别叫我绝望、迷惑吧。"

"听明白了,遵命就是。"我回答说,"你在前带路吧。"

老太婆在前引路,我跟在她后面,刚走了几步,就来到一幢大建筑物的门前,两扇大门上嵌镶着红铜,显得异常严肃壮丽。我站在门前,只听老太婆抬高嗓音喊了一声,便有个活泼伶俐的女郎出现在我眼前。她的裤管卷到膝盖之上,露出两条迷人的大腿,那情景恰似诗人的描绘：

> 你这位卷起裤管的女性，
>
> 存心向情人露出两条大腿，
>
> 让他借此联想其余的肢体。
>
> 你殷勤奔走、周旋，
>
> 把酒杯高高举起，
>
> 送到情人嘴边。
>
> 因为只有醇酒和大腿，
>
> 才能引人入迷、沉醉。

那女郎云石般滑腻的腿脚上，戴着镶珠玉的金脚镯。她的衣袖一直卷到腋下，赤裸裸地露出两只胳膊，白嫩的手腕上，同样戴着嵌宝石的金手镯，耳上垂着珍珠耳环，脖上挂着名贵的宝石项链，头上缠着薄绸绣花头巾，头巾的周围饰以各种名贵的珠宝玉石。她的衣裳下摆别在腰带上，好像正在忙着做家务似的。一见面，她用从来我没听过的、最甜蜜的音调问道："娘！这是你请来念信的人吗？"

老太婆说："是的。"随即把信递给我。当时她站在离大门约莫五尺远的地方。我伸手接着信，挨到门边，把头和肩膀伸进去，刚要念信，就被老婆子用头抵着我的脊背使劲一顶，一下子把我推到门堂里。老婆子随即闪电般奔进大门，赶忙把门关锁起来。

女郎见我在门廊内，迎面走过来，把我搂在怀里使劲一摔，把我摔倒，然后骑在我胸膛上，伸手按着我的肚子既捏又抠，把我蹂躏得死去活来，直待我无力挣扎、动弹不得的时候，才把我抱起来，随老婆子一直往里走。通过七道走廊，来到有四道拱门的一间大厅里，放我坐下，吩咐道："你睁眼看吧！"

经她摆布、蹂躏，我显得异常卑微下贱，只好俯首帖耳，唯命是听。我果然睁眼一看，见屋宇全是上好云石建成的，室内的陈设都是丝绸细软。当中摆着一张镶满珍珠宝石的红金床和两条黄铜凳，那么富丽堂皇,俨然是王宫中的御用之物。

"阿济子!"女郎说,"死与活这两条道路,你到底喜欢哪条呢?"

"喜欢活路。"我回答。

"你既然喜欢活路,那就同我结婚吧!"

"和你这样的女性结婚,这是我不乐意的。"我断然拒绝。

"你和我结婚,就能避免卞蒂·戴丽兰那个妖精的危害了。"

"谁是卞蒂·戴丽兰?"我感到迷惑。

她笑了笑说:"你跟她在一起混了一年零四个月,怎么还不认识她? 愿安拉毁掉那个坏娘儿! 指安拉起誓,比她更诡计多端的人,世间是难找的。你认识她以前,死在她手里的人和她所做的坏事是无法计算的。你跟她在一起过了这么久,却平安无事;她不杀你,不折腾你,这到底是什么缘故呢?"

我听了女郎的谈话,十分惊奇、诧异,问道:"小姐! 她的为人你是怎么知道的?"

"我对她了若指掌,这暂不提。现在我只希望你告诉我,你和她是怎样交往的? 让我知道她不害你,究竟是什么缘故?"

我果然把跟卞蒂·戴丽兰交往的经过和对待表妹阿济簪的情况,从头到尾,详细叙述一遍。她听了表妹之死,非常可怜她的遭遇,忍不住流出同情的眼泪。她捏起两个拳头,互相捶碰着说道:"她正直地牺牲自己的青春了! 阿济子! 愿安拉对你的损失给予更美满的补偿,因为她是你的替身呢。没有她,你不但不可避免卞蒂·戴丽兰的危害,而且早就不能活在人世了。我却替你担心着她的阴谋诡计呢。这当中的危险,我是不能一下子对你说清楚的。"

"指安拉起誓,事过境迁,这一切都成为历史陈迹,还谈得上什么危险不危险呢?"

她摇摇头,颇不以为然地说道:"现在你可不能再有一个像阿济簪那样舍己为人的救命恩人了。"

"我表妹临终时曾经给我留下:'信义属善良德行,阴谋是卑鄙行径'这两句格言。"

"阿济子!"她欣然说,"指安拉起誓,这是把你从她手里救拔出来的两句格言,也就是为了这两句格言,她才不肯杀害你。你表妹不仅生时保全你的性命,死后还叫你摆脱危险。指安拉起誓,我早就存心和你碰头,即使能在一起过一天,我也心甘情愿。可是夙愿终不得偿,直到今天才碰到机会,我算是用计把你给骗到手了。你还年轻,没有经验阅历,娘儿们的阴谋诡计,你却一点也不知悉。现在你好生欢喜快乐吧!反正死了的,会得到安拉怜悯、照顾,活着的,会遇到人们敬仰、亲近。总之一句话,你是一个纯洁善良的青年,不根据合法手续,我是不肯和你结成夫妻的。我有的是钱财、布帛,你需要什么,我马上拿给你,绝不要你承担什么义务。至于饮食嘛,我这里都是现成的,而且满家满当,不愁你没有吃喝。别的我不要求你,只希望你像一只雄鸡所作所为那样待我也就心满意足了。"

我问她:"什么是雄鸡的作为?"

她拍掌大笑不已,笑得前仰后合,无法自持,终于倒了下去。她躺着笑够了,才坐起来,问道:"雄鸡的作为你果真不知道吗?"

"指安拉起誓,我的确不知道。"

"吃、喝、交尾,这些个都是雄鸡的作为哪。"

"哦!这些个就是雄鸡的作为吗?"我感到非常害羞。

"不错,就是这些个。现在我只要求你抖擞精神,振作起来,一股劲地好生待我也就可以了。"她说着把手掌一拍,喊道:"娘呀!快给我带人来吧!"

老太婆应声带来四个证婚人,点上四支蜡烛。四个证婚人向我打个招呼,一齐坐下。女郎站了起来,从容放下面纱,罩着面容,然后吩咐当中的一个证婚人办理缔婚手续,承认先后收了一万元聘金。证婚人按照她的意图,写了婚书,办完缔婚应办的各种手续,然后收下酬金,告辞走了。这时她从容走出来,脱掉外衣,换上一件绣花绸衬衫,牵我进入洞房,唠唠叨叨地说道:"亲爱的,来吧!咱们是合法的夫妻,没有什么可害羞的……"于是她赤胸露臂,把我搂在怀中,放荡不羁地撒起娇来,显得既温柔又依顺。她还说:"亲爱的夫君!我是你的丫头,请你随便享受,尽量满足你的需求吧。"她的媚态和甜言蜜语,弄得我扑朔迷离,无法控制自己,因而顺水推舟,和她同衾共枕,欢度了一夜。

次日清晨,我从美梦中惊醒,整理衣冠,打算和她告别。可她嘻嘻哈哈地笑着挨到我面前,说道:"难道你以为出澡堂是跟进澡堂那样轻易、随便吗?我觉得你总是用看卜蒂·戴丽兰那流人的眼光来看待我。劝你千万别抱这种念头。须知:你和我是根据合法手续结成的一对结发夫妻。如果你喝醉了酒,那么你赶快清醒清醒吧。告诉你:你身临其境的这幢房屋,它的大门每年只有一天可以开启,其余三百六十四天都与外界隔绝。若不相信,你亲自去看一眼,就明白此中真相了。"

我走出大厅,去到门前,见大门不但关锁着,而且还打上封条。没奈何,我回到大厅里,告诉她大门果然关锁起来了。她说道:"阿济子!我们屋里储备的粮食、果品、糖、肉、鸡、羊和其他生活必需的物品,应有尽有,数量之多,足够我们几年的享用。因此从昨夜起,我们把大门关锁、封闭起来,不到来年元旦,绝不随便开启。现在我明明白白地告诉你:不待满一年,你休想离开这幢房屋。"

我失望到极点,唉声叹道:"全无办法,只望伟大的安拉拯救了。"

"我给你讲过雄鸡的作为。你既已明白这个道理,还有什么值得忧愁、顾虑的?"她边埋怨我,边高声笑个不停。

不得已,我只好陪她笑了几声,表示听从她的安排、指使。于是乎从那时起,我便和她生活在一起,像一只雄鸡,每天陪她吃、喝、睡觉。似水流年,不知不觉也就过了一个年头。在这期间,她妊娠期满,替我生了一个孩子。

大年初一那天,我听到开大门的声音,还看见人们自由出入,搬来大批糕饼、面粉和糖食。我打算趁机会走出大门，可是我妻前来阻止我，说道："请你稍微忍耐一时，跟你来时的时间相似，等晚饭时候你再走不迟。"

我惴惴不安，神魂不宁，耐心等到晚饭时候，正预备出走，她却前来阻止，说道："指安拉起誓，除非你对我发誓，保证今晚关门之前按时归来，我是不轻易放你出去的。"

我急于要走，不得不答应她的要求。于是她逼我指宝剑和圣经赌过咒，才让我走。由于长期关在屋里，过着倒霉的淫荡生活，把我折腾得有气无力，羸弱不堪。我拖着疲惫的脚步，慢吞吞来到卞蒂·戴丽兰的花园门前，见园门依然开着，不觉百感交集，暗自说："我离开这里，整整一个年头，如今骤然归来，见庭园景色依然，却不知女郎的情况如何？在回家之前，我必须进去看她一眼。"

我走进花园，来到过去游息的亭榭前，见卞蒂·戴丽兰兀自坐在里面，腮颊捧在手里，手肘枕着膝头，两眼深陷无神，面容憔悴瘦损，前后判若两人。一见面，她喜不自胜，欣然说道："赞美安拉，是他保佑你康泰安宁！"她要站起来，表示欢迎我，可是欢喜过度，力不从心。我感到惭愧，觉得没脸见人，垂头丧气地挨到她身边，问道："我此时到这儿来和你幽会，这消息你是从哪儿得来的？"

"我并不知道你上这儿来的消息。指安拉起誓，整整一个年头，我没有尝到睡眠的滋味了。从你离开这儿那天起，我坐着等待你，每天晚上熬夜、失眠，这种情形一直延长到今天。我一天天等下去，可是始终不见你光临。我耐心等待你，这是对情人应有的忠贞心情。现在我要求你告诉我一年来你舍弃我的原因。"

我答应她的要求，把被禁锢的经过从头叙述一遍。她听到我结婚的消息，顿时气得脸色苍白。最后我对她说："今夜里我特意前来看望你，必须黎明前赶回去。"

"她用计骗你，强迫你和她结为夫妻，并把你禁锢了一年，这些事件，难道她还嫌做得不够，必得逼你发誓，责成你黎明前赶回去，不许你在令堂或我面前消遣、休息一会儿吗？让你在令堂或我这里过一夕她都不能容忍吗？她既然自私自利到这步田地，那么整年被你抛弃的我又该抱什么样的心情呢？何况我是最先认识你的。你表妹阿济簪——愿她获得安拉的怜悯——她以身作则，做了前人没有做过的事情，她忍受了别人不能忍受的待遇。最后在你逼迫下，她牺牲自己的生命，终于保护你免遭我的毒手。当初我能够禁锢你或危害你，但我认为你会按时到这儿来见我，所以我采取放任态度，给你充分的自由。"

她说罢，嘀嘀地痛哭流涕，越哭越伤心，愤怒到极点，眼睛里射出仇恨的光芒。我眼看那种情景，知道大祸即将临头，浑身战栗不已，恐怖得像烈火中快要爆炸的蚕豆。继而她斩钉截铁地说道："你既然娶了老婆，生过孩子，像你这样的人，对我来说，已无利可取，不适于再做我的伴侣。因为我所需要的只限于未婚的青年，有妻室儿女的男人，对我来说是无用的，是无利可图的。这回你算是为那个臭娼妇把我给出卖了。指安拉起誓，我要报仇，要叫她为你而感到痛心，并且要叫你今后活在世间，既不是我的伴侣，也不是她的良人，必须叫她为你悔恨、遗憾终生。"

她说罢，大喊一声，便有十个婢女应声出现在我面前。她们一齐动手，捉住我，把我摔倒。于是她站起来，手里拿着短剑，慢步挨到我面前，说道："我一定要像宰山羊那样宰掉你。我这么样惩罚你，跟你对我和对你表妹所作的滔天罪孽比起来，仅仅是从宽处理；也就是说，这样处罚你，实在太便宜了你。"

我在她们的劫持下，躺在地上，弄得一头一脸的灰尘。眼看她拿着匕首恶狠狠地站在我面前，相信非死不可，没有活命的余地。我死里求生，哭哭啼啼、苦苦哀求她饶恕我的过失。但我越求饶，她更露出残酷无情的凶相。她吩咐婢女们把我捆绑起来，让我仰卧在地上。接着她们中有的按着我的脑袋，有的骑在我的胸膛上，有的坐在我的脚杆上，还有两个分别捏着我的脚趾头，直卡得我丝毫动弹不得，她才吩咐两个婢女使劲鞭挞我，打得我声嘶力竭，昏迷不省人事。

过了一会儿，我慢慢苏醒过来，暗自说："干脆一刀宰掉我，比这样挨打受罪要好受些！"我突然想起表妹先前对我说："愿安拉保佑你免受她的危害。"我回忆着这句话，忍不住狂叫起来，失声痛哭。

临了，她掏出一柄锋利匕首，高高举起，吩咐婢女们揭开我的衣领，摆出立刻就要杀我的姿势。幸亏安拉默助，突然叫我想起表妹的嘱咐，因而我随口把"信义属善良德行，阴险是卑鄙行径"这两句格言说了一遍。她听了，惊叫一声，叹道："阿济簪哟！愿安拉怜悯你，关怀你在天之灵，因为你生时死后一再拯救了你表哥的生命。"继而她说道："指安拉起誓，你凭这两句格言，算是从我手里得到了解救，可是我不愿随便放过你；为要打击一下那个窝藏你的小娼妇，我必得在你身上留下一点痕迹。"于是她吩咐婢女们："你们骑在他身上，紧紧地捆住他的两条腿！"婢女们遵循命令，果然拿绳子把我的两腿紧紧地捆绑起来，她便亲自动手，拿一口炒锅摆在火炉上，炼了一锅胡麻油，在锅中炸了干酪。一切预备妥帖之后，她才挨到我面前，脱掉我的裤子，用绳子系着我的睾丸，然后把绳子递给两个婢女，叫每人拉着一端使劲拽。两个女仆遵命一拽，我感到致命的疼痛，一下子昏迷过去。她拿起刀来，一刀割掉我的生殖器，随即用沸油烫过被割的伤口，敷上药粉。从那时起，我便像女性一样度此残生。

我被阉割之后，不知过了多少时候，才慢慢从昏迷中苏醒过来，见伤口上的鲜血已经凝结。她斟给我一杯浓酒，说道："你去找嫁你的、不肯让你在我这儿过一夜的那个娘儿去吧！愿安拉怜悯你的表妹，因为她使你得救。如果你不说那两句格言，那你一定要死在我手里。现在你快上你所向往的人儿那里去吧！我这里除了割下的一条生殖器，不再恋念你，也不需要你了。你站起来，摸一摸头，然后给我滚出去！今后你必得好生纪念你的表妹。"她说罢，狠狠地踢我几脚。

我站了起来，已经不能自由行动，便一步一拖地慢慢挣扎着回到老婆门前,见大门还没关闭。我精疲力竭,一骨碌倒在门廊里,昏迷不醒。当我苏醒过来的时候,我的身体已被抛在大门外面。揆情是我妻出来把我弄到屋里,一旦发觉个中秘密,就对我变心了。

我站起来,一步一哼地回到自己家里,见我母亲正为我悲哀哭泣,还听到她唉声叹气地说:"儿啊!你到底流落到什么地方去了呢?"我挨到她面前,倒在她的怀里,母子二人抱头痛哭。她眼看我面黄肌瘦、羸弱不堪的落寞状态,料到我遭逢意外,才病到这步田地,因而格外伤感、悲哀。这时我想起表妹的遭遇和她替我做的好事,从而体会到她向来对我的深情厚谊,忍不住越哭越伤心,我母亲也陪我伤心哭泣。这时候,母亲告诉我先父去世的消息,更增加我的悲哀苦恼情绪,致使我痛哭失声,昏迷不省人事。

我慢慢苏醒过来,见表妹生前经常坐着感伤的那个座位,忍不住又伤心哭泣。我一直悲哀、叹息,直到深夜。这时候母亲对我说:"你父亲死了刚满十天。"我说道:"现在除了表妹阿济簪在我心上,其他的事我都管不着了。这是因为她忠心耿耿地爱我,我却对她疏忽、淡漠,都怪我自作孽,最后才得到这样的下场。"

我母亲问我到底得到什么样的下场?我把自己的遭遇,从头到尾详细叙述一遍。她听了非常苦恼,忍不住痛哭流涕,最后说道:"赞美安拉,是他保全你的生命。那个娼妇虽然残酷、狠心,且喜她没有宰掉你,这还算不幸中的大幸。"她勉强抑制悲痛心情,给我预备饮食,让我吃喝、休息。

我的创伤经母亲精心护理、医治,逐渐痊愈,健康也慢慢复原。母亲说:"儿啊!你表妹托我替你保存的那件礼物,现在可以拿给你了。当初她发誓一再叮咛:必须等你回心转意,跟坏人绝交,进而怀念她,并感觉苦恼时,才把礼物拿给你。我看这个条件已经具备,现在我应该把礼物拿给你了。"于是她打开箱子,取出一块绸布。我接过来一看,知道是先前我送给表妹的那幅羚羊图。我打开羚羊图,发现表妹留给我的诗和信:

你叫我站起来迎接爱情，

你自己却坐视不理。

你叫我睁着被泪水浸坏了的眼睛熬夜、失眠，

你自己却酣睡不醒。

你生存在我的心房和眼睛之间，

即使这颗赤心化为乌有也难把你忘记。

你一方面和我结约，

口口声声要忠于爱情；

另一方面你却人云亦云，

轻信挑拨离间者的谗言。

表哥啊！

指安拉起誓，

我死后，

请在我的墓碑上标明：

"这是爱的牺牲者葬身之地。"

亲爱的表哥：

我牺牲自己保护你的生命，并祈望安拉使你和你心爱的人儿彼此满意，互相适应，并相亲相爱到底。此外我还要嘱咐你：万一卜蒂·戴丽兰下毒手加害于你，你就该和她断绝关系，同时也别再找其他的女性。对自己的劫运，你应该逆来顺受，好生耐心忍受，这是因为你具有不可减缩的寿限，所以才留得一条生命。我竭诚赞美安拉，因为是他把我的死期规定在你的死期之前，让我先你而离开人间。我祝你康泰安宁。当你离家时，这羚羊图曾给我无限的慰藉，因此我把它当礼物遗留给你，希望你格外珍惜，不要把它随便抛弃。愿安拉保佑！假若你有缘和这羚羊图的制作人碰头，希望你赶快回避，别让她和你亲近，更不可以娶她为妻。万一你摆脱不了她，非和她生活在一起不可的时候，那你就千万不可再跟任何妇女接近，免得自找苦头。你要

知道：这羚羊图的制作人，她每年照例刺绣同样的一幅羚羊图，寄往遥远的地区，宣扬她精巧独特的技艺，这便是这羚羊图的来历。当这幅羚羊图传到你的情人卞蒂·戴丽兰手里，她便从中渔利，经常拿它在人前夸耀说："这是我妹妹绣的。"其实她所说的都是谎言，全是虚构出来欺世盗名的。——愿安拉揭穿她的虚伪秘密——我不避饶舌、多言，一再嘱咐你，因为鉴于我死后，会发生意外事件，你受到打击，便悲观厌世，抬不起头，必然会离开家庭，去他乡漂泊、旅行，借周游消除满腔的怨气。在旅途中，你可能听到绣羚羊图之人的姓名，不自主地产生爱慕心情，便一心一意前去追求。我可以告诉你：这羚羊图出自一位高尚的闺秀之手，她就是卡夫尔岛国的公主。我相信当怀念不起作用的时候，你是会回忆我的，因为我的善良心肠要在我死后，你才能体会。

我读了她留给我的诗和信，恍然明白个中真情，忍不住边打自己的耳光，边悲哀哭泣。我母亲也陪我伤心流泪，母子二人相对泣不成声，直哭到深夜。

从那回以后，我悲观失望到极点，想着表妹的结局和我自己的遭遇，终日悲哀哭泣，沉沦在悲惨、凄凉的生活里，走投无路，整整过了一年。这时候，我们城里的商人预备结队出去经营生意。消息传到我们耳里，母亲指示我准备一些货物，跟他们一起出去旅行。她说："儿啊！你跟商队一起出去经营生意，上他乡去走走，看看市面，借此消愁解闷。你在外面待上一二年或两三年，然后跟他们一块回来，那时候也许你的心胸开朗，就不苦闷了。"

母亲再三地好言劝我，鼓励我，终于把我给说服了。我果然预备一批货物，跟商队们一起，别乡离井，到外面来经营生意。在旅途中，我的眼泪从来没有干过。每当打尖或到过夜的地方，总要拿出这块绸布，对着羚羊图，边回忆表妹，边伤心哭泣。我的这种情形，你曾亲眼看见。我之所以悲哀哭泣，这是因为表妹生前无微不至地爱我，随时随地关心我,事事体贴我,而我却以怨报德,不但不表示感激,而且一举一动都使她伤心。由于刺激过度,万分痛苦,她忧郁成疾,终于命丧黄泉。

我离开家庭,在外经营,迄今整整虚度了一年。现在随乡亲的商队一起回家,心中的忧愁苦恼反而有增无减。这种心理变化是在我们路过卡夫尔王国,游览水晶城之后,才出现的。卡夫尔原是七个岛屿组成的一个王国,国王叫佘赫鲁曼。国王有个女儿叫朵尼娅。据说朵尼娅公主是羚羊图这种美术品的制作人,你手中这幅羚羊图,就是她的作品之一。我听了这个消息,不自主地产生爱慕心情,从而沉沦在想念、向往的海洋里,心中燃烧着炽烈的火焰。同时我顾影自怜,进而痛恨自己的残废身躯。因为我既遭阉祸,丧失阴茎,生理上跟妇女毫无区别。在这样的情况下,我根本享受不到人生乐趣,那还有什么爱情可谈呢!从离开卡夫尔王国那天起,我心情沉重,涕泗纵横,直到今天,这种心情没有丝毫改变,到头来我是活厌烦了。我不知今后能否回到家乡,死在母亲面前?以上所述,是我一生的遭遇。太子殿下!您知道人世间有谁的境遇比我的遭遇更凄惨、离奇的吗?

阿济子谈了他的身世和遭遇,唉声叹气,悲哀哭泣,呆呆地望着羚羊图诉苦,凄然吟道:

一

一个发言人对我说:
"你必然有出路,
肯定能过快乐幸福生活。"
我赶忙回道:
"请你抛弃责备,
不要再奚落。"
他又说:

"稍微等一会儿,
你的愿望即将实现。"
我说道:
"这是奇谈妙语,
出自你这位冷酷的空谈者之口。
告诉你:
我的生命危在旦夕,
谁来替我保险?"

二

从分别之日起,
我悲哀哭泣,
哭到向人借贷眼泪的境地,
此中真情只有安拉知悉。
埋怨的人劝我说:
"忍耐些!
鹿终归会死在你手里。"
我说道:
"埋怨的人哟!
忍耐在哪里?
我该上哪儿去寻?"

阿济子和朵尼娅

太子塔智·木鲁可听了阿济子的故事,感到十分惊奇、诧异。随后他听到朵尼娅公主生得美丽,知道羚羊图是她绣的,心中便燃起羡慕的火焰,想念和苦闷情绪越来越难抑制,因而对阿济子说:"指安拉起誓,你的遭遇是空前的,是前人没有碰到过的。不过这一切都是生前注定了的,我们暂不管它。现在我要向你打听一桩事情。"

"打听什么事情？你说吧。"阿济子回答。

"绣羚羊图的那个姑娘，你是怎么看见她的？"

"是用计谋偷看她的。情况是这样的：我随商队到达卡夫尔国内，便去一座树林茂盛、百花争艳的花园中游憩。园丁是一位上了年纪的老头。我问他：'老人家！这是谁家的花园？'他回道：'这是朵尼娅公主的。我们是在她宫中当差的。公主要到园中来游览时，便打开一道秘门，然后进花园来消遣，随意欣赏芬芳的花卉和美丽的景致。'我要求说：'请你行行好，准我在园中待一会儿，等公主出来，让我看她一眼，满足眼福吧。'他说：'可以的，这不碍事。'

"园丁慨然答应我的要求，我便给他一块钱，吩咐道：'拿去买食物来咱们一块儿吃吧！'他收下钱，欣然带我去到一处僻静的地方，给我几个鲜果，嘱咐道：'你坐在这儿，等我去买吃的。'于是他去了一会，给我买来烤羊肉。我和他坐在一起，边吃羊肉，边谈心。当时我急于要知道公主是个什么样的人物，情绪非常紧张。这时候，忽然听到开侧门的声响，园丁便对我说：'你快躲起来！'我听从吩咐，刚起身躲藏起来，便有一个黑太监伸进头来，问道：'老人家！花园里有外人吗？''没有。''那把大门关起来吧。'太监命令他。

"园丁遵从命令，果然关起园门。接着朵尼娅公主便从秘门中姗姗走进花园来消遣、游玩。她一出现，俨然是从地面上升腾起来的一轮皎洁可爱的明月。她那窈窕美丽的倩影深深地吸引了我，使我黯然魂销，陷入迷惘状态。从此我一见钟情，产生如饥似渴的爱慕心情。

"可惜好景不长，公主在花园里只逗留了短暂的时间，便匆匆翩然归去。我怀着沉重心情离开花园，深知我不可能和她接近，尤其我受过阉割，更不可能向她求婚。当时我想：'她是公主，出身高贵，我不过是一个行商，彼此相隔不啻天壤之别，哪里会有门路和她接近？'所以商队的同乡预备离开卡夫尔时，我也收拾行囊，和他们一起动身起程。在归途中，路经贵境，在此和殿下邂逅相遇。承蒙殿下关怀照顾,一再追问下情,我不得不详细叙述自己的身世和遭遇。祝愿殿下福寿康宁。"

塔智·木鲁可和朵尼娅

太子塔智·木鲁可听了阿济子的叙述,一心爱上朵尼娅公主。他怀着向往心情,跨上猎马,带着阿济子回到城中,让他住在宫里,当上宾招待,供给吃的穿的和各种生活日用物品。一切安排妥帖,让阿济子住定之后,太子塔智·木鲁可本人才闷闷不乐地回到自己宫中,从此忧郁成疾,不吃不饮。原因是他以耳代目,过分地爱慕朵尼娅公主,终于患了单思病。

有一天国王来到太子塔智·木鲁可宫里,见他脸色苍白憔悴,知道他苦恼忧愁,便追问个中原因:"儿啊! 你怎么了? 告诉我吧! 什么不如意的事使你变得这么苍白憔悴?"

太子塔智·木鲁可把朵尼娅公主的才德、姿色,和他一听倾心、钟情于公主的恋念心情,从头到尾,详细叙述一遍。国王听了,说道:"儿啊! 朵尼娅公主的父亲是一国之王,他的王国距我们很远,我劝你还是死了这个念头的好。你母亲宫里有五百个月儿般美丽可爱的宫娥彩女。你上那里去看看,看上谁,便选她为你的妻室吧。如果你谁都看不上眼,那我们另想办法,从其他帝王宫中,替你物色一个比朵尼娅公主更出色的对象好了。"

"父王! 朵尼娅公主是羚羊图的制作者。她的美术作品我都看过了。我爱她爱到极点,除了她,我谁也看不上眼,因此我非要她不可。如果达不到这个目的,我就不活下去了,我一定要逃到荒无人烟的沙漠地区,不惜为她而毁灭我自己。"

"儿啊! 你暂别着急,让我派人去见她父亲,替你向她求婚好了。这样一来,像从前我向你母亲求婚那样,会使你达到目的的。万一她父亲不愿结这门亲事,我就开一支人数极其众多,势力极其雄厚的部队,浩浩荡荡地开去攻打他,踏平他的国土。"国王苏里曼沙一方面安慰太子,一方面召见阿济子,问道:"你知道上卡夫尔去的路途吗?"

"不错,我知道。"阿济子毕恭毕敬地回答。

"你既识途,希望你陪我的宰相上那儿去一趟吧。"

"听明白了,遵命就是。"阿济子满口应诺。

国王苏里曼沙即时召宰相进宫,对他说:"你替我想个办法,满足太子的愿望吧! 你上卡夫尔去见该国国王,替太子向公主求婚吧!"

"听明白了,遵命就是。"宰相毅然接受任务。

太子塔智·木鲁可勉强抑制急躁情绪,回到自己宫中,等待宰相替他解决婚姻问题。但他急于求成,觉得等待的时间太长,遥遥无期,不知什么时候希望才能实现,因而惴惴不安,心绪不宁,单思病与时俱增。黑夜里他辗转不能成寐,便吟道:

> 黑夜降临,
> 我的眼泪汇成一条长流,
> 爱情的烈火焚烧着我的心。
> 我的情况黑夜知悉,
> 请你向它打听!
> 它会原原本本告诉你。
> 除了忧郁和单思病,
> 我没有其他的事可为。
> 我抑制不住澎湃的情愁,
> 守望着满天星辰过夜,
> 泪珠冰雹般从腮角上滚流。
> 像伶仃孤苦的无告者的情形,
> 我孤单寂寞、偷生苟活,
> 得不到支持和援救。

塔智·木鲁可吟罢,倒在床上,昏迷不省人事。

次日清晨,国王来到塔智·木鲁可房中,见太子的面容越发憔悴、苍白,便好言安慰他,许下诺言,要竭力想办法满足他的愿望,使他的希望很快实现。于是见诸行动地立刻给阿济子和宰相准备行装和礼物,打发他们按时动身出发。

宰相奉命带领人马赶路程,不分昼夜地跋涉了几天,直到卡夫尔境内,在距京城不远的河边住下,然后派一个差人先去谒见国王,报告他们前来拜访的消息。

报信的差人去了约莫半天的工夫,卡夫尔国王的侍从和朝臣便到郊外来迎接他们,带他们到王宫里和国王见面。宰相把带来的礼物献给国王,作为国王的上宾,备受优待。他们住在王宫里休息了四天。第五天,宰相谒见国王,站在国王面前,说明前来拜访的原因,并正式提出求婚的请求。

刚提婚姻问题,国王顿时彷徨、迷惘起来,愕然无言对答,这是因为公主不想嫁人,向来拒谈婚姻问题的缘故。他低头呆然瞅着地面想了一会,然后抬头吩咐一个侍从:"你上后宫去见朵尼娅公主!把刚才你听到的,和这位宰相前来替太子向她求婚的消息告诉她,看她怎样回答。"

侍从遵循命令上后宫去见公主。过了一会,他慌慌张张地回到国王面前,说道:"主上!我遵命去见朵尼娅公主,把听到的消息告诉她。公主听了,大发雷霆,说道:'如果父王硬要逼我结婚,那么倒霉的是娶我的人,我会宰掉他的。'她咒骂着举起棍棒,要打碎我的脑袋,幸亏我跑得快,才保全性命。"

国王佘赫鲁曼听了侍从的报告,回头对前来求婚的宰相和阿济子说:"有劳二位贵宾代我向贵国王陛下致意,请将二位亲眼看见的和亲耳听到的,如实报告贵国国王陛下,俾他知道小女向来对男人不感兴趣,所以立志终身不嫁,因此贵我两国之间,是无缘缔结姻亲关系的。"

宰相听了国王剀切的答复，大失所望，不得已，只好告辞回家。他率领人马，继续跋涉，不分昼夜地兼程赶到国内，谒见国王，报告前去求婚的经过。国王听了报告，勃然大怒，立刻下令，调兵遣将，准备进攻卡夫尔王国。宰相眼看国王愤怒、急躁的情绪，大为惊异，立刻从中劝阻，说道："且慢！关于这桩事情，没有诉诸武力、大动干戈的必要。据我所知，这门亲事之所以不能结成，卡夫尔国王是无过的，这只怪他女儿朵尼娅公主不愿结婚的缘故。因为她一听我们前去求婚的消息，立刻就使人向她父亲表明态度：'如果父王硬要逼我结婚，那我只好杀死娶我的人，然后再自杀了事，我和他势必同归于尽。'由此看来，卡夫尔国王是无罪的，陛下不必兴师问罪。"

　　国王苏里曼沙听了宰相的劝谏，觉得他的话很有道理，说道："我若发兵去打败卡夫尔国王，把他的女儿朵尼娅掳来，她也会自尽，那是徒劳无益的。"因此他打消征战的念头，但是十分担心太子的境遇，只好把宰相前去求婚的结果，全都告诉了他。

　　太子塔智·木鲁可知道求婚失败的原因，对国王说："父王！我控制不住爱慕朵尼娅公主的心情，要上卡夫尔去想办法同她见面，亲自向她求婚。我下定决心，此去即使牺牲性命，也在所不惜，其他的办法，我是不考虑了。"

　　"你打算怎么去呢？"国王很不放心。

　　"打扮成商人模样。"太子很有把握似的。

　　"倘若非去不可，让宰相和阿济子陪你一块儿去吧！"国王提出办法，决定从国库中提取十万金币，给他作本钱备办货物。宰相和阿济子非常赞同国王的办法，欣然接受使命，乐意陪太子同行，便赶忙准备行李。

　　动身起程的头天晚上，太子塔智·木鲁可和阿济子两人依依不舍，一起在阿济子的住处过夜。然而他心不在焉，始终安定不下来，吃饭不香，睡觉不甜，爱情的浪潮冲击着他的心弦，致使他百感交集，沉沦在向往的海洋里，不停地叹息、流泪，吟道：

在远距离的隔绝之后，
我们之间能否有见面的机会？
假若真能见面，
我必须向你倾诉痴情。
那时候我会告诉你：
我向来热爱着你，
黑夜却故意拉长我们之间的距离。
我曾为你长期失眠、熬夜，
人们茫然不知此中底细。

太子塔智·木鲁可吟罢，痛哭流涕。阿济子眼看那种情形，触景伤情，想着表妹阿济簪，也伤心流泪。他俩相对泣不成声，越哭越伤心，整整哭了一夜。

次日清晨，太子塔智·木鲁可穿上旅行服装，去向他母亲辞行。王后给他五万金以壮行色，祝他一路平安，一帆风顺地达到目的。随后去向他父亲辞行。国王给他五万金，吩咐在城外张起一个大帐篷，亲身出去送行，在帐篷中热热闹闹地欢度了两天，然后打发他们动身起程。

在旅途中，太子塔智·木鲁可同阿济子在一起，感到无限快慰，因而对阿济子表示格外亲热，恳切地说道："阿济子，我的好弟兄啊！我和你亲如手足，从今以后，无论如何我也不能离开你了。"

"我自己也有这种感情呢。"阿济子表示对太子很忠诚，"我愿意终生陪随你，希望将来能够死在你的脚前。不过我家里还有白发老母，我始终惦念着她呢。"

"你只管放心，等大功告成，你的恩情我是忘不了的，我会重重地报答你。"

在宰相率领下，他们继续向前走。在旅途中，宰相一直安慰太子，叫他耐心忍受暂时的风霜之苦。同时阿济子为他朗诵诗歌，讲故事，谈历史，掌故，替他消愁解闷。在这样情况下，他们行行重行行，日以继夜地赶路程。炽烈的爱火燃烧着太子塔智·木鲁可的心,增加了他的忧愁,致使他觉得路程迢迢,前途茫茫,希望依然渺茫无期,因而急躁、苦恼情绪日益加剧。经过两个月的跋涉,他们终于来到卡夫尔国的京城。太子塔智·木鲁可眉飞色舞,十分欢喜,忧郁苦恼情绪,全都烟消云散。

他们穿着生意人的服装,打扮成商人模样,一直来到一个叫商人之家的大旅馆寄宿。太子塔智·木鲁可问阿济子:"这是生意人寄宿的地方吗?"

"不错,这是生意人寄宿的旅店。"阿济子回答,"这个旅店,比前次我跟商队住宿的那个旅店还好呢。"

他们在旅店中住下,把行李搬进去,把货物堆存起来,安安逸逸地休息了四天。接着宰相托人赁了一幢建筑宽敞、设备美观的大房子。他们从旅店搬到新赁的屋子里住定,宰相和阿济子才开始替太子塔智·木鲁可出谋划策,作出各种计划,以便完成任务,早日实现太子的愿望。这时候太子塔智·木鲁可本人反而迷惘、糊涂起来,茫然不知该怎么办才好。

经过多方思索考虑,宰相认为在匹头市中开个商店,从经营生意买卖着手,比较妥当。于是他跟太子塔智·木鲁可和阿济子商议:"如果我们老坐在屋里不动,我们的任务是完不成的,太子的愿望也是不可能实现的。现在我想出一个办法来了。若是安拉意愿,照我的办法去做,说不定会有好结果呢。"

"您想怎么办就怎么办吧!"太子塔智·木鲁可和阿济子同声赞成宰相的意图,"一般年长者都是有福气的人,何况您老人家阅历丰富,是久经世故的。您打算怎么办,请指示我们好了。"

"我打算替你在匹头市中开个商店,让你坐在铺中,经营生意买卖。"宰相对太子塔智·木鲁可说,"你要知道,布帛这种货物,一般普通老百姓和上等人家都需要它。你坐在铺中经营买卖,若是安拉意愿,这对实现你的理想是很有帮助的。尤其你生得漂亮,仪表不凡,这一定会惹人注意。不过你必须和阿济子通力合作,让他在铺内帮你递送货物。"

太子塔智·木鲁可听了宰相的计划,满心欢喜,说道:"您的主意正确极了!"于是他穿上华丽的商人服装,带一千金,随宰相和仆从,往匹头市去物色商店。

到了匹头市中,一般生意买卖人看见太子塔智·木鲁可都发愣,十分惊羡他的标致漂亮,大家议论纷纷。有人说:"莫非天堂门的守护者疏忽大意,忘了关门,这个标致的仙童便悄悄地从天堂里溜出来了?"有人惊叹说:"这个漂亮小伙子,他也许是个仙童吧!"

宰相带太子塔智·木鲁可、阿济子和仆从们去到市场中,向商人们打听市场的管理人。根据商人们的指示,他们找到市场管理人的住处。市场的管理人和其他的生意人都站起来迎接,非常亲热、客气,对年长的宰相尤其敬重。因为在商人眼中,他带着塔智·木鲁可和阿济子两个漂亮小伙子,老态龙钟,仪容威严,充分显出达官贵人的派头。当时还有人猜测说:"毫无疑问,这位长者一定是这两个小伙子的父亲。"

"请问你们中哪位是负责管理市场的?"宰相问。

"喏!这位就是。"商人们指着市场管理人回答。

宰相一看,见是一位庄重、严肃的长者,从仪表看,显然是呼奴使婢、很有地位的人物。市场管理人问候他们,表示谦和、热忱,并让他们坐在自己身边,问道:"你们到这儿来,有什么事要我们帮忙吗?"

"是啊,"宰相回答说,"我已经年满花甲,膝下有这两个孩子,经常带他俩周游旅行,增广他俩的见识、阅历。所到之地,必须逗留一年之久,俾孩子有机会访风问俗,以便了解当地的风土人情。现在我来到贵地,打算在这儿住下来,希望阁下替我物色一间适中的铺面,以便开个匹头商店,让孩子经营生意,借此观光贵地的风土人情,从而得到启发,进一步学习待人接物的本领。"

"可以的,这不碍事。"市场管理人慨然答应宰相的要求。继而他用色情眼光注视塔智·木鲁可和阿济子,对他俩很感兴趣。原来这个所谓的市场管理人,过去是个好男色的、邪辟成性的坏家伙,因此他心术不正,暗自叹道:"赞美安拉,是他用微贱的精血造化这两个人儿呀!"接着他站起来,像奴仆对主子那样毕恭毕敬地殷勤接待塔智·木鲁可和阿济子,不遗余力地奔走,终于在市中心替他俩租到一间既高大又美观的店铺。店铺的进深不但宽阔,而且装置别致,里面的货架都是镶象牙和檀木的。他把店铺的钥匙交给宰相,说道:"请收下吧,我的主人!愿安拉借此降福给你的两个公子。"

宰相收下钥匙,谢过市场管理人,然后吩咐仆从把从本国运来的、为数很多的名贵货物搬到铺中,陈列起来。一切布置妥帖,然后回寓所去休息。

次日,宰相带太子塔智·木鲁可和阿济子去澡堂沐浴。在澡堂中尽情享受,痛痛快快地熏香沐浴,换上华丽的衣服,顿觉心旷神怡。太子塔智·木鲁可和阿济子两个小伙子,精神焕发,活像两只小羚羊,红的腮,黑的眼,眉清目秀,满面春光,俨然是夜空中两轮皎洁的明月,显得格外漂亮。他们满身轻松愉快,摇摇摆摆地回到寓所,大吃大喝一顿,然后舒适愉快地过夜。

第二天他们从梦中醒来,盥洗一番,作过晨祷,然后早餐。饭后,已是开市做买卖的时候,这才离开寓所,来到铺中,见铺内被仆人收拾、布置得齐齐整整,地板和桌椅上铺着绒地毯和丝台布,还设置两张靠墙的长椅,每张长椅价值百金,上面铺着华丽的、镶金边的皮垫。店中的陈设和铺面的精致装潢、结构相互辉映,整个商店显得异常富丽堂皇,格外惹人注目。

宰相、太子塔智·木鲁可和阿济子眼看这种情景,感到满意,便洋洋自得,兴高采烈地各就各位坐下。宰相坐在中央,太子塔智·木鲁可和阿济子分别坐在两边的长椅上,其余的仆从侍立在他们的前后左右。这样一来,他们的计划顺利完成,一个大匹头商店开设起来了。从此他们在店中经营生意,名声很快就传遍全城,人们争相前来购买布帛,络绎不绝,拥挤不堪。太子塔智·木鲁可标致漂亮的容貌非常惹人眼目,凡和他见面的顾客都同声赞叹,因而他的美名越传越广,前来购买布帛的人,日益增加,在短短几天内,就销售了大批货物。

宰相认为商店既然开设起来,局面已经打开,他自己没有必要再待在铺中,因而嘱咐太子塔智·木鲁可必须注意保守秘密,不可疏忽大意,免得露出破绽。同时嘱托阿济子多多关心、照顾太子,谨防发生意外。他吩咐、安排之后,一个人回到寓所,静悄悄地躲起来策划一切,以便尽快实现太子的愿望,完成自己的使命。

太子塔智·木鲁可和阿济子在商店中经营生意,一有工夫便闲聊。有一次太子塔智·木鲁可对阿济子说:"也许有那么一天,朵尼娅公主宫里会有人上咱们店里买东西吧。"从此他迫切地希望着,等待着。可是过了好久,却始终没有动静,因而他惴惴不安,感到前途渺茫,经不起爱情的折磨,茶不思,饭不想,通宵失眠,面容逐渐消瘦、憔悴,单思病越来越厉害。

有一天有个老太婆带两个丫头走进太子塔智·木鲁可的商店,看见太子的漂亮面貌和标致体态,油然产生喜爱心情,不自主地叹道:"赞美安拉!是他用精血造化这个俊秀的相貌呀。赞美安拉!是他叫你成为人们羡慕的标志呀。"她仔细打量一番,说道:"这不是人类,而是一位慈祥的天使哪!"继而她挨到太子塔智·木鲁可面前,亲切地问候他。

太子塔智·木鲁可赶忙招呼她,回问她,在阿济子的示意下,满面笑容地站起来迎接她,让她坐下,替她打扇子,让她舒舒服服地坐着休息。接着老太婆问道:"我的好孩子!你是本地人吗?"

"老太太!指安拉起誓,我不是本地人。老实说,我上这儿来,生平还是第一次呢。我在这儿待下来,只是为了消遣、寻乐而已。"太子塔智·木鲁可文质彬彬、剀切、利索地回答老太婆。

"我们竭诚欢迎你,愿你终身幸福快乐。你运来了什么布帛?

把上好的拿给我看看吧！自然啰,漂亮人儿带来的货色一定是顶好的。"

太子塔智·木鲁可听了老太婆的谈话,心跳不止,也不理解她的意图,幸亏阿济子从旁以目示意,他才从容答道:"你老人家如果要买适于公侯或太太小姐们使用的衣料,我这儿全有。你打算买给谁用？告诉我！让我替你挑选一种与使用者的身份最相称的货色吧。"他想借此了解她的意图。

"我打算替国王佘赫鲁曼的女儿朵尼娅公主选几件适于她穿的衣料。"老太婆坦率地说出她的愿望。

太子塔智·木鲁可听了他所追求之人的名字,不禁喜出望外,即时吩咐阿济子:"把顶名贵的衣料给我拿来吧！"阿济子听从吩咐,立刻拿来一个包袱,当面打开。太子指着包袱里的衣料对老太婆说:"这些衣料名贵极了,只是我家经售,别的商店买不到。请看哪种适于公主使用？你随便挑吧。"

"这些值多少钱？你给我算一算吧！"老太婆从包袱里挑了一部分价值千金的衣料,欢欢喜喜地向太子塔智·木鲁可询问价钱。由于过分欢喜,她抑制不住奔腾的激情,便忘其所以地边谈话,边用手掌抚揉自己的大腿。

"这不过是微不足道的小事情,我怎么能向你这位高贵的顾主讲价钱呢？赞美安拉！是他使我和你萍水相逢,有机会认识你老人家,我真是三生有幸,衷心感激不尽。"太子塔智·木鲁可极尽能事地夸奖、奉承老太婆一番。

"你是个才貌双全的青年,祈望安拉格外关怀、保护你的健康和青春。同样我还要为你那未来的如意夫人欢呼、祝福呢,因为能够躺在你怀里,和你同衾共枕的,才算是真正享受人生幸福的人呢。如果她的容貌可以和你媲美,则所谓花开连理,一对美貌、恩爱青年夫妻,夫唱妇随,彼此的幸福更是无穷无尽了。"

太子塔智·木鲁可听了老太婆的赞扬,乐不可支,笑得差一点倒下去。他感到惊奇,暗自叹道:"我主,这是您借老龟鸨们的手满足人愿的办法呀!"他正想入非非的时候,老太婆忽然问道:"孩子!你贵姓?叫什么名字?"

"我叫塔智·木鲁可。"

"帝王公侯或王子皇孙才叫这个名字呢;你是生意人家的子弟,怎么也叫起这等名字来了?"老太婆表示惊奇。

太子塔智·木鲁可被老太婆问得无言对答,阿济子赶忙替他解围,从旁回道:"因为他的父母和家里的人非常爱他,把无限的希望寄托在他身上,所以他们才给他取这个名字呢。"

"你说的有道理,"老太婆满意阿济子的解释,"人们固然为你们的美貌感到彷徨迷离、神魂颠倒,但在安拉的周全保佑下,嫉妒、作祟者的阴谋、危害是不会得逞的。"她说罢,拿着衣料,站起来向太子塔智·木鲁可和阿济子告辞。

由于太子塔智·木鲁可极端漂亮的容貌和标致的体态给老太婆的印象过深,致使她始终感觉惊奇、诧异。她怀着激动心情,一口气回到王宫里,来到朵尼娅公主面前,说道:"小姐!我给你买最时新的衣料来了。"

"什么样的时新衣料?叫我看一看吧!"

"喏!我的宝贝呀!你拿去仔细瞧一瞧吧。"

朵尼娅公主打开衣料,翻着看了看,爱不释手,说道:"乳娘!这些衣料美极了。在我们城里,从来还没见过这样的衣料呢。"

"我的小姐啊!告诉你吧:卖这种衣料的那位生意人,比这种衣料还漂亮呢。他的模样跟小天使毫无差别。他好像是趁管天堂门的一时疏忽大意,悄悄地跑到人间来的。我觉得假若今夜叫他进宫来陪你欢度一夜,那是再理想不过了。因为他生得非常漂亮,有特殊魅力,和他见面的人,没有不受他吸引的。据说他携带疋头到我们城里来经营,并不图赚钱,只为消遣、寻乐罢了。"

朵尼娅公主听了乳娘的话,启齿笑了一笑,严肃地说道:"该倒霉的老婆子哟！你活颠倒了！你一点理智都没有了！"接着她又吩咐乳娘，"把衣料给我再仔细看一看吧！"

老太婆果然把衣料递给她。她接过去，仔细斟酌，见衣料的数量不多，可是价钱很贵，这说明衣料是最名贵的，是她生平没见过的，因此觉得衣料非常稀罕、名贵。这时候老保姆体会她的心情，趁机说："小姐！假若你亲眼看见卖这种衣料的那个小伙子，一定相信他是世间独一无二的美男子呢。"

"你问过他没有？"朵尼娅公主问老太婆，"如果他需要什么，叫他只管说，我们可以满足他的要求。"

"愿安拉保全你的聪明、智慧！"老婆子摇晃着脑袋替朵尼娅公主祈祷，"需要自然会有的。人谁能够没有要求呢？"

"既然如此，你快去见他，向他致意。"朵尼娅公主吩咐老婆子，"你对他说：'你光临敝邑，使得整个城市生色不浅。无论你需要什么东西，我们尽量帮助你，促使你的希望很快实现。'"

老婆子听从吩咐，即时动身，一口气奔到太子塔智·木鲁可商店里。太子塔智·木鲁可一见老婆子，喜得差一点飞腾起来，赶忙起身迎接，搀扶着让她坐在自己身边。

老婆子坐了下来，稍微休息一会，随即把朵尼娅公主吩咐的话全都说给他听。太子塔智·木鲁可听了老婆子的传达，欢喜若狂，顿觉心旷神怡，想道："这回，我的希望可望实现了！"于是他对老婆子说："也许你能把我的一封信带进宫去交给朵尼娅公主，再从她那儿给我捎个回信来吧！"

"听明白了，遵命就是。"老婆子慨然答应替他传信。

太子塔智·木鲁可吩咐阿济子拿来纸墨和铜笔，然后执笔写道：

> 衷心想念的人儿呀！
> 我给你写这封书信，
> 谈一谈因隔绝我所遭受的灾情。
> 第一要谈的是这颗被烈火焚烧的心，

第二是对你的爱慕和渴念，

第三是濒于灭亡的生命和耐性，

第四是还保存的全部热情，

第五是问一问我几时能见你的形影？

第六是求你告诉我哪一天我俩欢聚白头？

太子塔智·木鲁可写毕，签过字，并在姓名后面批道：

——这封信寄自一个爱情的俘虏之手。如今他在爱情的监狱里辗转呻吟，受到残酷的摧残、蹂躏，因此他急需跟理想中的人儿见面，即使是梦寐中一瞥，否则此生就没有解脱的机会。——

太子塔智·木鲁可批写毕，情不自禁地伤感起来，洒着热泪写道：

我给你写这封书信，

眼泪继续不断地夺眶奔流。

但我始终不绝望安拉的恩惠，

也许有朝一日他会让我们碰头聚首。

太子塔智·木鲁可把信折叠起来，交给老婆子，说道："劳烦你老人家带进宫去，交给朵尼娅公主。"

"听明白了，遵命就是。"老婆子慨然允诺。

太子塔智·木鲁可酬劳老婆子一千金，说道："这是送给你老人家的一点礼物。小意思，请收下吧。"

老婆子收下酬金，替他祈福求寿一番，然后告辞。她走出商店，不停地匆匆回到宫里。朵尼娅公主见保姆回来，赶忙问道："乳娘！他需要什么？让我们尽力帮助他吧。"

"小姐！他叫我给你捎来一封信。至于信里谈的什么，我却一点也不知悉。"老婆子回答着把信递给公主。

朵尼娅公主拆开信,从头读了一遍,明白个中原委,一声吼叫起来,骂道:"这个生意人! 他凭什么资格给我写信?"她气得打自己的耳光,责问自己说:"我们是什么人,干吗跟这班商贩、市侩混在一起呢? 指安拉起誓,假若不怕安拉惩罚,我非把他绞死在他铺中不可。"

"小姐! 他在信中跟你谈的什么,致使你这么激动? 他向你伸冤诉苦吗? 向你索取衣料钱吗?"

"他谈的不是伸冤诉苦,也不向我索取衣料钱,他是跟我谈情说爱呀。你这个该死的家伙! 这都是你惹出来的。没有你搭桥,那鬼头怎么会知道我呢?"

"我的小姐! 你住在高阁深院里,不说没人能接近你,就是雀鸟也飞不到这里。你只管放心! 但愿安拉保佑你平安无恙,并替你防止一切诽谤和怨恨。你是帝王的子女,出身高贵,狗吠声你犯不着多加顾虑。我给你捎来这封书信,本不知里面谈的什么问题,因此情有可原,你别过分责备。事情既已到了这步田地,你应该复他一封回信,禁止他再作此种梦呓;措辞尽可严厉,告诫他若不敛迹,必遭杀身之罪。他受到威胁,自然会打消妄想念头的。"

"我若给他写回信,唯恐他得到甜头,更加狂妄、放荡,那才糟呢。"朵尼娅公主感到犹豫。

"他听了告诫,受到威胁,自然会抛弃他那不切实际的妄想念头。"老婆子从旁怂恿公主写回信。

"既然如此,你给我预备纸墨和铜笔吧。"朵尼娅公主决心给太子塔智·木鲁可写回信。

老婆子听从吩咐,赶忙拿来文房四宝。朵尼娅公主随即执笔写道:

> 你这个自诩为投身情场的痴汉,
> 号称饱尝失眠之苦的傻子!
> 你一味狂想、痴恋,

从这方面你能获得什么东西？

莫非你在寻找登天的途径？

古往今来，

试问谁把月亮作为追求的目的？

显然你是铤而走险。

我开诚向你进句忠言：

你应该知难引退。

若不及早回头，

势必招致无可赦免的罪孽。

指用精血造化人类、使日月星辰发光的安拉发誓，

从今以后，

你若胆敢旧话重提，

我一定把你吊在树枝上，

宣告你的死刑。

朵尼娅公主写了警告信，折封起来，递给老保姆，吩咐道："你去吧！告诉他，从此不许再提这桩事情。"

"听明白了，遵命就是。"老保姆欣然收下回信，回到房中，安睡一夜。次日早晨，她赶忙去到太子塔智·木鲁可铺中，见他早在那里等待着她。太子塔智·木鲁可一见老婆子，喜得差一点飞腾起来，赶忙起身迎接，让她坐在自己身边。老婆子掏出回信，递给太子塔智·木鲁可，说道："这是朵尼娅公主写给你的回信，你快读吧！昨天朵尼娅公主读罢你的信，大发雷霆。幸亏我竭力安慰、逗趣一番，终于逗笑了她，她才发善心给你写这封回信呢。"

太子塔智·木鲁可非常感激老婆子，叫阿济子拿一千金酬谢她。继而他拆开回信，看了一遍，明白个中底细，大失所望，无法抑制激情，忍不住痛哭流涕。老婆子见他如此多情善感，实非寻常现象，因此发生同情、怜悯心肠，问道："孩子！她跟你谈什么来着，致使你这般伤心哭泣？"

"她拿绞刑威胁我,禁止我给她写信。不能和她通讯,还不如索性死掉,比活着更安逸。现在我再给她写封信,劳老人家替我捎进宫去。她要怎样处置我,随她的便吧。"

"指你的青春起誓,我愿意冒着生命危险,竭力替你斡旋,促使你的愿望实现。"

"你有丰富的经验,你的手法非常高明,再困难的事情,一到你手里就迎刃解决。在这样情况下,你替我做的任何事情,不仅今生我会重重地报答你,而且来世总清算之时,你的这份阴功也是无量的。总而言之,安拉是万能的。"于是他执笔写道:

> 昨天你凭杀头发出警告、威胁,
> 使我绝望、忧愁。
> 其实死亡固有其限期,
> 杀头的结局只会给我带来安息。
> 一个人为爱情既碰壁又遭威胁,
> 对他来说死亡比苟延生命尤其甜蜜。
> 指安拉宣誓,
> 请俯首看看这孤独无援之求爱者的情景!
> 因为我是你的奴隶,
> 奴隶终归是不自由的。
> 我妄自追求,
> 恳求你多加怜惜。
> 因为凡跟自由人谈恋爱的奴隶,
> 他的心情应该受到原宥。

太子塔智·木鲁可写罢,唉声叹息,痛哭流涕,博得老婆子同情怜悯,陪他一起伤心哭泣。最后她收下太子塔智·木鲁可写给朵尼娅公主的信,揣在怀里,说道:"你只管放心,不必忧愁顾虑,我一定促使你的希望实现。"她说罢,起身告辞,撇下如坐针毡的太子塔智·木鲁可,匆匆走出商店,一直回到宫中,走进朵尼娅公主的闺房,见她余怒未消,面色苍白,形容憔悴,前后判若两人。

老婆子毫不顾忌地把怀中的信掏出来,递给朵尼娅公主。她接过去读了一遍,非常生气,说道:"我不是对你说,他得到甜头,对我们会越发贪得无厌吗?"

"这样一封书信算一回什么事情,他何以敢向你贪得无厌?"老保姆装出不懂事的样子。

"你快去通知他,下次胆敢再给我写信,我就砍他的头,要他的命。"

"你把这个禁令写在信中,我好把信送到他手里,以便加大他的畏惧心情。"老保姆给朵尼娅公主另出主意。

听了老保姆的建议,朵尼娅公主果然执笔写道:

前人从来不敢冒险尝试的事情,
你这不识时务的家伙胆敢妄自追求。
连那轮闪闪发光的明月你都不能接近,
怎么还要追寻高不可见的大熊星?
你野心勃勃妄想和我谋面,
企图骗取我的顾惜,
这到底是什么居心?
你应该畏惧我的威力,
赶快打消糊涂念头!
否则大祸临头的日子一旦降临,
你悔恨就来不及。

朵尼娅公主写毕,折叠起来,递给老保姆,命她前去送信。老保姆听从命令,带着信一直去到商店里。太子塔智·木鲁可一见老婆子,赶忙起身迎接,说道:"安拉差你给我送幸福来了!"

"拿去吧! 这是她给你的复信。"老婆子掏出信,递给太子塔智·木鲁可。

太子塔智·木鲁可拆开信，读了一遍，接着痛哭流涕，叹道："已经到了山穷水尽的绝境，境遇比死亡还恶劣，但愿有谁拿把刀来，很快结束我的生命。"他边悲哀、叹息，边执笔写道：

> 唯一希望、理想的人儿哟！
> 你别等闲看待我的要求。
> 须知我爱你的心情高过一切，
> 差一点就要淹没在情海里。
> 假若达不到白头欢聚的最终目的，
> 就别以为我会偷生苟活下去。
> 因为你我之间的鸿沟若不消灭，
> 我的灵魂势必和肉体宣告决裂。

太子塔智·木鲁可写毕，折叠起来，递给老婆子，说道："老人家！我一再劳累你，希望还没有实现，你千万别生气。"他吩咐阿济子拿一千金报酬她，说道："这封信送到她手里，必然会给我的希望作出最后决定：它可能是一帆风顺，或许是一败涂地。"

"我的孩子！指安拉起誓，我一心一意只盼你的希望很快实现。我在你和她之间斡旋，唯一的目的是要使你俩配成一对。因为你和她天生丽质，一个是初升的太阳，一个是闪光的月亮。日月增辉，正好是佳偶天成。如果我不撮合这桩美满良缘，那我活这一辈子也就冤哉枉矣。须知我年逾耄期，活了九十岁，对婚姻嫁娶，深知此中三昧，颇有经验阅历，因此，在撮合两个青年成为一对恩爱夫妻这方面，我是不甘示弱的。"

老婆子把太子塔智·木鲁可的信收藏在头发里，安慰他几句，然后告辞。她一刻也不停留，跟跟跄跄奔回宫去，坐在朵尼娅公主面前，抬起手来只顾搔头，说道："哟！好久我没进澡堂洗澡，头痒着呢，头发也蓬乱得不像个样子。小姐！也许你有工夫替我收拾收拾吧!"

朵尼娅公主卷起手袖,解开老保姆的发髻,一本正经地替她梳篦。这时候,太子塔智·木鲁可写给她的信一下子从老保姆头发里显露出来,落到地板上。朵尼娅公主捡起来,问道:"这是什么?"

"哦!我去送信时,坐在商店里,好像那个商人硬把这纸卷塞在我头发里。给我吧!让我送还他去。"老保姆装出不懂的模样。

朵尼娅公主打开信,看了一遍,明白个中原委,埋怨道:"这是你的诡计哪。假若不看你抚育我的恩情,我非狠狠地捶你不可。显然这个商人是安拉差来折磨我的,而他对我的折腾,却是经你一手给带到我身上来的。我不知这个家伙到底是从什么地方溜到这儿来的!除了这个胆大包天的家伙,从来没人敢冒犯、侮辱我。女儿家碰到这种不光彩不名誉的事情,一旦显露出来,消息传到那些不沾亲不带戚的异性耳里,成为话柄,那才糟呢。"

"人们害怕令尊大人的权威、势力,谁都不敢谈论这桩事情。不碍事,你还是给他写封回信吧。"

"乳娘!那个鬼头不知天高地厚,胆敢如此胡言乱语,我真拿他没办法。我下个命令杀掉他吧,这不是正确办法。我不理睬他吧,可他会更猖狂、放荡。"朵尼娅公主显然处于无可奈何的境地。

"不要紧,再给他写封回信!或许他会因此而敛迹的。"老保姆从旁怂恿公主给太子写回信。

朵尼娅公主接受老保姆的建议,向她索取笔墨纸张,毅然写道:

> 我不惜辞费给你写过多少诗句!
> 无奈你愚蠢、顽固成性,
> 始终不顾我的责备。
> 我这里委曲求全、一直耐心忍受,
> 你那边贪得无厌、坚持违抗禁令。
> 你应该抛弃痴心妄想念头,
> 停止谈情说爱的不法行为。

否则,你再多嘴,

我对你就不客气。

今后你胆敢旧话重提,

报丧的乌鸦会飞来宣告你的死刑,

继之大难也就临头,

爱情的宝剑连根摧毁你避难的巢穴,

坟墓变成你最后的归宿地,

落得你那残存的家属终日为你懊丧、悲泣。

朵尼娅公主写毕,折叠起来,递给老保姆。她接过去,揣在怀里,溜出王宫,匆匆去到商店里,把信掏出来,递给太子塔智·木鲁可。他接过去,打开读了一遍,认为朵尼娅公主心硬无情,无法和她接近,只好向宰相诉苦,求他另想更好更妙的办法。宰相剀切地对他说:"叫我看呀,除非你写封信咒骂她,求主报怨她之外,其他的办法,对她来说,都是不管用的。"

太子塔智·木鲁可听从宰相的指示,吩咐阿济子:"阿济子我的好兄弟! 你斟酌情况,用我的口吻,替我给她写封信吧!"

阿济子欣然执笔,写道:

主啊!

请看五位长者的情面,

恳求您向我伸出援救之手,

并让折磨我的人尝一尝我所经受的苦头。

我正处于烈火烧心的境地,

窨况您已洞见、知悉;

原因是心爱的人儿断然拒绝我的要求,

毫不关心、怜悯我的一片钟情。

我一直忍受她的折腾,

对她无比宽大、温存,

她却一味摧残我这羸弱的身心，

对我何其暴虐、蛮横！

为挽救致命的危局，

我挣扎得精疲力竭，

到头来还是孤立无援。

处此危急境遇，

主啊！

最后我向您呼吁、求援。

多少次我打算抛弃爱慕她的念头，

但在情场里我的耐性已经消耗无遗，

我怎么能忘记一切？

不许爱情顺利发展的人哟！

你能否保证天灾人祸一辈子不向你侵袭？

在美满、幸福的生活里难道你还不知感谢？

我为你却落得别乡离井、颠沛流离。

阿济子写毕，递给太子塔智·木鲁可过目。他接过去，从头看了一遍，非常满意，随即盖上图章，折叠起来，递给老婆子。老婆子带着信，欣然离开商店，赶忙回到宫中，走进朵尼娅公主的闺房，把信掏出来，塞在朵尼娅公主手里。她打开匆匆过目之后，忍不住怒火上冲，大发雷霆，喟然叹道："唉！我所遭遇的不幸，都是你这个坏老婆子一手给招引来的。"于是她大声呼唤婢仆，吩咐道："你们抓着这个诡计多端的坏老婆子，拿鞋子重重地打她一顿！"

奴婢们遵循命令，脱下鞋子，七手八脚地按着老婆子乱打，终于把她打昏过去。过了一会儿，她慢慢苏醒过来，朵尼娅公主怒气冲冲地说道："指安拉起誓，假若不为惧怕安拉，我非要你这个坏老婆子的命不可。"接着她又吩咐奴婢们："你们再打她一顿！"

奴婢们遵循命令，一个个动手乱打起来，打得她气息奄奄，昏迷不省人事，朵尼娅公主这才吩咐把她拖出去，抛在大门外面。奴婢们听从吩咐，大伙动手，拖的拖，拽的拽，一会就把她弄到宫外，抛在路旁。

老婆子慢慢苏醒过来，勉强撑持着站起来，一步一哼、一步一跌地回到自己家中，忍受着痛苦熬到天亮，然后鼓足勇气，慢吞吞拖着疲惫不堪的身体，一直去到太子塔智·木鲁可的铺中，把她的遭遇说给他听。

太子塔智·木鲁可非常难过，觉得事情不好应付，说道："老人家！你的遭遇使我难过极了。不过事无大小，都是生前注定了的，这有什么办法呢！"

"你只管放心，不必忧愁顾虑！为促成你的婚姻大事，我还要继续奔走，一定要把那个虐待我的小娼妇弄到你手里，我才甘休呢。"

"告诉我吧，老大娘！她不愿结婚，对男子抱着刻骨的仇恨，这到底是什么缘故呢？"

"这里面当然是有缘故的。据说有一天夜里，她在梦中见一个猎人张下罗网，周围撒下麦粒，然后躲在附近等着猎取雀鸟。不一会，果然飞来一群雀鸟，啄食麦粒。群鸟中有一对唱鸽，一雌一雄，显然是一对夫妇；双双忙着啄食麦粒，不想雄鸽的爪子陷在网眼中，被缠得紧紧的。它拼命挣扎，企图摆脱危险，结果却越挣越紧，情况非常危急，吓得别的雀鸟四散飞逃，其中只剩雌鸽念念不忘它的伴侣，一直围绕着它盘旋，终于不顾一切，冒险落下去啄破网眼，使劲拽出被缠的雄鸽，救了它的生命，然后双双飞回巢去。猎人第一网没有收获，只好收拾被啄破的网眼，移到别个地方，重新张网，躲着等雀鸟降落。不一会，果然飞来一群雀鸟，啄食网边的麦粒。这次陷落在网中的是一只雌鸟，它的伴侣却不顾它的死活，随群鸟一哄飞散，不肯留下来援救，结果雌鸟跌在猎人手里，牺牲了性命。朵尼娅公主眼看那种情景，从梦中惊醒，喟然叹道：'阳性都是一体，自私自利，在生物中阳性对阴性来说是毫无可取的。同样，在人类中，男子也是无情的，他们对女子从来不怀好心，更不可能舍己救人。'"

太子塔智·木鲁可听了老婆子的谈话，知道朵尼娅公主讨厌男子、不愿结婚的原因，说道："老大娘！我急于要看朵尼娅公主一眼，即使因此牺牲性命，我也心甘情愿。你想个办法，让我看她一眼吧！"

"告诉你吧：王宫里有座御花园，是朵尼娅公主消遣、游憩的地方。她每月进御花园游览一次。从现在起再过十天，便是她上御花园游玩的日期。等她进御花园游览时，我来通知你，以便你上那儿去，找机会和她见面。你应该在御花园中多待一会，也许她见你这么漂亮的青年，会一见倾心，从而发生爱慕心情，则你和她的婚姻问题便可迎刃解决。因为感情是构成婚姻的主要原因呢。"

"听明白了，遵命就是。"太子塔智·木鲁可欣然接受老婆子的建议。于是他和阿济子一起离开商店，带老婆子上寓所去，以便认识他的住处，往后好给他通风送信。

太子塔智·木鲁可衷心感谢老婆子，热情接待之后，满心欢喜，同阿济子促膝谈心，说道："阿济子我的好兄弟！现在我不需要做生意了，我利用商店达到目的了，因此决心把整个商店，包括里面的各种货物，全都送给你。因为你离乡别井，不辞跋涉，一直陪我流浪奔波，你的情谊是应该衷心感谢的。"从此他抛弃悲观情绪，健谈起来，有说有讲地询问阿济子的离奇遭遇，倾听他冒险求爱的经历。继而他约着阿济子一起去见宰相，打算上御花园去看朵尼娅公主，征求他的意见。

"好的，我们先上御花园去看看那里的情景，然后再做计划。"宰相同意太子塔智·木鲁可的想法。于是他们每人换一身最华丽的衣服，带三个仆人，衣冠楚楚地到了御花园门前，举目见园中花开遍地，绿树成荫，沟渠里泻着清泉，景色非常清幽，一眼看去，令人心旷神怡。他们满怀愉快心情，挨到坐在门前的园丁面前，问候他。宰相给他一百金币，说道："你拿去给我们买些食物来充饥。我是异乡人，今天带孩子来逛花园。"

园丁收下一百金币,欣然说道:"随便进去逛吧!别客气,把它当作你们自己的庭园随便游览吧。你们在园中待一会儿,我给你们去弄吃喝的。"他说罢,匆匆走了。

宰相带太子塔智·木鲁可、阿济子和仆人进入花园,东张西望地随意欣赏游览。不一会儿,园丁从市里买来烤羊肉和棉花似的面饼,一股脑儿摆在他们面前。他们欢天喜地地坐下来吃喝。待吃饱喝足,园丁又拿甜食款待。吃毕,洗过手,然后坐着聊天。宰相说道:"这座花园美丽极了!告诉我们,这是你自己的产业呢,还是租来经营的?"

"不是我自己的。这是朵尼娅公主游憩的御花园。"

"那么你每月有多少收入呢?"

"仅仅一个金币而已。"

宰相抬头仔细观看,见对面矗立着一幢巍峨的古宫殿,由于年久失修,墙壁破烂不堪,因而他借题发挥,对园丁说:"老人家!我打算在这儿做点好事,留个纪念。不知你是否同意?"

"你打算做什么好事?"

"这儿有三百金币,给你。你收下吧!"

园丁听说给他金币,喜形于色,满口应允,说道:"我的主人呀!你要做什么好事,只管做吧!"

"若是安拉愿意,我们一定到这儿来做一桩好事。"宰相把钱递给园丁,然后告辞。

宰相带太子塔智·木鲁可、阿济子和仆人离开御花园,回到寓所,安安逸逸地过了一夜。次日,宰相雇了一个泥水匠、一个画师和一个出色的金匠,并预备各种器材、颜料,然后带他们去御花园中,吩咐他们粉刷、彩画并用金属和琉璃装饰那幢古建筑的墙壁。匠人按照宰相的意图,粉刷的粉刷,彩画的彩画,装潢的装潢,终于把那幢破烂不堪的故宫弄得焕然一新。继而宰相吩咐画师:"你在这边的墙壁上画一幅捕鸟图吧!画面上须显示出一个猎人,在郊外张网捕鸟,有一只雌鸽陷入罗网,正在挣扎着企图逃脱的情景。"

画师遵循命令,按照宰相的意图,精心画了一幅捕鸟图。宰相看了图画,感到满意,又吩咐道:"在那边的墙角,同样再画一幅捕鸟图,显示出陷在网中的雌鸽,被猎户捉住,猎人抽刀预备宰鸽。同时还在附近画只雄鸽,被一只庞大的凶禽攫住,它的脏腑叫凶禽的利爪抓破。"

画师按照宰相的意图,在指定的墙角上画了第二幅捕鸟图。宰相看了图画,认为任务已经完成,因而如释重负,满心欢喜,这才告别园丁,带太子塔智·木鲁可和阿济子欣然转回寓所。饭后,他们坐着谈天。太子塔智·木鲁可对阿济子说:"兄弟啊,你唱个歌儿给我听吧!也许你的歌声可以消除我满腔的郁结,泼灭我心中的烈焰,从而使我心情舒畅吧。"

为了满足太子塔智·木鲁可的要求,阿济子果然引吭高歌,抑扬顿挫地唱道:

一

我一身集中了情人们所经受的灾难、苦刑!
到头来只落得形容憔悴、瘦骨嶙峋。
假若把我眼中流出的泪水蓄住,
它会变成寻水者漫无边际的水库。
如果你想知道情人们的下场、结局,
只消看一看我的身体便可满足你的要求。

二

谁不认真、勤劳地谈过爱情,
便自诩深知人生乐趣,
这只能说他是招摇撞骗、欺世盗名。
谈情说爱有它不可言传的秘诀,

此中奥秘只有内行才能体会。
我为爱情弄得满腔情愁、通宵失眠，
安拉却一直不予改变窘况的机缘。

三

伊本·西纳在《药典》里规定如下的定例：
恋爱者的郁结可用优美、动听的歌曲治愈，
或同病相怜者在花园中聚首狂饮、漫游，
此外力量和命运也能当仙丹、妙药根治病源。
我认为爱情是一种致命的不治之疾，
伊本·西纳对这种病症的医理显然是痴人梦语。

太子塔智·木鲁可听了阿济子歌唱，非常钦佩他的口才和歌喉，对诗句的含意尤感兴趣，说道："你的歌曲消除了我胸中的忧愁。关于谈情说爱这方面的歌曲，就你能记忆的，请再唱一支给我听吧！"

为满足太子塔智·木鲁可的愿望，他抬高嗓子，怡然唱道：

当初我认为大量金银、物品可以兑换爱情，
而且我深信你能顺利达到求爱的目的。
直至今天我才知道你为摘取意中人的爱情不惜牺牲一切，
而且坚信仅凭一种计谋不可能达到目的。
因此权且把爱的巢穴当作自己的家园，
把头埋藏在翅膀下面，
早早晚晚一直栖息在窠巢里。

朵尼娅公主的乳娘被驱逐出宫，一直闭门躲在家里。过去她在宫中，朵尼娅公主每次上御花园散步消遣，都是她亲身奉陪。这天朵尼娅公主要上御花园去消闲、散心，需要乳娘作陪，便唤她回宫，好言安慰几句，消除彼此心中闷气，和好如初。最后她说道："我打算上御花园去消遣，欣赏园中含苞欲放的花草、结实累累的果木，借此消愁寻乐。"

"听明白了,遵命就是。不过我得先回家去换身衣服,然后前来奉陪小姐不误。"

"你快去快来! 不许耽搁。"

老婆子匆匆离开王宫,一口气奔到太子塔智·木鲁可的寓所,对他说:"今天朵尼娅公主要游园了。你快预备,换身最华丽的衣服,立刻往御花园去,叫园丁指定适当的地点,让你躲藏起来。"

"听明白了,遵命就是。"太子塔智·木鲁可欣然接受老婆子的指示。

老婆子把将在园中指引他的暗号交代一番,然后告辞,急急忙忙转回宫去。

宰相和阿济子赶忙取出价值五千金的最华丽的宫服,替太子塔智·木鲁可穿戴起来,并在他腰中系上一条镶珠宝玉石的金腰带,然后陪随衣冠楚楚的太子,一起赶到御花园门前。

老园丁坐在御花园门前,一见太子塔智·木鲁可,便站起来,毕恭毕敬地招呼他,打开园门让他进去,说道:"请进来随便游览吧!"

太子塔智·木鲁可进园不久,隐约听到喧哗嘈杂的声音,接着便有成群结队的奴婢从秘门中涌进园来。园丁看见奴婢们,知道是朵尼娅公主前来游园,大吃一惊,慌慌张张地跑到太子塔智·木鲁可面前,说道:"我的主人! 朵尼娅公主游园来了,这该怎么办呢?"

"不碍事,你别怕! 我找个地方躲起来就成了。"

"你可要格外小心谨慎,必须躲得十分稳妥!"园丁谆谆嘱咐一番,然后踉踉跄跄地归去。

朵尼娅公主在老保姆和奴婢们簇拥下来到御花园里,一个个显得很快乐,只是老婆子心事重重,暗自想道:"但凡奴婢们同我们混在一起,总是碍手碍脚的,事情就难办了。"于是她鼓足勇气,对朵尼娅公主说:"小姐! 我想跟你谈一谈我的拙见,也许我说的这桩事会使你感到愉快呢。"

"你有什么话？只管说吧！"公主答应保姆的要求。

"小姐！你来花园里寻乐、消遣，需要有个幽静的环境，暂时不必要成群结队的奴婢作陪。但凡奴婢跟咱们在一起，总会影响你的情绪，妨碍你随心所欲地开怀享受，因此建议你权且把她们使回宫去。"

"你说的有道理。"朵尼娅公主同意保姆的意见，于是果然喝退奴婢们，身边只留老保姆一个人陪她漫步寻乐、消闲。

太子塔智·木鲁可躲在僻静地方，偷看朵尼娅公主，深受她那绝无仅有的姿色、超群绝伦的美态所吸引，弄得彷徨迷离，一下子迷惘起来，差一点失去知觉和理性。

老婆子陪朵尼娅公主边谈心，边带她来到宰相雇人粉刷、修饰的那幢宫室面前，信步进去游览。朵尼娅公主一眼看见墙壁上的捕鸟图，不禁愕然叹道："赞美安拉，这是我在梦中看见的那种景象呀！"她仔细观看画中的猎人、鸽子和罗网，异常惊奇诧异，说道："乳娘！过去我老埋怨男人，一直讨厌他们，可现在我才知道是我错了。喏！你来看吧：这只救了雄鸽的雌鸽是怎样被猎人宰掉的？其实那只雄鸽原是飞来救雌鸽的，可不幸中途遇难，死在凶禽爪里了。"

老婆子听了朵尼娅公主的悔悟、感叹之言，兀自装傻，佯为不懂她的心事，只是环顾左右，老说些无关重要的闲话支吾她，带着她漫步周游，最后挨到距太子塔智·木鲁可藏身比较近的地方，这才暗中做了一个手势，叫他在宫窗下面走动。太子塔智·木鲁可按照老婆子的指示，离开藏身的地方，果然在宫窗下面走动起来。朵尼娅公主一低头便发现太子塔智·木鲁可。她仔细观看，见他生得那么漂亮，便不自主地问道："乳娘！这个漂亮小伙子是打哪儿来的？"

"我不知道。叫我看呀，他生得这么标致，衣冠如此考究，即使不是王子皇孙，也会是公侯将相的子嗣呢。"

朵尼娅公主一见钟情，对太子塔智·木鲁可顿时产生强烈的爱慕心情，从此她的傲岸、刚愎之性，终于烟消云散，她的理智叫太子塔智·木鲁可的漂亮容貌、标致体态给唤醒，欲念在她心中蠕动起来，因而语无伦次地说道："乳娘！这个小伙子真是漂亮极了。"

"不错，我的小姐！你说得很对。"

这样一来，老婆子终于把爱火在朵尼娅公主心房里点燃起来。当它强烈地焚烧着时，她便举手向太子塔智·木鲁可做了一个手势，暗示他离开御花园，先自归去。

太子塔智·木鲁可驯服地遵循老婆子的指示，果然和园丁作别，匆匆回到寓所，然后如此这般地对宰相和阿济子叙述他躲在御花园里偷看朵尼娅公主的经过，并谈到老婆子骤然使他离开御花园的情形。

宰相和阿济子听了太子塔智·木鲁可初次看见朵尼娅公主的经过，喜不自禁，都安慰他，劝他耐心等待，说道："如果老婆子不认为你及时离开御花园有利于解决婚姻问题，她是不至于骤然使你走开的。"

爱情的火焰在朵尼娅公主心房里越烧越旺，致使她急于要和太子塔智·木鲁可会面。她对老保姆说："乳娘！我自己是没有办法和那个青年会面的，这只能靠你从中撮合了。"

"恳求安拉保佑，别叫被逐的恶魔在我身边作祟！你呀，向来讨厌男子，口口声声拒谈婚姻大事，怎么一下子就看中那个青年小伙子呢？指安拉起誓，叫我看呀，像你这样如花似玉的妙龄女郎，除了那个漂亮青年，其他任何人都不配和你匹配成亲。"

"乳娘！救救我这条命，赶快想法让我和他见面吧！我不但预备给你一千金，还要赏你一套价值千金的衣裙呢。假若你坐视不理，不想法让我和他会面，那毫无疑问，我会因失望而丧命呢。"

"小姐！你权且回宫去休息，待我替你去找门路吧。为满足你的愿望，我赴汤蹈火，在所不辞，即便为此拼掉这条老命，我也心甘情愿。"老婆子慨然许下诺言。

朵尼娅公主得到老保姆的诺言，果然安心转回宫去。老婆子趁机急急忙忙一口气跑到太子塔智·木鲁可的寓所,前去通风报信。

太子塔智·木鲁可见老婆子赶到,赶忙起身迎接,毕恭毕敬地让她坐在自己身边。她刚坐下,便得意忘形地说道:"我们的计谋,已经得售。"于是她不惮其烦地把她和朵尼娅公主之间的交谈情况,从头到尾,详细叙述一遍。

太子塔智·木鲁可听了,不禁喜出望外,欣然问道:"我几时可以和她见面?"

"明天吧。"

太子塔智·木鲁可赏老婆子一千金,外加价值一千金的一套名贵衣服,表示衷心感谢。她收下赏金和厚礼,欣然告辞,踉踉跄跄地回到宫里,然后去见朵尼娅公主。她还没开口,朵尼娅公主便先问道:"乳娘!我看中的那个青年,你听到他的消息没有?"

"他的住址我已打听清楚,明天带他进宫来看你好了。"

朵尼娅公主欢喜若狂,果然实践诺言,赏她一千金和一套价值千金的华丽衣裙。老婆子收下赏金和厚礼,洋洋得意,满载而归。她回到自己家里,安安逸逸、舒舒服服地酣睡了一夜。

次日,老婆子收拾准备一番,然后急急忙忙赶到太子塔智·木鲁可的寓所,拿一套女人服装给他穿戴起来,扮成一个姑娘模样,嘱咐道:"这回你可以随我上王宫去了。走起路来,要摇摇摆摆的,脚步不可跨得太大;走在路上,别东张西望;谁跟你谈话都别理睬!"

老婆子谆谆吩咐一番,随即带太子塔智·木鲁可离开寓所,向王宫去和朵尼娅公主幽会。一路之上,她把必经的途径详细指点、说明,消除他心中的疑惧。他俩边走边谈,不觉也就来到王宫门前。她在前带路,进入王宫,通过几道大门和几处长廊,到了第七道大门面前,这才停下脚步,说道:"这是最后的一关了。待我大声喝令说'小丫头!你进去吧'的时候,你就鼓足勇气,迈开脚步,迅速向前走,千万不可迟缓、耽延。通过这条走廊,向左转,前面便是王宫后殿,许多院落都包括在这座宫殿里。你顺序数完五道院门,再从第六道门进去,那院落便是幽会的所在。"

"你打算上哪儿去呢?"太子塔智·木鲁可感到迟疑。

"我不打算上哪儿去。不过我要留在你后面,跟守门的宦官头子作些必要的交涉呢。"她回答着带他一直向前走,终于来到宦官头子所把守的那道大门前面。

宦官头子一眼看见男扮女装的塔智·木鲁可和老婆子在一起,便开始盘问老婆子:"你带来的这个小娘儿,她是什么人?"

"这是一个小丫头。朵尼娅公主听说她聪明能干,所以打算收买她呢。"

"不管什么丫头、娃子!我可是要照国王的命令办事。不经过检查,谁都不许进宫去。"

老婆子板起面孔,装出生气的神色,恶狠狠地说道:"我知道你原是个有头脑而讲礼貌的人。现在如果你突然改变常态,我就得把情况报告朵尼娅公主,说你阻拦她的丫头进宫,那你就担当不起啰。"接着她回头喝令塔智·木鲁可:"小丫头,你快进去吧!"

太子塔智·木鲁可趁宦官头子不吭声,按照老婆子预先指示的方向,一股劲地快步走了进去。他通过走廊,来到王宫后院,逾过第五道门,然后迅速闯进第六道门的院落里,见朵尼娅公主已在那儿等着迎接他了。

一见面,朵尼娅公主便认出了他,于是如鱼得水,彼此紧紧地互相拥抱在一起,感到无比的欢欣快慰。老婆子留在后面说服了宦官头子,赶忙来到朵尼娅公主和太子塔智·木鲁可面前,共同商量如何安置婢仆们的办法,免得泄露秘密,惹出祸事。结果朵尼娅公主把守门看户的职务交代给她,说道:"你暂且充当我的门房,好生把门户把守妥帖就成了。"从此她无忧无虑,安心躲在闺房里,跟塔智·木鲁可开始谈情说爱,彼此卿卿我我地既拥抱,又接吻,俨然成为一对恩爱的新婚夫妇,甜蜜地过了第一夜。

次日清晨,老婆子打开门窗,然后回到自己房里,照例做她分内应做的事情。接着其他的婢女来到朵尼娅公主闺房中侍候小姐。朵尼娅公主和她们敷衍几句，随即吩咐道："我打算一个人静静地休息，你们去做别的事吧，不必留在我身边了。"

丫鬟们遵令各自归去，老婆子便偷偷摸摸给朵尼娅公主和太子塔智·木鲁可弄来饮食，陪他俩吃喝享受，忠心耿耿地把守门户，让他俩无忧无虑地躲着谈情说爱。就这样，老婆子早开门，晚闭户，日复一日、勤勤恳恳地执行掩护任务，致使朵尼娅公主和太子塔智·木鲁可安安逸逸地过了一个月甜蜜的恋爱生活。

太子塔智·木鲁可离开宰相和阿济子，随老婆子进宫去和朵尼娅公主幽会，一去就是一个月。宰相和阿济子得不到他的消息，弄不清个中底细，因而非常忧愁、顾虑，怀疑他在宫中发生意外，生命不保，没有生回的希望。阿济子迟疑地问宰相："相爷！太子一去不返，我们该怎么办呢？"

"孩子！这是一个疑难问题呢。假若我们不赶快回国去，把情况报告国王，将来会受埋怨、责备呢。"

宰相和阿济子打定主意，立刻收拾行囊，随即动身起程，不分昼夜地兼程跋涉，怀着归心似箭的心情，连续向前迈进。一路之上，通过无数的乡村城镇，逾过不少的戈壁平原，最后终于回到祖国，来至国王苏里曼沙御前，把太子塔智·木鲁可进宫去和朵尼娅公主幽会而无下落的情况，详细陈述一遍。

国王苏里曼沙乍听太子塔智·木鲁可下落不明的消息，骇然震惊，惊慌失措，恐怖、绝望情绪，跟世界末日骤然降临时的感觉无异。他懊丧之余，立即采取紧急措施，一方面发出总动员令，调集全国部队，准备兴师问罪。一方面在郊外广张帐篷，亲自出马坐镇、点卯。由于他为人公正廉明、从善如流，博得庶民敬仰爱戴，所以诏书一下，全国各地的军民，立即同声响应，在短期内，部队便陆续云集京郊。于是他择日统率大军，浩浩荡荡，御驾亲征。

太子塔智·木鲁可和朵尼娅公主见面后，相亲相爱，卿卿我我，形影不离，一直躲在深宫后院里，过着甜蜜生活。光阴荏苒，不知不觉也就欢度了半个年头。在这漫长期间，他俩情投意合，互敬互爱的情绪，与日俱增。尤其太子塔智·木鲁可爱朵尼娅公主爱得要命，须臾离不开她的形影，一心要占据她的整个身心，因而在她面前剀切地说："亲爱的人儿呀！你要知道：我跟你在一起，爱慕、崇拜你的心情，简直没有个止境，这是因为我最终的希望还不曾实现哩。"

"我的心肝、眼仁呀！我们在一起，除了拥抱、接吻和同食共枕之外，你还需要什么呢？总而言之，我自身的一切，你可以随便选择。这都是咱们自己的事，即使万能的安拉也不能横加干预的。"

"我没有其他更多的选择，只想和你谈谈我的真情实况。我并非经营生意买卖的商人，而是一代王子皇孙。家君苏里曼沙大帝，曾派宰相前来替我向令尊求婚。可你听了求婚的消息，断然反对、拒绝……"他把当时的经过，从头到尾，详细叙述一遍，最后说道："现在我打算赶回国去，要求父王派使臣前来向令尊求亲，缔结婚约，以便我和你正式结婚，彼此成为终身伴侣。"

太子塔智·木鲁可的由衷之言，跟朵尼娅公主的希望正相吻合，因此她听得非常入耳，感到无限欢喜，慨然同意他的想法。于是二人山盟海誓，欣然决定按太子的意图行事，以便理想早日实现。

当天夜里，他俩仔细商量，定出计划，然后熄灯睡觉，俾次日太子塔智·木鲁可早起出走。然而好事多磨，事情迥然出人意料之外。当晚他俩睡得格外香甜，一觉睡到日上三竿还酣睡不醒。国王佘赫鲁曼升殿视政，文臣武将朝拜毕，恰遇珠宝商的头目进宫献宝。他带一个大箱子，挨到国王面前，打开箱子，取出一个异常精致而价值十万金的首饰匣，匣中净是帝王将相们罕见的、非常名贵的红宝石、钢玉和绿翡翠制成的精巧首饰。国王满意地收下礼物，眼看着精巧别致的名贵首饰，赞赏不置，很感兴趣。临了，国王吩咐最亲信的宦官头子："卡夫尔！你把这匣首饰送进后宫，拿给朵尼娅公主去佩戴。"

卡夫尔拿着首饰匣，来到后宫朵尼娅公主的院落前，见院门关锁着,老保姆坐在门坎上打盹。他一声吼叫起来,说道:"直到现在,你们还睡觉哪!"

老保姆闻声从梦中醒来,大吃一惊,惊慌失措地支吾道:"你请等一等,我给你拿钥匙来。"她连说带跑,慌慌张张地溜出王宫,畏罪逃之夭夭。

卡夫尔老头等了一会儿,不见动静,觉得老保姆的慌张动作可疑。他不耐久等,悍然卸下院门,闯了进去,见朵尼娅公主和塔智·木鲁可互相搂抱着酣睡在被窝里,一动也不动。他大吃一惊,一下子迷惘起来,感到左右为难,刚要退走的时候,朵尼娅公主从梦中醒来,睁眼见宦官头子在她房里,骇然震惊,脸色顿时变得苍白,颤巍巍地说道:"卡夫尔,你把安拉所掩蔽的事掩盖起来吧!"

"对不起。在国王面前,我不能把任何一件事隐瞒起来不让他知道。"卡夫尔回答着退了出来,把门一锁,急急忙忙奔到国王面前,预备告密。

国王见他匆匆转来,问道:"首饰都交给朵尼娅公主了吧?"

"喏!首饰都在这儿,主上请收起来吧!可有一桩事情,奴婢不敢隐瞒陛下而不谈。事情是这样的:我奉命把这匣首饰送到朵尼娅公主闺房里,亲眼看见公主搂着一个漂亮小伙子睡在被窝里,直到现在还没起床呢。"

国王勃然大怒,即时派人带朵尼娅公主和太子塔智·木鲁可前来,当面审讯,问道:"你们干的什么勾当?"他怒不可遏,拔出短剑,存心一刀刺死太子塔智·木鲁可。

朵尼娅公主眼看情势危急,不顾一切地扑向太子塔智·木鲁可,用自己的身体保护他,同时对国王说:"你先杀我吧!"

国王破口大骂公主,叫人带走她,然后继续审讯太子塔智·木鲁可,问道:"该死的家伙哟!你是哪儿来的?你父亲是谁?你胆敢闯进宫来诱惑、侮辱我的女儿,这该当何罪?"

"国王陛下!告诉你吧:你若杀死我,你的江山就难保全,你和你的老百姓终归要后悔呢。"

"何以见得?"

"因为我是国王苏里曼沙的子嗣。家君一旦听到你杀我的消息,他的骑兵和步兵很快就会开来替我报仇呢。"

国王佘赫鲁曼听了太子塔智·木鲁可剀切之言,将信将疑,心中有所顾虑,预备暂时把他拘禁起来,缓期处决,以便认真打听其中的虚实。可是宰相过于性急,主张立刻处决,一再建议说:"主上!此人胆敢混入深宫后院,诱惑、侮辱公主,所犯欺君之罪,死有余辜,伏乞陛下立即下令处他死刑,俾早日消除吾人心头之恨。"

"不错,这个奸险家伙,非杀头不足以儆效尤。"国王接受宰相的建议,随即吩咐刽子手当场执行命令,处太子塔智·木鲁可死刑。

刽子手遵循命令,把太子塔智·木鲁可结结实实地捆绑起来,然后迟疑不决地举手,向在场的朝臣们先后做了两次手势,企图借此暗示他们出面说情,期望对此案件另行妥善审理,有个缓期处决的余地。无奈群臣中,谁都不敢表示意见。国王大为生气,高声喝令刽子手:"你曾经两次举手,暗示他们,你究竟要耽搁到什么时候才执行命令?倘若你再比手势暗示他们,我就砍你的头。"

刽子手眼看国王生气,唯恐连累自己,因而赶忙拿起屠刀,诚惶诚恐地高高举起双手,摆开杀伐姿势,准备执行任务,以便使劲一刀砍掉太子塔智·木鲁可的脑袋。然而事属巧遇。正当千钧一发,太子塔智·木鲁可的生命危在旦夕之际,突然间一片惊叫狂吼的嘈杂声,从四面八方传到宫中。国王闻声,不知城中发生什么灾祸,心里疑惧,于是吩咐刽子手:"你暂缓执行命令,等一会儿再说吧。"同时马上派人出去探听情况。

差人遵命,出去踏看一回,急忙回到宫中,挨到国王面前,奏道:"奴婢奉命出宫探听情况,只见城中老百姓惊呼狂叫,关门闭户,人们惊慌失措,逃避唯恐不速,闹得满城风雨,好像大难即将临头。而城外呢,我却发现一支庞大的部队,像汹涌澎湃的潮水,直向京城涌来,地面差一点被战马踏破。至于那支部队的来意,奴婢可无法知悉。"

国王吓得目瞪口呆,唯恐江山被人踏破。他忧心如焚,彷徨不知所措。继而他回头对宰相说:"敌人兵临城下,患难就在眼前,难道我们部队中,就没有一兵一卒出去抵抗吗?"

国王刚说完,他的御前大臣和侍从已把国王苏里曼沙的使臣引进宫来。使臣们向国王敬礼。国王起身迎接,让他们靠自己身边坐下,并打听他们的来意。

使臣中国王苏里曼沙的宰相站起来,挨到国王面前,说道:"此次统率我军前来贵国的最高统帅,原是一大国的君王。他的为人,任何朝代的帝王都不能和他相提并论。"

"他是谁呀?"国王表示惊奇。

"他是公正廉明、非常权威的苏里曼沙大帝,绿洲、尔姆岱依尼和艾斯斐合尼山脉都在他的版图之内。他向来主张公道,嫉恶如仇。他命我奉告陛下:他那心肝宝贝一样可爱的独生子流落在你的宫殿里,因此他率领远征军,不辞奔波、跋涉的最终目的,只希望他的儿子能够安安全全地回到他的怀抱里。如果真能一帆风顺地达到这个目的,他必得感谢你、夸赞你。反之,万一不幸,太子的健康和生命倘若受到迫害、威胁,那就对不起,他会使用武力,踏破你的江山,把你的人民杀绝斩尽,让你的国土一旦变成乌鸦叫嚣、盘踞的荒塚、废墟。喏!这就是敝国王苏里曼沙给我们的使命。我披肝沥胆,已经尽到我自己的职责。为国家和人民的安全,望陛下从长计议!最后,我向陛下致以崇高的敬礼。"

国王佘赫鲁曼听了使臣的谈话,骇然震惊,感到切肤之痛,唯恐自己的生命和江山不保,因而诚惶诚恐地大声疾呼,把宰相、朝臣和文武官员唤到面前,怒目斥责他们,喝令道:"该死的家伙们哟!那位太子到底在哪儿呀?你们分头行动,赶快去寻找吧!"

当时太子塔智·木鲁可仍在缧绁中,在刽子手监管下,正待命受刑。由于过度的刺激和恐惧，他的脸色苍白、憔悴不堪，垂头丧气地站在皮毯上，等待着割头。他父亲的使臣中有人东张西望，无意间视线落在他身上，不觉大吃一惊。使臣仔细斟酌，发现他果然是太子塔智·木鲁可，这才没命地跑过去，把他搂在怀里痛吻。其余的使臣也一个个跑到他面前，赶忙替他松绑，并争相吻他的手、脚。

太子塔智·木鲁可如噩梦初醒，睁眼见宰相和阿济子在他面前，知道他们前来救他的命，不禁喜出望外。但因兴奋过度，他突然失去知觉，昏迷不省人事。

国王佘赫鲁曼眼看这种情景，证实苏里曼沙大帝的人马，果真是为寻找这个青年才开进他的国境，因而他感到彷徨、迷离，怕得要命。他露出一副可怜相，眼泪汪汪地挨到太子塔智·木鲁可面前，亲切地吻他的头，凄然说道："孩子！原谅我，饶恕我吧！可怜我白发苍苍，恳求保全我的国土吧！"

太子塔智·木鲁可挨近国王，吻他的手，剀切说道："我们不至于责备你，你只管放心，我是把你当自己的父亲一样看待的。不过希望你多加注意朵尼娅公主的安全，别让她遭遇不幸。"

"太子不必顾虑，从今以后，她所接触的，只会是赏心悦目的好事情。"

国王佘赫鲁曼一方面向太子塔智·木鲁可认罪求饶，另一方面却向国王苏里曼沙的宰相百般讨好、许愿，答应送他大量金钱，叫他把所见所闻的真实情形都隐瞒起来，别让国王苏里曼沙知道。同时他还吩咐朝臣们好生侍奉太子塔智·木鲁可，陪他去澡堂熏香沐浴，给他预备顶名贵的宫服穿戴。一切布置妥帖，他才诚惶诚恐地跑到后宫朵尼娅公主的闺房里，见她正为太子塔智·木鲁可的遭遇伤心哭泣，还准备一柄宝剑，将剑柄摆在地板上，拿剑头对准自己的胸口，斜倚着宝剑，以便身体使劲朝下倾倒，让锋利的剑头刺穿心窝，就此自杀了事，与太子塔智·木鲁可同归于尽。在行将自杀之时，她喃喃地说道："心爱的人儿死了，我还活着干吗？我非自杀不可！"

国王佘赫鲁曼见朵尼娅公主寻短见的情景,吓得一声狂叫起来,说道:"最高贵的公主哟!你可怜可怜我吧!从你父亲的处境和国家民族前途着眼,你千万不可选择这条道路。"他赶忙跑过去搂着朵尼娅公主,说道:"儿啊!你自杀的行为,会成为你父亲遭灾、受难的原因呢。"于是把他知道的一切,从头叙述一遍,说明她的情人,原是苏里曼沙大帝的儿子,要和她结成夫妻。最后答应给朵尼娅公主自由,说道:"关于婚姻问题,我尊重你的意见,你自作主张吧。"

"父王!"朵尼娅公主嫣然一笑,"我不是对你说他是王子皇孙吗?如今不叫他把你钉在仅值两块钱的一根木头上,那是不足以解我心头之恨的。"

"指安拉起誓,儿啊!可怜可怜我吧!安拉会怜悯你呢。"

"好了,你快带他来见我吧!"

"是,我就去。"

国王佘赫鲁曼答应朵尼娅公主的要求,离开后宫,一直回到殿堂。这时候,太子塔智·木鲁可刚从澡堂熏香沐浴归来,在朝臣们小心伺候、奉承下,衣冠楚楚地坐在堂中,亲切地跟他父亲的宰相和他的密友阿济子促膝谈心。宰相对他说:"在过去的这段漫长时间里,我们不辞跋涉,日以继夜地赶路程,奔回国去,报告消息;说你进宫和朵尼娅公主幽会,一去不返,音信杳然,致使我们彷徨迷离,坐卧不安,唯恐发生意外,不敢自作主张,只得星夜回国请示,恳求令尊裁夺,进行挽救。主上知道你的处境不妙,骇然震惊,立刻发出诏令,调兵遣将,然后率大军,御驾亲征。想不到我们随军远征至此,既不动干戈,又能促成你的婚事。我们总算不虚此行,可喜可贺!"

"如果事情值得喜贺,那么所有的喜庆和幸福,从开始到终结,都是两位一手做出来的。我应当饮水思源,竭诚感激,终生难忘。"

国王佘赫鲁曼挨到太子塔智·木鲁可身边,告诉他朵尼娅公主等着见他的消息,于是带他去后宫内院,让他和朵尼娅公主重新相会。

朵尼娅公主再见太子塔智·木鲁可之面，喜不自胜，把他紧紧地搂在怀里，边热烈接吻，边嚷道："亲爱的，你叫我担心死了！"接着她回头指着太子塔智·木鲁可对她父亲说："像这样极其漂亮、出身高尚、贵为王子的正直、自由的人，谁能对他蛮横无理，胆敢危害他的生命呢？"

国王佘赫鲁曼被朵尼娅公主问得哑口无言，恧然退出，轻脚轻手地带上房门，狼狈不堪地回到殿堂上，殷勤招待国王苏里曼沙的宰相和使臣。他苦苦哀求，托使臣们转告苏里曼沙大帝，说太子安全健在，过着舒适快乐的甜蜜生活。同时派人送出大批钱财、粮秣，犒赏苏里曼沙大帝的人马，并选择骏马、快驼各百匹，奴婢各百名，献给苏里曼沙大帝。最后国王率领朝臣和亲信出城，往郊外拜望苏里曼沙大帝。

国王苏里曼沙从宰相和阿济子的报告中，知道太子塔智·木鲁可安全健在，感到无限欢喜快慰，欣然说道："赞美安拉！是他满足太子的愿望呢。"于是起身，步出帐外，迎接国王佘赫鲁曼，亲热地拥抱他，陪他走进帐篷，让他坐在身旁，和他亲切交谈，并设席款待，陪他吃饱喝足之后，又馈以甜食、果品。

饭后，太子塔智·木鲁可衣冠楚楚地突然走进帐篷。国王苏里曼沙见久别重逢的太子，喜不自禁，把他搂在怀里痛吻。在座的人都站起来，表示尊敬、欢迎，让他坐在国王苏里曼沙和国王佘赫鲁曼之间，然后喜笑颜开地围着他坐下，听他父子寒暄，并互相交谈起来。正当大家谈笑风生的时候，国王苏里曼沙趁机对国王佘赫鲁曼说："寡人打算趁此良辰，请法官和证人，替太子和公主办理缔婚手续，正式写下婚书，以示尊重圣道。不知尊意以为如何？"

"听明白了，遵命就是。"国王佘赫鲁曼同意国王苏里曼沙的意见，立刻请来法官和证人，替太子塔智·木鲁可和朵尼娅公主办理订婚手续，写下婚书，正式宣布两王国缔姻喜报，并举行庆祝仪式，既焚香、洒香水，又撒喜钱喜果。上自王公，下至士卒，皆大欢喜，非常热烈地庆祝一番,才尽欢而散。

国王佘赫鲁曼替朵尼娅公主订婚之后,如释重负,欣然回到宫中,开始替公主备办嫁妆,以便择吉举行隆重的结婚典礼。

缔姻仪式举行之后,太子塔智·木鲁可满心欢喜,留在国王帐中,畅所欲言地叙谈别后思亲之情和种种经历。他对阿济子尤其关怀、感激备至,说道:"阿济子是个忠诚老实的青年人。他勤勤恳恳地照顾我,帮助我,真够得上朋友。他不辞跋涉,不怕辛苦,一直跟随我,指引我走向成功的道路。他离乡别井,陪我过飘流生活;两年来,他始终安慰我,规劝我,消除我的悲观、失望情绪,鼓励我迈步向前、努力追求,终于使我达到最终目的。为报答他的恩情,我打算给他预备一批礼物,送他一些金银,作为他经营、谋生的本钱,让他心满意足地满载而归。且喜他的家乡距此不算太远。"

"你的见解很对。"国王苏里曼沙同意太子塔智·木鲁可的主张。于是预备一百驮最值钱的布帛和一笔现款,当礼物送给阿济子,表示衷心感谢他的忠诚。

阿济子动身回家之日,太子塔智·木鲁可把预备妥帖的财货送给他,说道:"阿济子我的兄弟、朋友!我把这些财货当纪念物送给你,你带回去好生经营、享受。祝你一帆风顺,平安转回家园。我们后会有期。"

阿济子收下礼物,拜倒在太子塔智·木鲁可和国王苏里曼沙脚下,亲切地吻了地面,竭诚感谢一番,然后告别、起程。

太子塔智·木鲁可骑马送行,走了三里路,仍然依依不舍。阿济子发誓请他留步,说道:"我的主人啊!倘若堂上没有白发老母,我是一辈子不愿离开你的。今后希望你和我互通音信,永久保持友谊。"

"好的,一言为定。今后必须互通音信,永久维护我们之间的友谊。"太子塔智·木鲁可慨然同意阿济子的建议,然后挥泪作别。

阿济子离开家庭,出去经营、散心,整整两年没给家里写信。在漫长的时期里,他母亲盼子心切,终日依闾而望,可一直得不到音信。她绝望之余,认为儿子已经离开人世,因而在院落中替他掘了一座衣冠墓;于是早烧香,晚扫墓,经常坐在坟前悲哀哭泣。她的悲惨处境,阿济子一点也不知悉。因此他衣锦还乡,满载而归,一旦回到家里,只感到满屋萧条,到处冷冷清清,一眼看见母亲披头散发,呆坐在坟前,悲哀哭泣,凄然吟道:

一

指安拉起誓,
我来问你:
坟呀!
莫不是他的容颜已经憔悴?
或者是美丽的景象有了变迁?
坟呀!
你不是园地,
也不是宇宙,
怎么里面既有明月又有花卉?

二

我向来对沧桑世变能够逆来顺受,
这次离别事件却使我惴惴不宁。
失去心爱的人儿,
谁还能安然忍受?
到了生离死别关头,
谁又能不颓然落泪、黯然销魂?

三

我经过一处茔地,

来到亲爱的儿子坟前，

借此扫墓、问候，

可寂然得不到反应，

不知道这是什么原因？

蓦地里我听到儿子的声音：

"我已经成为石头、泥土的抵押品，

和至亲密友隔着老远的距离，

原有的优良品质全被土、石吞尽，

过去的一切也都忘得一干二净，

这叫我怎么还能和你们诉苦、寒暄？"

阿济子听了母亲的哀吟，迈开大步，奔到她面前。他母亲见儿子突然出现在自己身边，欢喜过度，一下子迷糊过去，昏迷不省人事。阿济子赶忙拿水洒在她脸上。一会儿，她慢慢苏醒过来，把儿子搂在怀里，母子抱头痛哭一场，然后平静下来，彼此问好。她问儿子音信杳然、一去不返的缘故。阿济子把出门之后的经历，从头到尾，详细叙述一遍，最后告诉她太子塔智·木鲁可送他一百驮财货的好消息。母亲听了，不禁喜出望外。从此阿济子和高堂老母，相依为命，过舒适、幸福生活。然而美中不足，他有时想起和卜蒂·戴丽兰打交道的遭遇，不禁悲从衷来，痛哭流涕。

太子塔智·木鲁可送走阿济子，回到宫中，耿耿如有所失。国王佘赫鲁曼替朵尼娅公主备办的嫁妆，已经齐全，于是择吉婚配，热热闹闹地举行婚礼。婚后，国王佘赫鲁曼接着又替朵尼娅公主筹备于归途中的各种物品，以壮行色。不但给他们预备了足够的粮秣、盘缠，而且还搜集了许多古玩。数量之多，真是应有尽有。一切准备妥帖，国王佘赫鲁曼亲身送行，陪他们跋涉了三天路程，还是依依不舍。经国王苏里曼沙发誓再三挡驾，才勉强止步，目送他们走远了，才闷闷不乐地转回宫去。

国王苏里曼沙、太子塔智·木鲁可和朵尼娅公主，率领人马在漫长的旅途中跋涉,日以继夜地连续赶路。直到距京城不远的地方,他们凯旋、满载而归的消息才传遍全国各地。人们忙着装饰城郭,扶老携幼地出城迎接。车水马龙,热闹空前。

回到宫中,国王苏里曼沙坐在宝座上,让太子塔智·木鲁可坐在身旁,接待宾客,犒赏三军,大赦天下,并且广施博济,替太子塔智·木鲁可和朵尼娅公主再举行一次婚礼,弹唱歌舞,整整热闹了一个月。宫中人喊马嘶,门庭若市。侍女们精神振奋,轮流换班,勤勤恳恳,极尽其装饰能事地拿各种首饰、衣冠装饰、打扮朵尼娅公主,以此炫耀她的富贵、美貌。朵尼娅公主神采焕发,毫无倦意,让侍女们把她装饰、打扮得花枝招展,俨然成为人间仙女,使得所有的太太小姐们,百看不厌。

从此以后,太子塔智·木鲁可上慰父母,退拥娇妻,一对青年恩爱夫妻,形影不离,过着舒适、快乐的幸福生活,直至白发千古。

臧吾·马康从君士坦丁撤退人马

宰相丹东讲了苏里曼沙的故事,臧吾·马康听了,很受感动,非常钦佩宰相丹东的为人,欣然赞道:"像阁下这样的人物,陪帝王起坐,谈笑风生,令人心悦诚服;在运筹帷幄、安邦定国方面,眼光既远大,见识又卓越,故能出将入相,英雄不愁无用武之地,不愧为名副其实的一代辅弼,我辈不胜钦佩景仰之至。"

臧吾·马康率领部下围攻君士坦丁,光阴荏苒,屈指已满四年。当此之时,人困马乏,士卒思乡心切,不耐交战、熬夜之苦。臧吾·马康有见于此,毅然召集白赫拉睦、鲁斯图和图尔科叔等将领,商讨善后,说道:"我们率领三军,远道出征,转战于异域。经数年征战,不但目的不达,反而增加无限苦恼。我们原是高举义旗,前来替先帝努尔曼报仇雪耻的,却想不到在转战期间,反而牺牲了家兄叔尔康的生命,因此,我们的悲哀、苦恼,变本加厉,终于变为双重的悲哀、苦恼。我们陷入这种悲惨境地,全是左图·黛娃仙那个坏老婆子一手制造出来的。她谋杀了先帝努尔曼、带走了萨斐娅还不知足,进而她又在我们之间要手段,最终杀害了家兄叔尔康。为此,我曾坚决发誓,非报仇雪耻不可。现在我向各位表明苦衷,征求你们的意见。希望你们对此事多加考虑,然后各自发表看法。"

将领们听了国王臧吾·马康的谈话,默然不语,低头不置可否,都唯宰相丹东马首是瞻,把希望寄托在他一人身上。宰相丹东挺身而出,推心置腹,剀切说道:"启奏国王陛下,我军出征以来,将相身先士卒,身经百战,为时数载,至今只落得损兵折将,人困马乏,倘若再坚持围攻下去,则凶多吉少,前途实不堪设想。以臣愚意,倒不如权且放弃阵地,班师回国,使将士有休整余地,然后整军经武,东山再起,再来跟这些膜拜偶像的家伙作殊死战,为时也不算晚。"

"你的见解非常正确可取。"国王臧吾·马康赞同宰相丹东的建议,"的确,我军征战在外,年深日久,不仅部下去国怀乡,思念亲戚骨肉,而我自己也经常为想念我儿孔马康和侄女古萃叶·斐康而心绪不宁。尤其古萃叶·斐康远在大马士革,我不知她的境况如何,实在叫人放心不下。因此,我同意宰相丹东的意见,权且放弃阵地,暂时撤退人马。"于是下令军中,限三天后撤兵回国。

士卒归心似箭,听到撤退消息,欢声雷动,人人感谢宰相丹东,替他祈福求寿,兴高采烈地收拾准备回国。

到了第四天,一切准备齐全,国王臧吾·马康正式下令撤退。军中顿时欢腾、活跃起来,鼓乐齐奏,旌旗临空招展。宰相丹东统率部队,领先开道,国王臧吾·马康居中,旁有侍从武官保驾。于是大军浩浩荡荡、欢天喜地地离开君士坦丁,连续跋涉,日以继夜地赶路程,终于一帆风顺地回到巴格达。

人们听到军队胜利归来,欣然有喜色,扶老携幼,出城迎接。将士们历年征战在外,一旦回到家乡故国,家人父子,久别重逢,共叙天伦之乐,人人欢欣鼓舞,个个喜笑颜开。国王臧吾·马康也不例外。他回到宫中,跟王后和太子孔马康见面言欢,喜不自胜。太子孔马康已年满七岁,生得聪明伶俐,活泼可爱,英俊武勇,有乃父风,已开始学习骑射。国王臧吾·马康爱他如掌上明珠。

国王臧吾·马康远征归来,适当休息后,带太子孔马康进澡堂沐浴,然后上朝执政,宰相丹东和其他文臣武将,也照例入朝视事。

臧吾·马康和澡堂火夫

国王臧吾·马康远征归来,重理国事,一切弄出头绪之后,便召见他的患难朋友——澡堂火夫。侍从遵命,带澡堂火夫入朝谒见。国王臧吾·马康见他到来,起身迎接,热情地让他坐在身旁,表示敬重。宰相和其他的朝臣都知道澡堂火夫是国王臧吾·马康的患难朋友,曾救国王的命,因此他们都另眼看待,也非常尊敬他。

当时澡堂火夫吃喝、养息得既肥胖又粗壮,脖子和肚子跟大象、海豚的差不多。国王臧吾·马康出征期间,他终日吃喝睡觉,不轻易离住所一步,因而昏昏沉沉,迷迷糊糊,脑筋不清爽,越过越糊涂,连臧吾·马康都不认识了。国王臧吾·马康满脸笑容地招呼他,热情地问候他,说道:"你把我忘得多快呀!"

他把目光集中在国王臧吾·马康身上,仔细端详一番,慢慢想过来了,才站起来,惊奇地问道:"亲爱的好朋友! 是谁叫你来当国王的?"

国王臧吾·马康忍不住大笑不已。宰相丹东赶忙解释道:"从前,他是你的弟兄,也是你的朋友,可现在他当上我们的国王了。你是他的患难朋友,他向来敬重你,这次难免要重赏你呢。现在我嘱咐你:如果他问你希望封你什么爵位时,你尽管求他封你一个最高的爵位吧。"

"求他封我爵位，只怕他不答应，或许他无能为力。"

"你别顾虑！无论要求什么，他都能赏赐你。"

"指安拉起誓，既然如此，我一定求他派我担任我终日梦想着的那个职务好了。"

"你只管放心！指安拉起誓，即使你愿做大马士革国王，代替他哥哥的职位，他也能派你去执掌那里的军政大权。"

澡堂火夫听了宰相的谈话，感到惊奇、诧异，毕恭毕敬地站了起来，彷徨不知所措。国王臧吾·马康以手示意，叫他坐下。他不敢坐，说道："愿安拉保佑！我和你起坐的时间，已经一去不复返了。"

"不，你是我的救命恩人，天长地久，我们应该继续碰头聚首，这种情形永久不变。指安拉起誓，为报答你的恩情，凡是你需要的，我一定满足你的愿望。现在你要我赏你什么？只管说吧！"

"我的主人啊！我想求你一件事，只怕你不允许，或者你无能为力。"

国王臧吾·马康大笑不已，说道："即使你要我送你一半国土，我都不拒绝，准能跟你合作到底。现在你需要什么爵位，只管说吧。"

"我需要的爵位，只怕你无能为力。"

"别管我能为力或无能为力！你要个什么爵位？只管快说吧。"国王臧吾·马康露出不耐烦的神色。

"求你给我写张委状，封我为耶路撒冷城中的火夫头吧！"

国王臧吾·马康和满朝文武听了火夫的要求，忍不住哄堂大笑。没奈何，国王臧吾·马康剀切地对他说："这不像话。你另选别的爵位吧！"

"我不是说我要求的只怕你不允许，或者你无能为力吗？"

宰相丹东在火夫面前干着急，轻轻地踢他，一再暗示他。可每暗示一次，他只吞吞吐吐地说："我要求……"

"要求什么？你快说吧！"国王臧吾·马康一再催促他。

"要求派我上耶路撒冷去做清道夫的领班吧！或者去大马士革也行。"

在场的人听了火夫的要求，笑得东倒西歪，前仰后合。宰相丹东气得不自主地捶他两拳。火夫回头，瞅着宰相质问道："我犯何罪？你干吗打我？是你教我要求一个好职位嘛！你们既然这样对待我，索性让我回老家去吧。"

国王臧吾·马康知道他滑稽，好嬉戏，因而耐心等待，说道："老兄啊！你应该要求一个与我的地位相同的高尚职位才对。"

"好吧，求你派我去坐镇大马士革，执掌令兄的职务好了。"

国王臧吾·马康慨然答应火夫的要求，当面写下委状，封他为大马士革国王，并吩咐宰相丹东："他此去上任，阁下送他最为适宜。到那儿替他办完各种手续，在你回京之时，劳驾顺便照拂先兄叔尔康的遗孤古萃叶·斐康晋京。"

"听明白了，遵命就是。"宰相丹东欣然接受国王托付他的任务。

国王臧吾·马康格外关心、优待火夫，给他预备簇新的宝座、名贵的宫服和使唤的奴婢，替他改名为国王邹布鲁康，外号为勇士，并号召朝臣们赞助他，说道："你们中凡是拥护、爱戴我的人，请慷慨解囊，踊跃输将，每人送他一份贵重礼物吧！"

一个月后，一切准备齐全，是国王邹布鲁康动身前往大马士革上任的时候了，宰相丹东陪他进宫，向国王臧吾·马康辞行。国王臧吾·马康站起来迎接他，拥抱他，叫他大公无私地看待老百姓，吩咐他认真操练兵马，预备两年后出兵远征。他毕恭毕敬地聆听国王臧吾·马康的吩咐，然后告辞出宫。临行，朝中文武百官出来送行。大家响应国王的号召，纷纷送他贵重礼物，单是婢仆的数目，已达五千之众。国王臧吾·马康的侍从武官和其他名将，如白赫拉睦、鲁斯图和图尔科叔，不辞跋涉，一直陪他行了三天路程，才依依不舍地同他分手。

国王邹布鲁康和宰相丹东，率领人马，风尘仆仆地继续跋涉，向大马士革迈进。未到大马士革之前,信鸽先把他们前去上任的消息送到城中,因此人们忙着打扫、装饰城郭,扶老携幼地出城迎接新王。真是万人空巷,热闹空前。

国王邹布鲁康率领大批人马,浩浩荡荡,在欢呼声中,进入大马士革,来到王宫,坐在宝座上,接见文武官员。宰相丹东站在一旁,向他介绍朝臣们的官阶爵位。于是文臣武将,顺序谒见新王,吻他的手,祝福他,呼他万岁。他照例赏赐文臣武将,并打开国库,犒赏大小官兵士卒。从他正式执掌大权,开始问政之初,便遵循国王臧吾·马康的指示,勤勤恳恳、小心翼翼地埋头料理国家大事。

宰相丹东完成任务,即时准备回京销差。国王邹布鲁康衷心感谢他的恩情,忙替叔尔康的遗女古萃叶·斐康预备行李,用丝绸制造一顶轿子,供她乘坐,并送宰相丹东大笔财物。宰相丹东不肯接受,婉言谢绝,说道:"你刚到任不久,要花钱的地方很多,财物你暂且留着使用。往后倘若国家必须增加兵费或有其他用途,我们会派人前来征调税款。到时候,你再向国家提供物力财力不迟。"

宰相丹东起程回京之日,国王邹布鲁康亲身送行,扶古萃叶·斐康上轿,派十个婢女沿途侍奉她。送走宰相丹东和古萃叶·斐康,国王邹布鲁康回到宫中,兢兢业业、克勤克苦地处理国家大事,认真操练兵马,制备军器,随时准备响应国王臧吾·马康的征调号令。

臧吾·马康和古萃叶·斐康

宰相丹东离开大马士革起程回京。沿途宰相小心翼翼地照拂着古萃叶·斐康,整整跋涉了一个月,才到达腊哈摆城。接着再继续向前迈进,直至快到巴格达时,才派人前去报信。

国王臧吾·马康听到宰相丹东回京的消息,喜不自胜,骑马出城迎接。宰相丹东见国王御驾亲迎,受宠若惊,预备下马步行。经国王发誓制止，他才骑马趋前，与国王寒暄。国王打听勇士邹布鲁康的情况。他把邹布鲁康到任之后的情况叙述一番，最后报告古萃叶·斐康同路晋京的消息。国王听了，喜出望外，说道："你送往迎来，风尘仆仆，劳苦功高。现在你快回去休息三天，再入朝视事吧！"

"谢主上！"宰相丹东遵命径回相府去了。

国王臧吾·马康回到宫中，和古萃叶·斐康初次见面，非常欢喜快乐，同时又因她父亲叔尔康的遭遇感到悲哀、苦恼。古萃叶·斐康年方八岁。国王臧吾·马康非常疼她，赏她许多细软衣服和名贵首饰，让她跟孔马康在一起，当亲生女儿抚育。从此古萃叶·斐康和孔马康姐弟二人，在非常优越幸福的环境中生活、成长起来。他俩生得标致漂亮、活泼伶俐，可是彼此的性格、特点，却有不同之处。古萃叶·斐康识见卓越，分析、鉴别力强，善于估计事物的成败利钝。孔马康则忠厚、慷慨成性，勇于进取，落拓不拘小节。他俩在一起攻读、生活到年满十岁时，便开始学习武艺。古萃叶·斐康和孔马康形影不离，经常骑马早出晚归，学习骑射、击剑等武艺，认真锻炼，克勤克苦，精益求精。年满十二岁时，他俩的武功，已臻成熟阶段，一跃而为当代文武双全的出色人物。

臧吾·马康托孤

国王臧吾·马康班师回朝之后，怀着报仇雪耻的志愿，整军经武，埋头苦干，继续准备。到太子孔马康年满十二岁，武功有了成就时，他远征的时机已届，人马和武器都准备齐全，于是他与宰相丹东商量，说道："告诉你吧：我决心要做一桩事情，先征求你的意见。请坦率地答复我吧。"

"陛下决心要做的是桩什么事情？"

"我决心趁我还活着，先把王位传给太子孔马康，由他执掌政权,俾我腾出身来,率领人马远征,替先王努尔曼和先兄叔尔康报仇雪耻,以终余年。我这样决定,不知你是否同意?"

"启奏英明、幸福的吾王陛下,"宰相丹东诚惶诚恐地跪下去吻了地面,"陛下的决定固然尽善尽美,可是揆之实际情况,在执行陛下的决议方面,存在着两重阻力。第一,太子孔马康太年轻,还不到登极的法定年龄。第二,按习惯说,生前传位者的寿元,往往短期内有殒命的危险。这是臣下仅能贡献的一点愚见。"

"太子虽然年轻,可以委托侍从武官代他摄政。因为侍从武官既娶朕姐为妻,跟王室水乳交融,同为一体。况且我和他之间,具备着弟兄手足的情谊呢。"

"情况既然如此,伏乞陛下按决定行事。臣下唯君命是听。"宰相丹东赞成国王臧吾·马康的决定。

国王臧吾·马康征得宰相丹东的同意,立刻召集侍从武官和其他文武官员,宣布决议说:"我儿孔马康,武艺高强,同辈中没有能和他匹敌的,已是当今不可多得的骑士。现在我决心让位,由他来做你们的国王,执掌军政大权,处理国家大事,并委托他姑父侍从武官辅佐他,代他摄政。"

侍从武官听了国王臧吾·马康的托付,受宠若惊,惶恐不安地说:"臣下是皇室一手栽培出来的。为了感戴皇室恩德,凡陛下委托之事,臣下赴汤蹈火,在所不辞。"

"爱卿须知:我儿孔马康和敝侄女古萃叶·斐康,原是叔伯姐弟,从小生活在一起,彼此情投意合,因此我曾允许他俩将来结成恩爱夫妻,以期达到亲上加亲的夙愿。我不避辞费之嫌,当列位之面,慎重声明这件事情。"

国王臧吾·马康当宰相丹东和群臣之面,宣告退位,立太子孔马康为王,接着办理移交,将大批私产也一并交孔马康自己经管。于是他轻松愉快地去见他姐姐诺子赫图·宰曼,告诉她立太子为王的经过。诺子赫图·宰曼听了臧吾·马康的果敢行为,非常钦佩他的雄图壮志，非常欢喜，说道："孔马康和古萃叶·斐康都是我的子女，我不会厚此薄彼，你只管放心。祈望安拉延长你的寿元，赏你长命百岁，亲眼见到他俩对皇室和社稷的伟大贡献。"

"姐姐啊！我自己的心愿和应该做的事情，都尽力做到了。至于我儿孔马康的未来，我泰然自若，没有什么可牵挂和顾虑的。不过他终归还年轻，他母子二人还要你多多关怀、照顾呢。"

国王臧吾·马康跟诺子赫图·宰曼和侍从武官促膝谈心，叙谈国事和家常，把儿子和妻室的未来，全都寄托在她夫妻二人身上。他们姐弟之间，无拘无束，畅所欲言，一谈便是几昼夜。国王臧吾·马康终因积劳成疾，身染疾病，经年卧床不起。他自信大去之日已近，因而当着宰相丹东的面，嘱咐孔马康："儿啊！我死后，宰相就等于你生身的父亲。不瞒你说：我的气数已尽，即将离开这个幻灭的尘世，前往永恒的来世去生存。我在世时，兢兢业业，任劳任怨，所要做的事情，得心应手，全都达到目的。其间只剩一笔血债还没算清。今后指望你继往开来，禀承祖先遗训，再接再厉，替我消除这桩刻骨的遗恨。"

"父王！您心头到底还有什么遗恨？"

"儿啊！我心头的遗恨是我在世时，还没替你祖父努尔曼和你伯父叔尔康报仇。他俩是被一个叫左图·黛娃仙的老泼妇谋杀而死于非命的。将来你若有些长进，自信能操胜券时，千万别忘记替祖先报仇雪耻。对那个诡计多端的老泼妇，你要格外提防，免遭她的毒手。总之事无大小，必须征求宰相丹东的意见，听他的指示。须知他不但是先君的元老，而且还是我朝的柱石呢。"

"听明白了，遵命就是。"孔马康毕恭毕敬地领受父亲的教训。

国王臧吾·马康当着宰相丹东的面，嘱咐儿子之后，不禁悲从衷来，凄然流泪。他的疾病有增无减，一直卧床不起。侍从武官执掌军政大权，国家大事都由他摄政处理。孔马康热衷于骑射、击剑，精益求精，全神贯注操练武艺。古萃叶·斐康也不例外，和孔马康在一起，志气相投，形影不离。每天黎明而出，日落而归，始终随孔马康在外操演、锻炼。孔马康每天操练归来，都见他母亲坐在父亲床前，侍奉汤药，悲哀饮泣。他一方面好言安慰母亲，一方面自告奋勇，代母亲之劳照拂父亲。有时通宵不眠，但次日仍然坚持操练武艺。日复一日，月以继年，四年期内，不稍间断。在漫长时期内，臧吾·马康卧床养病，病势一直没有起色。侍从武官摄政处理国家大事，勤勤恳恳，数年如一日，成绩昭著，国泰民安，博得庶民称赞爱戴。臧吾·马康久卧床蓐，不耐疾病折磨，终日呻吟、喘息，凄然吟道：

> 我的力量消耗无遗，
> 显然气数已到最后关头，
> 只落得终日喘息、呻吟，
> 惨景为人目睹共见。
> 在往昔光辉灿烂的时代里，
> 我比谁都显贵、尊严。
> 在竞赛的场合里，
> 我一向捷足先登，
> 轻易达到目的，
> 同侪望尘莫及。
> 如今大去之日已近，
> 眼睁睁只望我儿继承王业，
> 掌握政权，
> 代我安邦、治民，
> 且披坚执锐，
> 勇往直前，
> 使用刀枪剑戟，
> 刺杀敌人，
> 替祖先报仇雪恨。
> 除非安拉慨然满足我最后的心愿，

则今生和来世，

我的结局只能是两手空虚，

一败涂地。

臧吾·马康吟罢，有气无力地靠在枕头上睡熟了。在梦中，有人向他报喜说："你只管放心，不必忧愁顾虑。令郎继承你的遗志，会秉公正直地管理国家大事，老百姓会俯首帖耳地遵循他的命令和指示。"

他从梦中醒来，满心欢喜快乐。但他终于一病不起，与世长别。噩耗传出后，巴格达居民，无论尊卑贵贱，如丧考妣，为他之死悲哀哭泣。然而事过境迁，时间隔得稍久，人们也就把他忘记，好像世间没有他这个人似的。同样孔马康因他之死而遭冷遇，地位一落千丈。巴格达人，上自官宦，下至庶民，对他本人和他的家庭，逐渐表示冷淡，并白眼看待，致使他和他的家庭处境孤立，与众隔绝。他母亲眼看到自己的卑微、下贱境遇，不胜今昔之感，愤愤不平地叹道："但求奥妙、明哲的安拉默助！这回我非找侍从武官理论不可了。"于是她不顾一切，来到掌权摄政的侍从武官家中，向他的夫人诺子赫图·宰曼诉苦，说道："人一倒头，他的情谊就被人们忘得一干二净，也就谈不上亲戚朋友。愿安拉满足你们的愿欲，让你们一辈子称心如意。愿你们秉公正直，长期执掌政权，继续统治富豪和庶民。过去我们当权，享受荣华富贵，个中情景，你是耳闻目见的。可是到了今天，时逆运违，我们活该倒霉，弄得惨遭时运抛弃，饱受命运欺凌，逼得我们无法生存，不得已，我才向你呼吁、求援。我前尊后贱，这是无法避免的遭遇。因为丈夫死了，做妻室儿女的孤苦无告，不得不卑躬屈节，仰人鼻息，一旦变得这般卑微、下贱。"她说罢，痛哭流涕，凄然吟道：

死亡足以使你惊奇、深省，

失去生命的人和我们并不隔绝。

人的一生仅仅是人生旅途上的一段行程，

灾难、祸患都汇集在它的埠头。

失去高尚的伴侣使我无限痛心疾首，

我的身心还被无穷的灾害重重包围。

诺子赫图·宰曼听了弟媳的诉苦、哀吟，顿时想起她弟弟臧吾·马康和侄子孔马康，心有所感，表示同情、怜悯，亲切地安慰她说："目前我的处境比你优越，你的情况的确有了改变，这是我清楚明白的。指安拉起誓，我们并非对你漠不关心。其实我们不敢接济你，只怕你多心，以为是我们向你施济。何况今日我们能有这样的地位和享受，都是你丈夫给予的。好罢，我们的屋子就是你的屋子，我们的产业也是你的产业。今后咱们不分彼此，有福同享，同甘共苦地过生活吧。"

诺子赫图·宰曼安慰弟媳之后，果然言行一致，给孔马康母子华丽名贵的衣服穿，指定富丽堂皇的宫殿供他母子居住，预备丰富可口的饮食供他母子吃喝，派奴婢供他母子使唤。对他母子体贴入微，关怀、照顾备至，让他母子过丰衣足食的安逸、舒适生活。继而她把孔马康之母前来诉苦、求援的经过，详细告诉她丈夫侍从武官。

侍从武官听了妻室的叙述，不胜今昔之感，眼眶里噙满泪水，恳切地嘱咐妻室："如果你想知道身后世态人情的演变，只消观察别人的结局，便可从中得到借鉴。孔马康之母和我们分属亲戚骨肉，你要多加尊敬、奉承，尽量满足她的需求。"

孔马康和古萃叶·斐康

似水流年。不知不觉间，孔马康和古萃叶·斐康年满十五岁，身体发育苗壮，仿佛已长大成人，似乎是结果的两条树枝，又像光泽夺目的两个月亮。两姐弟中，古萃叶·斐康，明眸皓齿，天生丽质，配着细软的腰肢、肥大的臀部、苗条的身材，显然是当代最窈窕美丽的女郎,身体的每一部位都极其美丽,因此她一出现,摇摆着的树枝面对她的苗条、美丽都感觉惭愧,蔷薇也向她的腮颊讨好、祈怜。她的音容笑貌,见闻者无不感到欢喜快慰。诗人吟得好:

一

她的香甜口水仿佛是馨香的葡萄美酒,
酿酒的葡萄显然是摘自她珍珠般的口唇。
赞美这体态的创造者的技能,
任何人都无法了解他的窍门。

二

她得天独厚,生就一双迷人的眼睛,
她的眼睑使得画眉、染眼者感觉羞怯、惭愧。
她的一瞥能刺穿情人的心灵,
其锐利跟哈里发阿里的宝剑毫无区别。

同样孔马康也越长越英俊。他不但容貌映丽,气概非凡,武勇过人,而且声誉日显,人们乐意接近他,对他赞不绝口,钦佩得五体投地。

有一天适逢节日佳期,古萃叶·斐康搽脂抹粉,收拾打扮得齐齐整整地访亲归来。她花枝招展、笑逐颜开地在婢女丛中,如鹤立鸡群,显得格外艳丽,像晴空中烁烁闪光的一轮皎洁明月,可望而不可即。她的倩影吸引着孔马康的视线,使他感到快乐、兴奋。他围着她尽情地欣赏,不息地称赞。最后,他终于得意忘形地信口吟道:

我这颗为离愁而失望的心几时才能痊愈?
什么时候苦难的命运才寿终正寝,
让结合在一起的两张嘴唇显出笑颜?
但愿我和情人在一起过夜的日子赶快降临,

那情人啊像我一样长期受着苦难的蹂躏。

古萃叶·斐康听了孔马康的吟诵,非常气愤,显出埋怨、愤恨心情。于是二人不欢而散,各自东西。

她愤愤不平地回到宫里,把孔马康吟诗戏弄她的情形告诉母亲。她母亲好言安慰她说:"闺女啊! 也许他不存恶意。难道他的境遇还不够孤苦可怜吗? 显然他吟诗并不含戏谑、侮辱之意。这桩事情,你千万别告诉别人,免得传到摄政王耳里,惹他生气。他一怒之下会抹煞孔马康的名气,甚至于摧残他的生命,那才糟糕呢。"

孔马康热爱古萃叶·斐康,在巴格达城中,显然是公开的秘密,妇女们都谈论这桩事情,因而消息越传越远。然而好事多磨。从闹别扭、触怒古萃叶·斐康之日开始,孔马康便感到忧愁、苦恼,终日彷徨、迷离。他的忧愁苦恼情绪,表现在颜色、举止间,成为众所周知的事。在这种情况下,他切望排除满腔的郁闷,因而吟诗遣愁,慨然吟道:

> 在她纯洁善良的心情为气愤幡然改变态度的日子里,
> 我畏罪诚惶诚恐地抱着恐怖心情。
> 为向那因治病甘受烙印之苦的坚强青年学习,
> 我须耐心等她心平气和时恢复交情。

侍从武官从受命摄政以来,大权独揽,为所欲为,被称为萨桑王。有一天他听到孔马康恋爱、追求古萃叶·斐康的传说,非常懊悔,认为当初不该让他两人生活在一起。为这桩事情,他向妻室诺子赫图·宰曼说:"把芦苇草放在火边,这是极大的冒险。男女授受不亲。男女混在一起,眉来眼去,这是最不妥当的事情。你的侄子孔马康,已经成年,不该再让他钻房入闱。你的女儿古萃叶·斐康,禁止她抛头露面、跟男子接近,这都是你应该做的事情。按她这样的年龄,已是大门不出二门不迈的闺女了。今后你应该多多注意、严格教管才对。"

"主上说得很对。足证陛下见识广远,料事周全。"诺子赫图·宰曼赞同萨桑王的意见,表示听从他的指示。

次日清晨,孔马康照例去见他姑母,向她请安问好。诺子赫图·宰曼回问一声,随即遵循丈夫的指点,一本正经地说道:"我有几句话要对你说。本来我是不愿说这话的,不过迫于无奈,也只好直言不讳了。"

"姑母有什么话要说?只管说吧。"

"你姑父摄政王听说你热爱、追求古萃叶·斐康,认为不太妥当,嘱咐我严加教管,不许她在你面前抛头露面,必须严加回避。今后你需要什么东西,我从后门使人送给你。你别再和古萃叶·斐康见面了。"

孔马康听了姑母之言,忍辱在心,不言不语,即时退出,来到他母亲面前,把姑母拒绝他的谈话,从头叙述一遍。他母亲听了,解释说:"这是因为你过于话多,才惹出是非来的。你爱古萃叶·斐康的消息,无远弗届,传得众人皆知。你要知道:我们寄人篱下,受人供养,在这样的情况下,你怎么好跟人家的女儿谈情说爱呢?"

"我和她谈恋爱,目的是要和她结为恩爱夫妻。因为她是我伯父的女儿,我最有权利娶她为妻。这是冠冕堂皇、名正言顺的事,有什么见不得人的?"

"住口!你不可胡言乱语!免得造成流言蜚语,传到萨桑王耳里,你这就惹火烧身,自找苦头,甚至于他们会跟我母子断绝关系,我们没有生活来源,就要陷于绝境。假若我们流浪到另一城市去,即使不冻死饿毙,也得摇尾乞怜,备尝讨饭的滋味呢。"

孔马康听了母亲的教训,越发感到忧郁、苦恼,喟然吟道:

请减去一些不可分割的埋怨!
因为离开心爱的人儿我就没有生存的余地。
请别要求我再付出尘埃大的一点耐性!
因为耐性早已和我宣告决裂。

我循规蹈矩、老老实实、诚诚恳恳地忠于爱情，

无奈爱埋怨的人却诬我违法乱纪。

我不是为非作恶之辈，

可他们断然禁止我和她相会。

每逢听人唤她姓名的时候，

我的骨骼便像山猫追逐下的雀鸟那样惊慌、恐惧。

请向埋怨我不该谈情说爱的人表示一下心愿：

海枯石烂我对伯父之女的痴情始终不变。

孔马康吟罢，长吁短叹，满腔悲愤，眼泪汪汪地说道："娘！在姑母和宫里人面前，没有我立足的余地，因此我决心离开宫殿，上偏僻的城根地区去，同那里的穷苦居民住在一起，自食其力，不仰仗这些人的鼻息。"于是他说到做到，果然离开宫廷，跟平民结交往来。

孔马康走后，他母亲孤苦伶仃，照例跟宫里往来，领取食物，维持生活。有一天，古萃叶·斐康抽空来看孔马康之母，顺便谈到孔马康，问道："舅母！近来孔马康怎么样？他很好吧？"

"他心事重重，终日眼泪汪汪，直到今天，他仍然做着爱情的俘虏，还没从你的情网里解脱出去呢。"

古萃叶·斐康凄然落泪，说道，"指安拉起誓，我责备他，倒不是生他的气，其实我所顾虑的，是怕仇人借故生端，制造流言，从而败坏我们的名节。老实说，我对他的爱慕，远超过他对我的钟情何止几倍。如果他说话不放肆，行为稍微检点些，别那么得意忘形，我继父爱护、优待他的心情总不会中途改变的。不过沧桑世变，也是人生难免的事情。逆来顺受，终归是处世接物的好经验。也许今日我们暂时分离，各自东西，等过些日子，说不定我和他会重逢、聚首。"她说罢，流出两行清泪，凄然吟道：

寄语我亲爱的叔伯兄弟：

在情场里我的命运和你的遭遇毫无差异。

可我从来不轻易在人前暴露爱情，
请问你是否同样保守个中秘密？

孔马康出走

孔马康之母听了古萃叶·斐康一片由衷之言，语重心长，知道她还恋念孔马康，心里感到无限快慰，当面表示感谢，并赞扬她几句。后来她把古萃叶·斐康的忠贞、言行告诉孔马康。孔马康知道古萃叶·斐康依然钟情他，不禁喜出望外，越发增加恋念心情，爽然说道："像她这样贞纯、可爱的闺女，我甘心为她牺牲生命，即使赏我二千仙女，也不可能把她从我手里换去。"于是慨然吟道：

今后我必须谨守誓言、不再泄露秘密，
免得惹是生非，招人指责、埋怨。
因为我们之间的爱情曾一度遭受践踏，
害得我长期失眠、辗转不能成寐。

孔马康获得古萃叶·斐康的垂青，不禁喜出望外，一扫悲观失望情绪，怀着莫大的希望，耐心等待，熬过艰苦、漫长的岁月。他年满十七岁时，不但身体发育健壮，而且经验阅历与日俱增，已经进入成年阶段。一天他夜里失眠，辗转不能成寐，想着自己的境遇，喟然叹道："我守株待兔，眼看自己的身心日益衰微，愿望却无法实现，这到底为什么呢？除了贫穷和缺乏名气，我自身没有别的缺点。在这里待下去，我得不到亲友、情人的慰藉，这辈子只会遭灾受气。我应该高飞远走，毅然离开这个地区，往他乡去谋生存，找出路。此去即使不能一帆风顺地达到目的，倒也可以摆脱苦难的命运，怡然结束生命。"于是他抱定出走决心，慨然吟道：

尽管心脏日益波动、战栗，

但对仇人我从来不卑躬屈膝。

我的生机俨然是一篇圣经，

热泪便是它的标题。

伯父的女儿一旦出现在人间，

原是李子旺①许可才下凡到我们面前。

谁敢明目张胆瞪她一眼，

她那利剑般的秋波准能刺穿他的心田。

为拯救灵魂我要高飞远走，

必须最大限度满足它的需求。

我驰骋疆场和英雄好汉对垒，

必定是马到成功、旗开得胜。

我能从容击败英雄豪杰，

满载胜利品凯旋。

　　孔马康吟罢，一骨碌爬起来，身穿一件无袖衬衫，头裹一条用过七年之久的破头巾，随身带上够吃三天的干粮，赤着脚走了出去，在伸手不见掌的黑夜里，胡乱摸索着去到巴格达城门下，等天亮开城门时，便第一个走出巴格达城，在广阔无垠的荒凉地带，不停地向前跋涉。

　　当天夜里，他母亲找不到他，感到无限忧愁苦闷，从此寝不安席，食不甘味，广阔的天地在她心目中一旦变得无比狭窄，挤得她喘不过气来。没奈何，她只得一天、两天、三天地等下去，一口气等了十天，却始终不见他归来，音信杳然，因此她忧愁、失望到极点，忍不住痛哭流涕，自言自语地说道："孔马康我唯一的安慰者哟！你去后，我心头顿时掀起澎湃的离愁。我的遭遇够凄惨、寂寞的了，你怎么还要离开我呢？你走后，我寝不安席，食不甘味，只落得终日悲哀哭泣。迄至今日，我不知该上哪儿去唤你？也不明白你流落到何地？"她喃喃

---

① 天堂门的看守者。

说罢,凄然吟道:

> 弓手暗射出一支无情的离愁之箭,
> 使我母子骤然处于生离死别境地。
> 他一旦出走,
> 从此我必遭灾、受刑。
> 他捆绑行李,高飞远走,
> 不顾一切地把我抛在后头。
> 越过沙漠平原他迈步向前,
> 让我在死亡线上吃尽苦头。
> 寂寞漆黑的深夜里,
> 突然有只雌鸽如泣如诉地引颈长啼。
> 那鸽子戴着一道项圈并染红双腿,
> 装饰打扮得整整齐齐。
> 啼声勾起我更多的悲伤离愁,
> 因此我劝它说:
> "慢些,你别过于性急!"
> 指我的生命起誓:
> 假若那鸽子像我这样悲哀可怜,
> 它就不至于佩戴项圈,染红双腿。
> 骨肉一旦离开家庭,
> 给我留下永久不可磨灭的悲愁。

孔马康之母不吃不饮,终日长吁短叹,悲哀哭泣。她的遭遇和悲惨结局,逐渐传开,人们听了都同情、怜悯她,因而愤愤不平,议论纷纷。有的埋怨先王说:"臧吾·马康哟!你这是怎么处置的?你的眼睛哪儿去了?你看见孔马康的悲惨下落没有?"有的惊叹世道人心变幻无常,说道:"先王臧吾·马康在位时,为国为民,公正廉明,待人接物,推心置腹,向来解衣衣人,从善如流,推食食人,嫉恶如仇,不失为一代英雄豪杰。可我们谁能想到他的子嗣孔马康,却被人篡夺王位,撵出国门,流落他乡,没有容身之地。世道人心不古,莫此为甚!"

朝中文武大臣虽然同情、怜悯孔马康的遭遇,可是慑于摄政王萨桑的威权,却敢怒而不敢言。及至孔马康出走的消息传到他们耳里,有人才勉强向摄政王启奏一番,最后附带说:"孔马康是先王臧吾·马康的儿子,也是先帝奥睦鲁·努尔曼的孙子,可是到了今天,他不稂不莠,国内没有立足余地,只落得流亡他乡,无家可归。"

摄政王萨桑听了朝臣的怨言,恼羞成怒,大发雷霆。他一怒之下,奏臣便遭杀身之祸,活活地被绞死。从此群臣怀有戒心,人人自危,都明哲保身,守口如瓶,不敢进谏忠言。事后摄政王平心静气地想到臧吾·马康对他的关怀、信任以及托孤的往事,记忆犹新,一桩桩一件件都呈现在眼前。于是他触景生情,良心发现,自觉羞怯惭愧,顿时对孔马康的境遇发生慈悲心情,自言自语地说:"我非派人去找他不可。"于是果然命令图尔科叔带一百骑兵,出去寻找孔马康。

图尔科叔奉令带领人马,出去寻找孔马康,连续跋涉了十天,找遍各地,却一直没有找到。不得已,只好率领全班人马,回朝销差,报告说:"臣下带领人马,不辞跋涉,找遍各地,却一直没发现孔马康的踪影,也没听到他的半点消息。"萨桑王听了报告,大失所望,忧心如焚。

孔马康和撒巴霍

孔马康毅然离开巴格达,刚踏上征程,便感到前途茫茫,走投无路。他踟蹰、徘徊一阵子,然后继续向前,一个人孤零零地在漫长的旅途上跋涉了三天,却始终没碰到一个行人。他思乡念亲心切,虽然疲惫不堪,却毫无睡意。沿途他采野果充饥,喝积水解渴,赶到正午热不可耐的时候,便在树荫下乘凉、小睡一会。他继续向前走,走了一程又一程,从一个地方到另一个地方。第四天,终于到了一处野草丛生、树木茂盛的所在。这个地区,不但花香鸟语、景致清幽,而且雨水调匀,气候宜人,仿佛是人间乐园。他触景生情,一时联想起故乡巴格达,抑制不住去国怀乡的激情,凄然吟道:

> 我怀着重返故国的念头权且流亡、出走,
> 但不知我还乡的心愿几时才能实现?
> 在他乡漂流、遨游本不是最终目的,
> 只为回避强加在我头上的风险我才被迫逃之大吉。

他吟罢,不禁悲从衷来。继而他揩干眼泪,吃些野生果实充饥,然后盥洗,开始祷告。祷告毕,他坐下来休息,直到日落,才席地而卧。他打着呼噜酣睡到半夜醒来,忽然听到一股清脆的吟诵声:

> 生活本来没有什么意义,
> 除非意中人喜笑颜开的脸面在眼前出现。
> 钟情者的形影随时随地反映在我眼帘,
> 使我感到舍身比获取她的垂青更容易。
> 同情人幽会、相互倾诉衷情,
> 此中乐趣比密友聚饮的快慰更胜一筹。
> 何况在鸟语花香、百花怒放的春季谈情,
> 当中的乐趣尤其无穷无尽。
> 这时节恋爱者彼此的眼中别有天地,
> 仿佛置身于百花争妍、清泉潺流的乐园里。

孔马康听了深夜里传来的吟诵,一时引起情愁,忍不住伤心哭泣,热泪河水般流满腮颊。他满腔激情,胸中像燃烧着熊熊的火焰。他一骨碌爬起来,想看一看是谁吟诵,可黑夜里什么都看不见。他惴惴不安,离开睡觉的地方,越过洼谷,跨上河堤。这时他听到有人长

叹一声,接着吟道:

> 如果你曾小心翼翼地为爱情严格保守秘密,
> 分手离散日便可放声痛哭挥泪。
> 我和情人之间订过婚约誓语,
> 天长地久永不变节。
> 我忠于誓语,
> 整个希望寄托于爱情,
> 因此我怡然陶醉在爱的和风里,
> 并借它排除胸中的情愁。
> 赛阿督呀!
> 我向你打听一个消息:
> "从分手之后,
> 那位戴脚镯的人儿是否把我提念?
> 今后能否有那么一夜让我和她碰头聚首,
> 亲切交谈别后相思离愁?"
> 她回道:
> "在情场里,
> 你曾惹得我们一个个神魂颠倒,坐卧不宁。"
> 我说道:
> "愿安拉保佑你!
> 多少追求者何尝不为你魂销魄散,甘心牺牲自己?"
> 离别后我没尝到睡眠的滋味,
> 否则安拉一定要咒瞎我这双眼睛。
> 受了重创的心灵哟!
> 除非破镜重圆,
> 任何药剂都不能治疗你的创痕。

孔马康听了第二次从附近传来的吟诵,知道吟诵者的境遇和他自己大同小异,也是个不得志的失恋者,因而暗自想道:"也许我能同此人结交、认识,彼此同病相怜,在一起谈心,借此获得慰藉。"他打定主意,随即抬高嗓子,向对方说道:"喂,黑夜里赶路的人哟!请到这儿来,同我谈谈你的遭遇吧,也许我能助你一臂之力,会使你平安脱险呢。"

他说罢,侧耳细听。只听对方应道:"听了吟诵而唤我的人呀!你是从哪儿来的?你是人类还是魑魅?在气绝身死之前,你赶快对我说清,否则我不会放过你。因为我在这荒郊、原野跋涉了二十天,却一直没看见一个人影,也不曾听见人们谈话的声音。"

孔马康听了对方的答白,心里想:"此人的情形,跟我相差不离。我在此地跋涉、逗留了好多天,同样没碰到一个人影,也没听见人类的声息。现在我暂且不跟他理论,待天亮再说吧。"于是他缄默不语。然而出乎意料之外,只听对方继续说道:"对话者呀!假若你是鬼神,请你平安归去;如果你是人类,请等到天明,我再和你见面。"

孔马康果然耐心等到天亮,抬头一看,见一个乡下小伙子,仗着一柄生锈的破剑,衣服褴褛,形容忧郁憔悴,一望而知是个失意的人。孔马康趋前问候他。乡下人随便回问一声,认为孔马康年幼无知,是个穷小子,因而显出傲慢神色,说道:"小伙子!你是何族人氏?属于哪个宗室嫡系?有着什么样的境遇?你敢深夜旅行,倒还有点英雄豪杰气息。听你昨夜里谈话的口气,跟一帮勇士具备的口气毫无差别。现在你的命运掌握在我手里。不过你还年幼,我可怜你,把你当朋友看待,让你做我的侍从。你要好生听指示,不许违拗命令。"

孔马康听了对方措辞好听而充满蔑视口吻的谈话,知道对方看不起他,便心平气和地说道:"你这位出色的阿拉伯长辈!先暂别提我的年纪和留我为侍从这桩事情,我可是愿意听一听你在荒郊、原野夜行的原因,以及你叹息、哀吟的理由。你直言不讳,让我做你的侍从。你到底是谁?干吗刚见面你便出此大言?"

"小伙子!你听我告诉你此中原委吧:我叫撒巴霍·本·勒谟

和,原是在叙利亚出生长大的。我有一个叔伯妹妹,名叫奈芝美,生得窈窕美丽,谁见了都赞不绝口。她父亲曾向我父亲许下诺言,决心让她和我匹配成恩爱夫妻。我和她相亲相爱,彼此都很钟情。我父过世后,我寄居在叔父家,靠他生活。似水流年。不知不觉间,我和奈芝美逐渐长大,达到结婚年龄,叔父却幡然违背诺言,禁止奈芝美和我见面,在我和她之间挖下一条鸿沟。只因他嫌我贫贱,所以才存心要解除婚约。幸亏族长和亲戚主张公道,提出评议,一再斡旋、解劝,他自知理屈,觉得惭愧,才勉强答应我和奈芝美成亲。但在聘礼方面刁难我,责令我以五十匹骏马,五十头母驼,满载大麦、小麦的骆驼各五十头,奴、婢各十名,作为娶亲的聘礼。他的条件过于苛严,超出我的能力范围;迫不得已,我才流亡、出走。我跋涉了二十天,除你之外,一直没碰到一个人影。我的最终目的,是打算上巴格达去,等那里的生意人出外经营,便趁火打劫,存心杀人越货,抢他一笔财富、牲口,拿去当聘礼,以便实现娶亲目的。你究竟属于人类中的哪个类型,可否直言相告?"

孔马康听了撒巴霍坦白的谈话,坦然说道:"我的境遇和你的差不离,不过我的症候比你的更危急。因为我曾和伯父的女儿定亲,可她是一位公主,因此像你叔父提出的那种聘礼,满足不了她家族的愿望,他们根本看不上眼。"

"你也许是个白痴,或者过于痴情,因而丧失理性,所以变成了疯癫。因为你身上没有丝毫帝王贵族气味,充其量不过是个一无所有的贫民老百姓,怎见得你伯父的闺女会是公主呢?"

"我的窘况原是沧桑世变的结局,你不必为此吃惊。你想知道此中原委,唉!我可以告诉你:孔马康是我的姓名,原属巴格达、呼罗珊国王努尔曼和国王臧吾·马康的后裔。只因先父过世后,萨桑摄政掌权,暗中篡夺王位。我不堪其虐待、白眼,迫于无奈,才悄然流亡、逃走,不让老百姓知道我的踪迹。我奔波、跋涉了四天,除你之外,始终没碰到一个人影。其实我和你所抱的都是一个目的。"

撒巴霍听了孔马康透露他自己的真情、底细，一声欢叫起来，说道："我已经达到目的，这该多么幸运！我碰到你这个宝贝，是我今天最大的收获。尽管你衣着褴褛，终于还是一个王子皇孙呢；王室不会任你漂泊遨游，必然要跟踪追寻；一旦发现你落在别人手里，必然要出重资替你赎身。好小子！你快反剪起双手，让我绑住你的胳膊，把你作为珍贵、稀罕的俘虏吧。"

"告诉你这位阿拉伯兄弟：你别轻举妄为！因为我既穷且贫，一个子儿不名，我的家族既不把我放在心头，也不会花钱替我赎身。劝你赶快放弃这种不良念头，索性和我结为朋友，约着离开伊拉克，去大地上周游、经营，也许我们会获得一笔聘礼，然后轻而易举地实现结婚的最终目的。"

撒巴霍听了孔马康的劝告，勃然大怒，说道："你这个该死的贱狗！胆敢和我抗礼？我命你快把手臂反剪过来让我绑起！否则我就揍你。"

"我怎么能把手臂伸给你？"孔马康启齿微笑着提出抗议，"莫非你不讲理？你不跟我较量一下膂力，也不了解一下我到底是骑士还是胆小鬼，便大言不惭地妄想把我这样一个青年人当俘虏攫为己有，难道你不怕阿拉伯人责备你这种鲁莽言行？"

撒巴霍狞笑着说："好奇怪啊！你年纪虽小，口气可是很大。你刚才说的这几句言语，俨然是英雄豪杰的口气。我来问你：什么才叫讲理？"

"如果你要把我攫为俘虏，当作你的奴隶，那请你放下武器，脱掉衣服，来和我角力，看角力的结果，究竟谁胜谁负？照理说，胜者有权利把对方掳为奴隶，负者也才心悦诚服哩。"

撒巴霍狂笑一声，说道："你噜苏成性，呶呶不休，这说明你的生命长不了啦！"于是扔下宝剑，卷起衣服下摆，迈步挨到孔马康身边，跟他抓在一起，一会儿拽过来，一会儿揉过去。角力刚开始，便感到他的力量比孔马康的小得多，像一个银币同一块铁板那样，差距太悬殊,真有天壤之别。在他眼里,对方稳固的两条腿屹立不移,像两幢坚固的阁楼,也像两架巍峨的山岳,又像钉在地里纹丝不动的两根桩头,便骇然自知无能为力,懊悔不该跟对方角力,暗自说:"只怨我不一剑结果他的性命,才惹出这下不了台的麻烦事呢!"

正当他懊悔不及的时候,孔马康趁他措手不及,紧握着他的腰肢,猛烈地拽过来推过去,弄得他感到肝肠都碎了似的,痛不可支,才哀求道:"好兄弟!请快放手吧。"孔马康不但不放手,反而把他举起来,一直走向河边。他不知道孔马康的用意,忙问道:"请问你这位英雄豪杰:你打算带我上哪儿去?"

"我要把你抛到河里,让你顺流淌进底格里斯河去,并经耶稣河、幼发拉底河一直流入叙利亚境内,以便你的家族发现你的尸体,让他们知道你的为人和你对爱情的忠诚。"

"沙漠地区的英雄豪杰呀,你千万不可下此毒手!指你那善良公主的生命起誓,求你饶恕我,赏我一条生路。"

孔马康听他苦苦哀求,发生恻隐之心,慨然放弃报复念头,松手恢复他的自由。可他的脚刚落地,便奔过去,拿起宝剑和盾牌,紧握在手里,准备进攻、袭击。孔马康明白他的心情,爽然说道:"见你拿起盾牌和宝剑,我就明白你心中的底细。原来你以为角力不是我的对手,倒不如跨上战马,擎起武器,和我对垒,一定可以一剑结果我的性命。你既存此信念,我给你选择比武的自由,以便消除你心中的傲慢、鄙夷情绪。我只要你手中那个盾牌当武器,便可和你周旋,任你持剑袭击,以便这场比武达到不是你死我活,便是我死你活的结局。我的这个建议,你看行是不行?"

"喏!盾牌在这里,你拿去吧。"撒巴霍把盾牌一扔,拔出宝剑,猛向孔马康袭击。

孔马康右手拿着盾牌,从容周旋。他没有别的武器,无法进攻,只可招架。在这样情况下,撒巴霍气盛胆壮,越攻越起劲,趁机高高举起宝剑,猛力劈下去,存心一剑结果孔马康的性命。他边劈边大声叫道："这是决定性的一个回合，管叫你剑起头落！"然而事实出他意料之外，孔马康灵活地闪身一躲，他的宝剑便落在空处。

孔马康不慌不忙，从容招架，坚持周旋、对垒，直待对方精疲力竭，露出气馁、绝望的神情，才幡然改变战术，舍弃招架之功，趁撒巴霍措手不及，伸手一把抓住他，即时把他摔倒，拿腰带绑住他的胳膊，然后拖着他的脚只顾朝前走。撒巴霍惊慌失措，忙问道："请问你这位英雄豪杰，你打算把我置于何地？"

"我有言在先，要把你抛在河里，让河水送你回老家去，以便你的亲友知道你的结局，使你和他们都死了念头，彼此间不再有什么挂念，并早日解决你堂妹的婚姻问题，免得耽误人家的前程。"

撒巴霍一声惊叫，哭泣起来，苦苦哀求、告饶，说道："你是当代的勇士，千万求你饶恕，别这样处置我吧。从今以后，我愿意做你的一个忠实奴隶。"他说罢，痛哭流涕，凄然吟道：

> 我初次离开家乡、亲戚，
> 一旦形成生离死别的局面。
> "难道我会葬身异域？"
> 这是我希望知道的一件事情。
> 今日我身死气绝，
> 家属茫然不知我被杀在什么地区。
> 我在流亡期间牺牲性命，
> 从此不能再和情人幽会、谈心。

孔马康听了撒巴霍的吟诵、哭泣，觉得他的境遇可怜，因而慨然跟他和好，说道："你要活命，必须向我作如下的具结：从今天起，你得老老实实地和我在一起，做我的一个忠实朋友。如果你真愿意遵守这个约言，我便饶你的命。"

"好的，我一定遵守这个约言。"撒巴霍愿意结约，表示决心履行诺言。

订约之后,孔马康替撒巴霍松绑,恢复他的自由。撒巴霍站起来,要吻孔马康的手,表示心悦诚服。孔马康非常虚心,断然拒绝。撒巴霍打开行囊,掏出三个面饼,摆在孔马康面前。于是二人坐在河堤上,边吃边谈天。吃毕,二人在河里小净,然后祈祷。祈祷毕,二人同病相怜,坐在一起叙述各自的身世和遭遇。最后孔马康问道:"今后你打算上哪儿去?"

"有意上你的家乡巴格达去。我打算一直待在那里,等待安拉恩顾,赏我一条出路。"

"那你快去吧!"孔马康送别撒巴霍。

孔马康一个人留在原野,自言自语地叹道:"灵魂哟!凭这副褴褛、穷酸的可怜相,我能厚颜无耻地回家乡去吗?指安拉起誓,在两袖清风、一文不名的窘况下,我是不作归计的。若是安拉意愿,我总会有出人头地的机会哩。"他边自叹自解,边在河里盥洗,然后伏在地上,虔心虔意地膜拜安拉,喃喃地祈祷:"我主!您是慈祥、万能的,雨露是您降下来的,顽石上的蛆虫是您给它们生机的。求您赏我一条生路吧。"

孔马康和安松

孔马康流亡在原野,孤单寂寞,走投无路。正当他东张西望,徘徊歧途的时候,忽然发现一个骑士,骑着战马,从远方奔来。霎时间,那骑士来到他面前。他仔细一看,见骑士气息奄奄,浑身湿透,泪水夺眶淌流,而且有气无力,似乎马上就要断气,显然是身受重创,已濒于死亡境地。

那骑士毫不犹豫地向孔马康呼吁、求救,说道:"求你这位阿拉伯人的领袖,趁我还没断气,快伸出援救之手,把我当为亲友,救救我的生命吧!因为我的境遇古怪离奇,世间是绝无仅有的;像我这样情形的人，你一生是不会碰到第二个的。你可怜我，先给我一口水喝吧！固然受伤的人不宜喝水，尤其流血过多、濒于死亡的人，更不该喝水，但是我顾不得这许多了。倘若你能救活我的性命，那我给你的报酬可使你一变而为富人呢。万一不幸我丧了命，则积善之家必有余庆，你的阴功是永久磨灭不了的。"

孔马康见骑士胯下的战马，非常雄壮高大，四条腿像云石柱子，显然是为驰骋疆场、日行千里才生得这样粗壮、结实的。它的雄姿骏态，非言语可以形容其万一，令人越看越羡慕，真是百看不厌。孔马康一见那匹战马就愣住了。他惊羡不已，暗自叹赏："真是好马一匹。这样的骏马是举世无双的。"于是他扶骑士下马，和蔼可亲地照拂他，让他坐下休息；待他慢慢镇静下来，才小声问道："是谁如此对付你？"

"让我把真实情况都告诉你吧，"骑士说，"我终身以盗窃名马为业。我叫安松，向来被人称为打家窃厩的响马大盗。我听人说，罗马国王艾辅律敦有一匹千里马，称为'戛突尔①'，绰号'疯骓'。我为盗窃那匹千里马，不辞长褛跋涉，老远地跑到君士坦丁去。我仔细窥探，耐心等机会动手盗窃。恰巧碰到一个老太婆骑着那匹千里马，带领十名仆从离开君士坦丁，要上巴格达去跟萨桑王结盟。那老太婆在罗马既有地位，又有权力。她的命令通行全国各地。她叫左图·黛娃仙。为要盗窃那匹千里马，我跟踪在她后面，想尽各种办法，只因她的仆从管理周密，防备严谨，所以没有把千里马偷到手。

"我跟踪追随老太婆，一直来到伊拉克境内，眼看她很快就到巴格达，因而心里着急，打算赶快动手盗窃。不想就在此时，旅途上烟尘开处，突然出现一群绿林，是一群五十多人的拦路抢窃商队的强盗。据说他们的头子叫卡赫尔大矢，英勇善战，勇如猛狮，一向称雄称霸，再勇猛的敌手都死在他刀下。左图·黛娃仙和仆从们在强盗

---

① 杀伐者。

的包围、袭击下，很快就被擒。那帮强盗带着俘虏和胜利品欣然归去。

"我眼看快到手的千里马被强盗夺去，心里着急、难受，叹道：'完了，我备尝艰苦，枉费精力，却达不到目的。'我不甘心，念念不忘，因而跟在他们后面，冷眼观看这桩事件的结局。只见被俘的老太婆左图·黛娃仙悲哀哭泣，向匪头苦苦哀求，说道：'你这位勇敢的英雄豪杰！夏突尔落到你手里，你已经达到目的，那么对我这个老婆子和这几个仆人，你还打算怎么处置呢？'她花言巧语，极尽欺骗能事地婉言哀告求饶，还赌咒发誓地许下心愿，说要送给强盗一批牛马牲畜。

"匪头卡赫尔大矢中了老太婆的奸计，慨然释放她们，然后率领人马，从容归去。我仍不甘心，继续跟踪强盗，窥探他们的行径，以便俟机盗窃。最后来到这个地区，才算找到机会。于是我趁机跨上千里马，从褡裢里掏出马鞭，然后快马加鞭，没命逃跑。可是我的行动被管马的发现，强盗们便急起直追，从几方面进行包围，还不停地放箭射击。幸亏我伏在马背上，被这匹快似流星、急如离弦之箭的千里马带着，从枪林箭雨中，冲出重围。我身中数伤，骑在马背上，整整奔波、跋涉了三昼夜。在这漫长的过程中，我没睡觉，也没吃喝。现在精疲力竭，快要断气，活着也没趣了。幸亏中途碰到你，蒙你同情、可怜我，给我无限的慰藉。我看你虽然赤胸露背，衣不蔽体，愁容满面，但在你身上还留有享福的痕迹，不失为富贵人家的子弟。请问你姓甚名谁？从哪儿来？要上哪儿去？"

"我叫孔马康，是国王臧吾·马康的儿子，也是先帝努尔曼的孙子。不幸我还年幼无知，先父便与世长辞，因而我被命运带到孤苦伶仃的境地。怪只怪摄政王萨桑执掌政权，贪得无厌，独断独行，终于篡夺了我的王位。"接着他把自己的遭遇，从头到尾，详细叙述一遍。

安松听了孔马康的叙述，非常同情他的境遇，说道："你出身王子皇孙，地位高贵，名声显赫，愿你将来轰轰烈烈地做一番伟大事业，一跃而为当今最出色的英雄豪杰。现在我疲弱不堪,无法支撑自己。倘若你能帮助我,陪我骑着千里马,把我送回家去,则你救亡扶危的义举,从现世的礼义来说,你是不失为道德高尚、品性优良的仁人君子呢;从来世的阴功来说,你的功德也是无量的。如不幸我中途丧命,那我用生命换来的这匹疯骓就归你所有。因为只有你这样的人,才配做这匹千里马的主人呢。"

"指安拉起誓,假若我有力背你,我一定会送你回家去。倘若寿命听我支配,我毫不吝啬,一定会把自己的寿岁分一半给你。我发这样的心愿,可不希望得到你的这匹疯骓。因为救难扶危,原是我的本性。一个人甘心替别人做一桩好事情,安拉会替他堵塞七十道灾害的门路呢。"孔马康说着站起来,预备扶安松上马,以便送他回家。

"等一等吧!"安松制止孔马康,随即闭上眼睛,张开两臂,喃喃地忏悔,说道:"安拉是唯一的主宰,穆罕默德是他的使徒。"接着凄然吟道:

> 我周游各地,
> 侵犯人类。
> 我终日狂饮,
> 消磨自己的生命。
> 我违法乱纪,
> 打家窃厩,
> 潜浴在急流里,
> 只为盗窃马匹。
> 我的行道非凡、危险,
> 我的罪孽巨大无边,
> 戛突尔是我一生最大、最后的胜利品。
> 当初以为得此日行千里的疯骓,
> 平生的希望理想即告实现,
> 可到头来我只算虚此一行。

我终身以盗马为业，

我的寿限早为命运所规定，

最后只落得向流浪、无告的孤儿乞食、求援。

安松吟罢，张大嘴巴，呼出一口冷气，随即气绝身死。孔马康就地挖个坑，埋葬了他的尸体，然后来到戛突尔面前，牵着缰绳，边抚摩边吻它的嘴和脸，感到无限的欢喜快慰，欣然说道："像这样日行千里的好马，举世无双，即使萨桑王的财产中也找不到这种宝贝。"

孔马康回巴格达

侍从武官萨桑借摄政的机会，独揽大权，篡夺王位，逼走孔马康。宰相丹东愤愤不平，对国家社稷的存亡深抱远忧。他激于义愤，不听萨桑王的命令，号召部队主张公道，群起反抗，发誓说："只有孔马康才配做我们的国王。"他凭信仰和誓言号召、约束部队，于是率领人马溜到印度、柏尔柏尔和苏丹等地，认真操练。响应他的人日益增加，终于集聚了无数人马，像汹涌澎湃的波涛，从头望不到尾，兵强马壮，声势浩大。宰相丹东统率大军，预备打回巴格达，辅佐孔马康复国为王。他发誓说："不达目的，誓不休兵。"

宰相丹东率义师起义的消息传到巴格达，萨桑王听了如大梦初醒，骇然震惊，顿时淹在沉思的海洋里。当此之时，举国上下，无论官宦庶民都抱着反抗心情，只是敢怒而不敢言。萨桑王眼看大势如此，如坐针毡，越想越着急。他想挽回狂澜，便打开国库，拿大批金钱，分赏朝中文武官员，收买人心，希望他们替他找到孔马康，打算用恩赏利诱、笼络他，委他为统帅，率领国内兵马，利用他的武勇去扑灭反叛者点起来的火焰。

孔马康别乡离井，流亡在异地，从商人口中听到萨桑王寻找他的消息，引起他思乡念头，因而不顾一切地骑着戛突尔，快马加鞭，兼程赶回巴格达。

萨桑王在宫中，坐卧不安，正感到苦恼迷惘的时候，忽然听到孔马康归来的消息，不禁喜出望外，即时吩咐官员和部队出城迎接。

巴格达城中的老百姓，凡是听到孔马康回国的人，不分男女老少，都额手称庆，大家随着官绅和部队出城迎接，真是万人空巷，全城欢腾。

人们喜笑颜开、欢天喜地地同孔马康见面，前呼后拥地迎接他进城。到了王宫门前，人们都跪下去吻地面，表示对他竭诚爱戴尊敬。

消息很快就被宫女和宦官传到孔马康之母的耳里。她听了儿子回来的喜信，欢喜若狂，赶忙跑出来和孔马康见面，亲热地吻他的额角。

孔马康倒在母亲怀里，感到无限温暖、快慰。他跟母亲寒暄几句，然后彬彬有礼地说道："娘，让我先去拜望萨桑王，然后再来侍奉你吧！因为我们但有一点幸福和享受，都是他一手赏赐的。"

孔马康和萨桑见面

孔马康回到宫中，朝臣们见他骑着雄壮的战马，气概轩昂，都惊奇羡慕，颇有士别三日、刮目相待之感。有人慨叹说："像他这样少年英俊有为的人，我们生平还没见过呢。"正当他们议论纷纷、赞叹不置的时候，孔马康已经来到殿前。他毕恭毕敬地祝福萨桑王，吻他的手，慨然把戛突尔作见面礼送给他。

萨桑王起身迎接孔马康，说道："我儿孔马康转回家园，我竭诚欢迎你。指安拉起誓，你走后，我一直忧愁、顾虑，似乎宇宙狭窄得不够容纳我的身体。赞美安拉，是他保全你的性命，使你平安回家来了。"

萨桑王敷衍着同孔马康寒暄几句，随即把视线转到那匹叫戛突尔的千里马身上。他仔细一看，便明白它的来历。原来这匹叫戛突尔的战马，是几年前他和孔马康的父亲先王臧吾·马康并肩围攻君士坦丁时，曾经碰到的一匹驰骋疆场、如入无人之境的战马，而孔马康的伯父叔尔康，也便是那次战役牺牲了的。于是他对孔马康追述当时的情景，最后说："令尊对这匹战马颇感兴趣，羡慕到极点。当时如果令尊有办法把它弄到手，他一定愿以一千匹战马的代价去收买它。现在宝物算是适得其主了。我收下你的这份贵重礼物，再转手把它送给你，因为你是骑士们的首领，这样的千里马，只有你才是最适于驾驭它的英雄人物。"继而他赏孔马康最华丽的衣服和一批骏马，让他住在宽阔的宫殿里，供给大量金钱和衣服什物，表示格外尊敬他，使他感到满足、快乐。萨桑王苦心孤诣地对孔马康如此笼络、抬举，是怕宰相丹东在外面闹大了事情，叫他担当不起。

孔马康受了萨桑王的笼络，中了他的圈套，一时高兴，居然忘记过去的苦恼、屈辱。他满怀信心，回到家里，和母亲促膝谈心，问道："娘！我走后，古萃叶·斐康的情形如何？她生活得称心如意吗？"

"儿啊！指安拉起誓，从你走后，我的心情不宁，什么事都不在心上，因此她的情形，我一点也不知道。"

"娘！劳您上她那儿去一趟，告诉她我回来了。也许她能见我一面，会消除我满腔的苦闷呢。"

"不切实际的念头，只会降低人的身价、气节。即使我去见她，也不会跟她谈这种话的。你应该抛弃这种念头，免得自找苦吃。"

孔马康见母亲拒绝他的请求，便转换话题，把他从安松口中听到的关于左图·黛娃仙进入伊拉克境内、要来巴格达跟萨桑王结盟的消息，全都告诉了她。最后说："那个叫左图·黛娃仙的坏老婆子，为人阴险毒辣，我伯父叔尔康和祖父努尔曼，都是先后牺牲在她手里的。这回我是非报仇雪耻不可了。"

孔马康一心恋念着古萃叶·斐康，想方设法地要和她见面谈心。于是他跟宫里一个经历丰富、计谋多、手腕高明的名叫撒尔多奈的老宫女联系，走她的门路，向她诉苦，把他自己的处境和热爱古萃叶·斐康的心情，一股脑儿说给她听，求她去见古萃叶·斐康，希望她从中斡旋、求情。老宫女慨然答应他的要求，说道："听明白了，遵命就是。"

老宫女忠心耿耿，负着和解的使命，溜到古萃叶·斐康的闺房里，极尽拉拢、撮合之能事，鼓着三寸不烂之舌，花言巧语地替孔马康向她讨好、求情，终于打动了她的心弦，获得她的允许，这才回头去见孔马康，告诉他："古萃叶·斐康向你致意。她约定今晚半夜里来和你幽会。"

孔马康听了古萃叶·斐康今晚要来见他的诺言，不禁喜从衷来。他怀着兴奋紧张的心情，希望时间过得快些。好容易他才等到日落天黑，并坚持到深夜，却始终不见古萃叶·斐康的影子。他疲惫不堪，经不起瞌睡袭击，终于倒身呼呼地睡着了。

半夜时候，古萃叶·斐康收拾打扮起来，穿一身黑绸衣裙，赶来践约。黑夜里，她蹑手蹑脚、摸索着走进孔马康的寝室，见他酣睡不醒，心里很不高兴，尖声唤醒他，埋怨道："约定相会的时间，你却睡梦沉沉，不以事为事。显然你是不把我放在心上的，可是你口口声声说钟情于我。我来问你：这究竟是怎么一回事？你到底是何居心？"她说罢，讥诮地吟道：

> 假若你真心诚意地忠于爱情，
> 就不该随便倒下去酣睡不醒。
> 你自命投身情场、谈情说爱，
> 决心在恋爱过程中艰苦奋斗。
> 我且告诉你这位表兄弟：
> 痴情者的眼睛在瞌睡面前绝不轻易垂下眼皮。

孔马康从梦中惊醒，听了古萃叶·斐康的质问和揶揄诗，不禁羞愧得无地自容，形状非常狼狈，支吾着说道："指安拉起誓，我心头上的人儿呀！让我告诉你吧：我趁此机会，稍微偷闲合一合眼皮，只望在梦中能见你的形影偶然出现在我眼前。"

孔马康脱口而出的几句推托、解释的言语，居然消除了古萃叶·斐康满腔的怨气，使她感到心满意足。于是乎一对情人，久别重逢，顿时感到不可言说的欢欣快乐，在激情的冲击下，他二人热烈地拥抱，甜蜜地接吻，亲切地寒暄，互道别后相思离愁。他俩促膝谈心，卿卿我我，你一言我一语，说不完的甜言，道不尽的蜜语。无奈时间有限，不知不觉，也就到了东方发白的时候。古萃叶·斐康不得不起身告辞。孔马康依依不舍，哭哭啼啼地吟道：

> 承蒙她不念旧恶前来看我，
> 她的皓齿俨然是颈饰上齐整、均匀的珍珠。
> 我搂着她的腰肢吻她一千回，
> 彼此的腮角紧贴在一起欢度良夜。
> 直到东方发白的时候，
> 她才像离弦之箭惶然和我分别。

当天清晨，古萃叶·斐康匆匆忙忙、慌慌张张地回到闺房里。她的婢女发现了她跟孔马康幽会的秘密，其中有个爱管闲事的丫头便向萨桑王告密。萨桑王怀着暴躁心情，一口气奔到古萃叶·斐康房中，抽出宝剑，决心一剑结果她的性命。幸亏她母亲诺子赫图·宰曼发觉得早，赶忙跟踪追来阻拦劝止，说道："指安拉起誓，你千万不可伤害她的性命，因为你这样莽撞下去，消息一旦传出去，你就会变成帝王中受人指责、唾骂的罪魁。再说孔马康并非坏人，而是帝王的后裔，道德高尚，品行端正，从来不做败坏名节的事情。他和古萃叶·斐康往来，也不过从小在一起教育、抚养的缘故。你得忍耐些，不要性急。你要知道：如今整个宫室和巴格达城里都传遍了流言蜚语，都说宰相丹东在各地招兵买马，率领部队，前来复辟，一心一意要辅佐孔马康恢复王位呢。"

"既是这么一回事情，"萨桑王认为诺子赫图·宰曼说得有理，"那么打人必须先下手，我一定要弄得他没有生存、立足的余地。老实说，近来我对他表示好感，一再恩顾他。我这样苦心谋划，纯是为了应付老百姓，借此收买人心，最终目的，只盼望他们不因为同情怜悯他而起来和我作对。总而言之，最近我便叫你看到这桩事件的结局。"他说罢，撇下诺子赫图·宰曼母女二人，匆匆回到宫殿里，苦心孤诣地埋头筹划一切，准备发号施令，以期应变。

孔马康第二次流亡

孔马康偷偷摸摸地和古萃叶·斐康幽会了一夕，彼此情投意合，山盟海誓，私下订了终身。次日，他决心出走，私下和他母亲商议："娘！为了很快促成我的婚姻，我决心去山里做绿林，拦路抢他一批财物、牲畜，借此改善环境，达到发家致富的目的。因为只要我的财物增多，过着呼奴唤婢、丰衣足食的生活，我便可向我姑父求亲，然后顺顺利利地和古萃叶·斐康结成夫妻，满足我的愿望，达到最终目的。"

"儿啊！你的这种念头和行为都是非法而行不通的。别人的财帛不会随便让你去拿的。有钱人为了保护财产，不但备有刀枪剑戟，而且还养着一批能捉野兽、猎虎豹的蛮汉呢。"

"除非我的愿望实现，要我放弃这种决心，这是绝对做不到的。"

孔马康不听他母亲劝告，决心出去寻找出路。行前他打发老宫女撒尔多奈去告诉古萃叶·斐康，说他要出去经营，准备弄一笔适于娶她的聘金。他叮咛老宫女："你必须给我捎来她的回话！"

"听明白了，遵命就是。"老宫女应诺着离开孔马康，来到古萃叶·斐康房里，交代了任务，随即带着回话，回到孔马康面前，说道："她今晚午夜时分到你这儿来见你。"

孔马康怀着惴惴不安的心情,诚惶诚恐地等着同古萃叶·斐康幽会。半夜时候,古萃叶·斐康果然践约,按时来到孔马康房里,说道:"劳你熬夜,应当拿我的生命赎罪。"

孔马康起身迎接,说道:"我心头上的人儿哟!你为我受苦受难,应当拿我的生命作补偿呢。"于是他把决心出去经营的计划,从头叙述一遍。

古萃叶·斐康听了孔马康即将远行,依依不舍,伤心惜别。孔马康安慰她:"好表妹!你别悲哀哭泣,这一切都是命运注定了的。今后我将诚心诚意地乞求安拉赏赐恩惠,让我们后会有期,达到白头偕老的最终目的。"

孔马康决定了行期,便向母亲告别。他佩上宝剑,缠好头巾,戴起面罩,跨上疯骓,离开宫殿,像满盈的月亮一般,雄赳赳气昂昂地行在大街上,一直来到城门下面。他的朋友撒巴霍正要出城,突然和他邂逅相遇,便走到马前,向他寒暄问好,说道:"兄弟啊!你怎么一下子阔气起来了?你哪儿弄来的这匹战马?我自己却依然故我,身边仍是这柄破剑。"

孔马康回问他一声,说道:"猎人入山打猎,如果达不到预期目的,他绝不空手而回。那天你走后,我大走红运,结果满载而归。现在你是否愿意随我远走高飞,到漠野去经营,借此达到你的目的?"

"指安拉起誓,承蒙你关怀照顾。你的情谊,我这一辈子也忘不了。今后,我应该呼你为主人呢。"于是他欣然挎着秃剑和褡裢,走在孔马康马前,两人便向荒郊原野走去。

孔马康和撒巴霍一对落魄的难兄难弟,怀着勃勃的野心,在旅途上连续艰苦跋涉了四天。他俩猎羚羊充饥,喝泉水解渴,过着艰难困苦的生活。到了第五天,他俩爬上一座土山,朝前一望,山下出现一片丰富的牧场,到处都是牲畜,驼马牛羊应有尽有,许多初生的小牲畜在马棚牛厩前活泼泼地蹦跳游戏。孔马康发现那样的境地,欢喜若狂,乐得忍不住喊叫起来,磨拳擦掌,准备动武,企图抢窃牲畜。他对撒巴霍说："牧场里那么多牲畜,趁主人不在场的时候,我们快冲下去抢窃。我们只消从远到近地杀将过去,直至达到夺取的目的,然后满载而归。"

"我的主人哟!看来牧场里的人数不少,他们一定是成群结队的,其中总有英雄豪杰。如果我们不顾生命随便去干,那是甘冒最大危险,后果不堪设想,你和我都难幸免,也不可能平安逃回家去和亲人见面。"

孔马康大笑不已,知道撒巴霍胆小,因而把他撇在山头,抱着抢劫决心,边冲下牧场边吟道:

> 努尔曼的子嗣具有雄图大志,
> 不失为贵胄中英勇善战的骑士。
> 哪个异族胆敢向其部落入侵窥伺,
> 他们便冲向前头群起而攻之。
> 贫穷人和他们生活在一起,
> 丝毫没有饥寒穷苦的痕迹。
> 在创造宇宙万物的安拉面前,
> 我恳求向我伸出援助之手。

孔马康抢劫绿林

孔马康一口气冲到牧场里,没命地追逐驼羊马牛,打算把它们全都带走。牧场中突然出现一群奴隶,举着锐利的长矛,握着明晃晃的刀剑,神气十足地奔来保护牲畜。他们中领头的是一个土耳其骑士,不但枪法熟练,武艺高强,而且英勇顽强,能攻善守。那骑士凭他的一股勇气,赶到孔马康面前,预备跟他较量一回。他毫不客气地警告孔马康:"你这个该死的家伙!如果你知道这是谁的牲畜,谅你就不敢前来抢窃。我来告诉你:这是希腊人中一群称雄称霸者的牲畜。

他们个个英雄，人人好汉，总共一百名大将，天不收，地不管，也不听任何帝王的命令。只因一匹千里马被马贼盗窃，他们便约伙成群地前去追寻；若逮不到窃马之贼，他们誓不返回草原。"

孔马康听了骑士之言，一声吼叫，说道："你这个无赖的奴才！喏，你们十分珍惜而到处追寻的千里马，原来就在我胯下。为了这匹千里马，你们要同我拼命吗？现在让你们全体出动，一齐向我进攻。你们要怎样打，尽管自由决定！"他说罢，对准戛突尔的耳朵呼啸一声，随即野兽般勇猛冲向土耳其骑士，手起剑落，一剑结果了他的性命，然后勒转马头，接二连三地一口气杀死四个喽啰。其余的人，胆战心惊，不敢和他交锋，只顾拔腿逃命。孔马康喝令道："你们这些娼妓养的！谁都不许逃跑；你们一个个赶快给我把驼马牛羊都赶拢来，否则我就要你们的命，你们的血会染红我的宝剑呢。"

喽啰们听了孔马康吩咐，一个个胆小如鼠，服服帖帖地遵从命令，赶忙替他驱赶、集中牧场里的牲畜。撒巴霍眼看此种情形，高兴到极点。他欢天喜地地呼喊着奔下山来，走到孔马康面前，以为大批横财即将分到他手里。然而事实出乎意料，因为他刚到牧场里，便发现牧场对面被马蹄踏起的烟尘弥漫在空间，遮黑了大地。继而烟尘散处，出现一队猛狮般的骑士，汹涌澎湃地奔腾而来。他大吃一惊，自言自语地说道："我一生只是爱玩耍、好嬉戏，我可不是真正的骑士，冲锋陷阵也不是我的本事。"于是他逃之夭夭，一溜烟跑到山中，静观他们的动静。

孔马康打败卡赫尔大矢

那队人马，共有一百名绿林强盗。他们一口气奔到牧场里，从四面八方把孔马康包围起来。其中的一个骑士走到他面前，问道："你要把这些牲畜赶到哪儿去？"

"我不让你们独霸这些牲畜,我要把它们当胜利品据为己有。你不服气,就来和我较量一下高低。你要知道:我不是个普通的英雄豪杰。我发起脾气来,像钢刀一样锋利,比狮子还要凶猛。"

　　骑士听了孔马康的夸口,用惊奇的眼光,把他从头到脚地仔细打量一番,看出他是个非凡的骑士,具有狮子般勇猛的魄力。但是他的面容却又白又嫩,像满盈的明月那样吸引人。这位骑士,原是这一百名强盗的头子,名叫卡赫尔大矢。他一见孔马康,便发觉对方除了骑士风度之外,还具备非常标致漂亮的体态,因此觉得孔马康的相貌,跟他的情人法蒂楠很相似。法蒂楠天生丽质,是当地女流中绝无仅有的美女。她美丽的相貌、标致的体态以及温柔的性格,显然不是言语可以形容的。部族中的骑士对她的武勇都怀着戒心,当地的英雄也慑于她的威严。她曾发誓,只同打败她的勇士结婚。当时卡赫尔大矢也是竞相向她求爱的一员,只因她对她父亲说:"除非在战场上打败过我的英雄豪杰,你千万别让那班默默无闻的人前来向我求婚。"

　　卡赫尔大矢听了法蒂楠的豪言壮语,对于和她比武,没有制胜的把握,因此不敢轻易和这位巾帼英雄比武,唯恐败在女人手里,会玷辱好汉名声。他的知心朋友鼓励他说:"你的性格、容貌算得齐全、完备,可称才貌双全。法蒂楠的武艺固然比你高强,但是如果你和她正式比起武来,准能得心应手,出奇制胜。因为一般妇女对男子汉都怀着羡慕、倾倒心情,只是她们守口如瓶,不肯表现在言行之间。这种情形,你是清楚的。所以你在比武场上和她碰头时,她看见你的仪表和容颜,就会触景生情,必然回心转意,结果只会垂手被擒。"尽管朋友说得天花乱坠,一再怂恿、鼓励,但卡赫尔大矢却无动于衷,始终坚持己见,拒绝和法蒂楠比武,直到目前不变,现在和孔马康碰头,彼此发生了纠纷、争执,不明白个中真情,于是异想天开,以为孔马康便是以英勇、美丽闻名而为他崇拜、追求的法蒂楠其人,因此,他走到孔马康面前,说道:"该死的法蒂楠!你上这儿来,是要在我面前夸耀

一下你的武勇吗？请你下马来，让我跟你谈一谈吧。告诉你：我一向
处心积虑，不顾朋友情谊，打败英雄豪杰，抢窃富商大贾，积蓄了这份
产业。我这样苦心经营的目的，只是预备让你这位举世无双的美女
前来享受。现在我正式向你求婚。请你慨然允许，同我匹配成恩爱
夫妻。因为这样一来，你一下子便成为我这个王国里的王后，让那些
公主小姐们都来做你的丫头。"

　　孔马康听了卡赫尔大矢的无稽之谈，忍不住怒火上冲，昂然骂
道："你这条卑鄙龌龊的狗彘！赶快给我抛弃什么法蒂楠和对她的
无稽妄想，前来和我较量一番。我警告你：眼前你就要倒下去，葬身
在泥土里。"他不停地咒骂着向对方挑衅，并勒马兜着圈子，急于要
交锋、对打。

　　卡赫尔大矢听了孔马康无情的咒骂和大胆的挑衅，感到惊奇诧
异，再次仔细打量一回，见他腮帮子上长着的软须，跟蔷薇丛中突出
的桃金娘毫无区别，这才恍然大悟，知道他原是一个威武的英雄、善
战的骑士，同时证实刚才自己的想象大错特错。于是他回头对部下
说："该死的家伙们哟！你们随便出来一人，跟他战几回合，给他一
点厉害瞧瞧。但不必全体出动，因为全班人马群起围攻一人，即使对
方英勇无敌，这种打法也是卑鄙、可耻的。"

　　卡赫尔大矢一吩咐，他部下的一个骑士，便自告奋勇，跨着一匹
额上有银圆似的白点、四腿全花的黑战马，威风凛凛、神气十足地冲
出来，磨拳擦掌，预备跟孔马康交锋。孔马康迎过去，二人大显身手，
力争上风，越打越起劲，弄得旁观的人感到眼花缭乱。正打得紧张、
激烈时，孔马康巧施战术，抢先一步，趁对方措手不及，猛击一剑，结
果了敌手的性命。

　　卡赫尔大矢部下第一个骑士战死之后，接着便有第二、第三、第
四和第五个喽啰相继冲出，继续跟孔马康交锋。可是他们的命运跟
第一名骑士的完全一样，结果一个个都相继死在孔马康手里。其余
的人眼看这个战局，惶惑不安，惊恐万状。没奈何，他们只得全体出

动,一齐向孔马康总攻击。孔马康不动声色,从容应付,进退自如。在猛烈的鏖战中,他得心应手,屡占上风,终于打败了对手,杀得他们死伤遍地。

卡赫尔大矢眼看部下一个个死伤在孔马康手里,知道对方英勇善战,真是英雄好汉,同时感到自己孤立无援,生命受到威胁,觉得不寒而栗。可他故作镇静,道貌岸然地对孔马康说:"你杀死我的伙计,我可以原谅你,不存报复念头。牧场里的牲畜,凡是你需要的,只管随意赶去。你还年轻,正是青年有为之时,应该多活几岁,因此我对你抱着满腔同情、怜悯心情。"

"你不必在我面前虚情假意地讲道德说仁义;你应该趁早挽救你自己的性命。从今以后,你不用怕人埋怨,也不可再有夺取战利品的念头。为保全生命,你应当改邪归正,走上康庄大道,洗心做人。"

卡赫尔大矢听了孔马康的教训,愤怒到极点,觉得非弄死他,不足以解心头之恨。于是他对孔马康说:"该死的家伙哟!如果你知道老子是谁,那谅你也不敢这样大言不惭。你只要一打听,便知卡赫尔大矢就是老子我的姓名。违抗帝王命令、跟官宦作对、拦阻旅客们的去路、抢窃富商大贾的财物,这一切的一切,都是老子的一贯行为。再说你胯下的这匹战马,本来是咱名下的。我来问你:这匹千里马,你是从哪儿弄来的?你必须给我讲清,否则我就对不起你了。"

"我不妨告诉你,"孔马康回道,"这匹战马,原是一个老太婆骑着上巴格达去跟我姑父萨桑王打交道的。我祖父奥睦鲁·努尔曼大帝和伯父叔尔康藩王先后牺牲在那个老婆子手里,因此她和我们之间的冤仇是不共戴天的。"

"你这个娼妓养的小子!你父亲是谁?你的名字叫什么?"

"我叫孔马康,是国王臧吾·马康的儿子,是先帝奥睦鲁·努尔曼的孙子。"

卡赫尔大矢听了孔马康的出身和来历,顿时产生敬佩心情,说道:"你出身既高贵,又具备骑士的优美德行,这些美德,实在是不可妄加否认的。现在我不同你计较长短高低,我放你平安归去。因为过去令尊大人对我们一贯是疏财仗义、好善乐施的。"

"指安拉起誓,你这个卑鄙下流的匪首! 我可不轻易放过你,非动武除掉你这个祸害,我誓不罢休。"

卡赫尔大矢听了孔马康的辱骂,怒不可遏,知道非动武不能够解决纠纷。于是他二人各有准备,边厉声呼吼边各自鞭策着竖耳翘尾的战马,交起锋来,其势之猛,有如天崩地裂。霎时像两头绵羊角触似的,越打越起劲,越斗越剧烈;彼进我退,此攻彼守,武艺翻新,互显身手;彼此正打得热闹、剧烈的时候,卡赫尔大矢舞剑猛力一击,企图致孔马康于死地。孔马康眼快心灵,闪开身体,趁对方措手不及,反击一剑,刺穿卡赫尔大矢的胸膛,当场结果了他的性命。

一场战斗很快结束之后,孔马康一鼓作气地又杀死一大群绿林,夺得无数的战利品,可以满载而归了。于是他吆喝牧场中的奴隶,吩咐道:"你们赶快把所有的牲畜赶拢,并把财物收集起来,预备给我送走。"

这时候撒巴霍奔下山来,走到孔马康面前,钦佩得五体投地,恭维道:"你这位当今唯一的英雄豪杰! 你攻无不克,战无不胜;刚才的一场血战,你杀得真是淋漓痛快,充分表现出你的英雄气概。当初我虔心虔意地替你祷告、祈求,承蒙安拉应诺我的呼吁,因此你才获得这个空前的胜利呢。"他说着急忙砍下卡赫尔大矢的头颅。

孔马康听了撒巴霍的恭维、夸赞,哈哈大笑着说:"该死的撒巴霍哟! 当初我和你结识、见面时,还以为你是一个善于冲锋陷阵的骑士呢。"

"你获得这么多战利品,该不会把我忘掉吧。因为凭着这种胜利品,也许我能达到同我的叔伯妹妹奈芝美结婚的目的呢。"

"你只管放心,这些战利品总有你的一份,可是你得尽保管的责任,同时必须好生监督这些奴隶。"

孔马康带着战利品满载而归,不分昼夜地兼程赶路,直回到巴格达。老百姓听到他凯旋的消息，争先恐后地出来看热闹。人们看见那么多的战利品和挂在撒巴霍枪杆上的卡赫尔大矢的头颅，都啧啧称赞，钦佩他的英勇和武功。尤其那般生意人格外欢喜，情不自禁地互相称庆说："这个拦路抢劫的匪头，已经被除掉，从此商旅不再裹足不前，安拉替我们解除后顾之忧了。"

孔马康进城之后，把卡赫尔大矢的头挂在王宫门前示众，他把一部分战利品分给穷苦老百姓，然后招待撒巴霍在宽阔的地方住定，这才回家去见母亲，向她叙述为民杀贼除害的经过。

孔马康英勇善战、为民除害的名声轰动一时，老百姓不仅对他竭诚拥护、爱戴，而且还约伙成群、络绎不绝地前来拜望他，听他讲述杀贼的经过，致使他一跃而为人心归依向往的人物。同样，国内武艺高强的英雄、骑士们对他也抱着敬仰钦佩和畏惧心情。

孔马康和萨桑

孔马康胜利归来，声振遐迩，消息传到萨桑王耳里，他骇然震惊，立刻召集亲信党羽，商讨对策，挽救危局。他说："现在我必须跟你们谈谈我心中的隐忧和一些秘密。你们要知道：孔马康杀死卡赫尔大矢，在民间树立起威信，还拥有艾克拉德和土耳其两个部族，因此他现在是我们的心腹之患，将来就是同我们争夺江山的仇敌。尤其部队中大多数人马都是他的亲族，给我们带来最大的威胁和障碍；在这种情况下，我们所处的地位是凶多吉少的，我们的事业会一败涂地；宰相丹东的活动情况，你们已经听到一些。他否认我的功绩，坚决和我作对，居然以怨报德，充分表露反叛行为。据说他奔走呼吁，到处招兵买马，纠集了强大兵力，借口说江山是孔马康的祖父和父亲开创、遗留下来的，其目的只在一心一意辅佐孔马康争夺王位。如此说来，他存心杀害我，这是毫无疑义的。"

"主上！孔马康是个微不足道的人。"亲信的党羽们听了萨桑王的哀叹诉苦，异口同声地说，"假若我们不知道他是陛下一手抚育、培养出来的人，那我们谁都不会理睬他的。我们精诚团结在您周围，忠心耿耿地听从您的命令。如果您要杀掉他，或者要放逐他，那只管吩咐，我们一定按您的意图，执行暗杀他或流放他的命令。"

"杀他可是一桩困难的事。要进行这件重大事情，咱们之间必须订个盟约，发下誓语。"

亲信的朝臣们察言观色，明白萨桑王的心意，毅然和他结盟，当面赌咒发誓，决心进行杀害孔马康的阴谋，认为孔马康一死，就可制止宰相丹东的反叛行为，并挫折他的复辟意志，一场风波从此平息，天下便太平无事。

萨桑王跟亲信的朝臣们结盟、赌咒之后，听到他们对他忠诚拥戴之言，不禁感激涕零，表示格外信任他们。朝臣们受宠若惊，洋洋得意，雄心勃勃地暗中分头进行阴谋，异想天开地发动、怂恿部队出来反对孔马康。然而大势所趋，部队鉴于极大多数的人马掌握在宰相丹东手里，因而徘徊观望，踟蹰不前，不敢轻举妄动。

萨桑王危害孔马康的阴谋，已经成为公开的秘密。古萃叶·斐康听了这种意外的消息，坐卧不安，感到无限的忧愁恐怖。为挽救孔马康的生命，她把从前孔马康使来跟她联系、名叫撒尔多奈的那个老宫女唤到面前，打发她去向孔马康通风报信。

老宫女奉命来到孔马康面前，先向他致意，然后将古萃叶·斐康的吩咐，从头传述一遍。孔马康听了老宫女的传述，毫不畏惧，坦然吩咐道："劳烦你代我向古萃叶·斐康致意，请她放心，不必为我担忧。你告诉她：宇宙是伟大、万能的安拉掌握着的。奴婢中谁该享受权利，全是出自安拉的分配。诗人说得好：

> 王位属于安拉的权力，
>
> 谁篡夺王位，
>
> 安拉自然会收回他的权力，

并使窃夺者身败名裂、一败涂地。

假若我自己或其他的人拥有指头大的一片土地，

这当中的主权也只能是暂时和安拉共同具有的。"

老宫女回到古萃叶·斐康房里，把孔马康的问候和嘱咐，从头叙述一遍，并附带谈到他通情达理的乐观行为。古萃叶·斐康从老宫女口中知道孔马康的情形，这才如释重负地抑制住惴惴不安的心情。

萨桑王随时随地窥伺着孔马康出城的机会，以便派人趁机狙击，以期达到杀害他的目的。

有一天孔马康带着随时不离左右的撒巴霍走出巴格达城，入山打猎消遣。经过一场激烈追逐之后，十只羚羊被捕获在他俩手里。其中有一只黑眼眶的母羚羊，一股抬着头，东张一会，西望一回，凄然显出若有所思的神情。孔马康觉得可怜，发生恻隐之心，终于把它放走。

撒巴霍不明白孔马康释放母羚羊的意图，问道："你为什么把母羚羊放走？"

孔马康启齿笑了笑，索性把剩余的九只羚羊，一股脑儿都放了，然后解释说："为了实践道义，我才把那只还有幼羚的母羚羊放走。那只母羚羊被捕之后，它一直抬着头，东张西望。这种神情，说明它窝里还留下几只嗷嗷待哺的小羚羊，因此我慨然把它放走。同时为了重视那只母羚羊的生命，我大发慈悲，所以把其余的羚羊也全都放走。"

"既是这样，恳求你赏我自由，放我回去和家人团聚吧。"

孔马康懂得撒巴霍滑稽、装傻的性情，哈哈大笑不已，随即用枪柄向他的胸膛轻轻一击，他就顺便倒了下去，蛇蝎般蠕动着不肯站起来。

正当他俩闹着玩的时候，附近地区的空中突然弥漫着烟尘，接着出现马蹄声。继而烟尘散处，出现了一群猛勇的骑士。这是因为萨桑王探得孔马康入山打猎的消息，便派黛谊勒睦人中一个叫卓密尔的首领,率领二十名骑士,给予大量的金钱,让他们跟踪袭击,以期把孔马康杀死在山中。

那群猛勇的骑士,雄赳赳气昂昂地一直冲到孔马康面前,满以为旗开得胜,可以轻而易举地置孔马康于死地。殊不知孔马康既不示弱,也不畏怯;相反他却临机应变,从容迎接大敌,跟他们交锋、厮杀,一鼓作气地把敌人杀绝斩尽。

萨桑王怀着满腔希望,快马加鞭,跟在那班骑士后面,赶到山中,亲身前来观看动静。然而事实出乎他的想象、意料之外。他派来谋杀孔马康的那班骑士,都不是孔马康的对手,很快就被孔马康杀得尸横满地,一个也不剩。他见到这种情形,惊慌失措,大失所望,不得已,只好勒转马头,垂头丧气地转回宫去。可是祸不单行。他行到半途,突然被那班骑士的家属挡住去路,终于把他逮起来。原因是那些家属知道骑士们的下场,所以约伙成群地向他兴师问罪,起来替他们的子弟报仇。

孔马康遇了一次风险,一鼓作气地消灭了敌人,这才和撒巴霍一起离开山林。归途中路过一个乡村时,他们在一家农户门前碰到一个青年。孔马康问候他。那青年人回问一声,转身回到家里,一会儿端出两个大钵。其中一个盛着牛奶,一个盛着馄饨,上面飘满了热气腾腾的奶油。他把两个大钵放在孔马康面前,说道:"请两位客人光临、赏脸,随便吃喝一点。"

孔马康不肯吃喝,断然拒绝。青年觉得奇怪,问道:"你不肯吃喝,请问这是什么缘故?"

"我许过愿心,发下誓言,所以不能随便吃喝别人的东西。"

"你许的什么愿心?干吗要发誓言?"

"因为暴虐、专横的萨桑王欺我年幼,篡夺了祖父和父亲传给我的江山与王位,所以我才许下愿心,发下誓言:非待我消灭敌人,夺回江山和王位之后,我绝不随便吃别人的食物。"

"萨桑王已经被人逮捕、拘禁,很快他便会一命归天。安拉已经满足你的愿心,我该向你祝贺、报喜呢。"

"他被拘禁在什么地方?"

"就在对面那幢圆顶屋子里。"青年人指着一幢高大的建筑物说。

孔马康抬头一看,果然看见人群气势汹汹地拥进一幢高大的圆顶建筑物里。他怀着好奇心,走到那幢屋子左边,仔细踏看。他见人们争先恐后地拥到屋里,向萨桑王发泄胸中的积怨,不仅嬉笑怒骂,而且拳捶脚踢,施与罪有应得的体刑。萨桑王忍气吞声,饮恨而不敢吭声,感到没有活命的希望。孔马康眼看这种情形,满心欢喜,于是回到那家庄户门前,坐了下来,安心地饱餐了一顿,还把吃剩的肉片摆在行囊里,默然坐着休息。等到太阳落山,人们入睡,他便起身,走到禁闭萨桑王的那幢屋子附近。他发现屋里屋外有恶狗森严地守护着门庭。他刚走到门前,便有一条恶狗蹿起来向他狂吠。幸亏他临机应变,立刻从行囊中掏出肉片,扔一块过去,止住了它的吠声,然后迈步闯进大门。接着他用同样的办法,边向前走,边扔肉片给狗吃。最后他深入院内,来至萨桑面前,伸手摸摸他的头顶。

"你是谁?"萨桑吓得大声惊问。

"我是你千方百计要杀害的孔马康。你作茧自缚,终于跌在你自掘的陷阱里,这是你自作自受呀。你作威作福,独揽大权,暴虐成性,篡夺我祖先传下来的王位,你还不知足,硬要危害我的性命。你这是何居心?"

萨桑赌咒发誓,矢口否认他危害孔马康的阴谋,说一切传说都不是事实。孔马康不再理论此事,说道:"你跟我来吧!"

"我脚瘫手软,精疲力竭,已经不能行动了。"

"情况既然如此,我给你弄匹马骑,带你一块儿逃出去。"

孔马康果然履行诺言,悄悄地扶他离开禁闭的屋宇,并找一匹战马给他骑。于是二人并辔连夜出走,漫无目的地迈步向前,直跋涉到黎明,才下马祷告、休息。休息、礼拜之后,仍继续向前。旅途中路经一座果园，便下马走进园去，二人坐在一起，开诚布公地谈心。孔马康问道："迄今为止，你还保存怨恨我的念头吗？"

"不，指安拉起誓，我丝毫不怨恨你。"萨桑说。

谈心之后，孔马康和萨桑言归于好，彼此同意转回巴格达去。撒巴霍听了回城的决定，自告奋勇地说："我在二位之前先走一步，以便赶进城去报个喜信。"

撒巴霍急急忙忙兼程赶到巴格达，把孔马康带萨桑回城的消息一传播，人们欢欣鼓舞，男女老幼，万众一心，约伙成群地敲着锣鼓，吹着号角，热火朝天地出城迎接孔马康，表示竭诚欢迎、爱戴。古萃叶·斐康收拾打扮得花枝招展，像黑夜里的月亮，也出现在人群里，和孔马康见面，彼此心心相印，感到欢喜快慰。从此孔马康成为众所注目的人物，谈话的中心。人们都津津乐道其事迹，夸奖、赞美的语言不绝于人口，到处可以听见。骑士们公认他是当代无敌于天下的最勇敢的英雄豪杰，对他钦佩、崇拜得五体投地，大伙异口同声地说："只有孔马康才配当我们的国王。"从此他夺回江山，继承祖先的遗业了。

萨桑在孔马康的保护下，留得一条生命，狼狈不堪地回到家里。一见面，诺子赫图·宰曼便对他说："我看如今老百姓都把视线和谈吐集中在孔马康一人身上。他们夸奖、赞美他的言词，简直不是言语可以形容得出来的。"

"一般的传说与实际情形颇有出入。叫我看，他没有什么特殊、可取之处。凡是耳朵能听到的，不一定是人嘴里说出来的。不过人们在夸奖、赞美方面相互效尤、摹仿，终于形成风气，结果，不仅巴格达人牵强附会、盲从附和，对他表示归依、向往，就连那个大逆不道的宰相丹东，也大肆活动，招募各方兵马，造谣生事，甘心替一个无能为力的孤儿卖命。"

"那么你打算怎么办呢？"

"我要杀死他，让宰相丹东枉费心机，叫他的意图变成泡影，最后不得不归顺我,俯首帖耳地听我指挥,终身做我的奴隶。"

"对外人进行奸诈、欺骗,都是臭名远扬的卑鄙行径,你怎么好用这种手段对待自己的亲戚呢?叫我说,还是让古萃叶·斐康和孔马康结成夫妻,这才是你应该做的正事。此外你还应该多听古人的嘉言懿行。诗人吟得好:

> 你的名位固然高于一切,
>
> 但当命运叫某人的地位高过你的时候,
>
> 必须竭诚报之以恭维、敬佩,
>
> 无论当面或背地他会投你以恩遇。
>
> 对他的举止、行为必须守口如瓶,
>
> 才不至于沦为被贬黜的行列。
>
> 比新娘子更美丽更贤淑的妇女,闺房中到处可寻,
>
> 只不过新娘子独得时运的偏袒、垂青。"

萨桑听了诺子赫图·宰曼的劝解和朗诵,勃然大怒,气得暴跳起来,说道:"假若你的谈话不是出自戏言,我一定拔出宝剑,结果你的性命,停止你的呼吸。"

"你虽然生我的气,而我说的却是戏言。"诺子赫图·宰曼站起来,走到萨桑面前,吻他的头和手,"你的见解是正确可行的;在谋杀孔马康方面,我要尽最大努力,跟你站在一起,助你一臂之力。"

萨桑听了诺子赫图·宰曼的诺言,喜不自胜,说道:"我已计穷策尽,你快出个主意,解除我的困境吧。"

"好的,我很快就替你出主意结果他的性命。"

"你打算出什么主意呢?"

"我打算借宫中一个叫巴昆的老宫女的手,来进行这桩密谋。因为她诡计多端,手段毒辣,向来抱着无毒不成事的见解,所以她做什么事都心安理得,满不在乎;兼之孔马康和古萃叶·斐康是经她一手抚育成人的;孔马康尤其敬重她,彼此的感情融洽到须臾不离的地

步；孔马康随时离不开她，甚至于常在她脚边睡觉呢。"

"这个办法倒是正确可行的。"萨桑同意诺子赫图·宰曼的计谋。于是即时唤老宫女巴昆前来，把密谋、计划讲给她听，吩咐她去谋杀孔马康，答应给她最好的报酬。

"我可以遵命行事，"老宫女欣然接受任务，"不过我的主人呀！希望您给我一柄杀过人的短剑，让我顺顺利利地很快结果他的性命吧。"

"我一定给你。"萨桑满口应诺，果然给老宫女巴昆一柄非常锋利的匕首。

巴昆这个老婆子，原是从小在王宫里混了毕生的一个老宫女，许多稀奇古怪的传说、奇闻，她都司空见惯，因而久经世故，老奸巨猾，经验非常丰富，记得无数的掌故、诗歌和故事。她把短剑藏在怀里，处心积虑地考虑着怎样下手危害孔马康的生命。

当天夜里，夜阑人静，孔马康一个人待在房中，等古萃叶·斐康践约，前来幽会，爱情的火焰在他心里燃烧得正烈。这时候，他的老保姆巴昆突然来到他房里，说道："相逢的时期已经降临，离散的日子一去不复返了！"

孔马康听了老保姆的声音，看见她的形影，喜不自胜，问道："古萃叶·斐康的身体健康吗？她的处境怎么样？"

"她不仅身体康健，而且一心一意恋爱着你呢。"

孔马康站起来，脱下外衣，披在老保姆身上，并许下愿心，要给她最美好的报酬。

老保姆喜形于色，说道："今晚我打算在你这里过夜，跟你谈谈我耳闻目见的事情，并讲些为痴情而发狂者的故事给你听，让你感到高兴、快乐。"

"好的，劳你讲个既能消愁解闷，又可发人深省而使人身心愉快的故事给我听吧。"

"可以的，我一定满足你的要求。"老保姆巴昆口蜜腹剑，胸前藏

着锋利的匕首,一屁股坐在孔马康面前,滔滔不绝地讲述下面的故事:

大烟鬼的故事

从前有个不务正业、溺于色情的人,经常出入情场,东追西求,跟那般放荡不羁的妇女鬼混。过了没有多久,全部财产很快就挥霍完了,变得一贫如洗。他无法生存,濒于绝境,眼看就要饿死了。

有一天,他逍遥自在地在大街上行走,想找一点食物充饥。正当饥肠辘辘,腹内苦饥的时候,想不到脚趾被一颗锈钉子戳破,血流如注,痛不可耐。他坐下来擦掉鲜血,拿块破布包扎好伤口,才勉强可行。他挣扎着站起来,两条软弱无力的腿,支撑着疲惫不堪的身躯,唉声叹气,一步一哼地向前走去。

他毫无目的地一直往前走着,从一座澡堂门前经过,一眼看去,非常清净雅致。他不顾一切,闯进澡堂,脱掉衣服,在喷筒下面尽量冲洗,直被热水冲得精疲力尽,这才移到凉水池里去休息。

凉水池里寂然没有一个人影,他便趁此大好机会,偷偷摸摸地掏出一块鸦片烟,一口吞下肚去。一会儿鸦片烟作祟,他的神经受了刺激,只觉得一阵头晕目眩,身体飘飘然,一下子便倒在一块云石板上,恍惚蒙眬间,身边突然出现一个堂倌,小心翼翼地前来替他擦背;另外还有两个童仆,每人手中分别捧着大钵和各种沐浴用具,规规矩矩地站在一旁侍奉,听从堂倌吩咐、指挥。眼看这种情景,他觉得诧异,暗自说:"这些人似乎没弄清情况而认错了人,或许他们和我同类,都是些大烟鬼吧。"他思考着却不顾一切地伸直两腿,让堂倌替他擦洗。同时他好像听见堂倌说:"主上!今天是群臣朝拜的节日,陛下临朝视政的时间就要到了。"

他笑了一笑,暗自叹道:"大烟鬼哟!这到底是怎么一回事呀?"他虽然心虚,但在堂倌和童仆面前,却故作镇静,默然坐着不动。堂倌扶他起立,拿一块黑绸布围住他的下身,毕恭毕敬地引他来到一间摆着各种果品和各种鲜花的屋子里,让他坐在一张檀木椅上,剖个西瓜给他吃,然后由两个童仆浇着水,堂倌再一次为他认真擦洗、熏香得干干净净,并祝福道:"祝主上天长地久,福寿康宁!"说罢,带着童仆走了出去,并顺手关上房门。

堂倌和童仆刚走出房门,他便一骨碌站了起来,解掉围腰布,回忆着刚才发生的事,越想越好笑,笑得几乎昏倒在地上。他笑够之后,才自言自语地说道:"他们用宰相称呼国王的口吻,呼我为主上,这到底是怎么一回事呢?也许他们不明白真情实况,一时懵懂,所以对我表示百般奉承、尊敬。说不定往后水落石出,真情一旦揭穿,他们就会对我不客气,会拿拳头欢送我,那才糟糕呢。"他想到这里,情绪一紧张,觉得浑身发热,便打开房门,透一透气。

这时候一个小仆人和一个太监一起走进房来。那个小仆人打开手中的包袱,取出三方丝浴巾,拿一方给他顶在头上,一方披在肩上,一方围在腰里。同样那个太监赶快把手中的一双拖鞋递给他套在脚上。继而一群宦官和奴婢走进房来,大伙前搀后扶地把他簇拥到一间大厅里。他一看,里面的装饰、设备,非常富丽堂皇,俨然都是御用的物品。他们让他坐在长靠椅上,然后一齐动手,替他按摩的按摩,揉腿的揉腿,捶背的捶背。在那样特殊的享受之下,他乐不可支,笑个不止,不知不觉陶醉在梦乡里。

在睡梦中,他梦见一个窈窕美丽的妙龄女郎出现在他面前,被他搂在怀里,任意抚摩、接吻。可惜好梦不长,正当他感到痛快淋漓的一刹那,突然听得人声喝道:"你这个不知羞耻的坏家伙,赶快给我醒过来吧!已经是正午时候,你还睡觉哪!"

他闻声惊醒,见自己赤裸裸地睡在凉水池中的云石板上,周遭围着讥笑、嘲弄他的人群。这时候他恍然大悟,明白刚才的一切享受,原来是南柯梦境,也就是鸦片烟作祟引起的幻象。他懒洋洋地带着苦恼情绪,埋怨喊他的人:"你若迟喊一会儿,让我过一过瘾,那该是多么快乐的事呀！"

"你这个大烟鬼！光着屁股，一丝不挂地在大庭广众中丢人、出丑，难道你不知害臊？"人们激于义愤，忍无可忍，因而拳足交加，群起而攻之，一顿好打，打得他浑身发青发肿，遍体鳞伤。

孔马康听了大烟鬼的故事，笑得前仰后合，几乎倒在地上。继而他对老宫女巴昆说："乳娘！这个故事有趣极了；像这样美妙的故事我从来还没听过呢。此外你还有别的故事讲给我听吗？"

"不错，有的是。"老宫女巴昆答应着，欣然继续讲非常离奇古怪的故事给孔马康听，直拖延到深更半夜，待他听厌倦而呼呼入梦之后，她才得意洋洋地嚷道："现在是趁机会下手的时候了！"随即抖擞精神，站了起来，掏出藏在胸前的匕首，扑向孔马康，刚举手要刺他的一刹那，恰巧孔马康的母亲突然走进房来。老宫女巴昆的谋杀未能得逞，反而大吃一惊，幸亏她临机应变，立刻回转身来，故作逢迎、伺候之状。然而她自己作恶心虚，异常恐惧，像害疟疾似的，浑身战栗得控制不住。孔马康之母眼看老宫女巴昆的狼狈状态，非常惊讶，立刻把孔马康唤醒。

孔马康蒙眬从梦中醒来，睁眼见他母亲坐在床前，可料想不到她突然降临，却挽救了他的性命。她按时赶到的原因是这样的：先是古萃叶·斐康听说谋杀孔马康的消息，便悄悄地去见孔马康的母亲，说道："婶娘！趁巴昆那个老娼妇还未下毒手杀你儿子的时候，你快去救他的命吧！"于是她把听到谋杀孔马康的阴谋，从头说给她听。因此她毫不踌躇，立刻动身，刚巧在巴昆举起短剑刺杀孔马康的时候，赶到他房里，挽救了他的生命。

孔马康醒来看见他母亲，说道："娘！你来得正好，恰巧乳娘也在这儿闲谈呢。"接着他转向老宫女巴昆说："指我的生命起誓，我来问你：除了刚才讲的那些故事之外，你还肯讲其他更美妙的故事给我听吗？"

"我要讲给你听的故事非常稀奇有趣,比刚才讲的更美妙呢。不过现在时间不早,只好留在下次再讲了。"她回答着站起来要走,尽管她不相信还有幸免的可能。因为根据经验阅历和狡猾性格,她发觉孔马康之母已经知道她的不轨行为,所以她非常恐怖,不相信还能逃脱性命。

"好的,下次再谈吧。回头见!"孔马康见她急于要走,所以慨然给予方便。

老宫女巴昆像离弦之箭,赶忙溜走之后,孔马康之母说道:"儿啊!今晚对你来说是吉利可庆的一夜呢,因为安拉保佑你,叫你摆脱这个老妖精的谋害,这是你再生的日期呢。"

"娘!这是怎么一回事啊?"

她把萨桑谋杀他的阴谋,从头到尾,详细叙述一遍。孔马康听了,不禁感叹不已,说道:"娘!不该死的人,是不会轻易碰到凶手的;即使有人行刺,阴谋也不会得逞的。不过我们应该随时防备,对我们来说,最安全妥善的办法,莫如摆脱这帮虎狼成性的仇人,自力更生,另找出路,在谋生方面尽力而为,然后听天由命吧。因为安拉是为所欲为的,世间的一切事物都是他支配、掌握着的。"

孔马康被擒和释放的经过

孔马康遇险之后,决心出走,便于次日毅然决然离开巴格达。他不怕艰苦,翻山过水,去寻找宰相丹东,共谋国家大事。他走后,萨桑王和诺子赫图·宰曼的意见分歧,彼此间发生口角、争执,结果夫妻的感情破裂,诺子赫图·宰曼迫不得已,离开宫廷,悄然溜走,也去投奔宰相丹东。此外还有许多萨桑王原来的亲信朝臣,眼看大势所趋,也纷纷前去投靠宰相丹东。

宰相丹东的人马越聚越多,势力越来越大,威震遐迩,大有举足轻重之势。他和孔马康、诺子赫图·宰曼和其他许多僚属重逢聚首，在一起讨论复国大计。经过详细商议、讨论，决定先出兵讨伐罗马，替先王奥睦鲁·努尔曼和国王叔尔康报仇雪耻。于是大军浩浩荡荡，一直开到罗马境内，同敌人竭力苦战。然而在远途跋涉，人困马乏，地理生疏的情况下，连续跟人多势众的强敌对垒、鏖战的结果，宰相丹东、孔马康和其他将领，误入敌人圈套，全被罗马王鲁谟宗生擒，一旦变为阶下囚。

宰相丹东、孔马康和其余将领被俘的次日，国王鲁谟宗吩咐部下带他们去见他。当时他们相顾失色，认为死期已到，因而议论纷纷，都说："他吩咐提审我们，显然是要处我们死刑。"然而事实却出乎他们的想象、预料之外。因为当他们被带到国王鲁谟宗面前时，他却心平气和地让他们坐在自己身边，并摆筵席款待他们。在和缓的气氛中，他们逐渐平静、安定下来，并随便吃喝。

饭后，国王鲁谟宗和颜悦色地跟他们谈心，说道："有一天夜里，在睡梦中我看见一个奇怪的梦境。当时的情境，我跟僧侣们叙述得很详细，指望他们给我解释、分析。可他们说：'这样的梦兆，只有宰相丹东能替你解释、分析。'"

"陛下在梦境中所看见的都是幸福、吉利的兆头吧。"宰相丹东奉承国王鲁谟宗。

"那天夜里，我梦见自己置身在一个黑洞洞的陷阱里，受到老百姓的摧残、折磨。我努力挣扎，以期逃避危险，可是力不从心，刚站了起来，立足不定，却又跌倒下去，始终没有能够逃出那个陷阱。当时我计穷策尽，徘徊观望一回，无意间发现陷阱里有一条金腰带。我怀着惊奇心情，把那条金腰带捡起来，仔细端详。只见那腰带突然断成两截。我勉强凑合起来，拿它系在腰里，却没想到两截断腰带一下子便联结在一起，天衣无缝地恢复了原形。这种情景，便是我在睡眠中亲身经历的梦境。宰相阁下！你看这个梦兆，到底是主凶还是主吉？"

"启奏国王陛下：据我看来，这个梦兆，显示着陛下还有个血族宝眷，向为陛下所不认识。此人可能是陛下的同胞手足，或亲侄子，或叔伯兄弟。总之他属于皇亲贵胄，跟陛下同具血缘关系，都是帝王的后裔。"

国王鲁谟宗听了宰相丹东的分析、解释，觉得所说荒唐无稽，与他的梦境风马牛不相及，毫无补于实际，引不起他的兴趣，因而他漠然置之，只顾转着眼睛仔细把孔马康、诺子赫图·宰曼、古萃叶·斐康、宰相丹东和其余的俘虏观察、打量一番，暗自说："我把这些家伙都斩首，便可断绝他们部下的侥幸念头，从此我迅速赶回京城去坐镇，免得国内发生反叛、篡权事件。"

国王鲁谟宗打定主意，吩咐刽子手，叫先拿孔马康开刀，立刻砍掉他的首级。这时候，国王的保姆突然来到国王面前，问道："幸运的主上！现在陛下要做什么事情？"

"我决心把擒来的这些俘虏通通斩首，把他们的首级送往他们的部队中，再率领人马，向他们总攻击，一鼓作气地讨伐、根除他们的残余势力。因为现在我们占着优势，正是杀绝斩尽敌人、争取全胜的大好时机。一俟战争结束，便可率领人马，尽快赶回京城，免得战乱之后，国内发生其他意外事件。"

保姆听了国王的由衷之言，大吃一惊，紧靠近他身边，亲切诚恳地说道："您怎么忍心杀害您的侄子、侄女和您的姐姐呢？这是万万使不得的。"

国王听了保姆之言，勃然大怒，骂道："该死的妖精！从前你不是对我说，我的父母先后被人毒死和杀害了吗？你还给我一颗珠宝，不是说那是先父的遗物吗？你干吗隐瞒我？怎么不将真实情况告诉我？"

"凡是我对您讲的都是事实，只不过当中您和我的处境，以及您和我的经历，比较离奇古怪，与众不同罢了。告诉您吧：我叫麦尔佳娜。您母亲叫伊彼丽簪。她不但人生得美丽贤淑，而且武艺超群，在英雄武将中,曾经闻名一时,被公认为巾帼英雄。至于您父亲呢,他便是赫赫有名的巴格达、呼罗珊国王奥睦鲁·努尔曼,这是千真万确的,丝毫不容怀疑的。令尊曾经派他的长子叔尔康随同这位宰相丹东,率领队伍西征,来到罗马境内,终于跟您母亲邂逅相遇,彼此结交认识。当时我们几个女流,随您母亲到郊外做角力之戏,锻炼身体,操习武艺。就是那时您哥哥叔尔康一个人离开他的部队,轻骑深入到我们操练的地区,跟您母亲做了一次角力比赛。由于您母亲的武艺比他高强,结果对方败在您母亲手下,因而他对您母亲钦佩、崇拜得五体投地,所以彼此间结下难分难舍的交情。往后,您母亲在宫里私下接待叔尔康,当上宾招待了五天,还跟他结盟,改奉伊斯兰教,彼此情投意合,宾主以诚相待。只因那个叫左图·黛娃仙的坏老婆子在国王面前告密,把您母亲接待外宾的消息透露给您外祖父。您母亲迫于无奈,才离开祖国,跟叔尔康暗中出走。当时跟她同行的,除我和赖玉哈楠之外,其他还有二十个宫娥彩女。我们都在叔尔康规劝下改信了伊斯兰教,在他的保护下,一起去到巴格达,在王宫中和国王奥睦鲁·努尔曼见面。他钟情于您母亲,一见倾心,因而终于和她结为夫妻。当时您母亲把她带去的三颗最名贵的珠宝献给国王。国王喜不自胜,奉为掌上明珠,并把三颗珠宝分别赠给他的子女诺子赫图·宰曼、叔尔康和臧吾·马康昆仲佩戴。后来您母亲从叔尔康手中获得他自己的那颗珠宝,保存下来,留给您作为遗念。时间过得很快,不知不觉,您母亲妊娠期满,临近生育您的时候,忽然感到思乡心切,十分惦念骨肉亲戚。她既然对我吐露全部心情,所以我格外同情、怜悯她的处境,便暗中替她设法买通了一个叫埃子邦的黑奴,跟他讲明个中隐情,指望他陪我们同行,护送我们出境,以便返回老家来。事情进行得倒也顺利。到了动身起程的时候,那黑奴果然带我们离开巴格达,直向目的地前进。在艰苦跋涉了很长一段距离之后,我们跨入了罗马境内。这时,您母亲腹痛越来越剧烈,显然已届分娩时分。正当这紧要关头,那个黑奴兽性发作,原形毕露,公然存心强奸您母亲。在那情况下,您母亲非常生气,声色俱厉地破口责骂黑奴大逆不道、灭绝人性。在非常艰难的处境中,她受的刺激太大,所以刚生下你便活活地气死了。当时距我们不远的西边,烟尘突起,弥漫在空间,遮黑了大地。黑奴眼看那种情景,吓得心惊胆战,自知为非作歹,罪孽深重,生命难保,因而恼羞成怒,不顾一切地抽出腰刀,悍然杀死您母亲,随即跨马逃之夭夭。那黑奴逃跑之后,一会儿烟尘开处,有一队人马,在罗马国王哈尔都补率领下来到我们面前。国王哈尔都补原是您母亲的生身之父,也就是您的外祖父。他一见女儿惨死在血泊里,骇然震惊,忧愁痛苦到极点,询问您母亲受害的情形,以及她擅自离开祖国出走的原因。我遵命把事情的始末,从头到尾详细叙述了一遍。这桩事件之后,罗马和巴格达两国之间,更结下了不可和解的世仇。您外祖父为您母亲之惨死极其悲伤、苦恼,但无其他办法,只好逆来顺受,忍痛将您母亲的尸体运回来,葬在她生前居住的宫殿里。从那时起,我便负责保育、抚养您,并把您母亲遗留下来的那颗珠宝给您佩戴在胸前,直保留到今天。您长大成人之后,我不可能把实情告诉您,唯恐这样的事情,会激起您的报复、仇杀心情;兼之您外祖父一再嘱咐我严格保守秘密,我当然不敢违拗命令。过去我隐忍着不把您父亲国王奥睦鲁·努尔曼的真实姓名告诉您,就是因为这些原因。现在您已继承王位,执掌政权,我应该对您叙述当中的来龙去脉,尤其我只可能在这个时候毫不隐讳地吐露真情。这些秘密,多年来埋藏在我心坎里,现在才算一股脑儿在您面前和盘托出;这也便是我所知悉的全部史迹。您聪明过人,具备真知灼见,必然会从此中做出鉴别的。"

国王鲁谟宗的保姆麦尔佳娜在国王面前不惮其烦地叙述她的见闻和经历时,所有的俘虏都在一旁侧耳细听。待她如数家珍地详细解释、说明国王鲁谟宗的生辰、世系之后,大伙都感到惊奇诧异,其中尤其诺子赫图·宰曼抑制不住澎湃的激情。她尖叫一声,说道:"哦!这位国王原是先父努尔曼的子嗣。这么说,我和他之间有着姐弟的血统关系呢。而麦尔佳娜这位伺候过伊彼丽簪的宫女，说起来，我对她也是相识的。"

国王鲁谟宗听了诺子赫图·宰曼的惊叹，莫名其妙，只是感到惊奇诧异。他犹疑不决地叫诺子赫图·宰曼来到他面前，以便亲自问明个中实情。他姐弟二人面对面地相互看了一眼，彼此的血液突然沸腾起来，内心里感到一种无名的愉快。他俩一问一答地详细谈了一会。结果国王鲁谟宗认为诺子赫图·宰曼的一言一语，跟他的保姆麦尔佳娜的解释完全一样，其中毫无分歧、差异的地方。这样一来，他恍然大悟，知道他是巴格达人，国王奥睦鲁·努尔曼是他的生身之父。于是他马上站起来，亲手解了诺子赫图·宰曼的臂缚。

诺子赫图·宰曼得到解救，噙着满眶感激、快乐的眼泪，亲切地吻弟弟鲁谟宗的双手。国王鲁谟宗为姐姐不幸的遭遇而洒下同情的眼泪，同时在亲戚骨肉的天然感情的支配下，对孔马康和其他俘虏的境遇，不自主地流露出同情、怜悯的情绪，终于控制不住内心澎湃的激情，顿时跳将起来，一把夺下刽子手手中的宝剑。

孔马康和其余的俘虏眼看国王鲁谟宗的鲁莽动作，大吃一惊，认为不可幸免，会被他一个个杀绝斩尽。然而事实出乎他们的预料。国王夺了刽子手手中的宝剑，并不是要拿宝剑杀害他们。而是吩咐把俘虏带到他面前，和蔼可亲地抡起宝剑，顺序割断他们的臂缚，恢复他们的自由。继而国王鲁谟宗嘱咐他的保姆麦尔佳娜："你把刚才讲给我听的史实，对在座的人重说一遍，让他们知道此中底细，并举出有力的证人和根据。"

"主上须知：这位长者便是当年大名鼎鼎的宰相丹东。这桩史实，他曾参与其事，深知此中底细。我所说的这桩事实，他就是非常可靠的见证人。"麦尔佳娜指着宰相丹东交代了几句，随即转向俘虏和在场的文武官员，把国王鲁谟宗的生辰、世系，根据她所知道的，从头到尾，详细叙述一遍。她的叙述和列举的事实，得到俘虏中诺子赫图·宰曼、宰相丹东和知道这桩事实的人的证实。从此真相大白，国王鲁谟宗的历史，毫无疑问地为国王本人所深信，为众人所周知。这时候，麦尔佳娜无意间回头发现孔马康脖上戴着的一颗珠宝，知道是伊彼丽簪献给国王奥睦鲁·努尔曼那三颗珠宝之一。她过于欢喜，情不自禁地吼叫起来，吼声震动了屋宇。接着她向国王鲁谟宗报喜："国王陛下！我发现您侄子孔马康脖上戴着的那颗珠宝，跟我系在您项上的这颗珠宝一模一样，它们原是一对。这桩事情，更足以证实我所说的都是事实。"于是她转向孔马康，说道："让我看看你脖上的珠子吧！"

孔马康即时解下戴在脖上的珠子，拱手递给麦尔佳娜。她把珠子捧在手里，接着又向诺子赫图·宰曼询问那第三颗珠子的下落。诺子赫图·宰曼毫不迟疑，从容解下戴在脖上的珠子，递给她。麦尔佳娜把收在手中的两颗珠子，一起呈献给国王鲁谟宗过目。国王鲁谟宗把三颗珠子捧在手里，反复观察，最后认为这是千真万确的物证；人证物证俱全，一再证明他是国王奥睦鲁·努尔曼的子嗣，孔马康是他的亲侄子。于是他大为欢喜，即时站了起来，跟宰相丹东和孔马康热烈拥抱。帐里的人，眼看此情此景，情不自禁地欢呼起来，欢呼之声震动整个帐篷。接着报喜信的人即时向外传播消息。部队听了喜信，成群结队地打着鼓，奏着乐歌唱跳舞，鼓乐和欢呼声结成一片，整个营寨充满欢愉的气氛。

伊拉克和叙利亚的部队，骤然听到来自敌人营中的欢呼鼓乐声，感到惊奇，即时拿起武器，跨上战马，预备跟敌人作战。叙利亚国王邹布鲁康慌慌张张地骑上战马，怀着恐怖心情，暗自叹道："敌人寨中这么高兴，到底是什么缘故？"这时候，伊拉克部队已捷足先登，迅速开到前线，排好阵势，喊声震野，磨拳擦掌地准备跟敌人决战，拼个你死我活。

国王鲁谟宗、宰相丹东、孔马康及其余的将领欢聚一堂，正谈得兴高采烈的时候，突然听到喊杀、挑战之声。国王鲁谟宗环顾左右一问，知道是伊拉克和叙利亚的部队已经开来，摆好阵势，前来挑战，一心要和他的部下作最后的决战。他知道情况如此,不慌不忙,即时派侄女古萃叶·斐康作为使臣,前往伊拉克和叙利亚军中,对将士们说明事实的真相。

古萃叶·斐康欣然接受任务,鼓起勇气,冒着危险,来到伊拉克和叙利亚军中,问候叙利亚国王邹布鲁康,祝福一番,然后叙述他们被俘和释放的经过,并告诉他国王鲁谟宗是先王奥睦鲁·努尔曼的儿子,也是她和孔马康的叔父,并举出证据,详细说明他们之间的血缘关系。

国王邹布鲁康听了古萃叶·斐康的说明,喜笑颜开,胸中的忧愁恐惧顿时烟消云散,部下的将领也大为欢喜快慰。于是大伙随古萃叶·斐康一起到国王鲁谟宗帐中,和宰相丹东、诺子赫图·宰曼、孔马康和其他的将领见面言欢,毕恭毕敬地祝福国王鲁谟宗,祝他万寿无疆。

鲁谟宗、孔马康、邹布鲁康三国的元首和宰相丹东,群龙聚首,群策群力,精诚团结,大家在一起协商、计议,彼此鼓励说:"今后,我们必须再接再厉,在短期内替先王奥睦鲁·努尔曼和国王叔尔康报仇雪恨,并将我们的死敌左图·黛娃仙消灭掉,否则,我们内心的遗憾是无止境的,我们的愤恨一辈子也平息不了。"最后决定由叙利亚国王邹布鲁康率领叙利亚部队先行,兼程赶回叙利亚,坐镇大马士革。同时下令伊拉克军中,号召人马迅速准备,在最近期内,班师回朝。国王鲁谟宗本人也开始收拾行囊,决心带一部分亲信朝臣,陪同孔马康,随伊拉克部队,作归宗返国之计。

一切预备妥帖之后,临行前,国王鲁谟宗和国王孔马康叔侄,双双约着向麦尔佳娜辞行,替她祈福求寿,表示衷心感谢。因为她是他俩互相认识,并弄清彼此血缘关系的唯一原因。他俩饮水思源,对她的恩情终身铭记不忘。

国王鲁谟宗和国王孔马康叔侄,互爱互敬,统率伊拉克部队,浩浩荡荡地班师回国。他们不停地跋涉,终于回到家乡祖国。曾经一度篡夺孔马康王位的萨桑王听到他们凯旋的消息,大势所趋,不得不低声下气地出城迎接,亲切地吻国王鲁谟宗的手,表示竭诚拥护、爱戴,因而得到国王鲁谟宗的赏赐。

鲁谟宗和孔马康在万民欢呼声中回到巴格达。鲁谟宗坐在宝座上,孔马康坐在他身边,彼此推心置腹,至诚相待,共同商讨国家大事。对于今后谁做国王、执掌政权的问题,他叔侄二人,各自坚持己见,互相推崇,彼此谦让,显得格外虚心。孔马康建议说:"祖先传下来的王业,应由您来继承。因为叔父是当今我族中唯一的长辈,只有您最适于执掌政权。"

"愿安拉保佑,别叫我中途出来干预你的职权,代替你的地位。"鲁谟宗断然拒绝孔马康的建议。

鲁谟宗和孔马康叔侄二人,谁都不肯继承王位,因而各走极端,都推崇对方,彼此坚持不下。宰相丹东见此种情景,唯恐事情弄僵,因而毅然出面调停,用折衷的办法,建议他叔侄两人都继承王业,共同负担国家大事,用分工合作的办法,每人轮流执政一天。

鲁谟宗和孔马康赞同宰相丹东的建议,对他的办法,也表示心悦诚服,因而放弃各自的主见,遵从他的指示,叔侄二人同时南面称王,共同负担重任,力图国强民富,长治久安。

因果报应群恶伏罪

鲁谟宗和孔马康叔侄回到祖国,恢复了祖传的江山,继承了王位。宫中杀牛宰马,大宴宾客,举国欢跃。从此百废俱兴,黎民安居乐业,国泰民安,风调雨顺,朝野之间,一片升平景象。有一天国王鲁谟宗和孔马康公余促膝谈心,正感觉怡然自得的时候,突然有人闯到宫里申冤、求救,只听得那伸冤的人高声叫道:"启奏大国王陛下:多年以来,我在异教徒的国家经营生意,向来安居乐业,从来没碰过混乱事情,如今刚来到你们这个号称太平盛世的国度里,反而在光天化日之下,受到匪徒拦路抢劫。强盗如此猖獗、横行,这还算个什么世道?"

国王鲁谟宗听了呼吁、伸冤的喊叫声,先是一怔,随后立刻走出宫殿,亲自来到伸冤者面前,问他伸冤的理由。只听那伸冤者说道:"我是做生意买卖的人,历来东奔西走,二十多年以来,都在异乡经营生意。因为我有官府发给的免税执照,所以生意非常兴旺、顺利。这张免税执照,是我给大马士革国王叔尔康贡献美女有功,他恩赏我的。此次我从大马士革打了一百担印度的稀罕名贵货物,运来号称公道、太平盛世的巴格达销售。可是中途遇到一伙阿拉伯人和库尔德人结成的匪徒,不但抢劫我的钱财货物,而且随便杀害我雇来担货的脚夫。这便是我前来伸冤、求救的缘故。"商人控诉完毕,痛哭流涕。

国王鲁谟宗和国王孔马康叔侄听了商人的控诉,一方面痛恨强盗胆敢如此横行霸道,一方面同情、怜悯商人的处境和遭遇。于是他俩安慰商人,答应赔偿他的损失,并发誓要追捕、惩罚匪徒。于是立刻精选了百名以一当千的猛勇骑士,编成一支实力强大的剿匪部队,由商人带路,开往匪徒盘踞、出没的地区。他们快马加鞭,马不停蹄地赶了一天一夜路程,清晨来到一处河渠纵横、森林稠密的广阔盆地,发现那股匪徒还在那里逍遥自在地分赃。剿匪部队趁其不备,一个措手不及,迅速从四面八方包围。一会儿,三百个匪徒,全部垂手被擒,一个也没逃脱。剿匪部队趁胜收集被抢劫的钱财货物,连同匪徒一起带回巴格达发落。

匪徒解到之后,国王鲁谟宗和国王孔马康叔侄毫不犹豫,即时出庭,亲自审讯,详细打听他们的情况和抢劫的情形,并追问谁是带头行凶作恶的匪首。匪徒们供认说:"从各方面笼络、号召我们聚众抢劫、行凶的首恶,总共有三个人。"

"谁是罪魁?快给我们指出,你们便可得到解脱。"

匪徒们听从国王鲁谟宗和国王孔马康叔侄的吩咐，诚惶诚恐地指出他们中三个为首作恶的匪头。国王吩咐释放所有胁从的喽啰，只逮捕其中罪大恶极的三个匪头，并将夺回的钱财全部归还商人，嘱咐他当面清点。

商人清点他的钱财货物，发现其中短少了四分之一。国王鲁谟宗和国王孔马康叔侄，慨然答应赔偿他的损失。商人喜不自禁，立刻从怀中掏出两封书信。其中一封是大马士革国王叔尔康的亲笔，另一封是诺子赫图·宰曼写的。这个商人，就是当年从乡下佬手中收买诺子赫图·宰曼，并把她贡献给大马士革国王叔尔康的那个有钱的生意人。通过他的交易，叔尔康和诺子赫图·宰曼兄妹之间，曾一度误结为夫妻，同样还发生其他的意外事情。

国王孔马康接过两封信，仔细阅读一遍，不但认出他伯父叔尔康的笔迹，而且曾听说他姑母诺子赫图·宰曼被人拐卖的经过。因此他带着书信，急急忙忙跑到后宫，把信拿给他姑母看，并把商人遭劫的情形，从头到尾，详细讲给她听。

诺子赫图·宰曼认清自己的笔迹，就忆起那个商人优待她的情景。她不忘旧情，一方面嘱咐弟弟国王鲁谟宗和她侄子国王孔马康把商人当上宾款待，一方面她自己送给他十万块钱和许多珍贵礼品，并召他到后宫接见他，表示尊敬、感激。见面时，她向商人寒暄问好，说明她自己是先王奥睦鲁·努尔曼的女儿，国王孔马康是她的亲侄子，国王鲁谟宗是她的同父兄弟。商人听了喜出望外，感到无上的荣幸，并恭贺她平安脱险，以及和兄弟侄子团聚之喜。最后他吻诺子赫图·宰曼的手，竭诚感谢她赏赐的金钱和名贵礼物，说道："指安拉起誓，你的善良行为会使你的名望、地位步步高升，达到最高境界。"他在宫里备受欢迎，当了三天的上宾，然后告辞，满载而归。

国王鲁谟宗和国王孔马康叔侄，认为强盗横行抢劫，是他俩执政以来，国内发生的最大耻辱，便群策群力，审讯三个强盗头子。其中的一个匪头招供说："我原是个乡下人，向来拐骗童男幼女，把他们贩卖给生意人,从中牟利赚钱。多年以来,一直干的这种营生,直到最近,受了恶魔怂恿、鼓励,便同这两个穷凶极恶的匪首勾结在一起,招揽笼络阿拉伯和其他异族人中的流氓地痞,共同为非作恶,杀害无辜,拦路抢劫商贾的钱财货物。"

"你把拐卖儿童时所碰到的比较离奇的事情,举出一桩来讲给我们听听。"

"在拐卖儿童时,我曾碰到一桩最奇妙的事情:那是距今约莫二十二年前的一天,在耶路撒冷,我拐骗了一个少女。那个姑娘人生得非常窈窕美丽,可惜她是个丫头使女。当时她慌里慌张地走出旅店,穿一身褴褛衣服,从头到脚披着一件破旧大衣,满脸愁容,形迹异常狼狈。我存心拐骗她,便跟在她后面,想方设法地终于把她拐到手,让她骑着骆驼,以便把她带到乡下去,替我放牧骆驼,收捡粪便。可是她性情倔强,一直叫嚷、哭泣,惹我生气,于是我就狠狠地揍了她一顿,几乎打破她的皮肉。后来我带那姑娘去大马士革,碰到一个生意人看中她的姿色,钦佩她能言善道的伶俐口齿,视她为奇货,一心要买她,继续增加竞买的价钱,最后以十万块钱的代价完成了交易。我收下钱,把姑娘卖给商人。当我见她跟商人有说有讲的时候,才发觉她出口成章,才华过人,聪明伶俐到极点。后来据说那商人把她收拾打扮一番,拿最名贵的衣服首饰给她穿戴起来,送进王宫,当礼物贡献,获得大马士革国王二十万元的报酬,比他付给我的买价竟超过了一倍。这桩事情,是我一生经历中最奇怪的一件。我觉得以那样的身价贩卖姑娘,未免太便宜了商人,可我懊悔已来不及了。"

国王鲁谟宗和国王孔马康叔侄及在座的人听了匪首讲的拐卖姑娘的故事,都觉得惊奇诧异,其中只有诺子赫图·宰曼例外。她听了这个真实故事,怒不可遏,顿时气得脸色发黑。她压抑不住愤怒的心情,大吼一声,说道:"毫无疑问,这个人贩子,就是当年在耶路撒冷拐卖我的那个乡下佬。"接着把当年流落异乡,挨饥受冻,走投无路,以及人贩子拐骗她,打骂虐待她的悲惨遭遇,从头叙述一遍,最后说:

"到如今法律该许可我杀死他了。"于是声色俱厉地拔出宝剑,奔到匪首面前,决心结果他的性命。

那匪首眼看诺子赫图·宰曼来势汹汹,惊慌失措,吓得高声向国王告饶、求救:"主上!恳求陛下叫她先别杀我,让我把生平碰到的奇怪事情,都讲给您们听。"

国王孔马康劝阻诺子赫图·宰曼:"姑母!你让他讲吧。待他讲完,你要怎样处置他,都不嫌迟。"接着他回头吩咐匪首:"好的,现在你可以讲了。"

"如果我讲了奇怪的经历,您可以饶恕我的罪孽吗?"

"可以的。"国王答应他的要求。

于是匪头开始讲述他亲身经历的故事。

乡下佬哈蒙督的故事

不久前,有一天夜里,我患严重的失眠症,辗转不能成寐,心里着急,只希望赶快天亮。好不容易等到黎明,我一骨碌爬起来,仗着枪和剑,跨上马背,打算入山打猎消遣。中途跟一伙行人碰在一起。他们问我上哪儿去。我告诉他们准备入山打猎。他们欣然说道:"如此说来,咱们都是同路人了。"

于是他们和我在一起,大伙结队而行,向山林前进。到了原野,我们发现一只鸵鸟,便赶去猎取。那鸵鸟张开翅膀,一直向前逃跑。我们从后面跟踪追击,一步不放松。我们不断地追赶了一个上午。正午时候到达一处偏僻地区,那被追击的鸵鸟,突然无影无踪,不知它是飞上天去,还是钻入地里?我们都觉得奇怪,正东张西望的时候,发觉那个地区荒凉恐怖得很,不但没有水草树木供我们乘凉解渴,而且到处可以听见蟒蛇鬼神叫嚣哭泣之声。我们勒转马头,打算赶快离开那个地方,免遭危险。然而天气热得要命,人困马乏,腹内苦饥,我们胯下的牲口也疲于奔命,踟蹰不前。因此,大伙都相信会在那里送掉性命。

正当我们进退维谷、徘徊观望的时候，突然在距我们较远的地方发现一片绿草，大伙便怀着希望慢慢朝那个方向走去，果然是一块宽阔的草地。我们不但看见成群的羚羊，蹦蹦跳跳地出没其间，而且还发现草地里张着一个帐篷，帐篷上靠着一杆闪烁发光的长枪，帐篷旁边还拴着一匹战马。

看见这种情景，我们的绝望心情顿时消散，一下子快乐、活跃起来，随即策马奔向草地。我自己在前面带领同伴们深入草地。我们在泉水旁边站定，一方面饮马，一方面尽情地喝水解渴。我被一股粗鲁的傻劲所驱使，冒着危险走到那个帐篷门前，举目一看，见里面有个红光满面、非常英俊的年轻小伙子。那个小伙子身旁坐着一个既窈窕又美丽的少女。我一见倾心，忙向青年人寒暄致意，说道："请问这位阿拉伯兄弟，你姓甚名谁？你身边这位女郎，是你的什么人？"

青年人低头思索一会，然后抬头说道："你先告诉我你是谁？你身边的那些骑士，他们是干什么的？"

"我叫哈蒙督·本·腓佐律，是被人称为能抵挡五百骑兵的一名出色骑士。今天我们出来打猎，因为找不到水喝，一时感到饥渴，所以来到你的帐篷门前，也许能从你这里找到一杯凉水解渴。"

青年听了我的回答，望那美丽的女郎一眼，吩咐道："你给这位骑士预备一碗凉水，有什么可吃的，顺便带点来给他充饥。"

女郎听从青年人的吩咐，立刻起身，披着黑发，拖着长裙，姗姗走进帐篷后间。她移动脚步的时候，金脚镯叮叮珰珰发出悦耳的声音。她去了一会，随即又回到帐篷门前。这时候她右手拿着盛满凉水的银器皿，左手端着一碗枣子、乳汁混肉食煮熟的饮食。因为我对她一见倾心，过于钟情，激动得几乎不能享受她的赐予，情不自禁地吟道：

> 鸦群栖息在洁白的雪地里，
> 俨然跟涂在她掌上的脂粉毫无区别。

人们可以看到太阳、月亮距她的脸面格外近，

可二者被她吓得一个苍白失色，一个蒙眬不明。

我狼吞虎咽地吃了饮食，然后说："你这位体面的阿拉伯兄弟，我已向你道过姓名，谈了实情，我也想知道你和这位女郎到底是何关系。"

"她是我的妹妹。"

"既然如此，希望你心甘情愿地让我和她结为夫妻。否则，我便致你死命，把她带走。"

青年低头沉思一会儿，然后抬起头来说："不错，据你刚才所说，我相信你是一位出色有名的英雄豪杰，也是一位比狮子还勇猛的骑士。不过你们要是利用欺骗强暴行为，趁人不备，群起向我包围袭击，危害我的性命，抢走我的妹妹，这样的行径，对你们这些骑士来说，是最可耻的。如果你们真是被人称为无敌于天下的英雄豪杰，那请你们暂别着急，权且给我一个机会，让我佩带枪剑，跨上战马，临阵跟你们比比高低，彼此较量一下膂力。如果你们招架不住，我就把你们一个个杀绝斩尽。万一我败在你们手里，你们可以当场致我死命，我妹妹这个丫头，便算是你们的战利品。"

我听了青年提出的条件，认为可以接受，便说道："你说的这个办法，倒也公平合理，我们不反对。"我接受了青年提出的比武条件，随即勒转马头，对那个女郎怀着满腔的痴情和野心，匆匆回到伙伴群里，把女郎的窈窕美丽，青年的英俊并自夸有千人敌的膂力，向他们大吹大擂一通，还说他积蓄着无数金银财帛可以抢劫。最后说："弟兄们！告诉你们吧：那个小伙子离开人群，到这偏僻地区来索居，是因为他有过人的胆量和勇气。现在我叫你们去同那个青年较量一回，作你死我活的战斗。谁当场结果他的性命，便可把他那美丽无比的妹子当战利品带走。"

伙伴们听了我的号召，兴高采烈，异口同声地说："我们愿意跟他决雌雄，夺取战利品。"于是他们磨拳擦掌，纷纷佩带武器，跨上战

马,冲到帐篷附近,存心和那青年拼命。那青年早已武装齐备,雄赳赳气昂昂地骑着战马,预备迎战。正当彼此剑拔弩张,行将动手的一刹那,那青年的妹子奔到她哥哥面前,双手拽着马镫,唯恐她哥哥惨遭杀身之祸。她叹息呻吟,悲哀哭泣,泪水浸湿了面巾,凄然吟道:

> 我向安拉哀求、控诉,
> 也许宇宙万物的主宰会给他们降下可怖的灾祸。
> 哥哥啊!
> 你向来循规蹈矩,
> 从来不为非作孽,
> 英雄们都知道你是出类拔萃的豪杰。
> 你比散布在东西各地的英雄豪杰勇敢百倍,
> 可这伙人无故向你寻衅,存心戕害你的性命。
> 体单力弱的妹妹我一向受着你的保佑,
> 因为你是我的哥哥,
> 所以我要为你向安拉诉苦、求援。
> 敌人你不可轻易放过,
> 别叫他们把我当俘虏占据抢夺,
> 免得妹妹的身心遭受蹂躏侮辱。
> 我指安拉向你宣誓:
> 但凡你离开人世的时候,
> 即使大地上充满丰收快乐,
> 我可不愿在任何城乡或任何家庭里偷安苟活。
> 为保全兄妹骨肉间的深情厚谊,
> 我将用自刎的方法结束自己的生命,
> 欣然奔进阴暗的坟墓里,
> 把泥土当作枕衾。

青年听了妹妹的吟诵,忍不住痛哭流涕,喟然吟道:

我临阵和敌人碰头交锋、狠狠打击他们的时候，

你站着看一看即将出现的惊险局面。

纵然敌人中狮子般勇敢强悍的人出来和我对敌，

我也要抡起枪剑迎头痛击，

戳穿劈碎他们的身首，

用鲜血染红我的兵器。

如果我不能为妹妹冲锋陷阵，

就该死于敌人之手，

让群鸟把我的尸体啄得血肉横飞。

今朝我为你拼命，战斗到底，

如不能一举消灭顽敌，

结果总落得个杀身成仁的结局。

这桩事件，

即将记载于史籍。

青年吟罢，说道："妹妹！听我嘱咐你吧：万一不幸我战死在敌人刀下，你可千万别让人把你当胜利品所占有。"

女郎听了她哥哥的嘱咐，打着自己的面颊说："愿安拉保佑！哥哥啊！你只管放心，我不会看到你在敌人面前倒下去，我自己也不至于随便让人占据。"

青年怡然自得，伸手揭开妹妹的面纱，顿时在我们眼前现出一张洁白美丽的面孔，光辉灿烂，跟突出云霞的太阳丝毫无异。他亲切和蔼地吻了她的额角，随即勒转马头，冲到我们面前说道："骑士们！你们到这儿来是跟我结交朋友？还是存心和我厮杀搏斗？如果你们愿意做我的朋友，我竭诚欢迎；假若你们存心不良，打算抢夺我妹妹，那请你们每人同我对打一回，较量一下彼此的身手。"

青年刚说完，我们队中一个勇敢的骑士，骤然冲到他面前，预备跟他对打。青年说："你姓甚名谁？并请告诉我你父亲的姓名。我要问明你和令尊的姓名，这是因为我发过誓愿：决不和与我同名的

人,或者他父亲与家父同名的人敌对。如果你的情况符合这个条件,我把妹妹拱手奉送给你。"

骑士回答说:"我叫彼辽鲁。"

青年听了骑士的姓名,吟诗骂道:

> 你心怀恶意身临阵前,
>
> 信口冒充彼辽鲁,
>
> 撒下弥天谎言。
>
> 如果你是聪明、机警之徒,
>
> 请听我说:
>
> 我是战场上英豪中的俊杰。
>
> 我的宝剑形如新月,
>
> 既尖且锐。
>
> 你招架着
>
> 我这震撼山岳的一击。

青年吟罢,随即跟骑士交锋、互打起来。刚打了几回合,青年就一剑刺穿了骑士的胸背。接着我队中冲出另一个骑士,临阵和青年对打。青年吟道:

> 你这条又脏又臭的癞狗!
>
> 生来下贱卑微,
>
> 你身上有什么价值可言?
>
> 告诉你:
>
> 只有在战场上不惜牺牲性命的勇士,
>
> 才是纯真高尚的狮子。

青年吟罢,手起剑落,一剑把对方刺死在血泊里,接着大声问道:"还有谁敢出来交锋吗?"他问罢,我队中另一个骑士,冲到青年面前,吟道:

我满腔怒火挺身前来交锋决斗，

　　且号召战友们继起战斗。

　　今日因为你杀死几位阿拉伯人的领袖，

　　现在就得不到幸免逃命的机会。

　　青年听了骑士的吟诵，慨然吟道：

　　你这个满口谎言的妖魔鬼魅！

　　胆敢带着虚伪狡诈的言行出现在阵前。

　　在枪刺剑劈的场合，

　　你将尝到死亡的滋味。

　　青年吟罢，举枪刺穿骑士的胸膛，当场结果他的性命，随即大声问道："还有谁敢出来交锋、对打吗？"随着青年的询问，第四个骑士冲到阵前。青年问他的姓名。骑士答道："我叫徐辽鲁。"青年吟道：

　　你怀着奸诈恶毒念头要到我的领海中潜游，

　　显然这是你的错误行为。

　　我吟的诗刚才你已听见，

　　咱准叫你不知不觉间丧命。

　　青年和骑士交锋互打起来。刚打了两个回合，青年占了上风，出其不意地抢先刺了一剑，结果了骑士的性命。我眼看自己的人，一个个都牺牲在青年手里，暗自想道："我若出马和他交锋、对打，可不是他的敌手；我若弃甲曳兵逃走，便会给阿拉伯人丢脸。"正当我彷徨迟疑、惶恐不安的时候，青年却毫不放松，猛扑过来，伸手抓着我一拖，我便跌下马来，差一点摔死。他趁机举起宝剑要杀我，我却扯着他的衣裳不放，并苦苦哀告求饶。结果像一只小麻雀似的被他捉在手里。

　　他妹子看到这种情景，喜不自胜，蹦蹦跳跳地奔到她哥哥面前，亲切地吻他的额头，庆祝他的胜利。青年把我交给他妹妹，吩咐道：

"他已跌在我们手里,你把他带下去,给予应得的照料。"于是他妹妹抓住我的衣领,像牵狗似的把我拉到帐篷里。接着女郎帮助她哥哥卸掉戎装,换上便服,并给他摆下一张象牙椅,让他坐下,然后说:"安拉使你扬眉吐气,替你消除阴谋诡计了。"青年听了他妹妹的祝福,欣然吟道:

> 我跟敌人交锋对垒,
> 面容发出太阳般的光辉。
> 我妹妹眼见这种光景,
> 欣然对我说:
> "你的武艺和威力使得森林中的狮子胆怯、卑微,
> 这大无畏的勇气和胆力难道不是安拉赐予?"
> 我回道:
> "将士们东奔西逃一败涂地之后,
> 你向英雄豪杰们打听一下我的情形,
> 便知道我不但壮志凌云,
> 而且向以坚强果敢著称闻名。"
> 哈蒙督哟!
> 你惊扰触怒了一只狮子无可抑制的怒气,
> 因此它将把你当毒蛇置于死地。

我听了青年的吟诵,回顾一下自己的情景,此身既已被擒,一旦变成阶下囚,处境非常卑微下贱,而且生命难保,因而迷惘失望到极点。我偷看女郎一眼,再一次欣赏她的窈窕美丽,暗自叹道:"这便是招灾惹祸的原因!"我死心塌地、一味钦佩羡慕她的窈窕美丽,忍不住潸然落泪,凄然吟道:

> 我的好朋友!
> 请别再大声谴责埋怨,
> 因为谴责埋怨对我并不足畏,

我是为一个娇媚的女郎而感到神魂迷离。

那个女郎啊！

她刚出现，

我便一见倾心，

十分钟情，

不可抑制爱慕恋念的激情。

无奈她哥哥智勇双全，

为人公正严格成性，

因而爱情始终受他监视，被他割裂。

女郎给她哥哥端来饮食，青年叫我陪他吃喝。我察言观色，看他的态度好转，觉得没有生命之虞，因而感到快慰。饭后，女郎给她哥哥端来酒肴。青年举杯痛饮，一口气喝得满面通红，酩酊大醉，他横眉看我一眼，问道："该死的哈蒙督！你知道我是谁吗？"

"指你的生命起誓，你的情况和姓名，我一点也不知悉。"我回答说。

"我叫奥波督，是泰弥睦·本·撒尔勒伯的子嗣。现在我告诉你：安拉恢复了你的自由，并且还给你预备一个称心如意的新娘呢。"他说着斟一杯酒向我贺喜。我接过来，一饮而尽。继而他又给我斟了第二、第三和第四杯喜酒。我接连喝了四杯，他便推心置腹地跟我攀谈，恳切地表示愿和我结成知心朋友，一再嘱咐我对他不可三心二意，必须忠诚老实。我当面跟他结盟，表示心悦诚服，并当面屡次赌咒发誓，甘心做他的助手，一辈子不违背他的指示。于是他叫他妹子拿来十套丝绸衣服，作为礼物送给我，同时还赏我一匹快驼、一匹栗色马和其他许多名贵礼品、食物。如今我身上穿着的这身衣服，便是当时他赏赐我的那十套衣服之一。他送给我的牲口和礼物，至今全都保存在我家里。我和他在一起，吃喝、游憩、谈心，痛痛快快地过了三天。到了第四天，他对我说："哈蒙督，我的好朋友！我非常信任你，现在我需要睡一觉，养息一下身体。如果发现有骑士到这儿来的时候,你别畏惧,因为来人都是撒尔勒伯的后裔,他们是来请我去上阵、出征的。"

青年奥波督吩咐毕,倒身枕着宝剑,呼呼地睡着了。正当他酣睡不醒的时候,恶魔在我身边作祟。我经不起魔鬼的怂恿引诱,心里顿萌图财害命的念头。我毫不犹豫,猛然跳将起来,迅速从他脖下抽出他枕着的那柄宝剑,高高举起,对准他的脖子,狠狠地劈了下去,终于一剑砍掉他的头颅,结果了他的生命。

青年奥波督的妹妹发现我的所作所为,从帐后跑出来,痛哭流涕,边撕身上的衣服,边打自己的面颊。最后她伏在她哥哥血淋淋的尸体上,凄然吟道:

> 讣告亲戚朋友:
> 这是一个令人痛心疾首的坏消息。
> 但凡命运注定了的一切,
> 任何人都无法幸免逃避。
> 我的哥哥啊!
> 你倒下去长卧不起,
> 你那英俊的面容反映出一轮明月。
> 你和他们碰头的时间是历史上难忘的一天,
> 在消灭了敌人,获得最后胜利的时候,
> 你的枪杆突告摧毁折裂。
> 在你流血牺牲生命之后,
> 从此骑手对于战马索然不感兴趣,
> 妇女也不可能孕育出像你这样的英雄豪杰。
> 哈蒙督突然背信弃义,
> 一朝撕毁盟约,背叛誓语,
> 悍然变成图财害命的罪犯凶手,
> 企图借暗杀行径促其妄想实现,
> 显然这是恶魔怂恿欺骗造成的结局。

女郎吟罢,声色俱厉地咒骂我:"该死的鬼头哟! 你干吗背信弃义,随便危害我哥哥的生命? 他饶了你的性命,恢复你的自由,无微不至地优待你,不但给你预备盘缠和礼品,好让你带着满载而归,而且还决心让我同你结婚,打算在下月初正式举行婚礼。他推心置腹,一片好心,对你总算仁至义尽,结果却惨死在你手里。"她责骂毕,抽出仗在腰间的宝剑,把剑柄摆在地上,拿剑头顶着心口,然后斜倚着宝剑,使劲压伏下去;宝剑刺穿她的胸背,她即时倒了下去,不声不响地葬送了生命。

我听了女郎的责骂,眼看她的结局,心里非常难过。我十分懊悔,忍不住痛哭流涕,可是噬脐莫及。我一不做二不休,横着心,冲到帐篷里,拿了最值钱而便于携带的名贵物品,然后溜走。当时我过于恐惧,惊惶失措,因而来不及回顾伙伴们一眼,同样也顾不得收拾埋葬那青年和他妹妹的尸首,就逃之大吉了。

匪头哈蒙督讲完他杀人盗窃的故事,得意洋洋地说道:"我的这次经历,比当年在耶路撒冷拐卖婢女的经过更稀奇古怪呢。"

诺子赫图·宰曼听了匪头哈蒙督叙述他的杀人盗窃的经历和他最后的几句结语,不禁怒火中烧,气得两眼发黑,几乎失明。她抑制不住愤怒的激情,立刻起身,抽出宝剑,毫不迟疑地一剑砍断匪头哈蒙督的脖子,当场结果了他的性命。在座的人目击这种情景,都埋怨说:"你果断地杀死这个匪头,这是为什么呢?"

"赞美安拉! 是他延长我的寿命,让我有机会报仇,亲手杀死不共戴天的仇敌。"于是她吩咐仆人,叫他们把匪头哈蒙督的尸首拖出宫去喂狗。

国王鲁谟宗和国王孔马康叔侄继续审讯三个匪头中的第二人,他原是一个黑奴。问道:"你姓甚名谁? 做过什么为非作恶的坏事情? 必须从实招供认罪。"

"我叫埃子邦。"匪头道出姓名,随即把他护送伊彼丽簪逃出巴格达和中途杀害她的经过，从头到尾详细招供出来。他叙述毕，国王鲁谟宗不声不响地站起来，拔出宝剑，手起剑落，当场砍下匪首的头颅，欣然说道："赞美安拉，是他使我活着，给我机会替母亲报仇，让我亲手除掉杀害她的这个匪头。"于是他把乳娘麦尔佳娜告诉他黑奴埃子邦杀害他母亲的事件，从头到尾，详细讲给在座的人听。

接着国王鲁谟宗和国王孔马康叔侄审问第三个匪头。原来他就是从前耶路撒冷居民雇他的骆驼，叫他送臧吾·马康往大马士革医院治病，中途把病人扔在澡堂的灰堆上，然后扬长而遁的那个赶骆驼的脚夫。当时他被提到公堂上受审。国王鲁谟宗和国王孔马康叔侄喝令道："过去你做过什么坏事情？必须老老实实地说清，否则你的生命难保。"

驮夫慑于他们的威权，果然把他跟国王臧吾·马康之间发生过的事件：如何接受耶路撒冷居民的雇佣，赶着骆驼，送昏迷不醒的病人去大马士革医病；如何中途起了坏心，把病人扔在澡堂的灰堆里，然后带着脚钱逃走的经过，从头到尾，详细供认出来。

赶驮的叙述他的欺骗行为，国王孔马康听了抑制不住愤怒的激情，抽出宝剑，一剑结果了匪头的性命，随即慷慨激昂地说道："先父臧吾·马康曾经向我谈过这桩不幸的事情。赞美安拉，是他保护我的生命，使我活到今天，让我亲手给予随便欺负先父的这个奸邪家伙应得的报酬。"

三个匪头被审讯、处置之后，国王孔马康慨然叹道："现在只剩那个叫左图·黛娃仙的坏老婆子还逍遥法外，没有受到应有的惩罚。多少年来，我们和邻国之间，兵燹连绵、涂炭生灵，这一切战祸都是她惹出来的。她是祸国殃民的罪魁，粉身碎骨，死有余辜；可我们中谁能把她逮来报仇雪恨呢？"

"这个老家伙，非把她捉来治罪不可。"国王鲁谟宗回答着即时写封信，差人星夜送给他曾祖母左图·黛娃仙，说他打败穆斯林部队，已占领大马士革、摩苏尔和伊拉克全境，各国君王也先后被擒。

最后他在信中说:"现在我希望你老人家率领亲信和君士坦丁国王艾辅律敦的女儿萨斐娅公主前来参加庆祝盛会;其他基督教中的长上元首,他们愿意前来参与盛会的,也竭诚欢迎,但希轻装简从,不必带领武装部队。因为穆斯林国境,全被占领,有我的兵马防守,秩序井然,各地安静太平。"

国王鲁谟宗的信送到罗马,左图·黛娃仙拆开仔细阅读,知道是曾孙鲁谟宗的亲笔,乐不可支,喜得差一点发狂。于是毫不迟疑,立刻收拾准备,带诺子赫图·宰曼的母亲萨斐娅王后和一部分亲信,动身起程,不辞跋涉、日以继夜地赶路程,直到巴格达附近,才派使臣前去报信。

国王鲁谟宗同国王孔马康商量对付左图·黛娃仙的办法,说道:"我们必须穿着西方人的衣服去接那个老家伙,才可消除她的猜疑顾虑,免得临时发生事故。"

"听明白了,遵命就是。"国王孔马康欣然赞同国王鲁谟宗的办法,于是赶忙化装,打扮成西方人的模样。古萃叶·斐康看着他们装扮出来的神奇形象,惊叹道:"指尊严的主宰起誓,如果事先我不认识你们,乍见这种装饰,我一定会承认你们是纯粹的西方人呢。"

他们装饰打扮妥帖,国王鲁谟宗跨上战马,率领国王孔马康、宰相丹东和一队骑兵,总共一千人,浩浩荡荡到了郊外,热烈欢迎左图·黛娃仙。

国王鲁谟宗和他的曾祖母左图·黛娃仙一见面,彼此同时滚鞍下马,步行迎向对方,互相表示尊敬。他祖孙二人走近时,彼此寒暄问好。左图·黛娃仙显得格外高兴,把鲁谟宗搂在怀里,亲热得了不得。国王鲁谟宗趁机伸手捏着她的肋骨,使劲一拽,差一点折断她的骨头。她疼得要命,忍不住大吼起来,问道:"我儿! 你怎么了?"

左图·黛娃仙的吼声刚停止,国王孔马康和宰相丹东已经赶到他俩面前,接着骑兵也同时把左图·黛娃仙的亲信、侍卫包围起来。于是她和他们垂手被擒,一个个被押进巴格达去发落。

国王鲁谟宗下令装饰城郭，与民同乐，庆祝最后胜利，热热闹闹地欢度了三天。然后给罪犯左图·黛娃仙戴一顶染满驴粪的尖顶红帽子，拖出去游街示众，派人在她前面，边走边宣布她的罪状说："这是谋杀国王和王子的罪犯应受的惩罚呀！"

游街示众毕，最后把左图·黛娃仙带到巴格达城下执行绞刑。她的亲信和侍卫眼看她的下场，知道她罪大恶极，懊悔不该跟她同流合污，因而诚心忏悔，改过自新，一个个改奉伊斯兰教，洗心做人。

国王鲁谟宗、孔马康叔侄、公主诺子赫图·宰曼和宰相丹东齐聚一堂，举杯相庆，思今追昔，深感世变沧桑，离奇古怪，因命史官将本朝历代所遭兵祸战乱及事件之曲折演变，详细记载于史册，俾流传久远。从此战火熄灭，他们才安心自在，群策群力，埋头安邦定国，与民同乐，过升平繁荣的幸福生活，直至白发千古。

鸟兽和木匠的故事

  古代有一对孔雀,住在近海滨的地方;那里有森林,有河渠,环境很好;可是美中不足,林中栖息着各种动物,其中还有猛兽,因此孔雀夫妇随时存有戒心;为了防备猛兽的侵袭,便在一棵树顶上做窝,白天双双地飞出去觅食。在这种惶惶不安的情况下,生活愈来愈不安定,恐怖与日俱增;迫不得已,它们便决心迁居,另觅安全的栖身之所。于是它们毅然决然舍弃旧居,高飞远走;在海空上盘旋的时候,它们发现一个树林茂密,清泉潺流的岛屿,便毫不迟疑地在岛上卜居,吃树上的果子充饥,喝泉水解渴,生活倒也安静舒适。

  一天,有一只母鸭惊慌失措地奔到孔雀夫妇栖息的大树下面。孔雀夫妇见鸭子这般惊慌,认为其中必有缘故,因而向它打听它的情况和恐怖的原因。鸭子回道:"由于受到人的威胁,我忧愁恐怖得害病了! 对于人的危害,必须十分小心,加倍提防。"

  "你既然来到我们这儿,就用不着害怕了。"雄孔雀安慰母鸭。

  "赞美安拉! 由于接近你们,我心中的忧愁苦闷消除了。今后,我希望同你们结为最亲密的好朋友。"

  "欢迎你,竭诚地欢迎你,"雌孔雀边说边下树来,"从此你可以安心了;我们住在岛上,四面八方有汪洋围绕,人从哪里到这儿来呢?从陆地、从海里他们都不可能到这儿来的。现在告诉我们吧:人是怎样危害你的?"

"你要知道,孔雀太太,我有生以来,一年四季安安静静地在岛上过活,从来没见什么讨厌的事情;可是有一天夜里,我在睡梦中看见一个人的形象,便和他交谈起来,继而听到一个声音对我说:'鸭子!你好生提防,别教人的言语欺骗了你;因为人是诡计多端、花言巧语的动物,他会像狐狸一样地欺骗你;因此,你需要提高警惕,加倍提防。你要知道:人有种种办法,能从海中捕捉鲸鱼,从陆上捉住大象,从空中射落飞鸟;人对动物的危害向来是不轻易放松的,无论空中的飞禽,陆上的走兽,全在他的危害范围之内。这些就是我所听到的关于人类的欺骗行为,我全都告诉你了。'

"听了警告以后,我战战兢兢地从梦中醒来,担心自身会受到人的迫害,希望不中人的诡计,不跌在他的网罗之中。因此我郁郁不乐,心胸一直不能开朗,总共还不到一天的工夫,健康便受到影响,身体软弱无力,精神颓废不振,一直感到悲观厌世。傍晚时候,我肚中饥渴,不得不提心吊胆地出去觅食。我去到山中,在山洞前碰到一只黄毛小狮。小狮一见我,十分欢喜,对我的形状和毛色觉得非常惊奇,因而大声叫道:'到我这儿来吧。'我到它面前的时候,它问道:'你叫什么名字?是属于哪一类的?'

"'我叫鸭子,属于鸟类。你这时候为什么还坐在这儿?'

"'这是因为我在梦中看见了人,因此几天以来父王屡次警告我,教我小心提防人类。'于是它把梦中所见与我刚才对你所谈相仿佛的一种情况告诉了我。听了它的叙述,我对它说:'狮子!为了除掉人类,我才前来投奔你呢;关于除他的事,请你下个决心吧。为我自己的安全,对于人类我是感到十分恐怖的,而且为你的安全着想,这又给我增加了一倍的恐怖;因为你是王子啊。'我竭力怂恿狮子,教它去杀人除害。之后,它一骨碌爬起来,把尾巴摔在脊背上,一直往前走,我追随在它后面,一直走到三岔路口。我们在途中发现前面的灰尘飞扬起来,一会儿灰尘开处,出现一匹逃跑的毛驴,战战兢兢,没命地向前奔跑,时而腾空急奔,时而睡在地上打滚。狮子见了,出声一喊，毛驴便俯首帖耳地走到狮子面前。

"'你这个愚蠢的家伙！你是属于哪一类的？为什么跑到这儿来？'狮子问。

"'王子，我是驴类；为了躲避人的危害，我才逃到这儿来的。'

"'你怕人杀你吗？'

"'不，王子；我怕他役使我，怕他来骑我。因为他有一种叫鞍子的东西，用来架在我的背上；一种叫肚带的东西，用来绑住我的肚子；一种叫鞦的东西，用来放在我的尾下；一种叫嚼铁的东西，用来卡在我的嘴里；此外，还给我造了一种马刺，用来刺我，逼我出乎能力范围以外地奔跑；我一失足或出声一叫，就挨一顿臭骂。到我年迈力衰不能快跑的时候，就把我交给卖水的人，带往河边去驮水囊，来来往往，一直在劳碌、卑贱、苦痛中累到老死；死后，这具残尸还被扔在山坡上喂狗。嘿！世间还有什么忧愁比这个更苦闷的？什么灾难比这个更厉害的？'

"孔雀太太，我听了毛驴的叙述，吓得魂不附体，对于人类感到全身战栗，因而对狮子说：'王子！毛驴的这种情况，我们应当同情、怜悯它。它的谈话又给我增加一重恐怖了。'

"'现在你打算上哪儿去？'狮子问。

"'今天黎明时候，我见有人从远方来，便拔脚逃跑。现在我要走了；因为人类十分可畏，我打算不停地向前走，也许我会去到一处能够摆脱人类的危害而可以安身的地方。'

"驴对狮子谈了最后一句话，然后向我们告辞，预备动身的时候，路上的灰尘忽然飞扬起来，驴大叫一声，睁大眼睛呆呆地注视着。一会儿灰尘开处，出现一匹黑马，额上的白点像金钱一般，是一匹身体健壮声音洪亮的骏马；它一直跑到狮子面前。狮子见了，非常看重它，问道：'你是属于哪一类的，伟大的动物啊！你为什么在旷野中如此奔跑？'

"'我是马，王子，属马类。为了躲避人类的危害，所以我没命地

逃跑。'

"'别这样说吧!'狮子显出惊奇的态度,'说这种话,这是你的耻辱。你的身体又长又粗,跑得又快,怎么会怕人呢?我身体虽然矮小,我可决心去碰一碰人,打算摔死他,吃他的肉,以便安定这个可怜的鸭子,让它回到自己的家乡去安居乐业。不过你这一来,我的决心可给你的话粉碎了,把我先前的念头打消了;因为你的个子这样魁梧、庞大,一脚可以踢死人,而人却不怕你,还能降服你,那么像我个子这样矮小的动物,对他更是没有办法了。'

"'王子!'马听了狮子之言,笑了一笑说,'要战胜人类,这是谈何容易的事!我的个子虽然庞大,身体虽然粗长,奈何人是诡计多端,计谋百出的。他用枣纤和鬃毛给我编成一种叫绊脚索的东西,缚住我的手足;把我拴在高桩上,让我终日站着,不能起坐,也不能睡觉;要骑我的时候,把一种叫鞍子的东西架在我背上,并用两根带子将它紧紧地从我的腋下绑起来;又把一种叫嚼子的东西卡在我的嘴里,并用一种叫缰绳的东西系在嚼子上;此外还替他的脚做了两个叫镫的东西,系在马鞍上;于是当他骑在我身上的时候,手握缰绳,操纵着驾驭我,脚套在镫里不住地用马刺刮我的肚皮,有时刺得鲜血直流。总而言之,人对我的残暴、摧残,王子!你不必过问了。到我年长衰弱,不能快跑的时候,便把我卖给磨坊主人带去推磨,让我整天整夜在磨坊中兜圈子,直至衰老得不能动弹的时候,才把我转卖给屠户拿去宰杀,剥我的皮,卖我的肉,炼我的油,并拔我的尾,把毛卖给匠人编织箩筛。'

"'你几时离开人的?'狮子愈发感到忧愁愤怒。

"'正午时候离开的;他在我后面追来了。'

"狮子和马谈话的时候,大路上的灰尘突然飞扬起来;一会儿灰尘开处,出现了一只骆驼,喘着粗气,蹦蹦跳跳地奔到我们面前。狮子见骆驼又粗又大,认为它就是人,要去扑它。我对它说:'王子,这是骆驼,它不是人,它仿佛是逃避人类而来的。'我刚说完,骆驼走近

狮子,问候它。狮子回敬一声,接着问道:'你为什么到这儿来?'

"'逃避人的危害呗。'

"'你个子这么魁梧粗大,一脚踢得死人,为什么害怕他呢?'

"'你要知道,王子!人有无比的智慧,对抗他,结果只能自寻灭亡。因为他把一种叫穿鼻绳的东西穿在我的鼻子里,把辔头套在我的头上,然后把缰绳递给他的小儿子,于是我这个庞然大物便被一个小孩子牵着走,并教我驮沉重的货物作长途旅行,不分昼夜地役使我做笨重活计。到我年衰力弱的时候,却不念旧情,而把我卖给屠户。屠户宰了我,把我的皮卖给皮匠去制革,肉卖给厨子去烹调。总之,人对我的残酷,真是不堪与闻的。'

"'你几时离开人的?'

"'傍晚时候,我走后他不见我,我想他一定要来追赶。王子,让我趁早逃往荒无人烟的地方去吧。'

"'稍微等一会儿吧,骆驼!让你看一看我如何捉住他,拿他的肉喂你;如何弄碎他的骨头,喝他的血。'

"'王子,这便叫我替你担忧了;因为人,他诡计多端,是最长于欺骗的。诗人说得好:

　　　灾祸降临的时候,
　　　生灵应当拔脚逃避。'

"骆驼刚念完诗,途中的灰尘突然飞扬起来;一会儿灰尘开处,出现一个短小瘦削的木匠,肩上扛着一个篮子,篮内盛着工具,头上顶着八块木板,手中牵着一个小孩子,蹒跚而来,一直走到狮子面前。我一见他,感到无限的恐怖,可是狮子却昂然过去和他碰头。木匠喜笑颜开,亲切地对它说:'伟大的王子啊!愿安拉赏你吉庆,增加你的勇敢和威力。现在我向你呼吁、求救;有一个追赶我、迫害我的人,请你挡住他吧;你是我唯一的救星呢。'他说罢,站在狮子面前哭泣、叹气、诉苦。

"'我保护你；虐待你的究竟是谁？形象比你更好看，口才比你更流利的动物我生平不曾见过。你到底是哪一类？是干什么的？'

"'王子，我是一个木匠；至于虐待我的，他是人。明天清晨他要在这儿和你见面的。'

"狮子听了木匠之言，脸色霎时变黑，喘着粗气，眼里冒着火花，咆哮如雷地说道：'指安拉起誓，我一定要熬夜到天亮；如果目的不达到，不见父王之面。'它回头看木匠一眼又说：'我是有义气的，不至于使你失望。你的脚步很短，看来你是不能像野兽那样行动的。告诉我吧，你打算上哪儿去？'

"'我是去见令尊的宰相老豹子的；你要知道：老豹子听说有人到这儿来，心中感到十分恐怖，因此派了一个使臣去请我，要我给它造间小屋子，让它住在里面，保护自己的身体，免受敌人的危害。使臣既然来找到我，我就携带这几块木板，预备给宰相去造屋子。'

"狮子听了木匠的一席话，对豹子油然发生嫉妒心理，便对木匠说：'指我的生命起誓，你非用这几块木板先替我造一间屋子不可；待我的屋子造好，豹子要什么你再替它造好了。'

"'王子，我必须先满足豹子的需要，然后才能转来为你服务，替你造屋子保护你。'

"'指安拉起誓，你要用这几块木板替我造了屋子，我才放你走。'狮子对木匠有了好感，跳到他面前去逗弄他，拍他的背，伸爪一拉他肩上的篮子就把他拖倒，跌在地上。'该死的木匠啊！'它说，'你很弱，身上没有劲；既然如此，你害怕人，这该原谅你了。'

"木匠跌了一跤，心中十分恼恨，但慑于狮子的淫威，敢怒而不敢言。息了一会，他爬起来，端端正正地坐着，喜笑颜开地说道：'好，现在我就替你造屋子吧。'于是用身边的木板和钉子比着狮子的身体给它造了一间木箱式的屋子，敞开着屋门，沿门边钻上许多钉眼，装上钉子，让钉头露在外面，然后对狮子说：'来吧，从门口钻进屋去，让我比着你的身体量一量屋子的大小。'

"狮子非常欢喜,走到门前一看,觉得屋门太窄。木匠对它说:'蹲伏下去,缩着四脚爬进去吧。'狮子听从木匠的吩咐,果然蹲伏着爬到屋里,只剩一根尾巴露在外面。刚进去,狮子就打算缩着退出来,木匠便对它说:'且慢,稍微忍耐一会儿,让我看这间屋子到底能不能容纳你的尾巴。'

"狮子听从木匠的吩咐,安静地卧在里面。木匠把它的尾巴卷起来,塞在箱中,然后迅速合上板门,把钉子敲进去,牢固地钉了起来。狮子叫道:'木匠!你给我造的这间屋子怎么如此狭窄啊?快让我出来吧。'

"'谈何容易!谈何容易!对失败的事,懊悔是不济事的;现在你是不能够出来的了。'木匠哈哈大笑,'最腌臜的野兽呀!如今你跌在牢笼中,要想摆脱这个狭窄的牢笼,这是万万不可能的了。'

"'弟兄!你对我说这些话,这是什么意思?'

"'你要知道,野兽!你已经跌在你所畏惧的罗网中了,已经给命运摔倒了;提防也是不中用的。'

"狮子听了木匠的话,恍然大悟,知道他就是它父亲日日夜夜替它所担心着的人类。当时我自己也毫无疑问地证实他是人类,心中感到十分恐怖,远远地退在一旁,看他怎样对付狮子。只见他就地挖了一个地坑,然后把木箱推到坑里,扔下柴块,纵火烧了狮子。看了这种情景,孔雀太太,我的恐惧越发厉害了,因为害怕人,我整整逃了两天的路程了。"

听了鸭子的叙述,雌孔雀感到无限的惊奇,说道:"鸭妹妹,如今你处在安全地带了;因为我们住在海中的一个岛上,这儿是没有人迹的。你暂时跟我们一块儿住下,静候安拉解救我们吧。"

"不过我怕人祸突然找到我头上来啊!因为命运是无法逃避的。"

"像一家人一样,你留下来吧。"

"姐姐,我的急躁你是明白的;要不在此地和你碰头,我是不会留下来的。"

"好的，我们住在一起，如果发生什么事情，彼此想法应付好了。不过死期要是一旦轮到我们头上，这又有什么办法呢？任何生物，除非享尽衣禄、寿岁，它是不会轻易丧命的。"

孔雀和鸭子彼此交谈的时候，忽然前方扬起一阵灰尘，鸭子惊慌失措，高声叫道："好生提防！好生提防！纵然不能逃避命运的手掌，我们也要加倍提防。"它说着跳到水中去了。一会儿灰尘开处，出现了一只小羚羊；鸭子和孔雀看清楚以后，才安定下来。于是孔雀对鸭子说："妹妹，你所看见而加以提防的原来是一只小羚羊。看，它向我们这儿来了，我们和它在一起是不要紧的；因为小羚羊虽属兽类，可它是吃草的动物，跟你属于禽类相仿佛。这回你可以安定下来，别忧愁苦闷了；过于忧愁会影响健康的呢。"

孔雀刚说完，羚羊已来到树下歇凉。它一见孔雀和鸭子，便问候它们，说道："我今天刚来到岛上，发现这儿的水草最丰富，非常适于居住呢。"于是恳求孔雀、鸭子和它结交，彼此成为要好的朋友。孔雀和鸭子见羚羊的一番诚意，便接受它的请求，乐意跟它结交往来；于是互相信任，结为盟友，彼此开诚布公，诚心相待，从此大家一块儿吃喝，一块儿栖息，过快乐安定的生活。

有一天，一只迷失方向的船儿从孔雀们居住的地方经过，便停泊登陆；从此人迹散布在岛上，而且发现羚羊、孔雀和鸭子的住处，就向它们进行围捕。

孔雀见人逼近，展翅飞到树上，继而向空中飞遁；羚羊也没命地从陆地逃窜，只剩鸭子打不起主意，呆然站着不动，结果被人捕获，带往船中。当时鸭子伤心、哭泣，叹道："人的危害不是提防可以避免得了的……"

孔雀眼看鸭子被人捕去，不胜今昔之感，叹道："看来每个生物随时随地都受着患难的监视呢！要不为这只船儿，我和鸭妹妹怎么会离群失散呢？它是我们中最好的一个伙伴哪！"它叹息着飞去找到羚羊,问候它,祝它脱难之喜。羚羊打听鸭子的下落,孔雀说道:"仇人把它带走了;鸭妹妹牺牲掉,我也不愿再在这儿待下去了。"说罢,呜呜地痛哭流涕。

羚羊怀着满腔的忧愁苦闷,竭力安慰孔雀,劝它打消去意。孔雀勉为其难地留下来,和羚羊一起继续生活。一天羚羊对孔雀说:"姐姐,你已经知道了:那些乘船而来的人,他们是使我们离散和危害鸭妹妹的原因呢。今后我们必须同心协力,对人类的危害,好生提防,加倍警惕才对。"说罢,不禁凄然落泪。

牧羊人的故事

　　相传古代有一个虔诚、聪明、廉洁的伊斯兰教信徒，赶着一群绵羊去深山老林中放牧，并长期隐居在山中，摒弃红尘。他一方面辛勤地放牧羊群，挤羊奶充饥，剪羊毛纺线、织布、做御寒；一面却珍惜时间，虔心虔意地埋头修功悟道，热衷于修身养性的修行生活。他隐居的那座山岭，森林茂密，是凶禽猛兽栖息出入的场所；可是他的绵羊和他自身，从来没有受到禽兽侵袭和扰害。于是他洁身自好，孤芳自赏，越发感到那种与世无争的隐居生活，别具人生乐趣。

　　似水流年。牧人在山中过了多年放牧、修炼的隐居生活。有一次他身患重病，睡在山洞中动弹不得。幸亏他的绵羊逐渐习惯成性：它们白昼在野外吃草，傍晚会自动回到山洞息宿，不必牧人操心。只是事出意料之外，正当牧人病得神智昏迷的时候，他却受到一场严峻的考验。这是因为无恶不作的魔群中有一个妖怪，摇身变成美女，存心用女色迷惑牧人，拉他下水，毁坏他多年修炼的成就，叫他声名狼藉，从而变成一个沽名钓誉的伪君子。

　　那时候，牧人突然发觉一个窈窕美丽的绝世佳人走进山洞，安详、温顺地坐在他身旁，不禁愕然震惊，顿时不寒而栗，吓得全身发抖。没奈何，他只好正颜厉色地说道："你这个娘儿呀！我跟你不沾亲不带戚，彼此素昧平生，你根本不该到这儿来呀。我没有接近你的必要，你怎么上这儿来呢？"

"你这位可敬的人儿呀!我这么窈窕美丽的容貌和满身馨香扑鼻的气味,莫非你没看见闻到吗?莫非你不知道男人需要跟女子在一起生活吗?我乐意亲近你,主动找到你头上来,你干吗要拒绝我呢?我服服帖帖地前来依顺你,你我之间并不存在什么应该顾虑的事情,因此你是不该断然拒绝我的。我打算陪你长期住在山里,终身侍奉你,安慰你。因为你需要一个女子陪随,我才前来以身许你的。如果你和我生活在一起,你的疾病会很快痊愈的,你的健康也会逐渐恢复过来的。这样一来,对于以往你不接近妇女的那种生活方式,你会越想越懊悔而遗憾终身的。我苦口婆心地规劝你,请你接受我的忠言,跟我结成眷属吧。"

"你这个欺骗成性的娘儿!你的花言巧语我是不会听信的。我根本不需要跟你结交往来,你赶快滚出去吧!你是灾星、祸水,跟你接近来往的人,终归是要倒霉的。只有那辈贪享红尘的公子哥儿才跟你往来的。我向来隐居深山老林中,专为来世修身养性,说什么我也不会和你同流合污的。"

"迷失方向、走错途径的人儿哟,你向我转过脸来吧!像过去的哲人学士们所做所为那样,你正视我的美貌,紧紧靠拢我,好生享受人生的乐趣吧!须知:以往一辈辈哲人学士,他们的阅历比你还丰富,他们的见解比你还正确,他们可不像你这样一味拒绝妇女,不像你这样放弃现实的恩典;相反的,他们却是勇往直前地结识、亲近妇女,尽情享受人生乐趣。他们的行径既无害于宗教信仰,又能顾全生存利益,两者之间并无抵触,而是两全其美的。如此说来,你不该固执己见,必须赶快回头,将来你才会有可喜的结局呢。"

"你的花言巧语,我不仅不相信,而且觉得非常讨厌。你所宣扬的一切,对我来说都在被禁忌之列。你只会欺世害人,毫无信义可言。试问你那美丽的面孔内部,掩盖着多少丑陋不堪设想的恶毒事情?试问多少个纯洁善良的苍生曾被你引诱得堕落犯罪;所谓一失足成千古恨,到头来只落得一个个懊悔不及。你这个损人利己的家伙,快滚蛋吧!"牧羊人怒目责骂一番,伸手扯他的羊毛布斗篷捂起头来,不看那个娘儿的姿色,并虔心虔意地赞颂安拉,躲避娘儿的诱惑,保全自身高尚廉洁的德行。

妖怪眼看牧羊人意志坚决,信仰坚定,无隙可乘,便索然败兴而去。

就在牧羊人隐居的那座山麓附近的一个小村寨里,同样住着一个善良纯洁的信徒,向来不知牧羊人的行踪,也不知道他隐居的处所;可是某天夜里,在梦中仿佛听见有人对他说:"在附近的山林里隐居着一位廉洁的牧羊人,你快去见他,尽可能给他一些方便吧!"

次日清晨,村里的信徒从梦中醒来,毫不迟疑,欣然入山寻找牧羊人。他行了一程又一程,这里寻,那边找,始终不见牧羊人的踪影。到了正午,天气炎热,他感觉疲劳困倦,便坐在一眼泉水旁边的大树荫下乘凉休息。当时,山中的飞禽走兽按它们的惯例前来喝泉水解渴。可是一见坐在井边的人影,便有所顾虑,只得纷纷逃避,不敢前来喝水。

村里的信徒见到此景,喟然叹道:"我在这儿休息,只会给禽兽带来灾星,显然是损人利己的行为。"于是他立刻起身,边走边自我责备,说道:"今天我坐在这儿休息,损害了禽兽的利益;它们都是为我才纷纷离开饮水、游息的处所的;这叫我怎好在养育我的主宰面前去辩解、求饶呢?我的罪孽深重,将来总清算的日子到来,我有什么脸面去见安拉呢?何况那时节,没角羊所受的亏枉,安拉都要替它向有角羊清算一番呢。"

他越想越难受,终于忍不住痛哭流涕,凄然吟道:

> 指安拉起誓!
> 可不是吗:
> 人们如果充分认识自身被创造的目的,
> 他们一定不至于如此昏庸、贪睡。
> 人活一世的结局,

不外乎死亡、复生、总清算场合中一次聚讼的大相会，
继之便是公道的判决、定罪，
再就是严格执行种种痛苦恐怖的酷刑。
今日安拉命令我们循规蹈矩，
禁止我们为非作歹。
言犹在耳，
可我们中大多数人听而不闻，
视若无睹，
终日昏昏沉沉，
恰像洞中的伴侣们那样长眠酣睡不醒。

他战战兢兢，边伤心哭泣，边茫然行向前，不知不觉来到牧羊人隐居的山洞门前。他毫不迟疑，一直走进洞去，终于见到牧羊人，达到入山的目的。于是亲切地问候牧羊人，热情地拥抱他，而且喜极而悲，落下欢乐的眼泪。

他和牧羊人志同道合，一见如故，彼此亲如同胞手足。尤其牧羊人久居洞中，与世隔绝，卧病不起，一旦与同道中人见面，不禁心旷神怡，感到无限的温暖、慰藉。他抖擞精神，怀着惊奇的心情，问道："这个地区，从来没有外人的足迹，到底是谁引你上这儿来的？"

"说来事属巧遇，"村里的信士说，"昨夜里在梦中，有人告诉我，说你隐居在此深山中，让我前来拜访你，帮助你。喏！我遵从命令，已经找到你了。"

牧羊人兴高采烈地表示竭诚欢迎。从此两个虔诚、廉洁守本的信士一起，相依为命，一块儿隐居在山中，从事牧羊，专靠羊奶羊毛和羊肉维持生活，但求温饱，不图闻达、享受，借此长期修身养性，虔心虔意赞颂、膜拜安拉，过隐居修行生活，直至白发千古。

水鸟和乌龟的故事

　　从前有一只水鸟，离开窠巢，出去觅食。它尽量飞到高空，翱翔、盘旋一阵，然后落在河中的一个磐石上，等候啄吃顺水漂来的食物。正当它徘徊观望的时候，没有想到顺流漂来一具尸体。那具尸体肿胀不堪，由于水流得很急，一下子就被冲到磐石的边缘上面，横陈不动了。水鸟挨过去，仔细踏看。原来是一具被杀害的男尸，遍体枪伤剑痕，血淋淋的，非常凄惨可怕。水鸟暗自想道："这也许是个十恶不赦的大坏蛋，向来无法无天，作恶多端，因而人们激于义愤，为了除暴安良，才群起而杀死他呢。"水鸟眼看那种情景，正在惊奇诧异、百感交集的时候，突然发现一群群的兀鹰和苍鹰，成群结队，从四面八方云集而来，围绕着尸体盘旋。水鸟骇然震惊，忧从衷来，凄然叹道："我不能再在这儿待下去了！"于是它早作打算，毫不迟疑，振翅飞腾起来，趁机高飞远走，以便找个安全地带，暂避风险，待兀鹰、苍鹰食完尸体而星散之后，再飞回巢去不迟。

　　水鸟不断地高飞，终于来到另一处流域地带，落在河边的一棵大树上，暂作栖身之地。由于初次离乡背井，倍觉孤单寂寞，老是忧心忡忡，愁眉不展，喟然叹道："当初我发现那具尸体，认为这是安拉派给我的食物，心情何等高兴！然而事与愿违，患难一直跟我作对。眼看到口的食物被凶禽抢劫、占据，逼得我只能落荒逃走，我的一场欢喜，一旦变成忧愁痛苦。在这样的世道里，我怎么能安居乐业？怎么能泰然自逸？古人说得好：'世界是一间屋宇，没有谋略的人，难免要受它欺骗。一般愚顽之辈，凭借财帛、子孙、亲戚故旧，高傲自矜，赫赫不可一世，毕生经营积累，横征暴敛，恨不得把地皮上的一切攫为己有，一辈子服服帖帖，甘受世道愚弄欺骗，直至两眼一闭，两脚一伸，才让家人和亲戚把他深埋在土里。他毕生聚敛的一切，什么都不能带走，人生一世的结局，充其量不过如此而已。对年轻人来说，世间的种种坎坷不平，最好莫如耐心忍受。'自然，远离家人和亲戚朋友，这固然令人难堪讨厌；可是迫于恶劣的环境，我权且离乡背井，避一避风险，这也是必要的。"

水鸟找到避难的地方，栖息在树上，正在自思自叹的时候，忽然看见一只雄龟，涉水爬到树下，挨近水鸟，招呼、问候它，跟它交谈，说道："你这位稀罕贵宾！远离家乡，不辞跋涉，径直飞到偏僻的敝邑来，这是为什么呢？"

"我的家乡，大敌压境，弄得乌烟瘴气，鸡犬不宁。大凡见高识远的人，谁都不愿与强暴为邻，因此我被迫离乡背井，权且高飞远走，避一避风险。诗人吟得好：

> 大难临头的时候，
> 只有迁移才是居民唯一的出路。"

"你所处的环境既然恶劣、可怕到这步田地，从此我不离开你，衷心愿意陪随你，诚诚恳恳地侍奉你。因为古人说过：'世间最孤苦寂寞的情景，首推别乡离井者的遭遇。'古人还说：'拒与廉洁者结识的损失，比受灾罹祸有过之无不及。'又说：'智者寻求慰藉的最好方法之一，不外乎逆来顺受、与异乡人交际。'因此种种原因，我愿意跟你结为莫逆的知心朋友；希望你赞同我的提议，让我做你的一个忠实的奴婢和助手。"

"你说得很对。指我的生命起誓，从离开故乡与家人亲友隔绝之后，我备尝离愁的滋味，一直悲哀忧郁。同时觉得离别虽苦，但还有它可取的一面。它不但可以锻炼人的意志，增强人的思考能力，还能给人带来丰富的经验。年轻人如果得不到朋友的劝解和安慰，他会陷入长期绝望、永久悲戚的境地。只有聪明人才能在万劫之余，听从朋友劝慰，用宽容的态度，坚强的耐性面对事实，从而解决问题。因为宽容与忍耐是两种可歌可颂的德行。这两种德行，既能帮助人规避外来的灾殃患难，又能消除人们内心的忧愁顾虑。"

"既然如此，从今以后，你别再忧愁、苦恼了。因为忧愁苦闷既损害你的身体，使你不能享受人生乐趣，又影响你的德行，使你长期悲观沉闷。"

水鸟和乌龟，萍水相逢，一见如故，促膝谈心，彼此志气相投，上下古今，无话不谈，越谈越起劲。到了最后，水鸟仍持悲观论调，说道："归根结底，对于天灾人祸，我心里依然存在着无限的恐怖念头。"

乌龟听了水鸟由衷之言，紧挨过去，亲切地吻一吻它的额角，安慰道："你的真知灼见，向为群鸟敬仰钦佩，把你作为处世接物的榜样；但你却不这样看你自己，总要加重负担，自寻烦恼。这何苦来呢？"

乌龟苦口婆心，竭力安慰劝解，终于说服了水鸟，消除它心中的畏惧，使它安静下来，恢复了常态，然后忠心耿耿地陪水鸟在一起过正常生活，彼此互相敬重，谈笑自若，生活倒也安静快活。

过了很久，水鸟思乡心切，便冒着生命危险，偷偷摸摸回老家去探听消息。它首先来到河中那个磐石附近踏看一回：那些兀鹰和苍鹰的踪影都不见了，那具尸体也只剩一架白骨横陈石上，一片安宁太平景象展现在它眼前，情况竟然出乎它的想象和期望之外。它满心高兴，急急忙忙飞到乌龟的住处，把它的见闻全都告诉乌龟，最后说："家乡的秩序既已恢复，我决心打回老家去，跟家属、亲戚和朋友们热热闹闹地在一起过活。因为离乡背井、长年累月漂流在外，是智者忍受不了的寂寞生活。"

乌龟与水鸟为邻，过惯了安居乐业生活，不愿骤然和水鸟分离，兼之它听了水鸟的叙谈，对异地的风光，满怀向往心情，颇想出去看看世面，因而欣然陪水鸟踏上旅程，一直到了水鸟的故乡，只见一片太平景象，觉得什么事情都新鲜、可爱。

　　水鸟回到故乡，满心欢喜，对乌龟说："人生在世，难免不受灾难和意外事件的折磨；一般年轻人尤其忍受不了灾难带来的痛苦和忧愁。不过人是健忘的，灾害、困难一旦解除之后，便沾沾自喜，以为满天乌云已经散尽。这样处世接物的方法，我认为是不对的。因为人世沧桑，变幻无穷；今日消除了一种灾难，明天其他的灾难祸患还会继续发生。何况我们是弱小之辈，对于恶霸的强敌，必须随时随地提高警惕，才不至于死于非命。"

　　乌龟听了水鸟语重心长的一席话，非常感动，十分钦佩它的高见，愿意终身做它的邻居，因而毅然舍弃还乡的念头，决心在水鸟的故乡卜居。

　　从此以后，乌龟和水鸟，远亲不如近邻，彼此互助，在一起过安居乐业的愉快生活，直至白发千古。

狐狸和狼的故事

相传古代有一只狐狸和一只狼同住在一个山洞里，彼此双双地早出晚归，一直过了很长的岁月。在日常生活中，狼性倔强好胜，经常欺负、压迫狐狸。年深日久，狐狸忍不胜忍，但迫于狼的强暴，无可奈何，只得好言劝狼温和些，善良些，不可无法无天地尽干坏事。他说：“如果你再行凶作恶，残忍成性，说不定安拉会派人类来惩罚你呢。须知：人类是诡计多端的，他们有的是策略和办法，不但能猎取空中的飞禽，捕捉海里的鲸鱼，而且还善于移山倒海，这一切都是人类的手段和智谋。今后你应该公道些，别再逞强凌弱。果能如此，你的前途就光明无量了。”

狼不接受狐狸的劝告，恶狠狠地说道：“你大言不惭，胆敢对我如此放肆吗？”随即粗暴地掴狐狸一个耳光，打得它顿时昏晕过去。

狐狸慢慢苏醒过来，慑于狼的威势，敢怒而不敢言，只得强颜微笑，诚惶诚恐地向狼认罪求饶，凄然吟道：

假若刚才我犯了一桩过错，
或往昔的言行对你有失敬之处，
今朝我虔心忏悔，
负荆前来向你请罪。
只有你的饶恕，
能予罪犯以改过自新的出路。

狼接受狐狸的赔礼道歉,止住了打骂,说道:"假若你不谈与你自身无关的事情,怎么会挨打挨骂呢?"

狐狸毕恭毕敬地回道:"听明白了,遵命就是。从今以后凡是你不愿听的,我绝口不提。先圣贤说得好:'人家不打听的消息,别随口乱提;人家不提出的问题,别信口分析;与自身无关的事情,尽可置之脑后;别向歹徒进尽忠言,因为他们是惯于以怨报德的。'这些话真是处世的金玉良言。"

狼听了狐狸一席忏悔兼带讽刺的谈话,勉强显露出一副笑脸,内心里却恨透了狐狸,暗自说:"这只狐狸,我非设法置他于死地不可。"

狐狸迫于无奈,始终忍受着狼的虐待,静待报复机会,暗自说:"残酷无情和造谣中伤,这都是作恶多端、自取灭亡的原因。古人说得好:'强霸者毁其身,狂妄者悔无济,谨慎者保其身。'中庸、适度的行为是一种高尚的品性,礼貌是成大事立大业的秘诀。从古人的经验和教训里,我认为对狼这个暴虐作恶的歹徒,应该忍辱负重,采取佯为谄媚、奉承的态度,反正迟早它难免是要被摔倒的。"

狐狸想到这里,怡然自得,并温良恭谨、服服帖帖地一再向狼讨好、求饶,说道:"奴婢犯了罪孽,只要诚心悔罪,安拉还是接受他的忏悔并饶恕他的罪过的。我是一个弱小的奴婢,见识短浅,在进忠言的时候,失言冒犯了你,因此受到一个耳光的教训,给我带来极端苦楚,其疼痛的程度,恐怕不是大象能够忍受得了的。不过苦中有乐,一巴掌固然使我疼得要命,可它给我增长了经验、阅历,最后使我心悦诚服,满腔欢喜快乐,因此我才不为挨打而怨天尤人。先哲说得好:'为教训而施行的体刑,当初固然给人极端痛苦、难受,末了却使人感到比蜂蜜还甜的滋味。'"

狼沾沾自喜,说道:"你既忏悔,我便饶恕你,一笔勾掉你的罪孽。今后你给我小心些,好生做我的奴婢!反正在对付仇敌方面,我的办法和威力你是知道的。"

狐狸赶忙跪下去叩头,表示衷心感谢,并替它祈福求寿:"愿安拉延长你的寿岁,增加你的威力,让你征服所有的强敌。"

狐狸战战兢兢,对狼老是怀着畏惧、恐怖心理。为自身的安全计,它一直敷衍塞责,一味对狼佯为阿谀、奉承。有一天它上葡萄园里觅食,在那里发现围墙上有一个裂口。眼望着那个裂口,它觉得奇怪、可疑,暗自说:"这个裂口的出现,当中必然有个原因。古人说得好:'发现地面上的裂缝而不即时止步、回避,难免要吃亏、受骗,结果会送掉性命。'著名的例证是:从前有人在葡萄园里做了一只假狐狸,用盘子盛葡萄供它享受,以便别的狐狸看见那种情景,欣然走进葡萄园,达到自投罗网、垂手被捕的目的。在我看来,这个裂口显然是人类的阴谋诡计。俗谚说得好:'小心谨慎是聪明伶俐的体现。'为小心谨慎起见,对这个裂口我需要仔细观察研究,也许我能发现其中诱人上当的秘密;我不该受贪婪的影响而拿生命去冒险。"于是它慢步走到裂口附近,提心吊胆地绕着仔细踏看一回,果然发现裂口下面,园主挖了很大的一个陷阱,用来猎捕偷吃、糟踏葡萄的野兽。它发现陷阱之后,喜不自禁,对自己说:"狐狸呀!从此你可以达到希望目的了。"它再一次细看,见陷阱上面铺着一层薄土,非常容易陷落。它小心翼翼地后退几步,说道:"赞美安拉!我算有先见之明,曾经早作准备。狼是我的仇敌,把我侵扰得差一点没生存的余地了。如今我希望它跌在这个陷阱里,让我清清静静、安安逸逸地独自享受葡萄园中的果品,这才满人愿哩。"它说罢,摇头摆尾,哈哈大笑,洋洋自得地吟唱道:

> 今天但愿我亲眼见狼跌进这个陷阱里,
> 因为它逼我吃尽苦头、长期痛心疾首。
> 今后只望它一旦被人消灭,
> 与这座葡萄园永久绝迹,
> 让我安然生存下去,
> 独享园中丰盛的果品。

狐狸吟唱毕,转身一股劲跑回洞去,向狼报喜说:"今后你可以毫不困难、轻而易举地跨进葡萄园了,这是你的幸运呢。就因为安拉替你铲除障碍,打通道路,让你毫无困难,随便走进葡萄园,尽量享受园中无比丰富的胜利品,所以我才前来向你道喜、庆贺哩。"

狼莫名其妙,愕然问道:"关于你所谈的这些消息,究竟有何凭据?"

"今天我上葡萄园去觅食,得知园主已经离开人世,据说是被一只恶狼咬死吃掉的。在园里我还看见树上结满了光耀夺目的成熟的果实哩。"

狼早已馋涎欲滴,听了狐狸之言,不但毫不怀疑,而且被贪婪的心情所引诱,于是急急忙忙奔向葡萄园。到了裂口的所在地,狐狸显出疲惫不堪的样子,死人般倒了下去,悄悄地吟道:

> 莫非你企图获得赖玉兰小姐的爱顾?
> 妄想只能是贪婪者脖子上的重负。

继而它鼓励狼说:"围墙倒了这个裂口,免除你爬墙之累,这是安拉给你的无上恩惠,我请你赶快进去!"

狼迈步走了过去,刚通过裂口,便一下子堕入陷阱。狐狸眼看那种情景,欢喜若狂,无法控制喜悦的激情。它满腔的冤屈、苦闷,顿时烟消云散,毫不存留,于是它乐不可支地吟唱道:

> 我的处境和长期的痛苦心情博得时运的同情、怜悯,
> 它既满足我的欲望并驱逐我所顾虑的一切。
> 狼恶贯满盈难逃死亡的包围圈,
> 我慨然饶恕它作过的种种罪孽。
> 今日葡萄园一旦变为我的专利品,
> 从此愚蠢的伙伴不再同我分享利益。

狐狸吟罢,垂头俯视,见狼困在陷阱里,悲哀哭泣,懊丧到极点,因而喜极而悲,泪眼涔涔,落下一连串泪水。狼抬头见狐狸伤心流

泪,问道:"艾博·霍撒谊尼①!你是为同请、怜悯我的处境,才悲哀哭泣吗?"

"不!指使你堕入陷阱的安拉起誓,我并不为同情、怜悯你而悲哀哭泣。其实我是因为恨你在这以前一直逍遥法外,不能早日堕入这个陷阱,而忍不住痛哭流涕的。如果在我和你相遇之前,你就跌在陷阱里,那我一定能过上一些安静、舒适的日子;可是你真算得侥幸,终于活到寿终正寝的最后关头,这对我来说,实在是一桩终身遗憾的事情;我越想越生气,所以才落下伤心的眼泪。"

"你这个好作怪的家伙!我求你去见我母亲,告诉她我的遭遇,也许她会想法挽救我的生命。"

"是你的贪婪行为和贪得无厌的欲望使你自寻死亡呀。你既然跌在陷阱里,就没有脱险的机会了。俗谚说得好:'不预料后事的人,必遭时代遗弃,无法保证自身安全。'你这个愚蠢家伙!莫非你不知道这个做人的道理吗?"

"艾博·霍撒谊尼!你一向表示敬爱我,乐意和我结成莫逆朋友,对我的无上权力你尤其怀着恐怖心理。过去我对不住你的地方,你别抱仇恨、报复心理吧。因为有机会报仇而能慨然饶恕别人的人,他的阴功,安拉会给予报酬的。诗人吟得好:

> 你须随地播下厚道的种子,
> 因为任何地方厚道的种子都能生根、开花、结实。
> 厚道的种子生长出来的果实即使历经长久的时日,
> 收获它的只能是亲手播种的人。"

"你这只最愚顽最蠢笨的野兽!你向来骄傲自矜,傲慢无礼,暴虐横行,不顾一点友谊之情,这一切的暴行,莫非你已忘得干干净净?对诗人谆谆的教训:

---

① 堡垒的父亲,是狐狸的外号。

> 你有权力的时候千万别做亏心事情，
>
> 因为压迫者的处境始终离不开复仇范围。
>
> 你固然可以闭目安睡，
>
> 受害者却辗转失眠。
>
> 他诅咒你的时候，
>
> 安拉的眼睛可是不打瞌睡。

你却等闲视之，置之脑后，对你一直达不到教育的目的。"

"艾博·霍撒谊尼！我的过错，请你多多宽恕。因为赦免是向宽宏大量者请罪的目的，而行善却是阴功中最宝贵的积蓄。诗人说得好：

> 在可能范围内你应该尽快地多做好事情，
>
> 因为你这一辈子不可能随时随地都有权力。"

狼卑躬屈膝地向狐狸苦苦哀告、求饶，说道："归根结底，也许你能助我一臂之力，挽救我垂危的生命。"

"你这个诡计多端、欺诈成性、背信弃义的家伙！你恶贯满盈，休想平安脱险。因为这都是你作恶应得的报酬和下场呢。"狐狸说罢，咧着腮帮子笑个不止，得意地吟道：

> 别对我再作欺骗、蒙蔽，
>
> 从此你绝对得不到什么东西。
>
> 你希望我替你做的全是不可能的事情，
>
> 今日你一手栽培出来的恶果应归你去收获。

"你这个野兽中最温良的动物啊！我之所以到了这步田地，毫无疑义，我确信是你把我给抛进这个陷阱里来的。"狼说罢，淌着两行清泪悲哀、埋怨，凄然吟道：

> 你赏赐我的恩惠不仅仅是单纯的一件，
>
> 在我看来它是数不完说不尽的。

> 我生平不遭患难则已，
>
> 但遭便靠你替我消除灾星。

"愚蠢的仇敌哟！你一向高傲自大、暴虐恶霸，如今态度突然改变，一下子变得如此温顺、虔敬，如此卑微、谦逊，这到底是何居心？从前我和你在一起，慑于你的敌视行为，随时随地诚惶诚恐地奉承、巴结你，并不希望得到你的什么好报酬。你作威作福，恶贯满盈，到如今你的末日和受惩罚的时候已经降临。这是你罪有应得，还有什么好说的！"狐狸痛骂一通，欣然吟道：

> 你这个企图作奸行诈的家伙！
>
> 已经跌进你那邪辟念头挖掘的罪薮。
>
> 从此你和别的豺狼永久绝迹，
>
> 可以尽情尝一尝灾难的滋味。

"温和的好朋友！请你别用仇视的眼光看我，别用敌对的口吻骂我。在友谊还来得及补救的最后关头，你应该和我一起，共同维护彼此的交情。现在我恳求你快去给我预备一根绳子，拿它的一端系在树上，其余的一端抛给我，让我拽着绳子爬上去。也许我能因此脱险，生命得救，那时节我将把生平的积蓄，全都奉送给你。"

狐狸不为狼的哀求、利诱所惑，毅然说道："你一直喋喋不休，老是企图脱险、得救。你快死了这个念头吧，我无论如何是不会营救你的。现在你回忆一下你欺负我、虐待我的种种罪恶行为吧！过去你那么无法无天，作威作福；今天人们怎能不飨你以石头？你要知道：你的死期已降临，很快你就要离开光明快乐的今生，沉沦到黑暗痛苦的来世，永久经受报应的折腾。"

"艾博·霍撒谊尼！你别坚持敌对行为，赶快跟我和好如初吧！你要知道：在患难中助人一臂之力，就等于救了一个临危濒死者的生命；而救活一个人的生命，也就等于救活了众生。基于这种情理，做人不该刚愎自用、固执己见，这是先哲大力倡导而禁止后人触犯的道行。如今你眼看我跌在陷阱里，生命危在旦夕，备尝死难的痛苦；可你见死不救，不肯助我一臂之力，这显见得你太刚愎、固执。我恳求你见义勇为，发点善心，赶快伸出援助之手，救救我这条垂危的生命。"

"你这个下流、野蛮家伙！你对我心怀恶意，口头却说得满好听。你这种口蜜腹剑的言行，我把你好有一比。"

"好比何来？"

"好比凶鹰诱杀鹧鸪的阴险行径。"

"此话怎讲？"

"你请听吧：有一天我上果园里去吃葡萄，忽然看见一只凶鹰从高空猛扑下来，追捕一只鹧鸪。幸亏那鹧鸪机警、伶俐，迅速逃进洞去躲避，才免于当场丧命。当时凶鹰没有把鹧鸪抓到手，摇身收敛起凶恶的面孔，挨到洞前，温存地说道：'小憨家伙！我见你在地面上挨饥受饿，心里觉得你的处境可怜，因而给你捡来一些谷粒，一心要把你搂在怀里，拿谷粒喂你。可是你不了解我的好心好意，一见我就没命地逃避。在我看来，你不和我见面，除了拒绝我的敬意之外，是不会有别的理由的。你出来吧。喏！我给你捡来这些谷粒，你快拿去安安逸逸地果腹充饥吧。'鹧鸪听了凶鹰的一番花言巧语，信以为真，毫不怀疑，刚走出洞门，一下子就被凶鹰攥在利爪里。它懊悔不及，愤然说道：'你宣称给我捡来谷粒，叫我拿去安安逸逸地果腹充饥，原来就是这么一回事情。你欺骗我，愿安拉把我的肌肉变成致你死命的毒药。'凶鹰不顾一切，狼吞虎咽地啄食了鹧鸪的血肉，随即应了咒愿，果然像中毒一样，遍身的羽毛全都脱落，有气无力地倒下去，蹬蹬脚便气绝身死。"狐狸讲了凶鹰残杀鹧鸪的经过，接着说道："狼呀！挖洞陷害朋友的人，他自身会跌在自己挖的陷阱里，这便是害人终害己。总而言之，你欺负、虐待我在先，这还有什么好埋怨的！"

"你别说这些言语和比喻了吧，也不必再提我过去的种种丑恶行为了吧。因为现在我处的这种恶劣环境,已经是够呛的了。我跌在陷阱里,生命危在旦夕,这种命运,即使仇人见了,都会产生怜悯、恻隐念头的,何况是亲戚朋友。基于这个道理,我恳求你赶快给我想个办法,让我平安脱险,那你便是我的救命恩人了。在营救我的时候,你固然要感受艰难困苦,可是应该想到:援助患难中的朋友,必须冒生命的危险,忍受最大限度的痛苦,担负最艰巨的任务。古人所谓:'忠诚老实的朋友,比同胞手足更为可贵。'便是基于这个道理。在你的帮助下,如果我能一帆风顺地脱险,保全性命,那我一定要为你收集各种食物,积累足够你应付任何困境的大批粮食,此外我还要教会你一种特殊本领,可以使你轻而易举地闯进广阔的葡萄园,任意掠夺丰富成熟的果品,让你悦目畅怀地尽情享受人生的乐趣。"

狐狸听了狼的一席花言巧语,忍不住哈哈笑个不停,说道:"学者对你这号无知愚昧到极点的人所做出的判语,显然是最恰当不过的了!"

"学者到底做了什么样的判语?"狼惊奇地发问。

"他们说:'身体粗笨、性格暴躁,是一个人离智慧过远、距离愚昧太近的标记。'鬼祟、蠢笨的家伙呀!你说营救患难中的朋友,必须忍受最大限度的痛苦,这话固然不错;但是你为人向来愚昧无知,欺诈成性,这叫我怎么能够相信你呢?我本来是你的仇敌,对你抱着幸灾乐祸心情,你怎么能说我是你的朋友呢?如果你稍加思索,便知道这样的称呼,对我来说是极大的侮辱,它比箭伤还痛苦。至于说要为我收集食物、储备大批粮食,并教会我闯进葡萄园、掠夺果品的本领,在我看来,这都是无稽谰言。你这个鬼祟、狡猾家伙!试问你自己干吗没有一种救拔自身、摆脱灾祸的本领?你企图挽救你自己,并要我听从你的忠言,这是多么遥远、困难的事情啊!要是你真有本领,那么你想个办法,从目前你所处的、我乞望安拉长期惩罚你的这种境界里解救你自己吧。你这个笨家伙!必须注意:假若你有本领,快别浪费精力教训别人,首先应该解救你自己,免遭杀身的结局。相传某甲患病,有患同样疾病的某乙前来向他献殷勤,说道:'我可以替你医病吗?'他慨然回道:'干吗你不先医治你自己呢?'某乙听了无言回答,恶然而退。愚蠢的豺狼呀!你的行为跟某乙的行径显然是一回事情,其中毫无差别。现在你既已跌在陷阱里,你就在里面住下去,耐心忍受你的遭遇吧。"

狼听了狐狸的驳斥、拒绝,大失所望,不禁悲从衷来,边痛哭流涕,边诚心忏悔,说道:"过去我太昏聩,对自己的事情一向马虎随便,所以才自作孽。此次如蒙安拉怜悯、救援,让我平安脱险,那我对欺负弱小的罪恶行为一定要痛改前非。为了惧怕和避免安拉的惩罚,我一定要换一身粗毛衣,隐居在深山老林里,虔心虔意地赞颂、膜拜安拉,埋头修行苦炼,从此息交绝游,跟一般野兽断绝关系,并大力支援救济那些穷苦无告的以及为真理而奋斗的好人。"

狼自我谴责、诚恳忏悔一番之后,哭哭啼啼、唉声叹气地表示痛恨前非,决心改过自新。狐狸听了,非常感动,油然产生慈悲怜悯心情,终于抑制不住冲动的激情,不自主地一跃跳到阱边,一屁股坐了下去,它的尾巴便自然而然地垂到陷阱里。狼趁机跳了起来,伸爪揪着狐狸尾巴,使劲一拽。狐狸事先没提防,被狼揪着尾巴,什么抓捞没有,因而轻而易举地被拉到陷阱里。狼怒骂道:"你这个狠心的家伙!当初在我的统治下,你承认是我的随从、亲信,可是刚才你幸灾乐祸,胆敢肆无忌惮地咒骂我,这到底是什么体统?现在你居然跌到陷阱里,跟我在一起受罪,彼此同归于尽。对你来说,报应来得何其神速!先圣贤说过:'你们中骂同胞手足为狗子的,他自己必然是吃狗奶长大的。'诗人吟得好:

> 命运严格考验我们的时候,
> 同时它叫别人逍遥自矜、得意忘形。
> 请警告幸灾乐祸的人们赶快清醒,
> 迟早他们也要经受命运的考验。

我和你过去活在一起，现在死在一堆，这是多么理想、美好的事情！现在，在你见我被杀身死之前，我必须先发制人，赶快结果你的性命。"

狐狸挨了一顿臭骂，明白狼的报复决心，忧心忡忡，暗自叹道："唉！事情不妙，我已经跌在这个强暴的恶霸手里，性命危在旦夕。处于这样的危急存亡境地，正是需要要花招弄手段的时候。前人说过：'为结婚之日装饰，妇女才事先置备簪环首饰。'比喻说得好：'眼泪，眼泪！为了应付艰难困苦局面，我才卑躬屈膝、忍辱含垢呢。'对付这个残酷暴虐的野兽，如果我不动一动脑筋，想出锦囊妙计，那毫无疑义，我一定会死在它手里。诗人吟得好：

> 今日人们一个个诡谲得与森林中的猛狮无异，
> 要生存下去必须善用阴谋诡计。
> 你好生把握着欺诈的桥梁，
> 让生活的磨盘川流不息地给你磨出食粮。
> 如果最后仍然达不到丰收的希望，
> 就该嚼草填塞你的胃肠。"

狐狸沉思默想一番，好生打定主意，然后从从容容地说道："最威武、最勇敢的狼呀！这可不是报应。现在你暂且别杀我，免得事后你懊悔不及。如果你不忙于杀我，仔细考虑一下我的陈述，你一定会明白我的意图的。如果你马上杀死我，那么你我同归于尽，一块儿死在这个陷阱里，这对你来说，也没丝毫利益可取。"

狼听了狐狸的巧辩，将信将疑，说道："你这个狡猾鬼祟家伙！你求我暂且不要杀你，莫非你还想活着逃出陷阱吗？刚才你所说的希望到底是什么？赶快讲给我听吧。"

"我先前的抱负和目的，本来应该是得到你的嘉奖和赏赐的。这是因为你自我忏悔、坦白的时候，我听你口口声声承认、痛恨你犯过的种种罪恶行为，并且许下愿心：此次如果得救，决心痛改前非，从善如流,本着温和谦恭的态度,不再残害朋友和同类,并决心毁掉犬牙,剪短指甲,不再偷吃葡萄和别的果实,而要穿上粗毛衣,入山求道修行,为安拉献出自己的生命。我对你固然抱着刻骨之恨,唯恐你不速遭毁灭;可是听了你的坦白忏悔和所许下的愿心,才深受感动,顿萌同情怜悯念头,因而情不自禁地纵身跳到阱边,冒着生命的危险,前来挽救你。我垂下尾巴的目的,是让你握住它,借此离开陷阱,安然得救。你却不肯改变你那粗野、残暴的性情,也不图慢慢地摆脱危险,好生解救自己,反而抓着我的尾巴使劲一拽,拽得我疼痛难忍,我的灵魂差一点离开躯体。结果我和你都跌在陷阱里,处在危急存亡的边缘,生命危在旦夕。假若你同意,我这儿倒有一个好办法,足以挽救你和我的生命。待脱险之后,我依然是你的好朋友,而你许下的愿心和诺言,也必须全部付诸实践。"

"你究竟要我同意你什么呢?"狼急于要摆脱危险。

"你起来,挺直腰杆,站在两条后腿上,以便我爬上去,站在你的头顶上。这样一来,我离地平线的距离就缩短了,可以一跃跳出陷阱。那时候我会给你预备一根绳子,让你攀援着把你给拔上去。"

"你的话我是不相信的,因为先哲说过:'在彼此相互猜忌、怀恨的情况下,还随便轻信别人,这是一种过失。'古人也说过:'相信不可靠的人,结果只会受骗。对试验过的人再加考验,结果只会后悔。不区别复杂情况,而把各种事物混为一谈,最后做出笼统判断,其结果只会得不偿失、凶多吉少。'诗人吟得好:

——

人的思想、意念必须尽从坏处着眼,
因为狐疑、猜忌是凡人中最特殊的智慧。
任何致人于灾祸、灭亡的事情,
都望嘉言懿行的后尘莫及。

经常保持猜忌念头可以安居乐业，

日常生活中头脑清醒的人足以减灾避嫌。

对付敌人可以满面春风笑脸相迎，

骨子里必须抱定同仇敌忾、你死我活的决心。

你最信赖的朋友也许是对你抱恨最深的仇敌，

与人交际应酬必须提高警惕。

一味迷信命运无异期望奇迹出现，

对它的危害性却不可不格外提防小心。

揆之诗人圣贤们的经验教训，我怎么还能相信你呢？"

狐狸并不以狼的驳斥而气馁，仍然据理力争说："怀疑、猜忌行为不可能在任何情况下都受到赞许；与人为善才是完美的品性，它能引人走向成功胜利。狼朋友！我认为你应该趁早想个办法，把你自己从目前所处的困境中解救出去，让我和你都能平安脱险，保全性命。这样的出路，自然比坐而待亡高明得多。我劝你赶快抛弃猜忌、怀恨心情，建立一种与人为善的念头。如果你能痛改前非，对我稍加信任，采纳我的建议，同意我的办法，则我对待你充其量不外乎两种可能：其一，我给你拿来一种工具，让你攀援着摆脱危险。其二，我欺骗你，对你采取不闻不问、置之不理的态度。后一种可能我是不至于采用的，因为我不是不相信因果报应的人，这是从你所遭受的报应中得到的一点经验，我自然不会自作孽而招致应得的报应。谚语说得好：'忠信流芳千古，诈骗遗臭万年。'我不是糊涂虫，沧桑世变的道理，我全都知道，你只管相信我，让我们通力合作，赶快想办法摆脱危险，保全性命。你千万不可以再徘徊犹豫、踌躇不前，因为大祸临头，情况紧急，时间不待，我们已经没有从长计议的机会了。"

狼听了狐狸的一番花言巧语,大为所惑,果然表现出温和态度,说道:"我对你的信义固然深怀疑虑,不过你听了我忏悔而要救我的念头,我却有自己的看法和体会;当初我是这样想的:'如果你说的是真情实话,那么你所作的罪孽可以得到赦免。要是你表现得虚情假意、口是心非,那么安拉对你的行为会给予严厉的惩罚呢。'喏!现在我同意你的建议,接受你的办法了。如果此次你再欺骗我,那就让这种欺骗行为成为你自取灭亡的原因吧。"狼说罢,站了起来,把狐狸架在肩膀上,然后使劲伸直腰杆,尽量往上顶,直至非常接近地面的时候,狐狸纵身一跃,跳出陷阱。狐狸脱险之后,过分欢喜,一下子倒在地上,乐得昏迷不省人事。

　　过了好一阵狐狸才苏醒过来。狼在陷阱中不见什么动静,非常恐怖着急,哀求道:"好朋友!对于我的安全,你可千万不能疏忽大意,请你赶快想办法营救我吧。"

　　狐狸听了狼的哀求,哈哈笑个不止,慢条斯理地说道:"容易受骗的傻子呀!我之所以跌在你手里,这不过是对你做一次戏弄、嘲笑的惩罚而已。这是因为我听了你的虚伪忏悔,一时被欢喜冲昏头脑,抑制不住满腔激情,不自主地手舞足蹈起来,飘飘然乐不可支,不知不觉我的尾巴便垂到陷阱里,终于被你揪着把我拽进去。幸亏安拉伸出援助之手,我才平安脱险,最后从你手里得到解救。你是魔鬼的喽啰党羽,在这种情况下,我干吗还不为促成你的死亡而奔走呢?告诉你吧:昨夜里我梦见我自己在你的婚礼席间,唱歌跳舞,欢呼祝福。后来我把梦境告诉圆梦的人,求他替我解释。他对我说:'你最近要遇一次致命的危险,可是你的生命终于得到了解救。'因此我知道我跌在你手里,从而又得到解救的这一过程,显然是我那个梦兆的体现。无知愚昧的傻瓜哟!你明知我是你的仇敌,干吗还妄想我来营救你呢?我对你的态度是坦率的,你听我说过了,那么我怎么还肯为营救你而奔走呢?学者说得好:'坏蛋一倒头,乡党安居,闾里太平。'假若我不考虑践约比欺骗会使我经受更厉害的痛苦,那我一定会想办法营救你呢。"

狼听了狐狸的辱骂、嬉笑之言，懊丧得直啃它自己的前爪。但出于无奈，它不得不找些软话说，低声下气地苦苦哀求，可是始终得不到狐狸的同情和怜悯。最后它压低嗓音，异常谦逊地说道："自然啰！你是狐类，能说会道，不但言谈漂亮、甜蜜，而且在幽默、诙谐方面也高人一筹。这是你独具的特点，因此你利用这一特点，一直要弄我。不过我要劝你：随时随地都用滑稽态度对待别人是不太适当的。"

"憨家伙！幽默、滑稽自有其限度，爱谈笑的人，绝不至于超越它的有限范围。你千万别以为安拉让我从你手里脱险，他也会让你从我手里得到解救。"

"看重过去我们之间的交情和友谊，你应该期望我平安脱险，这才合乎天理人情。你若伸出援助之手，挽救我的生命，我对你的救命之恩，一定给予很好的报酬。"

"先圣贤说过：'无知邪佞之徒，长于诱人作奸犯科、招灾惹祸；造谣说谎之徒，贯于隐人之善、扬人之恶，二者皆不足以为伍。'又说：'世间只有死亡无法补救，只有坏性格无从矫正，只有命运不可抵御。'善哉斯言。至于你夸口说要给我很好的报酬，这我把你好有一比。"

"比从何来？"狼急于要知道个中底细。

"好比毒蛇的赏赐。"

"此话怎讲？"

"相传有一条毒蛇受到驯蛇者追捕，正在落荒而逃的时候，中途被一个过路人看见，他便好奇地问道：'蛇呀！你惊惶失措，如此奔跑，这是什么缘故？'蛇回道：'我受到驯蛇者追袭，急于要逃脱性命。如果你把我藏在身边，救救我的性命，将来我一定重重地报酬你，一定为你做各种好事情。'过路人贪图报酬，果然把蛇装在自己的衣袋里，把它保护起来，直至训蛇者去远，蛇的恐怖情绪全都消失了，他才向蛇索取报酬,说道:'我保护你,消除你的危险,保全你的性命,你怎么报答我呢?'蛇回道:'你当然知道,咬人是我们仅有的报酬,除此之外,是没有别的报酬的。现在你要我咬你的什么地方?请赶快告诉我吧。'后来,那个行好的过路人被蛇咬了一口,终于中毒惨死。憨家伙呀!你要给我的报酬,跟毒蛇给过路人的报酬,其间毫无差别,这便是我拿毒蛇来跟你打比喻的原因。诗人吟得好:

> 别轻信那个被你激怒的青年,
>
> 他胸中的愤怒情绪还没平静。
>
> 蝮蛇的外表虽然光滑、柔和、美丽,
>
> 它的内脏里却隐藏着致命的毒液。

这样发人深省的诗句,难道你从来不曾听见?"

"形貌秀丽、口才流利的狐狸呀!我能侵袭村寨中的牲畜,善于糟踏葡萄园中的果木,人类对我都抱着畏惧心情,这种情形你可不能置若罔闻。因此你必须遵照我的命令行事,像奴隶对主子那样毕恭毕敬地专门为我服役。"

"狂妄、无知、愚昧的豺狼呀!你叫我遵从你的命令,像一个你出钱买来的奴隶那样毕恭毕敬地侍奉你,这桩事情说明你妄自尊大,厚颜无耻,叫我感到惊奇诧异。等着看吧!你头破齿落的下场,马上就要出现。"狐狸得意洋洋地骂毕,站在靠近葡萄园的高坡上,提高嗓子,不停地大声叫嚷起来,把葡萄园的主人吵醒。于是园主一家人闻声急急忙忙跑出来。狐狸边喊边站着不动,直至园主人快到它面前,并且距陷阱很接近的时候,它才回头溜之大吉。

园主人一看,见狼困在陷阱里,便同家人一齐动手,有的拿石头砸,有的用木棒打,有的使长枪扎,很快就结果了狼的性命。

狐狸静悄悄地躲在附近,直等园主人收拾了狼一哄而散之后,才转回来,站在陷阱旁边,俯首往里看。当它见狼被打得尸首不全,惨死在陷阱里时,乐得摇头摆尾,欣然吟道:

命运收拾了狼的生命，
断然剥夺了它的生存权利。
艾彼·叟尔浩①呦！
当初你迫害我的时候，
多么神气多么卖力？
今日灾祸突然降临，
把你重重包围。
如今你终于跌进致命的陷阱里，
这陷阱啊，
除非没人跌进去，
否则死的风暴会从里面刮起。

_____

① 狼的外号。

老鼠和黄鼠狼的故事

相传从前有一只老鼠和一只黄鼠狼,彼此是邻居,一起住在一个穷苦农民家里。当时老农的一个亲人患病,经医生诊断,决定用胡麻治疗,因而给老农一束胡麻,吩咐他替病人剥掉皮,煎煮出来,当药剂治病。

老农把胡麻拿到家里,交给老婆拿去剥皮。老婆弄湿胡麻,仔细剥掉皮,摊开晾起来,打算晾干之后,再煎煮成药剂,好替亲人治病。

这时候,家里那只黄鼠狼发现了晾着的胡麻,如获珍宝,喜不自胜,于是开始偷窃,来来往往一直不停地把胡麻搬进洞去储备起来,整整忙了一天。

次日,农妇发觉胡麻很大一部分不翼而飞,感到非常惊异,一心要了解此中缘故,因而坐下来,耐心地监视着,看到底是谁来偷窃胡麻。

黄鼠狼从洞中溜出来,打算继续偷窃,把胡麻照例搬进洞去。可它看见主妇坐在那里,知道是来监视它的,便暗自说:"自然啰,像这样的事是不会有好结果的,那个老婆子显然是坐在那儿监视我的。不考虑后事的人,必然要被时运抛弃。对,现在我必须做桩好事情,借此表示我自身清白无罪,洗掉我的偷窃罪行。"它打定主意,随即转回洞去,把储备起来的胡麻,搬了出来,放在原地方。

农妇看见黄鼠狼搬来胡麻,摆在原地方,心里想:"真的,它把储藏在洞中的胡麻搬出来,放在原地了,这样一来,胡麻的数量就够了。它归还胡麻,算是对咱们做了一桩好事,这也说明偷胡麻的并不是它。它既然对咱们做了好事,咱们也应该给它好报酬。不过做贼的到底是谁?我必须坐在这里,等着看个水落石出才甘休呢。"

黄鼠狼猜出了农妇的心事,急忙跑到它的邻居老鼠窝里,向老鼠献殷勤说:"我的姊妹呀!不关心邻里疾苦,跟朋友不亲密联系的人,这是做人不周的行为呢。"

"是呀,我的好姊妹!"老鼠说,"做你的邻居,我向来是快乐、幸福的。不过你一旦提起关心、联系邻里的问题,这是什么原因呀?"

"我们的房东带来一些胡麻,他和家属尽量享受,大家吃饱之后,还剩下许多,扔在那里,不需要了。因此凡是有生命的小动物,都去捡胡麻来充饥。你生存在这间屋子里,去弄一些胡麻来糊口,我认为这是你比任何动物更应该享受的权利呢。"

老鼠听了这个消息,乐不可支,喜出望外,不自主地吱吱唱歌,摇头摆尾地跳舞,一时被利欲蒙住了心窍。于是它立刻动身,奔出洞门,一眼看见晾着的、光耀夺目的胡麻,便不顾一切地迈步过去,狼吞虎咽地大吃起来。

农妇眼见老鼠偷吃胡麻,认为胡麻短少的原因已经弄清,随即把事先预备好的拐杖握在手里,蹑手蹑脚地走过去,高高举起,猛击下去,一杖把老鼠头打得粉碎。

就这样老鼠终于因为一时贪心、大意,断送了自己的性命。

猫和乌鸦的故事

相传从前有一只乌鸦和一只猫,彼此性情相投,经常在一起游玩、谈天,因而结成了兄弟般的友谊。有一天它俩在一棵大树下碰头,彼此正在谈得津津有味的时候,忽然发现一只老虎向它俩乘凉的那棵大树走来。待它俩发觉老虎的行踪时,它俩同老虎之间的距离已经很接近,情况非常危急。这时候,乌鸦赶忙飞到树上逃命,只剩猫在树下,惊慌失措,徘徊无路可逃。最后它只好向乌鸦求援说:"好朋友!你是我唯一的救星,现在你能不能想个办法救我脱险?"

"不错,"乌鸦慨然回道,"人要在艰难困苦的时候才向弟兄手足呼吁求救。古人说得好:'在危急存亡的时候,能够舍身救人,才够得上是真正的朋友。'我一定要尽量想办法援救你。"

乌鸦立刻飞腾起来,临空俯视,见左近有个牧羊人,他身边还有几条护羊狗。于是毫不犹豫地马上飞到牧区,落在草地上,一面引颈狂啼,一面扇着翅膀不停地扑打地面,企图用它的行动吸引牧人注意。继而它飞到群狗面前,把其中的一只狗打了两翅膀,随即稍微腾高一些,招引它们向它袭击。它哇哇的狂啼声和飞一飞落一落的举止,吸引了牧人的注意,因而他也惊奇地随在群狗后面,跟踪追了过去。乌鸦继续不停地飞一会儿,落一会儿,与群狗之间总是保持不被捉住的最短距离,并利用这个方法,吸引群狗一直向它追袭,结果终于把群狗和牧人引到猫朋友遇险的那棵大树下面。

群狗发现树下的老虎,便舍弃乌鸦,一齐向老虎追逐,终于把想吃猫的老虎吓得落荒逃走。

乌鸦急中生智,临危不惧,冒着生命危险,解救它的知心朋友,使猫虎口余生,保全了性命。

狐狸和乌鸦的故事

　　相传从前有一只狐狸，一直住在一座高山的洞穴里，过着孤单寂寞的晚年穷苦生活。它生育出来的小狐狸，每到发育苗壮的阶段，总是被它当食物，拿来充饥吃掉。假若它不吃自己的子嗣，把它保留在身边，让它生存、成长下去，那它做母亲的就得活活地饿死。这种处境，使它左右为难，伤透脑筋。由于找不到一个两全其美——既不挨饿又能保全子嗣生命——的办法，所以它总是过着悲哀苦恼的生活。

　　后来，山中飞来一只乌鸦，在山顶卜居。狐狸知道这种情形，非常欢喜，自言自语地说："我要跟这只乌鸦交个朋友，一方面经常跟它谈心，借此安慰我自己的孤单寂寞心情，一方面跟它互助合作，找到生活出路，因为它能做的事情，我自己却不能做到。对！就是这个主意。"

　　狐狸打定主意，毅然决然来到距乌鸦栖息之地仅隔咫尺、彼此都能听得见对方谈话的地方站定，先向乌鸦问好，然后说道："朋友！我和你住在一架山上，彼此成为近邻，而且在信仰伊斯兰教的邻居之间，彼此有着双重关系：一重是邻里关系，另一重是同教之谊。你我既属邻居，彼此间就该尽到应有的义务。况且今后我们还要长期相处，因此我对你自然产生了亲密的信念。也就是在这种信念的怂恿、推动下，我才不揣冒昧，前来和你联系，要求跟你结成牢不可破的友谊。不知你是否同意？"

"出自内心的言语，才是最真实可靠的。"乌鸦回答说，"刚才你表白的，也许是口是心非、言不由衷。我怕你口头喊出友谊，骨子里却隐着仇恨念头。因为你是刀俎，我为鱼肉的缘故。你和我既然一个是吃人者，一个是被食的，在交游、结识方面，应当各自为政，互有千秋。再说我是飞禽，你是走兽，彼此既不同类，而奢谈交情、友谊，是不会成功的。事理既然如此明显，到底是什么促使你妄自追求根本不可能的事情呢？"

"知道有朋友可结交的时候，人总要随自己的意愿，从中选择最好的人做自己的知心朋友，以期达到互助合作的目的。基于这个道理，我才乐意接近你，希望从你这方面得到安慰，以便彼此为同一目的互相帮助，互相支援，最后使我们的友谊开花结果，牢不可破。我知道几个谈交情的故事，如果你愿意，我可以讲给你听。"

"好的，我赞同你的建议。你讲吧！让我仔细听一听，了解一下这些故事谈的到底是怎么一回事吧。"

"朋友！你听我先讲跳蚤和老鼠的故事吧。这个故事足以证明我刚才说的话是正确可靠的。"

"好的。跳蚤和老鼠的故事究竟是怎么一回事情？请你讲吧。"

跳蚤和老鼠的故事

相传从前有一只老鼠，住在一个金钱无数、货物堆积如山的富商巨贾家里，过着丰衣足食的生活。某天夜里，一个饥渴交迫的跳蚤闯进富商家中，蹦到商人被窝里，发觉他的身体既肥胖又润腻，于是饥不择食，一嘴咬破他的皮肤，尽量吮吸他的血液，饱餐了一顿。

商人被啮，痛得要命，蒙眬惊醒，一骨碌爬起来，大惊小怪地高声呼唤奴仆。奴仆们闻声赶到他房里，诚惶诚恐地围在床前听候吩咐。接着一个个卷起袖口儿，一齐动手围剿、捉拿跳蚤。跳蚤眼看那种情景,惊慌失措,拔脚逃命,仓促之间,一下子就蹦到老鼠洞里,找到暂时藏身之地。可是老鼠对这个不速之客很不高兴,说道:"你跟我既不同族,也不同类,干吗闯到我家里来?在这里你肯定是要受气、倒霉的,难免要被人用暴力驱逐出去的。"

"为了逃命,我才暂时进你家来躲避,向你呼吁求救。"跳蚤说明来意,"我不打算在你家里久居下去,我更没怀什么野心想要把你驱逐出去。我一心一意只希望对你的好心肠给予更好的报酬呢。我的言行,很快就会得到你的证实和赞誉的。"

老鼠听了跳蚤的解释,心平气和地说道:"情况既然如此,那你安心住下来吧。在这儿我保证你过得安全、惬意。我不遭意外的时候,你绝不会遇险。现在我对你开诚布公,竭诚相待,你只管放心,不必顾虑。你别为失掉商人的血液而悔恨、惋惜,也不必为从他身上吸取少量的粮食而胆寒气馁。对于得之较易的简陋生活,应当抱定满足、乐观的信念。因为只有这样,你的安全才会有最大限度的保证。从前有一位诗人,为了警世劝人,他吟道:

> 我安于简单、寂寥生活,
> 在自然状况中日子越过越舒服。
> 我吃喝的不外一箪食、一瓢饮再加上几粒粗盐,
> 我穿戴的仅仅是一袭破烂、补丁衣服。
> 因为安拉使我轻易获得生存权利,
> 所以他给的任何东西我都感觉满意。

诗人的这种安贫、俭朴精神,是值得我们深思而效法的。"

跳蚤听了老鼠的劝告,非常感动,说道:"好姐姐!你的劝告我听明白了。我决心服从你,遵照你的指示行事。你的忠言,我这一辈子也不能忘记。"

"你有这种真诚的感情和决心,这就够交情了。"老鼠满意跳蚤的态度。

从此老鼠和跳蚤互相认识，彼此结为知心、莫逆的朋友。后来，跳蚤和老鼠生活在一起，昼伏夜出，每天晚上蹦到商人的被窝里，从从容容地从他身上吮吸少量的血液，维持生活，一向不敢放肆、越轨。

　　一天晚上，商人带回许多银币，躲在房里清点。老鼠听了叮叮当当的钱币声，伸出头来窥探，见是商人清点银币，并见他把数过的银圆摆在枕头下面，然后熄灯睡觉。老鼠见财起意，图谋不轨，就与跳蚤商量，说道："这笔大财富和这个千载难逢的好机会，莫非你不曾看见？你有什么办法，让那些银币都落到我们手里？"

　　"无论干什么事情，必先量力而行。如果力量不足，即使计划周密，方法完备，也是徒劳无益，只能是成事不足，败事有余，结果只会像贪啄谷粒的小麻雀，一旦跌在罗网里，枉然牺牲性命。你既不能去拿银币，也无法把它们弄出屋去。我自己不但没有足够的力量来干这桩事情，而且连一枚银圆也扛不起来。如此说来，你想拿银币来管什么用呢？"

　　"在我这间屋子里，我预备了七十个出口，在任何情况下，我都可以随便溜走。在收藏贵重物品方面，我还弄到一处安全、牢固的地方。现在只要你想个办法，把商人弄出房去，那毫无疑问，我就有把握把银币一概拿走。"

　　"好的，我一定替你想办法把他弄出房去。"跳蚤慨然许下诺言，便一跃蹦到商人床上，钻进被窝里，用从来没有过的放肆、大胆行为，狠狠地咬了商人一口，然后退到比较安全的地方躲避起来。商人从梦中惊醒，寻找一回，却不见跳蚤的踪影，只好翻个身又呼呼地睡熟。跳蚤再一次钻进被窝，使出全身气力，又狠狠地咬了商人一口。商人不耐其烦，惴惴不安，无法睡眠，便索性起床，离开卧室，去躺在门前的长凳上过夜。老鼠趁机偷窃，把商人枕下的银币，全都搬进洞去。次日清晨，商人醒来，见枕下的银币不翼而飞，一枚也不剩，便疑神疑鬼，老以为银币是失盗，叫人给偷走了。

狐狸讲了跳蚤和老鼠的故事,接着对乌鸦说:"聪明而有眼光的乌鸦啊!我给你讲这个故事的目的,只为说明我对你的恩情,将会像跳蚤报答老鼠那样,加倍地报答你。跳蚤怎样回敬、报答老鼠的恩情?请你仔细想一想吧!"

乌鸦听了狐狸的花言巧语,颇以为然,说道:"施主要做好事或者不做好事,那是他的自由。向居心叵测的人讨好、讲交情,这是违背情理的事。你是我的仇敌,我若向你结交、亲近,便是自找灭亡了。你这个鬼祟、狡猾的狐狸!历来以欺瞒、诈骗闻名。跟你这种诡计多端、欺骗成性的家伙结交,友谊是无从保证的。交情不可保证的人,他的信义就不言而喻了。据说不久前,你的好朋友野狼曾被骗吃了大亏,终于被你置之死地。狼是你的同类,长期和你生活在一起,你却不容它生存下去,这叫我怎么能信任你呢?对同类的朋友你还做出那么恶毒的事情,对非同类的仇敌你该残忍到什么地步呢?你心怀叵测,企图和我结交,打算损人利己,从中渔利,这种卑鄙龌龊行为,跟雀鹰和小鸟的交往所做的事丝毫没有区别。"

"雀鹰是怎样和小鸟交往的?那是怎么一回事情?"狐狸急于要知道雀鹰和小鸟的交往情形。

雀鹰和小鸟的故事

相传从前有一只专靠捕食小鸟的雀鹰,当它少壮力强的时代,非常强暴、专横,所有的凶禽都害怕它,一般雀鸟很难逃避它的摧残和迫害。因此它一直作威作福,一生干了许多罪恶勾当。

年深日久,雀鹰终于过到年迈力衰的晚年。这时候,它已不可能再用暴力屠杀雀鸟、猎获食物,因此生活来源断绝,濒于饥饿困境。迫不得已,它不得不放弃武力手段,摇身一变,断然采取和平方法,摆出善良温和面孔,索性同小鸟们打交道,讲相好,用亲善、和睦作幌子,继续摧残、屠杀剩余的雀鸟,达到维持生活的最终目的。它先是用武力屠杀,然后采取和平方法,全是靠损人利己来维持生活罢了。

乌鸦讲了雀鹰和小鸟的故事,对狐狸说:"狐狸啊!你的营生方式和雀鹰的正是一样。因为你虽然丧失劳力,力不从心,可是计谋、手段还是有的。你要求跟我交往、结识的动机和目的,我怀疑是你谋生的一种策略、方法。我不是容易上当而随便把手递给你的那种易受欺骗的人。因为我有强健的翅膀,可以高飞远走;我有清醒的理智,可以提高警惕、保护身体;我有敏锐的眼光,可以观察事物的因果关系。我知道爱摹仿能力比自己高强的人,其结果轻则得不偿失,重则毁灭自身。你善于效法比你高明的人,使我替你担心,唯恐你会踏上小麻雀的覆辙哩。"

"安拉保佑你!"狐狸说,"小麻雀栽了什么跟头?你赶快告诉我吧。"

小麻雀和苍鹰的故事

相传从前有一只小麻雀,某次偶然从一处羊栏上空飞过,见羊群进的进,出的出,因而被好奇心驱使,便停下来看热闹。当时恰巧有一只强健的苍鹰,猛然从高空俯冲到羊栏里,用它的利爪,一把抓住一只初生的羊羔,然后从容飞逃。小麻雀眼见苍鹰攫夺小羊的情景,很感兴趣,顿时产生羡慕心情,于是拍着小翅膀,怡然自得地嚷道:"我要像苍鹰那样干一回呢。"就这样它怀着好奇心情,决心摹仿能力比它高强的苍鹰。

小麻雀打定了主意,一点也不迟疑,即时动身,飞到羊栏里,落在一只肥肥胖胖、浑身长满厚绒毛的绵羊身上,使劲抓着羊毛,然后震动翅膀,一心一意要攫着绵羊飞腾。可是它力不从心,不但不能攫着绵羊飞腾,而且由于那只绵羊先前躺在栏里打滚,身体被粪便浸湿,羊毛粘成一片,如胶似漆,一下子绊住它的爪子;它越挣扎,被缠得越结实。这时候它想逃脱性命,已根本不可能了。

小麻雀的盗窃行为早被牧羊人窥见。先是他眼睁睁望着刚出生不久的一只小羊羔被苍鹰攫走,心里痛恨到极点,接着又发觉小麻雀的盗窃行为,因而忍不住怒火中烧,怒气冲冲地跑进羊栏里,一把逮住小麻雀,把气全出在它身上,拔掉它翅膀上的羽毛,拿根线拴住它的两条腿,扔给孩子们当玩艺。当时牧人的小儿子问道:"爸爸!这是什么东西?"他回道:"这是摹仿能力比它强大的人进行盗窃而自投罗网的一个小毛贼呀。"

乌鸦讲了小麻雀和苍鹰的故事,警告狐狸说:"狐狸呀!你原来就是长于学坏的那号人物。现在我再一次警告你:希望你千万别摹仿能力比你高强者的行为,免得引火烧身,自找苦吃。这是我对你的最后忠言,请你规规矩矩地各自回去吧。"

狐狸得不到乌鸦的亲近信任,大失所望,唉声叹气,忧心如焚,气得直发抖。

乌鸦眼看狐狸那副忧心忡忡、垂头丧气的可怜相,并且听见它叹气、悲哀、哭泣之声,因而问道:"狐狸哟!你到底碰到什么不如意的事情,才这么磕牙发抖、悲哀哭泣呀?"

"因为我眼看你比我还奸诈、阴险,所以才气得这样的。"狐狸一言道出它的本心话,然后掉过头去,败兴而返。

箭猪和斑鸠的故事

相传从前有一只箭猪在一棵枣树附近卜居,与在枣树上筑巢为生的一对斑鸠为邻。箭猪看斑鸠有枣子可吃,过着丰衣足食、安居乐业的舒适、安静生活,情况与它自己恰恰相反,因而不禁由羡慕而产生嫉妒心情。一天,箭猪想道:"那对斑鸠靠吃树上的枣子过活,我自己却可望而不可即,一点享受没有。为此我非想办法欺骗它夫妇不可。"

箭猪打定主意,便在枣树下面掘个地洞,作为它和妻子的居室,并在左近筑了一个礼拜坛,独自待在坛上,终日修功悟道,表示清高、廉洁,不为尘世利禄所引诱。

斑鸠眼看箭猪是个膜拜安拉的虔诚信徒,被它清高、廉洁的行为所感动,因而对它非常敬仰、钦佩,主动地去接近它,跟它谈天,问道:"你过这种修功悟道、修身养性的生活,大概有多久的历史了?"

"已经三十年了。"

"你是吃什么过活的?"

"吃树上落下的枣子。"

"穿什么呢?"

"穿荆棘,这不过是取其粗糙而已。"

"你不上别个地方去,却在这里居留,这是什么道理?"

"我选择这个地方居住,是因为我要引正和启发那些走错道路和无知愚昧的信徒们。"

"过去我认为你不是这样的;现在我对你的道行却很感兴趣,打算跟你在一起修行。"

"你虽然这样说,只怕你不能躬身力行。因为言行不一致,会像庄稼汉那样栽跟头的。这是因为正当播种插秧的时候,那个庄稼汉却吝惜种子,一直徘徊观望,犹豫不决。他说:'今年年景不好,收成不保险,我可不急于播种插秧,也不能多下种子,否则不但要蚀本,而且还要浪费劳力。'就这样庄稼汉坐误农时,直到收获季节,眼看其他农民丰收,他才懊悔不该坐误时令,因而忧郁成疾,终于一病不起,送了老命。"

"那我该怎么办才能摆脱世务,然后安下心来,虔心虔意地膜拜安拉呢?"

"为将来的归宿计,你应该作充分准备。至于今世的生活,只要有点食物勉强能糊口就行了。因为人要知足,才能常乐呢。"

"我怎么能这样办呢? 因为我是飞禽,枣子是我的生活来源,所以我不能离开枣树,否则我就不知上哪儿去生存、立足了。"

"你可以把树上的枣子打下够你夫妻全年动用的一个数量,收藏在树下的地洞里,然后搬到我窝里来和我住在一起,认真修养,刻苦锻炼。这期间,你便吃储备的粮食。往后日子过得稍久,你的道行有了成就,对这种乐天安命、节衣缩食的俭朴、淡泊生活就习惯了。"

"你告诉我归宿的秘诀,并指示我修炼的门径,你的好心肠,愿安拉恩赏你。"斑鸠对箭猪表示竭诚感谢。

斑鸠把箭猪的建议听在心里,随即见诸行动,跟它的妻室一起,不辞辛苦劳瘁,一股脑儿把树上的枣子打落得一干二净,准备储藏大批粮食,以便安下心来,专心悟道修行。

箭猪眼看落满一地的枣子,非常欢喜,赶忙收拾枣子,搬进洞去,储藏起来。它想:"斑鸠夫妇要跟我在一起修炼,往后它俩需要吃喝的时候,会向我索取食物的,听了我的劝告和忠言,它俩会更亲近我的。那时节我趁机扑过去,吃掉它俩,独霸这块地盘。这样一来,单是树上落下来的枣子,也尽够我饱食终日了。"

斑鸠夫妇辛辛苦苦地打落了枣子,然后相跟着来到树下收捡果实,只见打落的枣子叫箭猪全搬进洞去收藏起来,一个也不剩,它俩大失所望。别无办法,只好客客气气地说道:"廉洁的箭猪呀,你是一位忠诚的劝善说法者!你知道我们夫妇是靠枣子过生活的,没有了枣子我们是活不下去的;可是我们打落的枣子却不翼而飞,连踪影都不见了。你说我们该怎么办呢?"

"也许叫大风刮走了!"箭猪撒谎说,"其实照做人的道理,应该离开食物本身,专向供给衣食的安拉祈求,那才是成功的本质呢。"它道貌岸然地继续向斑鸠夫妇现身说法,用各种甜言蜜语向它俩炫耀廉洁、寡欲的可贵,居然说得斑鸠夫妇心悦诚服,对它更加亲信,毫无疑惧,于是随它一起走进洞去。

事情毕竟出人意料之外。斑鸠夫妇刚跨进洞门,箭猪便一跃把门路堵住,张牙舞爪,顿时露出狰狞面目。斑鸠眼看箭猪居心叵测,原形毕露,正颜厉色地质问道:"你打算做什么?难道相隔一昼夜,你便前后判若两人吗?莫非你不知道:最后胜利必然属于受屈被骗的人吗?我劝你趁早抛掉欺诈、撞骗念头!否则,像欺负商人的那两个骗子的下场一样,你要栽跟头呢。"

"那是怎么一回事情?"箭猪急于要知道两个骗子的结局。

商人和两个骗子的故事

相传从前桑岱赫城中,有个资本非常雄厚的富商大贾。他经营的范围很广,生意非常兴隆。有一次他预备大批货物,驮运到别个城市销售。当时有两个招摇撞骗的坏蛋,每人弄了一点本钱和一部分货物,打扮成生意人跟他同路。经过一天跋涉,到了旅店。第一夜住宿的时候，两个骗子便商得同意，决心动手骗取商人的财物。可是他俩同床异梦，居心叵测，都想害死自己的同谋者，然后独霸商人的财物。因此他俩各自想道："我若弄死我的伙伴，就可一帆风顺地独享这些财物了。"于是他俩各怀坏心，并见之行动，每人都预备了一份饮食，暗中把毒药摆在食物里，然后在吃饭时，各自把有毒的食物献给对方，表示亲密。他俩互不猜疑，狼吞虎咽，各把对方的食物吃进肚里。末了，害人终害己，彼此都中毒，二人同归于尽。

那两个骗子先是同商人坐在一起聊天，谈笑风生，彼此谈得倒也投机。可是饭后，过了很长的时间，商人一直不见两个同路人的踪影，便去找他俩，以便知道个中情形。结果发现他俩东倒西歪，横卧地上，僵然死在一堆。经过反复推测、研究，才知道原来他俩是自作聪明，各耍手段，目的在于图他的财，害他的命，结果却是害了自己，落得一个互相残杀、两败俱伤的结局。

猴子和匪徒的故事

　　相传从前有个以耍猴戏为幌子而从事偷窃的匪徒,在他居住的那个城市中,他不上街则已,但去,总是满载而归。有一天一个穷人拿包袱包一包故衣,带到市中兜售。他沿街叫卖,却始终遇不到一个顾客。最后他心灰意懒、垂头丧气地坐在路旁,打算恢复一下疲劳。不想他的情况叫那个耍猴戏的匪徒看见,便在他身上打起主意来。于是他把猴子带到卖故衣的穷人面前,耍起猴戏来,吸引他的注意,趁他看得出神的时候,偷了他的那包故衣,这才收拾他的行当儿,带着猴子来到一处空旷地方,换一个漂亮、考究的包袱,包着那包故衣,再拿到市中出卖。他异想天开,愿以廉价出售,但是提出一个不许顾客打开包袱看货色的条件。

　　人们贪便宜,争相购买。其中有一个顾客被那个漂亮、考究的包袱所吸引,因而不顾一切,终于按照他的条件买下那包故衣,满以为有利可图,欣然带回家去。他老婆一见,问道:"你买什么东西回来了?"

　　"这是我买的一包好东西,其价廉而物美,往后我转手卖出去,可以赚一笔大钱呢。"

　　"你这个呆子、傻瓜呀!廉价出售的这种旧货,还能不是偷来的吗?难道你不明白:谁不弄清事实真相,随便收买东西,他一定要犯错误?这种人会像织布匠那样栽跟头呢。"

"告诉我吧！织布匠是怎样栽跟头的？"

织布匠的故事

从前某个村庄里，住着一位以纺织为生的匠人，每天必须辛辛苦苦地付出很大的劳力，才能维持生活。有一天村里的一家富豪大摆筵席，宴会宾客，那个织布匠也在被邀之列。在席间，他看见宾客中衣饰整齐、华丽的，不但博得婢仆殷勤奉承，总把珍贵可口的饮食供给他们享受，而且主人也显得格外尊敬他们。

织布匠眼看那种炎凉世态，触景伤情。他想发愤自强，改善环境，暗自说："我若改变一下职业，另找一种报酬高、干起来既轻便而又省力的高尚行业，一定会积蓄很多钱财。到那时我制备几套华丽衣服，穿戴起来，生活有了改善，身价自然会抬高，人们就看重我，我便可以跟这些富豪同起同坐、并驾齐驱了。"

餐后举行游艺余兴，一帮艺人争相献艺，大显身手。其中有个艺人爬到一堵高墙头上，纵身跳将下来，安然落在地上。织布匠眼看那个艺人的跳墙技艺，觉得平淡无奇，暗自说："这样的事我不是不能做，我非学他这手不可。"于是他自告奋勇，径直爬到那堵高墙头上，然后腾空一跳，结果跌断了脖子，当场丧命。

商人的老婆讲了织布匠的故事，接着对丈夫说："我讲这个故事给你听，意思是让你有所借鉴，在谋衣食的道路上，好生弄清情况，仔细思索考虑一回，然后慎重为之；千万不可存贪婪念头，企图非分暴利，这才是生意买卖人的本分呢。"

听了妻室的规劝，商人不以为然，反驳道："一个聪明人不见得凭他的智慧就一辈子平安无事；每个笨伯也不至于因他的愚蠢而一败涂地。据我所知，深知蛇性而善于耍蛇的人，往往被蛇螫伤而丧命;倒是对蛇一窍不通的人,却经常能摆脱危险而致蛇于死命。"

商人不听妻子的忠告、规劝,一意孤行,随心所欲地做他的买卖。后来为贪便宜而从匪徒手中收买赃物,结果终因嫌疑受法律制裁而被判酷刑。

小麻雀和孔雀的故事

相传从前有一只忠诚老实的小麻雀,天天都去朝拜鸟王。它每日早朝晚参鸟王两次,从来不曾间断过,而且始终保持着早到晚退的好习惯,因而博得鸟王赏识、重视。

有一次小麻雀飞过一座高山,发现一群雀鸟在山中集会,讨论它们自己内部问题。其中有一只鸟发议论说:"截至今日止,我们的数量日益增多,因而我们的意见也越来越分歧。在这样的情况下,我们必须选一位国王出来,管理我们的事情,统一我们的意见,消除我们的分歧,这才成为一个体统呢。"

小麻雀听了那种正确的议论,毫不犹豫,立刻把它自己的孔雀国王介绍给它们,劝它们选孔雀为国王。群鸟依从小麻雀的意见,果然选举孔雀做它们的国王。从此孔雀国王越发负责,一视同仁,待群鸟很好,并且格外信任小麻雀,委它为宰相兼秘书职务。因此小麻雀所负的责任重大,事务纷繁,国家大事,必须全盘统筹兼顾,有时必须亲自出去视察、踏看。

有一天小麻雀违反惯例,不曾按时谒见国王。孔雀国王忧心忡忡,感到十分不安。过了好长时间,小麻雀才迟迟归来。孔雀国王好不容易才盼到小麻雀,一见面便责问道:"你是群臣中最接近我的,我比谁都亲信、敬重你,今天你干吗迟到了呢?"

"今天我看见一桩迷离、可疑的事情,致使我忧愁、恐怖到极点。

结果违反惯例，稍微来迟了一点。"

"你到底看见了什么？"

"我看见一个猎人，在我的窠巢附近钉下木桩，张上罗网，并在网中撒下谷粒，然后从容离开罗网，到老远的地方坐下。我发现此种情景，便待下来仔细观察他的动静，等着看他究竟想干什么。就在这个时候，恰巧一对白鹤打那儿飞过，一下子跌在罗网里，吓得又叫，又跳。猎人听了白鹤的惊叫声，即时赶来，捉住白鹤。我看到这桩惨事，心中非常惊慌恐怖。这件事情，便是我迟到的原因。启奏主上：为了避免跌在猎人的罗网中，今后我可不能再在这儿待下去了。"

"你别轻易离开家乡吧。须知祸福都是命运注定了的。命运注定要发生的事情，逃到哪儿也是躲避不了的。"

"为遵循陛下的旨意，我打消去意，安心住下来好了。"小麻雀怀着满腔恐怖心情，勉强听从孔雀国王的嘱咐，毅然打消去志，决心留下来继续为孔雀国王服务。它抬汤送饭，小心翼翼地伺候孔雀国王用餐，直待它吃饱喝足，才告辞归去。

从那天之后，小麻雀战战兢兢，随时随地提高警惕，唯恐大祸突然降临。有一天它因公出去视察，碰到两只小麻雀在地上争吵打架。它喟然叹道："我身为国王的宰相，怎么能看着两只麻雀——我的同类相残而不管呢！指安拉起誓，我非从中替它俩调停、和解不可。"于是它挨到两只斗殴的麻雀面前，进行调解。就在这个时候，一张罗网突然撒下来，三只麻雀都被捕了。接着猎人很快出现在它们面前，伸手捉住它们。猎人为捕到那只任宰相的小麻雀非常高兴。他兴高采烈地把它递给伙伴，说道："你掂一掂！这只麻雀肥极了。像这样的麻雀，我从来还没见过呢。"

小麻雀被捕之后，暗自伤心流泪，叹道："如今我果然跌在我所畏惧的灾祸中了。先前孔雀国王曾经安慰我，说命运注定了的事情是无法避免的。其实我若早些日子高飞远走，毅然决然离开这个地方，那怎么会有今日的这种下场呢？诗人吟得好：

不该有的事情，
始终是不会发生的。
应当有的事情，
自然会发生的。
那应当有的事件啊，
它应时而出现；
只是一班愚蠢的兄弟们，
经常受到蒙蔽。

难道诗人的这种说法是千真万确的吗？”

睡着的人和醒着的人的故事

古时哈里发何鲁纳·拉施德执政时期,有个商人,他的儿子叫艾博·哈桑·海里尔。商人过世后,遗下许多财产。艾博·哈桑继承父亲的产业,把钱财分为两份:一份储藏起来,另一份拿出来使用。从此挥金如土,与一般少爷公子和纨绔子弟结交往来,花天酒地,过吃喝玩耍的游荡生活,终于花光了手中的钱财。这时候,他去找平时与他过往甚密的那些酒肉朋友,向他们表白自己的境遇和没有钱花的窘况,结果人家淡漠置之,对他毫不关心。他痛心疾首,回到家中,把自己的遭遇和朋友们的冷淡无情向母亲诉说。"哈桑儿啊!"他母亲说,"如今的人情世故就是这样;你有钱,人们亲近你,奉承你;要是你的时运不好,他们就弃你唯恐不速。"他母亲说着为他而忧愁痛苦;他自己也呻吟叹息、伤心饮泣,吟道:

> 我的钱少了,
> 亲友不睬我;
> 我的钱财多,
> 人人亲近我。
> 几许朋友辈,
> 为钱结交我;
> 一旦金钱尽,
> 朋辈撇开我。

经过这次教训、刺激之后，艾博·哈桑振奋起来，抖擞精神，刨出埋在地里的那份钱财，小心谨慎地做人，过着安静正常的生活，矢志息交绝游，与旧友永断葛藤。从此只同陌生人往来，并发誓对陌生人也只能有一夜的交游，次日便各走东西，至死不相往来。

艾博·哈桑打定主意之后，每天傍晚，总是坐在桥头，打量过往的行人。如果碰到陌生人，总是热情地邀请到家中，设席款待，陪客人痛饮一夜；次日清晨，客客气气地送走客人，但以后即使碰头也不向他打招呼，永不往来。如此他天天招待陌生人，继续过了一年。

有一天，艾博·哈桑照例坐在桥头，打量过往的行人，预备邀请陌生人回家去款待的时候，哈里发何鲁纳·拉施德和他的掌刑官马师伦两人跟往常那样微服从桥上经过。艾博·哈桑一见他们是陌生人，便向前打招呼，说道："两位肯屈驾到寒舍去吃顿便饭，喝几杯淡酒吗？寒舍备有新鲜馍馍，肥美肉食和上好陈酒。"哈里发婉辞谢绝。艾博·哈桑恳切地说："指安拉起誓，先生千万不必客气，务希光临寒舍，请随我来，今晚去做我的客人，别教我绝望吧。"他诚恳、热情地纠缠了一会，获得哈里发的同意，于是欢欣鼓舞，有说有讲地陪哈里发回家。到了家中，哈里发吩咐马师伦坐在门前侍候，自己随艾博·哈桑去到客厅坐定。主人摆出饭菜，陪客人享受，宾主尽情地吃饱了，然后斟满一杯酒奉承客人，宾主一边喝酒一边谈心。哈里发对于主人的慷慨慈善行为感到惊奇，因而问道："青年人，你是谁？告诉我，让我报答你吧。"

"先生，要恢复消逝了的，这谈何容易啊！除了此次之外，再要我和你碰头聚首，那是不容易的事呢！"

"这是为了什么？干吗不把你的情况告诉我呢？"

"你要知道，先生，我的境遇奇怪着呢；这桩事情其中是有缘故的。"

"什么缘故呀？"

"一条尾巴的缘故呗。现在我拿无赖汉和厨子的故事向你解释好了。"

无赖汉和厨子的故事

从前有个无赖汉,穷得一无所有,饥寒交迫,走投无路,无法生活,苦闷到极点。有一天,他睡到日上三竿才起床,饥肠辘辘,馋涎顺口而流,肚中十分饥饿,手中却一个子也没有,无法解决吃饭的问题。结果他漫无目的地走到街上,从一家饭店门前经过,见锅中热气蒸腾,香味扑鼻;里面收拾得干净整齐,厨子站在锅旁洗擦杯盘,安排食器。他大摇大摆地走进饭店,向厨子打个招呼,说道:"给我五角的肉,五角的饭菜。"

厨子秤了肉,预备了饭菜,一齐端去摆在无赖汉面前。他开怀大吃大喝,一会儿吃得干干净净,点滴不剩。肚子吃饱了,他却感到尴尬,发着愁不知怎样交代饭钱。他转着眼睛,东张张、西望望,仔细打量饭店中各式各样的物件。最后他发现翻扑在地上的一个火炉。由于好奇心的驱使,他伸手提起火炉,见下面露出一条血淋淋的马尾巴。因此他发现厨子把马肉混在牛肉中出卖。有了这样一个把柄,他怡然自得,满心欢喜,于是起而洗手,满有把握地点点头,泰然走出饭店。厨子见他吃了饮食不付钱,逍遥自在地拔脚就走,便喊道:"站住,你这个混蛋!"他站住,瞪厨子一眼,说道:"你这样呼唤我吗?鬼家伙!"厨子怒气冲冲,走出饭店,说道:"哼!你说什么?你吃了咱的饮食不付钱,若无其事地就走了?"

"你这个坏种,胡说八道!"

厨子抓住无赖汉的衣领,大声喊道:"各位穆斯林弟兄们!你们来看吧,我才开市就碰到这个倒霉家伙,吃了饮食,不付钱就走。"人们闻声赶来看热闹,大家围着厨子和无赖汉,都埋怨无赖汉,说道:"你吃了多少?付钱给人家吧。"

"我进馆时已经付过一块钱了。"

"你要是付过半分钱，那么安拉把我今天的全部收入都变为不义之财好了。指安拉起誓，他吃了我的饮食，分文不付就走。"

"其实我给过你一块钱。"于是他大骂厨子；厨子跟他吵起来；他打厨子一拳，厨子便抓住他，两人互打起来，滚做一团，打得不可开交。人们忙着拉架，在两人中劝解，问道："为什么要打架？这到底是什么缘故？"

"嗯！指安拉起誓，"无赖汉说，"自然是有缘故的；这是为了一条尾巴的缘故。"

听了无赖汉提起尾巴，厨子懂得个中的缘故，愕然说道："哦！对了，现在你提醒我了，你果然付过一块钱，这没错；来吧，我把余款退给你。"

艾博·哈桑谈了无赖汉和厨子的故事，接着对哈里发说："我自己的情况，弟兄！如我对你所谈这样，其中还是有缘故的呢。"哈里发笑了一笑，说道："指安拉起誓，这个故事奇妙极了，现在请把你的故事和所谓的缘故告诉我吧。"

"好的，我就告诉你：客人，你要知道，我叫艾博·哈桑·海里尔；先父过世后，留给我许多财产。我把钱财分为两份，一份好生储藏起来，其余的一份作为开支，于是大吃大喝，浪费无度，经常与一般少爷公子、富商巨贾的子弟结交往来；不分稂莠，任何人我都亲近，和他们打在一起，终日饮酒作乐，挥金如土，结果手中的钱全都花光了。这时去找旧日交往的那些朋友，指望他们同情我，接济我，可是所有的人都找遍了，却没有得到一个人的帮助，就连吃剩的残汤剩馍都不给我一点。当时我痛心疾首，回到家中向老母诉苦。母亲安慰我说：朋友们就是这样的；你富有的时候，他们来奉承你，吃你的；待你的钱财用光了，他们便背弃你，疏远你。

"自从得了这次教训，我便洗心做人，把储藏着的钱拿出来开支,矢志以后与谁往来,只能有一夜的交游,次日便各自东西,永不往来;因此先前我对你说'要恢复消逝了的,这谈何容易啊'就是这个意思。因为除了今夜,我再不能和你聚首一堂了。"

哈里发听了艾博·哈桑的谈话,哈哈大笑,说道:"指安拉发誓,弟兄! 关于这桩事情,你是应该受到原谅的。至于我自己,若是安拉意愿,我可要经常和你结交往来的。"

"朋友! 我不曾对你说吗,'要恢复消逝了的,这谈何容易啊'? 因为在交游方面我不愿把时间超过一夜以上嘛。"

艾博·哈桑和哈里发正谈得高兴的时候,仆人端出一桌丰盛的饭菜招待客人;有烤鹅肉和各种馨香可口的菜肴。艾博·哈桑切开肉,殷勤地让客人吃,宾主开怀大嚼。饭后仆人送上盆壶和皂角供客人洗手。继而为客人点上三盏灯、三支烛,摆出香味扑鼻的酒肴。艾博·哈桑斟了第一杯,对哈里发说:"朋友,你别客气,让我们打破拘束,痛痛快快地喝吧。我是你的奴仆,主仆之间即使喝得酩酊大醉,也是不打紧的。"于是干了手中之杯,随即斟了第二杯,递给客人。哈里发对他的言谈和慷慨的行为感到惊奇,暗自说道:"指安拉起誓,我一定要报答他的这番好意。"艾博·哈桑一边递酒给客人,一边吟道:

> 如果知道你们光临,
>
> 我们必须洒下心血和眼泪;
>
> 为迎接你们铺下我们的腮颊,
>
> 让你们的尊足踩着我们的额角走过。

哈里发听了主人的吟诵,接过酒杯,一饮而尽,然后把酒杯递给主人。艾博·哈桑接过去,满斟一杯饮了,接着斟给客人,吟道:

> 你的光临,
>
> 给我们无上的荣幸,
>
> 这是我们必须承认的。

你若不肯光临，

我们就找不到替换者，

更没有代理的人。

艾博·哈桑和哈里发一面斟，一面饮，两人情投意合，一直谈到更残夜静。哈里发问道："弟兄，你心中可有什么愿望需要实现？有没有什么疑难问题需要解决？"

"疑难问题倒没有什么；不过我要是得势、掌握大权的时候，就非发泄心中的愤恨不可。"

"安拉啊！安拉啊！弟兄哟！你心中有何愤恨，告诉我吧！"

"我早就希望安拉给我一个对邻居们报仇雪恨的机会了。这是因为我的隔壁住着四个老头，每当我接待客人的时候，他们便给我添麻烦，不但出言粗鲁，而且经常威胁我，说要到哈里发御前去控告我。总之，他们亏枉我的次数多了。我希望安拉给我有一天执政的权力，让我当众人的面，打他们每人四百板，然后差人在巴格达城中当众宣布他们找人麻烦、破坏别人快乐的罪过。这便是我心头唯一的愿望。"

"你的夙愿，安拉赏你实现。快天亮了，来吧，再喝两杯，我就要告辞了；待明天晚上再来打扰你。"

"那是多么不容易的事呀！"

哈里发亲手斟了一杯，暗中放一块麻醉剂在杯里，递给艾博·哈桑，说道："指我的生命向你起誓，弟兄，我敬你这杯，喝了它吧。"

"谢谢你的敬意，指你的生命起誓，我喝就是。"

艾博·哈桑说着，接过酒杯，一饮而尽，随即像死人一样倒在地上。哈里发匆匆走到门前，对马师伦说："上屋里去，把年轻的主人背出来。你出来时，好生掩上门，然后把他背进宫来见我。"

哈里发吩咐毕，匆匆归去。马师伦走进屋里，把艾博·哈桑背出来，掩上门，然后跟随主子的脚迹，一直去到宫里，放在哈里发面前。当时鸡声四起，已经是临近天亮的时候了。哈里发望着艾博·哈桑笑了一会儿，随即差人传宰相张尔蓄进宫，对他说："你好生识别这个青年；明天见他穿着我的宫服，坐在宝座上的时候，必须恭恭敬敬地奉承他，吩咐公侯将相、文武百官和奴仆们听他的命令，好生侍候他。他要他们做什么，就教他们做什么；他嘱咐你什么，必须唯命是听地去做，不可违反他。"

张尔蓄以"遵命"回答着，接受了任务，退了下去。哈里发这才进后宫去，召集宫娥彩女，吩咐道："这个睡着的人，明天他从梦中醒来时，你们向他跪拜，大家围绕着侍候他，拿我的宫服王冠给他穿戴，用伺候哈里发的仪式服侍他，不要否认他。大家对他说：'您是哈里发呀。'"继而他把怎样对他谈话，怎样侍候他的方法，详详细细嘱咐一番，然后退到帘后，放下门帘，暂且休息睡觉。

艾博·哈桑呼呼地睡得很熟，至次日太阳快出来的时候，一个宫女走到他面前说："主上，现在是晨祷的时候了。"他闻声哈哈大笑，睁眼一看，见墙壁和天花板漆得金光夺目，门窗上挂着绣花丝帘，周围陈列着金、玉、陶瓷和水晶的器皿以及丝绒的摆设，许多宫娥彩女和奴仆，成群结队，来来往往，显得异常热闹。眼看这种情景，艾博·哈桑不禁愕然，一时糊涂起来，暗自想道："哦！指安拉起誓，到底我是在睡梦中，还是清醒着？难道这是一座天堂吗？"

他想着索性闭上眼，又睡着了。这时候一个男仆说："主上，睡到这时候不起床，这不是陛下的习惯呀！"继而宫娥彩女们涌到床前，一齐动手，撑头扶脚地扶他起床。他见自己坐在一尺多高的龙床上，被盖和铺垫全是丝绸细软；他斜倚在靠枕上，看看巍峨堂皇的宫室，又望望周围侍奉他的婢仆，心中暗自好笑，说道："指安拉起誓，我不像是醒着，也不像是在梦中。"他站起来，继而又坐下去，感到尴尬。宫娥彩女背着他窃笑，他局促不安，彷徨迷离，把手指伸在嘴里一咬，也感到非常疼痛；于是喘出粗气，不住地呻吟、叹息。哈里发躲在帘后望着他的狼狈情形直发笑。他转着眼打量一阵，出声把一个宫女唤到跟前，对她说："指安拉的秘密起誓，小奴婢，我是哈里发吗？"

"是呀，指安拉的秘密起誓，如今您是哈里发了。"

"你撒谎呀！"他不相信。

息了一会儿，他唤一个年纪较大的仆人；仆人趋前，跪了下去，说道："主上有何吩咐？"

"谁是哈里发呢？"

"您就是哈里发。"

"你撒谎呀！"

一会儿他向一个侍卫打量一会，问道："我的大宝贝，指安拉的秘密起誓，我是哈里发吗？"

"是呀，指安拉起誓；主上，您现在是哈里发，是最高的帝王哩。"

艾博·哈桑自顾笑了一笑，混混沌沌，被周遭的事物弄得痴痴呆呆，迷迷糊糊，自言自语地说道："昨天我还是艾博·哈桑，为什么一夜工夫就变成哈里发了？"

"是的，主上。"一个年纪较大的仆人说，"指安拉的大名起誓，您是哈里发，是万王之王呢。"

婢仆们成群地围绕着侍奉他，前呼后拥，热闹欢喜的景象，愈发使他惶惑、惊诧。继而一个仆人给他送上一双绣花镶金的拖鞋，他接过去，把它套在袖上。仆人出声嚷道："哟！安拉啊！安拉啊！主上，这是拖鞋，给您穿在脚上进厕所用的。"艾博·哈桑感觉惭愧，扔下拖鞋，穿在脚上。哈里发在帘后看着，笑得几乎喘不过气来。

婢仆们簇拥着艾博·哈桑，送他上厕所去出恭。他便溺后，回到宫里，他们便用金盆银壶，叫他盥洗，并铺下毡毯供他礼拜。他计算着礼了二十拜，私下想道："指安拉起誓，说实在的，我真是哈里发了。这不是做梦，因为梦境不会这样清楚而有头绪。"于是他确乎相信自己是哈里发，心中的怀疑便烟消云散。

他礼拜毕，婢仆们从丝绸的包袱中取出哈里发的宫服给他穿戴，递给他一柄御用的宝剑，于是大仆人向前开路，小仆人在后面跟随，热闹地把他簇拥到朝廷，让他坐在宝座上。他把宝剑摆在椅前，然后举目一望，见朝廷的四十道挂着垂帘的拱廊内，站满了文武百官，佩着各式各样的宝剑，大家跪下朝拜他，赞颂他，呼他万岁，景况非常威严。最后宰相张尔蕃趋前，跪下去赞道："主上，祝您万寿无疆，愿安拉把天堂做您安息之所，把地狱变为叛逆者的归落之地。愿天下人都敬爱您，愿幸福的火光永不熄灭地照耀着您。"

张尔蕃赞颂毕，艾博·哈桑大声喝道："你这个白拉密克家族中的狗崽！我命令你和省长马上去慰问艾博·哈桑·海里尔的母亲，赏她一百金币，替我向她致意；并把她隔壁的四个老头逮起来，每人重责四百板，再给他们骑着牲口，在城中游行示众，派人当众宣布他们饶舌、扰乱邻舍、使人不能安居乐业的罪状。"

张尔蕃在他面前吻了地面，以"遵命"接受了使命，然后诚惶诚恐地退下去执行任务。艾博·哈桑坐在宝座上，以哈里发的身份执掌政权，在文武官员面前，发号施令，处理国家大事，直至傍晚时候，官员朝臣们退出之后，侍从们才出来祝福他，呼他万岁，殷勤地伺候他，打起帘子，前呼后拥地把他迎回后宫。他看见宫中灯烛辉煌，听见丝竹管弦之声袅袅不绝于耳，一片新奇景象，使他不禁又迷惘起来。他自言自语地说道："指安拉起誓，我真是哈里发呢。"

他回到后宫，婢仆们欢天喜地地围了过来，把他拥到餐厅里，摆出最丰盛的筵席供他享受。他开怀大嚼，待肚子吃饱了，便大声讯问一个宫女："你叫什么名字？"宫女说："我叫麦丝凯。"他又问第二个："你叫什么呢？"宫女说："我叫突尔芳。"他又问第三个："你呢？"宫女说："我叫图哈芬。"继而他顺序把宫女的名字一个个都问过，这才起立，走到饮酒的地方，抬头一看，秩序井然，一切陈设有条不紊，十个大盘中盛满了新鲜果品和各式各样的甜食。他坐下去，挑着每种尝了一点；接着三个月儿般美丽的歌女姗姗而来，随着扣人心弦的乐声，婉转悠扬地唱起歌来。其余的宫娥彩女，大家和着，灯红酒绿，他陶醉在歌声里，感到心旷神怡，好像置身在天堂中，无拘无束，尽情地享受，并重赏了歌女们。这一切的情景，哈里发躲在帘后看着捧腹大笑。

到了半夜时候，哈里发吩咐一个宫女把一块麻醉剂放在杯中，然后斟酒给艾博·哈桑；他一喝，便昏倒了。哈里发笑着从帘后走了出来，唤马师伦到跟前，吩咐道："送他回去吧。"马师伦把他背起来，送到家中，放在客厅里，关上门，然后悄然转回宫去。

艾博·哈桑睡在自己的客厅里，次日清晨刚从梦中醒来，便喊道："突尔芳！罗侯图·谷鲁彼！麦丝凯！图哈芬！……"他继续不停地呼唤宫女们。他母亲听到他喊娘儿们的名字，立刻起床，跑到他面前说道："安拉保佑你，哈桑我儿，起来吧，你做梦了！"他睁眼看见一个老太婆站在自己面前，便一骨碌爬起来，问道："你是谁？"

"我是你母亲呀。"

"你撒谎，老泼妇！我是哈里发呢。"

"你疯了！"他母亲吓得吼叫起来，"儿啊，你安静下来吧，别嚷了，免得被人把你的话传到哈里发耳中，那时候我们就人财两空了。"

听了母亲的嘱咐，他一打量，见母亲站在自己身边，和他一块儿在客厅里，一时感到迷惘，说道："指安拉起誓，娘，我在梦中看见我住在王宫里，成群的婢仆围绕着侍奉我；我坐在哈里发的宝座上，执掌政权，发号施令。指安拉起誓，娘，这都是我亲眼看见的；的确，这不像是一场梦啊。"他思索了一会儿，接着说："真的，我是艾博·哈桑·海里尔，我所看见的都是梦中的景象，在梦寐中我当了哈里发，执掌政权，发号施令。"他回忆了一会儿，接着说："可以断言，这不是做梦，我一定是哈里发，曾经赏善罚恶呢。"

"儿啊！当心别弄坏你的脑筋，让人把你送进疯人院去。你所看见的是胡思乱梦，全是恶魔在作祟；恶魔有时会用各种方法扰乱人心呢。儿啊！昨夜里有没有人和你一起吃喝？"

"对！"艾博·哈桑思索了一会儿说，"昨夜里有一个人和我一块儿吃喝、过夜，我曾把自己的境遇和情况讲给他听。毫无疑问，此人一定是魔鬼。娘！你说得对，我是艾博·哈桑·海里尔呀。"

"儿啊，我要给你报个喜讯：昨天宰相张尔蕃到我们家里来慰问我，赏我一百金币；他还把隔壁的四个老头逮起来，每人打了四百板，宣布他们扰乱、侵犯邻居的罪名，然后把他们驱逐出境。"

"老泼妇哟！"听了母亲的一席话，艾博·哈桑一声狂叫起来，"你否认我，说我不是哈里发！这原是我命令张尔蕃来惩罚那几个老家伙，并宣布他们的罪名的；而且也是我差他来慰问你，并赏你一百金币的。我的确是哈里发呀。你这个老泼妇！是你颠倒是非，说谎迷惑我呀。"

他说着站起来，拿一根胡桃树枝使劲打他母亲，打得她叫苦连天。邻居闻声赶到，见艾博·哈桑一面打母亲，一面说道："老泼妇！我不是哈里发吗？是你在撒谎作弄我呀！"

邻居听了他的话，说道："此人疯了！"他们不加考虑，认为他真的疯了，就拥了过去捉住他，把他捆绑起来，送进疯人院。院长问道："这个青年害什么病呢？"

"他疯了。"邻居们说。

"指安拉起誓，"艾博·哈桑说，"我不疯，他们撒谎。我是哈里发。"

"撒谎的不是别人而是你，你这个坏透了的疯子！"院长说着，脱掉他身上的衣服，给他脖上套了一条粗链，然后拴在铁窗下面，日夜鞭挞。在这种情况下，艾博·哈桑在疯人院中继续受了十天的折磨。之后他母亲去看他，对他说："哈桑我儿，恢复你的理智吧；这是恶魔在作弄你呢。"

"是呀，娘，您说得对，现在我忏悔了，我的理智也恢复过来了，求您给我证明，救我出去吧；待在这儿几乎要我的命了。"

他母亲去见院长，征得院长的同意，然后带他回家养息。他经过一个月的将息，健康逐渐恢复过来，对于招待客人的兴致又油然而生,于是兴致勃勃,重整旗鼓,收拾布置客厅,预备丰盛的饮食,准备邀约客人到家中吃喝、谈心,过往日的交游生活。他照往日的习惯,坐在桥头,等待陌生人经过时,便约回家去共饮。事属巧遇,这回第一个在他面前经过的却是哈里发何鲁纳·拉施德。艾博·哈桑不耐烦招呼他,只是随口说道:"这回不欢迎你了,你是魔鬼。"哈里发走了过去,说道:"弟兄,我不是对你说我要来拜望你吗?"

"我没有需求你的地方;老话说得好:'远香近臭;眼不见则心不烦。'因为自从那天我招待你夜餐之后,我像着了魔,被扰得神魂颠倒,整夜不得安宁。"

"谁是魔鬼呀?"哈里发问。

"你。"

哈里发满面笑容,在艾博·哈桑一旁坐下,安慰他说:"弟兄,那天夜里我回家时,忘了替你关门;也许是魔鬼见门开着,便趁机闯进屋去扰乱你吧。"

"我的遭遇你别过问了。你敞着门走了,让魔鬼进去扰乱我,这到底是什么居心呢?"于是他把自己的情况从头到尾叙述一遍。哈里发听了,暗自发笑,说道:"我看你已经恢复常态了;赞美安拉,他消除你的患难了。"

"我可不陪你起坐、吃喝了;古话说得好:'被石头绊倒的人如果第二次再蹈覆辙,这家伙便是活该倒霉的了。'弟兄,你这个人看来没有什么值得交往的,我不再同你座谈共饮了。"

哈里发耐心地奉承他,夸赞他,说道:"弟兄,我是你的客人;你别拒绝招待客人吧。"艾博·哈桑经不起哈里发的纠缠,终于接受他的请求,带他去到家中,招待在客厅里,端出饮食,陪他一起吃喝,叙谈他的遭遇。吃毕,仆人收去食物,换上酒肴。艾博·哈桑斟满一杯,三口喝了,这才另斟一杯献给哈里发,说道:"饮伴呀,奴婢站在您面前侍奉您,不为难您,只望平均分配,您我交错着畅饮吧。"随即吟道:

黑夜里，

我欣然畅饮，

直饮到酩酊大醉。

酒呀！

你像黎明时的美丽光线，

带来无限的喜悦，

遣散了我心中的忧虑。

　　哈里发听了艾博·哈桑的谈吐和吟诵，十分感动，接过酒杯，一饮而尽。继而彼此继续对饮、谈心。等到彼此有几分醉意的时候，艾博·哈桑便重复他的老话，说道："饮伴呀，说真的，关于那桩事件至今我还迷惘着呢；我好像做了哈里发，执掌政权，发号施令，并赏善惩恶。真的，弟兄，这不是做梦啊。"

　　"你不必怀疑，这是胡思乱梦。"哈里发说着悄然放一块麻醉剂在酒杯里，说道："指我的生命起誓，我敬你这杯；喝了它吧。"

　　"好，我喝就是。"

　　哈里发对艾博·哈桑的行动、性格和忠实，感到惊羡，私下想道："真的，我一定要弄他进宫去做我的饮伴，陪我谈心。"

　　艾博·哈桑接过哈里发手中的酒杯，一饮而尽，接着便迷迷糊糊地昏了过去。哈里发立刻起身，走出大门，吩咐马师伦："快进去，把他背进宫来见我。"

　　马师伦遵循命令，把艾博·哈桑背到宫中，放在哈里发面前。哈里发吩咐宫女们拿琵琶在艾博·哈桑面前弹奏，他自己却藏在艾博·哈桑看不见的帘后窥探。这已经是接近天亮的时候，艾博·哈桑慢慢苏醒过来，听见奏乐和歌唱的声音，睁眼一看，见自己置身在王宫里，身边围满了婢仆；他这一惊，非同小可，喟然叹道，"毫无办法，只盼伟大的安拉拯救了。说老实话，疯人院的生活和院中我第一次遭受的残酷待遇，使我头痛极了。这是魔鬼像头次那样又来纠缠我呀。安拉啊！求您把魔鬼消灭了吧。"于是他闭上眼，拉被捂着笑了一会儿,然后抬头一看,见宫中灯火辉煌,听到清脆的歌声。坐在他面前的一个侍从说:"主上,劳驾坐起来欣赏您的宫室和婢仆吧。"

"指安拉的秘密起誓,我真是哈里发吗?或者是你们欺哄我?昨天我不曾临朝、执政,只是喝了几杯酒便突然入睡,后来这个仆人把我唤醒了。"他喃喃地嚷着坐起来,沉没在往事里:如何棒打老母,怎样进疯人院,一幕幕映上心头;眼看着身上被疯人院长鞭笞得遍体鳞伤,对于自身的事情,莫名其妙,茫然不知其究竟,因而喟然叹道:"指安拉起誓,我自己的境遇如何,我全不明白,我也不清楚自己的遭遇,我更不了解是谁把我带到这儿来的。"之后他仔细打量身边的一个宫女,问道:"我是谁?"

"主上,您是哈里发。"宫女回答。

"妖精!你撒谎。如果我是哈里发,那么你来咬我的手指吧。"

宫女果然走了过去,使劲咬他的手指。他感觉疼痛,喝道:"够了!够了!"继而他对另一个年纪较大的仆人说:"我是谁?"

"您是哈里发,主上。"仆人回答。

他撇开仆人,愈来愈感到糊涂,茫然不辨自己的境遇,全然堕在五里雾中。他走到一个小仆人面前,吩咐道:"你来咬我的耳朵吧。"随即弯下腰,把耳朵凑近他的口边;小仆人年轻不懂事,张口衔着他的耳朵使劲咬着不放;他痛得要命,喝道:"够了。"小仆人误听为"使劲咬",就更使劲,终于咬破他的耳朵。当时哈里发藏在帘后看到这种情景,笑得浑然不省人事。待他慢慢苏醒过来,这才从帘后闪身出现在艾博·哈桑面前,说道:"艾博·哈桑,你这个该死的家伙!你使我几乎笑死了。"

艾博·哈桑回头一看,便认识他,说道:"指安拉发誓,你呀,我们母子两人和那几个邻居的老头子全都牺牲在你手中了!"

哈里发亲切地安慰他,优待他,留他在宫中享福,把一个最受宠的,名叫诺子罕·傅娃德的侍女匹配给他为妻。从此艾博·哈桑住在宫里,随时不离哈里发的左右,地位比谁都高,进则陪哈里发和祖白玉黛太太谈心、宴饮，退则拥抱娇妻；饮食服饰都非常考究，过着幸福快乐的生活。

艾博·哈桑和诺子罕·傅娃德一对恩爱夫妻，在哈里发的庇荫下过舒适的幸福生活。之后年深日久，时过境迁，手中的钱财挥霍殆尽，生计濒于萧条，情况窘迫。有一天，艾博·哈桑异想天开，喊着老婆的名字说："诺子罕·傅娃德我的妻呀！"

"哎！什么事呀？"诺子罕夫唱妇随地应诺着。

"我要想法骗哈里发，你也来想法骗太太；咱们夫妻二人同时骗他两口子的二百金币和两匹丝绸来享受一下好不好？"

"好的，我同意你的想法。可是你说该怎么办呢？"

"我想用装死的办法来欺骗他们。这样：让我先死，挺直地仰卧着，你把我的缠头披开，盖在我身上，束起我的两脚，再放一把刀和少许盐巴在我心上，然后散开你的头发，撕破衣服，打着脸面哭哭啼啼地奔到祖白玉黛太太面前，向她报丧，说我死了。她听了噩耗，必然会同情可怜你而教她的管家赏你一百金币和一匹丝绸作丧葬费。等你把赏钱带回来的时候，再让你睡下来装死，我扯破衣服，拔着胡须奔到宫中去向哈里发报丧；他听了你的死讯，必然会感到苦闷，为可怜我而命他的管家赏一百金币和一匹丝绸作埋葬费。这样我便可以把赏钱弄回来了。"

"真的，"诺子罕听了艾博·哈桑的计划，叫了起来，"这个计策妙极了。"于是教丈夫闭眼睡下，束起他的两脚，用缠头盖在他身上，一切照男人的指示做了，然后披开自己的头发，扯破身上的衣服，哭哭啼啼地奔到内宫。祖白玉黛太太看见她的情形，问道："你怎么着？出了什么事情？你为什么伤心？"

"给太太报丧，"她哭喊着说，"艾博·哈桑死了。"

"可怜的艾博·哈桑哟！"太太伤心哭泣，吩咐管家的赏诺子罕一百金币和一匹绸子，然后嘱咐道，"诺子罕，给你，拿去预备一番，好好地安葬他吧。"

诺子罕·傅娃德带着一百金币和一匹绸子，欢天喜地地回到家中，把经过告诉丈夫。艾博·哈桑一骨碌爬起来，收下一百金币和一匹绸子，喜得手舞足蹈；接着他把老婆按倒，照她摆布他那样地把她摆布了一番，然后扯破自己的缠头和衣服，拔着胡须，哭哭啼啼地奔上朝廷。哈里发见他那副狼狈形象，问道："什么事情，艾博·哈桑？告诉我吧。"

"给主上报丧，诺子罕·傅娃德死了。"

"安拉是唯一的主宰！"哈里发拍着掌，喟然长叹，随即安慰艾博·哈桑说："人死了，这没有办法；你别气，我再给你一个宫女好了。"接着吩咐管库的取一百金币和一匹绸子赏给艾博·哈桑，嘱咐道："给你，艾博·哈桑，拿去预备一番，好好地安葬她吧。"

艾博·哈桑带着赏钱和丝绸，喜笑颜开地回到家中，对老婆说："起来吧，我们的目的已经达到了。"诺子罕·傅娃德爬起来，收下一百金币、一匹绸子，心中无限的高兴，夫妻两人坐下来，促膝谈心，彼此打起诨来。

艾博·哈桑带着赏钱回去预备丧葬以后，哈里发因诺子罕·傅娃德之死感到忧郁苦闷，心绪不宁，起身扶着马师伦的肩臂离开朝廷，回内宫去安慰太太。当时太太正在伤心饮泣，见哈里发驾临，立刻起身迎接，预备为艾博·哈桑之死而向他道恼。可是哈里发却先她开口说："为了你的使女诺子罕·傅娃德之死，我丢下国事，特意前来给你道恼。"

"主上，我的侍女平安无恙，"太太说，"不过你的饮伴艾博·哈桑突然丧命，我预备向陛下道恼呢；陛下别悲伤过度。"

"马师伦！"哈里发笑了一笑，对马师伦说，"妇女的头脑真简单！指安拉起誓，刚才艾博·哈桑不是还在我面前吗？"

"您还要取笑吗？"太太苦笑着说，"艾博·哈桑死了您还嫌不够？非得把我的侍女也咒死？让我们同时牺牲两个人？还骂我头脑简单？"

"诺子罕·傅娃德,丧了命的是她。"哈里发坚持意见。

"您那方面的事情,我可不清楚;我只知道刚才诺子罕·傅娃德忧愁苦闷,哭哭啼啼,扯破衣服跑来给我报丧,我安慰她,赏她一百金币、一匹绸子,拿去备办丧事;而我正准备为您的饮伴艾博·哈桑之死向您道恼呢。"

"丧命的不是别人,而是诺子罕·傅娃德。"哈里发哈哈大笑。

"不,主上;丧命的是艾博·哈桑。"

哈里发急得眼里冒火,大声吩咐马师伦:"去,你快去艾博·哈桑家看看,到底是谁死了?"马师伦拔脚跑了,哈里发对娘娘说:"你敢不敢同我打赌?"

"打啊,我说丧命的是艾博·哈桑。"

"我说丧命的是诺子罕·傅娃德;我们打赌,拿彼此的两座宫殿作输赢吧。"于是两人静静地坐着,等候马师伦回报。

马师伦奉命,匆匆向艾博·哈桑的寓所跑去。当时艾博·哈桑靠在窗前,见马师伦踉踉跄跄走进巷口,心中有数,对诺子罕·傅娃德说:"哈里发像是打发掌刑官马师伦来调查我们的事情,你快睡下去装死,让他看一看,回去报告,以便哈里发相信我的话不假。"诺子罕·傅娃德果然睡了下去,艾博·哈桑迅速拿披巾盖在她身上,然后坐在一旁,悲哀哭泣。

马师伦去到艾博·哈桑家里,见诺子罕·傅娃德僵然躺着,便向艾博·哈桑道恼、致哀,然后揭开诺子罕·傅娃德的脸面看了一眼,叹道:"安拉是唯一的主宰;我们的姊妹诺子罕·傅娃德过世了!人的生命多脆弱呀!愿安拉慈悯你,饶恕你的罪孽。"

马师伦探得实情,赶回宫去,站在哈里发和太太面前痴笑不已。哈里发骂道:"你这个鬼家伙! 现在不是嬉笑的时候;说吧,他们夫妇到底是谁死了?""启奏主上,"马师伦说,"指安拉起誓,艾博·哈桑他安然活着,只是诺子罕·傅娃德死了。"

哈里发哈哈大笑,对太太说:"对了,为了打赌,这回你可输掉一幢宫殿了。"继而他吩咐马师伦:"来呀,马师伦,把你看见的情况讲给太太听吧。"

"是真的,太太;"马师伦说,"我一口气跑到艾博·哈桑家中,见诺子罕·傅娃德死了,僵然躺着不动,艾博·哈桑坐在她的尸体面前悲哀哭泣。我慰问他,向他道恼,并揭开诺子罕·傅娃德的脸看了一看;她的脸肿起来了。我对艾博·哈桑说:'赶快准备安葬她的尸体吧。'他说:'是,我准备安葬就是。'我这才撇下他,赶快回来报告。现在他正预备安葬她呢。"

哈里发洋洋得意地笑着说:"马师伦,对你这位头脑简单的太太再说详细些。"太太生气,骂道:"听信奴婢的人,他的头脑才简单呢。"

"真的,主上,"马师伦对哈里发说,"人家说妇女的头脑简单,信仰薄弱,这是至理名言呢。"

"陛下,"太太说,"您奚落我,蔑视我,甚至于连这个奴才也仗您的威势来欺凌我。我可是不服气,非差人去把谁死谁活的这桩事看个清楚不可。"于是把一个管家的老太婆唤到面前,吩咐道:"你去诺子罕·傅娃德家中看看她两口子到底是谁死了。快去快来,别耽搁。"

管家的老婆子奉太太的命,诚惶诚恐地向诺子罕·傅娃德的住处奔去。她刚走进巷口,艾博·哈桑便看见她,知道她是娘娘的管家,对老婆说道:"喂!诺子罕·傅娃德,娘娘像是打发人来察看我们的事情来了;恐怕是她不相信马师伦的话,才打发她的管家前来调查呢。现在该我睡下去装死了,让娘娘相信你。"于是他睡了下去,诺子罕·傅娃德给他束上眼睛,绑起两脚,拿布盖在他身上,然后坐在他的身旁悲哀哭泣。

管家的老婆子去到屋里,见诺子罕·傅娃德坐在艾博·哈桑的尸体面前数着往事哭泣。她一见管家婆,一声哭喊起来,说道:"你来看看我的遭遇吧;艾博·哈桑死了,撇下我一个人孤单寂寞地怎样过呀!"她撕着衣服,愈哭愈伤心,说道:"我的妈妈哟! 你老人家想想看,他一向做人多好呀!""可不是吗?"管家婆安慰她,"你们一对好夫妻,你敬他,他爱你,相亲相爱,风流快活惯了;如今一旦给拆散,这怎么叫人不伤心呢!"

看了这种情景,管家婆认为是马师伦有意在哈里发和太太之间搬弄是非,因而对诺子罕·傅娃德说:"事情糟糕得很! 马师伦这个家伙几乎在皇上和太太之间挑起是非来了。"

"这是怎么一回事呀,妈妈?"

"这是马师伦回宫去向皇上和太太报告你们的情况,他说你死了,只是艾博·哈桑还活着。"

"刚才我去给太太报丧,她还赏我一百金币和一匹绸子作为丧葬费用呢。妈妈! 你瞧我的这种遭遇,我正在徘徊歧途,打不起主意,一个人孤苦伶仃,单人独手,这怎么办呢? 但愿我自己死掉,让他活着,那该有多好啊!"她说着愈哭愈伤心,管家婆也陪着她流泪,并走到艾博·哈桑面前,揭开盖着的布看一看,见他的眼睛被束得鼓起来了。她安慰诺子罕·傅娃德几句,然后告辞,蹒跚回到宫中,向太太报告情况。太太听了,抿着嘴笑,说道:"皇上说我头脑简单,信仰薄弱,现在你讲给他听吧。"

"这老婆子撒谎骗人!"马师伦火了起来,"我亲眼瞧见艾博·哈桑安然活着,只是诺子罕·傅娃德死了躺在家里。"

"你这个家伙才撒谎骗人呢,"管家婆不服气,"是你存心在皇上和太太之间挑拨是非。"

"别人不会撒谎,只是你这个老泼妇才嚼舌哄人。你的主人信任你,是她盲目愚蠢。"

太太大发雷霆,气得号啕痛哭。哈里发向前安慰她说:"我撒谎,我的仆人也撒谎,你也撒谎,你的丫头也撒谎,我们全都撒谎;这笔账一时是算不清的。我想最正确的办法莫如我们四人一起约着去到现场亲眼察看一番,让事实证明我们中到底谁是谁非。"

"很好，"马师伦拥护主人的提议，"我们马上就去察看；待事情弄清楚，我好收拾这个倒霉的老泼妇，揍她一顿出出我胸中的闷气。"

"坏蛋！"管家婆回骂马师伦，"你那副愚蠢的头脑能和我比吗？你的头脑和老母鸡的丝毫没有差别。"

马师伦挨了咒骂，怒火上冲，冲过去要打管家婆。太太伸手拦住他说："别着急，你和她谁撒谎哄人，谁正直无欺，马上就可以证实出来。等是非分明以后再闹不迟。"于是哈里发、娘娘、马师伦和管家婆四个人一块儿动身离开王宫，径向艾博•哈桑的寓所去察看，一路上彼此打着赌，谁也不服输，吵吵嚷嚷地一直来到艾博•哈桑门前。艾博•哈桑见他们全都赶来，便对老婆说："真的，瓦罐不是每次砸不碎的！这好像是那个老太婆回去报告的情况与马师伦看见的不符合，引起他们之间的争论、怀疑，不知道我们谁死谁活，彼此打赌，因此哈里发、娘娘、马师伦和老太婆才约着一起到我们家里来察看的。"

"这该怎么应付呢？"

"现在我们两人一起装死，憋着气，挺直地睡着不动。"

诺子罕•傅娃德同意丈夫的意见，夫妻两人随即束起脚，拿布盖着身体，憋着气，合上眼，装死睡着不动。接着哈里发、娘娘、马师伦和管家婆一齐走进屋来，见艾博•哈桑和他的妻子都死了，两个尸体双双地躺在一起。看了这种情景，太太埋怨道："你们口口声声咒骂我的侍女，可真把她咒死了。我相信她是为了艾博•哈桑之死，感受困难、苦楚，这才把她活活地逼死了的。"

"你别胡扯吧，"哈里发说，"她是在艾博•哈桑之前死了的。因为艾博•哈桑刚才去宫里向我报丧，当时他气得撕衣服、拔胡须、握着两块砖头捶他自己的胸，是我安慰他，赏他一百金币、一匹绸子，作为埋葬费，教他回来准备，好生安葬她的尸体，并且答应再给他一个更好的宫女为妻，还嘱咐他不可过于悲哀。事情证明，艾博•哈桑是克服不了困难，才急死了的。这也说明是我赌胜了，应该赢得你的东道。"

太太不服气，同哈里发争辩，长篇阔论，说得天花乱坠，却一直得不到结论。没奈何，哈里发一屁股坐在两个死人旁边，长吁短叹地说："嘿！指穆罕默德圣人和我祖宗的坟墓起誓，要是有人把这两口子谁先死的消息告诉我，那么我不吝惜钱财，愿意赏他一千金币。"

艾博·哈桑听了哈里发的愿心，一骨碌爬起来，跳到哈里发面前说："主上，是我先死。请您实践诺言，赏我一千金币吧。"接着诺子罕·傅娃德也爬起来，好模好样地站在哈里发和太太面前。哈里发、太太、马师伦和管家婆眼看这种情景，知道艾博·哈桑和诺子罕·傅娃德夫妻两人平安地活着，大家转忧为喜。尤其是太太，一方面埋怨丫头胡闹，一方面却因她活着而欢喜。哈里发和太太为艾博·哈桑和诺子罕·傅娃德夫妻两人平安活着而欢喜、快乐，向他们庆贺，知道两人装死，原来是骗钱的一种手段，太太因而嘱咐诺子罕·傅娃德："今后你需要什么东西要向我索取的时候，千万别用这种办法而使我心焦。""太太，"诺子罕·傅娃德说，"直接来向您索取，我感觉惭愧，不好意思开口。"

艾博·哈桑夫妻两人的计谋被揭穿后，哈里发笑得东倒西歪，差一点倒在地上。之后他说："艾博·哈桑，你不害臊，这样放荡、无赖地制造奇迹！""主上，"艾博·哈桑说，"您赏我的钱全都花光了，不好意思伸手再向您乞讨，才想出这种办法骗您的几个钱花。当初我一个人过生活的时候，还不能掌握自己的钱财，往后主上给我娶了这个老婆，需要花钱的地方更多了，即使陛下的全部财产在我手中也会被我花光的。因为我的钱用光了，手中一个子也没有，所以才想出这个计策，骗了主上的一百金币和一匹绸子。这就作为主上给我的布施吧。现在求主上实践诺言，快把一千金币赏我吧。"

哈里发和太太相对失笑，然后转回宫去。哈里发赏艾博·哈桑一千金币，说道："给你，拿去吧；祝你平安之喜。"同样太太也赏诺子罕·傅娃德一千金币,说道:"给你,拿去吧;祝你平安之喜。"

后来,哈里发增加艾博·哈桑的津贴,从此艾博·哈桑和诺子罕·傅娃德一对恩爱夫妻,过着快乐、幸福的生活,直至白发千古。

戛梅禄太子和白都伦公主的故事

国王山鲁曼和戛梅禄太子

古代有个国王名叫山鲁曼,统率着庞大的军队,宫中婢仆成群,赫赫有名,威权很大;可是美中不足,他已年满花甲,膝下还没有子嗣,因此对于后嗣和承继王位的问题,惴惴不安,日夜忧愁。有一天他对宰相表露自己的心事说:"至今我还没有子嗣,将来继承无人,祖传下来的江山,难免不因此而中断。"

"关于这个问题,也许安拉会做出巧妙的安排的,"宰相安慰国王说,"陛下一切托庇安拉,虔心祈祷吧。"

国王听信宰相的劝慰,熏香沐浴,礼了两拜,然后虔心虔意地祷告,祈求安拉赏他子嗣。后来王后怀孕,妊娠期满,生下太子,如同十四晚上的月儿那样美丽可爱,就取名戛梅禄·宰曼。国王感到无限的欢欣快慰,下令装饰城郭,弹唱歌舞,以示庆祝。当时各方前来庆贺的人士云集京城,门庭若市,整整热闹庆祝了七天。

国王对太子的教养异常关心注意,为他安排了奶娘、保姆,不惜钱财,尽心抚养教育。因此太子年满十五岁时,已知书识礼,身体发育茁壮,而且标致漂亮,成为超群出众的人物。国王爱如掌上明珠,昼夜不离他的左右。由于国王过分地爱护太子,有一天他对宰相说:

"爱卿,我对太子戛梅禄·宰曼一直怀着忧愁顾虑的心情,怕他遭遇什么不测的祸事,因此打算趁我在世的时候,替他办理婚事。不知你的意见如何?"

"主上,婚姻是人生伦理大事,太子登极继承王位之前,陛下替他料理婚姻大事,这是理所当然的。"

"那么召太子戛梅禄·宰曼来见我吧。"

戛梅禄太子来到国王面前,默然低头站着。国王对他说:"儿啊,我打算给你娶亲,让我亲眼看着感到欢欣快慰。"

"父王,"太子说,"您老人家要知道:我对于婚姻问题毫不感兴趣;关于妇女的狡猾欺骗行为,我从书本上看到的、从口头上听来的,实在太多;每逢提到妇女,我总觉得讨厌可怕,因此,我宁可身遭万劫而矢志终身不娶。"

太子夸夸其谈地议论一番,不同意国王提出的关于他的婚姻问题的意见。国王听了,脸色霎时变得暗淡无光,难堪到极点;可是由于爱子心切,不仅不生气,反而缄口不再提说此事,而且迎合他的心理,尊重他的意志,极力用各种方法使他舒适、快活。太子在优越的环境和条件下,他的发育、成长与日俱增,逐渐达到成熟阶段,相貌愈来愈标致漂亮,行动愈来愈活泼伶俐。国王为了尊重太子的意志,坚持着忍耐缄默了一年之后,看见太子的成长臻于成熟阶段;他形貌映丽,身段健美,言谈亲切流利,行动活泼潇洒。国王喜不自禁,怀着欢欣快乐的心情,唤戛梅禄太子来到面前,对他说:"儿啊,你不愿意听我说话吗?"戛梅禄诚惶诚恐,羞答答地跪在国王面前,回道:"父王,安拉命令我服从孝顺父母,我怎么能不听您老人家的话呢?"

"儿啊,你要知道:我打算给你娶亲,趁我活着的时候感到愉快,有所慰藉;并且打算趁我在世的时候,让你登极,继承王位。"

戛梅禄太子沉吟一会儿,抬头对国王说:"父王,我宁愿身受万劫而绝对不要结婚。我固然知道服从父命是安拉给我规定的天命,但指安拉起誓,恳求您老人家不要拿婚姻事来苛派我,也别认为我此生还要结婚。我阅读典籍，看见古往今来的英雄豪杰、贩夫走卒，由于妇女的欺诈、作祟，所受的危害，真是指不胜屈。"

国王听了太子的议论，由于过分疼爱儿子，就没驳斥他，并且表示爱护他，尊重他的意志；父子之间的谈话就此结束。之后，国王召见宰相，和他密谈，说道："爱卿，告诉我吧：太子的婚姻问题应当怎样解决？关于他的婚事，我和你谈过，你曾建议在登极前给他娶亲；但我几次对他提出结婚问题，他却不同意。爱卿，告诉我吧，现在我应该怎么办呢？"

"主上，您老人家暂且忍耐，再等一年吧！"宰相给国王出了主意，"一年之后，如果要跟他谈婚姻问题，那不要背地里对他个人谈，而要选择国庆节日，待朝臣、文武官员和士兵齐聚一堂的时候，唤他到朝廷上，当着文武百官正式提出问题，那时节众目睽睽，他必然觉得惭愧而不敢违背陛下的意图。"

听了宰相的建议，国王感到无限的喜悦，认为他的主意正确，重加赏赐，并耐心地等着。夏梅禄太子获得自由，在优越的环境中，身心得到充分发育滋长。在那个期间，他一天天走向健壮的高峰，到了临近二十岁的年代，已到登峰造极的地步，长得一表人材，英气勃勃，成为当代仅有的杰出人物。

国王把宰相的话听在心里，耐心地等了一年之后，适逢国庆节日，便趁朝臣、文武官员和士兵参加庆祝的时候，召太子到朝廷上。太子跪在国王面前吻了三次地面，然后毕恭毕敬地站在一旁，听候吩咐。国王对他说："儿啊，你要知道，当此国庆节日，文武百官齐聚一堂热烈庆祝的时候，我唤你到这儿来，不为别的，只是我要吩咐你一桩事情；这桩事情，希望你不要违拗我的意见。我是说，你应该结婚了；我期望娶个公主给你为妻，趁我在世的时候，亲眼看着你们夫妻欢乐度日。"

太子听了国王的话，低头思索了一会儿，才显出血气方刚、天真烂漫的性情，昂然对国王说："我宁愿此身受到万劫，而绝不要结婚。

您老人家年纪虽长,见识可还幼稚。关于婚姻问题,以前您老人家不是跟我谈过两次吗?我可是一直不同意。"于是他显出讨厌、急躁的情绪,卷卷衣袖,不顾一切地当着满堂文武,长篇阔论,夸夸其谈,大发牢骚。

太子在国庆节日当着满堂文武官员,这样出言不逊,冒犯国王,让他过不去,使他感到惭愧、难堪,因此,他本着帝王的荣誉和尊严,无法抑制自己的情绪,勃然大怒,痛斥太子,威吓他,并命令侍卫们:"逮住他,把他捆绑起来。"侍卫遵循命令,把太子绑在国王面前。太子被绑,惊慌失措,垂头丧气,果然站在一旁,羞得满脸渗出汗珠。国王振振有词地责骂他,教训他,说道:"该死的家伙!一点礼貌没有,胆敢在大庭广众中胡说八道,拿这样的言语反抗我!你难道不知道,像你这样的言行,即使出自文盲之口,也是非常可耻的丑事?"继而国王吩咐侍卫,替太子松绑,并把他送往堡垒中的一个炮楼里禁闭起来。

侍卫遵循命令,把太子送到古老的炮楼中。这个炮楼里面有一间破烂不堪的暗室,室内有一眼废弃的深井。侍卫收拾打扫一番,擦了地砖,搭上床,铺上被盖和枕头,预备了灯、烛。室内一片黑暗,白昼也需要照明。从此太子被禁锢在炮楼的暗室里,门前有仆人看守。他躺在床上,辗转反侧,满腔郁结苦闷,自己责备自己,懊悔当初不该违拗父王之命。他自言自语地骂道:"倒霉的婚姻,愿安拉把一切奸邪的女人全都消灭掉!"继而他又叹道:"但愿我听从父王的命令,结婚就结婚吧。我要是听命结了婚,自然比禁锢在这牢狱里好得多。"

当天国王坐在宝座上,发号施令,处理国家大事,直到傍晚才召见宰相,和他密谈,说道:"你要知道,爱卿,我照你的建议去做,结果引起我们父子之间的一场风波,因此是你惹出这桩事件来的呀。现在你怎么说?我该怎样办呢?"

"主上,让太子在禁闭室中住上十五天,然后把他唤到御前,再命令他结婚，这回他绝不至于违拗陛下了。"

国王接受宰相的建议，回到后宫安息。当夜他躺在床上，一心惦念着太子。因为戛梅禄是他的独生子，他爱子之心高于一切。往日他每夜总是和太子同床，并且要把手臂给太子枕着才能安然入睡。因此当天夜里他躺在床上，想着太子的孤苦情况，情绪不宁，如同睡在炭火上，翻来覆去，通宵达旦，始终不能入梦，心中的痛苦、难堪有增无减，淌了无数的眼泪。

太子在炮楼的暗室里，到晚上，仆人燃上灯烛，送给他饮食。他随便吃了一点便推开，心事重重，对于失礼冒犯父王的言行，想着懊丧不置。他自言自语地叹道："灵魂呀！你不知道吗：人是舌头的抵押品呀？舌头能够使人颠沛危亡呢！"于是他流着清泪伤心饮泣，哭自己一失足成千古恨，懊悔不该对父王无理取闹。他叹道："失言足以致人死命，走错了路倒没有生命的危险；因为走错路，最多不过迟到一会儿，而失言往往使人倾家丧命。"

太子吃毕、哭罢，仆人拿水给他洗手，预备睡觉。

戛梅禄和迈野姆娜

戛梅禄太子盥洗后，做了昏祷和宵祷，正襟坐在床上，朗诵《古兰经》中的《黄牛》《仪姆兰的家属》《雅西尼》《至仁主》《国权》《诚笃》《曙光》《众人》等章，并祈求安拉保佑，然后从容解衣睡觉。他身穿一件薄绸睡衣，头戴一顶蓝色套头帽，靠着绣花枕头，盖着锦被；由于疲倦过度，头一落枕，便呼呼地睡熟了。当时他的床头燃着烛，床尾点着灯，在静夜里闪烁的烛光下，他那柔和妩媚的脸蛋，显得格外漂亮，像十四晚上的月亮那样美丽可爱。

戛梅禄太子安静甜蜜地在暗室中一觉睡到二更时候。当时他根本预料不到在未来的时日里要发生什么变故，也不知道命运将给他带来一些什么磨难。事情出人意料之外,原来那座堡垒是个非常古旧而久已废置的建筑,是鬼神出入盘踞的地方,里面有一眼深井,住着神王黛牟勒亚图的女儿迈野姆娜。

二更时候,女仙迈野姆娜照例从魔井中钻出来,飞到天上去偷听消息。她刚出井,发现暗室中燃着灯烛,情况与往日大不相同。她在这里住了多少年,却从来没有见过这种现象,因而自言自语地嚷道:"哟!我向来不知道这里有什么东西啊!"她望着灯火,感到惊诧,认为其中必有缘故。于是她走过去,发现门前睡着一个仆人,室内有床,床头燃着烛,床尾点着灯,床上有人熟睡。那灯火使她感到无限的惊诧。她慢慢走到床前,缩起两只翅膀,轻轻地揭开锦被,仔细打量一番:见戛梅禄太子漂亮可爱的容颜,不自主地痴呆、迷惘起来。她见戛梅禄面颜光彩焕然,比烛光还明晰、灿烂,因而百般羡慕,说道:"赞美您,安拉,我的主宰,您是善于创造的能手啊!"

女仙迈野姆娜是个善神,她一面赞颂安拉,一面仔细打量戛梅禄太子的面容,百般羡慕他的漂亮可爱,暗自说:"这张漂亮的面孔,百看不厌,我要好生保护他,不让任何人来危害他;凡是对他不利的事,我愿全力保护他。可是他家里的人为什么让他在这个人迹罕到的地方住着?他要是碰在魔鬼手里,不是会受害吗?"她叹息着给戛梅禄太子盖上被,然后展翅飞出炮楼,一直飞向高空。

迈野姆娜和代赫尼庶

迈野姆娜在空中翱翔的时候,忽然觉得有一股翅膀震动的声音,便向那声音的所在迎了过去,原来是一个叫代赫尼庶的恶魔从那里飞过。她猛扑过去一把抓住他。代赫尼庶回头,见是迈野姆娜,吓得惊慌失措,浑身发抖,向她求饶,哀告道:"指安拉的大名和圣苏莱曼戒指上刻着的文字起誓,求你可怜我,饶恕我吧。"

"该死的恶魔！你虽然发誓，我却不饶你；刚才你从哪儿来？非详细告诉我不可。"

"我从中国境内的一个海岛上飞来；我愿把今夜看见的一桩最奇怪的事情报告你。如果你认为我的话还正确，那么希望你释放我，给我一张证明书，证明我是你释放了的，以便今后无论空中、陆地、海里的鬼神都不得危害我。"

"你这个该死的撒谎者！你看见了什么？老老实实地告诉我，不许撒谎。你是想说谎作脱身之计吗？指刻在圣苏莱曼宝石戒指上的文字起誓，你的话若不真实，我就拔你的毛，撕你的皮，碎你的骨。"

"好的，主上，我愿意接受这个条件。你要知道，主上，今夜我离开中国境内的海岛，那是国王埃尤尔的国土，他是那群岛和七幢宫殿的主人。国王的女儿是个绝代佳人，天生丽质、窈窕、美丽，天下无双；她的美貌，我这张笨嘴是形容不出来的。国王是个强悍、英勇的骑士，整天整夜地整军经武，不怕天不怕地，养着无数的人马，一向雄才大略，威震四方，无数城镇海岛都在他的统辖之下。他十分疼爱公主，不惜为她横征暴敛，侵略别国，替她建筑七幢巍峨的宫殿，每幢宫殿都是用特殊材料建成的。第一幢是水晶的，第二幢是云石的，第三幢是铁的，第四幢是珍珠宝石的，第五幢是彩色砖瓦的，第六幢是白银的，第七幢是黄金的。七幢宫殿里充满了御用的丝绸摆设、金银器皿。国王吩咐公主白都伦在七幢宫殿中轮流居住，每幢宫里居住一年。白都伦公主的美名传遍各国，闻名天下，一般公子王孙争相向她求婚，国王跟她商量，征求她的意见。她却不愿意结婚，对国王说：'父王，我一向没有结婚的念头，因为我贵为公主，属于统治者，是治人的，我不要被治于人。'白都伦公主断然拒绝结婚，可是向她求婚的人却是有增无减；附近各国的帝王公侯纷纷把名贵的礼物、稀罕的古玩和求婚书呈献给国王埃尤尔，争向公主求婚。国王埃尤尔屡次提出婚姻问题和女儿商量，征求她的意见，但始终没有结果，每次都遭公主拒绝反对，甚至口出怨言。后来她生气说：'父王，以后您要是再提婚姻问题，我便躲在房里，抽出宝剑，把剑柄支在地上，用剑头抵着胸口，压了下去，让宝剑刺穿背脊，自杀了事。'国王听了公主坚决拒婚的论调，霎时气黑了脸，心中燃烧着急躁的火焰，唯恐公主一时自寻短见，因此，对她的生死问题和对公子王孙们求婚的应付，感到彷徨迷离，束手无策。他对公主说：'你既然拒绝结婚，我就把你关起来，不让你自由出入。'于是他果然把她禁闭起来，派十个老宫女监视着，禁止她出入七幢宫殿的大门，表示对她十分恼恨，同时致函各国的王子，表示歉意，告诉他们，说公主神经错乱，已经被管制起来。"我向你起誓，主上，"魔鬼代赫尼庶继续对女仙迈野姆娜说，"来吧，随我前去亲眼看一看白都伦公主的美貌吧。看后，你要惩罚我也好，要俘虏我也好，那时节你愿意怎么办就怎么办吧；反正生杀予夺之权都掌握在你的手中嘛。"

魔鬼代赫尼庶叙述之后，缩起翅膀，低着头，毕恭毕敬地等候女仙迈野姆娜的吩咐。迈野姆娜哑然一笑，向他脸上唾了一口，说道："咦！你说的这个女郎算得了什么？先前我当你有什么稀奇古怪的见闻，原来不过是这么一回事。今夜里我倒碰到一个最标致漂亮的人儿呢；你要是看他一眼，即使是在梦中，一定会使你神魂颠倒的。"

"是个什么样的人儿？"代赫尼庶问。

"你要知道，代赫尼庶：这个人儿的遭遇和你所说那个女郎的遭遇相仿佛。他父亲屡次跟他提婚事，他却不肯结婚。因为他违拗父亲的意旨，使他生气，这才把他关在炮楼的暗室中。夜里我出来时，便发现他睡在那儿。"

"主上，带我去看看他吧；让我瞧他是否比白都伦公主更漂亮？因为我总觉得现在再没有和她媲美的人了。"

"你这个该死的丑恶妖怪！你撒谎！那个人儿是最漂亮的，世间没有人可以和他媲美的。"

"指安拉起誓，主上；来吧，让我们先去看白都伦公主，然后转来看你说的那个人儿,好吗?"

"你是诡计多端的魔鬼,非这样做不可;我不随你去看那个女郎,你也别跟我去看那个美男子,我们必须先打个赌,定出输赢。这样好不好:如果你赞扬的那个女郎比我说的那个人儿漂亮,就算我输你赢;若是我的人儿比她漂亮,就算我赢你输?"

"好极了,主上;我同意你的这种办法,接受这个条件。来,我们飞往岛国去。"

"不,我们不能舍近求远;这儿近,那儿远,我们应当先去看他,他就在下面;跟我一块儿落下去,先看了他,再去看女郎吧。"

"听明白了,遵命就是。"

迈野姆娜和代赫尼庶一起从高空落到地面,飞入炮楼,去到戛梅禄太子的床前。迈野姆娜伸手揭开锦被,戛梅禄那个神采栩栩的漂亮面孔,便呈现在他们面前。迈野姆娜指着他回头对代赫尼庶说:"该死的家伙! 你看吧,可别发疯呀!"代赫尼庶定睛看了一会儿,点头说:"指安拉起誓,主上,我应当向你道歉。不过这个人儿,他的美貌跟我看见的那个女郎十分相似,两人好像从一个模型里铸造出来似的。"

听了代赫尼庶的话,迈野姆娜大为生气,霎时气黑了脸,一翅膀打在代赫尼庶头上,几乎结果他的性命。她说道:"该死的家伙! 我起誓,要你立刻飞去,快把女郎带到这儿来,让他们睡在一起,我们好作比较,看看谁最漂亮。你要不马上照我的吩咐去做,我就往你身上喷火,烧死你,粉碎你的尸首,撒在沙漠中,用惩罚你的办法来警戒后人。"

"主上,我遵循你的命令就去;反正我知道女郎是最美丽的。"

魔鬼代赫尼庶说着,即刻飞出炮楼,迈野姆娜随在后面,监视着他。他们飞了一阵,双双落在国王埃尤尔宫中,偷走了熟睡着的白都伦公主。公主身穿一件绣花绸睡衣,愈发显得体态轻盈、美丽可爱。代赫尼庶和迈野姆娜一直把她带到炮楼中,让她和戛梅禄太子睡在一起,两个美少年,像一对孪生子,也像两个同胞兄妹。代赫尼庶和迈野姆娜睁大眼睛仔细打量、比较了一会儿。代赫尼庶说:"指安拉起誓,我的主人,还是公主美丽。""不,实在是太子美丽。"迈野姆娜不同意,"该死的代赫尼庶,你瞎了眼睛,连胖瘦都分不清楚,难道你要抹煞事实? 你不曾看清楚他的漂亮面孔和标致身段吗?"

代赫尼庶和迈野姆娜各持己见,互相辩驳,激烈争论,相持不下;迈野姆娜大发雷霆,叫喊着要动手打代赫尼庶。代赫尼庶见势头不妙,马上屈服,卑躬屈节地说好话并提议道:"来吧,我们另外找个公证人替我们裁判,我们服从公证人的判断好吗?""好,我同意这样办,"迈野姆娜说着,用手掌在地面上一拍,接着便出现一个驼背,长脸,细眼,头上长着七只角,遍身癞疮,披着长发,手像桠杈,脚像桅杆,狮爪驴蹄,蓬头垢面,形状狰狞可怕的魔鬼。那魔鬼一见迈野姆娜,便跪下去吻了地面,然后颤颤巍巍地站起来,问道:"神王的女儿,我的主上,你有何吩咐?"

"格式格式! 我和这该死的代赫尼庶之间发生争执,要你给我们做裁判。"于是她把和代赫尼庶的争执经过从头叙述一遍。

格式格式看了戛梅禄太子的面孔,又看了白都伦公主的脸,觉得两人的美貌颇相似,没有丝毫差别。他看着这种标致漂亮的相貌感到惊诧,回头对迈野姆娜和代赫尼庶说道:"指安拉起誓,二位如果要我说实话,那么我只好说,这对青年男女,他俩的美丽容貌是一样的,丝毫没有差别。"

戛梅禄和白都伦

听了格式格式的判断,迈野姆娜说:"对,格式格式的话是正确的。"代赫尼庶说:"我同意他的判断。我建议让我们把这对青年男女匹配为夫妻吧。"这时候戛梅禄太子蒙蒙眬眬地从梦中醒来。当夜他睡熟的时候,梦见国王给他娶了一个非常美丽的妻子,现在他醒来时,发现白都伦公主睡在自己身边。他望着她的美貌,感到十分惊羡,自言自语地说:"如果梦寐有灵,这女郎一定是父王给我找的配偶呢。光阴很快,不知不觉过了三度寒暑,我却始终拒绝结婚。这也许是父王恼我,才把我禁闭在这儿,然后用美人来试验我的吧。若是安拉愿意,明早我恳求父王给我娶这女郎为妻好了。现在让我从她身上取下一件纪念物作为表记吧。"于是他举起白都伦的手,脱下她小指上那只无价的宝石戒指,戴在自己手指上,然后远远地挪在一旁,倒身继续睡觉。

看了戛梅禄太子的行为,女仙迈野姆娜对魔鬼代赫尼庶和格式格式说:"看见戛梅禄的举止没有?他多么有礼貌;这是他十全十美的品质呢。"她刚说完,白都伦公主骤然醒来,睁眼见戛梅禄睡在一旁,吓了一跳,嚷道:"哟!糟糕透了!这个年轻小伙子是陌生人,我不认识他,为什么他会睡在我的床上?"她仔细打量一番,看清他的漂亮可爱,自言自语地说:"人很漂亮,像月儿一样美丽;早知道是这个青年小伙子向我求婚,我非但不会拒绝,而且心甘情愿和他结为终身伴侣呢。明天我非恳求父王把我匹配给他不可。"继而她举手不见了指上的戒指,转着视线找了一会,发现戒指戴在戛梅禄的手指上。她也要取下一件证物,于是伸手脱了戛梅禄手上的戒指,戴在自己手指上,作为交换,然后倒身呼呼地进入梦乡。这时候,迈野姆娜对代赫尼庶说:"到现在为止,婚约算是缔结完毕;这个美女和这个漂亮的小伙子匹配成婚,这是再适宜不过的。好了,现在我该饶恕你了。"于是她写了一张证明书给代赫尼庶,并吩咐格式格式:"你协助代赫尼庶,快把白都伦送回去吧;时间不早,快要天亮了。"

"听明白了,遵命就是。"格式格式回答着和代赫尼庶一起送白都伦公主飞到中国,闯进宫去,把她放在床上,然后各自归去。

戛梅禄和仆人

次日清晨,戛梅禄从梦中醒来,摆着头左右观看,不见女郎的踪影,便自言自语地说:"这是怎么一回事呢? 似乎是父王期望我娶这个女郎为妻,才暗中带走她,以便加强我对结婚的兴趣吧。"于是他提高嗓子呼唤睡在门前的仆人:"该死的蒜瓦补,快起来吧!"

仆人睡眼蒙眬,一骨碌爬起来,赶快拿盆壶打水送给主人。戛梅禄盥洗毕,做了晨祷,赞颂安拉一番,然后瞪着仆人,见他毕恭毕敬地站在一旁侍候,便对他说:"该死的蒜瓦补! 告诉我,女郎哪儿去了?"

"哪个女郎呀?"仆人莫名其妙。

"昨晚在这儿过夜的那个女郎。"

"指安拉起誓,昨夜根本没有女郎和其他的人到这儿来。门锁着,我睡在门前,女郎从哪儿进来呢? 指安拉起誓,少爷,没有男人也没有娘儿到这里来过。"

"你这个坏家伙! 胡说八道! 你能欺瞒我吗? 女郎上哪儿去了,谁带走她,你不告诉我吗?"

"指安拉起誓,"仆人惴惴不安,"少爷,我连一个娘儿或一个男子都不曾看见。"

戛梅禄勃然大怒,说道:"你这个该死的家伙! 父王教会你这样作祟了。你过来!"仆人走过去,他一把抓住仆人的衣领,把他摔在地上,捏着脖子,踢了一顿,把他捏得昏然不省人事;又拿吊桶绳捆绑起来,放在井里,浸在水中。当时正是隆冬时节,仆人冻得几乎丧命。戛梅禄一会儿把他提起来,一会儿又把他浸下去,来回地泡浸他。仆人被折磨得不耐其苦,悲哀哭泣,呼吁求救。戛梅禄若无其事地说:"指安拉起誓,坏种! 是谁带走女郎的? 她的情况和下落如何? 你要是不详详细细地对我说，我就不放你出来。"

仆人料定自己没有活命的希望，非死不可，便撒谎说："少爷，饶恕我吧，放我出去，我告诉你真实情况好了。"戛梅禄这才把他弄出来。他遭到毒打，受了酷寒，过分恐惧，被折磨得全不像人样。他磕着牙齿，浑身发抖，像暴风雨中的一株竹子，衣服湿透，满身泥土，撞得破头烂额，形状非常凄惨、狼狈，直挺挺地躺在地上，动弹不得。戛梅禄眼看这种状态，也觉得可怜。息了一会儿，仆人哀求道："少爷，让我脱下湿衣服，拧掉水，晒起来，另换一套衣服，然后转来报告你实在的情况吧。"

"你这个坏奴才！你呀，不见棺材你不掉泪；不待我处罚你，你却不肯说实话，你这是怎么着？要换衣服你就去换，换了衣服快来对我说实话吧。"

仆人死中得生，脱身逃出炮楼，连滚带爬，一步一跌，赶忙奔到宫中去报讯。当时国王山鲁曼坐在宝座上跟宰相讨论有关戛梅禄的事情，说道："我惦念我的儿子戛梅禄，整夜不曾入睡；我怕他在古旧的炮楼中发生什么不测的祸事。如此禁闭他，到底管什么用呢？""主上不必焦虑，"宰相说，"指安拉起誓，这绝对不至于发生意外；让他在炮楼中住上一个月，磨炼一番，他的刚复急躁之性便会慢慢软化下来，一变而为温文尔雅、和蔼可亲的性格哩。"

国王和宰相正谈得亲密的时候，仆人骤然闯了进来，吓了国王一跳。"主上，"仆人说，"太子精神失常，已经疯了。他毒打我，虐待我，把我折磨成这个样子。他说有个女郎跟他在一起，后来悄悄地走了，要我把那个女郎的住处和消息告诉他，问我是谁带走了女郎。我睡在门前，门整夜关锁着，钥匙摆在我的枕头下面，是我清晨才开的门，从来就没有什么娘儿进去过。"

国王听了仆人的报告，狂叫一声，叹道："我的儿啊！"于是大发雷霆，非常生宰相的气，因为这桩不幸的遭遇是他惹出来的。继而他吩咐宰相："去吧，快去替我调查清楚，看一看我儿的神志怎么样了?"

戛梅禄和宰相

宰相慑于国王的威权,立刻动身,诚惶诚恐,跌跌撞撞,随仆人奔往炮楼中调查戛梅禄的情况。当时太阳已经出来了;他走进暗室,见戛梅禄正坐在床上朗诵《古兰经》。他问候一声,随即在一旁坐下,说道:"少爷,这个坏奴才报告我们一些令人惊慌恐怖的消息,国王听了大发雷霆。"

"关于我的事情,他对你们讲了些什么,以致扰乱了父王的视听?"太子问,"的确他也把我扰乱够了。"

"他奇形怪状,大惊小怪地奔到宫中,把一些与你毫不相干的消息,报告国王,还说些与你的身份不该相提并论的谎言欺哄我们。现在好了,你少年英俊,神志正常,言谈清楚;但愿安拉保佑,不让一点毛病出现在你的身上。"

"这个坏奴才,他在你们面前造我的什么谣言?"

"他对我们说,你的神经错乱了。你告诉他,有个女郎跟你在一起,你逼他说出女郎的下落,你还毒打他。"

戛梅禄听了宰相的话,怒火上冲,对宰相说:"显然是你们教这个奴才这样装腔作势,不准他把昨晚跟我在一起的那个女郎的情况告诉我的。相爷!你比奴才聪明、懂事,现在你告诉我吧,女郎上哪儿去了? 是你们让她到我屋里来的,可是我醒来时,却不见她了;如今她在哪儿?"

"戛梅禄·宰曼,我的少爷哪,安拉保佑你! 指安拉起誓,我们没有让人到你这儿来;昨夜是你一个人在这儿睡觉的,房门锁着,仆人睡在门前,并没有娘儿或其他的人到这儿来。少爷,你应当稳重、坚定些,别胡思乱想,浪费脑筋吧。"

"相爷,说真的,我愿意娶那个女郎为妻。"

"昨夜你看见的那个女郎是醒着亲眼看见的呢,还是一个梦境?"宰相觉得十分奇怪。

"老人家!你以为我是用耳朵看见她的吗?告诉你:我是醒着亲眼看见她的。总之,这是你们指示她,教她别和我谈话,所以我醒来时,就不见她了。"

"戛梅禄·宰曼,我的少爷呀!也许这是你梦中看见的事吧;这是胡思乱梦啊!或许是你睡前吃了杂食,因而发生幻觉。或者这是恶魔从中作祟。"

"老坏种!你为什么奚落我?这个奴才已经承认女郎的事,答应马上转来把她的实情告诉我,你怎么说是胡思乱梦呢?"

戛梅禄说着跳将起来,走到宰相面前,一把扯住他的长胡须,在手上挽了几道,使劲一拖,把他从床上拽下来。宰相被戛梅禄扯着胡须,痛得要命,继而又被按在地上,脚踢拳打;一顿好打,老命眼看就要葬送在他手里。当此生死关头,他暗自想道:"如果奴仆凭说谎摆脱这个疯子的折磨,那么我更应该撒谎解救我自己了,否则我会活活地被他弄死的。对,让我撒谎挽救自己的生命吧,因为他是疯子,这是毫无疑义的。"于是他回头对戛梅禄说:"少爷,原谅我吧!令尊屡次嘱咐我,叫我保守秘密,不让你知道女郎的事。现在可不能保守秘密了,我痛得要命;我是老年人,筋弛力衰,经不起打。请稍微等我一会儿,我再对你讲;我要把女郎的事全都告诉你。"

听了宰相的哀求、诉苦,戛梅禄这才止住打骂,问道:"先前为什么不肯告诉我女郎的事,必须挨打挨骂之后才肯说呢?滚起来,老坏种!快把她的情况告诉我吧。"

"你是问那个生得窈窕美丽的女郎吗?"

"不错,告诉我吧,相爷;是谁领她到这儿来的?夜里是谁把她带走的?现在她上哪儿去了?告诉我,让我自己去找她去。如果父王这样对待我,拿那个美丽的女郎来考验我,让我娶她为妻,那我非常愿意和她结婚;她会给我慰藉的。父王如此对付我,是我拒婚的缘故;现在我愿意结婚了,非常乐意遵从父王的命令,相爷老人家,求你报告父王,给我娶那个女郎为妻吧! 别的娘儿我不要,我一心只爱她。去吧! 你马上去见父王,求他尽快给我娶亲。你可是要快来回复我。"

"好的,遵命就是。"宰相回答着蹒跚走出炮楼,却想不到能够轻易摆脱了他的折磨。由于过分的恐惧,他连走带跌,匆匆忙忙地一直奔到宫中。

戛梅禄和国王山鲁曼

宰相蹒跚地奔到宫中。国王见他狼狈不堪的形状,问道:"爱卿,你怎么了? 是谁亏待你? 你为什么惊慌失措,如此慌张不安?"

"主上,给您带来喜报了!"

"喜从何来?"

"主上,您要知道:令郎戛梅禄神经错乱,他已经发疯了。"

听了宰相的报告,国王的脸色霎时变黑,说道:"爱卿,明明白白地告诉我吧,他怎么疯了?"

"听明白了,遵命就是。"宰相回答着,把戛梅禄的谈话和打他的情况从头叙述了一遍。"爱卿,我给你报喜了!"国王说,"你这个丑恶的坏宰相! 我要撤你的职、割你的头作为你向我报喜的酬劳呢! 因为从始至终都是你给我出了坏主意才弄疯我的儿子的。指安拉起誓,太子要是真有什么好歹,我要把你钉在梁上,非教你尝尝痛苦不可。"国王骂着站起来,带宰相一直去到炮楼中,走进暗室。戛梅禄一见国王,迅速跳下床来,吻了国王的两手,然后退后两步,低着头,背着手,毕恭毕敬地站在一旁。一会儿他举头望着国王,眼里簌簌地掉下眼泪,说道:"父王,我说错话,冒犯了您老人家;现在我忏悔、改过自新,恳求父王饶恕我。"

国王把戛梅禄搂在怀中,吻他的额,让他坐在身旁,回头怒目瞪着宰相骂道:"你这个狗彘!为什么说我儿子如此这般,使我为他而忧愁恐怖?"继而回头对戛梅禄说:"儿啊,今天是星期几?"

"父王,"太子回答,"今天是星期六,明天是星期日,后天是星期一;以后接着便是星期二、星期三、星期四、星期五。"

"戛梅禄我的儿啊,赞美安拉,你的神志是清楚的。告诉我,这是什么月份?"

"这是十一月,下个月是十二月;以后接着是正月、二月、三月、四月、五月、六月、七月、八月、九月、十月。"

听了戛梅禄正确的回答,国王十分欢喜快乐,对着宰相的脸唾了一口,骂道:"老坏种!你为什么说我的儿子发疯?你才是疯子呢!"宰相摇摇头,打算辩白,继而计上心来,想道:稍等一会儿,看情况如何吧。之后,国王对太子说:"儿啊,你跟仆人和宰相说了些什么话?你对他们说昨夜里有个女郎和你在一起,你所说的那个女郎到底是怎么一回事呀?"

"父王,"戛梅禄笑了一笑说,"您要知道,我经不起奚落了,别再开玩笑吧。你们这样对待我,把我的性情给磨光了。父王,您老人家应该清楚明白地了解我,现在我情愿结婚了!不过我有个条件:恳求您老人家把昨夜跟我在一起的那个女郎嫁给我。我确信这是您使她来引诱我,继而不待天明又把她带走的。"

"儿啊,愿安拉保佑你不害疯病。你说昨夜我使一个女郎到这儿来,不待天明又把她带走,这话是怎么说的?这女郎到底是怎么回事呢?指安拉起誓,我真不懂。告诉我吧,莫非这是胡思乱梦?是饱餐后的幻觉?可能因为昨夜你睡觉时想着婚姻问题,脑筋受了影响,所以才会发生这种现象的吧。这讨厌的婚姻,愿安拉诅咒它。无疑的,儿啊,你对婚姻的看法混沌不清,因此误认梦中的娘儿为清醒时看见的事实。儿啊,这是胡思乱梦啊!"

"父王，撇开这个不谈；您如果不知道那个女郎的情况和下落，那么您指伟大万能的安拉对我发誓好了。"

"指伟大的安拉——摩西和亚伯拉罕的主宰起誓，关于这桩事情我全不知道，也不曾听到什么消息；我认为这是你睡梦中的幻觉和梦境。"

"我给您打个比喻，证明这不是梦境而是清醒时的事实。我来问您：假若一个人在梦中和人作剧烈的战斗，他从梦中醒来，手中会不会握着一把血迹斑斑的宝剑？"

"不会的，我的孩子！指安拉起誓，这是不可能的。"

"现在我可以把自己的遭遇告诉您了。是这样的：昨晚半夜时候，我好像从梦中醒来，看见身边睡着一个女郎，我脱下她的戒指，戴在自己的手指上；她同样也脱下我的戒指，戴在她的手指上。当时我以为是您老人家用这种办法来启发我对婚姻的兴趣。今天早晨我醒过来，不见了女郎的踪影，也不知道她到哪儿去了，因此我同仆人和宰相才发生了那样的事件。戒指的事是千真万确的，怎么能说这桩事是梦景和幻觉呢？要是没有戒指为凭，我自己也会相信是梦幻的。戴在我手指上的就是女郎的戒指。父王，您看一看，这该值多少钱呢？"

戛梅禄脱下戒指，递给国王。国王接在手里，反复仔细打量后，对太子说："这戒指不是简单事，关系复杂得很。昨夜里你和那个女郎会晤的事，是个疑难问题。我不了解为什么我们家里会发生这样的事件！这一切的不幸全是宰相一个人惹出来的。指安拉起誓，儿啊，忍耐着静待安拉的巧妙安排，让他解救你好了。诗人说得好：

> 也许命运会悬崖勒马，
> 捎来一些好消息，
> 实现我的希冀，
> 满足我的需求，

在各种演变之余表演一幕喜剧。

"儿啊,现在我相信你没有发疯;不过你的事情实在稀奇古怪,此中的奥秘,只有安拉可以揭露。"

"父王,您老人家对我行行好,留心替我物色那个女郎,快把她找来吧!愈快愈好,否则我会因她而丧命的呢。"

"主上,"宰相说,"陛下要和太子坐谈到什么时候呢?陛下离开宫室,脱离部队,与文武百官隔绝过久,恐怕会使国法纲纪受到影响而弛怠的。智者在百病丛生的时候,总是先治致命的症候。在我看来,倒不如把太子迁往海滨的行宫里,让他在那儿静静地休养。陛下每周除星期一、四两天召集文武百官、听取报告、发号施令、处理国家大事并接见宾客外,其余的时间,摒除一切,专心陪太子休养,静候安拉的解救。陛下不宜安于现状,疏于天灾人祸的预防,因为智者是没有不防患于未然的。"

宰相的建议感动了国王,认为正确可行,有裨益于实际,于是他怕国法纲纪废弛,影响国王的威信,就当机立断,立刻吩咐迁太子往海滨的行宫休养,同时他本人匆匆回朝视事。

那幢行宫建筑在海滨,周围被海水环绕,须经过一丈多宽的彩桥才可通过;许多窗户面临一望无际的海洋,可以眺望海景;地上铺着彩色云石,屋顶漆得光耀夺目;墙上挂着绣花帷幕,门窗上悬着珠帘,室中摆着镶宝石珠玉的杜松床;其他的陈设全是金银、丝绸制作的御用之物,非常富丽堂皇。戛梅禄住在富丽堂皇的宫殿中,却一直想念着那个女郎,害着相思病,茶不思,饭不想,不能安安静静地睡觉,弄得颜色憔悴,身体枯槁,好像害大病似的。他终日忧郁,闷闷不乐,整整过了三年。在那漫长的岁月中,国王坚持着每周除星期一、四接见宰相、朝臣、文武百官和庶民,听取报告,处理国家大事外,其余的时间和精力,不分昼夜,全都用来陪伴太子;虽然累年累月,却一直不改变态度,始终任劳任怨地为太子操劳。

白都伦公主从梦中醒来

七幢宫殿的主人——国王埃尤尔的女儿白都伦公主,被魔鬼代赫尼庶和格式格式送回宫中,放在床上,一直睡到清晨,才从梦中醒来。她一个人孤单寂寞地坐着,摆着头左右观看,不见和她在一起的那个小伙子的踪影,于是心灵为他而战栗,神志因他而糊涂,不自主地狂叫了一声。宫娥彩女闻声从梦中惊醒,惊惶失措地奔进房来照护她。其中一个年纪较长的走到她面前,问道:"小姐,你怎么了?"

"老泼妇! 昨夜跟我在一起的那个漂亮小伙子在哪里? 告诉我,他上哪儿去了?"

老宫女听了公主的话,吓得变了脸色,感到万分恐怖,问道:"白都伦公主,你怎么说出这样的丑话呀?"

"该死的老泼妇,我问你,那个漂亮的小伙子上哪儿去了? 那个生得漂亮、满面光彩、身材标致、黑眼睛、浓眉毛的漂亮小伙子呀!"

"指安拉起誓,我们没有看见小伙子,也没有看见其他的人。我的小姐哟! 指安拉起誓,求你别这样戏弄得出乎礼法的范围之外吧,免得连累我们生命难保啊! 要是这种玩笑传到国王耳里,那有谁可以拯救我们呢?"

"昨夜里是有个小伙子在我这儿;他是一个最美貌不过的人儿呢!"

"愿你的神志健全;昨夜里实在没有任何人和你在一起。"白都伦举手见戛梅禄的戒指在自己手指上戴着,她自己的戒指却不见了,于是对老宫女说:"你这个该死的邪恶家伙! 你发假誓说没有人和我在一起,用这样谎言欺骗我吗?"她怒气冲冲,抽出身边的宝剑,一剑杀死了宫女。

白都伦和国王埃尤尔

　　白都伦公主杀了老宫女，其余的宫娥彩女吓得叫喊起来，奔到国王面前，报告公主的情况。国王立刻去看公主，问道："儿啊，你怎么了？""父王，"公主说，"昨夜和我在一起的那个小伙子哪儿去了？"她变得神志迷离，摆着头东张张、西望望，继而又撕破身上的衣服。国王看了这种情景，吩咐侍从逮住她，给她钉上脚镣，用铁链套着脖子，拴在宫窗下面。

　　国王埃尤尔向来溺爱白都伦公主，眼见发生这样不幸的事，惴惴不安，忧心如焚，感到左右为难。之后他召集一班医生、方士，对他们说："谁能医好公主的疾病，我就把她匹配给他为妻，并且和他平分我的江山。可是前来应征医治无效者，我要割下他的头颅，挂在宫前示众。"

　　国王的谕旨发布以后，应征前来医治公主的医生、方士络绎不绝，宫中门庭若市；然而谁的医药都不见效，因此国王天天杀人，先后处决了四十名医生和四十名方士，总计八十个头颅，齐齐整整地挂在皇宫门前。从此人们对于医治公主的疾病，就踟蹰不前，束手无策了。同时，白都伦公主害病的消息愈传愈远，远近皆知，传为天下奇闻。

白都伦和买尔祖旺

　　白都伦公主的相思病一天比一天厉害，终日伤心哭泣，被病魔缠得改模换样，在忧郁苦恼的环境中，一直熬过了三度寒暑。她的奶娘有个儿子，叫买尔祖旺，从小和她在一起生活，一块儿长大成人，彼此感情很好,像同胞兄妹一样。那个期间,他旅行在外,至今才漫游归来。他一见母亲,便打听白都伦的近况。他母亲对他说:"儿啊,你妹妹疯了,三年来被镣铐着,医生、方士都束手无策,不能医治她的疾病。"

"妈妈,我非去看她不可,也许我能了解她的病源,可以医治她的疾病。"

"你必须去看她,不过还是等一等,让我想法明天带你去吧。"

买尔祖旺的母亲去到禁闭白都伦的宫中,悄悄地送一些礼物,运动守门的仆人,说道:"我有个女儿,她原是和白都伦公主一起吃我的奶长大的,已经做媳妇了。她听得公主害病,一心想念着她,因此我恳求你,让我带女儿进去看她一眼,然后悄悄地回去,这是不会有人知道的。"

"要进去看公主,只能在夜里,"仆人说,"明天待国王看过公主,你带女儿来看她好了。"

奶娘吻过仆人的手,道了谢转回家去。等到次日傍晚,她拿女衣给儿子穿起,打扮成一个女人,然后牵着他的手,一直去到宫前。仆人一见,马上起身打招呼,对她说:"你们进去吧,可别耽搁。"

买尔祖旺来到宫中,脱了身上的女衣,燃上一支蜡烛,掏出怀中的经典,念了几节,然后向愁眉不展、呆然坐着的白都伦公主问好。公主仔细一看,知道是买尔祖旺,便说:"哥哥啊,你老是在外,我们一直得不到你的信息。"

"不错,"买尔祖旺说,"现在我平安回来了;以后我还要出门呢。此次归来,听到你害病的消息,我心中十分焦愁;现在特意来看你,也许我能替你医病呢。"

"哥哥,你以为我害疯病吗?"

"人们都这么说,我怎么能不相信呢?"

"不,指安拉起誓,这是他们的错误。我即使发疯,这里面也有个缘故呢。"

"既然如此,你受了什么委屈?把详情告诉我吧,也许我能够助你一臂之力,可以解救你呢!"

"听我说吧,哥哥:有一天夜里三更时候,我从梦中醒来,一个人孤单寂寞地坐着,忽然发现身旁睡着一个标致漂亮的小伙子,他的美貌不是言语可以形容得出来的。当时我以为那个小伙子是父王找来考验我的,因为当一般公子王孙纷纷向我求婚,父王也期望我早日成婚的时候,而我断然拒绝了的缘故。由于我这样猜测,所以不好意思唤醒他。次日清晨,我才发现我手上的戒指已经被那小伙子换了。这是我的际遇,也便是我发疯的原因。哥哥啊,我自从见了小伙子之后,心思全被他吸引住了。由于我过分地恋念他,致使我不能安安静静地睡觉,不能有滋有味地吃喝;如坐愁城,终日挥泪、吟诗消磨时光。哥哥啊,这便是我的遭遇,你看怎么办呢?"

白都伦说罢,痛哭流涕。买尔祖旺低头沉思,觉得奇怪,不知怎样处置才好。继而他抬头对她说:"这个小伙子的事,把我给难住了。我要周游列国,替你去寻找药材。你忍耐着吧,别急躁,也许安拉会教他碰在我的手里呢!"

买尔祖旺重上旅途

买尔祖旺安慰、嘱咐白都伦一番,然后告辞,匆匆回到家中,跟母亲安安静静地过了一夜。次日清晨,他便整装出发,踏上旅程。他在旅途中行进,不停地从一个地方走到另一个地方,经过了无数城市,走遍了许多岛屿,整整奔波跋涉了一个月,来到一座叫颓羽勒比的城市,便进城去察访,希望能找到替白都伦公主治病的药剂。

他在旅途中所经过的地方,都盛传国王埃尤尔的女儿白都伦公主发疯的消息,可是到了颓羽勒比城中,却耳目一新,只听见国王山鲁曼的儿子戛梅禄太子发疯的传说。他便进行访问、调查,当地的人对他说:"他住在哈里多突,由这儿去有一个月的海程,如果走旱路,那就远了,有六个月的旅程呢。"

买尔祖旺了解情况之后,决心取道海程,便乘从颏羽勒比开往哈里多突的商船,继续向前进行。经过一月的航行,都一帆风顺;但是快到哈里多突的时候,巨风突起,吹坏了帆篷,折断了桅杆,全舟覆没,人货全都淹在海里。乘客四处漂散,跟波涛搏斗,做最后的挣扎。买尔祖旺随波逐流,漂到了夐梅禄太子养病的行宫下面。事出巧遇,那天正是国王山鲁曼在行宫听政,接见文武百官的日期。当时国王愁眉不展,默然坐在太子的病床前,宰相站在一旁,正是太子病状严重的时候。太子已经几天不言语,不吃喝,身体憔悴得像纺锤,气息奄奄,差一点就要断气殒命。宰相陪着国王干着急,正在坐立不安,东张西望。他从临海的窗户里望出去,发现买尔祖旺淹在水中。这种危急的情况,触动他的恻隐心肠,便走到国王面前说:"主上,求您允许我下去打开后门,把一个快要淹死的人从危难中救出来吧。也许凭着这点机缘,安拉会使太子转危为安呢。"

"爱卿!"国王说,"我儿被你弄到这步田地,已经够受的了。他病成这个模样,说不定你救出的那个被淹的人,看见了这种情形,会幸灾乐祸呢。指安拉起誓,被救的人要是看了我儿的境遇而出去胡说八道,泄露我们的秘密,那我就先割你的头;因为你是使我们遇祸的原因,也是这桩不幸之事的结果呢。好了,你打算怎么办就怎么办吧。"

宰相赶忙开了通往海面的小门,行了二十多步,去到下面,只见买尔祖旺气息奄奄,看情形就要淹死。于是他伸手抓住他的头发,慢慢拖到岸边,把他从水中救了出来。当时买尔祖旺突着眼珠,腹中灌满了海水,昏迷不省人事。宰相站在一旁,静静等了一会,待他苏醒过来,才脱下他身上的湿衣,拿仆人的衣服和缠头给他穿戴起来,对他说:"你要知道:我是你的救命恩人,你可不要成为致我死亡的原因呀。"

"这是怎么说的?"买尔祖旺问。

"马上你便要从宰相、朝臣和文武官员面前经过。那般官员们因为戛梅禄太子病危,一个个守口如瓶,都不敢随便说话。"

一听见戛梅禄的名字,买尔祖旺心中就有几分明白,因为他在颅羽勒比已经听到关于他的传说,而他自己正是为寻他而来的。可是在宰相面前,他却装傻,问道:"戛梅禄是谁呀?"

"他是国王山鲁曼的儿子;如今害病卧床不起,不吃不喝,也睡不熟,成天成夜没有安定的时候;看来是活不长了,因此我们满朝文武都在为他而忧愁苦闷。你进宫去的时候,千万别望他。经过什么地方,也别东张西望,否则不但你的生命危险,就连我自己也会没有生存的余地呢。"

"指安拉起誓,请你告诉我,刚才说的这个青年,他是为什么害病的?"

"情况我不太清楚;不过三年前国王催他结婚,他违拗命令,触怒国王,因而被国王禁闭起来。后来他说梦中看见一个非言语可以形容的美人,并且说他脱了美人手指上的戒指,戴在自己手指上,还把自己的戒指换给美人。这桩事的详情,我们不太清楚。指安拉起誓,孩子,我带你进宫去的时候,你别望太子,规规矩矩地走你的路,不要连累我,因为国王对我早就怀恨在心了。"

买尔祖旺私下想道:"指安拉起誓,这正是我的希望,我的目的呢。"于是他随宰相进宫,一直去到戛梅禄床前,瞪着眼仔细打量。他的举止,把宰相吓得目瞪口呆,魂不附体,只好抬头望着他,使眼色暗示他,叫他快走。买尔祖旺却装傻,瞪眼呆呆地望着戛梅禄。

戛梅禄和买尔祖旺

买尔祖旺仔细一看,知道他正是自己寻找的对象,便脱口叹道:

"赞美安拉化工之妙！他的身段、脸面和颜色,同她的身段、脸面和颜色完全一样,没有丝毫差别!"戛梅禄听了叹息声,睁开眼睛侧耳细听。买尔祖旺趁机吟道:

> 我看你活泼而多情,
> 随时惦念着美丽的倩影。
> 你可是中了箭伤?
> 或者是情愁?
> 假如不是这个,
> 那么只为一个窈窕的形影。
> 你能否灌我几杯美酒,
> 把苏里曼和勒巴彼的情歌重奏一遍?
> 别以为我中了剑伤,
> 都只为一双慧眼射穿我的心灵。
> 我若是能因爱情而先她痛哭流涕,
> 则何至于卧病而忏悔?
> 可是她先我悲哀、哭泣,
> 哭声震撼了我的心弦;
> 因此我说:"荣誉已被前者捷足先取。"
> 我为她的秀丽挥尽眼泪,
> 因为古往今来,
> 无论阿拉伯人和非阿拉伯人中,
> 不可能有谁和她媲美。
> 她具有卢格曼的学问、
> 　　约瑟夫的容颜、
> 　　达伍德的歌喉、
> 　　玛丽亚的贞洁。
> 而我自己却怀着雅葛伯的忧愁、
> 　　尤诺斯的懊恼、

买尔祖旺的诗给戛梅禄带来了一股活力。他心中顿觉凉爽，身体轻松了许多。他喘了几口气，动着舌头，慢吞吞地对国王说："父王，让这个青年来我身边坐吧。"

听见太子说话，国王感到高兴快慰，喜不自禁，立刻纠正了先前讨厌买尔祖旺、决心要杀他的念头，他欣然站起来，牵买尔祖旺至床前，请他坐在戛梅禄身旁，对他说："赞美安拉，你平安脱险了。""愿安拉解救太子，"买尔祖旺说，"恢复他的健康。"随即赞颂国王，替他祈福。

"你从哪儿来？"国王问。

"我从国王埃尤尔的国境内来；国王埃尤尔就是群岛和七幢宫殿的主人呀。"

"你的光临，也许是我儿的救星到了，安拉会因此而解救他吧。"

"若是安拉愿意，但愿未来的一切都好。"

买尔祖旺同国王谈话之后，走了过去，把嘴凑到戛梅禄耳边，背着国王和官员，悄悄地说道："我的主人，你挣扎着振作起来，安心快乐吧。你为她受到这种遭遇，她也为你吃尽苦头的那个女郎的情景，现在暂且不要过问吧。因为你和她之间的区别在于：你把一切埋藏在心里，因而积郁成疾；她呢，却不顾一切地爽朗吐露真情，因而招人诽谤，说她发疯。如今她在缧绁之中，脖子上戴着枷锁，情况非常凄惨。若是安拉愿意，你和她的疾病，让我来医治吧。"

听了买尔祖旺的一番劝解，戛梅禄的精神顿时恢复，心中充满了活力；他伸手指着国王，要求扶他坐起来。国王一时高兴，欢喜得几乎飞腾起来，赶忙走过去，扶他坐起。他的反常情形，使国王感到十分忧愁顾虑，随即举起手帕示意，让宰相、朝臣和文武官员退出去，这才摆上两个枕头，给太子舒舒服服地靠着，然后吩咐宫人用番红花把宫室熏得香气扑鼻，并下令装饰城郭，表示为太子的健康祝贺。"孩子,"他对买尔祖旺说,"指安拉起誓,蒙你光临,使我们受福不浅。"于是百般尊重他,当上宾招待,预备丰盛的筵席让他陪太子吃喝。买尔祖旺对太子说:"起来和我一块儿吃喝吧。"太子听从他的指示,果然和他一起吃喝。国王见太子能吃能喝,乐得几乎发狂;他对买尔祖旺说:"孩子,你来得真好啊!"于是蹒跚着奔出去,把太子恢复健康的消息告诉王后和宫中的人。宫中的人随即敲钟发布太子恢复健康的喜报,于是全国欢腾,举行盛大的庆祝会,盛况空前。当天买尔祖旺和戞梅禄一起过夜。国王因为太子痊愈,也陪着他们在一起过夜。

次日清晨,国王离开行宫,让太子和买尔祖旺静静地谈天。买尔祖旺趁机把自己的经历从头到尾详详细细地叙述一遍,然后接着说:"你要知道:我所认识的名叫白都伦的那个女郎,是国王埃尤尔的女儿。"于是他详细叙述白都伦公主的遭遇,以及她如何恋念他,崇拜他。"总而言之,"买尔祖旺说,"你跟令尊发生过的纠葛,同样也在她和国王埃尤尔之间发生过。无疑的,你是她的爱人,她是你的情侣。愿你好生打定主意,坚定意志,振作奋发起来。在最近的将来,我准备带你去见她,让你和她碰头聚首,尽月下老人的义务,正如诗人所说:

> 当朋友遗弃知心,
> 彼此南辕北辙,
> 距离愈来愈远的时候,
> 我要奔走、斡旋,
> 把两者挽回过来联系在一起,
> 让自己做剪刀上的一颗铆钉。"

买尔祖旺继续鼓舞、怂恿、安慰戞梅禄,劝他多吃饮食,并朗诵诗歌、讲故事给他听。戞梅禄听从买尔祖旺的劝解,认真养息,重视饮食起居。在买尔祖旺无微不至的帮助鼓励下,他的健康日有起色,元气逐渐恢复,买尔祖旺便带他去澡堂沐浴。

蛮梅禄的健康恢复以后，国王喜出望外，赏赐朝中文武官员，大赦天下，并赈济穷苦黎民，下令装饰城郭，欢欣快乐地庆祝了七天。当时买尔祖旺对蛮梅禄说："你要知道，我离开白都伦公主出来周游的目的，纯粹是为了这桩事情，这也就是我不辞辛苦，奔波跋涉的原因。现在是我们应该想法去见白都伦公主的时候了。明天你一方面征求令尊的同意，准你出去打猎，一方面预备一个鞍袋，装满金钱，作为旅费。我准备陪随你。你对国王说：'我要出去打猎，借此游山玩水，欣赏大自然的景物，打算露宿一夜后回来。'到了郊外，大路摆在面前，我们就可以自由行动，但是千万别带仆从。"

"这个计策很好！"蛮梅禄非常喜欢，便急忙去见国王，陈述意见。国王同意他出去打猎，嘱咐道："儿啊，我不反对你出去打猎消遣，但是你在外面露宿一夜，明天必须赶回家来。因为你不在我身边的时候，我就觉得不痛快；再说你的健康还没完全恢复呢。在我眼里你有崇高的地位，恰如诗人所吟：

> 若是每一昼夜里，
>
> 让我拥有苏里曼的飞毯和波斯王的国土，
>
> 这一切，
>
> 在我眼里，
>
> 并不比一只蚊子翅膀值钱，
>
> 当你不在我身边的时候。"

国王热心地替蛮梅禄和买尔祖旺预备一切，吩咐仆人替他们选择骏马、快驼和需要的饮食、用具。蛮梅禄拒绝携带仆从。临行，国王把太子搂在怀里，依依不舍地说："儿啊，指安拉起誓，我再嘱咐你一遍：你们在外面露宿了一夜，明天必须赶快收拾回家，别让我在宫中感到孤苦寂寞。"

"父王，"太子说，"若是安拉愿意，我只露宿一夜就回来。"于是他辞别国王,与买尔祖旺跨上骏马,带着驮食物、钱财的骆驼,离开京城,向山中行进。

戛梅禄和买尔祖旺出走

戛梅禄和买尔祖旺两人骑马出走,连续不停地在途中跋涉,直到天黑,才休息吃喝,并饮马喂驼;然后动身,连夜赶路,连续赶了三天的路程。第四天来到一处树林茂密的旷野,便在那里停下。买尔祖旺杀了一只驼、一匹马,剔下骨头,割碎皮肉,并把戛梅禄的一件衬衣和一件外袍撕成破片,染上血迹,然后扔在岔路上。一切弄妥帖了,这才开始吃喝。吃毕他们又继续向前行进。戛梅禄对买尔祖旺杀驼宰马的举动感到惊奇,问道:"兄弟,你这样做是什么意思?这有什么好处?"

"你要知道,国王答应我们在外面露宿一夜,第二天不见我们回去,必然要骑马跟踪追来寻找。找到这个地方,发现你的衣服扯成破片,沾染血迹,认为你在途中遭匪劫杀,或被野兽伤害,就不得不断了念头,转回宫去。凭着这个计谋,我们就可以一帆风顺地达到目的了。"

"指安拉起誓,这个计策妙极了!你做得对。"

在漫长的日子里,在广阔的大地上,戛梅禄和买尔祖旺不分昼夜地一路跋涉行进。戛梅禄有时感到寂寞痛苦,便伤心诉苦;买尔祖旺始终耐心地安慰他,鼓励他。有一天,他忽然指着遥远的地方对他说:"看吧,那就是国王埃尤尔的京城,它已经出现在我们眼前了。"戛梅禄十分高兴,非常感谢买尔祖旺,拥抱着吻他的额角。

他们到了京城,住在旅店中;休息三天之后,买尔祖旺才带戛梅禄去澡堂沐浴,拿商人的服装给他穿,替他预备一具金质的沙匣和一副银铸的观象仪,对他说:"去吧,主人;你去到王宫门前,高声喊道:'我会写会算,能知吉凶祸福;我是精通天文地理的医生方士,谁要求医治病,快来请我。'国王听到你能治病,会打发人来召你进宫去替白都伦公主医病的。到了宫中,你对他说:'恳求以三天为限;如果医好公主,请把她匹配给我为妻;否则就请照前例处置好了。'他一定能接受你的要求。你到公主面前,就坦率地向她介绍你自己。由于过分思念你,一见面她的病就能痊愈;你再好生照顾她的起居饮食。国王因为公主恢复健康,必然欢喜快乐,会把她匹配给你为妻,并和你平分他的国土,因为这是他许愿过的。去吧,祝你马到成功。"

"兄弟,我一辈子也忘不了你的恩情。"戛梅禄说着携带沙匣和观象仪,离开旅店,去到王宫门前,高声说道:"我会写会算,能知吉凶祸福,能圆梦医病;谁要求医治病,快来请我吧。"听了叫唤声,人们都围着他看热闹,因为城中的医生方士和星相卜者早已埋名隐姓,久不为人所见了。人们围着观看,见他生得标致漂亮,活泼伶俐,都感到惊羡。有人对他说:"指安拉起誓,伶俐漂亮的小伙子,你别企图娶白都伦公主而拿生命冒险吧;你抬头看看挂着的这些头颅,它们都是为了这个原因而被割下来的。"戛梅禄不听人家的忠告,依然抬高声音,喊道:"我是医生方士,谁要求医治病……"这时人们都不赞同他的言行,全都替他担忧。

戛梅禄和白都伦见面

戛梅禄不重视人们对他的忠告和关怀,暗自说:"要在情场中混过的人,才知道恋念的滋味呢。"随即又拉开嗓子,不停地嚷道:"我是医生,我是方士……"人们讨厌他的行为,对他说:"你这个愚顽无知、骄傲自大的小家伙,应当爱惜你的青春,别糟踏你这个标致漂亮的身体吧!"戛梅禄不听人们的劝告,仍然高声喊道:"我是方士,我是哲人,能卜吉凶祸福;这儿有谁要卜算吗?"

戞梅禄愈喊愈起劲，人们还是竭力劝阻他。这时候，喧哗嘈杂的声音传到宫中，国王埃尤尔吩咐宰相：“去把那个星相家带来见我。”宰相匆匆出宫来到人丛中，把戞梅禄带进宫去。国王叫他坐在一旁，说道：“孩子，指安拉起誓，你要不是真正的星相家，就不必拿生命来冒险。因为凡是应征前来医治公主而结果无效的，都要处死刑；如果医治有效能够治好公主疾病的，招为驸马。这是我提出的条件，你自己斟酌吧。你还年轻，不要自欺欺人吧。指安拉起誓，如果你医不好公主的病，你的头颅是要被割下来的。”

　　“我胸有成竹，愿意接受这个条件；”戞梅禄说，“要是医治无效，听凭主上处置好了。”

　　国王召来法官，替戞梅禄作证，然后命仆人带他往后宫去医治公主。仆人陪着他经过长廊时，他迫不及待，迈开大步，一直走在前面。仆人迅速追上去说：“哟，你这个倒霉家伙！别忙去送死吧。我看许多医生方士，从来没有像你这样自速其死的；你不知道前面摆着的是什么祸患呀！”

　　仆人带戞梅禄来到白都伦公主的闺房门前，让他站在帘外。他打量了一番，对仆人说：“我有两种医治的方法，你喜欢哪一种：要我站在这儿把你家公主医好呢？还是让我进房去医治她？”仆人非常惊奇，说道：“要是能够在帘外医好我家公主，这更显得你的高明了。”于是戞梅禄坐在帘外，取出笔墨纸张，写道：

> 这是你的戒指，
> 幽会之夜我换下来的；
> 现在把它送来赔你，
> 希望我的戒指也能原物归回。

　　写毕，他将白都伦公主的戒指卷在纸内，递给仆人。仆人接过去，送进闺房，交给公主。公主打开一看，看见自己的宝石戒指，又读了纸上的诗，明白个中底细，知道是他来了，喜得眉飞色舞，顿时感到

心旷神怡,欣然吟道:

> 我痛恨离愁,
>
> 洒了无数伤心泪。
>
> 我曾许下愿心:
>
> 命运若能让我们相逢聚首,
>
> 我决不回忆离愁。
>
> 快乐向我涌来,
>
> 无数欢欣的兵马,
>
> 逼得我涕泗交流。
>
> 眼睛呀!
>
> 眼泪属于你的本性,
>
> 无论欢乐或忧愁,
>
> 你总是慨然挥泪。

白都伦公主吟罢,一骨碌站起来,趁着因兴奋而产生的傻劲一挣,扯断了脖子上的枷锁,奔出闺房,来到帘外,望着戛梅禄说道:"我的主人哟!这是在梦中吗,还是清醒着?难道这是远别之后,安拉又教我们相逢聚首?赞美安拉,我们绝望之后,又能重新相会!"

仆人眼看这种情景,转身一溜烟跑到国王面前,跪下去吻了地面,说道:"启禀主上,这位星相家真是所有星相家的头子,是他们之中最有学问的。他没有进闺房,站在帘外,就把公主的病给医好了。"

"这消息是否正确?我要亲身去看一看。"国王说。

"主上起驾前去看吧。公主的力气大极了!她挣断链子,跑出来和星相家见面呢。"

国王随仆人径往后宫,来到公主的闺房。白都伦公主一见国王驾临,赶忙起身迎接,并羞得捂着自己的脸面。国王见公主病体痊愈,欢喜得几乎飞腾起来,把她搂在怀里,不住地吻她的额角,表示对她格外的疼爱。继而他转向戛梅禄,和他打招呼,问道:"请问贵乡何处?"戛梅禄说出他的出身、家系,说明他是国王山鲁曼的子嗣,并将他和白都伦公主之间的巧遇,以及如何调换戒指的经过,从头至尾,详细叙述了一遍。国王听了,感到无限的惊奇,说道:"你们的故事应当记录下来,留给后辈子孙,世世代代流传诵读。"于是他马上召集法官和证人,给白都伦公主和戛梅禄太子写下婚书,结为夫妇;并吩咐装饰城郭,备办丰富的筵席,大宴宾客;文武百官、军队和黎民都穿着盛装,聚集在王宫里弹唱歌舞,庆祝公主恢复健康和新婚之喜,整整热闹了七天。

戛梅禄和白都伦回国省亲

白都伦公主新婚之后,国王埃尤尔又招待京城内外的臣僚,大开宴会,备办丰富的筵席,整整欢宴了一个月。戛梅禄结婚后,夙愿已偿,和白都伦公主在一起过幸福快乐的生活。后来,他思乡心切,惦念自己的双亲。一天夜里,他梦见国王对他说:"儿啊!你这样对待我吗?"接着吟道:

> 朦胧的月儿使我忧心、恐惧,
> 它把监视繁星的任务分派给我的眼睛。
> 肝脏呀!
> 你安静些,
> 别过分焦急。
> 灵魂呀!
> 愿你千锤百炼,
> 忍受着他给你的烙印。

戛梅禄在梦中看见国王满面愁容,听了埋怨他的哀吟,心有所感，醒来时，忧心如焚，郁结于衷，闷闷不乐，与往日的欢欣快乐的情形比较，前后判若两人。白都伦公主觉得奇怪，问他为什么忧愁苦闷。他向她谈了梦中的见闻，于是双双约着去见国王，报告一番，打算回国省亲，恳求国王允许。国王慨然允诺。白都伦公主说道："父王，女儿不忍心离开他啊。""既然如此，"国王说，"你就陪他一块儿去好了。"国王允许公主陪夏梅禄回国省亲，嘱咐一年之后必须回来看望父母。白都伦和夏梅禄欢天喜地，争相吻国王的手，表示感激。

国王替公主和驸马准备行李，凡是旅途中需要的驼、马、粮秣、帐篷、钱财、驼轿，以及沿途护送的人员，一切预备齐全，然后决定行期。临行，国王赠夏梅禄十套绣花镶珠的宫袍、十匹骏马、十只母驼和许多金银财宝，把女儿白都伦托付给他，送到郊外，然后挥泪作别。

夏梅禄和白都伦带领人马踏上旅程，一天、两天、三天连续不断地前进，跋涉了一个月以后，来到一处水草茂盛的旷野，便在那里停下，吃喝、休息。白都伦感觉疲乏，在帐篷中睡觉。夏梅禄进去照拂，无意中发现她胸前戴着一颗像苏木似的红宝石，便随手解下来观看，见上面刻着文字，但看不懂，心中觉得奇怪，想道："这颗宝石如果不是具有重要意义，她是不会贴胸戴着它的。她把它藏在这么高贵的地方，也许是为了不让它丢失的吧。瞧！这有什么用处呢？这中间到底有什么秘密呢？"

夏梅禄和大鸟

夏梅禄把宝石拿到帐外，在阳光下面仔细观看，突然一只大鸟猛扑下来，抓了他手中的宝石就飞逃。夏梅禄非常惊慌着急，跟踪追去。大鸟在夏梅禄能够追随的速度内从从容容地沿地面向前飞翔。夏梅禄追随在后面，跑了一程又一程，从一个山冈越过另一个山冈，继续不断地追赶到日落。天黑了，大鸟落在一棵高大的树顶上栖息。

戛梅禄彷徨迷离地待在大树下面,饥渴交迫,疲惫不堪。他要转回去,可是黑夜里不辨方向;他相信自己非丧命不可,叹道:"毫无办法,只盼伟大的安拉拯救了。"随即倒在大树下面,呼呼地睡熟了。

次日清晨,戛梅禄从梦中醒来,见树顶上的大鸟展翅向前飞翔,便跟踪追逐。大鸟飞行的速度比昨日缓慢,慢到戛梅禄的能力可以追随的范围之内。这种情况使他觉得好笑,便自言自语地说:"安拉啊!这只鸟儿,昨天它根据我能力可行的速度飞行;可是今天它知道我疲劳,不能快跑,还是在我能力可及的速度范围内飞行。指安拉起誓,这是一桩奇怪的事情,我非追随它,达到水落石出的地步不可。反正是死、活两条路,它飞到哪儿,我追到哪儿;最后它总要飞到有人烟的地方去的吧!"

戛梅禄跟踪追逐大鸟,在后面一路走着,昼行夜宿,沿途一面走,一面采野果充饥,喝河水解渴,继续不断地奔波跋涉了十天,最后来到一座人烟稠密的城市。大鸟加快速度,转瞬飞进城市。戛梅禄看不见大鸟,也不知道它的去向,感到惊奇,自言自语地说道:"赞美安拉,我算是平安来到城市了。"于是他坐在河畔休息,掬河水洗脸和手脚,面对目前这种流离失所、忧愁疲困、饥渴交迫的状况,回忆到过去在宫中同亲人团聚的舒适、享乐幸福生活,忍不住惨然落泪,吟道:

> 我掩盖起从你方面碰到的一切,
> 它却甘心暴露自己。
> 瞌睡离开我的眼皮,
> 换来整夜失眠。
> 当我感到疲劳、绝望的时候,
> 我大声呼吁:
> 命运呀!
> 你不必对我怜惜,
> 也别教我的灵魂再在困顿和危险之间苟延。

戛梅禄和园丁

戛梅禄吟罢,休息了一会儿,懒洋洋地站起来,慢吞吞地走进城市,漫无目的地从街头走到街尾,却始终没有碰到一个人影。这座城市是建筑在海滨的,他走出面临海洋的城门,继续走了一阵,来到一处果树茂密的园地。正当他踟蹰徘徊,不知所向的时候,一个园丁从一座花园中走出来,问候他,表示欢迎,并对他说:"赞美安拉,你算是摆脱人们的危害,平安来到这儿了。趁人们没有看见你的时候,赶快进园来吧。"戛梅禄惊慌失措,赶忙去到园中,战战兢兢地问道:"城里的情况如何? 里面住的是什么人?"

"你要知道,城中的人尽是祆教徒。"园丁说,"指安拉起誓,告诉我,你为什么到这儿来? 你是怎么来的?"

戛梅禄把自己的经历和遭遇,从头到尾叙述了一遍。园丁感到十分惊奇,说道:"你要知道,我的孩子,我们这个地方距伊斯兰教国家很远,彼此相隔四个月的水程,如果走旱路,要走一年。这儿有船运货物往伊斯兰教国家去销售,每年开航一次,先到艾补奴斯,再开往哈里多突,那是国王山鲁曼的国土。"

戛梅禄暗中思索一会儿,感到穷途末路,没有别的办法,只好寄身在园丁篱下,做他的一个助手,从事劳动,暂时维持生活。他对园丁说:"你能收容我在园中帮你工作吗?"

"听明白了,遵命就是。"园丁慨然允诺,于是就教他栽种、灌溉、除草的技术,给他一件长至膝盖的蓝布衣服穿着。他从此在园中做些灌溉、挖地、除草的工作。生命虽然有了保障,可是流落在异乡,远离妻子,因此日夜忧思、哭泣,始终安定不下来。

白都伦失去丈夫以后

白都伦公主从梦中醒来,不见戛梅禄在自己身边,同时发现胸前的红宝石也不翼而飞,暗自叹道:"安拉啊!我的丈夫上哪儿去了?他好像茫然不知个中秘密,拿着宝石就走;这一定是发生了奇怪的事情了,否则他是一刻也离不开我的。这颗倒霉的宝石,愿安拉诅咒它。"继而她思索了一会儿,想道:"我要是这样去见随从们,把太子戛梅禄失踪的消息告诉他们,会引起他们贪婪的念头的。这么说,事情是非用计谋不可了。"于是她立刻起身,拿丈夫的缠头、衣服和鞋子穿戴起来,再罩上一方披巾,吩咐女仆坐在自己轿里,走出帐篷,命令随从预备启程,然后自己跨上马,率领护送人员动身向前行进。她掩盖着戛梅禄失踪的事件不提,自己扮成戛梅禄,谁也不怀疑她,因为她的面貌和身材和戛梅禄很相似。

白都伦公主带着人马在旅途中奔波跋涉了几昼夜,来到一座近海的城市附近歇宿。她即时打听城市的情况,知道那座城市叫艾补奴斯,是国王阿尔马诺斯的京城;国王有个女儿,名叫哈雅图・诺芬丝。

白都伦和国王阿尔马诺斯

白都伦公主带领人马在艾补奴斯城外歇宿的消息传到国王阿尔马诺斯耳中,国王派使臣出去探听。使臣来到营中,白都伦的随从告诉他,是国王山鲁曼的儿子返回哈里多突,路经此地,暂时歇宿休息。使臣便回宫报告。国王听了消息,立即带领亲信的朝臣来到郊外,走进帐中和白都伦见面。白都伦趋前迎接,互相问好。之后国王把白都伦接到宫中,设宴款待,并让她的随从住在宾馆里,以贵宾的礼仪接待。

白都伦公主衣冠楚楚,穿着镶珠宝的绣花衣服,在国王阿尔马诺斯宫中安静、舒适地休息。过了三天之后,国王特意去看她,对她说:"你要知道,我的孩子,如今我年已花甲,可是膝下没有子嗣,只有一个女儿,长得倒也不错,面貌和你差不多。我自己年迈力衰,对于治理国事,精力有所不及,打算把王位传授给你。如果敝国在你眼中还有可取之处,那么请你就住下来,一方面和小女结为夫妻,一方面接受我的禅位,登极为王,让我自己有个告老退休的余地。"

白都伦公主低头思索,感到羞怯、尴尬,额上冒出汗珠,暗自想道:"我是一个女子,这该怎么办呢?我要是不愿意而离开他,那是不保险的,也许他会派军队追杀我。我要是顺从他,那么秘密就会被泄露,这就出丑了。唉!夏梅禄失踪,去向不明,这种灾祸难道还不够我承受吗?事到如今,我要保全自己,只好缄默,事事顺从他,在这儿住下来,等安拉解救好了。因为安拉是万能的。"

主意打定之后,白都伦公主抬起头来,以"遵命"回答了国王。国王喜笑颜开,立刻派人传报喜讯,下令装饰城郭,召集宰相、朝臣、文武官员和法官,当着满朝文武之面,宣布自己告老退休、传位给白都伦的圣谕。白都伦头戴王冠,身穿宫服,登殿受文武官员朝拜,俨然是个青年男子,谁也不怀疑她,反而十分羡慕她的标致、英武。

白都伦和哈雅图·诺芬丝

白都伦做了艾补奴斯的国王,受到全国人民的欢迎爱戴,鼓乐喧天,举国欢庆。这时候,老王阿尔马诺斯给公主哈雅图·诺芬丝准备妆奁,接着举行婚礼。一对新婚夫妇,漂亮、美丽,像两个同时初升的月亮,也像两个碰在一起的太阳。婚礼完毕,宾客点上蜡烛,把一对新人送进洞房,放下垂帘才尽欢而散。在辉煌的烛光下,白都伦和哈雅图相对无言。白都伦心事重重,想起戛梅禄,忍不住悲哀哭泣,吟道:

> 去了的人哟!
> 我的心为你惆怅,
> 只剩下些许的残生。
> 我曾经埋怨过失眠,
> 如今这双眼睛却被泪水浸蚀;
> 但愿失眠能够延长到今日。
> 你去后,
> 恋念随之而蔓延。
> 你该问一问,
> 别后我的遭遇。
> 如果不是眼泪流得均匀,
> 眼皮早被焚毁。
> 我向安拉诉苦别恨离愁,
> 人们可不怜悯我的思念、忧心。

白都伦吟罢,起身盥洗,做礼拜,待哈雅图入睡以后,才随便找个地方休息。次日,老王阿尔马诺斯和太后去洞房中看哈雅图公主,问长问短;公主把白都伦的情况,全都告诉了父王和母后。

清晨,白都伦离开洞房,临朝视政;她坐在宝座上,接受宰相、朝臣和文武百官的朝拜。他们跪在她面前吻了地面,赞美、祝福她。她喜笑颜开,和蔼可亲地对待他们;上自宰相、朝臣,下至文武官员和士卒全都受到赏赐,因此人们竭诚拥护、爱戴她,呼她万岁,都认为她是一个年轻小伙子。她开始执政,处理国家大事,发号施令,赏善罚恶,大赦天下,减免赋税。当日她埋头办公,直到傍晚,才回后宫休息。她见哈雅图·诺芬丝寂然坐在洞房里,便靠近她坐下,亲切地吻她的眉心,抑制着悲愁的情绪,敷衍着和她谈笑了几句,便起身悄悄地拭去伤心的眼泪,接着盥洗、做礼拜,待深夜哈雅图·诺芬丝睡熟了,才随便倒在一旁睡觉。次日黎明她便起身,做了晨祷,然后上朝,发号施令,专心处理国家大事。

老王阿尔马诺斯照例到新房中去看女儿,和她谈话,打听新王的情况。哈雅图·诺芬丝把白都伦的情况详细告诉国王,最后说:"父王,我看像我丈夫这样聪明虔诚的人,世间是少有的;他随时随地不是悲哀哭泣,便是呻吟叹息。"

"儿啊!你再忍耐一段时期;如果他再这样,最后我只有取消他的王位,把他驱逐出境的一种办法。"老王安慰公主,心里却计划怎样对付白都伦的办法。

傍晚,白都伦回到后宫,走进新房,见室内灯烛辉煌,哈雅图·诺芬丝孤单寂寞地坐着。她触景伤情,想起戛梅禄和他们夫妻之间在短期内遭遇到的离散情景,忍不住叹息流泪。过了一会儿,她起身预备去做晚祷,哈雅图·诺芬丝一把拉住她,说道:"我的主人呀!父王待你这般好,你自己不觉得害臊吗?"白都伦坐了下来,问道:"亲爱的,你这样对我说到底是什么意思?"

"我是说我从来没有见过像你这样自负的人。我这样说不过是替你担忧罢了,因为父王打算取消你的王位,要把你驱逐出境。如果他生起气来,甚至会杀掉你呢。因为可怜你,我这才向你进句忠言;你自己考虑吧。"

白都伦听了诺芬丝的谈话,低头凝视着地面,感到彷徨、迷离。她暗自想道:"我要是违拗他,生命就不保险;我要是服从他的命令,就会暴露我的秘密,这真是使人左右为难的事。不过我既然做了艾补奴斯的国王,一切都在我的掌握之中;再说戛梅禄要回他的祖国去,必须由此经过,这个地方必然会是我和他相会的所在。现在我走入迷途,不知怎样应付才对。让我把自身的一切托付给安拉吧,他会替我安排的。"于是她毅然决然地把自己的境遇和情况从头到尾详细地告诉诺芬丝,最后嘱咐道:"凭安拉的名义,我恳求你给我保守秘密,千万别走漏消息;待我同戛梅禄见面的时候,我什么都依从你。"

诺芬丝听了白都伦的叙谈,感到十分惊奇,非常同情她,并替她祷告,祈求安拉使他们夫妻团圆聚首,并安慰她说:"姊妹,你别忧愁焦急,好生忍耐着,静待万能的安拉给你安排吧。"她说毕吟道:

> 只有忠实的人,
> 能够保密、守信。
> 秘密在我心里,
> 如同禁闭在房间;
> 房门不仅加上锁,打上封条,
> 而且锁门的钥匙已经丢失。

"姊妹,"诺芬丝吟罢接着对白都伦说,"老话说得好:自由人的心胸,如同秘密的坟墓。放心吧,我绝对保守秘密,一丝一毫都不泄露。"

次日清晨,白都伦做了晨祷,随即上朝,坐在宝座上处理国事。同时,诺芬丝公主趁老王来看她的时候,把白都伦的转变,他们夫妻和好,彼此情投意合的情况从头叙述了一遍。老王听了,心旷神怡,如释重负,喜不自胜,准备了丰富的筵席,陪公主和新王共饮。从此翁婿在一起过快乐如意的幸福生活。

国王山鲁曼的悲哀

国王山鲁曼自从戛梅禄太子和买尔祖旺一起出去打猎之后,心中茫然如有所失。他抑制情绪,勉为其难地盼望着,等到日落,不见太子归来,因此整夜转辗不能入睡。长夜漫漫,他一直惦念着太子,怀着焦虑的心情,惴惴不安,好不容易才熬到天明。太阳出来了,他心中感到些许慰藉,于是怀着愉快的心情等待太子归来。可是他等了半天,仍不见太子回来,心中顿时燃起惦念的烈焰,无形中出现了离散的预感,因此惊慌失措,大声叫喊,痛哭流涕,眼泪沾湿了衣襟。

国王悲哀哭泣了一会儿,拭干眼泪,立刻发布命令,吩咐军队迅速整装,准备作长途旅行,出去寻找太子。于是他怀着满腔郁结、苦闷的心情,统率大队人马,浩浩荡荡,离开京城。他把人马分为六队,派定前锋、左右翼和后卫等职务,俾分道四出,一齐寻找太子。临行他吩咐臣下:"各队人马限明日在十字路口会师。"

各路人马奉行命令,东西南北,满山遍野,各向一方,同时动身出发,前去寻找太子。他们继续不断地跋涉,向前行进;到日落时,行了不少的路,可是一直不见太子的踪影。他们连夜奔波、跋涉,行至次日正午,各路人马陆续赶到十字路口会师。当时谁也辨不清太子走的究竟是哪条道路,正在徘徊观望的时候,突然有人发现撕破的布片和割裂的肉块,仔细一看,只见布片上还残存着斑斑的血迹,而且布、肉都在同一的方向。

国王山鲁曼看了这种情景,心坎里一阵疼痛,不禁狂叫一声,喊着太子,伤心哭泣起来。他打自己的脸,拔自己的胡须,撕身上的衣服。他相信太子已经死了,因而愈哭愈伤心。部下也都认为太子已经遇害,都陪着国王伤心流泪,抓泥土撒在自己头上,一个个出自心坎地悲哀、哭泣。

国王对太子遇难的事已无疑义,认为他不是在山中被猛兽袭击,便是在途中为盗匪所劫杀,于是率领人马,垂头丧气地败兴而返。他回到京城,发布命令,命全国各地的黎民服表,为太子之死致哀。他自己在宫中建了一间屋子,取名忧愁室,每周除星期一、五临朝视政外,其余的日子便躲在忧愁室中过忧郁的隐居生活。

戛梅禄发现宝藏

戛梅禄流落到花园中,跟老园丁在一起生活。这期间,他一直回忆着过去的快乐、安逸生活,终日悲哀哭泣,有时吟诗消磨日子。园丁安慰他,对他说:"到了年底,会有船只开往伊斯兰教国家去的。"

戛梅禄跟园丁一块儿在园中度日,有一天,忽然发现人们成群结队,来来往往,非常热闹。他正感觉奇怪,园丁却跑来对他说:"孩子,你休息吧,不必工作了。今天是节日,人们都欢欢喜喜地过节哩。你一边休息,一边看守花园,我出去给你打听船只,希望最近期内让你回到伊斯兰教国家去。"

园丁走后,戛梅禄一个人留在园中,想着自己的身世伤心哭泣。他愈想愈着急,愈哭愈伤心,哭着哭着便晕倒了。后来他慢慢苏醒过来,在园中树下漫步走着。由于心绪不宁,整个心思都被长时期的遭遇和离愁所牵扯,不知不觉便失足跌在地上,被树桩划破脸面,血和泪混流在一起。他抑制着眼泪,拭干了血迹,用破布把伤口包扎起来,凄凉迷离地一直在园中来回走着。这时候,他无意间一抬头,看见两只鸟儿在树枝上打架,其中一只被啄死,落在地上,另一只扬长飞去。一会儿,飞来两只比较大的鸟,落在死鸟身旁,拍着翅膀张着嘴,吱吱喳喳地啼哭一回,随即刨个洞埋了死鸟,然后双双飞去。过了不久,它们便带着凶手飞回来,把它啄死在埋死鸟的地方,挖出肠胃,啄碎皮肉,并把鲜血和皮毛撒在地上,然后胜利地双双飞去。

戛梅禄眼看着这桩事情,感到十分惊奇。他仔细打量,发现一个闪闪发光的东西,走过去一看,原来是个嗉囊。他拾起来,撕开一看,发现了那颗因它而使他和妻子离散的红宝石。他一见便明白个中底细,一时高兴得昏迷不省人事。休息了一会,他苏醒过来,说道:"赞美安拉,这是个好兆头,这是我和妻子团圆聚首的喜报啊。"于是他掂着宝石，细细致致地欣赏了一会，然后用布条把它绑在手臂上，心中感到无限的欢欣快慰，暗暗地给自己报喜。后来他慢步回到屋里，等候园丁，至深夜不见园丁回来，便一个人睡了。

次日清晨，戛梅禄醒来，拿枣纤索束起腰，带着丁字镐和提篮，照例在园中勤勤恳恳地工作。他挖着地，由近而远，逐渐走到一棵空心树下。镐头挖在树根上，发出噼啪的响声，土块裂开，露出一个木盖。他揭起木盖，发现里面有门和台阶。他随着好奇心的驱使，沿阶走了下去，发现一间翁顿、瑟睦德帝王时代遗留下来的地窖，完全用石头砌成，墙壁发着天蓝色，里面储藏着无数光辉夺目的红金子。他望着宝藏，喜得眉飞色舞，自言自语地说道："厄运从此告终，欢欣快乐的日子已经开始了。"

戛梅禄走出地窖，照样掩上木盖，然后挑水灌溉花草树木，一直工作到日落。夜里园丁回来，对他说："孩子，我给你报个喜讯，你有机会回家乡了。现在商人们正在预备船只和货物，打算开往艾补奴斯，三天后就要开船。艾补奴斯是第一个伊斯兰教国家，到了那里，你再走旱路，走六个月的路程，便可到达哈里多突。"戛梅禄喜不自胜，拉着园丁的手吻个不止，说道："老伯伯，像你给我报喜一样，我也要给你报个大喜信呢。"他把在园中发现宝藏的经过告诉了园丁。园丁听了欢喜快乐，说道："孩子，我在园中经营了八十年，却什么也没有看见；你在这儿还不到一年的工夫，倒发现了这个宝藏。这是你的财富，也是你转忧为喜，促成你回家乡与亲戚骨肉团聚的原因呢。"

"但是这些钱财必须你我两人均分。"戛梅禄说着，带园丁去到地窖里，把灿烂闪光的金子指给他看。金子总数约计二十瓮，他们每人可分得十瓮。园丁对他说："孩子，园中的孔雀榄是此地的特产，一般商人经常运往别地贩卖。你把金子装在皮囊中，摘些橄榄盖在面上，然后封好，搬到船中运回去吧。"

戛梅禄立刻动手，预备了五十个皮囊，装满了金子，上面盖着一层橄榄，然后封扎起来，还把那颗红宝石也放在一个皮囊中。一切预备妥帖，然后和园丁坐在一起谈天，自信可以一帆风顺地回到家中，骨肉团圆聚首。他暗自说道："到了艾补奴斯，再走旱路回哈里多突和父王见面，那时候就好打听我妻白都伦的下落了。可是不知道她到底是回她自己的家乡去了呢，还是直接到我父亲那儿去了？在途中会碰到什么意外的祸事吗？"

在一切准备妥当，等待行期到来的这个期间，戛梅禄和园丁依依不舍，促膝谈心，并把鸟儿打架的经过讲给他听，直至深夜才入睡。次日清晨，戛梅禄从梦中醒来，见园丁生病，卧床不起。至第三日，病势更加严重，已经没有活命的希望，因此感到无限的忧愁苦闷。就在这个时候，船长带着水手到园中来寻找园丁，戛梅禄告诉他们园丁正在害病。船长问道："要跟我们同船往艾补奴斯去的那个青年在哪儿？"

"就是我。"戛梅禄回答着，随即吩咐水手把他的皮囊搬上船去。水手们搬起皮囊，临行嘱咐道："你快来，现在正是顺风的时候，就要开船了。"

"听明白了，遵命就是。"他急急忙忙把途中食用的粮食送到船上，放置妥帖，然后奔到园中，跟园丁作最后的话别。当时园丁已经奄奄一息，抽着气，跟死亡在作最后的挣扎。他不忍心骤然离去，便坐在床前，待他气绝身死，赶忙装殓、埋葬完毕，然后才没命地奔去赶船。当他跑到海滨，船已经张帆起航，破浪而去。他呆呆地望着船身渐渐消逝，彷徨失措，垂头丧气，默默无言地回到园中，气得打自己的脸，抓土撒在自己头上。

之后，他继承老园丁的遗志，租下果园，雇一个工人帮着灌溉，埋头经营。同时他又预备了五十个皮囊，拿到地窖里，把剩余的金子装在里面，用橄榄盖在面上，然后封扎起来，预备带走。他出去打听船只，知道每年只开船一次，必须来年才能成行。因此他神魂不定，惴惴不安，想着自己的遭遇，尤其为遗失白都伦的红宝石感到万分难过,整天整夜地伤心哭泣。

白都伦和船长

白都伦做了艾朴奴斯国王之后,抑制着忧愁情绪,勤勤恳恳地埋头处理国家大事,博得满朝文武的拥护爱戴。在她出巡时,黎民成群结队地随着她欢呼、祝福,指着她说:"这是驸马爷,是老王阿尔马诺斯的女婿。"可是到了夜阑人静时,她不免想着戛梅禄的孤苦寂寞而悲哀哭泣。她经常对诺芬丝讲述有关戛梅禄的事情。有一天,她在宫中凭窗眺望海景,看见一只帆船驶进港口。她一见商船,心中顿时发生一种特殊的感受,惴惴不安,心跳不止,因此她率领朝臣和侍卫骑马去海滨踏看。她看见人们正在忙着卸货,便向船长打听船中载运的是什么货物。船长说:"启禀主上,我们运来的货物,种类很多,有药材、眼药、药粉、香水、钱币、布帛、兽皮、麝香、香料、檀香、罗望子和橄榄等货物;其中橄榄一种,是我们地方上的特产呢。"

白都伦听船长提到橄榄,很感兴趣,想尝一尝橄榄的味道,便对船长说:"你们带来多少橄榄?"

"满满的五十口袋;不过贩卖橄榄的人不曾和我们同来。"

"搬出来让我看一看吧。"

船长吩咐一声,水手们遵循命令,迅速搬出橄榄,打开一袋呈献在国王面前。白都伦看了一眼,说道:"五十袋橄榄我留下了;值多少钱,我付给你们。"

"在我们地方上,橄榄并不值钱,"船长说,"贩卖这批橄榄的是个穷苦人;他没有赶上船,落在我们后面了。"

"在你们那儿这些橄榄值多少钱?"

"值一千块钱。"

"那么我出一千元收买吧。"于是她吩咐把橄榄搬进宫去。

当天夜里，白都伦吩咐仆人拿一袋橄榄到后宫，预备和诺芬丝一块儿享受。她摆下一个大盘，打开皮囊一倒，落在盘中的却不尽是橄榄，而是一堆红彤彤的金子。她对诺芬丝说："哟！是金子呀！"于是教仆人把其余的橄榄全部搬到后宫，顺序一袋袋打开检查，发现每个口袋里都装满金子，橄榄的数量，总共不超过一袋。她仔细打量一番，发现金子中有颗宝石。她拿起来一看，原来是她胸前挂的被戛梅禄拿走的那颗宝石。她看见自己心爱的宝贝，感到无比的喜悦，大叫一声，随即晕倒。

过了一会，白都伦慢慢苏醒过来，暗自说："这颗宝石是我和戛梅禄分别离散的原因，可是它现在变成一个喜报了。"于是她对诺芬丝说：找到宝石，便是夫妻团圆聚首的好兆头。

次日清晨，白都伦上朝，坐在宝座上，下令召船长进宫。船长奉命来到国王面前，跪下吻了地面，毕恭毕敬地听候吩咐。白都伦问道："那个贩卖橄榄的商人，你到底把他丢在什么地方了？"

"启禀主上，他住在信奉袄教的地方，跟一个园丁生活在一起。"

"你要是不把他找来，那么你的船和你自己要受到的损失，连你自己也是估计不到的。"于是下令封闭商人们的货仓，禁止他们买卖，对他们说："那个贩卖橄榄的商人是我的债户，他欠我债。你们要是不把他找来，我便没收你们的财货，并判处你们死刑。"

商人们受到威胁，纷纷向船长交涉，愿意另出一笔旅费，教他开船回去找人。大家恳求道："这个倒霉家伙连累了我们，千万求你救救我们的生命货物吧。"

戛梅禄和白都伦重见

船长答应商人们的要求，满足他们的愿望，便匆匆准备停当，迅速张帆启碇，一路顺风，兼程赶到家乡。船靠岸时，已是更残夜静，船长不顾一切,带着水手涌到果园里去找人。

深夜里,戛梅禄心绪不宁,想着自己的身世和妻室,正在伤心饮泣,觉得夜长不寐的时候,突然听到敲门声,不禁一怔,跳将起来,应声出去开门。门刚开,水手们一声不响,立刻把他包围起来,带到船上,马上扬帆起航。船在无边无际的海洋中行了几昼夜,戛梅禄却茫然不知是怎么一回事。他向水手打听逮捕他的原因,他们对他说:"你是艾补奴斯国王的债户。坏家伙!你偷过人家的钱。"

"指安拉起誓,我生平没到过那个地方,怎么会欠人债呢!"戛梅禄莫名其妙。

水手们不跟他理论,只是驾着船向目的地航行。到了艾补奴斯,他们把他带进宫去。白都伦一见便认识他,把他交给仆人,吩咐带去澡堂沐浴,同时开了禁令,准商人们自由买卖,并赏船长一套值一万金的衣服。夜里她把情况告诉诺芬丝,嘱咐道:"你好生保守秘密,让我慢慢想办法达到目的,给后人留下一些史料吧。"

戛梅禄随着仆人进澡堂沐浴、熏香,穿起宫服,精神饱满,星辰般标致漂亮,进宫来谒见国王。白都伦竭力抑制着冲动的情绪,以便按部就班地实现计划。于是她封他爵位,委他在宫中任职,并派仆从侍候他,赏他金钱骆驼,让他过丰衣足食的生活。后来又屡次提升他,最后委他管理国库,掌握财政大权。她经常接近他,和他商议国事,并向宰相朝臣们宣扬他的才德,因而满朝文武都拥护、爱戴他。白都伦无限制地增加他的俸禄,提升他的职位,使戛梅禄茫然不知是何道理。由于他职高钱多,因而上至老王阿尔马诺斯,下至所有的同僚婢仆,差不多人人尊敬他,奉承他,使他受宠若惊,同时也使他对这种反常的情况感到惊奇、恐怖。他暗自说:"指安拉起誓,这样的恩赏,其中一定有缘故。国王过分地尊重我,也许是有某种企图吧。我非辞职回家不可了。"于是前去谒见国王,说道:"主上,臣蒙陛下恩赏有加,今后不敢妄图非分,恳求主上准臣告辞还乡,并收回赐给臣的种种恩赏。"

"你既然受到无上的恩赏,过着极其幸福的生活,"白都伦微笑着说,"为什么还异想天开,要辞职还乡呢?"

"主上,这样的恩赏若是没有根据,那才是最奇怪的现象呢;尤其像我这样幼稚的人,竟然担任一般长老们才配担任的职务呢。"

白都伦哈哈大笑,笑得几乎倒在地上。之后她说道:"亲爱的,我们在一起过夜的日子,你把它忘得多快呀!"于是剀切地向他自我介绍一番。这时候戛梅禄恍然大悟,认出她是自己的妻子白都伦。由于兴奋过度,他忍不住簌簌地流下欢喜的眼泪。

白都伦把她的经历详详细细地从头对戛梅禄说了一遍,同时戛梅禄也对白都伦谈了别后的遭遇。夫妻两人久别重逢,乐不可支。继而白都伦带戛梅禄去谒见老王阿尔马诺斯,叙述自己的真情实况,说明她是戛梅禄的妻子,以及夫妻两人失群离散的原因。老王听了白都伦的故事,感到十分惊奇,吩咐拿金墨记录下来。他对戛梅禄说:"王子,你愿意招为驸马,跟我的女儿哈雅图·诺芬丝结婚吗?""我必须和白都伦商议过才能决定,"戛梅禄说,"因为她对我的恩情是说不完数不尽的。"

戛梅禄当面征求白都伦的意见。白都伦对他说:"这个意思很好,你答应和公主结婚吧;从今以后,让我做她的一个奴婢,好生侍候她。因为她成全我,优待我,而且我们已经湮没在她父亲的恩惠中了。"

戛梅禄和哈雅图·诺芬丝结为眷属

戛梅禄把老王要招他为驸马的事提出来向白都伦商议,白都伦慨然同意,毫无嫉妒之心。他很高兴,把白都伦满心欢喜以及愿以奴婢身份侍候诺芬丝公主等话报告老王。老王听了十分欢喜,随即上朝,坐在宝座上,召见宰相、朝臣和文武百官,对他们讲了戛梅禄、白都伦夫妻两人的经历和遭遇,并把他自己要招戛梅禄为驸马,委他代替白都伦为王的意见当众宣布,征求他们的同意。满朝文武听了老王之言,欣然同意,齐声说:"白都伦公主既然做过我们的国王,被我们尊为驸马,她的丈夫戛梅禄自然有资格做我们的国王;我们竭诚欢迎他,愿意臣服他,不违拗他的命令。"

老王阿尔马诺斯的意见博得群臣的拥护,感到无限的欢喜、快慰,洋洋得意地立刻邀请法官、证人和元老,替戛梅禄和哈雅图·诺芬丝公主举行订婚仪式,接着举行婚礼,准备丰富的筵席,大宴宾客。他并借驸马结婚及登极为王的佳期,重赏群臣,广施博济,赒济穷苦黎民,大赦天下。民众欢欣鼓舞、争先恐后地前去庆贺、欢呼,祝福国王万岁。

艾谟章笃和艾思武德

戛梅禄做了艾补奴斯国王,下令减免赋税,大赦天下,大刀阔斧地做了许多应兴应革、可歌可泣的事情,造成国泰民安、天下太平的局面,然后和王后在一起过相亲相爱、快乐如意的幸福生活。他在这种优越、享福的环境中,无忧无虑,把他自己的过去、国王山鲁曼的江山国土,以及对他的养育之恩,全都弃置脑后,忘得一干二净。

光阴荏苒,不知不觉就过了一年。戛梅禄的两个妻室各生一子,标致漂亮得如同太阳一般。大的是白都伦生的,叫艾谟章笃;小的叫艾思武德,是诺芬丝所生。艾思武德比他哥哥艾谟章笃生得更英俊。弟兄两人在一起受着王家无微不至、极其优越的抚育。循着年龄的增长,国王聘请名师教他们读书识字,而且认真地灌输学术、政治和武艺,一直把他们锻炼、培养成为活泼标致、文武双全的杰出人物。到了年满十七岁时,弟兄两人的体格已发育到成熟阶段,十分惹人注目,男男女女见了,都羡慕而生爱。他们弟兄两人从小生活在一起,长大之后，也同样在一起过活，相亲相爱，形影不离，过着舒适、安逸的快乐幸福生活，惹得人们有的羡慕他们，有的嫉妒他们。

时日很快，转瞬之间，艾谟章笃和艾思武德已经发育完全，到了成年时代。这期间，每当国王戛梅禄出巡，便吩咐他弟兄两人代理执政，轮流处理国事。说来事属宫廷艳史，就在国王戛梅禄出巡，国事由艾氏弟兄执掌的时期，宫中出了骇人听闻的丑事：原来诺芬丝的儿子艾思武德竟被他的异母白都伦所钟爱，成了她单相思的对象；而白都伦的儿子艾谟章笃也成为他的异母诺芬丝所追求的目标。于是两个娘儿偷天换日，举着伦常的母子之情作幌子，暗中进行邪辟的爱情活动，彼此引诱对方的儿子。她们每见心目中的爱人，便絮絮叨叨，纠缠不清，存心全部占领，而不愿其离去。可是落花有意，流水无情；日子久了，彼此达不到愿望，便消极失望起来；茶不思，饭不想，被邪辟的爱情燃烧得不能安安静静地睡觉。

王 子 和 王 后

有一次，国王戛梅禄又出去打猎，照例派两个王子轮流当政，负责处理国家大事。第一天轮到白都伦的儿子艾谟章笃执行任务；他坐在王位上发号施令，从事应兴应革、赏善罚恶的各种指示。艾思武德的母亲诺芬丝趁机写了一封向他求爱的信，赤裸裸地说出恋念他的情绪，表明要接触他的愿望。她把信和一绺头发卷在一块用麝香熏过的薄绸里，再用手巾包起来，打发仆人送给王子艾谟章笃。

仆人茫然不知未来的变化如何，也不知自己要遭遇什么不测之祸，只是一股劲地奉命前去下书。他急急忙忙奔到朝廷之上，跪下去吻了地面，然后毕恭毕敬地呈上书信。艾谟章笃接过手巾，打开读了里面的信，知道王后是个不忠于国王的奸佞家伙，不禁怒火上冲，对妇女的行为切齿痛恨，骂道："愿安拉把这样奸佞、愚妄而无信义的淫妇全都消灭掉！"于是他抽出宝剑，对仆人说："你这个该死的坏奴才！胆敢助坏人为虐，替欺君的泼妇递送书信吗？你这个丑恶的黑奴！不中用的东西！"接着举起宝剑一劈，砍掉仆人的头。他把信仍然包在手巾里，揣在衣袋中，匆匆去见他母亲，把发生的事情告诉她，然后大发牢骚，痛骂一顿，说道："妇人就是一个比一个坏！指伟大的安拉起誓，要不是怕得罪父王和弟弟，我非闯了进去，像杀奴才那样地割她的头颅不可。"他怒气冲冲，回到寝室，愈想愈生气，急得茶饭不能下咽，通宵达旦，一直不能入睡。王后诺芬丝听说艾谟章笃破口大骂，杀死她的仆人，便怀恨在心，恼羞成怒，暗中想法报复，气得卧病不能起床。

次日清晨，王子艾思武德上朝代理国王执政。他坐在宝座上发号施令，赏善罚恶，埋头处理国家大事。当时艾谟章笃的母亲白都伦却在后宫作祟，把宫中一个诡计多端惯于弄虚作假的老宫女唤到面前，向她诉苦，说出自己的心事，然后取笔墨写信给王子艾思武德，表白自己对他无上的恋念、渴慕。她写完信，用麝香熏过，连同一绺头发叠在一起，装在一个镶珠宝的绣花丝袋中，交给老宫女，教她送给王子艾思武德。

老宫女遵从王后的命令，诚惶诚恐、偷偷摸摸地去到朝廷，趁人少王子有空的时候，把信递了上去，然后毕恭毕敬地站在一旁听候回话。王子读了信，明白内中情节，仍然把信折叠起来，装在衣袋里，这才勃然大怒，把奸佞淫荡的妇女痛骂一顿，然后跳起身来，抽出宝剑，手起剑落，结果了老宫女的性命。

艾思武德气得昏头昏脑，垂头丧气地去见母后，见她卧病不起，就在她面前发一阵牢骚，痛骂白都伦一顿，这才退出去，找到他哥哥艾谟章笃，把自己和他母亲白都伦之间发生的事件和杀死老宫女的经过说了一遍。最后他说："指安拉起誓，要不是为了顾全你的面子，我非冲进后宫，割她的头颅不可。"

"指安拉起誓，我的好弟弟，"艾谟章笃说，"昨天我执政的时候，碰到一桩事件,跟你今天的遭遇正是一样;那是你母亲写了同样性质的一封信送给我。"于是他把自己和他母亲诺芬丝之间发生的事情从头叙述了一遍,接着说道:"指安拉起誓,要不是为了顾全你的面子,我非闯进后宫,用对付仆人的办法对付她不可。"

当天夜里,艾谟章笃和艾思武德弟兄两人忧愁苦恼,百感交集,对坐谈心,痛骂奸佞淫荡的妇女,整夜不曾入睡。最后彼此互相嘱咐,对于宫中发生的丑事,绝对保守秘密,不让国王知道,免得王后的性命不保。

次日,国王戛梅禄率领队伍打猎回来,坐在宝座上和朝臣们谈了一会,回后宫休息,看见两位王后睡在床上,害了重病,气衰力弱,情况严重,感到惊奇,问道:"两位王后怎么了?"

原来两位王后引诱王子,奸计未售,丑态毕露,因此恼羞成怒,怕王子在国王面前告密,两人便定计陷害王子,存心置之死地。于是她们趁国王打猎归来,勉强支持着爬起来,吻了国王的手,然后颠倒是非,说道:"主上,你要知道,你不辞辛苦,费尽心血教育出来的两个王子,竟然用诱奸我们的行为败坏人伦,侮辱主上。"

国王听了王后的谗言,脸色霎时变黑,勃然大怒,气得头昏脑涨,说道:"到底是怎么一回事情呀?明明白白地讲给我听吧!"

"你要知道,主上,"白都伦说,"诺芬丝的儿子艾思武德一直写信调戏我,企图诱奸我,我屡次训诫他,可他不醒悟。此次主上出去打猎,他趁机带着宝剑来威逼我,要强奸我,结果杀死了我的仆人。"她说着叹息饮泣起来;继而又说:"主上要是不替我伸冤雪耻,我只好自杀了。我受了侮辱,不要再活在世间了。"

白都伦的哭声还没有止住,诺芬丝便痛哭流涕,像白都伦那样捏造一篇谗言,在国王面前陷害艾谟章笃。最后她说:"如果你不替我报仇雪耻,我非把这桩事件报告父王不可。"于是白都伦和诺芬丝在国王面前相对号啕痛哭。

国王听了两位王后的谗言,看着她们伤心哭泣的情景,认为事非虚构,信以为真,因而怒火上冲,跳将起来,带着宝剑,预备去杀王子。这时候,老王阿尔马诺斯突然驾临;这是他听得夏梅禄打猎归来,特地来看望他的。他见夏梅禄怒气冲冲,手握宝剑,鼻孔中流着鲜血,形状非常凶恶,便追问发生了什么事情。夏梅禄把王子艾谟章笃和艾思武德的行为叙述一遍,最后说:"哼,我现在要大义灭亲,非把两个逆子枭首示众不可。"

王子和财政大臣

老王阿尔马诺斯听了一面之词,也怀恨两位王子;他对夏梅禄说:"儿啊,你这样做是对的。这两个坏家伙,愿安拉惩罚他们;凡是做这种欺君枉法之事的人,都应该受到安拉的惩罚。不过,儿啊!古人说得好:'人无远虑,必有近忧。'总而言之,这两个孽障祸胎总是你的儿子,你不必亲自动手,免得感受痛苦,将来懊悔莫及。这桩事只消派个使臣代劳,把他们带到郊外去处决,叫他们无影无形地死在郊外,不让你亲眼看见,所谓'眼不见则心不烦'嘛。"

夏梅禄听了老王的建议,认为正确,便把剑插入鞘中,马上召见管库的财政大臣。这个大臣是位上了年纪、饱经世故、经验阅历很丰富的老臣。他一来,国王就对他说:"去吧,去把王子艾谟章笃和艾思武德牢牢地捆绑起来,放在两个木箱里,用骡子驮着,由你亲自押出去,在郊外处死,并把他们的血装两瓶拿来见我。去吧,快去快回。"

"听明白了,遵命就是。"大臣回答着立刻动身前去执行任务。事属巧遇,他刚走出后宫,便在走廊中碰见了两个王子。原来王子艾谟章笃和艾思武德听见国王打猎回来,便收拾打扮,衣冠楚楚地预备前来看望父王,祝他平安归来。大臣一见他们,便抓住说:"王子!你们要知道,我是个受人支配役使的奴婢,现在奉到国王的一道命令,两位王子是不是要遵从国王的命令呢?"

"是啊,我们是要遵从的。"王子回答。

这样一说,大臣就把两个王子绑了起来,放在两个木箱里,用一匹骡子驮着,离开京城,一直去到郊外荒无人烟的地方,然后下马放出王子。大臣眼看着两人英俊的模样,忍不住落下怜悯同情的眼泪;之后他终于硬着心肠,抽出宝剑说:"王子,指安拉起誓,要我对你们做残忍的事,这对我来说真是千难万难;但是我是一个奴婢,这桩事对我是不相干的,这是国王命令我来处决你们的啊。"

"我们甘心忍受伟大的安拉安排下来的一切;你来杀我们是合法的,你只管执行国王的命令吧。"王子说罢,互相道别一声,偎依在一起,准备慷慨就死。"指安拉起誓,老伯,"艾思武德说,"千万求你别教我看着哥哥之死而感到难过痛苦;求你先杀我,让我从从容容地死吧。"艾谟章笃也同样恳求大臣先杀他,说道:"弟弟比我年轻,别教我望着他的惨死而痛心吧。"说罢,弟兄两人相对失声而哭,大臣也为了他们的悲伤而流出同情的眼泪。

艾谟章笃和艾思武德弟兄两人相依为命,依依不舍,彼此作最后的话别说:"这一切全是两个奸佞的母亲干出来的好事;你的母亲陷害我,我的母亲陷害你;她们约着阴谋作祟,全无办法,只盼伟大的安拉拯救了。我们是属于安拉的,我们都要归宿到安拉御前去。"兄弟二人说罢,相对痛哭流涕。艾谟章笃对大臣说:"老伯,我凭唯一的安拉之名恳求你先杀我,泼灭我胸中的火焰,别让它再燃烧了吧。"艾思武德说:"不,还是先杀我吧。"艾谟章笃说:"来吧,我们的脖子靠在一起,让他一刀砍掉两个头颅好了。"于是弟兄两人面对面地偎依着,伸长脖子,等大臣来砍。大臣流着眼泪,用绳子把两人绑在一起,抽出宝剑,说道:"指安拉起誓,王子,杀你们这桩事把我给难住了;你们还有什么事需要我代劳吗?有遗嘱要我去传达吗?有信件要我去递交吗?"

"没有什么事可以劳烦你的,"艾谟章笃说:"至于遗嘱,我只嘱咐你：你执行任务时，让我弟弟睡在我的身体下面，以便你的宝剑先砍在我的脖子上。你完成任务，回到宫中，国王问我们临终的情况时，请你顺便对他说：'您的两个儿子向您致意！他们对您说：您知不知道他们究竟是犯了罪呢，还是受人冤枉？您不调查他们的处境，也不找出确凿的罪证，就蓦然把他们处决了。'此外，还请你对他说：'妇女是妖魔，是祸水；世间的一切灾祸，都是她们搬弄出来的。'以上这几句话，千万求你给我们交代清楚。最后我求你慢一步执行任务，让我们手足之间再谈几句吧。"于是他眼泪汪汪地对艾思武德说："弟弟，事到如今，哭也不中用，我们用不着再伤心，古代许多帝王将相的归宿就是我们的前车之鉴。古往今来，无数王公庶民都是走的这条路啊。"

大臣听了王子的谈话，深受感动，老泪滂沱，泣不成声，眼泪沾湿了胡须。他抽出宝剑，举起来正要杀两个王子的一刹那，想不到他的千金骏马突然蹦跳起来，一溜烟跑进森林。他迫不及待，丢下手中的宝剑，跟踪追去。见马儿奔腾长嘶，地下的尘土踏得漫天飞扬。他正在向前追赶的时候，林中忽然跳出一只非常可怕、眼睛里冒着火花的猛狮。他手中没有宝剑，看见狮子野性勃勃地向他袭来，知道无路可逃，非遭难不可，不禁暗自叹道："毫无办法，只盼伟大的安拉拯救了。这是亏枉艾谟章笃和艾思武德，才碰到这样的事情的呢。真糟糕，这桩事一开始就倒霉透了！"

艾谟章笃和艾思武德被绑在一起，在烈日下感到十分干渴、炎热，便伸出舌头喘着气凄惨地呼叫起来。但在这荒无人烟的旷野，根本没有人来给他们水喝，所以大失所望。艾谟章笃叹道："但愿早些时候被杀掉，免得活着受这种痛苦。大臣把我们绑在这儿去追马，不知跑到哪儿去了！他还是快快转来杀死我们，比让我们活着受罪好得多。""哥哥啊，"艾思武德说，"忍耐吧，安拉会解救我们的。马儿跑了，这是安拉眷顾我们。不过这样的干渴教人真是忍受不了。"于是他挣扎着左右摇摆，挣脱手臂，获得自由，一骨碌爬起来。他解了他哥哥的臂缚，拾起宝剑，说道："指安拉起誓，我们决不离开此地，非了解他的情况，知道究竟发生什么事故不可。"于是弟兄两人走进森林，跟踪去找。艾谟章笃说："我想大臣和他的坐骑不会离开森林吧。"

"哥哥，"艾思武德说，"你待在这儿，我进去踏看好了。"

"不，我不让你一个人去；要去就得两人一起去；我们应该活在一起，死在一堆。"

艾谟章笃和艾思武德走到森林深处，发现大臣在猛狮威胁下，跪在地上，举起两手，仰望天空向安拉求援，好像一只可怜的小麻雀。艾谟章笃毫不迟疑，持剑冲了过去，一剑刺穿狮眼，结果了它的性命。大臣得救，狼狈地站起来，感到十分惊奇；继而他看见艾谟章笃和艾思武德弟兄两人站在自己面前，立刻倒身跪下，说道："指安拉起誓，王子，我不该杀害你们，而且别人也不能杀害你们；我要用自己的生命来保护你们。"他高兴快乐，站起来拥抱王子，问他们解缚进入森林的原因。王子把当时因干渴而挣脱绳索并跟踪进入森林的经过说了一遍。大臣听了非常感激，与王子一块儿走出森林。当时王子对他说："老伯，执行父王给你的命令吧。"

"我怎么能伤害你们呢！不过我得脱下你们的衣服，并灌两瓶狮血，作为杀了你们的凭证，带回宫去交差。你们两人可以逃走了，反正宇宙广阔无比，不愁没有栖身之地。老实说，我和你们真是难分难舍的呢。"说罢，三人相对泣不成声。继而他脱下王子的衣服，叠在包袱里，同时脱下自己身上的衣服和王子交换，并灌了两瓶狮血，带在身边，然后与王子挥泪作别。他急急忙忙不停地走着，转回宫去，倒身跪在国王面前，吻着地面。国王看见他那被狮子吓得苍白的嘴脸，认为是处决王子时遗下的痕迹，满心欢喜，问道："完成任务没有？"

"不错，主上，"大臣说，"一切都照办了。"说着便把两瓶鲜血和王子的衣服呈上。

"当时他们的情况如何？嘱咐你什么没有？"

"临终时两人都非常安定镇静，毫无怨言。他们对我说：父王无辜，请向他致意。并对他说，杀我们是理所当然的；不过要告诉他，妇女是妖魔，是祸水，世间的一切灾难祸患，都是她们搬弄出来的。"

听了大臣的报告，国王低头凝视地面；从王子的话里，他体会到他们是受屈而死的。他又想到妇女们的鬼祟欺骗行为，就打开包袱，拿出王子的衣服，边吻边哭，并仔细打量、摸索。他从艾思武德的衣袋里发现白都伦写给他的信和夹在信中的头发，打开一读，恍然明白艾思武德原是枉死的。继而他检查艾谟章笃的衣服，在口袋中发现诺芬丝写给他的信和夹在里面的头发，打开一读，知道艾谟章笃也是枉死的。这时他拍着手掌叹道："毫无办法，只盼伟大的安拉拯救了；我已经把两个儿子虐杀了！"他喊着王子的名字，痛哭流涕，批自己的颊，懊悔不已。之后，他吩咐匠人在一座宫中替王子建筑两座陵墓，刻上艾谟章笃和艾思武德的名字，命名为忧愁室，从此摒弃朝臣和妻室，终日躲在忧愁室中悲哀哭泣。

艾谟章笃和艾思武德在旅途中

艾谟章笃和艾思武德和大臣分手后，一路流浪，在荒无人烟的旷野中跋涉，采野果充饥，喝泉水解渴。他俩连续不断地跋涉了一个月的路程，来到一座黑石山前。这里前面不知通往什么地方，仔细打量一番，发现两条路线：一条沿山腰向前，一条通往山顶。他俩徘徊观望一阵之后，便选择了上山的路线，接连行了五天。抬头一望，前途茫茫，漫无止境。由于不习惯长途跋涉，兼之又落在荒山莽原之中，所以感到疲劳、失望。最后他俩知道此路行不通，便向后转，走上另一条路，摸索着去找出路。刚走了一天，艾思武德就疲乏不堪，说道："哥哥，我不能再走了。""弟弟，"艾谟章笃说，"努力挣扎吧，安拉会解救我们的。"于是弟兄两人勉为其难地继续向前,走到天黑。艾思武德太疲劳,支持不住,倒在地上,哭着说:"哥哥,我走不动了。"艾谟章笃便背着弟弟走,走一会又坐下来休息,休息够了又向前走,断断续续地一直坚持到天亮,最后来到一处高坡上,发现一眼清泉和累累结实的果树。两人喜得简直不相信自己的眼睛,立刻停下来,喝泉水解渴,摘果子充饥。

艾谟章笃和艾思武德留恋泉水和果子,兼之艾思武德两脚肿痛,不能走路,因此他们在山坡上整整休息了三天,然后出发。他们跋涉了几昼夜,正当饥渴难忍,疲劳不堪,濒于死亡的时候,却有一座城市突然出现在他们眼前。他俩望着,不禁喜出望外,精神顿时焕发,怀着希望向前走去,兴高采烈地来到距城不远的地方。艾谟章笃欣然说道:"弟弟,你留在这儿,我进城去看一看这到底是什么地方,是谁的国土,以便知道我们离乡别井、翻山越岭之后,究竟流浪到了什么地方。假若我们一直向通往山顶的那条路走去,恐怕走一年也到不了这个地方的。赞美安拉,我们算是平安来到有人烟的地方了。"

"指安拉起誓,哥哥,我是你的替身,应该让我前去探听才是。因为你去了,我一个人留在这儿看不见你,总是放心不下,会感到忧愁苦闷的。"

"既然如此,你去好了,可别耽搁。"

艾思武德和袄教徒

艾思武德带着钱,离开哥哥,下山去到城里。他穿过窄巷,碰到一个老态龙钟的长者,一把蓬松的大胡子分成两片,垂在胸前,手拄拐杖,衣冠楚楚,戴着红色的大头巾。他望着这种装束,觉得惊奇,便走过去问候一声,说道:"老丈,上市场往哪儿走?"老人微笑着说:"孩子,你好像是外路人。"

"不错，我是外路人。"

"你别乡离井，来到这儿，给我们慰藉了！你为什么打听市场？"

"老丈，我有个哥哥在山中等我，我们来自远方，跋涉了三个月的路程，现在刚到这儿，预备到市场去买些食物充饥。"

"这好极了，我向你报喜啰。你要知道，我家里正设筵招待宾客，办了许多各式各样可口的饮食。你要不要随我回去？到那里你需要什么，我送给你，不收你的钱，并且告诉你城中的情形。赞美安拉！孩子，你和我相遇而没有碰到别人，这是你的幸运呢。"

"好的，我随你去；不过请你快些，我哥哥等着我呢。"

老人微笑着显出一副慈祥面孔，牵着艾思武德的手走进一条窄巷，说道："赞美安拉！他教你摆脱危险了！"他带他走到巷中，进入一幢宽大的屋子。屋子的堂屋中烧着熊熊的火焰，四十个年已花甲的老头正在围着叩拜。艾思武德眼望着这种情景，吓得浑身发抖，不知道他们的底细，只听老人对他们说："祆教徒们，今天多么吉利呀！"继而又出声喊道："埃子邦！"随着他的喊声，一个扁鼻子、丑面孔、个子大得可怕的黑奴蹦了出来；他遵从老头的指示，把艾思武德结结实实地捆绑起来。接着老头吩咐他："把他带往地窖里囚禁起来，告诉管牢的女奴，不分昼夜地惩罚他。"老头们都洋洋得意地说："好得很，到了节日，把他带到山中宰了祭火。"

黑奴遵循主子的命令，把艾思武德带到地窖里，交给管牢的女奴。女奴执行命令，残酷地虐待他，把他打得昏死过去，不省人事，然后放下一个干馍、一杯盐水在他的面前，扬长而去。到了半夜，他才慢慢地苏醒过来。他看见自己气息奄奄地躺在地上，遍体鳞伤，流着鲜血，伤口痛得要命，想起从前在宫中过的荣华富贵生活，和现在这种别乡离井、流离失所、当了俘虏、被人虐待的窘况，忍不住痛哭流涕。

他哭泣一会，呻吟一会，伸手碰到面前的干馍和盐水，便拿起来，随便吃喝一点，苟延残生，然后静静地躺着，既动弹不得，又不能安然入睡。这样一直熬到清晨，这时候管牢的女奴走进地窖，替他更换衣服。因为衣服被伤口流出的鲜血渗透，和身体沾在一起，所以一脱衣服，皮肉就一片片地被撕下来。他痛得要命，忍不住号啕大哭，说道："主啊！如果是你要给我这样的遭遇，那么让它再厉害些也可以的。我主！虐待我的人你是看得见的，求你给我报仇雪恨吧。"

　　管牢的女奴执行她的任务，无情地鞭挞艾思武德，又把他打得昏迷不省人事，然后放下一个干馍、一杯盐水在他面前，扬长而去。艾思武德被镣铐着，囚禁在地窖里，遍体的伤痕流着鲜血，过了很长的时间才奄奄一息地苏醒过来。他躺在地上叫苦、呻吟，想起他哥哥和往事，不禁伤心、哭泣。

艾谟章笃和流浪女郎

　　艾谟章笃在山中等到正午时候，不见弟弟回来，不免心慌意乱，惴惴不安。他为离开弟弟，感到痛苦难堪，心中的恐怖和顾虑愈来愈紧张，终于忍不住伤心流泪，哭哭啼啼地下山，进城去找弟弟，向行人打听城中的情况。人家对他说："这是袄教的城市；城中的居民大都拜火。"他又打听艾补奴斯的所在，人们对他说："艾补奴斯距我们这里有一年的旱路，六个月的海程。那里的国王叫阿尔马诺斯，他给公主招了一位王子做驸马，名叫戛梅禄·宰曼，已经登基为王，是位公正廉明的贤德君主。"

　　艾谟章笃听人提起父王，忍不住叹息、流泪，感到尴尬、犹豫，走投无路。后来他买了一些食物，找一处僻静的地方坐下，预备充饥，可是想到弟弟下落不明，脖子一哽就咽不下去。最后为了维持残生，勉强吃了一点，然后站起来，在街上转来转去地寻找弟弟。无意间，他碰到一个信仰伊斯兰教的裁缝，便在裁缝铺中和裁缝谈了他的情况和遭遇，博得裁缝的关心同情。裁缝说："你弟弟要是碰在袄教徒手里,这就不容易和他见面了。以后也许安拉会使你们弟兄相会聚首的。你要不要暂且在我这儿住下?"

"好,我很愿意。"艾谟章笃回答着就在裁缝铺中住下。裁缝非常喜欢,安慰他,教他做针线。没有多久,他学会了缝纫,可以维持自己的生活。有一天,他到海滨去洗衣服,又进澡堂沐浴,换上一身洁净衣服,在大街上漫步走着的时候,忽然有一个窈窕美丽的女郎前来和他说话,要陪他去吃喝。他不便拒绝,也不好意思领她往裁缝家里去,因此感到左右为难,只好低着头向前走。那个女郎跟在他后面,经过大街,穿过小巷,继续向前走。走了一会儿,那个女郎疲倦了,问道:"先生,你到底住在什么地方呀?"

"不太远,马上就到。"他回答着走进一条整洁的小巷,一直来到巷底,发现无路可走,便局促不安地暗自叹道:"哟!毫无办法,只盼伟大的安拉拯救了。"他摆着头,左右观看,见巷底有幢房屋,大门关锁着,门侧砌着两条石凳。他便在一边的凳上坐下,那女郎也随着坐在对面的凳上,问道:"先生,你在等什么?"

他低头凝视地面,好一阵才慢慢抬起头来,说道:"我等仆人呢,因为钥匙被他带走了。我吩咐过他,教他给我预备可口的菜肴和香洌的美酒,打算沐浴回来痛痛快快地吃喝呢。"他说着暗自想道:"也许等的时间过长,她会离开我而走她的路,我这就可以抽身回裁缝铺去了。"

等了好一阵,女郎等得不耐烦,说道:"先生,我们坐在巷中这么等下去,而仆人却迟迟不来。"于是她站起来,拾块石头冲到门前,要去砸锁。"慢着,"艾谟章笃说,"不用着急,等仆人来开好了。"可是她不听吩咐,举起石头一砸,打断门扣,推开大门。艾谟章笃看着这种鲁莽行为,问道:"你为什么这样莽撞?"

"哟!有什么关系呢?这难道不是你的家吗?"

"不错,这是我的家;但是你为什么要弄坏门扣呢?"

女郎不答,昂然走进屋去。艾谟章笃却站在门前,踟蹰不前,心

314

中感到恐怖,茫然不知怎样应付才对。这时候,女郎问道:"你不进来吗?"

"听清楚了,我进来就是。不过仆人至今还不见回来,我吩咐他做的事,不知做了没有!"于是他战战兢兢,怀着恐怖的心情走进大门。他举目一望,看见一间富丽堂皇的大厅,周围环抱着四间宫室,里面屋宇毗连,桌椅上铺着绸缎,中央有个八角喷水池,周围摆着镶珠宝玉石的大盘,盘中盛着香味扑鼻的果品;左边是吃喝座谈的地方,摆着杯盘、碗盏、蜡烛、灯台,一切应有尽有,附近还排列着椅凳。屋内满家满当,箱笼衣柜中装满了衣物、金银,地上铺着云石,一望而知是个富豪之家。眼看着这种情景,艾谟章笃感到尴尬、迷离,暗自叹道:"这回我完蛋了! 毫无办法,只盼伟大的安拉拯救了。"

可是那个女郎的心情恰恰和艾谟章笃相反。她在这个境界里,对着景物,喜笑颜开,非常欢喜快乐,洋洋得意地说道:"先生啊,指安拉起誓,你的仆人什么也没有忘记;你吩咐他做的事全都做了。你看:地板擦过了,食物做好了,果品也预备齐全了。我来得真合时呢!"艾谟章笃惴惴不安,由于恐怖、顾虑,早已心不在焉,对女郎絮絮叨叨的谈话,都没听见。因此引起她的惊奇,问道:"哟! 先生啊,你为什么这样站着?"

艾谟章笃强颜笑了一笑,怀着满腔的郁闷,鼻子里哼着,勉为其难地在女郎身边坐下,想道:"房主人回来时,我就倒霉、该死了!"他愁眉苦脸,忧愁顾虑,暗自想道:"房主人必然要回来的,我怎么对他说呢? 他一定要杀我,我这就完蛋了。"

女郎毫不客气地站起来,卷起袖子,铺下食单,摆上菜肴,然后坐下享受,说道:"吃吧,我的先生。"艾谟章笃无可奈何地只得陪她吃喝,可是心中很不痛快,因此每吃一口,总得回过头来看看大门,唯恐房主人回来。他这样一直等到女郎吃饱,并待她收去碗盘,换上水果,继而又摆出酒肴,打开酒瓶,满斟一杯递给他。他端着酒杯,呆呆地盯着大门,暗自想道:"哦! 要是主人回来,看见我这个样子,这怎么了得啊!"

艾谟章笃和流浪女郎在白和迪尔家中

　　艾谟章笃端着酒杯,盯着大门,犹豫不能下咽的时候,房主人突然回来了。他是皇宫中国王的朝臣,屋子是给自己预备着做消遣和与朋友座谈聚饮的地方。他叫白和迪尔,是个慷慨、慈祥、直爽而有信义的人。当天他预备了筵席,约了知心朋友来家中饮酒谈心。到了家里一看,见大门洞开,就慢步试着伸头进来一看,艾谟章笃正和女郎一起坐在席间,面前摆着酒肴果品。就在他伸头窥探的时候,艾谟章笃端着酒杯回过头来,视线刚好和房主人的相接。他脸色霎时变得雪白,浑身发抖,担心自己性命难保,吓得魂不附体,茫然不知所措。

　　白和迪尔看见他那狼狈不堪变了颜色的情状,立刻用手指放在自己的嘴唇上,暗示叫他不要作声,并招手唤他出去。艾谟章笃放下酒杯,刚站起来,女郎便问他:"上哪儿去?"他点头示意,表示要去便溺,就赤着两脚走了出来。他一见白和迪尔,知道是房主人,迅速趋前,吻他的手,说道:"指安拉起誓,我的先生,请容我解说几句,再惩罚我吧。"于是他把自己的身世、遭遇和别乡离井的前因后果,从头到尾,详详细细地说了一遍,并讲明闯进屋来不是他的本意,而是女郎打破门扣干出来的勾当。白和迪尔听了艾谟章笃的谈话,明了他的情况,知道他是个公子王孙,很同情怜悯他;对他说:"听从我的吩咐吧,艾谟章笃,我保证你的安全。你要是违拗我,我就杀掉你。"

　　"我是被你释放出来的奴隶;有什么话,你尽管吩咐,我决不违拗你的命令。"

　　"现在你回屋里去,大大方方地坐在席间;我白和迪尔马上也就进去。我进去的时候,你发脾气骂我,对我说:'为什么这时候才回来?'你不要接受我的推故,反而起来打我。对我不必发生怜悯心肠,否则我就杀死你。去吧,痛痛快快地吃喝,要什么饮食,我会端出来侍奉你们。今晚你就在屋里过夜,明天再走;这为的是尊敬离乡人。我向来爱护离乡人,我应当尊敬他们呢。"

艾谟章笃吻了白和迪尔的手,喜笑颜开地走了进去,脸色马上变得白中泛红。他一进去便对女郎说:"太太,你是上宾贵客,使寒舍增光不少。"

"你对我这样殷勤?真是奇怪极了!"

"指安拉起誓,我的太太呀!先前我当是外人把我的一串项珠偷走了;那串项珠的每一颗珠子值一万金币呢。刚才我想起来,出去查看,项珠总算原封未动;可是这个奴才为什么这时候还不回来?非重重地罚他不可。"于是他陪女郎欢欣鼓舞地吃喝起来。女郎听了他的谈话,异常兴奋,彼此无忧无虑、亲亲热热地吃喝得非常痛快。

傍晚时候,白和迪尔换上一套仆人衣服,束起腰带,照仆人的装束穿上一双革制的拖鞋,急急忙忙奔到艾谟章笃面前,先请安问候,随即跪下去吻了地面,低着头,背着手,装出请罪的神情。艾谟章笃怒目瞪着他骂道:"你这个坏透顶的奴才!为什么耽搁到这时候才回来?"

"报告老爷,我出去洗衣服,不知老爷先回来了;因为老爷吩咐我准备晚饭,不是准备午饭啊。"

"混蛋!你撒谎骗人。指安拉起誓,非揍你不可。"于是他站起来,把他按在地上,拿拐杖轻轻地打他。可是那个女郎看着不顺眼,自告奋勇,夺过艾谟章笃手中的拐杖,雨点般地在白和迪尔身上毒打。白和迪尔先是咬紧牙关忍受着,最后痛不可支,便哭出声来,苦苦哀求。艾谟章笃见势头不对,喝道:"别打了。""不,"女郎说,"你别管,让我把怒气都出在他身上。"

艾谟章笃拦住她,夺下她手中的拐杖,白和迪尔才爬起来,擦干眼泪,小心谨慎地服侍他们。他接着擦洗地板,燃上灯烛。他每次出进，都要受到女郎的咒骂。艾谟章笃不胜其烦，说道："指安拉起誓，你少唠叨，别骂我的仆人好不好？"

白和迪尔殷勤谨慎，毕恭毕敬地上酒送菜，不息地侍候他们，直到更残夜静，疲惫不堪，支持不住，便倒在堂屋中，呼呼地睡熟了。这时候女郎已经喝得酩酊大醉，听了白和迪尔的鼾声，便吩咐艾谟章笃："来，取下这把宝剑，砍掉这个奴才的头颅。你不砍，我就杀你。"

"为什么要杀我的仆人？"

"我就是要杀他；你不杀，我自己动手好了。"

"指安拉起誓，你不许胡闹。"

"非这样不可。"她说着取下宝剑，抽出来，要杀仆人。

艾谟章笃私下想道："此人对我们做了好事，无微不至地体贴我们；为了顾全我的面子，他肯扮成仆人，低声下气地侍候我们。这样的好人，怎么能伤害他呢？这是千不该万不该的。"之后他对女郎说："如果非杀我的仆人不可，那我比你更有权利杀他。"于是他从她手中接过宝剑，高高举起，照准娘儿的脖子，一剑砍掉她的头颅。

白和迪尔闻声醒来，睁眼看见艾谟章笃气势汹汹地站在自己身旁，手中握着染血的宝剑，又看见女郎的尸首躺在地上。他这一惊非同小可，忙问其中缘故。艾谟章笃把经过从头叙述一遍，接着说道："她存心害你，不肯听我的劝告，所以得到这样的报应。"

白和迪尔站起来，吻了艾谟章笃的头，说道："我的先生呀，但愿你饶恕了她，岂不省事。目前的一桩重要事情，是趁天亮之前，把她的尸首弄出去。"于是他束起腰带，把尸体裹在一件袍子里，抱将起来，然后对艾谟章笃说："你是异乡人，不了解本地的情况，好生坐在家里等我吧。到清晨我要是能够回到家中，我一定好好地招待你，竭力为你打听你弟弟的消息。如果太阳出来时还不见我回来，那就是事情发作，我没有希望了。这所屋子和里面的财物就全部送给你。愿你平安无恙。"他说罢带着尸首出去，穿过大街小巷，一直走向海滨，打算把她投在海里。可是他刚到海滨，就碰到省长的巡察队，被他们包围起来。他们仔细一看，认出是他，都觉得奇怪，揭开袍子一看，发现里面的女尸，就把他逮捕起来。

次日清晨，巡察队带白和迪尔进宫，把他的情况报告国王。国王大发雷霆，说道："你这个该死的家伙，惯于作奸犯科，经常图财害命；现在杀了人，窃夺了人家的财物，还想把尸体扔在海中。以前你杀过多少人，从实招认出来吧。"白和迪尔卑躬屈节地低头站在国王面前，默然不语。国王喝道："该死的家伙！你说吧，这个女人是被谁杀死的？""主上，"白和迪尔说，"是我杀死的。毫无办法，只盼伟大的安拉拯救了。"国王发怒，判他绞刑，交给刽子手带去处决，同时命令省长派人晓谕城中的民众，宣布白和迪尔杀人被判绞刑。

艾谟章笃听从白和迪尔的吩咐，坐在家中等着，直到太阳出来，还不见白和迪尔回来，心神不定，惴惴不安，自言自语地叹道："毫无办法，只盼伟大的安拉拯救了。你瞧，他还不回来，这到底发生什么事故了？"正当他感到疑虑的时候，忽然听得差人沿街叫唤，宣布白和迪尔的罪状，和正午处绞刑的消息。他听了忍不住伤心哭泣，叹道："我们是属于安拉的，我们都要归宿到安拉御前去。是我杀死了女郎，他却为我而牺牲自己；指安拉起誓，这是万万使不得的。"于是他离开白和迪尔的家，把大门关锁起来，一口气跑到法场上，在省长面前说道："大人，白和迪尔没有罪，你别杀他。指安拉起誓，他不曾犯法，那个女人是我杀死的。"

省长听了艾谟章笃的自首，便把他和白和迪尔一起带进王宫，向国王报告情况。国王看艾谟章笃一眼，问道："那个女人是你杀死的吗？"

"不错，是我杀死的。"

"你为什么杀她？把实情从实招供出来吧。"

"主上，我的身世和遭遇非常离奇古怪，要是记录下来，是足以警诫后人的呢。"于是他把自己的身世和弟兄手足失群离散的经过，从头到尾，详细叙述了一遍。国王听了，感到十分惊奇，对他说："现在我明白了;按情况说,应该原谅你,饶恕你。我来问你,你愿意留在我的宫中,担任宰相的职务吗?"

"听明白了,遵命就是。"艾谟章笃欣然答应。

国王对他和白和迪尔都给了赏赐,并为他预备一座宫殿,供给婢仆车马和其他日常生活必需的一切,又规定他的俸禄,并下令寻找他的弟弟艾思武德。

艾谟章笃做了宰相,在宫中服务,任劳任怨,赏善罚恶,公正无私,一切事情都处理得恰到好处。可是美中不足,派出去寻找艾思武德的人,经过长时期的寻找,找遍了城中的大街小巷,还是得不到他弟弟的下落。

艾思武德和袄教祭师

艾思武德落在袄教徒手里,被关在地窖中,不分昼夜地受到虐待、鞭挞,整整被蹂躏了一年。这时已是袄教徒节期接近的时候,祭师预备了船只,准备去朝山献祭。他把艾思武德锁在一个木箱里,运到船上,带去作牺牲。那天宰相艾谟章笃在宫中眺望海景,发现人们来来往往,搬运货物,海滨挤满了人,无意中觉得心神不定,惴惴不安,似乎有大难临头的预感。因此他不加考虑,吩咐随从准备马匹,带领人马赶到海滨去踏看。到了海滨,他吩咐随从进船舱去检查。随从遵从命令,去到舱中,仔细检查,结果没有发现什么东西。他只好带着人马,垂头丧气,败兴而返。回到宫中,他想着弟弟下落不明,不禁长吁短叹,悲哀哭泣。

宰相带领人马走后,袄教徒的祭师赶忙上船,催促水手迅速张帆开船。船在海中航行期间,他们每隔两天把艾思武德放出来,随便给一点饮食充饥,接着又关锁起来。这样一直航行了几昼夜,去到距火山不远的地方,想不到一阵飓风骤然刮了起来,波涛汹涌,孤舟在漫无边际的海洋中,被风吹浪打,迷失了方向,走错了航线,最后漂流到一处海岸停泊,发现陆上耸立着一座建筑巍峨的城市;原来这是女王马尔佳娜的京城。

艾思武德和女王马尔佳娜

船拢岸后,船长对祭师说:"长者,我们迷失方向,走错了航线,现在必须进城去休息,然后静待老天爷安排吧。"

"对的,你想得不错;你认为怎么好,就怎么办吧。"

"要是女王派人来盘问,该怎样回答她呢?"

"我们带来的那个穆斯林,可以拿下人的衣服给他穿起来,扮成一个奴隶的模样;女王见了,就说我是贩卖奴隶的,许多奴隶都卖完了,现在只剩下这一个。"

"这样措辞是最适当不过的。"

船长吩咐水手卷帆抛锚,正在预备登陆进城的时候,女王马尔佳娜已经带领人马赶到海滨。她出声一喊,船长便应声趋前跪下,吻了地面,静待吩咐。女王问道:"船中运的是什么货物? 里面有些什么人?"

"启禀主上,船中有个贩卖奴隶的商人。"

"叫他来见我。"

祭师带着扮成奴隶的艾思武德上岸来见女王,跪下吻了地面。女王问道:"你是做什么的?"

"贩奴为生。"祭师回答。

女王看艾思武德一眼,认为他是被卖的奴隶,问道:"你叫什么名字?"

"我叫艾思武德。"他说着黯然悲泣。

"你识字吗?"

"是的；我不但知书，而且识礼。"

女王望着艾思武德可怜，产生怜悯心肠，对祭师说："把这个奴隶卖给我吧。"

"主上，我不能再卖他了；因为好多奴隶都卖光了，这个是留下来自己使唤的。"

"这个奴隶非留下不可；我出钱向你收买，或者把他当礼物送给我。"

"这个奴隶吗，我不卖，也不能当礼物送人。"

女王生气，不顾一切，牵着艾思武德就走。到了宫中，她派人送信给船长，勒令他当夜离境，否则就要没收财货，捣毁船只。船长得了警告，忧愁苦恼，垂头丧气，叹道："这次航行，真是倒霉极了！"随即收拾预备，打算天黑时开船。他对水手们说："大家好生准备，灌满水袋，到夜里张帆起航吧。"

水手们听从吩咐，赶忙准备，静待黑夜降临。

艾思武德的厄运

女王马尔佳娜救了艾思武德，带到宫里，走进临海的堡垒中，打开窗户，摆下丰盛的筵席，陪他吃喝；继而又吩咐宫娥彩女献上酒肴，陪他痛饮，非常钟爱他，亲手斟酒敬他，把他灌得酩酊大醉。艾思武德醉眼蒙眬，起身出去便溺。他走出堡垒，看见前面有一道开着的大门，便跨进去，向前走了一程，来到一座百花开放、果树林立的大花园中。他倒身靠在喷水池附近的树上，呼吸着新鲜凉爽的空气，不知不觉就睡熟了。

天黑了，祭师催促开船，吩咐水手们："时间到了，张帆开船吧。""听明白了，遵命就是，"水手们齐声回答，"不过还请稍等一会，让我们进城去灌几袋水，预备途中使用。"于是他们带着皮囊去到城中，绕着堡垒兜了几个圈子，除了花园的围墙外，别的什么也看不见；没奈何，只好逾墙而入，在花园中寻找水源。最后他们来到喷水池附近，发现艾思武德在果树下面酣睡；仔细一看，知道是他，感到高兴快乐，急急忙忙灌满水袋，然后搂着他就走，一直跑到船上，对祭师说："给你老人家报个喜信：那个被女王马尔佳娜抢走的奴隶，被我们找到了，已经给你带回来了。"随即把艾思武德扔在他面前。祭师看见艾思武德，乐得喜笑颜开，心旷神怡。他重赏了水手们，吩咐他们迅速张帆开船。

女王马尔佳娜在宫中等了一会，不见艾思武德回来，命令左右的人去找。左右找了一会不见，她便燃着烛，率领侍从走出堡垒，见花园门开着，以为他到园中去了，就进园去寻找，在喷池附近发现他的鞋子，当即跟踪仔细踏看；可是找遍了整个花园，直至清晨，始终不见他的踪影。这时候她问贩奴的船只，左右的人回道："昨夜二更时候开走了。"

她相信艾思武德一定是被他们带走了，觉得事情不妙，十分恼恨。于是她下令军中立刻准备十只大船，全副武装，带着充足的军火，前去追赶。临行她对官兵说："只要赶上祆教徒的船只，每人都有重赏；若是追之不及，非把你们一个个处死不可。"

听了女王的吩咐，官兵们又惊又怕，只得开着十艘大船前去追赶，尽力加快速度向前航行。他们继续航行了三天，在一望无际的海洋中，什么也看不见。到了第四天，才隐约发现祆教徒的船只，于是跟踪追去，不到日落时候，便把它团团地包围起来。

当时祭师把艾思武德放出来，百般虐待、毒打。艾思武德被折磨得死去活来，叫苦连天，苦苦哀告，正当上天无路、入地无门的危急时候，祭师发现自己的孤舟被女王马尔佳娜的战船像眼皮包围瞳仁似的包围起来，这才恍然大悟，知道大难临头，没有幸免的余地，不禁十分忧愁恐怖，说道："该死的艾思武德哟！这一切的祸患，都是因你而惹出来的。指天为誓，我临死之前，非杀你不可。"于是吩咐左右的人，一齐握着艾思武德的手脚，把他扔在海中。

艾思武德落在水里，摆着两手两脚努力挣扎，跟波涛搏斗，忽浮忽沉，情况非常危急，最后终于被汹涌的波涛推打到岸边。他九死一生，慢慢苏醒过来，睁眼一看，见自己躺在海滨，不曾淹死在海里，实属不幸中的大幸，心中涌出一线希望，情绪也安定了。他慢慢地爬起来，脱下身上的湿衣服，拧掉水，铺在日光下晒着。他赤裸裸地坐在海滨，想着自己的身世、处境、遭遇和种种的患难，不禁伤心哭泣，叹道："我主！现在我已经是山穷水尽，到了最后关头；我的希望、理想和耐心被患难摧毁无余；如此凄凉、可怜的境遇，除伤心之外，我能够向谁诉苦、乞怜呢？"

他悲哀哭泣着站了起来，穿上衣服，打算离开海滨，寻路回去；可是却感到精疲力竭，走投无路，孤苦伶仃，茫然不知此身从哪儿来？到哪儿去？在这样情况下，又不能坐而待亡。他彷徨、犹豫一会，终于鼓起勇气，漫无目的地一直向前，在荒无人烟的旷野中，孤单单一个人彳亍而行。他摘野果充饥，喝河水解渴，不停地跋涉了一昼夜。次日傍晚，来到一处隐约可以看见城市的地方，不禁喜出望外，于是加紧脚步，急急忙忙赶到城下；可是城门关了，不能进去安息。说来事属巧遇，这座城市原来就是他自己在里面被袄教徒劫掠，同时也是他哥哥艾谟章笃在里面任宰相的那座城市。当时既然不能进城，他便退到城郭附近的墓地里找一处暂时栖身的地方。他走进路旁一座无门的空坟，缩脚缩手地拿衣袖捂着脸睡下。

袄教徒的祭师把艾思武德投在海里之后，立刻施出魔法，掀起风浪，借浓雾作护符，安然逃脱女王马尔佳娜的战船的包围，悄悄地窜回本国，带着水手登陆。他欢欣鼓舞，走过墓地，预备进城的时候，突然发现艾思武德在里面过夜的那座无门的空坟，心中觉得奇怪，说道："我非进去看看不可。"于是过去一看，见艾思武德睡在里面。他仔细打量一番，认出他就是艾思武德，便问道："哦！你到现在还活着？"随即把他逮起来，带到家中，给他戴上镣铐，重重地鞭挞一顿，禁闭在地窖里，关锁起来，把钥匙交给他的女儿薄丝苔妮，嘱咐她不分昼夜地去毒打他，一直把他打死为止。

薄丝苔妮遵循父亲的命令，打开地窖，进去执行任务。她见艾思武德标致漂亮，眉清目秀，便问他："你叫什么名字？"

"我叫艾思武德①。"

"愿你幸福，愿你的前途光明、吉庆。像你这样的人是不应该受虐待的，我知道你是受委屈了。"于是好言安慰他，解开他手脚上的镣铐，亲切地和他交谈，问他关于伊斯兰教的道理。艾思武德把伊斯兰教的教义、先知穆罕默德的使命和德行详详细细、原原本本地对她讲说，博得她的钦佩、景仰；兼之她对艾思武德一见倾心，因此毅然决然舍弃拜火的念头，改信伊斯兰教。此后她常和艾思武德在一起，跟他学习，从事礼拜，暗中给他端汤送饭，煮鸡粥给他滋补身体，致使他在短时期内恢复了健康，身体日益强壮起来。

艾谟章笃和艾思武德邂逅相遇

有一天，薄丝苔妮离开地窖，刚到大门外面，便听到有人沿街叫唤，说道："凡是收留着一个漂亮青年的人，应立即把他献出来，国王就按照他的要求赏赐他。如果收留而不承认者，一经查出，就没收他的财产，并就地处死示众。"艾思武德曾经对她谈过他的身世和经历，因此一听到这个消息，便知道他是悬赏的对象。她匆匆回到地窖里，把消息告诉他，于是两人悄悄地溜出地窖，径往王宫去。艾思武德一见艾谟章笃，便说："指安拉起誓，这位宰相是我的哥哥艾谟章笃呀。"同时艾谟章笃也认出了艾思武德，弟兄两人拥抱着痛哭失声，昏迷过去。宫中的侍从惊惶失措，大家围着急救。

---

① "艾思武德"原意为"幸福"，因此薄丝苔妮听了他的名字，便祝福他。

息了一会，弟兄两人慢慢苏醒过来。艾思武德把别后的遭遇和备受薄丝苔妮优待的经过，从头叙述了一遍；艾谟章笃非常感谢她。继而他领弟弟谒见国王，报告前后的经历。国王听了，下令没收祭师的财产，把他处死示众。

艾谟章笃和艾思武德弟兄两人久别重逢，悲喜交集，彼此叙谈离散期间的遭遇和想念。艾谟章笃把他和流浪女郎在白和迪尔家中的一段惊险事件和免受死刑，并一跃而为宰相的经过告诉弟弟。后来袄教徒的祭师被带到宫中，国王下令处他死刑。

"主上，你决心要处我死刑吗？"祭师问。

"不错。"

"既然如此，恳求陛下稍待一会。"他垂头默默思索了好一阵，最后抬起头来，毅然决然地说道："安拉是唯一的主宰，穆罕默德是他的使徒。"他当着国王的面，宣布舍弃袄教，诚心诚意地改奉伊斯兰教，决心做个忠实的穆斯林，痛改前非。国王和左右的人，见他诚心忏悔，大家都欢喜快乐。艾谟章笃和艾思武德对他格外表示敬重，把自己的身世和遭遇讲给他听。他听了感到惊奇，说道："两位小主人，你们预备行李吧，我愿意护送你们回家乡去。"艾谟章笃和艾思武德感谢他的一番好意，同时觉得往事不堪回首，因而感慨伤心，忍不住痛哭流涕。祭师望着可怜，安慰道："你们别伤心；不久的将来，你们会像聂尔曼和诺尔美相会那样地和家人团圆聚首的。"艾谟章笃和艾思武德问道："那是怎么一回事情？"于是祭师便对他们讲述聂尔曼和诺尔美的故事。

聂尔曼和诺尔美的故事

古代库法城中住着一个叫勒彼尔·本·哈台睦的富翁，生活环境非常优越。他生了一个儿子，取名聂尔曼·本·勒彼尔。有一天他路经奴市，看见一个满面愁容的女人，怀中抱着一个美丽可爱的女

孩,被奴贩子带往市中出卖。他指着这个女人问奴贩子:

"这家母女两人要卖多少钱?"

"五十个金币。"

"给我写下一张字据,再取钱兑给她的主子吧。"

办了买卖的手续,银契两相交换之后,勒彼尔就带她们母女回到家中。他的老婆见了,问道:"哪儿来的这个女奴呀?"勒彼尔回道:"是我买回来的,因为我喜欢她怀中这个小姑娘。你要知道:这个女孩子将来长大成人,一定是个超群出众、绝无仅有的美女呢。""你的见识很对,"老婆说着转问女人:"你叫什么名字?"

"我叫陶斐谷,太太。"

"你的女儿叫什么呢?"

"她叫撒尔德①。"

"好哇!你本人幸福,买你的人也幸福了。"太太说着,回头征求丈夫的意见:"现在你替这个小姑娘取个名字吧。"

"你觉得取个什么好?"

"叫她诺尔美如何?"

"好,你想得不错;就叫她诺尔美吧。"

从此勒彼尔夫妇把诺尔美同他们的亲生儿子聂尔曼放在一个摇篮中抚养。似水流年,不知不觉之间就过了十年。这时候聂尔曼和诺尔美逐渐长成一对非常漂亮、活泼的人儿,生活在一起,彼此相亲相爱,聂尔曼称诺尔美为妹妹,诺尔美呼聂尔曼为哥哥。

有一天勒彼尔悄悄地对聂尔曼说:"儿啊!你应该知道:诺尔美是你的使女,她不是你的妹妹。那是你还在襁褓中的时候,我买她来抚养,预备供你使唤的。从今以后,你别称她为妹妹了。""既然如此,我娶她为妻室吧。"聂尔曼说着欢天喜地地去见他母亲,说出他的意见。他母亲说:"儿啊!她是你的使女,我非常爱她,将来你和

---

① 撒尔德,幸福。

她结婚好了。"

他们在优越的环境中,似水流年,不知不觉又过了几个年头。这时候聂尔曼和诺尔美都长大成人;尤其诺尔美不但人生得窈窕、活泼、美丽,而且知书识礼,琴棋、书画、唱歌跳舞,样样皆能,为当代库法城中绝无仅有的佼佼者,令名远扬,几乎无人不知,无人不晓。她和聂尔曼,一对年轻美貌的恩爱夫妻,在一起共同研究学术,或品茗谈心,或弹琴歌舞,过着舒适快乐的幸福生活。

当时哈里发奥补督·买立克·本·买尔旺派驻库法的代理人名叫汉昭祝,是个善于奉承主子的贪官污吏。他听得诺尔美的大名,私下想道:"像诺尔美这样善于歌舞的绝世佳人,哈里发宫中还没有,我非设法把她弄进宫去,献给哈里发不可。"于是他把自己的一个管家老太婆叫到面前,吩咐道:"诺尔美是天下闻名善于歌舞的美女,她是富翁勒彼尔的使女。你上他家去,先和她结识,再想办法把她拐带出来吧。"

老太婆遵循汉昭祝的命令,收拾乔装起来:身穿一件粗毛衣,脖上挂一串珠子数以千计的长念珠,一手持蝇拂,一手拄拐杖,口中念念有词,道貌岸然,一颠一簸地去敲勒彼尔的大门。仆人开门问道:"你要做什么?"

"我是个可怜的信徒,现在是午祷时候,打算借你们这个吉庆的地方做礼拜。"

"老人家,这是聂尔曼·本·勒彼尔的公馆,里面没有礼拜坛。"

"我知道里面没有礼拜坛,不过我是官府中的管家,今天出来修功寻道;午祷时候到了,不能不进去做礼拜。"

"不行,我不能随便让你进去。"

"像我这样的人,就是王公大臣的公馆,我都可以自由出入,难道你不让我到聂尔曼·本·勒彼尔家中去做礼拜吗?"

老太婆和仆人的争辩被聂尔曼听见了,他就走到门前,启齿笑了一笑,然后带她进去。到了屋里,老太婆看见诺尔美,感到十分惊羡,便向她祝福、问好,说了许多阿谀奉承的话。之后,她撇开一切,专心在屋角里叩拜祈祷,一刻也不休息,直到天黑。诺尔美对她说:"老伯母,您坐下来休息一会吧。"

"太太呀!要寻求来世的幸福,必须今生多受些苦。今生不修下苦行,来世的幸福是不容易获得的。"

"您来吃点饮食,然后替我忏悔,祈求安拉饶恕我的罪过吧。"

"谢谢你,我斋戒哪,不能吃喝。你自己还年轻,正是吃喝、快乐的时候,安拉会保护你呢。"

老太婆引经据典,絮絮叨叨,说了许多劝善说教的话安慰、取悦诺尔美。诺尔美深受感动,向聂尔曼说:"这位老人家操守好,是位虔诚的信徒,她脸上闪耀着道行的光泽呢,留她在我们家里住一些日子吧。""好的,"聂尔曼说,"你给她预备一间屋子,让她一个人清清静静地躲在里面修行,谁也不许扰乱她。也许安拉会因她的福分而恩赏我们,使我们百年偕老,永不分离。"

当天夜里,老太婆在聂尔曼家中,整夜叩拜、赞颂。次日清晨,她向聂尔曼和诺尔美请安、告辞。诺尔美对她说:"我家主人吩咐,教我收拾一间屋子,让您老人家静静地修功悟道。现在您要上哪儿去?"

"谢谢他的好意,愿安拉保佑他,并赏赐你们一辈子享受荣华富贵。现在我走了,若是安拉意愿,以后我还要来拜望你们,只是希望你们嘱咐仆人,我来时教他别阻拦我。从今以后,每凡礼拜之后,不分昼夜,我总要替你们向安拉祈福呢。"

老太婆说罢,告辞去了。诺尔美多情善感,依依不舍,竟然为她而流下惜别的眼泪;至于老太婆上她家去的企图,她却茫然不知。

老太婆的计谋初步得售,赶忙转回家去。汉昭祝问道:"事情怎么样了?"

"我看见那个丫头了。在我看来,她是当今最美丽的人,无人可以和她媲美。"

“如果你能完成使命，把她拐带出来，我将加倍赏赐你。”

“望老爷给一个月的期限吧。”

“可以，给你一个月的期限好了。”

从那回以后，老太婆天天奔走，经常到聂尔曼家里去周旋，早去晚归，有时在那里过夜。她一去，聂尔曼和诺尔美总是殷勤招待，敬之若神圣；家里的人也把她当为上宾接待。有一天，她趁人静时，悄悄地对诺尔美说：“小姐呀！我到你们府中来，为的是祝福你，希望带你去见那般修炼得道的长者；你选择什么，他们会替你祷告、祈求的。”

“好，指安拉起誓，请伯母带我去吧。”

“你先向老太太请示，我再带你去好了。”

诺尔美去见聂尔曼的母亲，求她征求聂尔曼的同意，以便跟老太婆前往道堂和一般穷苦廉洁的人们一起祷告、祈福。这时候聂尔曼恰巧由外面归来，刚坐定，老太婆赶忙趋前奉承，要吻他的手，却被对方拒绝了，只好祝福一番，起身归去。

次日老太婆再去聂尔曼家中，趁聂尔曼不在家，悄悄地对诺尔美说：“昨天我们约会过了；现在趁聂尔曼不在家，我们出去一趟，再赶回来吧。”诺尔美征求婆婆的同意，说道：“指安拉起誓，求您准我跟这位虔诚的伯母往道堂中去一趟，看看那些道行高深的道长，然后在聂尔曼回家之前赶回来，好吗？”

“要是聂尔曼知道，这怎么了得？”聂尔曼的母亲说。

“我不让她在那儿久坐，只是站着看一看就赶回来，不会耽搁的。”老太婆说着，终于把诺尔美骗了出去，一直带到汉昭祝家中，安置在一间屋子里，然后前去报告主子。汉昭祝亲身前去观看，见她是个绝世佳人。汉昭祝从来不曾见过这样可爱的美女，因而喜笑颜开，急急忙忙写封信，打发侍卫带五十名骑兵把诺尔美送往大马士革，献给哈里发。临行他嘱咐侍卫说：“到了大马士革，把书信和美女一起献给主上，然后带着回信迅速转来见我。”

侍卫奉命,带领人马,沿途护送诺尔美向京城迈进。诺尔美莫名其妙,终日哭泣。到了大马士革,侍卫求见哈里发,报告消息。哈里发即时预备宫殿给诺尔美居住。

哈里发高兴快乐,洋洋得意地回到后宫,对王后说:"汉昭祝从库法城的官宦人家以一万金的代价给我买来一个姑娘;现在人和信一块儿送到了。"王后听了,回道:"这太好了,愿安拉给你增加福分。"当时哈里发的妹妹听到买来新人的消息,怀着好奇心情赶忙跑去观看。她一见诺尔美便惊奇地嚷道:"哟!像你这样美丽的人儿,即使花十万金,哈里发也不会嫌贵的。"

"美丽的姊妹呀!请你告诉我,这是哪位王公的宫殿?这是什么城市?"诺尔美惊奇地向御妹打听情况。

"这是大马士革城,这座宫殿是我哥哥哈里发奥补督·买立克·本·买尔旺的,你还不知道吗?"

"小姐,我的确不知道。"

"你的主人把你卖给哈里发,他没有告诉你吗?"

听了御妹的谈话,诺尔美气得眼泪直流,忍不住伤心哭泣,私下想道:"我受骗了!如果我把被人拐卖的事实说出来,谁肯相信我呢?现在我暂且缄默、忍耐下去吧。我相信安拉会解救我的。"于是她默然低头不语;由于跋涉劳顿,途中日晒风吹,腮上泛起一层红晕。御妹见她态度忸怩,情绪不宁,因而悄然退去,让她静静地休息。

次日,御妹带着衣服首饰去看诺尔美,替她穿戴打扮起来,然后对哈里发说:"哥哥,您来看这个世间绝无仅有的美人吧。"哈里发对诺尔美说:"揭开面纱,让我看看你的面容,好吗?"诺尔美觉得害羞。哈里发对御妹说:"她不高兴,你好生安慰她吧。"

诺尔美回忆往事,想起和聂尔曼分离失散,因此伤心、着急,整天忧愁苦恼,不吃不饮,终于抑郁成疾,卧病不起,温度越来越高,面容也越来越憔悴瘦损。哈里发非常关心她的疾病,聘请名医替她诊治。

那天诺尔美被老太婆带走之后,聂尔曼回到家中,坐在床上,喊道:"诺尔美!"他不见有人回答,立刻站起来,一面喊,一面找,却始终没有人回答他;婢仆们一个个都吓得躲躲闪闪,不敢见他的面。他跑到母亲房中,见她手托着腮默然坐着不动,便问道:"娘!诺尔美上哪儿去了?"

"她跟那位虔诚可靠的老人家出去拜望穷苦的人们去了,一会儿就会回来的。"

"她们出去多久了?什么时候回来呢?"

"她们早晨出去的。"

"为什么让她出去呢?"

"儿啊,是那位老人家这样请求我的。"

"毫无办法,只望伟大的安拉拯救了。"

聂尔曼叹息着,气得昏头昏脑,跑出去,找到巡察官,说道:"你是干什么的?有人到我家里,拐走了我的人儿,你为何不管?我非去执政官那里告你不可。"

"谁拐走了你的人呀?"

"一个道貌岸然的老太婆;她身穿粗毛衣,手里提着珠子数以千计的一串长念珠。"

"她在哪儿?告诉我吧,我替你追究好了!"

"她在哪儿?我怎么知道!"

"果然不错;未见的事,只有安拉才知道。"其实他知道是汉昭祝的管家婆把人拐走的。

"我的人儿被人拐走了;你和汉昭祝是负责维持治安的,我只会向你们要人。"

"这么说,你去找汉昭祝好了。"

聂尔曼的父亲是库法城中的大绅士,所以他鼓起勇气去找汉昭祝。他来到汉昭祝门前,仆人进去通报,汉昭祝吩咐:"让他进来好了。"聂尔曼进来,汉昭祝问道:"你有什么事?"聂尔曼把老贼婆拐骗女奴的经过叙述了一遍。汉昭祝吩咐侍从:"叫巡察官来,我命令他去找那个老贼婆。"他明明知道巡察官认识那个老太婆，可是巡察官来时，他却对他说："我命令你去寻找聂尔曼的女奴，并把那个老贼婆逮捕归案。"

"未见的事，除安拉之外，谁能知道呢？"

"你必须骑马到每条街巷，每个村镇去仔细探听、寻找，非把女奴找回来不可。快去！"接着他回头对聂尔曼说："要是找不到人，可由我和巡察官家里各拨十个女奴补偿你的损失好了。"

聂尔曼悲观失望，垂头丧气地回到家中，坐在母亲面前，长吁短叹，痛哭流涕。他母亲陪他伤心饮泣，整夜不睡，一直熬到天明。后来他父亲知道消息，回家来对他说："儿啊！汉昭祝是个坏家伙，是他指使那个老贼婆来拐骗诺尔美的。你别过于忧愁苦闷；报应快得很，到了时候，安拉自然会解救的。"

事情真相揭穿后，聂尔曼忧愤成疾，卧病三个多月，形容憔悴，骨瘦如柴，医药无效，一般医生都束手无策。他父亲愁眉不展，对儿子的生命，已经不抱什么希望了。

有一天，聂尔曼的父亲在病床前坐着，正感觉忧愁绝望之时，忽然听说有一个波斯国的方士云游到库法城来，人们盛传他的妙术，说他能卜凶问吉，善于医治疾病。勒彼尔喜不自胜，立刻邀请方士替聂尔曼医病。他百般敬重方士，请他上坐，对他说："我儿身染疾病，劳阁下替他诊治诊治吧。"方士听了，对聂尔曼说："伸手给我吧！"于是他替他诊脉，仔细观察他的脸色一会，回头笑了一笑，对勒彼尔说："令郎不过是患点心病而已。"

"不错；还劳阁下仔细诊断，病情如何，请详细告诉我，丝毫不必隐瞒。"

"为了离开心爱的人，所以他害此病。他心上的人儿不在巴士拉，便流落到大马士革。他的病吃药不管用，只有让他和她见面，健康才能恢复。"

"阁下如能设法使他两人谋面，那么必有重报；我不惜钱财，甚至可以终身奉养阁下，养老送终。"

"事情倒是简单，可以马上实现。"他说着，转向聂尔曼，嘱咐道："不要紧，你鼓起勇气，只管安心快乐吧。"继而又对勒彼尔说："我预备带令郎去大马士革旅行一趟。若是安拉意愿，此去必将他的人儿带回来。"接着他问聂尔曼："你叫什么名字？"

"我叫聂尔曼。"

"聂尔曼，坐起来吧；安拉保佑你，一定会使你和她见面的。你勇敢些，鼓起勇气，多吃点饮食，养足神气，我们马上一起往大马士革旅行去。"

方士积极准备，向勒彼尔索取一万金币，准备了驼、马、礼物和旅途上需要的各种东西。一切准备妥帖，聂尔曼拜别父母，随方士动身起程。他们路经哈勒白，探听一番，没有什么消息，随即兼程去到大马士革，住下来休息了三天，然后筹备开了一间药铺，搭板和壁橱里摆满了瓷缸和药瓶，铺面装潢得焕然一新，十分显眼。方士自己身穿医生衣服，聂尔曼也是满身丝绸，腰里束着绣花围腰。一切布置妥帖后，方士对聂尔曼说："聂尔曼，从今天起，你是我的儿子了。以后你称我为父，我呼你为子。"聂尔曼回道："听明白了，遵命就是。"

大马士革人成群结队前来参观波斯医生开设的药铺，参观铺中的药物，大家对聂尔曼的美貌感到惊奇羡慕。医生和聂尔曼彼此谈波斯话——当时一般富豪人家子弟都学过波斯语文。由于医生的脉理好，每替人治病，总是药到病除，所以在短时期内，他的大名很快就传开了，城中王公庶民，男妇老幼，谁都知道他的大名。

有一天，一个老太婆骑着一匹鞍辔非常阔气的驴子来到药铺面前，勒住缰绳，对医生说："劳先生过来扶一扶我吧。"医生赶忙走出药铺，扶她下马。继而她问医生："你就是新到这儿来的那位波斯医生吗？"

"不错，我就是波斯医生。"

"我的女儿生病了。"她说着掏出一个药瓶递给医生。

医生接过药瓶,盘算一番,说道:"老太太,小姐叫什么名字,告诉我吧,让我替她算一算,看是什么时候适于服药。"

"她叫诺尔美。"

医生一面计算,一面在自己手上写字,继而说道:"由于水土气候关系,必须知道她的出生地点,我才能给她下药。告诉我吧:她生长在什么地方? 多大年纪?"

"她十四岁了;原来生长在库法。"

"到这儿多久了?"

"才不过几个月。"

"她应该服……"医生给老妇数出了许多药名。

"这些药材我不容易找;请看安拉的情面,劳驾给我配一剂吧。"她说着扔了十个金币在柜台上。

医生看聂尔曼一眼,吩咐他去配药。这时候老太婆呆呆地望着聂尔曼,说道:"孩子,我那姑娘的模样和你真相似呢。"继而她又问医生:"这个孩子是你的佣人,还是你的儿子?"

"是我的儿子。"

先前老太婆和医生交谈时,聂尔曼听她说诺尔美的名字,心儿突突地跳个不止。后来他遵从医生的吩咐,抑制着澎湃的心情,配了药,盛在一个小匣子里,然后悄悄地执笔在一张纸上写道:

> 诺尔美能惠然给我看一眼的时候,
>
> 那么肃武德①算不得幸福,
>
> 祝美禄②也够不上美丽。
>
> 他们说:
>
> "忘记她吧,
>
> 我们送给你十双像她那样的。"

———————

① 肃武德,幸福,是一个女人的名字。

② 祝美禄,美丽,是一个女人的名字。

十双中可没有谁和她一模一样，

因此我终生不愿把她忘记。

他写罢，折叠起来，放在药匣里，并用库法笔法在外面批上"聂尔曼·本·勒彼尔封"等字样，然后递给老太婆。

老太婆带着药，匆匆回宫，来到诺尔美面前，说道："小姐，城中新到一位波斯医生，他脉理之好，那是我从来不曾看见过的。他看了药瓶，听了你的名字，便知道你的病情，数出你该服的药名，并吩咐他的儿子给你配了这帖药剂。像他儿子那样漂亮活泼的青年人，我看在大马士革城中真是很难找到的。他铺中的药材非常齐备，城中也难找到像他那样的药铺。"

诺尔美接过药匣一看，见上面写着聂尔曼的名字，欣然色变，私下想道："毫无疑问，药铺的主人一定知道我的消息。"于是她对老太婆说："告诉我：那青年是什么模样的？"

"他叫聂尔曼，右眼皮上有一点疤痕，文质彬彬，身穿华丽的衣服。"

"好了；凭着安拉的福分和襄助，给我药吃吧。"

她喜笑颜开，拿起药来，一面吃，一面说："这是一帖吉利的药剂呢。"吃完药，她发现匣中的字条，打开一看，明白其中的寓意，同时证明他就是她的主人，于是心花怒放，高兴快乐。老太婆望着她的笑颜，说道："今天是吉利的日子呢。""老妈妈！"诺尔美说，"我肚子饿，给我饮食吃吧。"老太婆随即吩咐婢仆们："小姐要吃饭，你们快给她预备丰盛滋补的饮食吧。"

诺尔美病体痊愈，坐着吃喝的时候，哈里发奥补督·买立克·本·买尔旺前来探望，见她能吃饮食，非常高兴快慰。这时候老太婆趁机启奏："主上，诺尔美的病好了，理当向你祝贺。这是最近城中来的一位高明的医生，脉理很好，那是我们从来没有看见过的。他给太太配了一剂药，才吃一次，病就好了。"

"那个医生既然医好了她的疾病，你送一千金币去酬劳他吧。"

老太婆遵循哈里发的命令,欢天喜地地带钱去到药铺中,把一千金币送给医生,告诉他病人是哈里发的妃子,并把诺尔美写的一封信交给他。医生接过信,递给聂尔曼。他一看,知道是她的笔迹,由于过度的兴奋,一时晕了过去。过了一会,他慢慢苏醒过来,见信中写道:

被拐骗而与其亲人分离的诺尔美致书聂尔曼足下:
奉读惠书,顿觉心旷神悦,喜不自禁,如读古人诗句:
惠书降临,
我的希望就不至于消灭;
不期望那写字者的手啊,
他的指间泛出芬芳的馨味。
像摩西的母亲归来哺乳摩西一般,
也像约瑟的衬衣送到雅各手中一样。

聂尔曼读了诺尔美引用的诗句,心有所感,忍不住簌簌地流下悲伤的眼泪。老太婆眼看着这种情景,觉得奇怪,问道:"孩子! 你为什么伤心哭泣?"医生在旁回道:"呃! 诺尔美是他的女奴,他是诺尔美的主人;主奴一旦分别离散,这叫他怎么能不伤心哭泣呢? 再说诺尔美的疾病所以痊愈,全是为了知道他的消息,有希望和他见面的缘故。其实她是惦念主人才害的心病。老太太呀! 这桩事情,我们无法可施,恳求你怜悯我们,从中鼎力支持吧。这一千金币请你收下,以后自有重报。""你是他的主人吗?"老太婆问聂尔曼。

"不错,我是她的主人。"

"这的确是事实;她随时都提念你呢。"

聂尔曼对老太婆叙述了他和诺尔美之间的感情和遭遇。老太婆听了说:"孩子,只有我可以使你和她团圆聚首。"于是她立刻骑驴回到宫中,望着诺尔美边笑边说:"小姐! 你是因为离开你的主人聂尔曼·本·勒彼尔,所以才悲哀哭泣而害相思病的呀。"

"哟！我们的秘密被你揭穿，其中的情况你都知道了。"

"放心吧，小姐。指安拉起誓，我一定冒着生命的危险努力奔走，非使你们团圆聚首不可。"

有一天，老太婆拿包袱包了一套女人衣服和首饰，带到药铺中，对聂尔曼说："到里面去吧，我有话对你说。"聂尔曼引老太婆去到后屋，她便说："我跟诺尔美详细谈过，我看她想念你，比你想念她有过之无不及。如果你有胆量，有勇气，我愿意冒着生命的危险设法带你进宫去和她见面，然后再想办法救她出来。因为不这样做，她是不能够出宫的。"

"这太好了；愿安拉加倍赏赐你。"

于是老太婆替聂尔曼修发、画眉，认认真真地装饰打扮他，拿女人的衣服首饰给他穿戴起来，然后仔细端详，见他俨然是个美丽的妙龄女郎，这才欣喜若狂地说道："赞美化工之妙！指安拉起誓，这不是我夸口，你比诺尔美漂亮多了。"继而她教聂尔曼学妇女走路，说道："你左摇右摆地向前走几步，让我看一看，到底像不像女人。"

聂尔曼按照老太婆的指示，果然在她面前学着妇女的姿态，摇前摆后地走了几步。老太婆仔细端详，见他走得不差，说道："像倒是像的，不过还得多多练习。若是安拉意愿，明天我来带你进宫。到宫中碰到站岗的或者遇着仆人，都别和他们交谈；你只管低头顺脑，大大方方的，用不着害怕，有我对付他们；一切望安拉援助好了。"

次日一早，老太婆来到药铺里，替聂尔曼打扮装饰起来，然后带他进宫。到了宫门，老太婆向前走，聂尔曼跟在她后面。守门的不让他进宫，老太婆喝道："你这个坏奴才！她是诺尔美的女奴，为什么不让她进来？"继而她回头对聂尔曼说："奴才，进来吧。"

聂尔曼跟随老太婆走进宫去，直到通往后宫的门前，老太婆才吩咐他："你勇敢沉着些，往这儿进去，向左拐弯，经过五道门后，到第六道门的那间屋子是预备给你居住的；你大胆进去，不必害怕。若有人和你交谈，别理他们；大大方方地走着，不要犹豫、观望。"于是带

祝拐骗,送进宫来的缘故,我才冒着生命的危险到这儿来的。"

"这不要紧,没有关系。"她安慰聂尔曼,随即呼唤女奴,吩咐道:"去诺尔美宫里,请她到这儿来。"

原来那个老太婆应付了守门官,打发聂尔曼进去之后,自己慢吞吞地到诺尔美宫中来,问道:"你的主人到这儿来了没有?"

"指安拉起誓,他没有来。"

"也许他走错路,到别人房中去了。"

"完了! 我们都非死不可了。毫无办法,只望伟大的安拉拯救了。"

老太婆和诺尔美面面相觑,正感到一筹莫展的时候,御妹的女奴却突然出现。她先向诺尔美问好,然后说道:"我们太太打发我来请小姐上她那儿去谈谈。"

"好;你去回复太太,我就来。"诺尔美遣走女奴。老太婆对她说:"你的主人也许在御妹那儿呢;这回秘密被揭穿了。"

诺尔美诚惶诚恐,匆匆来到御妹房中。御妹对她说:"这位是你的主人,他坐在我房里,好像是找错了门路。若是安拉意愿,你和他都不必忧愁顾虑。"

听了御妹的吩咐,诺尔美突突跳动着的心儿才算安定下来。她走到聂尔曼面前,抱着他接吻。一对恩爱的人儿骤然见面,兴奋过度,两人同时晕倒。

过了一会,聂尔曼和诺尔美苏醒过来,御妹对他们说:"两位请坐下来,让我们从长计议,慢慢给你们想办法解决这个疑难问题吧。"

"听明白了,遵命就是。我们的事,全靠太太帮助了。"

"指安拉起誓,放心吧,我绝不会陷害你们。"于是吩咐女奴:"去端饭菜来给我们吃吧。"

女奴端来饮食,御妹陪聂尔曼和诺尔美一起吃喝,继而坐着开怀畅饮。聂尔曼喟然长叹:"啊! 这桩事情不知会变成什么样子!"御妹听了问道:"聂尔曼!你真爱诺尔美吗?"

"太太,为了爱她,我才冒着生命危险到这儿来的呢。"

"你呢?"她问诺尔美,"你爱你的主人聂尔曼吗?"

"太太,为了爱他,我才变成这个瘦损、憔悴的模样呢。"

"指安拉起誓,你们是一对相亲相爱的青年,谁也没有权利拆散你们。现在你们安下心来,尽情地欢欣快乐吧。"

聂尔曼和诺尔美喜不自胜;诺尔美尤其欢欣快乐,向御妹索取琵琶,弹着唱道:

> 谗言者挑拨离间,
> 决心要我们离散、失群,
> 你我和他们之间并无丝毫冤仇。
> 流言灌满我们的视听,
> 援救我们的人却寥若晨星。
> 为了保全你的生命,爱惜我的眼泪,
> 我不顾一切地和他们搏斗,
> 从心里拔出宝剑,涌出洪流,喷出火焰。

他们一面弹唱,一面举杯畅饮。正在高兴快乐、得意忘忧的时候,哈里发突然驾临。大家一见哈里发,赶忙站起来,一齐跪下行礼。哈里发见诺尔美怀中抱着琵琶,说道:"赞美安拉,诺尔美!你的健康全恢复了。"继而他看了聂尔曼这副男扮女装的模样,问道:"妹妹,在诺尔美身旁的这个女奴是谁呀?"

"主上,她是陛下一个善于安慰人心的女奴;有了她,诺尔美才肯吃喝呢。"

"指安拉起誓,她和她同样的美丽。为了尊重诺尔美,明天我给她在诺尔美的闺房附近腾出一间屋子,布置陈设起来供她居住。"

御妹趁哈里发高兴,满满地斟一杯酒奉承他。哈里发接过去一饮而尽,然后坐下来和她们共饮。他斟了一杯递给诺尔美,并示意为

他演唱一曲。诺尔美接连喝了两杯,哈里发斟第三杯给她的时候,她抱起琵琶,弹着唱道:

> 我慨然饮了两杯,
> 随后酒伴又斟给我第三杯。
> 我拖着长裙,
> 望着杯中的泡沫,
> 逍遥、自矜!
> 在静悄悄的夜里,
> 似乎是一个无冠的皇帝。

哈里发听了诺尔美清脆婉转的歌声,怡然自得,很受感动,倾心佩服她的歌喉,赞美她的诗词。他陪着女人们一直饮到更残夜静,御妹这才趁兴对他说:"主上,我在书本里读到一段关于贵胄人家的故事,陛下愿意听吗?"

"那是怎么一回事情?讲给我听吧。"

"从前在库法城中有个年轻人,"御妹说,"名叫聂尔曼·本·勒彼尔,十分宠爱他的女奴,他的女奴也格外钟情于主人。由于她同主人从小在一起长大,所以彼此相亲相爱,感情很好。成年之后,两人情投意合,山盟海誓,愿结为终身伴侣。然而好事多磨,突来横祸,女的被坏人拐骗,以一万金币卖到宫中,做了国王的妃子。当时聂尔曼对他的女奴一往情深,念念不忘,因而离开幸福的家庭,不辞跋涉,周游各国,到处去寻找爱人的踪迹。他经过许多崎岖曲折的道路,受了无数风霜尘土的苦楚,最后探得他的爱人诺尔美在王宫中的消息。他千方百计,冒着生命的危险,偷偷摸摸地去到宫中,找到爱人。可是一对恩爱的青年伴侣刚碰头见面,还来不及坐下言欢谈情,一刹那,国王突然闯了进来,揭穿秘密,于是皂白不分,也不肯调查其中隐情,马上发出命令,将一对青年情侣处死。这位国王这样的不问理由,不容分辩的鲁莽行为,陛下认为对是不对?"

"这是一桩奇怪的事情;根据三方面的理由,那位国王应当原谅他们。第一,他们是彼此相爱的一对情侣;第二,他们在他的宫里,处在他的权威之下;第三,国王给庶民裁判应当虚心沉着,小心谨慎。他为什么那么急躁、鲁莽呢?这位国王的行为,和其他的国王比较起来,实在有不相称的地方。"

"皇兄!你的这番议论真算得是金玉良言;我们切望陛下言行一致,说到哪里,做到哪里。可是事实证明,陛下对于裁判自身和庶民之间的案件,还是有欠妥的地方呢。"她说着转向聂尔曼和诺尔美,说道:"聂尔曼,你站起来;诺尔美,你也站起来吧。"接着她对哈里发说:"主上,这是诺尔美,被汉昭祝·本·优素福拐骗出来,献给陛下的。他在致陛下的信中撒谎欺君,说是以一万金币替陛下收买的。还有这位,是诺尔美的主人,叫聂尔曼·本·勒彼尔,是勒彼尔·本·哈台睦的儿子。如今恳求陛下看我们祖宗的情面,原谅他们,饶恕他们,并释放他们,恢复他们的自由,以便在冥冥中争取安拉的保佑和恩赐吧。因为他们现在处在你的权威之下,刚才还享受你的筵席呢。为了人道,我才不揣冒昧,替他们求情,恳求赦免他们,不要伤害他们吧。"

"妹妹,你说得对。我的言行不一致,对于裁判有失检的地方。"继而他问诺尔美:"诺尔美,这个人是你的主人吗?"

"是啊,主上;他是我的主人。"

"既然如此,你们谁也没有错,我饶恕你们,恢复你们的自由了。聂尔曼!"他接着说,"你怎么知道诺尔美的行踪?是谁告诉你她在这儿的?"

"主上,请听我的身世和遭遇吧。指陛下善良的祖先起誓,我将毫不隐瞒,把前后的经过详细地对主上叙述。"

聂尔曼把事情的始末,他自己的身世,波斯医生的计划和工作,老太婆的奔走和怎样带他进宫,他走错门路的经过,从头到尾,详详细细地叙述了一遍。哈里发听了感到十分惊奇,吩咐道:"去请那位波斯医生来见我吧。这样有谋略的人,我们应该借重他呢。"

波斯医生奉召来到宫中。哈里发一见如故,重重地赏赐他,聘他在宫中服务。同时从优赏赐聂尔曼和诺尔美,并奖赏老宫人。聂尔曼和诺尔美陪哈里发在宫中过了七天极其快乐如意的上宾生活,然后恳求哈里发准许他们回家省亲。哈里发慨然应允。于是一对恩爱的青年伴侣,双双踏上旅程,平安回到库法城,和父母家人团圆聚首,过着舒适快乐的幸福生活,直至白发千古。

大　团　圆

祭师讲了聂尔曼和诺尔美的故事,艾谟章笃和艾思武德听了感到十分惊奇,说道:"这个故事奇妙得很。"于是弟兄两人高枕无忧,欢欣快乐地安睡了一夜。

次日,艾谟章笃和艾思武德弟兄两人约着进宫谒见国王,受到国王的尊重,君臣正在谈得亲密的时候,忽然听得一片呼喊求救的喧闹叫唤声。接着侍从进来报告敌人侵入国境的消息。国王听了,吓得惊惶失措。宰相艾谟章笃自告奋勇,起身说:"让我出去了解情况吧。"

艾谟章笃匆匆出城,看见无数的兵马,剑拔弩张,正预备攻城。对方的将领见了艾谟章笃,知道是国王派出来的钦差大臣,便带他去见他们的国王。艾谟章笃到了国王面前,跪下去吻了地面,然后举目一望,原来所谓国王却是个头戴面纱的女子。她对他说:"你要知道,我是女王马尔佳娜,对你们没有非分的企图;我到此地,只是寻找一个年轻的奴仆罢了。如果找到此人,便万事皆休,没有别的话说;否则,你我两国之间难免要大动刀兵。"

"请问陛下:那奴仆叫什么名字?他的形貌如何?"

"他叫艾思武德。他曾被袄教徒的祭师带往我国,祭师不肯出卖,被我强留下来,可是当天夜里祭师又把他偷走了。"

女王详细描述了艾思武德的形状。艾谟章笃听了,知道她所寻找的,原来就是他的弟弟艾思武德,便说道:"赞美安拉,我们算是转危为安了。原来陛下寻找的那个奴仆,原是我的弟弟呀。"于是他向女王叙述他弟兄两人的境遇和流落在外的原因以及各种遭遇。女王听了,十分惊诧,又因找到艾思武德,非常欢喜快乐,重赏了艾谟章笃。

艾谟章笃回宫报告情况。国王听了,转忧为喜,命艾谟章笃和艾思武德迎接女王进城。彼此见面,正在谈笑言欢的时候,突然间灰尘飞扬,弥漫了天空。一会儿灰尘开处,出现无数潮涌似的兵马,披坚执锐,剑拔弩张,把城郭团团地围困起来。艾谟章笃和艾思武德弟兄两人骇然震惊,叹道:"我们是属于安拉的,我们都要归宿到安拉御前去。这支部队,无疑的一定是仇人。我们和女王马尔佳娜之间的纠纷要是不和平解决,被他们攻进城来,杀死我们,那么现在就无法抵御强敌了。"

艾谟章笃鼓起勇气,开城出去,越过女王马尔佳娜的兵营,去到新来的大军中了解情况。原来那是国王——群岛与七幢宫殿的主人——埃尤尔率领的军队。他去到国王面前,跪下去吻了地面,敬听国王的吩咐。"我是国王埃尤尔,"国王对他说,"为了寻找我儿白都伦的行踪,路过此地。我的女儿白都伦旅行在外,多年不归,不知她流落到什么地方,而且连她丈夫戛梅禄也杳无音信。你们这儿可曾听到关于他们的消息?"

听了国王的叙述,艾谟章笃低头沉思,想了一会,证实国王是他母亲白都伦的生身之父,也就是他自己的外祖父,于是慢慢抬起头来,倒身跪下去吻了地面,告诉国王说,他就是白都伦的儿子。国王听了,把他搂在怀里,祖孙抱头痛哭,说道:"赞美安拉,我的孩子,咱们终于见面了。"

艾谟章笃把他母亲白都伦和父亲戛梅禄住在艾补奴斯平安无恙

的情况告诉了外祖父,并叙述他父亲生他弟兄两人的气,命财政大臣把他两人处死,财政大臣可怜而放走他们的经过。国王埃尤尔听了说:"我带你们弟兄两人去见你父亲,替你们说情,让你们父子和好如初;而我也和你们在一起共享天伦之乐吧。"

艾谟章笃欢喜若狂,赶忙跪下去表示感激。他带着国王埃尤尔的赏赐,欢天喜地地回到城中报告情况。国王听了,感到万分惊奇,吩咐预备丰盛的筵席和大批牛、羊、马、驼和粮草,送去犒赏女王马尔佳娜和国王埃尤尔的队伍,并对女王马尔佳娜叙述国王埃尤尔的情况。女王马尔佳娜说道:"事属巧遇,机会难得,我愿奉陪陛下,努力奔走,尽调解的义务。"

国王和女王马尔佳娜正在预备出去接见国王埃尤尔的时候,忽然灰尘飞扬,弥漫了天空,大地黑暗起来,接着人喊马嘶,混着战鼓号角声,如潮的兵马,抬着枪刀剑戟,拥到城下。看着这种情景,国王又疑心起来,说道:"今天应该是非常吉庆的日子。赞美安拉,我们已经和两个国家亲善、和好了;若是安拉意愿,我们也会和新来的这支军队亲善、和好的。"继而他吩咐艾谟章笃和艾思武德:"这支军队看来人多势强,是我从来不曾看见过的;你们出去了解情况,见机行事吧。"

艾谟章笃和艾思武德开城出去,冒险往军中去交涉。到了军中,却是戛梅禄带着从艾补奴斯开来的一支庞大军队。于是弟兄两人双双跪在父亲面前,悲喜交集,泣不成声。戛梅禄一见自己的一对儿子,倒身扑在他们身上,痛哭流涕。他把一对儿子搂在怀里不放,过了很长的时间,才慢慢向儿子表示悔悟,叙述自身遭受的寂寞和痛苦。艾谟章笃和艾思武德趁机报告国王埃尤尔到来的消息,于是戛梅禄跨上战马,随儿子前往国王埃尤尔军中拜望岳丈。国王埃尤尔听得女婿到来的消息,出帐迎接;翁婿久别,在他乡重逢,彼此寒暄,觉得事属巧遇,出乎他们的意料之外。

艾谟章笃和艾思武德欢天喜地,回到城中,报告情况。国王听了转忧为喜,大摆筵席,招待各国国王,并送大批粮草、牛、羊、马、驼犒赏各国军队。正当人们感到高兴快乐的时候,突然发现远方灰尘飞扬,弥漫了天空,接着战鼓和号角声暴风骤雨般由远而近,大地被马蹄踏得震天动地,一支庞大的军队,全副武装,穿着黑甲,汹涌而来;领头的是一员老将,身穿黑色战袍,长发垂在胸前,威风凛凛,令人见而生畏。国王见了这支来势凶猛的军队,惊惶失措,对各国国王说:"在一天之内,各位驾临敝国,应当赞美安拉;各位都是仁义兼备的,可惜美中不足,眼看这支军队来势汹汹,对敝国实属凶多吉少,这该怎么办呢?"

"陛下不必忧虑,"各国国王安慰他,"咱们是三个国家的国王,谁都统率着庞大的队伍,倘若他们是你的仇人,我们就助你作战,即使对方人马比我们多三倍,也要征服他们。"

各国国王正在筹划退敌的时候,那支军队派来一个使臣,至城下求见。卫兵带他进宫谒见国王。他跪下去行礼,说道:"敝国国王因太子流落在外,多年不归,杳无音信,所以带领人马,周游各国,寻找太子。如果太子流落在此,则请交出人来,彼此相安无事;否则动起干戈,难免要糜烂地方,生灵涂炭。"

"敝国没有其人。请教贵国国王尊姓大名?"

"敝国国王名山鲁曼,是哈里多突的君王。"

听见使臣提到国王山鲁曼,戛梅禄大叫一声,倒在地上,昏迷不省人事。之后,他慢慢苏醒过来,痛哭失声,吩咐艾谟章笃和艾思武德说:"去吧,孩子们,随使臣去向哈里多突国王——你们的祖父——山鲁曼问安报喜;他是我的父亲啊。为了我的走失,老人家多年来一直忧愁苦闷,至今还穿着丧服呢。"继而他对各国国王叙说自己的身世和际遇。各国国王听了,都咋舌称奇。

各国国王陪同戛梅禄出城,前去看望国王山鲁曼。他们父子久别重逢,一见面便拥抱起来;由于过分兴奋,父子两人都晕倒不省人事。一会儿后,才慢慢苏醒过来。戛梅禄向父王叙述别后经过。各国国王同声向他们父子道喜。继而大家簇拥国王山鲁曼进城,摆下筵席,在大团圆的欢宴席间,艾谟章笃和艾思武德昆仲分别与祭师的女儿薄丝苔妮和女王马尔佳娜举行婚礼。

各国国王不约而同地来到异邦相会聚首,感到无限的欢欣快慰。大家尽欢之余,除女王马尔佳娜率领人马先行告辞回国外——临行各国国王谆谆嘱她常通音信,其余的约着趁兴作艾补奴斯之行。

到了艾补奴斯,戛梅禄谒见老王阿尔马诺斯,报告途中与两位王子邂逅相遇的情况。国王埃尤尔也奔到后宫,和女儿白都伦见面;父女久别重逢,泼熄了胸中惦念的火焰。

国王埃尤尔在艾补奴斯逗留了一个时期,携带女儿白都伦和艾谟章笃夫妻起程回国,并宣告退休,让位给艾谟章笃。戛梅禄也因为思乡心切,征得老王阿尔马诺斯的同意,让位给艾思武德,然后预备行李,随老父转回哈里多突。

庶民听到戛梅禄父子归国,欣然装饰城郭,扶老携幼,去到郊外迎接,庆祝凯旋,欢欢喜喜地热闹了一个月。从此戛梅禄继承老王山鲁曼的江山,励精图治,过太平日子,与民同乐,直至白发千古。

尔辽温丁·艾彼·沙蒙特的故事

古代埃及有个富商,名叫佘睦肃丁。他言而有信,家中婢仆车马成群,财富很多,是商人中最忠实善良的人,因此被推选为商界的领袖。他和妻室的感情很好,彼此恩爱,相敬如宾。然而美中不足,两口子在一起生活了四十年,却没有生下一男半女。

有一天适逢星期五聚礼日,佘睦肃丁照例在铺中经商。他见同行的生意人都有子嗣,有的有一个儿子,有的有两个儿子,有的甚至于有几个儿子,都像他们的父亲一样,在铺中经营生意。看了这种情景,他心有所感,闷闷不乐,无精打采地去澡堂沐浴,预备参加聚礼。盥洗后,他取镜一照,对着自己的面孔说:"我证明安拉是唯一的主宰,穆罕默德是他的使徒。"他又仔细端详,发现自己的胡须已经斑白,触景伤情,猛想起青春已经消逝,斑白的须眉是死亡的预兆,因而悲观失望,郁结于衷。

佘睦肃丁的老婆是个贤淑的妻子,知道丈夫每天归家的时间,因此总在他回家之前便事事准备妥当,欢欢喜喜地迎接他。那天佘睦肃丁回到家中,她照例殷勤接待,说道:"晚上好!"

"好!那是我从来没有见过的。"

"奴才!给老爷端饭来,"老婆一面吩咐女奴,一面对丈夫说:"请来用饭吧。"

"我不要吃!"他说着一脚踢翻桌上的饭菜,随即扭过脖子,把脸转向别处。

"这是什么缘故？你为什么这样忧愁苦闷？"

"不久我就要过世了，可是没有留下一个后嗣。"

"你虔心诚意地祈求安拉赏你一个子嗣好了。"老婆小心翼翼地安慰他。

佘睦肃丁听从老婆的劝告，夫妻两人虔心诚意地膜拜安拉，从事斋戒，不断地广施博济。他们的行为感动了上苍，不久老婆怀孕，夫妻两人欢喜不尽。妊娠期满，稳婆小心谨慎，费了很大的气力，才接下婴儿，沐浴熏香，好生包在襁褓中，然后交给她抱在怀里哺乳。

婴儿在母亲怀抱中，衔着奶头，安安静静地吃一饱睡一觉，倒也乖巧。稳婆继续留在商人家中，烹调食物，预备糖果。到孩子满七朝那天，府中庆祝诞辰，撒了喜糖，喜气洋洋，人人欢欣快乐。佘睦肃丁喜笑颜开，去到房中祝福老婆，问道："我的孩子在哪儿？"老婆把孩子递给他。他接过去抱在怀里一看，是个白白胖胖非常英俊的孩子，脸上闪着红光，腮上有两颗黑痣；虽然才生下七天，可是身体肥胖结实，与一岁的孩子没有差别。佘睦肃丁爱如掌上明珠，对老婆说："你给他取个什么名字？"

"如果是个女孩子，就该我给她取名。可他是个男孩呀，这该你给他取名呢。"

根据沾光托福的意思，当时人们习惯把最初听到的人名给自己的孩子命名。那天佘睦肃丁和老婆正在房中商议给孩子取名，突然听到门外有人喊尔辽温丁，佘睦肃丁听了，对老婆说："就叫他尔辽温丁·艾彼·沙蒙特吧。"于是雇了奶妈哺乳，非常认真爱护地从事养育。

尔辽温丁年满两岁，长得活泼伶俐，能自由行动和游戏时才断奶。到七岁时，父母怕人嫉妒而给年幼的儿子带来不测的祸患，因而异想天开地把孩子放在地下室里教养，不让他与社会接触，指定一婢一仆侍候他；婢女给他做饭菜、烧茶水，男仆为他抬汤送饭、管理门户。佘睦肃丁夫妇对于尔辽温丁的安全,煞费苦心,一心要儿子在地下室中长到成年,嘴唇上出胡子时,才让他出来和社会接触。

此外,佘睦肃丁对儿子的健康和教育也非常注意;他替他行割礼,又聘名师教他读书识字。没有几年工夫,尔辽温丁便知书识礼,精通《古兰经》注和其他的学术,文质彬彬,成为一个品学兼优的人。有一天,仆人送饭到地下室里,忘记关门,尔辽温丁便离开地下室,闯到他母亲房中。当时房中有几个富贵人家的太太小姐和他母亲坐在一起谈心,见他大摇大摆、潇潇洒洒地走了进来,便赶忙捂着面孔埋怨道:"哟! 老人家,为什么让陌生男人进房来呀? 莫非你不知道廉耻和信仰是分不开的吗?"

"他是我的儿子,是我心头上的果子,也是商人领袖佘睦肃丁的子嗣呢。"

"我们从来不曾见你有一个儿子呀!"

"他父亲怕人嫉妒,给他带来不测的祸患,所以在地下室里教养他,打算待他长大成人,嘴上出胡子时才让他出来。今天想必是仆人忘了锁门,因此他趁机跑出来了。"

太太小姐们听了女主人的解释,同声向她道喜。之后尔辽温丁离开母亲和客人去到堂屋里,见仆人们牵回一匹骡子,便指着问道:"哪儿来的这匹骡子?"

"是我们送令尊大人骑往铺中去,现在把它牵回来的。"

"我父亲他是做什么的?"

"令尊大人是埃及商界的领袖。"

尔辽温丁回到他母亲房中,问道:"娘,我父亲到底是做什么的?"

"儿啊,你父亲是生意人,是埃及商界的领袖。他的生意大着呢! 一千金币以下的买卖,他向来不过问,全都由手下人自作主张;要一千金币以上的出入,手下人才和他商量,征求他的意见。外商无论大小,凡到埃及来经营的,必须听从他的支配、调度。出口的货物不拘多寡，必须受他控制、配备。儿啊，安拉赏赐你父亲的财货是数不清的。"

"赞美安拉，我父亲是商界领袖；我既是领袖的儿子，母亲，你们为什么把我关在地下室里，让我一年四季过牢狱生活呢？"

"儿啊，因为怕人嫉妒你，所以我们才在地下室里教养你的啊。你要知道，人间是存在着嫉妒的，古往今来，许多苍生都是遭人嫉妒而死于非命的。"

"娘，人凭什么可以摆脱命运？预防是不能阻止命运的；命运的规定怎么也逃避不了。况且致吾祖父之死者，未必能舍我于不死。我父亲他今天还健在人世，安知明天他不会一命呜呼？万一父亲一倒头，我对人说：'我是商界领袖佘睦肃丁的儿子尔辽温丁。'这有谁能相信呢？那般老头子会说：'我们从来不知道佘睦肃丁有过一男半女。'这样一来，父亲的财产会被人霸占，我做儿子的也就无法继承遗产；父亲算是一生白辛苦一场，结果落得个人财两空。娘，你对父亲说吧，教他带我去看看市面，给我开个铺子，让我坐在里面，学做生意买卖的本领吧。"

"儿啊，等你父亲回来，我告诉他好了。"

那天佘睦肃丁从市场回到家中，见儿子尔辽温丁·艾彼·沙蒙特和他母亲坐在一起，便责问老婆："为什么让他出来呢？"

"不是我让他出来的；这是仆人忘了锁门，当时我和几位太太小姐在一起闲谈，不知不觉他就闯进我房里来了。"于是她对他叙述了儿子的愿望。

"儿啊，若是安拉意愿，明天我就带你上市场去。不过你要知道：在铺中经营生意，必须随时机警而有礼貌。"

尔辽温丁听了父亲的诺言，高兴快乐，安安静静地睡了一夜。次日清晨，佘睦肃丁带他去澡堂沐浴，给他穿起华丽的衣服，然后回家吃饭。饭后，父子骑骡往市场去。

到了市中，商人们见佘睦肃丁迎面走来，他后面跟着一个标致漂亮、像十四晚上初升的月亮那样美丽可爱的少年。当时有人对自己的伙伴说:"瞧他后面那个小子吧!这个老家伙,我们当他是好人,殊不知他像白韭菜,外白而内绿啊。"同时商人的头目穆罕默德·生睦生睦激于义愤,对商人们说:"各位,从今以后我们绝对不再要他当我们的领袖了。"

按照习惯说,当时商界的领袖清早到了市场,在自己铺中坐定之后,年长的头目必须率领大小商人去围着他诵《古兰经》开宗明义第一章,互相庆祝一番,然后正式开市,大家纷纷回到自己铺中,进行经营买卖。那天佘睦肃丁照例去到市中,在铺里坐定,商人们却异乎寻常,不按老例去向他诵《古兰经》,行开市礼。他觉得奇怪,唤头目生睦生睦问道:"商人们为什么不来行开市礼?"

"我是个不会搬弄是非的人;不过我得告诉你:商人们决心取消你的领袖职位,不再来向你诵《古兰经》第一章了。"

"这是为了什么呢?"

"你年纪长,又是商界的领袖,请问坐在你身边的这个小子是哪儿来的?是你的仆人吗,还是你夫人的眷属?"

"别胡说八道!当心安拉丑化你的本质和形象!这是我的儿子呀。"

"我们生平不曾见你有一个儿子,你这是怎么说的?"

"不错,我已经年满花甲,膝下还无子嗣,心中感觉寂寞孤苦,因此虔心诚意地膜拜安拉,广施博济,诚恳地祈求子嗣。后来老婆怀孕,妊娠期满,生下这个儿子。只因我怕他惹人嫉妒,避免发生不测的祸事,所以把他放在地下室中教养。本来打算待他成年,嘴唇上生胡子时才让他出来处世接物,可他母亲不愿意,求我给他开个铺子,让他在铺中经营,学做买卖,因此我今天才第一次带他出来看看市面的。"

佘睦肃丁的一席话,打消了生睦生睦心中的疑虑,他赶忙跑到商人群中,叙述真实情况,商人们这才随他去到他们的领袖佘睦肃丁铺中,站在他面前,诵《古兰经》第一章,行开市礼,并且祝福他,恭贺他生子之喜。其中有人说:"愿安拉保佑你,使你们父子长命百岁像新枝和树干并茂一样。不过照生活习惯说,我们之中即使是穷苦人家,生了一男半女,还得煮锅稀饭或馄饨,请亲朋去吃喝;你生了儿子,还没请客呢。"

"我请你们好了,预备在花园中宴会吧。"

次日,佘睦肃丁吩咐仆人收拾布置园中的院落和大厅,预备烹调用的羊肉、乳油等各种需要的材料,摆下两个筵席,一个在大厅里,一个在院落中,他父子两人都束起腰带,预备招待客人。佘睦肃丁对尔辽温丁说:"儿啊,客人中上了年纪的人,由我招待,请他们到大厅里坐;一般年轻人由你招待,请他们在院落中吃喝。"

"爸爸,我不明白您这是什么意思?为什么要预备两处筵席,一处招待年长的客人,一处招待年轻的客人呢?"

"儿啊,这是因为一般年轻人在老人面前拘束、害羞,吃不饱饭的缘故。"

听了父亲的解释,尔辽温丁恍然大悟,非常钦佩父亲的细心和办事的周到。接着宴会时间到了,客人们陆续来到。佘睦肃丁接待年长的,请到室内;尔辽温丁接待年轻的,招待在院落中。待客人到齐,大家坐定之后,便摆出丰富的饮食,开怀吃喝,痛痛快快地饱餐了一顿。饭后,熏香毕,那辈年长的客人兴高采烈,精神抖擞地谈开了。他们高谈阔论,对学术和圣训互有争辩,发挥精辟的见解。

客人中有个叫白勒亨的生意人,是个冒充穆斯林的祆教徒,向来行为不端,卑鄙无耻,不过他经常向佘睦肃丁批发货物,是个老主顾,所以也在被邀之列。那天他一见尔辽温丁,便产生了邪辟念头,趁人们正在谈论学术不注意的时候,便悄然离席,去到院落中和年轻人交谈,并趁尔辽温丁因事离席时,对青年们说:"你们要是能够说服尔辽温丁随我出去旅行,我一定送给你们每人一匹值钱的匹头。"

白勒亨煽惑青年之后,若无其事地转回客厅去了。后来尔辽温丁回到席间,青年们站起来迎接,请他坐在首席。他刚坐下,便有人站起来,对朋友说:"哈桑,告诉我们吧:你手中做买卖的那份本钱,是怎样弄来的?"哈桑回道:"幼年时,我一直生活在父母膝下;后来年纪渐长,应该找事做了,便请求家父给我预备货物去做买卖。家父说:'儿啊,我手中无钱,不过你可以去向商人借点本钱,学习做买卖倒是不错。'我听从父亲吩咐,果然找到一个生意人,借了一千金币,买了布帛,运往叙利亚贩卖,赚了两倍钱。继而我买了当地货物,运往哈勒白贩卖,也赚了两倍。后来我收买哈勒白的出产,运到巴格达贩卖,这回赚的钱更多。从那时起,我继续经营,至今已有一万金币的本钱了。"

哈桑讲了做买卖的经过,其余的人也轮流着谈自己在生意买卖方面的经验,最后轮到尔辽温丁,客人们对他说:"你呢,尔辽温丁?谈一谈吧。"

"我从小生活在地下室里,星期五那天才离开地下室,随家父到市场去了一趟,便回家来了。"

"你在家中过惯了,不懂得出门的味道;本来出外经营生意,这是男子汉的事情嘛。"

"对我来说,出门没有什么可取的地方,我是不需要出门的。"

"这就像鱼儿一般,"其中有人对朋友说,"一离水就要死的。"

"尔辽温丁!"他们对他说,"一个人敢于出去经商谋利,四海为家,那才是富商巨贾的儿子们夸耀称雄的本领呢。"

青年们的谈话给尔辽温丁一个很大的打击,郁结于衷,眼泪汪汪地愤然离开青年们,骑骡转回家去。他母亲见他苦恼伤心,问道:"儿啊,你为什么伤心哭泣?"

"那些商人的儿子约着讥笑我,说商人的儿子要敢于出去经营谋利,四海为家才能夸耀称雄。"

"儿啊,难道说你要出去经营生意?"

"是呀,我打算出去做买卖。"

"你打算上哪儿去?"

"我要上巴格达去,因为在那儿做买卖,一本可赚二利。"

"儿啊,你父亲有的是钱;要是他不给你预备货物,我给你预备好了。"

"妈要做好事,越快越好;现在正是行好的时候呢。"

做母亲的爱子心切,马上打发仆人雇来绑驮子的苦力,打开仓库,取出布帛,吩咐他们给儿子绑扎十驮布匹。

佘睦肃丁陪着客人谈话,感到无限的快慰,可是回头不见尔辽温丁在园中招待客人,便问他的去向。有人对他说:"他骑骡回家去了。"他觉得奇怪,赶忙骑骡在后面追赶,一直奔到家中,见了绑扎妥帖的驮子,莫名其妙,询问其中的缘故。老婆便对他叙述商人的儿子在席间讽刺尔辽温丁的情况。他听了安慰尔辽温丁:"儿啊,出门是不得已的苦差事;穆圣说:'安居乐业是人生的乐事。'古人的遗训,也不主张别乡离井,奔波跋涉。这次你是决心要出去经商吗?不肯打消这种念头吗?"

"我非去巴格达经营生意不可;要是这种心愿不遂,我就换身苦行者的衣服,从此云游天下,去过流浪生活好了。"

"我满家满当,不少穿不缺吃,现款也很多,"他一面说一面带尔辽温丁去看库中的钱财、货物,"其他各城市按地方的大小都有我的资金和货物。"他又把包扎妥当每驮值一千金币的四十驮货物指给他看,说道:"儿啊,这四十驮货物和你母亲给你预备的十驮,你一起带去销售吧;愿你一路平安。不过此去你必须经过狮子林和野狗堙,那两个地方古往今来死过无数过往的商旅,这是我替你担忧放心不下的一桩心事。"

"爸爸,这是为什么呢?"

"因为匪首阿张龙率领的匪帮常出没其间,劫财害命,过往商队很少幸免。"

"衣食在安拉的掌握之中,如果其中有我自己的一份,灾祸是夺不走的。请你老人家放心好了。"

佘睦肃丁同意尔辽温丁出去经营生意,父子一起骑马去到贩卖牲口的市场,预备购买骡马和其他旅途上需要的东西,不期在市中与一个叫奥柯睦的故知邂逅相遇。奥柯睦跳下骡子,吻了佘睦肃丁的手,说道:"指安拉起誓,老朋友,我们好久没有来往了。"

"可不是吗?早晚市价不同,每个时代有每个时代的主顾呢。现在我老了,孩子也长大了。他决心要出去经营生意,但无可靠的人领导他,我实在放心不下。现在好了,我就当面请你来指导他吧。"

"很好;愿安拉为你而保佑他。"

佘睦肃丁当面拜托奥柯睦,请他负责领导尔辽温丁,说道:"这里有一百金币,拿去分给你的孩子吧。"同时嘱咐尔辽温丁:"儿啊,我不在的时候,奥柯睦老伯就等于你的父亲;他说的话,你必须句句听从,事事跟他老人家商量。"于是给他选购骡马六十匹,以及旅途上所需的帐篷、灯笼等各种物件,带回家去,积极准备,并设席宴请宾客,替儿子饯行,深夜里宾主才尽欢而散。

次日清晨,一切准备妥当。临行,佘睦肃丁给尔辽温丁一万金币,嘱咐道:"儿啊,到了巴格达,你斟酌看吧,如果行情好,便迅速推销货物;要是行情不好,那不必忙,可以暂缓一步,拿这笔现款开支好了。"他嘱咐着依依不舍,跟在马帮后面,一直送到城外。说来事属巧遇。当天白勒亨也运货物出外经商,在城外和佘睦肃丁碰头。佘睦肃丁也顺便送行,嘱咐他把旧欠的一千金币兑给尔辽温丁应用,并托他随时照顾尔辽温丁,说道:"把他当你自己的儿子看待吧。"

在旅途中的第一天,白勒亨嘱咐尔辽温丁的厨子不必起火,由他预备饮食招待尔辽温丁和他手下的人员。白勒亨是一个比较活跃而经营广泛的商人,在埃及、叙利亚、哈勒白和巴格达都有他的房屋。他们结队而行,在旅途中继续迈进。几天之后,他们到了叙利亚;白勒亨的仆人奉命去到尔辽温丁帐篷中,见他坐着阅读,便走到他面前,吻他的手。尔辽温丁问道:"你来做什么?"

"我们主人向你问好,请你上他家里去住宿。"

"待我和奥柯睦老伯商议之后再决定吧。"

尔辽温丁和奥柯睦商量,打算上白勒亨家去住宿。奥柯睦对他说:"你别去。"于是他就婉言谢绝白勒亨的仆人。

商队离开叙利亚,继续向前,直到哈勒白时,白勒亨备办菜肴,邀请尔辽温丁赴宴。尔辽温丁听从奥柯睦老伯的指示,又婉言谢绝。

商队经过哈勒白,在直达巴格达的旅途中赶路,在距巴格达只剩一天路程的途中,白勒亨又预备饮食,邀请尔辽温丁赴宴。尔辽温丁和奥柯睦老伯商量,征求他的同意。奥柯睦劝止,他不听,说道:"这次非去不可。"于是他腰中仗剑,披上罩袍,前去赴约。白勒亨殷勤接待他,向他问好,和他亲切交谈,接着摆出丰富的饮食,主客开怀大嚼,饱餐一顿。饭后,两人坐着闲谈;白勒亨嬉皮笑脸,狎邪成性,凑过去要亲嘴,尔辽温丁伸手制止他。

息了一会,白勒亨故态复萌,第二次要亲嘴。尔辽温丁愤然拔剑而起,骂道:"你这个老家伙,无法无天,不畏罪孽,毫无人性。"他指着宝剑说,"你看,这是寄存在我手里的非卖品,如果要出卖,必须先捡你为主顾。像你这样无耻下流之辈,从此我们不和你同路了。"他大骂一通,拔脚就走,回到帐中,对奥柯睦说:"那家伙是个坏种,从今天起,我不再跟他同路了。"

"孩子,我不是劝止过你吗?教你别去,你可不听我的吩咐。现在要是中途脱离他们,我怕会遇到危险;我们还是结队而行吧。"

"我绝对不能跟他同行。"

尔辽温丁坚决要离开白勒亨,便催促人马,立刻动身,继续赶路。到了狮子林,他准备在那里停下露宿。奥柯睦不同意,说道:"别在这儿露宿,让我们继续再赶一程,也许能在日落之前赶到巴格达。巴格达人因为怕异教徒进城去破坏、抢劫,他们的书籍被抛到底格里斯河中去了,因此他们日落前关门,要到日出才开门呢。为安全计,我们必须趁日落前赶到巴格达。"

"老伯，我运货物到这儿来，不是专为经营谋利，同时也是要让这些地方的人看看我的事业罢了。"

"孩子，这是盗匪出没的地方，我替你的生命和货物担忧着呢。"

"老人家，你到底是主人，还是仆从？我必须明天早晨进城，非让巴格达人看看我的货物，认认我尔辽温丁不可。"

"我对你进了忠言；该怎么办，你自己决定好了。"

尔辽温丁吩咐仆人卸下驮子，张起帐篷，在郊外宿营。夜间他起床便溺，见远方隐约闪出光泽，觉得奇怪，对奥柯睦说："老伯，你来看，那边闪闪发光的是什么东西？"

奥柯睦一骨碌爬起来，仔细打量，原来是枪刀剑戟反射出来的光泽。不一会，阿张龙率领的土匪就成群结队蜂拥而至，面对财货，欢喜若狂，叫道："多么美好的横财呀！"

奥柯睦见匪徒气势汹汹，言语复杂，便见义勇为，挺身而出，喝道："你们这些坏种，不得无理取闹。"他话才说完，一个匪徒的宝剑便闪电般刺穿他的胸背，他即时倒下，死在帐篷外面。仆人们闻声跑出帐篷，也一个个被匪徒杀死。尔辽温丁眼看这种惨痛的遭遇，无法抵抗。最后，手下的人全都遭殃，货物被抢劫一空，自己虽然留得一条生命，但也尽够悲伤失望的了。他自言自语地叹道："为了你的财货和你这身衣服，人家才来抢劫你、危害你的啊！"他气得昏头昏脑，脱下衣服，扔在地下，身上只剩一件衬衫。由于刺激过大，他的身体支持不住，昏倒在帐前的血泊中，染得遍身血迹，像被杀的死人一样。

次日，白勒亨带着人马货物，路经狮子林，发现尔辽温丁的仆人全都遇害，尔辽温丁躺在血泊中，身上只剩一件衬衣，心里既高兴而又觉得奇怪，问道："是谁这样对待你，使你落寞到这步田地？"

"这是强盗干的好事。"

"你的身体算是被骡马和货物赎出来了。只要留得这条生命，财帛算得了什么！你不必悲观失望，我们一块儿上巴格达去吧。"

白勒亨弄匹骡子给尔辽温丁骑着，带他到巴格达，招待在自己家中住宿。他又领他去澡堂沐浴，对他说："孩子，钱财和货物赎了你的生命；如果你事事依从我，你的损失，我愿意加倍赔偿你。"

从澡堂中出来，白勒亨带尔辽温丁去到一间富丽堂皇的大厅中，摆出丰富的饮食，陪他吃喝。白勒亨狎邪成性，嬉皮笑脸地侧着头要亲嘴。尔辽温丁伸手阻止他，说道："现在你还存着侮辱我的念头吗？我不是曾经对你说过：如果我要出卖这宗货物，必先拣你为主顾吗？"

"我预备给你骡马、货物和衣服，目的就是为此。"

"这是绝对办不到的；请收下你的衣服，开门让我走吧。"

尔辽温丁从白勒亨家中出来，群狗追着他狂吠。他走投无路，茫无目的地一直向前，黑夜里从礼拜堂门前经过，便溜进堂内，打算在走廊下暂时栖息一夜。他刚坐下，发现灯光迎面而来，仔细一看，见两个仆人提着两盏灯笼在前面照路，后面跟着一个面目清秀的老头和一个青年。只听得那个青年对老头说："指安拉起誓，叔父，让我和令嫒复婚吧。""我不是三番五次地劝诫过你吗？"老头说，"你可坚持要同她离婚呀。"

他们经过走廊，老头回头见尔辽温丁生得面如满月，觉得奇怪，问道："你是谁？"

"我叫尔辽温丁，是埃及商界领袖佘睦肃丁的儿子。家父给我预备五十驮布帛，一万金现款，带来巴格达经营生意；路过狮子林，财货被强盗抢劫一空。我流落到此，人地生疏，走投无路，因而在此暂时寄宿一夜。"

"孩子，倘若我给你一千金币，和价值一千金的衣物及价值一千金的骡子，你愿意不愿意接受？"

"老伯，凭什么你要给我这么多的财物呢？"

"因为跟我在一起的这个青年，他是家兄的独生子；我自己呢，也只有一个女儿，叫鄂娣媛，生得非常美丽。后来她同这个青年结成夫妇，他虽然爱鄂娣媛，鄂娣媛却不钟情于他，因此他发过三次休妻的誓言,结果弄得夫妻离异。事后,亲戚纷纷前来说情,请求我准许他们复婚;可是要复婚,非照法定手续办理不可。为了避免他人讥讽议论起见,我同意找个外乡人来顶替,按复婚程序,举行转婚①仪式。你是外乡人,很合我们的要求。跟我来吧,让我把女儿暂时嫁给你;待明天你宣布和她离婚后,他们就可以复婚了。通过这样的手续,我就把刚才提过的那些财物送给你。"

尔辽温丁随老头去见法官,办理结婚手续,法官一见尔辽温丁,便产生爱护心理。他问老头:"你们来做什么?"老头问道:"我们来替我的女儿和这个青年办理转婚手续,请法官老爷在婚书上注明一万金的聘礼,待明天他要是宣布离婚,我们送他一千金,以及值一千金的骡子和值一千金的衣服;如果他不肯离婚,非教他付出一万金的聘礼不可。"

法官按照老头提出的条件替他们办了结婚手续,写了婚书,立下凭据。老头拿着婚书,给尔辽温丁换上新衣,带他去鄂娣媛家中,对她说:"儿啊,收下这份婚书吧;我已经把你许配给这个叫尔辽温丁·艾彼·沙蒙特的漂亮小伙子了;你好生侍候他吧。"他说着把婚书递给鄂娣媛,然后匆匆归去。

尔辽温丁和鄂娣媛洞房花烛,过了一夜甜蜜的夫妻生活。次日清晨,尔辽温丁对着娇妻叹道:"唉!欢乐刚开始,可想不到又教乌鸦给攫走了!"

"你这是怎么说的?"

"贤妻哪!一会儿我就要和你分手了。"

―――――――――――

① 按伊斯兰教婚姻法规定:夫妻间因不睦而感情破裂,或因丈夫发过休妻誓言而离婚后,男婚女嫁,各听自便。女的嫁后,如果新丈夫病故或因其他事故又离婚,如果女子本人和她前夫互相谅解自愿复婚,复婚即为合法。可是后来有人遇已离婚的夫妇欲复婚者,便人为地布置一套,替女的找个对象,举行临时婚姻,继而男的宣布离婚,让女的和其前夫复婚。这种办法,阿拉伯文叫作"木斯台浩鲁",即"转为合法"的意思。因为找不到恰当的词句,故勉强将"木斯台浩鲁"译为"转婚"。

"谁这么说的?"

"令尊大人在婚书上给我规定了一万金的聘礼,今天要是不能兑现,他们就带我去见法官。如今我手中一个子儿没有,哪能缴得出一万金呀?"

"这种婚约是你自愿的,还是他们强迫你的?"

"虽是我自愿,可是我手中没有钱呀。"

"事情简单得很,你别害怕。这儿有一百金币,你拿去用。倘若我手中有钱,你要多少我都给你。因为我父亲溺爱侄子,把钱财都弄到他家中去,甚至连我自己的首饰也都弄走了。如果他们叫你去见法官,逼你离婚,你就问他们:'我头天晚上才结婚,第二天就教人离异,这到底是哪个宗派的规定?'你得吻一吻法官的手,给他些好处,运动他一下,其余的证人,也需要应酬,每人送给十个金币,这样,他们就帮你说话了。如果他们问你为什么不离婚,为什么接收原先规定的一千金币的现款和骡子衣物,你就对他们说:'在我心目中,她的每根头发都值一千金币,我决不为贪财而宣布离婚。'如果法官教你缴出一万金的聘礼,你就告诉他:'我手边暂时不便。'这样,法官和证人会同情你,怜悯你,会让你缓期缴款的。"

尔辽温丁夫妻正在计划对策的时候,突然听到敲门声。他开门一看,原来是法官派来的差官,一见面便对他说:"令岳丈控告你,请你劳驾去法院里走一趟!"尔辽温丁塞给差官五个金币,说道:"差官,到底是哪家的法律许可头天晚上结婚,第二天便宣布离异的?""我们这儿绝对不许这样办,"差官说,"你要是不谙法律,我代你辩护好了。"

尔辽温丁随差官去到法院,法官问道:"为什么你不践约休掉老婆,接受财物?"尔辽温丁走到法官面前,吻他的手,暗中塞给他五十金币,说道:"请问法官大人,我昨晚才结婚,今天要逼我宣布离异,这到底是哪家法律规定的?"

"伊斯兰教的任何律例都是不许强迫离婚的。"

老岳父在旁听了法官的答复，对尔辽温丁说："你要是不愿离婚，请交出一万金的聘礼来好了。"

"请给我三天的期限好吗？"

"不行，"法官说，"三天的期限太短，给你十天吧。"

在法官的裁判下，双方同意限期十天；就是说十天后，尔辽温丁应该交出一万金的聘礼，否则就宣布离婚。尔辽温丁心悦诚服地走出法院，顺便买了肉、米、乳油等各种食品带回家去，对妻子叙述法院中的情况。鄂娣媛听了，喟然长叹："哟！一夜之中竟然发生这许多奇奇怪怪的事情！未来的事还多着呢，实在无法推测。今后，无论什么灾难临头，我们都得耐心忍受，因为每一夜是时日链索中的一环，它随时孕育着奇异的事件呢。"于是她抖擞精神，把尔辽温丁买回来的菜蔬做好，摆出来，两口子无拘无束，开怀享受，安安静静、快快乐乐地吃饱喝够之后，已经是黑夜降临。这时候，两口子心中无限快慰，一切忧愁苦恼早已忘得一干二净。尔辽温丁叫鄂娣媛弹唱一曲助兴。鄂娣媛抱着琵琶，一面弹，一面唱，抑扬顿挫地唱了一支感动金石的动听歌曲。他们夫妻正在融融陶醉的时候，忽然听到敲门声。鄂娣媛对尔辽温丁说："谁敲门？你去看一看。"

尔辽温丁出去开门一看，只见四个苦行僧站在门前。他问道："你们要做什么？"

"我们是好品诗、爱听琴并从事苦修苦炼的外乡人，求你让我们在你家里留宿一夜，明天清晨我们就走。我们是爱好音乐的，我们都记得许多诗词歌赋。你行行好吧，愿安拉报答你。"

"这桩事，等我跟妻子商量商量再说。"

尔辽温丁回到屋里，说明情况。鄂娣媛说道："开门让他们进来吧。"尔辽温丁开门欢迎他们进来，请他们坐在客室中，摆出饮食当上宾招待。可是他们不肯吃饮食，说道："先生，我们的主要食粮是赞颂安拉，倾听音乐，我们不是为饱口腹才上这儿来的。刚才听得府中有悦耳动听的音乐，但是我们进来之后，歌唱也就中止了。请问刚才是谁弹唱？是府上的女奴,还是你的千金小姐?"

"刚才是我的妻子在弹唱。"尔辽温丁回答着,把自己的身世和前后的遭遇叙述一遍,最后说道:"老岳丈逼我交出一万金的聘礼,限十天的期限,到期不能兑现,我就得宣布和妻子离婚。"

"你放心吧,不必忧虑。我是修道院的道长,院中有四十位苦行僧,都在我的领导之下,我将向他们募集一万金,送给你作为聘礼。现在请夫人弹唱一曲,让我们听了感觉兴奋、快乐。因为音乐这种艺术,有的人听了如同吃喝,有的人听了如同服药,有的人听了如同饮酒,它能起很大的作用呢。"

原来到尔辽温丁家中自称苦行僧的那四位不速之客,是由哈里发何鲁纳·拉施德和他的宰相张尔蕃、朝臣艾博·努瓦士、刀手马师伦乔装改扮的。那是因为当天夜里,哈里发心绪不宁,闷闷不乐,便对宰相张尔蕃说:"爱卿,我心里不痛快,让我们去城中走一趟,借此消愁解闷吧。"于是四个人扮成苦行僧的模样,来到城中。他们在尔辽温丁门前经过,听了弹唱之声,很感兴趣,为要明了个中的真实情况,才前来敲门投宿的。

他们在尔辽温丁家里倾听音乐,畅所欲言地谈心,愉快地过了一夜。黎明时,哈里发塞一百金币在地毯下,安慰尔辽温丁一番,然后告辞回宫。他们走后,鄂娣媛收拾打扫客室,发现地毯下面的一百金币,拾起来递给尔辽温丁,说道:"拿去吧,这金币是我在地毯下面发现的;这是那几位苦行僧走前放在下面的,我们却什么都不知道。"

尔辽温丁去市中买了米、肉、乳油、蔬菜及各种需要的食物,带到家中,鄂娣媛烹调出来,夫妻二人坐着吃喝,清清静静地过得非常舒适。天黑时,燃上灯烛,二人相对促膝谈心。尔辽温丁念念不忘欠着的聘礼,长吁短叹,对鄂娣媛说:"那几位苦行僧答应给我的一万金也不送来,其实他们是些穷光蛋呀。"他刚说完,苦行僧们已来到门前敲门。鄂娣媛闻声说:"他们来了,快去开门吧。"尔辽温丁开门迎接他们,问道:"你们答应给我募集的一万金带来了没有?"

"事情没有那么容易。但这不要紧,你别害怕,若是安拉意愿,明天我们给你点石成金吧。喂!现在让夫人唱一曲给我们听,兴奋兴奋我们的心情,我们爱听极了。"

鄂娣媛答应苦行僧的要求,用她那悠扬、清脆、婉转得可以激动顽石的歌喉,高兴快乐地弹唱了几曲。他们听了,啧啧称道,怡然陶醉,乐不可支,颇有不知身在何处之感。当夜他们在一起听琴歌唱,谈古论今,快快乐乐地直到黎明,哈里发又暗暗地塞一百金在地毯下,安慰尔辽温丁一番,然后告辞回宫。

哈里发带着宰相、朝臣和刀手,扮成苦行僧的模样,接连九夜去到尔辽温丁家中,每夜听了弹唱,互相畅谈之后,临行必留一百金在地毯下。可是到了第十天晚上,他们却突然终止不去了。他们不去的原因是这样的:哈里发知道尔辽温丁的情况后,衷心怜悯而存心帮助他,因此他把当地一位知名的商人召进宫去,对他说:"托你给我预备五十驮埃及匹头,每驮值一千金币,其价格须标在货物外面,同时还需要物色一个埃塞俄比亚籍的仆人,一并送进宫来。"

商人受了哈里发的委托,积极准备,尽快地将匹头、骡马和仆人送到宫中,满足哈里发的愿望。哈里发得到需要的货物和人马,怡然自得。他给埃塞俄比亚籍仆人一把金壶、一个金面盆,并用尔辽温丁之父佘睦肃丁的口气写了一封信,一齐交给仆人,吩咐道:"你把这封信和这些货物,一齐带往商界领袖的住宅附近,交给尔辽温丁。到那里你一打听,人家会告诉你他的住处的。"仆人唯命是从,小心翼翼地按照哈里发的吩咐去做。

尔辽温丁兑款的期限十天已届,现在是他应该兑现或者宣布与妻子离婚的时候了。鄂娣媛的前夫怀着满腔热望,前去找她父亲说:"叔叔,我们去找尔辽温丁,催他赶快宣布离婚吧。"于是叔侄两人欣然去找尔辽温丁办交涉。到了尔辽温丁门前,看见五十匹骡子驮着五十驮匹头,还有一个黑仆人昂然骑着骡子赶着在走。他们眼看这种情景,觉得奇怪,问道:"这是谁的货物?"

"这是我们主人尔辽温丁·艾彼·沙蒙特的货物。他父亲曾经办了一批货物,打发他运到巴格达来贩卖,中途遇匪,货物被劫一空;消息传到埃及,他父亲命我带来匹头五十驮,现款五万金,金壶金盆各一具,作为抵偿他的损失之用。"

"他是我的女婿,我带你往他家去吧。"

尔辽温丁在家里如坐针毡,顾虑重重,感到十分忧愁的时候,忽然听到敲门声,便长叹一声,对鄂娣媛说:"贤妻,令尊大人不是从法官那里便是从省长那里差人来追问我了。"

"你出去看一看,到底是怎么回事情。"

尔辽温丁开门一看,原来是鄂娣媛的父亲——商界的领袖——和一个活泼健壮的仆人骑着骡子站在门前。他问道:"什么事呀?"仆人跳下骡子,吻他的手,说道:"我是埃及商界领袖佘睦肃丁的奴仆,是他打发我把这批货物送来给你的。"他说着把一封信递给尔辽温丁。尔辽温丁接过来,拆开一看,里面写道:

尔辽温丁吾儿见字知悉:

噩耗传来,知吾儿途中遇匪,财货被劫,随从死于非命。吾骤闻此,寝不安席,食不甘味。幸吾儿生命无恙,实属不幸中之大幸。所有牺牲之财货,等于吾儿生命之赎价;尔当自寻解叹,达观为怀,不必斤斤计较,更不可因此而郁结于衷。

今遣仆人瑟律睦携带埃及匹头五十驮,衣物多种,金壶金盆各一具,兼程赶至巴格达,交尔作为此次损失之抵偿,俾东山再起,继续经营。

传闻尔在巴格达,被人作为替鄂娣媛小姐转婚之对象,指定聘金五万金,此区区之数,已交仆人一并携至巴格达,到时收用。家中自尔母以下皆平安无恙,勿以为念,此嘱。

尔辽温丁读了家书,接受了财货,回头对岳丈说:"老人家,这五万金币请收下作为令嫒的聘礼,这五十驮匹头,也请带去销售,所有的盈利，全都送给阁下，只望归还本钱也就是了。”

“不，指安拉起誓，我分文不能收受。至于聘礼，你同你妻鄂娣媛商量处置好了。”

尔辽温丁和岳丈指挥着搬运货物，安置妥帖，一起坐下休息。鄂娣媛问道：“爸爸，这些货物是哪儿来的？”

“这些货物一概都是你丈夫尔辽温丁的主权，是他父亲从埃及运来补偿他途中的损失的；此外还有现款五万金，金壶金盆各一具。至于你的聘礼，你同他商量，你们自己做主吧。”

尔辽温丁打开箱子，取出现款，交给鄂娣媛，作为聘礼。鄂娣媛的前夫眼看这种情景，对老头说：“叔叔，你催尔辽温丁赶快宣布离婚，让我和鄂娣媛复婚吧。”

“这谈何容易！权柄在他手里，要他宣布离婚，这是绝对不合法的。”

听了老头的回答，青年大梦初醒，忧愁苦闷，垂头丧气，回到家中，忧郁成疾，卧病不起，不几天就一命呜呼。

尔辽温丁收到财货，感到无限的欢欣快慰，从此环境优越，手中有的是钱，买了许多日常生活必需的物品，开始与妻室过快乐如意的生活。妻室常办出丰富的饮食，两人坐着开怀吃喝、享受。有一次席间他对老婆说：“你瞧，那几个荒唐无稽的苦行僧，他们冠冕堂皇，答应帮助我们，末了却一个也不曾履行诺言。”

“你是商界领袖的大少爷，最近的过去手中还是一个子儿没有，何况他们是些可怜的苦行僧，你怎么能责怪他们？”

“如今安拉赏赐我们财富，以后他们再来敲门，我可不让他们进来了。”

“为什么呢？如果他们不肯光临，福利是不会自己跑到我们家里来的。你忘了吗，他们曾经每天晚上放一百金在地毯下接济我们哩！以后只要他们背来，你非开门欢迎他们不可。”

天黑了，屋里刚燃上灯烛，就听见敲门声。鄂娣媛吩咐丈夫：

"是谁敲门？你去看一看。"尔辽温丁出去开了门，见苦行僧站在门前，便对他们说："欢迎你们这几位撒谎者，都请进来吧。"于是殷勤接待，请到客室里，摆出饮食，陪他们吃喝，一面吃一面谈笑，人人都欢喜快乐。饭后，苦行僧对尔辽温丁说："我们一直关心着你，现在你和令岳丈之间的纠葛怎么样了？"

"超乎需求之上，安拉已经过多地补偿我们了。"

"指安拉起誓，这桩事我们一直在替你担心着呢，只因手里不便，心有余而力不足，无法成全你，实在抱歉得很。"

"赞美安拉，他已经解救我们了，这是由于家父最近派人送来现款五万金，匹头五十驮，金壶金盆各一具，还有些值钱的衣物，因此岳丈和我之间的纠葛得以迎刃而解，妻室和我之间的感情也更融洽了。我们彼此相亲相爱，生活过得很好。这一切实在感激安拉不尽。"

尔辽温丁津津有味地叙述之后，哈里发起身出去便溺，宰相张尔蕃趁机走到尔辽温丁面前，悄悄地对他说："你知道现在你是在哈里发御前吗？应当小心些，礼貌些。"

"我到底在哈里发面前有什么失礼的地方？你们之中到底谁是哈里发呀？"

"刚才和你谈话，现在出去便溺的那位苦行僧，他就是啥里发·何鲁纳·拉施德；我是他的宰相张尔蕃，这一位是他的朝臣艾博·努瓦士，这一位是他的刀手马师伦。你多想一想吧，尔辽温丁。你说吧，埃及和巴格达之间的距离有多远？要多少日子才能走到？"

"远着哪，要四十五天才能走得到。"

"你的货物被劫到现在才不过十天，消息怎么能够传到埃及呢？令尊大人怎能在十天内走完四十五天的路程给你运货物来呢？"

"这么说，先生，这些货物是从哪儿来的呢？"

"这都是哈里发送给你的，因为他十分爱护你。"

尔辽温丁和张尔蕃正在密谈的时候，哈里发已经回到客室，尔辽温丁诚惶诚恐地倒身跪下，吻了地面，说："愿安拉保佑主上，愿陛下万寿无疆,俾庶民普沾陛下的福泽。""恭喜你,尔辽温丁,"哈里发说,"现在让鄂娣媛唱几支歌曲祝你脱难和新婚之喜吧。"

鄂娣媛兴高采烈地抱起琵琶,一面弹一面引吭高歌,歌声异常婉转、清脆。哈里发和属僚们听了心旷神怡,乐不可支,大家欢欢喜喜地过了一夜。黎明时,哈里发预备回宫,临行对尔辽温丁说:"明天到宫里来见我吧。"

"听明白了,遵命就是;愿陛下福体康泰。"

次日,尔辽温丁预备十个盘子,装满了珍贵的礼物,送到宫里。哈里发坐在宝座上,一见尔辽温丁,欣然说道:"欢迎你,尔辽温丁。"

"主上,圣贤也不拒绝收礼;这十盘礼物是我献给陛下的。"

哈里发收下尔辽温丁的礼物,随即命侍从取宫服赏赐他,并委他为巴格达商界的领袖,代替他岳丈的职位。他遵命就职视事。不一会,他岳丈也就来到宫中,见他身穿宫服,坐在自己的办公室里埋头工作,感到十分惊奇,因而径向哈里发请示:"主上,这位青年身穿宫服,坐在我的办公室里,这是怎么一回事情?"

"我已经委他为商界的领袖。职位是随时更换着的,不可能永久不变,所以你的职务被革除了。"

"主上处置得恰到好处。反正他是我们自己人,愿安拉差遣我们中间的正人君子管理众人的事。我们之中多少精干有为的青年,至今逐渐衰老而无用了!"

省长接到哈里发委任尔辽温丁为商界领袖的通知,立即派人向宫中大小官员正式宣布消息,嘱咐他们尊重他,服从他。继而他又派人到城中把尔辽温丁出任商界领袖的消息向庶民宣布。后来尔辽温丁在城中开设一个铺子,交给仆人经营管理,他本人则天天骑马进宫去办公。

有一天,哈里发的一个亲信朝臣逝世,哈里发听到噩耗,问道:"尔辽温丁在哪儿?"尔辽温丁奉命谒见哈里发,受到重赏,被委为亲信朝臣,月薪一千金,随时奉陪御驾,和哈里发同餐共饮,促膝谈心。

尔辽温丁服务宫廷,忠心耿耿,做事小心谨慎,博得哈里发的称道。有一天,哈里发听到禁卫军首领逝世的噩耗,便赏赐尔辽温丁,委他担任禁卫军首领的职务。已故禁卫军首领没有妻室儿女,哈里发吩咐尔辽温丁:"你去安葬他,他的遗产和奴仆也都归你继承。"

尔辽温丁做了禁卫军首领,把手下的人马分为左右两队,艾哈默德·戴乃孚和哈桑·舒曼两人分别担任队长,各带四十名壮士,雄赳赳气昂昂,每天轮流着跟尔辽温丁在宫中执勤,保卫哈里发。

尔辽温丁升任禁卫军首领后,任劳任怨地为宫廷服务。有一天,他公毕回到家中,妻子燃上灯烛,和他坐谈一会,然后起身料理家务。当时尔辽温丁独坐房中,突然传来一声狂叫。他闻声奔出房门,只见鄂娣媛僵然躺在地上。他伸手试探,发觉她的心脏停止跳动,已气绝身死。同时,间壁他岳丈也因为听到叫声,出来探望,问道:"我儿尔辽温丁哟!你家里出了什么事情?"

"啊哟,岳父哪!事情不好,我妻突然死了。这有什么办法呢!为了敬重死者,我们赶快准备丧葬吧。"

次日,尔辽温丁和他岳父,翁婿两人互相安慰、劝解一番,然后举哀送葬。尔辽温丁从此身穿丧服,在家居丧,终日悲哀哭泣。哈里发不见尔辽温丁,向宰相张尔蕃打听他的消息,问道:"爱卿,尔辽温丁为什么不进宫来办公?"

"主上,他妻子突然死了,因此他居丧在家,终日悲哀哭泣。"

"我们应该去慰问他,向他致意。"

"听明白了,遵命就是。"

哈里发带着张尔蕃和其他的侍从骑马去到尔辽温丁家中亲切慰问。尔辽温丁赶忙起身迎接,跪下去吻了地面,表示感谢。哈里发安慰他:"你的损失,愿安拉更好地补偿你。"

"谢谢陛下,愿陛下万寿无疆。"

"我来问你,尔辽温丁,为什么你不照常进宫去办公?"

"内人新丧,我心中万分难过,打不起精神来啊。"

"她是回到安拉御前去的,你用不着悲哀;悲哀哭泣是没有好处的。"

"主上,除非我气绝身死,埋葬在她身旁,否则我是不能不悲哀的。"

"安拉教万物新陈代谢,死亡是不可避免的,也绝不是人力和金钱所能转移或挽救的。"

哈里发和宰相安慰、劝解尔辽温丁一番,然后告辞回宫,临行嘱他快快恢复常态,继续进宫去办公。

次日,尔辽温丁抑制愁情,骑马进宫,去到哈里发面前跪下。哈里发起身迎接,让他坐在一旁,安慰他说:"尔辽温丁,你今天是我的客人,我留你在宫里和我一块儿吃饭。"于是带他去到后宫,对一个非常宠幸的名叫姑图·谷禄彼的宫女说:"尔辽温丁的原配夫人叫鄂娣嫒,为人温和贤淑,善于治家,且能体贴丈夫,因此他感到温暖、快活。可惜红颜薄命,她已经死了,因此他悲观厌世,痛不欲生。今天我请他吃饭,要你趁机会给我们精精彩彩地弹唱几支动听的歌曲,替他消愁解闷。"

饭后,姑图·谷禄彼遵从哈里发的吩咐,弹着琵琶,唱了几支非常动听的歌曲。哈里发问道:"尔辽温丁,你觉得这个宫女的歌喉如何?"

"鄂娣嫒的声音比她的美,不过在演奏方面她的造诣很高,她的弹唱能动天地而感金石呢。"

"这么说,你钦佩她吗?"

"钦佩极了。"

"指我的生命和祖先的坟墓起誓,我把她和她的奴婢全都送给你。"

当时尔辽温丁认为哈里发是在和他开玩笑。

次日,哈里发上朝之前,先对姑图·谷禄彼说:"我把你送给尔辽温丁了。"继而他吩咐宫中的人预备驼轿和脚夫,把姑图·谷禄彼和她的奴婢、衣服什物送到尔辽温丁家去。姑图·谷禄彼听了哈里发的吩咐，沾沾自喜，非常快乐，因为她和尔辽温丁见面后，早已一见倾心，能够做他的夫人，实在觉得快乐、荣幸。

姑图·谷禄彼带着四个婢女、两个太监和箱笼什物去到尔辽温丁家中，以主妇的身份，吩咐两个太监："你们两人，各抬一把椅子，分别坐在大门两旁；尔辽温丁回来时，你们起身迎接，吻他的手，对他说：'奉主上的命令，我们太太姑图·谷禄彼和奴婢们都来到府中；如今太太在房里等候大人呢。'"

"听明白了，遵命就是。"太监诺诺遵命。

当天尔辽温丁公毕回家，见门前坐着两个太监，觉得奇怪，心里想："这也许不是我自己的家吧，否则，就是发生什么事故了？"当他正在迟疑、彷徨、踟蹰不前的时候，两个太监肃然站了起来，毕恭毕敬地趋前迎接，吻他的手，说道："我们是在宫中侍奉姑图·谷禄彼太太的奴仆。太太向大人致意，并吩咐禀告大人：太太和她的婢仆奉主上的命令前来府中侍候大人；现在请大人到房中见太太去。"

"劳两位进去回禀太太，我竭诚欢迎她；可是但凡她在屋里的时候，我是不便进去的。因为属于御用之物，那是不适合奴婢享受的。此外，再劳两位问一问太太，她在宫里每天主上为她开销多少金钱。"

太监遵从尔辽温丁的吩咐，回到屋里，把他的话原原本本地转告姑图·谷禄彼。太太听了，回道："每天花一百金币。"太监诚惶诚恐地转了出来，传达太太的回话。尔辽温丁听了想道："我实在不需要主上赏我姑图·谷禄彼，让我为她开支这笔钱呀。然而事到头上，这是没有办法拒绝的。"

尔辽温丁事出无奈，勉为其难，小心翼翼地奉承姑图·谷禄彼，每天照例为她开支一百金的生活费，可是始终对她抱着敬而远之的态度。他为此事曾找机会向宰相张尔蕃诉苦，说道："我妻逝世后，主上不曾对我表示一点同情悲哀心情，却把姑图·谷禄彼赏给我；我不明白这到底是什么意思？"

"这没有别的意思；如果不是特别关照、爱护你，主上也不会把
她送给你了。"张尔蕃向他解释。

"可是到现在为止，我还没有和她婚配呢。"

"这是为什么？"

"大人哪，但凡属于主子享受之物，奴婢是不应该染指的。"

自从姑图·谷禄彼送到尔辽温丁家中之后，他虽然小心翼翼、无
微不至地奉承她，然而内心总是感觉惴惴不安，诚惶诚恐，顾此失彼，
因而有一天违反惯例，不曾进宫办事。哈里发觉得奇怪，对宰相说：
"张尔蕃，为了解除尔辽温丁的忧愁苦闷，要他安心做事，我才把姑
图·谷禄彼赏给他；现在他为什么反而疏远我们呢？"

"主上，古人说得好：'碰到爱人，忘了主人。'这是千真万确的。"

"也许他有苦衷，让我们去看看他吧。"

哈里发和张尔蕃微服出宫，一直去到尔辽温丁家中。尔辽温丁
知道哈里发驾临，赶忙起身迎接，吻他的两手，殷勤接待。哈里发见
他满面愁容，问道："尔辽温丁，你为什么这样忧愁苦闷？"

"主上，凡属御用之物，奴婢是不适于享受的。直到今天，我还
没有和她见面呢。恳求主上还是把她带回宫去吧。"

"我要见一见她；待我跟她谈话之后再说吧。"

"听明白了，遵命就是。"

哈里发去到房里；姑图·谷禄彼一见便起身迎接，并跪下去吻了
地面。哈里发问道："他正式跟你缔结婚约没有？"

"没有，还没有缔结呢。"

哈里发吩咐送姑图·谷禄彼回宫，随即向尔辽温丁告辞，临行嘱
咐他："以后别疏远我们吧！"

姑图·谷禄彼回宫后，尔辽温丁如释重负，当晚高枕无忧，安安
逸逸地睡了一夜。次日，他轻松愉快地骑马进宫去办公。为了解决
他的婚姻问题，哈里发命财政大臣取一万金币交给宰相张尔蕃，并吩

咐他："我命你亲身往奴市去,以一万金的代价,买个美丽的姑娘,送给尔辽温丁为妻。"

张尔蕃遵循哈里发的命令,带尔辽温丁一起往奴市去物色姑娘。说来事属巧遇,那天省长哈利德也携带大少爷往奴市去买奴隶,跟宰相碰在一起。原因是这样的:省长哈利德个子高大,英勇过人,文武双全,可是他的儿子哈补祖勒睦却生得奇丑、低能,活到二十岁还不会骑马。有一天他母亲对他父亲说:"老爷,儿子长大成人,我们应该给他娶亲了。"

"呃!他那副样子,又脏,又丑,又傻,谁家的女子愿意嫁他呀?"

"既然如此,到奴市去买个女奴匹配他就成了。"

因为这个缘故,哈利德父子和宰相以及尔辽温丁在奴市中碰在一起,彼此都看中一个窈窕美丽的姑娘。宰相开口出一千金,经纪人便开盘议价,走过去问姑娘:"你叫什么名字?"

"亚瑟美娜。"

当时哈补祖勒睦看中亚瑟美娜,一心妄想着她,对他父亲说:"爸爸,买这个姑娘给我吧。"他父亲说:"儿啊,你若看中她,过去还价好了。"于是他去问经纪人:"她的身价有人出多少钱?"

"出过一千金。"

"我出一千零一金。"

经纪人征求尔辽温丁的意见,他立刻表示愿出二千金;于是双方竞买,哈补祖勒睦每增一金,尔辽温丁便增一千金,因而竞争越来越激烈。省长的儿子生气,询问经纪人:"和我竞买的到底是谁?"

"少爷,宰相张尔蕃要买姑娘给尔辽温丁,已经出到一万金了。"

双方竞买的结果,亚瑟美娜的主子愿以一万金的代价出卖姑娘。尔辽温丁兑了款,当众人的面对亚瑟美娜说:"为了人道,我释放你,恢复你的自由,正式娶你为妻。"于是洋洋得意地带着亚瑟美娜扬长而去。这时候哈补祖勒睦一声喊叫起来:"姑娘哪儿去了?""她被尔辽温丁以一万金的代价买走了,"经纪人说,"他已经恢复她的自由,预备和她结婚呢。"

哈补祖勒睦受了刺激,非常失望,回到家中,卧病不起,茶不思,饭不想。他母亲见他气息奄奄,十分忧愁难过,说道:"儿啊,愿你快快恢复健康;你病得疲弱不堪,到底是为什么呢?"

"娘,把亚瑟美娜买来给我吧。"

"等卖花的来,我给你买一束亚瑟美娜①好了!"

"我不是要闻香的亚瑟美娜,我是要那个叫亚瑟美娜的美丽姑娘;因为父亲不肯把她买给我啊!"

做娘的听了儿子的愿望,气愤不过,跑去质问丈夫:"老爷,你为什么不把那个叫亚瑟美娜的女奴买给儿子?"

"凡是适于主子享受的,做奴婢的就不该妄想非分;我哪里有力量买她!她给禁卫军的首领买走了。"

哈补祖勒睦躺在床上,不吃不饮,辗转不能成寐,病势一天比一天严重。他母亲守在床前,束手无策,绝望到极顶,正在感觉忧愁苦闷的时候,忽然来了一个老太婆,仔细一看,原来是匪徒古蒙古睦的母亲。她的儿子古蒙古睦原来是一个掘壁洞、揭屋顶、专干偷窃、扰乱治安的闻名的坏种,后来又当兵吃粮,因为盗窃武器被省长送进王宫治罪。哈里发判他死刑,他表示忏悔,决心改过自新,恳求宰相搭救他。宰相可怜他,替他说情,请求从宽处罚。哈里发问道:"这种损人利己、扰乱治安的坏蛋,你为什么要替他说情?"

"求主上赦免他的死罪,把他监禁起来也就够了,因为监狱就是犯人和仇敌的坟墓,创设监狱的人确是圣哲之辈。"

哈里发允准宰相的请求,从轻发落,判他无期徒刑。古蒙古睦戴着脚镣手铐,关在监狱中,他的母亲去看他,埋怨道:"我不是屡次告诫你,教你改邪归正,洗心做人吗?"古蒙古睦回道:"娘,命运如此,事到如今,后悔也不济事。以后母亲找个机会去见省长太太,请她求

① 亚瑟美娜,素馨花。

省长搭救我吧。"

那天古蒙古睦的母亲来到省长家中,见省长太太愁容满面,闷闷不乐,随口问道:"太太,你为什么忧愁苦闷?"

"因为我儿哈补祖勒睦没有希望了。"

"愿少爷吉庆平安!他到底怎么样了?"

省长太太把儿子的情况说了一遍。老太婆听了,说道:"要是有人想法使少爷转危为安,挽救他的生命,那么太太对这样的人怎么报答呢?"

"你有什么办法吗?"

"我的儿子古蒙古睦被判无期徒刑,关在狱中。现在请太太装饰打扮起来,高高兴兴地去见省长,说你有重要的事跟他商量,教他向你宣誓,然后对他说:'狱中关着一个叫古蒙古睦的犯人,他可怜的老娘前来苦苦哀求,请你在哈里发面前替他说情,放他出来改过自新,洗心做人,赡养他的老娘。'"

"听明白了,遵命就是。"

省长太太听从老太婆的指使,去到丈夫面前,照老太婆教她的话说了一通。省长果然向老婆发誓,答应她的要求。次日晨祷后,省长去到狱中,对古蒙古睦说:"古蒙古睦,对于过去的罪孽,现在你忏悔没有?"

"我已经向安拉忏悔过,经常心口如一地说:我改过自新了,祈求安拉饶恕我的罪过吧。"

省长把镣铐锒铛的犯人古蒙古睦带到宫中,晋见哈里发,跪在御前,预备替古蒙古睦说情。哈里发问道:"你要请求什么?"省长把古蒙古睦引至哈里发面前,哈里发一见犯人,问道:"古蒙古睦,你至今还活着?"

"主上,贱命还残存着呢。"

"哈利德,你为什么带他到这儿来?"

"他的老娘无人赡养,非常可怜,因此臣不揣冒昧,前来替他说情,恳求主上饶恕他的罪过,恢复他的自由。以往的罪行,他已诚心忏悔,决心改邪归正,洗心做人。恳求主上赦免他,让他回到军中服务,戴罪立功。"

"以往的罪行你知道悔悟吗?"哈里发问古蒙古睦。

"主上,我早就向安拉忏悔过了。"

哈里发满口应允,赦免古蒙古睦的罪过,吩咐铁匠开掉镣铐,准他回到军中服务,告诫他好好工作,小心做人,不可再做违法犯罪的事。

古蒙古睦蒙王恩赦免,感激涕零,吻了哈里发的手,穿上制服,回到军中。他母亲见儿子恢复自由,欣欣快乐,前往省长家中,感谢省长太太的恩情。省长太太对她说:"赞美安拉,你的儿子总算平安出狱了。可是你怎么不教他想法把亚瑟美娜弄来做我儿子哈补祖勒睦的妻室呢?"

"我告诉他,叫他想办法好了。"老太婆答应着告辞回家。她见儿子喝得醉眼蒙眬,趁机对他说:"儿啊,你能够出狱,恢复自由,这全是省长夫人的功劳;希望你想法害死尔辽温丁·艾彼·沙蒙特,把他老婆亚瑟美娜弄来做她儿子哈补祖勒睦的妻室,报答她的恩情吧。"

"这是很容易的事,今晚我就想办法。"

当天正是月初,哈里发照例在初一的晚上和祖白玉黛娘娘在一起过夜,借此机会释放一个婢仆,或者做些其他的慈善事情。当天夜里他习惯于把念珠、蝇拂、戒指、系金链镶宝石的一盏名贵金灯和脱下的宫服一起放在便殿中,交给太监看管,然后进王后宫中过夜。古蒙古睦趁此良宵,耐心等到更残夜静,人们都入梦了,这才右手握剑,左手持铁钩,偷偷摸摸、蹑手蹑脚地闯到哈里发的便殿,竖起梯子,用铁钩向上一挂,沿梯攀缘上去,揭开天窗,溜到殿中,用迷药麻醉了两个酣睡的太监,掳了哈里发的衣服、念珠、蝇拂、手帕、戒指和金灯,然后沿原路退出,一溜烟跑到尔辽温丁家中。当时尔辽温丁和娇妻亚瑟美娜双双睡得正熟。古蒙古睦去到院落中,揭开地上的一块云石板,挖个洞,把一部分御用之物放在洞中,再原样盖上石板。一切布置妥帖,然后匆匆回家,洋洋得意地说道:"事情弄妥帖了,现在该我在这盏灯下痛痛快快地喝几杯了。"

次日清晨,哈里发从梦中醒来,进便殿去换衣服,只见两个太监被麻醉得昏昏沉沉,酣睡不醒,他的衣物已不翼而飞。看着这种情景,他不由得大发雷霆,唤醒太监,顾不得一切,随身穿着红色睡衣奔上朝廷。宰相张尔蕃趋前朝拜,跪下去吻了地面,说道:"愿安拉保佑主上,摒除一切灾难。"

"宰相!灾难可大着呢!"

"发生什么意外了吗?"

哈里发对宰相详细叙述遗失衣物的经过。这时候省长从容进宫早朝,古蒙古睦跟随侍候。当时哈里发余怒未息,一见省长,突然问道:"哈利德!巴格达城中的情况怎么样了?"

"城中安静如常。"

"你撒谎!"

"主上,这是为什么呢?"

哈里发叙述遗失衣物的经过,最后吩咐道:"我要你迅速破案,找回遗失的全部衣物。"

"主上,醋虫是从醋中生长出来而寄生在醋中的;这样的深宫大院,外人是万万进不来的。"

"你要是不把遗失的衣物寻找回来,我就判你死刑。"

"主上,请先判古蒙古睦死罪,再判我死刑吧;因为他是警官,那般叛徒们的行为,他最清楚不过。"

古蒙古睦听了省长之言,赶忙趋前奏道:"恳求主上替我说情,教省长饶恕我。至于这桩偷窃案,我一定根据线索,调查侦缉,保证全部破案。不过求主上派两位法官两位证人协助我,因为那班偷盗的人,无法无天,主上、省长和其他任何人都不在他们的眼里。"

"你需要的人可以派给你;你应该先检查王宫内部,然后顺序检查相府、禁卫军首领的官邸,如此由上而下,必有破案之时。"

"主上的吩咐真是金玉良言;此次犯盗窃案的也许会是陛下的心腹人,或者是某官吏豢养的亲信。"

"指我的生命起誓,偷窃犯即使是我的儿子,我也非处死他不可。"

古蒙古睦立即进行侦缉,带着法官、证人,手中拿着坚木杖、铁杖、铜杖和钢杖,每种各三根,精神抖擞,威风凛凛地开始检查王宫内部,接着顺序检查相府,来到尔辽温丁的官邸。尔辽温丁听见喧哗嘈杂的声音,开门一看,见是省长们站在门前,觉得奇怪,问道:"这是怎么一回事情?"省长便把事情的始末告诉他。尔辽温丁听了说:"请到我家里来检查吧。"

"抱歉得很,我的大人,你是主上的心腹,岂有不忠不义之理!"

"不碍事,请你们检查吧。"

于是省长率领法官、证人走进屋去;古蒙古睦随在后面,大摇大摆,昂然踱到院落中,站在埋藏御用之物的那块云石板上,持杖一戳,戳破了石板,板下隐约露出衣物,便大声叫道:"啊哟! 这是好事情哩! 我们到了此地,安拉就给我们掘开宝藏了! 来,各位来看吧!"

省长、法官和证人们闻声过来一看,发现御用的衣物全都埋在地下,不禁相顾失色。继而他们联名写了报告,陈述在尔辽温丁家中找到衣物的经过,盖上私章,即时呈报哈里发,同时下令逮捕尔辽温丁,取下他的缠头,绑住他的臂膊,宣布没收他的财产。古蒙古睦趁机把身怀有孕的亚瑟美娜弄到家中,交给他母亲说:"娘,快把她送往省长家中去吧。"

亚瑟美娜被老太婆送到省长家中,大少爷一见便跳将起来,欢喜若狂,嬉皮笑脸地向她扑了过去。亚瑟美娜即刻从腰里抽出匕首,对哈补祖勒睦说:"你敢碰我,我先杀了你,再自刎而死,我们同归于尽好了。"

"你为什么要杀我的儿子？"

"我问你这条老母狗：一个女人嫁两个丈夫的道理是出自哪家的法律？狗彘凭什么能够混入狮群呀？"

哈补祖勒睦受了刺激，病势增加，饮食不进，气息奄奄，终日卧病呻吟。他母亲绝望之余，迁怒亚瑟美娜，说道："你教我儿忧愁失望到这步田地，我非重重地惩罚你不可。你的丈夫尔辽温丁非被绞死不可了。"

"为了爱情，我是不怕牺牲性命的。"

省长太太剥掉亚瑟美娜身上的细软和首饰，换给她一身粗布衣服，逼她到厨房里做苦役，骂道："罚你每天在这儿劈柴、剥蒜、烧火做饭。"

"任何苦差事我都愿意做，我只是不愿意见你儿子的面。"

省长把尔辽温丁押到宫中，交给哈里发发落。哈里发一见衣物，问道："衣物是从什么地方找到的？"省长回道："都是从尔辽温丁·艾彼·沙蒙特家中找到的。"哈里发怒形于色，拿起衣物一看，不见金灯，问道："尔辽温丁，那盏金灯哪儿去了？"

"衣物不是我偷的，我不知道，也不曾看见；我什么都不清楚。"

"你这个叛徒！我亲近你，你为什么疏远我？我信任你，你为什么背叛我？"

哈里发在盛怒之下，断然判处尔辽温丁死刑。省长差人去城中宣布尔辽温丁的罪状，发布处死的告谕。民众成群结队，集合在刑场上等着看热闹。

这时候，禁卫军的队长艾哈默德·戴乃孚正和手下的人在御花园中谈笑、消遣，园丁突然赶到他面前，吻他的手，对他说："你坐在树荫丛中，脚下流着清泉，逍遥快乐，可是朝中发生的重大事变，你却不知不晓啊！"

"发生了什么事情？"

"禁卫军的首领尔辽温丁被人逮去上绞架去了。"

"哈桑·舒曼,"戴乃孚转问他的同事,"你可有什么办法?"

"尔辽温丁与盗窃案无关,这是仇人诬陷他的。"

"那么你说该怎么办呢?"

"若是安拉意愿,我们快去救他吧。"

哈桑·舒曼说着,急忙跑到牢狱中,对狱吏说:"给我一个该处死刑的罪犯吧。"狱吏拣出一个犯了死罪的犯人交给他。哈桑·舒曼拿布捂起他的面孔,然后由戴乃孚和阿里·邹伯谷搀着混入刑场,走到绞刑架下。戴乃孚伸腿拦住刽子手,刽子手抬头一望,对他说:"走开,让我执行任务。"

"该死的家伙!尔辽温丁是受人诬陷的,你把这个人拿去代替他吧。"

戴乃孚把犯人交给刽子手拿去处死,换走了尔辽温丁,领他回去藏在家里。尔辽温丁得救,免于死难,十分感激,说道:"我的好部下,愿安拉重重酬报你。"

"尔辽温丁!你干的这是什么勾当?老话说得好:'即使你是奸徒,对亲信你的人,也该尽忠成仁。'哈里发委你为近臣,指你为忠信,你为什么要这样对待他,为什么要偷他的衣物呢?"

"我的好部下,指安拉起誓,那不是我偷的。我无罪,我也不知道这种坏事是谁做的。"

"这显然是仇人干出来的。干这种勾当的人,迟早是要受惩罚的。事到如今,尔辽温丁啊,巴格达这个地方你是不能再待下去了。所谓有强权无公理。被强暴寻衅的人,其苦难是无止境的。"

"这么说,我应该上哪儿去呢?"

"亚力山大是个好地方,那儿生活舒适安静;我送你上亚力山大去吧。"

"听明白了,依你就是。"

戴乃孚迅速准备一番,带着尔辽温丁出走,临行吩咐哈桑·舒曼:"你好生注意,如果主上问我,告诉他我巡视去了。"于是他们离开巴格达,踏上旅程。他们路经葡萄园,冒险从替哈里发做工的犹太人手中偷了两匹骡子,每人骑一匹,赶到伊亚斯,在旅店中寄宿一夜。次日,卖了一匹骡子,另一匹寄在店中,随即乘船航行,一帆风顺地到达亚力山大。

戴乃孚和尔辽温丁来到亚力山大城中,行在街上,发现人群拥挤,走过去看热闹,原来是经纪人在那里替官家拍卖一家没收来的铺子;已经出到九百五十金。尔辽温丁参加竞买,以一千金币的代价买了下来,作为安身度日的处所。他开门进去一看,有床有被;里面还有一间仓库,库中储藏着漂石、香料、绳索、箱笼、皮囊、玻璃珠、贝壳、马镫、剪子、刀、针和其他的杂货,一望而知是一间古董铺。尔辽温丁坐在铺中,感到欢喜、快慰。戴乃孚对他说:"这间铺子和里面的什物全都是你的了,从此别悲观厌世,好生经营下去吧,安拉对生意人是另眼看待的。"他陪他在铺中住了三天,天天安慰他,劝他忍耐;第四天决心要走,临行对他说:"我走了,你安心住在这儿,好生经营生意。待我回到巴格达,仔细调查研究,找出陷害你的歹人,而哈里发也回心转意时,再给你送好消息来。"

戴乃孚离开亚力山大,乘船回到伊亚斯,牵出寄在店中的骡子,骑着兼程赶回巴格达,和哈桑·舒曼以及手下的人见面言欢,问道:"哈桑,我走后,主上问过我吗?"

"没有,主上没有问你,你别焦心。"

哈里发找回遗失的衣物之后,感到高兴、快乐,怡然自得地对宰相说:"张尔蕃,尔辽温丁做出这种不忠不义的事,你的看法如何?"

"主上用绞刑惩罚了他,那是他的罪孽,咎有应得。"

"他被绞死,我要亲自去踏看他的尸体。"

"主上要去踏看,我们侍候您,请启驾吧。"

哈里发随宰相走出宫殿,去到刑场,举目一望,见吊在绞刑架上的尸体不是尔辽温丁,惊而问道:"爱卿,这不是尔辽温丁呀!"

"何以见得不是尔辽温丁?"

"尔辽温丁是个矮个子,这却是一个高个子呀!"

"受了绞刑的人,尸首是比原来的身体要抽长些。"

"尔辽温丁是个小白脸,这却是个黑汉啊!"

"主上难道不知道,死人的颜色自然会变黑的?"

哈里发吩咐放下尸体,见他的足跟上刺着两位先贤的姓名,感到惊奇,对宰相说:"张尔蕃,尔辽温丁是个笃信的穆斯林,这却是一个邪教徒呀!"

"赞美未见能知的安拉,他到底是不是尔辽温丁,现在我们无从识别了。"

哈里发将信将疑,吩咐把尸首抬去埋葬;从此尔辽温丁这个人也就渐渐地被人忘记了。

亚瑟美娜在省长家中宁肯终日劳累,做苦工度日,不愿和哈补祖勒睦见面。哈补祖勒睦郁结苦恼,病势有增无减,终于丧了性命。亚瑟美娜在苦难的生活中,一直熬到妊娠期满,生下一个男孩,眉清目秀,像月儿那样美丽可爱。当时同她一起生活的女仆问她:"你打算给他取个什么名字?"

"要是他父亲还活着,该由他给孩子取名;现在我就叫他艾士龙吧。"

亚瑟美娜哺乳儿子,待他年满两岁,能自由行动时断了奶。有一天她在厨房里工作,艾士龙离开母亲,自己玩耍,爬上楼梯,一直去到省长房里。省长见了,觉得可爱,把他抱起来放在膝上,仔细端详,发现他的相貌和尔辽温丁完全一模一样,不禁绝口赞美安拉造化之妙。

亚瑟美娜回头不见儿子,赶忙寻找;但找遍各处,不见儿子的踪影。最后找到楼上,见省长抱着孩子,显出一副爱怜的面孔。孩子见了母亲,挣扎着要奔过去,省长却紧紧地搂着不放,对亚瑟美娜说:"丫头,你过来! 这是谁的儿子?"

"这是我的儿子,是我心头上的果子。"

"那么他父亲是谁呢?"

"他的父亲是尔辽温丁·艾彼·沙蒙特;可现在他变成你的儿子了。"

"尔辽温丁本来是个叛徒呀。"

"但愿他能够摆脱叛徒这个罪名;其实他为人忠厚,不会做叛徒的。"

"等这个孩子长大懂事的时候,告诉他我是他的爸爸,他是我的儿子。"

"听明白了,遵命就是。"

省长爱护艾士龙,当亲生的儿子抚养,请先生教他读书写字。艾士龙在省长的教育下,专心攻读,进步很快。他每见省长,必喊着父亲,说长道短,以为省长就是他的生身之父,彼此非常亲热。待他年纪渐长,省长给他预备操场,买了马匹、器械,教他学习骑射和各种武艺战术。艾士龙按部就班,认真学习;当时他年刚十四岁,已精通武艺,得到武士称号,远近闻名,交游日广。有一天他和古蒙古睦邂逅相遇,交谈之后,彼此结为朋友。他随古蒙古睦走进酒店,见他掏出一盏宝石金灯,摆在桌上,在灯光下面痛饮。当时艾士龙被金灯吸引着,非常羡慕,对古蒙古睦说:"把这盏灯送给我吧。"

"不能给你。"

"为什么?"

"这盏灯呀,它害过几条人命呢。"

"谁为它死了?"

"从前有个叫尔辽温丁·艾彼·沙蒙特的到巴格达来,做了禁卫军首领,他就是为这盏灯而丧命的。"

"他的情况如何? 他丧命的原因是什么?"

"你原来有个哥哥,叫哈补祖勒睦,二十岁时,你父亲带他去奴市买奴隶……"古蒙古睦就把事件的经过:哈补祖勒睦如何害病丧命,尔辽温丁如何被陷害而吊死,从头到尾说了一遍。艾士龙听了,心里想:"也许那个叫亚瑟美娜的女奴就是我的母亲,说不定我的生身之父就是被害的尔辽温丁·艾彼·沙蒙特。"于是他闷闷不乐地和古蒙古睦分手离开酒店。在回家的路上,他碰见了戴乃孚和哈桑·舒曼。戴乃孚望着他的面孔,叹道:"赞美万能的安拉!"哈桑·舒曼听了,问道:"老兄为何赞叹?"

"为了艾士龙这个孩子的相貌啊;他和尔辽温丁·艾彼·沙蒙特没有丝毫分别。"继而他问艾士龙:"艾士龙,你母亲是谁?"

"我母亲叫亚瑟美娜。"

"孩子,你快快活活地过活吧!尔辽温丁·艾彼·沙蒙特是你的生身之父,回去问你母亲,你就知道了!"

"听明白了,遵命就是。"

艾士龙回到家中,向他母亲打听父亲的下落;他母亲对他说:"省长哈利德是你的父亲呀。"

"不,尔辽温丁·艾彼·沙蒙特才是我的父亲呢。"

"儿啊,这是谁告诉你的?"她忍不住伤心哭泣。

"是禁卫军队长戴乃孚告诉我的。"

亚瑟美娜终于对儿子叙述过去的种种遭遇,最后说道:"儿啊,现在真假全都分辨出来了;你要知道,尔辽温丁·艾彼·沙蒙特是你的生身之父,然而抚养你的却是省长哈利德,所以他认你为他的儿子。儿啊,你要是遇见禁卫军队长戴乃孚,求他替你父亲报仇吧。"

艾士龙英俊有为,听了父亲的遭遇,忍无可忍,痛定思痛,急急忙忙跑去找禁卫军队长戴乃孚,恭恭敬敬地吻他的手。戴乃孚问道:"你怎么了,艾士龙?"

"现在我明白了,我父亲是尔辽温丁·艾彼·沙蒙特。陷害我父亲的人,求你替我报仇。"

"谁陷害了你父亲呀?"

"是窃贼古蒙古睦陷害我父亲的啊。"

"这是谁告诉你的?"

"我见他身边带着哈里发那盏跟衣物一块遗失了的宝石金灯,

我问他要，他不肯给，对我说：'为这盏灯，害过几条人命呢。'后来他把跨墙入宫，偷窃御用衣物，拿去埋在我父亲家中危害我父亲的一切经过，全都告诉我了。"

"既然如此，你回家去，待省长穿军服出去检阅演武时，求他给你一套军服穿起，带你去参加检阅。你到了哈里发面前，他必然要问你希望他赏你什么；那时候你对他说：'希望主上替我报杀父的冤仇。'如果他对你说：'你父亲哈利德还活着呢。'你就说：'尔辽温丁·艾彼·沙蒙特才是我的父亲，省长哈利德不过从小抚养我罢了。'接着你把窃贼古蒙古睦盗窃御用衣物的经过报告主上，求主上派人前去搜查。"

"听明白了，遵命就是。"

次日，省长整理衣冠，预备进宫，谒见哈里发，艾士龙趁机对他说："爸爸，给我一套军服，像你这样穿戴起来，让我随你进宫去吧。"省长果然给他穿起军服，带他进宫，陪哈里发去到郊外，坐在帐篷中阅兵。兵士排着整齐的队伍，奏乐的、骑射的、打弹球的，五花八门，正演得热闹精彩的时候，混在军中的一个奸细，企图谋杀哈里发，趁人们不注意时，用棒照准哈里发打个弹球过去。幸而艾士龙站在哈里发面前，弹球落在他臂上，立刻被打倒。哈里发忙起身扶起他，让他坐在椅上说："愿安拉保佑你，艾士龙。"于是下令逮捕打弹球的奸细，解到帐前，亲自审问："是谁指使你来干这种暗杀事情的？你是我的仇人，还是我的心腹？"

"我是你的仇人，早就存心谋杀你了。"

"这是为什么呢？难道你不是穆斯林吗?"

"不，我是异教徒。"

哈里发下令处死奸细，并对艾士龙说："告诉我，艾士龙，你希望我赏你什么？"

"希望主上替我报杀父的冤仇。"

"你父亲还健在人世呢。"

"谁是我父亲呀？"

"省长哈利德是你的父亲呀。"

"主上，他不是我的父亲，我不过从小被他抚养罢了；尔辽温丁·艾彼·沙蒙特才是我的生身之父呢。"

"这么说你父亲是个叛徒了。"

"但愿他能够摆脱叛徒的罪名！请问他生前有什么地方不忠于主上的？"

"他偷了我的衣服什物。"

"主上，我父亲并不是叛徒。请问陛下，遗失的衣物找回时，那盏宝石金灯一块儿找到没有？"

"始终没有找到。"

"我亲眼看见那盏金灯在古蒙古睦手里，我问他要，他不肯给我，对我说：'为了这盏灯，害死几条人命了。'后来他还把哈利德的儿子哈补祖勒睦害病和他本人被释放的经过告诉我；盗窃御用衣物的就是他，陷害我父亲的也是他。现在求主上做主，替我报杀父的冤仇吧。"

听了艾士龙的控诉，哈里发环顾左右，吩咐道："去把古蒙古睦逮来。"继而问道："禁卫军队长戴乃孚在哪儿？"戴乃孚应声走到哈里发面前，接着古蒙古睦也被押到。哈里发吩咐戴乃孚："检查他吧。"戴乃孚伸手从他袋中掏出宝石金灯，哈里发见了大吃一惊，问道："奸徒啊！这盏宝石金灯你是从哪儿弄来的？"

"是我买的，主上。"

"在哪儿买的？谁能做出这样的宝石金灯卖给你？"

古蒙古睦受了拷打，支持不住，招出盗窃御用衣物和宝石金灯的口供。哈里发听了供词，痛定思痛，喝道："奸徒啊！你为什么做出这种歹事，教我把忠心耿耿的尔辽温丁·艾彼·沙蒙特给误杀了呢？"于是他下令把古蒙古睦和省长哈利德都逮捕起来。哈利德身在缧绁之中，真如大梦初醒，说道："主上，臣实在冤枉。尔辽温丁·

艾彼・沙蒙特是我奉主上的命令吊死他的,当时这些情况我一点也不清楚,这都是我的妻子和古蒙古睦母子的阴谋,我一点也不知道。"他又对艾士龙说:"艾士龙,你从小在我膝下长大,我等于你的义父,你救救我吧。"

艾士龙替他向哈里发求情。哈里发问道:"这孩子的母亲在哪儿?"

"她在我家里。"

"我命令你把她的衣服首饰全都赔还她,恢复她的名分、地位,把尔辽温丁被封的房屋和被没收的财产全都归还艾士龙继承享受。"

"听明白了,遵命就是。"

后来哈里发问艾士龙:"艾士龙,告诉我吧,你希望我赏你什么?"

"希望主上让我们父子团圆聚首。"

"唉!孩子哪!"哈里发伤心哭泣起来,"你父亲已经被绞死,不在人世了。指我的祖宗三代起誓,要是有人告诉我尔辽温丁还活在世上,我可以使他得到他所期望的任何报酬。"

听了哈里发的誓愿,戴乃孚趋前跪下,吻了地面说:"恳求主上给我保证吧。"

"我保证你就是。"

"给主上报喜吧:忠诚的尔辽温丁・艾彼・沙蒙特如今还活在人世呢。"

"你说什么?"

"指主上的生命起誓,我的话是真的;是我用一个犯了死罪的犯人代替了尔辽温丁,把他送往亚力山大,给他开了个古董铺,让他在那儿过活的。"

"我命你去请他回来。"

"听明白了,遵命就是。"

哈里发戴乃孚一万金作为路费,命他前往亚力山大迎接尔辽温丁。

尔辽温丁在亚力山大经营古董铺,铺中那些残货眼看就要卖光了。有一天,他倾出袋中剩余的玻璃珠子,发现其中有一颗约莫一握大的珠子,有一条金链系着,珠上共分五面,每面镂着蚁迹似的符咒。他用手指把周围摩擦一会,却不见什么动静,便自言自语地说:“这也许是玛瑙石。”于是把它挂在铺中出卖。有一天,一个商人从他铺前经过,看见挂着的珠子,便走过来问他:“请问先生,这颗珠子卖不卖?”

“这珠子和铺中的东西全都出卖。”

“八万金币卖不卖呢?”

“不卖。”

“十万金币卖不卖呢?”

“十万金币卖给你,兑钱给我好了。”

“亚力山大城中有匪徒坏人,因此我的钱没带在身边。你随我到我船上去吧,到那儿我兑钱给你,并且送你一些各地出产的布帛,好吗?”

尔辽温丁把珠子交给商人,锁上铺门,把钥匙交给邻居,嘱咐道:“这把钥匙寄存在你这儿,我要跟这位商人上船去取款。要是我的朋友戴乃孚来找我,你把钥匙交给他,告诉他我取了货款就回来。”于是他随商人去到船上。商人请他坐在椅上,兑款给他,并送给五匹布,对他说:“来吧,先生! 我请你吃点东西或喝杯茶,休息一会。”

“要是方便,给一杯水喝好了。”

商人吩咐端来果子露,杯中放了迷药,尔辽温丁一喝,立刻被麻醉,昏迷不省人事。仆人把他连人带椅一齐抬到舱中,马上张帆启碇,一帆风顺地驶离港口,去到海中,这才吩咐把他抬出来,拿解药一熏,恢复他的神志。他蒙眬苏醒过来,问道:“我是在什么地方呀?”

“你落在我手中了。当初你要是坚持不卖,我一定会给你增加价钱呢。"

"你是干什么的?"

"我是船长,要把你带到我们国里去。"

正当船长和尔辽温丁谈话之时,海中突然出现一只商船,船长便吩咐把船驶过去,用铁钩把商船钩住,水手们一哄拥了过去,把商船中的货物和四十个穆斯林抢掳过来,然后急忙开船,向芝嫩瓦逃窜。到了芝嫩瓦,船长登陆,急急忙忙奔往格羽突尼宫中和一个戴面纱的女人见面。女人问他:"那颗珠子和它的主人带来了没有?"

"都带来了。"

"给我珠子吧。"

船长把珠子交给女人,匆匆回到港口,吩咐仆人放炮,报告他们平安归来的消息。国王听了炮声,知道船长回来,出宫和他见面,问道:"此次旅行的结果如何?"

"一切都很顺利;我们抢了一只商船,掳来四十一个穆斯林商人。"

"把他们通通带进宫去。"

国王吩咐后和船长骑马回到宫中,接着尔辽温丁和四十个穆斯林俘虏枷锁锒铛地被解到宫中,在国王和官员面前受审。他们中的第一个被押过去,国王问道:"穆斯林,你是从哪儿来的?"

"从亚历山大来的。"

"刽子手,杀掉他吧。"

刽子手遵从国王的命令,手起刀落,结果了他的性命。于是接连着审一个,杀一个,一共杀了四十人,最后轮到尔辽温丁。他眼看四十个穆斯林惨遭杀戮,感到伤心难过,暗自叹道:"愿安拉怜悯你,尔辽温丁;从此生命结束了。"国王问他:"你是从哪儿来的?"

"从亚历山大。"

"刽子手,杀掉他吧。"

刽子手遵循命令,举起宝剑,正要杀尔辽温丁的一刹那,忽然有个态度威严的老太婆走到国王面前,国王一见便起身迎接。她对国王说:"主上,我不是吩咐过你:待船长抓来俘虏,留一两个人在教堂中使唤吗?"

"你老人家要早来一会那就好了,现在把杀剩的这个俘虏给你带去吧。"

老太婆回头望望尔辽温丁,问道:"你愿意到教堂里去服役呢,还是让国王杀死你?"

"我愿意去教堂里服役。"

老太婆带尔辽温丁离开王宫,去到教堂里。尔辽温丁问她:"要我在这儿做些什么?"

"每天清晨起床,赶五匹骡子去到山中,砍五驮干柴驮回来,送进厨房去;然后卷起地毡,洒扫洗擦地板;然后筛二斗五升小麦,磨为细面,做成面饼;再筛一斗扁豆磨碎、煮熟,分装在三百六十六个盘中,每个僧侣分给一盘。此外还需灌四池水,用木桶滤过。这就是你每天在教堂中照例应做的事情。"

"这些事务比死还困难,求你把我送进宫去,让国王杀死我吧。"

"你做着试一试,如果能够忠于职责,我可以搭救你,否则再让国王杀你不迟。"

没奈何,尔辽温丁终于抑制忧愁苦闷情绪,小心翼翼地在教堂中服役。那里有十个瘫痪的瞎子,一会儿这个索取这样,一会儿那个要求那样,经常使唤他,把他当奴隶差遣,对他说:"教堂中的奴仆呀!愿基督赐福你。"因此他终日忙碌,顾此失彼,而且老太婆监视得很严,随时责难他,问道:"你为什么不忠于职分?"

"我有几双手能够做完教堂中所有的事情啊?"

"疯子!我教你到这儿,原来就是要你干活的。"老太婆骂他一顿,随即给他一根顶端装着十字架的铜禅杖,说道:"孩子,你带着此杖出去找人来帮忙吧。在大街之上,无论碰到何人,即使是省长也罢,你对他说:'为了天主基督,我要你进教堂去服役。'他是不敢违拗你的。你吩咐他筛麦、磨面、做面饼,供僧侣们吃喝。谁敢违拗命令,就重重地打他,不必害怕。"

"听明白了,遵命就是。"

尔辽温丁听从老太婆的吩咐,每天持杖往外面去找人到教堂中为基督服役,城中的人上至王公大人,下至贩夫走卒,差不多都被他找过。时日过得很快,不知不觉,也就过了十七年。有一天老太婆进教堂对尔辽温丁说:"今天你到外面去吧。"

"要我上哪儿去?"

"上酒馆或朋友家去过一夜好了。"

"为什么要驱逐我呢?"

"霍丝妮·玛利亚公主要来参观教堂,因此不能让闲人碰见她。"

尔辽温丁遵从老太婆的命令,当她的面往外走,表示离开教堂,心里却暗自想道:"我不出去,非看公主一眼不可。"于是悄悄地在一处可以偷看教堂内部的地方躲藏起来,等着偷看公主。一会儿,霍丝妮公主果然姗姗走进教堂。她像从云雾中钻出来的新月一般美丽,笑容可掬地对身边一个女郎说:"你放心吧,鄂娣媛。"他仔细端详,看出那个女郎原来是他死去的妻子鄂娣媛。继而他听见公主对她说:"来吧,鄂娣媛,为我们弹唱一曲吧。"

"公主必须履行诺言,使我达到希望目的,我这才肯唱呢。"女郎对公主说。

"我许过你什么诺言呀?"

"你说要教我和我丈夫尔辽温丁·艾彼·沙蒙特团圆聚首啊。"

"鄂娣媛,你只管欢喜快乐,好好地唱一曲,就可以同你丈夫见面了。"

"他在哪儿?"

"他躲在屋里,正在听我们谈话呢。"

鄂娣媛抱起琵琶,抑扬顿挫地弹唱了一支能够激动金石的歌曲。

尔辽温丁听了百感交集，抑制不住澎湃的激情，不顾一切地奔进教堂，抱着鄂娣媛不放。鄂娣媛一看，知道是她丈夫尔辽温丁。夫妻久别重逢，彼此拥抱着，泣不成声，双双晕倒。公主赶忙拿玫瑰水洒在他们脸上，救醒两人，说道："安拉使你们夫妻团圆聚首了。"

"多谢公主的恩情。"尔辽温丁说着回头又问妻子："鄂娣媛，你死了被我们埋在坟里，为什么你又活着回来了？是怎么到这儿来的？"

"我没有死，我是被女仙攫着一直带到这儿来的。你们埋葬的那个尸体，是女仙转化成的，待你们埋葬完毕，她就破坟飞回霍丝妮公主面前来了。我摔倒后慢慢苏醒过来，睁眼一看，已置身在霍丝妮公主宫中。这位便是霍丝妮公主。我问她：'为什么带我到这儿来？'她说：'我有心和你丈夫尔辽温丁·艾彼·沙蒙特结为夫妻，你愿意我做你的妹妹，一块儿伺候尔辽温丁吗？'我说：'我同意；不过我丈夫他在哪儿？'她说：'安拉给他的一生规定了一段坎坷曲折的路程，待他一步步走完那段路程，就一定会到这儿来的。在这离散期间，我们用弹唱歌舞来消磨时光，静候安拉的好安排吧。'于是从那时起，我就跟公主生活在一起，直到今天，总算是在殿堂之内和你团圆聚首了。"

鄂娣媛说罢，霍丝妮公主盯着尔辽温丁，问道："你愿意我做你的一个眷属，让我们彼此结为夫妻吗？"

"我是穆斯林，你是基督徒，我怎么能娶你为妻呢？"

"我不是基督徒，而是穆斯林。十八年来我改奉了伊斯兰教，谨守教律，对其他的宗教早就不闻不问了。"

"公主，我要转回家乡去呢。"

"我知道你一生要经历一段坎坷的路程，待这段漫长的路程走完，必然会达到希望目的。你要知道，尔辽温丁，你妻子生了一个儿子，名叫艾士龙，在哈里发御前继承你的职位，已经年满十八岁。现在真假已经分明，那桩盗窃御用衣物的无头案已经破案，主犯古蒙古睦依法入狱。你要知道,是我把那颗珠子送到你铺中的口袋里,并且打发船长往亚力山大去把你和珠子带到这儿来的。那位船长是我的专使,我教他带领一百人,扮成商人往亚力山大去经营生意。那天他们把俘虏解进宫去,杀了四十人,轮到杀你的时候,我才使这位老人去救你的生命的。"

"你做了好事,愿安拉赏赐你。"

霍丝妮公主当尔辽温丁的面,读了信仰箴言——我证实安拉是唯一的主宰,穆罕默德是他的使徒——重新举行改信伊斯兰教的手续。尔辽温丁见她信仰坚定,言行一致,和对他表现的纯洁爱情,便对她说:"告诉我吧:那颗珠子有什么用处?你是从哪儿得到它的?"

"珠子是从魔术库藏中取出来的,有五种作用,在紧要关头它对我们的帮助可大着呢。先祖母是位魔术大师,精通各种符箓、咒语,能识别魔库中的宝物,所以珠子才落到她手里。我十四岁时,博览群书,从书本中知道先知穆罕默德的使命,因而对他产生了信仰爱戴心情;知道宇宙万物,除安拉外,什么都值不得膜拜,于是毅然决然虔心诚意地改奉伊斯兰教,做虔诚的穆斯林。那时候先祖母气息奄奄,卧病不起,临终前把珠子传授给我,谆谆解释它的五种作用。先祖母过世前,父王求她替他问卜,希望知道吉凶祸福,明白他一生会不会发生什么不测的祸患。祖母占卜后,告诉父王,说他要遭亚历山大俘虏的危害。父王怀恨在心,发誓要杀光所有从亚力山大获得的俘虏,嘱咐船长袭击穆斯林的船只,抢劫他们的财货,屠杀所有的俘虏,或解来交给他处置。船长遵循他的命令,杀了无数无辜的生命。先祖母死后,我承继她的衣钵,根据她的秘法,卜问自己的婚姻大事,以便知道将来嫁个什么样的人物。占卜的结果,知道我自己要和一个叫尔辽温丁·艾彼·沙蒙特的忠信之人结婚。当时我心中感到无限惊奇,只得耐心地期待着,直到今天才算把你等来了。"

听了霍丝妮公主的叙谈,尔辽温丁很受感动,答应娶她为妻,并对她说:"我还是希望回到老家去。"

"你既有这个愿望,那就随我来吧。"她说着带尔辽温丁去到宫中,把他藏在闺房里,然后去见国王。国王对她说:"儿啊,为父心绪不宁,闷闷不乐,你来陪我饮酒解闷吧。"她遵从父命坐下,吩咐仆人摆上酒肴,父女两人开怀畅饮。公主趁机劝酒,左一杯,右一杯,一直把国王灌得有几分醉意,这才放迷药在杯中,然后斟酒给他。国王喝了,倒了下去,昏迷不省人事。这时候,她赶快回到房中,对尔辽温丁说:"跟我来吧,你的仇人喝了酒,教我拿迷药把他麻醉了,现在你随便处置他吧。"

尔辽温丁随霍丝妮公主走出闺房,见国王果然躺在地上,昏迷不醒,于是迅速绑起他的手脚,再用解药一熏,恢复他的神志。国王苏醒过来,见公主和尔辽温丁骑在他身上,心中感觉惊奇,说道:"儿啊,你这样对待你的父亲吗?"

"如果你认为我是你的女儿,那么丢掉基督,改奉伊斯兰教吧。我因为发现真理,所以改奉伊斯兰教,成为一个虔诚的穆斯林。我必须信奉真理,反对异端邪说。我改奉伊斯兰教,纯粹是为了信仰安拉,除伊斯兰教外,其他任何宗教我都不相信。现在回头是岸,倘若你愿意皈依伊斯兰教,这是我们非常欢迎而盼望的,否则我就大义灭亲,你是死有余辜的。"

霍丝妮公主理直气壮,对国王剀切叙谈之后,尔辽温丁也婉言劝解,可是国王刚愎、倨傲成性,不听劝说。尔辽温丁于是抽出匕首,切断他的血管,结果他的性命,并把他历来伤天害理,涂炭生灵的罪状写下来,摆在他的脸上,然后收拣宫中名贵而便于携带的财物,带在身边,匆匆回到教堂。霍丝妮公主取出珠子,用手指向有床图的那方面一按,转瞬间便有一张床出现在他们面前。她和尔辽温丁、鄂娣媛三人一起坐在床上,说道:"床呀,根据珠上符咒的神通,你快带我们升腾起来吧。"

随着霍丝妮公主的吩咐,床果然飘飘荡荡地升腾起来,飞到一处荒无人烟的上空。公主把珠子有床图的那面转向地面,床便慢慢地落在地上。当时需要帐篷,公主用手指按着有帐图的那面说:"给我们张起一个帐篷吧。"随着她的吩咐,一会儿便有一个帐篷出现在她面前,他们便在帐篷中休息。由于这地方一片荒凉,没有水草树木,公主把珠子的四面转向天空说:"凭着灵感神通,愿此地长出草木,出现一条河渠吧。"随着她的要求,转瞬间荒凉的原野中果然草木丛生,清水在河渠中湍流。于是他们去到河中盥洗,并做礼拜;祷告毕,公主按着有食物图形的那面说:"凭安拉的名义,给我们预备一桌可口的筵席吧。"随着她的祈求,立刻便有一桌丰富的筵席出现在她面前。于是他们围桌吃喝,痛痛快快地饱餐了一顿。

国王被杀,霍丝妮公主带着尔辽温丁夫妇逃走之后,太子去到内宫,发现国王已死,僵卧在地上。他拾起尔辽温丁留下的纸一看,明白个中底细,赶快寻找霍丝妮公主,却不见她的踪影,便一直跑到教堂中,向老太婆打听她的去向。老太婆对他说:"昨天我就没看见她了。"

太子急急忙忙奔到兵营,大声疾呼:"官兵们!赶快预备战马吧。"随即告诉他们国王被刺身死的经过,于是马上带领人马跟踪追寻。太子的追兵到了郊外,来到距公主的帐篷不远的地方。公主发现被马蹄踏起的灰尘,弥漫在空中,接着又看见太子率领的追兵奔腾赶来,便问尔辽温丁:"怎么办?你能和他们对垒吗?"

"关于骑射和冲锋陷阵的事,我一点也不懂。"

公主随机应变,取出珠子,对准有兵马图形的那面一按,立刻便有一个雄赳赳气昂昂、非常骁勇的骑士出现在阵前。他舞着锋利的宝剑,迎头痛击,杀得太子的兵马尸横遍野,抱头鼠窜。一场恶战结束之后,公主对尔辽温丁说:"现在我们到哪儿去?到埃及去呢,还是到亚力山大去?"

"先到亚力山大去吧。"

于是三人坐在床上,公主一按珠子,床升腾起来,在空中飞行,转瞬到了亚力山大。尔辽温丁让公主和鄂娣嫒躲在郊外的山洞中,自己匆匆进城,带来便服,给她们穿戴起来,然后一起进城,回到铺中。

尔辽温丁迅速收拾布置一番,然后出去买食物,在街上刚好和禁卫军队长戴乃孚邂逅相遇,两人拥抱着欢喜若狂,彼此寒暄。戴乃孚向他报喜信,告诉他他的儿子艾士龙已经二十岁了。他们一同回到铺中,尔辽温丁便对他叙述别后的遭遇。戴乃孚听了感到无限的惊诧,并将宫中发生的事变和奉哈里发的命令前来接他的消息告诉他。两人久别重逢,感到无限的快慰,高枕无忧地安然过了一夜。

次日,尔辽温丁卖了铺子,预备起程,对戴乃孚说:"我打算先去埃及,看望父母和亲戚朋友,然后再回巴格达。"于是大伙坐在飞床上,由公主驾驭着飞到埃及,落在他家门前。他急急忙忙过去敲门,他母亲在屋里问道:"谁敲门呀?"

"是尔辽温丁。"

听说尔辽温丁归来,老父老母和婢仆奔了出来,前呼后拥地把他和其余的人迎接进去,当上宾款待。尔辽温丁久客他乡,现在带着妻子朋友归来,和家人聚首言欢;亲戚朋友闻信前来拜望他的络绎不绝,门庭若市,热闹异常。

尔辽温丁在家中和父母欢喜快乐地过了三天舒服如意生活,然后准备起身回巴格达。他父亲依依不舍地说:"儿啊,你多年在外,现在不必再去奔波,留在家里和父母安度余年吧。"

"爸爸,我儿艾士龙还在巴格达,我不能把他扔在外面不管呀。"

尔辽温丁一方面要侍奉堂上父母,养老送终,一方面必须照顾妻子。为了两全其美,所以就把父母一起接往巴格达,以便侍奉晨昏,过团聚生活。

回到巴格达,戴乃孚进宫去销差,报告尔辽温丁回到巴格达的消息,并叙述他的遭遇。哈里发听了,高兴快乐,带着艾士龙去看他,伸出手臂迎接他,把他搂在怀里不放。后来他吩咐带来古蒙古睦,把他交给尔辽温丁说:"这是你的仇人,你随便处置他吧。"

尔辽温丁愤然抽出宝剑,一剑结果了他的性命。继而哈里发邀请法官、证人，主持着替尔辽温丁和霍丝妮公主缔结婚约，举行婚礼，并在宫中设下丰富的筵席，替尔辽温丁洗尘，大宴宾客，盛况空前。最后委艾士龙为禁卫军首领，赏赐有加。从此尔辽温丁和父母妻子过团圆、愉快的幸福生活，直至白发千古。

哈悌睦·塔应育的故事

相传慈善家哈悌睦·塔应育逝世之后，葬在一座高山顶上。他的子孙替他修建坟墓，在坟前凿了两个贮水池，并在水池之间建了一座披发的少女石像。那座高山麓下有一条清澈的河流，山清水秀，景致异常优美。过往的旅客、骚人，经常在那儿留宿过夜，欣赏风景。只是每当夜阑人静之时，山中经常出现凄惨、悲切的呼号、哭泣声。到了清晨，人们怀着好奇心情，遍山寻找，但除了石像之外，却什么动静也没有。这件事始终是一个谜。

有一天侯睦叶尔国王祖勒·库拉尔出巡，路经山麓，在山下留宿过夜。天黑之后，他听见呼号、哭泣声，便环顾左右，问道："山中怎么会有这样凄惨的悲啼声？"随从回道："山上是慈善家哈悌睦·塔应育埋骨之处。他的坟前有两个水池和一座披发的少女石像。凡是在这儿留宿过夜的人，经常能听到这样如泣如诉的悲啼声。"

"哈悌睦·塔应育呀！"国王鄙然一笑，"今天晚上，我们是饿着肚子上你这儿来作客的。"他鄙夷地讽刺一句，随即解衣就寝。

半夜里国王祖勒·库拉尔从梦中惊醒，惊惶失措，大声呼唤："来人哪！你们赶快把我的骆驼牵来吧！"随从们闻声醒来，一哄奔到国王面前，并遵循命令，即时把御用骆驼牵来，只见那匹骆驼觳觫、战栗不已。继而他们听从吩咐，把骆驼宰了，一齐动手烧烤出来，大伙围着饱餐了一顿。

随从们陪国王祖勒·库拉尔吃饱喝足，然后怀着惊奇心情，追问午夜吩咐宰杀御用骆驼的缘故，国王这才解释道："今夜里我睡熟之后，梦中看见哈悌睦·塔应育手握宝剑，突然出现在我面前，说道：'蒙你光临，我们可没有什么饮食招待你。'他说着手起刀落，使劲砍了我的骆驼一刀。我顿时惊醒过来，认为必须叫你们来宰掉这匹骆驼，否则它是活不久的。"

次日清晨，国王祖勒·库拉尔吩咐随从收拾行囊，他自己同一个幕僚共骑一匹骆驼，然后离开山麓，继续向前行进。当天正午，在旅途中，他和随从们碰到一个青年迎面走来。那青年骑着一匹骆驼，手中还牵着另一匹骆驼。国王的随从们挨过去问那青年："你是谁？"

"我是哈悌睦·塔应育的儿子尔定育，"那青年剀切回答一声，随即反问道，"请问，侯睦叶尔国王祖勒·库拉尔陛下现在哪里？"

"喏！这位便是。"随从们指着国王祖勒·库拉尔回答青年。

尔定育立刻向前施礼，说道："先父宰了御用骆驼招待陛下。现在我牵这匹骆驼来赔偿被宰的御用之驼。陛下请来骑这匹骆驼吧。"

"这个消息是谁告诉你的？"国王惊而问道。

"昨夜晚，在梦中，先父前来对我说：'儿啊！侯睦叶尔国王祖勒·库拉尔陛下要我请他客。我没有饮食供他吃喝，所以宰了他的骆驼招待他。你快替我送一匹骆驼给他去骑吧。'我遵循先父的嘱托，现在送骆驼来了。恳求陛下收下它吧。"

国王听了尔定育的叙述，感到情况与他昨夜梦中的见闻前后吻合，因而非常钦佩哈悌睦·塔应育生前死后的慷慨、慈善行为，并衷心感谢他的优礼厚待。

国王马尔诺·左一德和村姑、农夫的故事

一

相传古代有个善良的国王,叫马尔诺·本·左一德,为人慷慨慈祥,好打猎。有一天国王率领属僚和仆从出去打猎。在山中待了很久,国王感到口渴,可是仆从忘了携带水囊,因而无水可喝。正当国王急需喝水解渴的时候,有三个村姑汲水归来。她们每人顶着一个盛满泉水的瓦罐,从猎场附近路过。国王走过去向她们要水喝。三个村姑毫不吝啬,争相拿水给国王喝,满足他的要求。国王喝过水,决心报答村姑的恩情,但仆从们谁的身边都没携带银钱。在荒山野外,仓猝间,一时想不出别的办法,国王只好慨然从自己箭筒中,抽出金镞箭一束,分别送给三个村姑,每人酬劳十支,表示衷心感谢她们。

村姑们收下国王赏赐的金镞箭,欢喜若狂。其中一个姑娘对她的两个同伴说:"姊妹们,这是国王马尔诺·左一德特有的慷慨行为呢。今天咱们可走运了,让咱们每人吟首诗赞美他吧。"

那个村姑的提议,博得其余二人的赞同,于是三个活泼伶俐的村姑,当场各吟诗一首,赞颂国王马尔诺·左一德的慷慨行为。于是她们顺序吟道:

一

他用金子铸成箭镞，
慨然向敌人射出，
让被创者拔去治疗伤口，
使阵亡的借此穿上一套寿服。

二

这是放手广施博济的一名士兵，
他的恩惠普及到朋友和敌人之间。
他用黄金铸成箭矢，
免得恩惠因战事而受阻滞。

三

他不惜金镞的利箭，
慷慨射向敌营；
让带伤的拿去医治伤口，
阵亡者凭它购买寿衣。

二

　　另一天，国王马尔诺·左一德照例率领属僚和随从出去打猎消遣。他们到了山中，找到一群羚羊，便分头围捕。国王本人跟踪追捕一只羚羊，跑了很远的路程才射中羚羊。他下马宰了射倒的羚羊，然后带着猎获物归队，中途碰到一个骑着毛驴赶路的乡下人。他挨近那个乡下人，亲切地问候他，跟他交谈起来，问道："老乡！你打哪儿来？要上哪儿去？有何贵干？"

"我是从古杂尔屯来的。"乡下人坦率地回答,"我们那个地方,几年来老是干旱,一直闹饥荒,田地荒芜,一点收成没有,老百姓的生活艰苦极了。幸亏今年风调雨顺,五谷丰收,我们庄稼人才有活路。我自己种了几畦胡瓜,结实累累,还不到收割时期,便成熟了。当今咱们的国王马尔诺·左一德慷慨仁慈,他的好名声传遍乡里。咱们应该尊敬、爱戴他,因此我特意摘了一些最好的胡瓜,送进城去,献给国王尝新,向他表示敬意。"

国王听了农夫的谈话,暗自喜欢,笑在心里,说道:"你辛辛苦苦送胡瓜给国王尝新,此去希望他给你多少报酬?"

"希望他赏我一千金。"

"假若他说这个数额太多了,你怎么办呢?"

"那就赏五百金吧。"

"假若他说五百金还是太多了呢?"

"那就赏三百金吧。"

"假若他说三百金还是多呢?"

"那就赏二百金吧。"

"假若他说二百金还是多呢?"

"那就赏一百金吧。"

"假若他说一百金还是多呢?"

"那就赏五十金吧。"

"假若他说五十金还是多呢?"

"那最低限度赏三十金好了。"

"万一他说三十金还是多呢?"

"那我索性不要什么,空着两手,牵着我的毛驴,垂头丧气地转回乡下去。"

国王马尔诺听了农夫的回答,启齿笑了一笑,快马加鞭,赶到猎场,率领属僚和随从们,满载而归。回到宫里,他吩咐守门的侍卫:"等一会如果一个骑匹毛驴、身边携带胡瓜的农夫前来求见,那你让他来见我吧。"

农夫怀着满腔希望,不辞跋涉,辛辛苦苦地赶到城中,来至王宫门前。侍卫遵循国王的吩咐,毫不留难,欣然放他进宫去。农夫来到宫中,见国王坐在宝座上,婢仆成群,警卫森严,场面非常庄重严肃,因此他一点也看不出在山中他碰到的那个猎人,原来便是国王本人。他毕恭毕敬地行礼,问候国王。

国王和蔼可亲地和他交谈,问道:"老乡!你带什么进宫来了?"

"我送早熟的胡瓜给陛下尝新来了。"

"那你希望我们给你多少报酬呢?"

"望陛下赏我一千金吧。"

"这个数目太多了。"

"那么赏五百金吧。"

"五百金也多了。"

"那赏三百金吧。"

"还是多了。"

"赏二百金吧。"

"还是多了。"

"赏一百金吧。"

"还是多了。"

"赏五十金吧。"

"还是多了。"

"那赏三十金吧。"

"三十金还是多了。"

"啊!指安拉起誓!"农夫喟然叹道,"今天我在途中碰到的那个猎人,真是一个倒霉家伙。三十金还嫌多,我可不再往下减了。"

国王听了农夫的感叹和咒骂,忍不住笑出声来,但他立刻抑制激情,勉强恢复不动声色的庄重态度。可聪明机警的农夫,察言观色,从国王的音容笑貌里,恍然大悟,知道国王马尔诺原来就是他在山中碰到的那个猎人,说道:"喏! 我的毛驴拴在王宫门外,要是陛下不肯赏三十金,我就告辞了。"

听了农夫最后的谈话,国王哈哈大笑,笑得前仰后合,差一点跌下宝座。最后国王吩咐管钱的,说道:"你给我预备一千、五百、三百、二百、一百、五十、三十等数额的金币各一份,一齐拿来赏给这位老乡吧。"

农夫听了国王的吩咐,受宠若惊,目瞪口呆。结果他领了总数达二千一百八十金的一笔报酬,欣然满载而归。

勒埠推图城的故事

　　相传古代有一座叫勒埠推图的古城堡,原是东罗马帝国版图内的一座故都。城中有一幢古老的堡垒,自古封闭着,从来不开放,而且每当该城一个统治帝王逝世,新王继承王位的时候,必须在古堡门上新添一锁,固封那幢堡垒。年深日久,历来的统治帝王都相沿传统习俗。到了后来,帝王封锁古堡的锁,已有二十四把之多。

　　勒埠推图城经罗马人统治二十四代之后,终于被异族攻陷、占领,从此该城改朝换代,后启的战胜者,起而代替罗马人的统治,称孤道寡,赫赫不可一世。这个占领勒埠推图城的异族帝王,决心打破历代帝王统治该城的成规,要开启城中的古堡,窥探堡中的秘密。

　　要开启古堡的消息传了出去,城中大哗,尤其罗马帝国的那帮遗老一致反对。他们好说歹说,苦口婆心地竭力劝阻,国王却不理睬他们的意见。最后他们急起力争,愿意把他们的全部财产和积蓄,拱手奉送国王。但是也没有能够挽回国王开启古堡的决心。他斩钉截铁地说:"非打开堡垒,看个水落石出不可。"

　　国王毅然决然,按照他的意图,取下古堡门上的二十四把铁锁,推开大门,亲身进去踏看。他怀着好奇心情,深入古堡,首先发现的是一幅非常鲜明的壁画。那幅图画画的是戴缠头的阿拉伯民族的形象。画中人仗着宝剑,荷着长枪,骑着骆驼和战马,雄赳赳气昂昂,栩栩如生,形象非常生动、逼真,令人百看不厌。同样,在壁画下面,摆着一件卷轴。国王顺手拿起来，展开一看，见里面写道："此堡开启之日，即壁画中之阿拉伯人征服彼城之时。以此警诫后人，切勿开启堡门。"

当时国王读了卷轴中的警语，莫名其妙，不知作何解释。此外古堡中别无他物可供考察、研究，因而大失所望。后来据历史记载，该卷轴所指将被阿拉伯人征服之城，原是在西班牙非常古老富庶的一个王国的京城。当翁米亚王朝哈里发韦立德执政时期，就在勒埠推图城中的古堡被占领者打开的那个年头，该王国被塔律古·本·宰亚督率领的阿拉伯人马征服、占领。城破之日，国王惨死于战祸，塔律古起而代之，统治、奴役他的人民，夺取他的丰富财产，仅仅珍珠宝石王冠，就超过一百七十顶以上，其他稀罕珍贵的宝物，数不胜数，数量之多，不言而喻。在王宫里有一个无比高大、堂皇的殿堂，其广阔的程度，可供骑士们演习、比武之用。里面的陈设、器皿全是金银制作的，式样的精巧别致，简直无法形容。里面摆着一张翡翠餐桌，碗盏杯盘都是用黄金、橄榄石制造的。据说那张餐桌和食具，原是圣所罗门大帝的遗物，至今还原套保存在希腊某城市中。同样旧约圣经圣所罗门的《雅歌》也珍藏在王宫里。那册《雅歌》是当代名手用希腊体工楷地写在金叶子上，并拿珠宝玉石把封面嵌镶、装潢得非常美观、富丽。此外宫中还珍藏着一部研究金石、草木、矿物的性质、特征和用途，以及解释符咒迷奥、分析炼金原理的万宝全书。另外还有一部讲述琢磨、嵌镶珍宝玉石和调制毒药、解毒剂等秘方的珍本。宫中的墙壁上挂着一幅非常精致、细密的世界地图和用合金特为圣所罗门大帝制造的、可以看到四海七洲影像的一面椭圆形的稀奇宝镜。宫中还有两个仓库：一个储藏着一种效用极高的炼金药，可用一枚银币重的炼金药，就能把一千个银币炼成一千个金币。另一个仓库里珍藏的全是最名贵的红玉石，数量之多，更仆难数。那些稀罕宝贵的胜利品全被塔律古搜括、收集起来，解往巴格达，献给哈里发韦立德。接着阿拉伯人便散布在那广袤富饶的地区。从此翁米亚王朝的版图更广阔了。

哈里发徐杉睦和牧童的故事

相传哈里发徐杉睦·本·阿补督·麦立克·麦尔旺经常利用公余时间入山打猎消遣。有一天他率领属僚和随从出去打猎,在山中发现一只羚羊,便驱使猎犬没命地追捕。中途碰到一个牧童,他大声喝令牧童:"喂!小娃娃,快给我堵住羚羊吧!它快要逃跑了。"

牧童若无其事地抬起头来,瞅哈里发徐杉睦一眼,回道:"不识好歹的蠢家伙!你看我年幼可欺,便大言不惭地随便发号施令。你的言语粗暴得令人生气,你的行为像蠢驴的举动那样卑鄙。"

"该死的小家伙!"哈里发出乎意料地震惊,"难道你不认识我吗?"

"你先不打招呼问候一声,突然吆喝起来,就是你这种轻举妄动、毫无礼貌的行为教我认识你是什么样的人的。"

"该死的小家伙哟!告诉你吧:我是徐杉睦·阿补督·麦立克。"

"你多么饶舌而不自重啊!"牧童很不耐烦,"愿安拉不再眷顾、保护你的家属。"

牧童刚咒骂毕,哈里发的幕僚和随从接着便陆续赶到哈里发面前。每到一人,必先向哈里发请安、问好,说道:"众穆民的领袖,您好!"

"你们少问候几声,快把这个小家伙给我逮起来。"哈里发很不耐烦,悍然吩咐随从。

随从们不问理由,只顾遵循命令,果然逮捕了牧童,一哄把他带走。

哈里发率领属僚和随从,不欢而散,闷闷不乐地回到宫中,即时升堂,提审牧童。吩咐道:"把那个乡下牧童给我带上来!"

随从们诚惶诚恐地遵循命令,立刻把牧童解进宫来。牧童来到深宫内院,眼看哈里发周围站满了文臣武将和成群结队的婢仆随从,警卫森严。但是他视若无睹,不动声色,毫无畏惧,只是把下巴颏紧贴住胸膛,凝视着自己的脚步,慢慢向前走。直至他被押解到哈里发面前的时候,才垂头站住,不声不响地既不言语,也不向哈里发请安、致敬,始终保持缄默。当时有个宦官讨厌他的傲岸态度,一声吼叫起来,骂道:"狗崽子! 干吗不给众穆民的领袖请安、致敬?"

牧童回头怒目瞅着宦官,回道:"你这个驴鞍子! 郊外遥远的路程,宫内无数的台阶,走得我精疲力尽,汗流浃背,这便是我力不从心,无法请安、致敬的原因呀。"

哈里发听了牧童的辩白,越发生气,因而威胁他说:"小家伙! 今天是你一生最后的时候了,你的希望和生命一概都完结了。"

"指安拉起誓! 徐杉睦啊,"牧童分庭抗礼,据理力争,"假若命运规定一个人应该长寿,那他的寿数是不会突然缩短的。如此说来,你的话是丝毫不能威胁我的。"

当时在座的侍从激于义愤,怒不可遏,骂道:"贱种! 你有资格跟皇上一对一答地随便争辩吗?"

牧童毫无畏色,立刻回道:"你这恶贯满盈的家伙,迟早你是要遭灾受难的,你懊恼、哭泣的时候还在后头呢。安拉说过:'每个人为自己辩白的日子总会按时到来的,'这个警诫莫非你不曾听见吗?"

哈里发怒火上冲,跳将起来,说道:"这个小奴才胡说八道,太放肆了。行刑官! 把他的脑袋割下来吧。"

刽子手遵循命令,把牧童带往殿下,叫他跪在皮毡上,这才抽出宝剑,架在他的脖子上,然后向哈里发请示,说道:"主上! 陛下的这个奴婢,误入歧途,一直走向坟墓。如今我能免负命债而行刑砍他的头吗?"

　　"不错,你砍他吧。"哈里发慨然允诺。

　　刽子手郑重其事地第二次又请示,同样得到哈里发的许可。刽子手仍放心不下,不惮其烦,第三次再请示的时候,牧童知道同样会得到哈里发的许可,他的生命就不保险,因此他临机应变,抬高声嗓,张大嘴巴,狂笑不已,笑得白齿全都显露出来。

　　哈里发眼看牧童的放荡不拘行为,大发雷霆,怒不可遏,说道:"小奴才! 你是一个疯子吧。难道你不明白你就要离开人间了吗?这时候干吗你还作贱生命而狂笑呢?"

　　"众穆民的领袖呀!"牧童从容回答,"假若寿数已经到了最后关头,则死亡对我来说是丝毫谈不上损益的。刚才只因我忽然回忆一首小诗,所以忍不住大笑不止。现在让我念这首诗给你听吧,反正迟早我是要死在你手里的,慢一步行刑也不碍事。"

　　"你快念吧,简单明了些!"哈里发同意他的请求。

　　牧童得到许可,随即念道:

> 一只苍鹰在空中盘旋,
> 把一只被命运追逐着的小麻雀抓到爪里。
> 它带着猎获物高飞远走,
> 归途中听见小麻雀怯然呻诉、哀求:
> "我的身体这般藐小、如此瘦瘠,
> 如果拿来当饭充饥,
> 实在难以满足阁下饱餐一顿的需求。"
> 苍鹰惊奇、微笑一回,
> 慨然恢复了小麻雀的自由,
> 终于使它得到再生的机缘。

哈里发听了牧童的背诵，一下子笑开了，欣然说道："指我的亲族起誓，假若当初他肯用刚才念诗这种语言跟我交谈，那么除了王位，无论他要什么，我都能赏赐他。"继而他吩咐侍从："你快拿珍珠宝石来，给他满含一口，破格赏他一回吧。"

宦官遵循哈里发的命令，果然拿来珍珠宝石，赏赐牧童。牧童收下珍贵礼物，然后欢天喜地地告辞归去。

伊补拉欣·迈赫底亚和黑人的故事

　　相传从前哈里发何鲁纳·拉施德的儿子迈蒙继承王位的时候，他叔父伊补拉欣·本·迈赫底亚竭力反对，与他争权，最后索性跑到浪育，称孤道寡，自立为王，与巴格达唱对台戏，当了一年零十一个月又十二天的哈里发。当时迈蒙宽怀为仁，希望他改过自新，回头是岸。可是伊补拉欣始终执迷不悟，事情越闹越凶。迈蒙大失所望，迫不得已，才亲身率领人马去平乱。大兵压境，伊补拉欣抵敌不住，便只身逃回巴格达，悄然躲在家中，不敢露面。之后，哈里发迈蒙以十万金的赏银，通缉伊补拉欣。

　　通缉令发出之后，越传越远，伊补拉欣随时有被捕的可能，天地间似乎已无容身之地，因而他惴惴不安，神魂不定，坐卧不宁，终日忧愁苦恼，徘徊、迷离不知所措。一天正午时候，他乔装出走，茫然不知该向什么地方逃避。他慌慌张张地进入一条死胡同，一直往里走。到了巷底，才知道此路不通，因而惊惶失措，喟然叹道："我们是属于安拉的，我们都要归宿到安拉御前去。我这样的装束打扮，如果转身趑趄了回去，准会惹人注意、怀疑，会露出破绽，这可不是安全之计。糟糕啊！现在显然我是自投罗网了。"

　　正在他进退不得，心情紧张的时候，突然发现一家门前站着一个黑人，便走过去求援，对黑人说："你家屋里有地方让我进去待一会吗？"

"有的是，"黑人慨然回答，"请你随我来吧。"随即开门引他进去。

伊补拉欣来到黑人家中，爽然如释重负。一看：屋里清静整洁，床上铺着毛毡和皮枕头，一切摆设井然有序。那黑人把他安排在家里，随即不声不响，把大门一锁，走了。这时候，他心事重重，认为黑人一定是听到悬赏通缉他的消息，去告密了。因此他越想越恐怖，心情波动得像热锅中的沸水。处于这样走投无路、坐而待亡的境地，他感到万分紧张，然而又无可奈何，喟然叹道："他去通风报信，找人来逮我了。"可是事实出乎意料之外。正当他感到生命危在旦夕，失望到极点的时候，那黑人却带了一个脚夫，挑着一担食品和食具回到家中。食品中有肉类和面饼，食具中有锅、碗盏、杯盘和水罐。

黑人收拾好食物和食具，便走了脚夫，回头对伊补拉欣说："我是以放血为职业的，我情愿拿自己的生命替你赎身。因为我干的是下贱职业，所以我知道你是不屑跟我一起吃喝的。现在我给你买来食物和全新的用具，专门供你使用。这些器皿，别人还没使用过呢，你想吃什么，自己动手煮吧。"

当时伊补拉欣饥肠辘辘，正需要吃喝，于是果然自己动手烹调，煮了一锅饭菜充饥。他越吃越有味，饭菜香甜的程度，竟然是他一生从来没享受过的。

伊补拉欣吃饱了饭，黑人热情地向他献殷勤，说道："我的主人啊！安拉让我来做你的替身了。酒不但可以消愁解闷，而且还能使人心旷神怡。你愿喝一杯吗？"

"为了博得你的欢喜、快乐，我是不讨厌喝几杯的。"伊补拉欣慨然投合黑人的心理。

黑人拿来一瓶老酒和一个崭新的玻璃杯，说道："你随便自斟自饮吧。"

伊补拉欣果然斟满一杯，欢欣鼓舞地一饮而尽。接着黑人又给他拿来另一个新酒杯，并盛在新盘新瓶中的水果和馨花，说道："为竭诚欢迎你,我可不可以远远地坐在那边,独自喝他几杯,表示一下我心中无限的欢欣、快慰?"

"当然可以。你只管坐下来随意喝吧。"伊补拉欣同意他坐下来和他对饮。

伊补拉欣和黑人每人坐在一边,痛快淋漓地自斟自饮,直至彼此喝得有几分醉意,黑人才站了起来,走进贮藏室,取出一面非常光滑的琵琶,递给伊补拉欣,说道:"我的主人啊! 我本来是没有资格求你给我弹唱的,不过鉴于你的崇高伟大人格,我可是有权利向你讨报酬的。如蒙你赏脸,让我领略一下你的歌喉,那么你的义气就越发显得至高无上了。"

伊补拉欣认为黑人并不认识他本人,问道:"你从哪儿知道我会歌唱哇?"

"赞美安拉! 你本人比你的歌唱还显赫、著称呢。因为你叫伊补拉欣·迈赫底亚,昨天你还是我们的哈里发呢。如今哈里发迈蒙正以十万金的赏银,到处捉拿你哩。可是在我家里,我保证你绝对安全,你只管放心。"

伊补拉欣听了黑人剀切的谈话,觉得他为人非常豪爽、义气,他的伟大、高贵品质一下子便深刻地印在他心里,因而毫不犹豫,慨然答应他的要求,把琵琶接在手中,调过弦,怀着满腔离愁情绪,边弹琵琶,边哀然唱道:

> 想当年约瑟夫被人掳去充当奴隶,
> 身在缧绁中饱尝铁窗风味;
> 可冥冥中他一直蒙受安拉关怀、保卫,
> 终于恢复了自由,
> 最后回到他父亲的怀抱里。
> 如今我的呼吁、祈求或许能够博得安拉应允,
> 蓦然让我和妻室儿女团圆聚首。
> 因为安拉主宰着宇宙,

他的权力高于一切。

黑人听了伊补拉欣弹唱，非常感动，快乐得无从抑制自己。原因是伊补拉欣的音色格外美丽，平时在家里他呼唤、吩咐仆人，说声"来人哪，快牵骡子来给我备好鞍子吧"这样一句话，在他的邻居听来，都是非常悦耳动听的。因此黑人听了歌唱，感到格外快乐，情不自禁，跃跃欲试，乐意表现一下自己，于是坦率地说道："我的主人啊！对音乐这种艺术我是外行，不过刚才听你弹唱，我情动于衷，无法抑制激情，不知你是否愿意听我试唱一曲？"

"你唱吧！这样的表现，会使你的礼貌和人格更加生色呢。"伊补拉欣同意黑人的提议。

黑人拿起琵琶，边弹边唱道：

> 我们向心爱的人们诉说夜长人不寐的苦楚，
> 他们回答说"良宵在我们度来怎么这样短促？"
> 这是因为瞌睡始终围绕着他们的眼睛，
> 轻易不肯接近我们的眼睑。
> 我们正为凄凉、寂寞的黑夜忧愁、恐惧，
> 他们却欢欣鼓舞眼睁睁盼望良宵迅速降临。
> 如果他们的境遇和我们大同小异，
> 自然他们也会睡在床上辗转失眠。

伊补拉欣听了黑人弹唱，很感兴趣，说道："我的朋友！你弹唱得尽善尽美，你的歌声消除了我胸中的郁结。你的想象细腻，弹艺高明，这种玩艺儿非常优美有趣。现在劳你再弹唱一曲，给我更多的享受吧。"

黑人听了伊补拉欣满口夸奖、称赞，洋洋得意，第二次弹起琵琶来，抑扬顿挫地唱道：

> 人只要保全名节不使人格扫地，
> 他穿什么样的衣服都称身、美丽。

她嘲弄我们为数太少，

我告诉她仁人君子为数也并不多。

我们的亲戚邻里全都高尚纯洁，

非卑鄙下流的乌合之众可以同日而语，

因此人虽少却不影响我们的荣誉。

我们是主持公道的民族，

不怕战死疆场、牺牲性命，

远非醉生梦死、甘受屈辱的阿密尔、瑟鲁睦①人可以望尘。

我们乐天安命、视死如归，

他们却贪生怕死、苟延残喘胡混一世。

我们的言论他们无从否认一言一句，

他们的流言蜚语我们可以随时驳斥、否定。

伊补拉欣听了黑人的弹唱，非常钦佩、感动，趁兴饮了几杯，随即醉倒，一直睡到晚饭时候才清醒过来。他洗过脸，头脑逐渐清醒、正常起来，于是他想着黑人的优良品性和礼貌，油然产生钦佩、感激心情，终于唤醒黑人，慨然把带在身边、为数可观的一袋金钱拿给他，说道："我把你委托给安拉，预备走了。这袋钱给你拿去开支吧。将来我脱险后，还要重重地报答你呢。"

黑人不肯接受伊补拉欣的赏赐，把钱袋递还他，说道："我的主人啊！像我这么穷酸的人，根本是无缘和阁下接近的。此次蒙阁下光临敝舍，使我有机会和你接近，这算是天官赐福呗。我虽下愚，还能因此领取报酬不成？如果你再提这桩事情，硬要把这袋金钱留给我，那势必促成我自杀不可了。"

黑人坚决拒收赏银，不得已伊补拉欣才把那袋沉重的金钱笼在袖中，然后告辞。黑人送他到门前，临别依依不舍，说道："我的主人啊！你躲在我家里，比任何地方都安全、可靠。而且你住在我这里，

----

① 阿密尔和瑟鲁睦是两个民族。

对我来说并不算是负担呀。你还是在我这儿住下来吧,等风险时期过了,你再走也不嫌迟嘛。"

鉴于黑人的诚恳、热忱,伊补拉欣心回意转,决心留下,说道:"要我住下来倒是可以,不过你得依我一个条件:往后的生活费用,必须拿我袋中的银钱开支。"

当时黑人表示接受伊补拉欣提出的条件,所以他便留下来,躲在黑人家中,每天吃好的喝好的,生活过得极其舒适痛快。一直过了好多天,黑人都是掏自己的腰包,始终不曾践约开支伊补拉欣袋中的金钱。伊补拉欣觉得不光彩,内心惭愧,不好意思再加重黑人的负担,决心出走,随即男扮女装,戴上面纱,穿起皮靴,毅然决然和黑人告别。

伊补拉欣冒险出走,内心充满恐怖、忧愁。他急急忙忙穿过大街,奔到桥头,正要过桥的时候,碰巧那里刚洒过水。就在这个时候,他被以前侍候过他的一个卫兵发现。由于他的形迹可疑,卫兵仔细看清他是伊补拉欣本人,大声喊叫起来,说道:"这是哈里发迈蒙悬赏通缉的那个犯人呀!"随即一把扯着他不放。

伊补拉欣胆战心惊,急于死里逃生,拼命挣扎,使出平生的气力,猛烈一推。那卫兵脚一滑,一跤跌倒。他趁行人奔来看热闹的混乱时机,赶忙过桥,窜进另一条胡同。正当危急存亡、走投无路的时候,忽然看见左边一幢房屋的大门开着,门堂里站着一个女人。他急急忙忙跑到门前,向那个女人求救,说道:"太太!我是遭难、遇险的人,求你发慈悲,救我一命吧。"

"欢迎你,请进来吧!"妇人慨然允诺,招他进门,引他去到房中,铺床给他睡,拿饮食招待他,嘱咐道:"你只管放心,不必害怕,谁也不知道你躲在这儿的。"

正当那个女人好言安慰伊补拉欣的时候,忽然听得急促的敲门声。女人赶忙出去开门,原来是她丈夫回来了。他头破血流,淋得满身的鲜血,情况非常狼狈。女人大吃一惊,问道:"啊呀!你这是怎么了?"

"刚才我逮到一个犯人,可他挣脱我,逃跑了。"卫兵回答一声,随即把在桥头发觉伊补拉欣,前去逮他,被他推倒跌伤的经过,从头到尾,叙述一遍。

女人听了丈夫的叙述,心中有数,赶忙替他敷药,并拿布把伤口包扎起来,照拂他睡在床上安心养息,一切安排、布置妥帖之后,这才来到隐藏伊补拉欣的房间里,说道:"我想你就是那个闹事的人吧?"

"不错,就是我。"伊补拉欣坦然承认。

"不碍事,你别怕。"女人满不在乎,反而安慰他。

女人同样殷勤招待伊补拉欣,表示格外尊敬他。过了三天,她才对伊补拉欣表明态度,说道:"我很担心,生怕我丈夫发觉你,那就糟了,他会去告密呢。为安全计,现在你只好走了。"

伊补拉欣当面恳求主人,希望让他待到天黑时候再走。女人慨然回道:"不碍事,待到天黑时候走也成。"

伊补拉欣惴惴不安,捏着一把冷汗,好容易熬到天黑,这才乔装起来,辞别主人,趁黑夜悄悄出走。这回他溜到一个女自由民家中去躲避。那个女自由民原是伊补拉欣豢养着的奴隶,后来伊补拉欣释放了她,让她成为自由民,过着自由生活。因此她一见伊补拉欣,又是伤心哭泣,又为他平安活着而感赞安拉,表示同情、怜悯他的遭遇和处境。继而她急急忙忙跑出大门,好像怀着满腔关怀、照顾心情而上街去买食物来招待客人似的。当时伊补拉欣眼看她的举止,毫不怀疑,满以为是她的一番热忱、好意。殊不知事实竟然出人意料之外。不多一会,门外突然出现嘈杂之声,接着便有官吏率领一伙仆从拥进屋来。伊补拉欣仔细打量一回,才知道原来是那个女自由民前去官厅告密,并带人到她家逮捕他来了。

伊补拉欣眼前死路一条,没奈何,垂手被捕,原样穿着那套妇女装束,即时被押进王宫。哈里发迈蒙临时升堂,准备亲自审讯犯人。伊补拉欣被解到堂前,小心翼翼、毕恭毕敬地呼着哈里发的称号请安、致敬。迈蒙怒形于色,不但不回问他,反而咒骂道:"像你这种坏蛋,安拉是不会让你平安、长寿的。"

"众穆民的领袖啊!陛下暂别生气。"伊补拉欣开始呼吁、求饶,"法律对犯人不外乎两方面的判决:要么叫他伏法受刑,要么宣布赦免。两种判决都是合理合法的,非此即彼。不过宽恕犯人,赦免他的过失,这种裁处是再高明、神圣不过的。显然安拉让陛下的宽恕发展到超前绝后的境地的同时,他也叫我堕落到犯了滔天罪孽、罪不容诛的地步了。在这种情况下,陛下若给我判刑,这是天公地道的;如果宣布免刑,那是陛下宽大、仁慈的表现。"伊补拉欣陈述意见之后,随即吟道:

> 我的罪孽巨大无边,
> 您的伟大人格却高于一切。
> 您应该给我判刑或者宣布赦免,
> 而免刑却是出自您的无上恩惠。
> 我的行为诚然狭隘、卑鄙,
> 但愿您以身作则,成为宽大、仁慈的范例。

哈里发迈蒙听了伊补拉欣的陈述和吟诵,抬起头来,看他一眼。伊补拉欣眼看情况有转圜的余地,因而再接再厉,继续吟道:

> 我罪大恶极负荆前来请罪,
> 您的宽宏大度却是饶命的因素。
> 若蒙慨然免罪那是出自你的恩惠,
> 您若断然判刑也是天公地道的。

哈里发迈蒙听了伊补拉欣第二次认错、求饶的吟诵,低头沉思一会,喟然吟道:

> 往昔每逢朋友存心使我生气,
> 有时叫我气得连口水也不能下咽。

我却一向原谅他的错误行为，

唯恐处境形成孤立无援的局面。

伊补拉欣听了哈里发迈蒙的吟诵，嗅到一点慈祥、怜悯气味，知道他宽怀为人，会饶恕自己的罪行，因而暗自欢喜。接着他见哈里发回头望他的儿子阿巴斯和他弟弟艾博·伊斯哈格一眼，并环顾左右的朝臣，征求他们的意见，说道："你们说吧！应该怎样处分他？"

当时在座的人一致主张处伊补拉欣死刑，不过他们对执刑的方式意见分歧，其中只是宰相艾哈默德·本·哈利德缄默不语。哈里发便点他的名，问道："你怎么说呢，艾哈默德？"

"叫我说呀，众穆民的领袖啊！"艾哈默德开始陈述他的意见，"如果陛下处他死刑，那么像陛下这样的人，杀他那样的人，这对我们来说，是司空见惯的事情。反之，要是陛下慨然赦免他，那么像陛下这样的人，饶恕他那样的人，这对我们来说，确是亘古未闻的事情。"

哈里发迈蒙听了宰相艾哈默德·哈利德语重心长的忠言，有动于衷，俯首低声背诵前人的诗句：

一

我的兄弟伍迈谊睦死于非命，

是同族中人杀害他的。

我若拿起弓箭挺身前去替他报仇雪耻，

则无异瞄准我自身放矢。

二

你的手足颠倒黑白、混淆是非之时，

你应该原谅、饶恕他的过失。

无论他对你的体谅感谢与否，

你必须忍辱负重、坚持为善到底。

如果有那么一天他一旦失足或偶因失检犯了一二过错，

你可千万别遽加斥责、追究。

莫非你不知悉：

可敬的人和讨厌的人都可以把他们拉拢连接在一起？

最美妙的生命也要经受老迈的限制、摧毁？

蔷薇枝头同样长出刺手的荆棘？

古往今来究竟谁能一尘不染？

谁又是尽善尽美的完人？

你只须仔细观察、研究一回，

便知他们中极大多数都是失足、抱恨之流。

伊补拉欣·迈赫底亚听了哈里发迈蒙背诵的诗，一把扯下头上的面纱，欣然说道："安拉最伟大！指安拉起誓，众穆民的领袖已经赦免我了。"

"这是不碍事的，叔父只管放心。"哈里发安慰他说。

"众穆民的领袖啊！我的罪孽大到丝毫没有求饶的余地。相反地，陛下的恩遇可是大得令人无法感谢其万一。"伊补拉欣向哈里发表示忏悔、认错，随即吟道：

安拉创造了宽大、慈悲等各式各样美德，

他还把各种美德收集起来充实您的胸怀。

人们对您抱着满腔的敬爱，

他们都受到您极其谦逊的关怀。

除了贪得无厌的狂妄念头作怪，

骗人的幻觉并没给我展示其他的反叛原则。

像我这样罪大恶极的犯人居然蒙受您的宽赦，

这是说情者不曾求您饶恕罪犯的例外。

您关怀、怜悯人们的一片亲切情怀，

跟慈母疼爱、眷顾儿女的慈祥心情如出一辙。

哈里发迈蒙听了伊补拉欣的赞美诗,怡然自得,情不自禁地说道:"现在我要摹仿圣约瑟夫,把当年他对他哥哥们说的那句名言重说一遍:'今天你们是不会受到埋怨的,但愿安拉饶恕你们,因为他是最仁慈不过的。'"他说罢,回头对伊补拉欣说:"叔父,我原谅你了,我还决心把你的钱财、产业全都退赔你。放心吧! 你是不会受处分的。"

伊补拉欣感激涕零,诚心诚意地替哈里发祷告、祈求一番,然后吟道:

> 您慨然免刑、保全我的性命,
>
> 继则毫不吝啬地归还我的钱财、产业。
>
> 为了博得您的欢喜快活,
>
> 即使捐出财产、生命连同我脚上的鞋袜也都脱除,
>
> 这一切只不过是把借用之物归还原主。
>
> 当初您若不肯贷出,
>
> 谁都不能干涉您的自由。
>
> 如果我不知感谢您的恩惠,
>
> 则我应受的埋怨比您应受的尊敬更该加倍。

哈里发迈蒙听了伊补拉欣的赞美诗,对他表示关怀、敬重,说道:"叔父! 伊斯哈格和阿巴斯,他俩都向我建议,让我处你死刑哩。"

"众穆民的领袖啊! 他们两位的忠言是正确的,可是您却按照您自己的主张、本性行事,这不但消除了我心中的忧愁、顾虑,而且促使我的希望、理想得到实现。"

"叔父啊! 你彬彬有礼的忏悔和道歉,豁然消除了我对你的仇恨心情,因此我不让你仰求说情者的鼻息,慨然饶恕你的罪行。"哈里发迈蒙说罢,随即跪了下去,匍匐着祷告。过了相当长的时间,才抬起头来,说道:"叔父! 我干吗叩头祷告,你知道吗?"

"也许是安拉叫您战胜了您的仇敌,为了感谢他的恩惠,所以您

才叩头祷告吧。"

"我倒不是这个意思,其实只为安拉澄清了我的心地,启示我心平气和地原谅你的过失,所以我才叩头祈祷,表示衷心感谢他的恩赐。现在好了,快把你近来的情况告诉我吧。"

伊补拉欣把他逃亡期间的狼狈、恐怖情况:如何受到黑人优待,怎样从卫兵手中挣脱而得到他老婆的保护,如何受女自由民欺骗而被捕的经过,从头到尾,详细叙述一遍。哈里发迈蒙听了伊补拉欣的叙述,随即派人分头把伊补拉欣逃亡期间碰到的那个黑人、卫兵夫妇和待在家中等待赏银的那个女自由民传进宫来,亲自讯问他们。首先他问那个女自由民:"你那么样对待你原来的主人,这到底是为什么呢?"

"只为贪图赏银罢了。"自由民坦率地回答。

"你有儿子或丈夫吗?"

"没有。"

哈里发迈蒙简单讯问之后,下令打她一百大板,并判她无期徒刑,当场送进监狱。接着他传讯卫兵夫妇,问卫兵逮捕犯人的缘故。卫兵回道:"为领取赏银呗。"

"你应该去做放血、打火罐的工作。"哈里发断然给卫兵下了判词,即时命人送他去放血者的铺中当学徒,让他终身做放血、打火罐的工作。同时哈里发非常尊敬、看重卫兵的老婆,欢迎她进宫去服务,说道:"这是一位聪明、善良的妇女,可以托付她做重要事情。"最后哈里发和黑人谈话,说道:"你的为人和义气,说明你是应该格外受人尊敬的。"于是赏他一套名贵衣服,还把那个卫兵的房屋家具收归他居住使用,并且每年供给他一万五千金的生活费。从此黑人过着丰衣足食的幸福生活,直至白发千古。

艾彼·顾辽伯和金银城堡的故事

　　相传从前阿补顿拉·本·艾彼·顾辽伯遗失了一匹离群的骆驼，因而他骑着一匹骆驼，一个人出去寻找，一直深入到也门和塞白邑交界之间一望无际的大沙漠地带。在那里他突然发现一座大城市。从远处看去，城中有一幢高耸入云的堡垒，堡垒周围，全是巍峨的宫殿、楼阁。眼看那种景象，顾辽伯以为城中必然人烟稠密，可以前去打听骆驼的下落。于是他满怀希望，欣然走向城去。然而事实迥然出乎意料之外。当他来到城下，举目一望，只见一片阴森气象，寂然不见一个人影。

　　艾彼·顾辽伯跳下骆驼，把它拴起来，镇定一番，然后壮着胆进入城内，慢步走到堡垒门前，见堡垒的两扇大门又高又大，全用彩色宝石和钢玉嵌镶得光耀夺目。那么高大、堂皇的门户，是世间绝无仅有的。他生平第一次看到那种景象，感到无比惊奇、羡慕。他怀着恐怖、迷离心情，试探着跨进那道大门，朝前一看，豁然开朗，里面的天地非常广阔，俨然是一座城市。一幢幢高大、壮丽的宫殿，屋宇林立，都是用金砖银砖建成，并用彩色珍珠、宝石、钢玉、橄榄石点缀、装饰得异常富丽堂皇。每一幢宫殿的门窗，其美观、考究的程度，跟大门的结构、装饰比起来，显然是同类型的，其中没有很大差别。室内的地板上撒着大珍珠和用麝香、龙涎香、番红花做成榛子一般大的球丸，因此到处闪烁着珠光宝色，弥漫着扑鼻的馨香气味。

他进入深宫内院，始终不见一个人影，到处鸦雀无声，静得可怕，因而他感觉毛骨悚然，越来越恐怖，几乎到了散魂失魄的地步。他站在高楼的窗前俯视城郭，蜿蜒的河渠，铺着金砖银砖的街道，路旁结满果实的树行和茁壮茂盛的枣林，全都呈现在他的眼帘。一片良辰美景，令人不知身在尘世之中。他触景生情，暗自说："毫无疑义，原来这就是那所谓来世中的天堂呀！"他在宫中流连忘返，仔细观察，任意选择，一直待了很长的时间。最后他从那些撒在地上当石头泥土看待的珍珠、宝石和麝香、龙涎香等名贵珍品中，尽量收集了一大批，带回家去，并把他因寻找骆驼，无意中在沙漠地带发现古城堡的经历，告诉亲戚朋友。

艾彼·顾辽伯发现古城堡的消息，一时成为街谈巷议的新闻，消息不胫而走，越传越远。当时哈里发沐尔伟叶·本·艾彼·粟夫亚听到这个消息，骇然震惊，认为是一桩大事，有证实它的必要。因而下了一道命令，吩咐驻也门的官吏，迅速把发现古城堡的人送往黑札兹，以便当面了解情况。

驻也门的官吏奉到哈里发的命令，诚惶诚恐，立刻去找艾彼·顾辽伯，问他到底是怎么一回事。艾彼·顾辽伯把他因寻找骆驼而在沙漠地区发现古城堡的经过，从头到尾，老老实实地详细叙述一遍。继而艾彼·顾辽伯被送到黑札兹觐见哈里发沐尔伟叶。他同样把发现古城堡的情况，在哈里发面前，不惮其烦地详细叙述一遍。哈里发听了，将信将疑，认为不大可靠。艾彼·顾辽伯把他从古城堡中带回来的一部分珍珠和麝香、龙涎香球丸，呈给哈里发过目，作为证据。当时除了珍珠的宝色稍微变黄之外，其他的球丸仍然保存着一些馨香气味。

哈里发沐尔伟叶眼看艾彼·顾辽伯带来的珍珠和麝香、龙涎香球丸等物证，无可置疑，只觉得十分惊奇诧异。后来他为进一步研究、了解这件事的究竟，特召卡尔补·艾哈巴鲁进宫，向他求教说："卡尔补·艾哈巴鲁！为了探求一桩事物的究竟，我才请你进宫来的。对这样的事情,希望你给我一个确凿的证实吧。"

"众穆民的领袖!这是怎么一回事呀?"

"听说有这样的一座城堡,全是用黄金白银建筑的。城中屋宇的柱子是用橄榄石、钢玉石代替的,并且还拿珍珠当沙石,拿麝香、龙涎香、番红花等香料制成球丸当泥土撒在地上。你说,真有这样的城堡吗?"

"有的,众穆民的领袖。"卡尔补剀切地回答,"那就是柱状形的羽勒姆宫呀。它的美丽壮观是世间绝无仅有的,是古帝王翁顿大帝的儿子尚多德创建的。"

"这到底是怎么一回事呢? 你把它的来历讲给我们听吧。"

为了满足哈里发的愿望,卡尔补十分乐道其事,便振振有词地说道:"古代赫赫有名的翁顿大帝有两个儿子,大的叫尚第德,小的叫尚多德。翁顿大帝死后,他的两个儿子继承他一手创建的帝业。昆仲二人群策群力,相互支持,称雄称霸,相得益彰。当时天下的王国,无论大小,都向尚氏弟兄称臣纳贡,一切受他弟兄二人的指挥、管辖。后来尚第德早年丧命,大权落在尚多德一人手里,从此他独断独行,为所欲为。他常用公余时间,以诗书消遣,举凡古典书籍,都博览无遗。他读到书籍中叙述来世的生活,以及关于天堂中楼阁亭榭、花鸟树木等景物的描写,一心向往,便异想天开,打算根据书中的描绘,在大地上建筑一座人间乐园。凭借他的权力、物力和人力,所以他敢想敢做。原来当时他统治的王国有十万之多,每个国王手下有十万军官,每个军官带领的兵丁也以十万计。因此他的理想就建筑在他那无比庞大的权力和人力的基础之上。于是他召集各大国的君王,向他们发号施令说:'我读古书,看到书中关于来世天堂中美满生活的描写,我私心向往、羡慕不已,希望享受一下那种美满生活的乐趣,所以打算摹仿天堂的结构,在大地上建筑一座人间乐园。现在我命令你们分头到各地方去,物色一处最广阔最美好的地方,用黄金白银替我建筑一座城堡,城中屋宇林立,宫殿的圆顶都用橄榄石柱子支撑。

屋宇之间须有走廊互通,并装置阳台。还要拿橄榄石、红玉、珍珠当沙土撒在地上。通衢巷道两侧必须栽种成行的各种果树。城中还要设置一些黄金水池,并挖一条蜿蜒曲折的河渠,让清泉通过白银河床不断地淌流。'

"各国君王听了尚多德大帝的分派,一个个吓得目瞪口呆,面面相觑。最后大家异口同声地说道:'主上分派的这个任务,我们怎么能够完成得了? 这么多的金银、玉石、珠宝,叫我们上哪儿去找?'尚多德大帝反问他们:'当今天下各国的君王都在我的手下,都遵循我的命令,向我称臣纳贡,谁都不敢违拗我的命令。这种情形,莫非你们一点也不知道?'各国君王齐声回道:'是的,这个我们自然知道。''既然知道,'尚多德大帝说,'现在你们就该行动起来,一方面分头上矿山去,勤勤恳恳地从事挖掘,把埋藏在地下的金子、银子、橄榄石、红玉石、翡翠等种种名贵的矿物都开采出来。另一方面,你们必须不辞辛苦,想尽各种办法,尽量去向老百姓收集,把他们手中的金银、珠宝、玉石集聚起来,这就成了。大家必须注意:千万不可懈怠大意、违抗命令。'此外他还书面正式通令各藩属的王公大臣,号召他们向国内老百姓广为收集金银、珠宝、玉石,并尽可能地多派人入山采矿、下海捞珠。各国君王奉到命令,只得忍气吞声、诚惶诚恐地执行命令。老百姓迫于威力,敢怒而不敢言,只好硬着头皮献出金银财物,并离别妻室儿女,上出采矿,下海捞珠。单是为了预备建筑材料,天下各国的老百姓,整整辛勤劳苦了二十年。当时被委派主持其事的,是由各藩属中指定的三百六十个大国的国王。他们任劳任怨、鞠躬尽瘁地认真执行命令,从各国中选出大批建筑师、工程师、艺术家和各种手工匠人,派他们担当勘探、测绘建筑基地的重任。于是那批工程师和匠人负着任重载远的使命,一起出动,爬山越岭,日以继夜地跋涉,经过无数原野、戈壁和荒芜地区,好不容易才到达一处广阔的平原地带。那地方一望无际,不见沙丘、山岭,却有清泉、河渠。眼看着那块好地方,他们喜不自胜,大家不约而同地同声说:'这地方正好是大帝命我们所寻找的那种建筑基地呀！'于是他们禀承尚多德大帝的意图和指示，开始测量、设计、绘图，并规定河渠的位置，奠定了基石，然后按部就班，按照规划，大兴土木。接着无数的工人从各国派到工地来服役，同时各国君王也把开采、收集起来的黄金白银、珍珠宝贝和各种名贵的玉石，从四面八方，有用骆驼驮的，有用大船运的，陆续送到工地。那些建筑材料，种类之多，质量之美，数量之大，真是指不胜屈，更非言语可以形容、计算。

"老百姓在各国君主指挥、督促下，群策群力，孜孜不倦，埋头苦干，总共花了三十年的时间，才算创建成一座工程无比浩大的金银城郭。这时候，主持其事的各国君王前去谒见尚多德大帝，报告完成使命的经过，满以为从此可以卸责回家过安居乐业的养老生活了。殊不知尚多德大帝贪得无厌，又给他们分派新的任务：'你们赶快回到金银城中，替我再在那里建筑一座高耸入云、极其坚固壮观的堡垒，并环绕着堡垒建筑一幢幢圆顶柱状形的宫殿，供我的臣僚居住。'各国君王唯命是从，只得低声下气地接受新的使命，立刻回到老远的金银城，指挥督促老百姓，另起炉灶，按照尚多德大帝的意图和指示，埋头建筑，继续不停地又劳苦了二十年，才算完成任务。之后，他们欣然相率回去，谒见尚多德大帝，报告建筑完工的经过，并请求准予卸责回家。尚多德大帝的希望、理想终于得到实现，洋洋得意，喜不自胜，即时吩咐他的一千名文臣武将并其他亲信人员和心腹部队收拾行囊，预备迁往新落成的、圆顶柱状形的羽勒姆宫去过人间天堂生活。同时他还通知要带走的一部分后妃、宫娥彩女和婢仆们即早收拾准备，以便携带她们一同前去过极乐生活。经过长期充分准备，什么都齐全妥当了，尚多德大帝才率领人马，浩浩荡荡地出发。

"他们不辞跋涉之苦，爬山越岭，穿过平原、戈壁，怀着满腔愉快、兴奋心情，忍苦耐劳地迈步向前，连续不停地作长途旅行，直去到距圆顶柱状形的羽勒姆宫只相隔一天路程的地方，便突然受到天谴：霹雳一声雷响，暴风骤雨忽至，接着山洪暴发。横征暴敛、赫赫不可一世的尚多德大帝和他手下那些刚愎自用、无恶不作的僚属,以及他那骄奢淫荡的眷属们,不被雷劈电触的,便叫洪水吞没,都同归于尽,化为乌有。因此不仅野心勃勃、目空一切的尚多德大帝本人,就是他的全班人马中,也没有谁能看见或跨进他平生向往的那座所谓圆顶柱状形的羽勒姆宫的大门,便呜呼哀哉了。在他们死后,通往圆顶柱状形的羽勒姆宫的门路也迷失了。最后只剩那座工程浩大、无比堂皇壮观的金银城堡还巍然独存。它的寿命会一直延长到世界末日的。"

哈里发沐尔伟叶听了卡尔补·艾哈巴鲁所谈关于金银城堡的来龙去脉,不胜其感叹、惊奇、诧异之至,问道:"后来有人到那座金银城堡里去过吗?"

"是的,穆圣时代有人到那座城堡去过。"卡尔补·艾哈巴鲁回答,"据也门侯睦叶尔地方的某学者说,相传尚多德大帝动身前往金银城堡之前,已经早做准备,把帝位传给他的儿子小尚多德,叫他坐镇哈佐勒冒突,执掌哈佐勒冒突和塞白邑的政权。因此当尚多德大帝和他的人马中途遇难的噩耗传来,小尚多德立刻派人去遇难的地方,寻找他父亲的尸首,把它搬回哈佐勒冒突安葬,并在山洞中替他父亲建筑非常宽大的皇陵。据说该陵寝的高度和进深各百尺,宽四十尺。尚多德大帝魁梧其伟的尸体被安置在陵寝中一张高大的纯金床上躺着。此外还给他预备了七十套镶满金银珠宝、玉石的寿衣和其他名贵的陪葬器物,并在他的头前树立一块金牌,牌上刻着下面的诗句:

> 奉劝追求长寿、享乐的人群,
> 请拿我的下场作为前车之鉴。
> 我是先君翁顿的儿子尚多德大帝,
> 也是创建金银城堡的主体。
> 我本来拥有空前、无上的权力,
> 威名无远弗届越传越远。

当日人们慑于我的威权，
全都俯首帖耳遵循我的命令。
我利用武力征服、统治东西各国的黎民，
一直横征暴敛、为所欲为。
主持正义、宣扬真理者谆谆劝我循规蹈矩，
免遭天谴而后悔无济。
我却听而不闻、断然违背他的指引，
反而斥问他"天灾岂无避免余地"？
可是不知不觉间一个惊天动地的霹雳，
突然从遥远的高空降临，
劈得我们像割倒的庄稼堆在田里，
东倒西歪睡满一地。
从此我们躺在泥土里，
静候总清算的时日降临。"

伊斯哈格·卯绥里亚夜游的故事

有一天，办完公事，我陪哈里发迈蒙喝了几杯酒，然后匆匆告辞回家。不想中途尿急，只好偷偷摸摸地溜进一条小胡同去小便。当时天已黑定，只觉得眼前有什么东西隐约可见。我走过去，伸手摸一摸，以便知道究竟是个什么东西。原来是一个装有四个把儿的大吊篮，里面铺着锦缎垫子，从一家屋顶上沿墙壁吊将下来。我暗自猜想："这个吊篮挂在这儿，其中必有缘故。"我被好奇心驱使，一时迷离、糊涂起来，不知不觉、醉眼蒙眬地就坐进那个吊篮。我刚坐定，那吊篮便一直向上升。想必是房主人把我当他们等候的意中人给拽上去了。到了屋顶，便有四个姑娘，喜笑颜开地对我说："欢迎你，请下来吧。"

在烛光下，随着一个姑娘的指引，我走到一间客室里。室中的摆设非常考究，像那种富丽堂皇的景象，我只是在哈里发的王宫中见过。我刚坐定，挂在一边墙上的帷幕便慢慢卷起来，幕后出现一群婢女。她们手中有的抬着明亮的蜡烛，有的提着焚着沉香的香炉，簇拥着一个月儿般窈窕美丽的女郎，姗姗走进客室。那女郎走到我面前，笑容满面地对我说："蒙你光临，我们竭诚欢迎。"于是她在我身边坐下，跟我谈话，问我是怎么到她家来的。我说："我在朋友处多喝了几杯，有点醉意，兼之时间晚了，黑夜里不辨方向，走错了路，一直岔进胡同，见墙下的吊篮，便醉眼蒙眬地坐在吊篮里，不知不觉就被人拽上屋顶,并把我带到这儿来了。"

"不碍事,你不会受责怪的,并且希望你因错得福,最后达到美满的结局。"女郎对我表明态度,接着又问一句:"不过你是做什么的?"

"在巴格达市中做买卖糊口。"

"你能背诵一些美妙的诗文吗?"

"有限得很。"

"那请你朗诵几段给我们听吧。"

"我刚到这儿来,心情有些紧张、胆怯。还是你先起个头吧。"

"你说得对。"她说着果然朗诵起来。

那女郎朗诵的都是古代文人学士的嘉言、绝句。我听了她的朗诵,非常兴奋,很受感动,可是我不知道,到底是她那绝代的美丽体态使我这么惊羡呢,还是她那独特、悦耳的朗诵使我如此倾倒。

"现在你还紧张、胆怯吗?"她问我。

"指安拉起誓,不紧张了。"

"如果你愿意,请把你记得的诗文背几段给我们听吧。"

我果然把古诗人的名作,随便选几节背诵了一回。她听了满口夸奖一番,最后说道:"指安拉起誓,我从来想象不到,生意场中会有这样渊博的人物。"于是她吩咐摆出饭菜招待我,陪我吃喝。桌上摆着馨香扑鼻的各种鲜花和香甜可口的异果,那显然是王宫里才有的御用之物。饭后,又吩咐摆出酒肴。她自斟一杯,一饮而尽,随即再斟一杯递给我,说道:"现在是饮酒谈天、讲故事的时候了。"

我一时高兴快乐,说道:"相传古代有一个国王……"我趁兴趣正浓,一口气讲了几个优美动听的故事。女郎听了,非常满意快乐,喟然叹道:"一个生意场中的买卖人,居然懂得这么多故事,而且所讲的都是宫廷中帝王将相的史实、艳事,这就不能不使我格外感到惊奇、敬佩了。"

"从前我的一位邻居在宫中任职,经常陪随国王饮酒谈天。"我向她解释,"每当他休假在家的时候,我常常去他家玩,听他讲宫中稀奇古怪的见闻。听多了,所以就记在心里。我所讲的,都是从邻居那儿听来的。"

"指我的生命起誓,你的记忆真好。"她夸奖我一句,接着又和我闲谈起来。每当我词穷话尽之时,她便滔滔不绝地谈下去。在馨香缭绕的氛围中,我们直谈到深更半夜。当夜我所处的那种愉快、陶醉景况,如果哈里发迈蒙能够想象、体会得到,那他一定会渴望得飞腾起来的。

"你文质彬彬,很有礼貌,是个快乐、有趣、可爱的人儿呢,只可惜美中不足。"她对我的为人下了评语。

"何以见得?不足的地方到底是什么?"我问她。

"要是你能弹着琵琶演唱一曲,那就尽善尽美了。"

"从前我是非常爱好音乐的,可是发觉自己没有这种艺术天分,所以尽管内心热爱,也只好断然中止学习、操练。现在就兴趣之驱使,我倒想率尔操琴,尝试一回,以终此良夜。"

"这么说,你似乎是要我给你拿一面琵琶来吧?"

"你斟酌吧。若蒙慨然赞许,那就铭感不尽了。"

女郎即时吩咐拿来一面琵琶,边弹边抑扬顿挫地演唱了一曲。像她这样歌声、唱法之优美,态度之大方、自然,弹技之熟练、准确,是我生平没听过的。

"你知道这曲调是谁唱的?这诗文是谁作的吗?"她问我。

"一点也不知道。"我回答。

"诗是古人的名作,曲调是伊斯哈格唱出来的。"

"你唱的真美,真动听。为保护你的歌喉,我情愿牺牲自己的生命。请问,伊斯哈格本人也能像你这样的演唱吗?"

"啊呀呀!我这个无名小卒,怎敢和伊斯哈格的大名相提并举?自然啰!伊斯哈格本人演唱的才真到家呢。他是音乐界杰出的天才呀。"

"赞美安拉！伊斯哈格算是得天独厚了。"

"不错。倘若你听他本人演唱这支歌曲，那你该感动到什么程度呢？"

就这么样我陪她谈天，一直谈到东方发白，便有一个乳娘似的老太婆来到女郎面前，提醒她说："时间到了。"她闻声立刻站了起来，说道："人与人之间要互相信任，才能如此聚首谈心，因此你必须保守个中秘密。"

"我已准备随时为你献出自己的生命。不需你嘱咐，我是会履行这个义务的。"于是我向她告辞。

她派一个婢女引路，替我开门。我走出她家大门，急急忙忙回到自己家中，作过晨祷，然后倒身睡觉。一会儿哈里发迈蒙的差人到来，我便照例随他进宫，和哈里发在一起，处理国家大事，忙了一整天。晚饭时候，我突然想起昨晚的幽会情景，便一心向往。自然，那种美妙的场合，只有麻木不仁的蠢货才漠然无动于衷呢。我怀着满腔激情，匆匆离开王宫，直奔到那条胡同里，毫不迟疑地坐在那个吊篮中，接着被拽上屋顶，随即去到昨夜到过的那间客室里。

"嗬！显然你已经习惯成自然了。"女郎一见我便表示惊讶。

"唉！我总觉得我太昏庸、冒失了。"我非常狼狈。

我和女郎在一起，像昨晚那样谈天、背诵诗文、讲稀奇动听的故事，轻松愉快地过了一夜。黎明时，我告辞回家，作过晨祷，然后睡觉。过了一会，哈里发的差役前来催我上朝。我随差役进宫，和哈里发在一起处理国家大事，至太阳落山，是下班的时候了，哈里发迈蒙对我说："我有话对你说，你在这儿等一等，我去一会就来。"

哈里发刚走，我急于幽会的情绪顿时波动、作祟起来，致使我这颗跳动的心，再也抑制不住，于是我不考虑违反哈里发的吩咐会招致什么样的后果，因而不顾一切地拔脚就跑，离开王宫，奔到胡同里，坐在吊篮中，被拽至屋顶，再往客室里和女郎幽会。

"也许你是我们的一个知心、诚实朋友吧？"女郎一见我便这样开始和我谈话。

"不错,指安拉起誓,我的确是你们的一个知心、诚实朋友。"我剀切地回答。

"你把我们的家当作你的寓所吗?"她逼问一句。

"我可以为你献出自己的生命。按理说,作为客人应有为期三日的享受。三天之后,如果我再来打扰你,那么即使流我的血,要我的命,对你们来说都是应该的。"我向她表明态度。

当天夜里,我和女郎照例在一起谈天、背诵诗文、讲有趣的故事,欢欢喜喜、快快乐乐地过了一夜。到了临近告别回家的时候,我想起明天哈里发一定要责问我违命而早归的理由。如果我不把自己的行径一五一十地从头讲给他听,他一定不会满意。于是我情急智生,撒谎对女郎说:"据我看来,你是最爱好音乐的人。家叔的一个儿子,我的堂兄弟,人生得比我漂亮,品端行正,很有礼貌,对音乐他也是最内行不过的。"

"你吃白食不够,还要推举别的食客吗?"她讽刺我。

"这种事须由你自己决定,我唯你的命令是听。"

"倘若你的堂兄弟,他的品德、为人真像你所说那样,那我们是不讨厌和他认识的。"

谈到这里,已是东方发白时候。我起身告辞,离开女郎,一直走回家去。我刚走到门前,就受到包围、袭击。哈里发的听差们拥了过来,不问青红皂白,非常粗暴地把我逮捕起来,押到宫中。到了哈里发面前,我见他坐在我的办公椅前,脸上堆满了怒气,恶狠狠地问道:"伊斯哈格!你胆敢违拗我的命令吗?"

"指安拉起誓,众穆民的领袖!臣下不敢违拗命令。"

"那你不辞而别,这是什么道理?你快把个中情形都给我讲清楚。"

"是,我可以把情况解释清楚。不过这种事只能背地里私下谈。"

哈里发举手示意，屏退左右的人。于是我把跟女郎幽会、来往的经过，从头到尾，详细叙述一遍。最后说道："我已经跟她约定，预备今天晚上带陛下去会她。"

"你做得对。"哈里发赞同我的办法。

当天我和哈里发彼此怀着满腔激情，高兴愉快地处理国家大事，尤其哈里发对女郎念念不忘的热情，随时流露在颜色之间。因此，下班时间一到，我和哈里发便离宫前去赴约。一路之上，我对他说："此去，我只能扮成您的一个随从人员。在她面前，您可千万别呼唤我的真实姓名。"

哈里发和我事先作好准备，彼此同意这个办法。我们且行且谈，不觉之间，已经走进胡同。只见那里挂着两个吊篮。我和哈里发每人坐在一个吊篮里，即时被拽到屋顶，然后随婢女去到客室中。女郎出来迎接，向我们问好。

哈里发迈蒙一见女郎之面，被她窈窕美丽的形貌所吸引，竟然抑制不住对她的惊羡情绪，一下子陷于迷离状态。女郎从容大方，有说有讲的表示热情接待。她滔滔不绝地既讲故事，又背诵诗文，还摆出酒肴款待我们。她怀着敬爱哈里发的心情多和他交谈；哈里发同样抱着拜倒于女郎裙下的心肠格外亲近她。他和她似乎一见钟情，天然一对。继而她抱着琵琶，边弹边抑扬顿挫地唱道：

> 残夜时候情人突然降临，
> 我起身毕恭毕敬地候他坐定。
> 问道："亲爱的！你这时莅临，
>   难道不怕守夜和保护人碰见？"
> 他回道："情人谁都怀着恐怖、畏惧心情，
>   只不过爱情剥夺了他的智慧和畏怯。"

女郎唱罢，放下琵琶，指着哈里发迈蒙对我说："你这位堂兄弟也是做生意买卖的吗？"

"是的。"我回答。

"你们二位的相貌近似极了。"她说。

"不错,是有些近似的地方。"我说。

哈里发迈蒙听了女郎弹唱,十分感动、兴奋,兼之他多喝了几杯酒,有点醉意,因而居然忘了我们的处境和身份,欣然大声喊道:"伊斯哈格!"

"有什么吩咐?众穆民的领袖。"我即时应声回答。

"你摹仿着这种调子给我演唱一曲吧!"他吩咐我。

女郎听了我们君臣之间的对答,知道他是哈里发迈蒙,即时退席,悄然隐避起来。我遵循哈里发的命令,果然当场弹唱了一曲。弹唱毕,哈里发迈蒙对我说:"你去问一问,这里的房主人到底是谁?"

哈里发刚吩咐毕,即时便有一个老太婆奔来回答问题,说道:"这是相爷哈桑·本·赛赫里的府第。"

"你请他出来见我!"哈里发吩咐老太婆。

老太婆遵命退了下去。一会儿,哈桑·赛赫里果然来见哈里发。哈里发当面问他:"你有一个千金小姐吗?"

"不错,臣下有一个女儿。"赛赫里回答。

"她叫什么?"哈里发问。

"叫海娣钗。"

"她结婚没有?"

"不,小女还未字人。"

"那我要通过你向她求婚呢。"哈里发说明他的希望、目的。

"众穆民的领袖啊!"赛赫里受宠若惊,"她是陛下的一个丫头使女;她的终身大事,由陛下做主好了。"

"我决定以三万金作为聘礼,娶她为后妃。今天早晨着人送聘礼来。你收到聘礼后,今晚送她进宫吧。"

"听明白了,遵命就是。"赛赫里唯命是从。

黎明时候,我们结束了当夜的访问,向赛赫里告辞回家。在归途中，哈里发迈蒙郑重其事地嘱咐我："伊斯哈格，你必须严守个中秘密，绝不可告人。"

从那日起，我守口如瓶，践约保守秘密，在哈里发迈蒙在世期间，我始终缄默，一直没对任何人谈论这桩事情。回首当年，这桩事情历历在目，如昨日事。现在回忆起来，我总觉得我这一辈子过得最有意思而值得怀念的日子，仅仅只有四天。在那四天里，昼间我进宫去跟哈里发迈蒙在一起奉公、共事，夜里我去海娣钗家，陪她论诗、弹琴，从而感到我生平所接触与交往的亲戚朋友中，男的当数迈蒙，女的首推海娣钗，是别具风度、令我景仰崇拜的两个特殊人物。我尤其相信，像海娣钗那样聪明伶俐、多才多艺的人物，在女性中，是绝无仅有的。

清道夫和贵妇人的故事

相传有一年在麦加城中,正当朝觐期间,各方信士云集麦加,参加朝觐典礼。哈只们不远千里而来,大家欢欣鼓舞,热闹非常,麦加城一时有人满之患。有一天哈只们聚会在圣寺里参加巡礼仪式,人们争先恐后,挤得水泄不通。正在举行环行典礼的时候,有个巡礼者,伸手捏着圣寺的帷幕,显出非常诚恳的态度,喃喃地大声祈祷道:"主啊!你叫那个娘儿再讨厌她丈夫一次,以便我有机会再去陪她一块儿吃喝吧。"

在那个祈祷者附近的哈只们,听了那种邪僻、荒诞的祷词,非常气愤,因而不问理由,先揍了他一顿,然后把他扭送巡礼官署,说明他在庄严的圣寺中,胡说八道的邪僻言行,请求巡礼官严加处分。巡礼官听了哈只们的控告,非常愤怒,不问青红皂白,即时下令处他绞刑,以儆效尤。

"贵官啊!我凭穆圣的真理向你呼吁,请听我说明个中情由,然后你随便处罚我吧。"被告自我辩护。

"好的,你说吧。"巡礼官答应他的要求。

"我原是在屠宰场中做扫除垃圾的一个清道夫,每天收拾血液、粪便等污秽之物,驮出去倒在垃圾堆里。有一天我照例牵毛驴驮血液、粪便往垃圾堆去倾倒的时候,只见人们东逃西窜,街道上乱哄哄地顿时出现混乱局面。当时有个好心肠的过路人对我说:'你最好进胡同去躲避躲避,免得叫他们杀害你。'我问道:'人们干吗逃跑?'过路人说:'这是一个大官的太太出行,她的奴仆正在替她喝道,禁止行人通行。他们逢人就打,谁都避免不了他们的欺凌。'

"我把毛驴牵到巷口躲避,站在那里等他们过去之后再走,并悄悄地偷看他们的暴行。那些奴仆手里拿着棍棒,恶狠狠地追逐街上的行人。他们后面随着三十来个婢女,簇拥着一个多情的、非常美丽活泼的、像找水喝的羚羊般的娘儿,花枝招展地姗姗而来。那个娘儿摆着头东张西望。到了巷口附近,她瞪眼呆望一会,便叫她的一个仆人来到她身边,附耳对他说了几句,随即扬长而去。接着那个仆人冲到我面前,突然把我逮捕起来。他的举动吓得人们一哄而散。同时另一个仆人走过来,夺走我的毛驴。接着又有几个仆人拿来绳索,把我捆绑起来,牵着就走。当时我莫名其妙,不知身犯何罪,只听得人们议论纷纷,说道:'随便逮人,这是安拉所不容许的。这是一个扫除垃圾的可怜人,他们干吗拿绳子捆绑他?'同时还有人替我说情求饶:'放掉他吧! 你们饶恕他,安拉会慈悯你们呢。'当时我暗自叹息:'这些仆人无缘无故地逮捕我,想必是他们的太太闻到臭味,因而讨厌我吧;或者因为她是孕妇吧;也许因为碰见我这样的人,对她有什么损失、痛苦吧。情况如此,全无办法,只望安拉拯救了。'

"他们把我押到一幢大建筑物门前,并带我走了进去,走了好一阵,最后到达一间大厅里。那里的陈设非常华丽,这是我无法形容的。一会儿,吩咐逮我的那个娘儿也到大厅来。当时我身在缧绁中,被仆人们看管着,情况非常可怜、狼狈。我暗自想道:'毫无疑问,他们非在这间大厅里拷打我不可了,甚至于他们把我活活地折腾死掉,外面还没人知道呢。'然而事实竟然出乎意料之外。他们不但不打骂我,反而非常客气地招待我,领我去到一间顶清洁、雅致的沐浴室里洗澡。在沐室里有三个仆人照拂我。他们围着我说:'脱掉你那身肮脏、破烂不堪的衣服吧!'我听从吩咐,果断脱掉身上的破旧衣服。于是三个仆人一齐动手,一个替我洗头,一个替我擦身,一个替我搓脚。洗完澡,他们给我拿来一套新衣服,说道:'你穿这套新衣服吧!'我拿起衣服一看,一下就吓呆了,对他们说:'指安拉起誓,这种时兴衣服,我可不知怎么穿法。'他们嘻嘻哈哈地边讥笑我,边忙着替我穿上新衣服,并拿来一瓶玫瑰香水洒在我身上,然后带我去到另一间大厅里。那里摆着精致的家具和丝绸绫罗的细软摆设并彩画,装潢得无比富丽、堂皇。指安拉起誓,那种景象我是无法称赞、形容的。我来到大厅中,一眼看见那个娘儿坐在一张象牙腿的藤靠椅上,成群的婢女伺候着她。

"那个娘儿一见我便站起来打招呼,让我坐在她身边,吩咐婢女们端出丰富的饮食,陪我一块儿吃喝。那席饭菜香甜可口,样式又多,都是我生平不曾见过而数不出其名堂来的。吃饱饭,洗过手,她又吩咐婢女抬出水果,让我陪她享受。吃了水果,她接着吩咐焚起香炉、摆出酒肴,让我陪她共饮。一个月儿般美丽可爱的姑娘,边唱动听、迷人的歌曲,边给我和她斟酒。在那馨香扑鼻、歌声绕梁的陶醉氛围中,我和她举杯开怀对饮,痛快淋漓地直喝到点灯时候,彼此都有几分醉意,她才打听我的住处,送我一个绣花手巾包,然后吩咐仆人送我出门。

"我和那个娘儿一起吃喝、享受的时候,竟然相信我自己是生活在天堂中,或者是在梦寐里,简直到了乐以忘忧的地步,因而一旦和她分手的时候,我才怅然如大梦初醒,又好像离开天堂一样感到惆怅。在归途中,我带着她给我的手巾包暗自欢喜,想道:'如果手巾里包着的是五个铜板,这就足够我明天动用的了。'我回到自己的住处,赶忙打开绣花手巾,一看,见里面包着五十个金币。我骤然得到这样一大笔款,欢喜若狂。我觉得必须把这笔钱好生保存起来,往后才好过丰衣足食的生活,于是我在屋里刨个洞,把它埋在地里。次日,我花了两个铜板买面饼、调料充饥。吃过早饭,我满心欢喜快乐,一个人坐在门前,计划怎样过好日子的问题,不知不觉间就过到晌午。这当儿有个仆人突然出现在我门前,对我说:'我们太太请你。'

我随仆人一直去到那个娘儿家里,跪下去向她请安问好。她叫我站起来,让我坐在她身边,然后像昨天那样,吩咐摆出饮食,让我陪她吃喝。饭后又吃水果又喝酒。直至吃饱喝足,彼此都有几分醉意,才尽欢而散。临别,她同样给我一个绣花手巾包,然后叫仆人送我出门。我带着手巾包,欢天喜地地回到自己的住处,赶忙打开手巾包一看,见里面同样包着五十金币。我满心欢喜,即时把钱埋藏起来。就这么样,那个娘儿每天都派仆人带我到她家里,陪她大吃大喝。每去一次,除了吃喝,她还额外送我五十金币。我被邀到她家去作客,前后一共去过八次,得到她的赏银四百金币。

"然而好景不长。我第八次被邀去那个娘儿家里作客,陪她吃喝得正兴高采烈的时候,一个婢女突然奔进大厅,惊惶失措地对我说:'你站起来,快上楼去躲一躲。'我刚去到楼上,便听见一片嘈杂声,接着又听见马蹄声。我向窗外窥探,见一个青年官员,生得像初升的太阳一样漂亮、英俊,身边带着一群侍卫,一拥来到门前。那青年官员下马,走进大门,来到大厅里,见娘儿坐在藤靠椅上,便跪下去向她请安问好,然后趋前,亲热地吻她的手。她却视若无睹,呆然坐着不动,一直不理睬。那官员可不灰心,始终卑躬屈节、低声下气地老向她道歉、求饶,表示百般依顺她,费了许多唇舌,最后才博得她的垂青、谅解,彼此终于笑开了。于是当天晚上,他俩便在一起过夜。

"次日清晨,那个青年官员的侍卫前来接走他们的主人,那个娘儿才上楼来见我,问道:'你看见那青年官员了吧?''不错,我都看见了。''他是我的丈夫,现在跟你谈谈我和我丈夫之间的纠纷吧。我跟他结婚之后,彼此恩爱,夫妻的感情很好。有一天,我们夫妻二人坐在后花园中消遣、谈天,非常舒适、快乐。就在这个时候,他离开我,好一阵子不见他转来。我等得不耐烦,以为他便溺去了,便上厕所去寻找,可不见他的踪影。我顺便上厨房去,却见他跟厨娘在一起,嬉皮笑脸地随便伸手抓锅中的食物,像一个饕餮,狼吞虎咽地吃喝。他那种卑鄙下贱的行为,令人一见作呕。从那时起,我看不起他的为人,恨他恨到极点。我激于义愤,存心向他报复,因而不顾一切地发誓说:"从今以后,我非跟最肮脏、最龌龊的人在一起吃喝不可。"我既然发过誓愿,必须履行咒愿。在你被仆人们捉到这儿来之前的头四天,我为寻找一个理想中最肮脏最龌龊的人物,曾经跑遍整个巴格达城,却始终找不到一个比你更肮脏更龌龊的角色,因此你就被选上了。这一切都是生前注定了的。到现在为止,我的咒愿算罚赎过了。我们在一起吃喝的场合,从今日起宣告结束了。往后我丈夫若不检点再失礼犯毛病的时候,那我会再一次找你来陪我一块儿吃喝的。'

"那个娘儿谈罢她两口子之间的纠纷,照例给我一个绣花手巾包,然后打发我走。我先后连续到她家去了八次,陪她大吃大喝。每次都吃饱喝足,领着赏钱尽欢而散。我每次得到五十金的赏银,总共积蓄了四百金,因此衣食有了着落,开始过丰衣足食的生活。此次我前来朝觐,虔心虔意地向安拉祷告、祈求,一心指望那个娘儿的丈夫再一次失礼、犯错,那么我就有机会去陪他老婆饱餐丰富可口的饮食,并照例领取她给予的优厚赏赐。"

巡礼官听了清道夫的叙述,啼笑皆非,不知怎么处理,没奈何,只好慨然释放他,对此案不了了之。最后他反而劝解忿忿不平的那班控告者,说道:"哈只们! 大家替他祈祷,求主饶恕他吧。这号人贪财、好吃成性,大家同情、原谅他吧。"

真假哈里发的故事

有一天夜里,哈里发何鲁纳·拉施德心绪十分不宁,便召宰相张尔蕃进宫,对他说:"我心绪不宁,感觉苦闷,打算去巴格达城中走走,看看老百姓的情况;不过我们必须扮成商人模样,别教人看破我们的真实情况。"

"听明白了,遵命就是。"张尔蕃诺诺答应。

于是哈里发和宰相立刻行动起来,脱了华丽的宫装,换上商人衣服,带着刀手马师伦,悄然离开王宫,一块儿去到城中。他们经过大街,穿过小巷,最后来到底格里斯河畔,见一个老头坐在一只小船中,便走过去,打个招呼,对他说:"老人家,我们有意求你行行好,带我们在河中游览,这枚金币你收下作为报酬吧。"

老头回答说:"哈里发何鲁纳·拉施德每天夜里乘画舫在河中寻欢作乐,老百姓谁还有机会泛舟消遣呢?他下过命令:无论男妇老幼、达官贵人、贩夫走卒,都不许夜里过渡,违者不受割头的处分,也得被吊死在桅杆上。现在皇上的彩船似乎就要从这儿经过了。"

"老人家,收下这两枚金币,让我们到你船中,在篷里避一避,等哈里发的彩船过去以后,我们再走吧。"

"那么给我钱吧,一切托庇安拉好了。"

老头收下金币,刚撑船离岸,便有一只彩船从江心驶了过来,里面灯烛辉煌,燃着熊熊的火把,照得江面如同白昼。老头一怔,说道:

"我不是告诉过你们吗,哈里发每天夜里要在河中逍遥寻乐?"继而自言自语地叹道:"主啊!您别揭穿此中秘密吧。"于是教他们躲在篷中,拿件黑袍盖在他们身上。他们伏在黑袍下面悄悄地偷看,只见彩船头尾各站着一人,身穿绣花红丝袍,头戴卯隋里头巾,手里举着金柄火把,背上挂着绿绸褡包,里面盛着点火把用的沉香。船中有二百多婢仆,分站两旁侍候。中央的一张金交椅上,坐着一个月儿般漂亮英俊的年轻人,身穿绣金黑袍。他左右的二十多个朝臣中,有一个像宰相张尔蕃,有一个手持明晃晃的宝剑,活像刀手马师伦。看了这种情景,哈里发喊道:"张尔蕃!"

"主上有何吩咐?"

"这个青年也许是我的儿子吧;他是迈蒙或者是艾敏。"

继而他仔细观察,见他生得非常标致漂亮,文质彬彬,正襟坐在金交椅上,便对宰相说:"爱卿,指安拉起誓,那个青年的仪表跟哈里发完全一模一样,丝毫没有可疑的地方;在他身旁的那个朝臣好像是你,侧面的那个侍卫似乎是马师伦,其余的侍臣同我自己的亲信朝臣也并无区别。指安拉起誓,张尔蕃!我对这桩事觉得奇怪极了。"

"主上,指安拉起誓,我自己也觉得奇怪。"

他们躲在篷里窥探,待彩船过去了,老头子才站起来撑船,长叹一声,说道:"赞美安拉,幸而我们没被人发现。"

"老人家,哈里发每夜都来底格里斯河中游览吗?"哈里发问。

"不错,我的主人,这种情况已经有一年多了!"

"老人家,我们是外路人,喜欢游山玩水,明晚请你在这儿等一等,我们给你五个金币,请带我们在僻静地方随便逛逛。"

"好的,我愿意等你们。"

哈里发、张尔蕃、马师伦同老头分手,回到宫中,脱了商人衣服,换上宫袍。这已是天亮时候,哈里发临朝听政,受文武百官朝拜,并坐在宝座上发号施令,处理国家大事,直到傍晚官员们告辞出宫,大地被夜幕笼罩以后,才吩咐宰相:"张尔蕃!走吧,我们去看那位假哈里发去。"

听了哈里发的吩咐，张尔蕃和马师伦失声一笑，换上商人衣服，兴高采烈地从后门溜出王宫，一直去到底格里斯河畔，见划船的老头已在岸边等候。于是跨进小船，和老头一块儿刚坐定，不一会儿，假哈里发的彩船便驶了过来。他们抬头一看，见彩船中二百个分立两旁侍候的婢仆已经不是昨夜的那批人物，可是辉煌灿烂的灯烛、火把却依然照得河面如同白昼。眼看着这种情景，哈里发对宰相说："张尔蕃！要是听人谈论这种事情，我是不会相信的，现在可教我亲眼看见了。"继而他对划船的老头说："老人家，收下这十枚金币，把船划过去，让我们暗地里仔细看看他们；彩船上有灯火，他们在明处，发现不了我们。"

老头收下十枚金币，抖擞精神，划着小船，追随彩船，一直来到河畔的一座花园附近，见岸上站着一群仆人和一匹鞍辔齐全的骡子。接着彩船靠岸，年轻的假哈里发在朝臣和婢仆们簇拥下登岸，跨上骑骡径向花园而去。这时候哈里发何鲁纳·拉施德、张尔蕃和马师伦赶忙舍舟上岸，趁机混在婢仆们的队伍里。毕竟他们是商人打扮，易于识别，终于被人发觉，把他们带去审讯。年轻的假哈里发问道："你们是怎样到这儿来的？这时候你们到这儿来做什么？"

"主上，我们是外地来的生意人，今天刚到这儿；夜里我们出来游览，跟你们碰在一起，因此被他们带来参见主上；这就是我们的真实情形。"

"你们是外路人，没有关系；如果你们是巴格达人，这就非处你们死刑不可。"继而他回头吩咐宰相："好生接待这几位客人吧，今夜里他们是我们的贵宾呢。"

"听明白了，遵命就是。"

宰相遵从命令，带他们去到一幢构造精致、高耸入云、比帝王宫殿更巍峨的建筑物里，两扇大门是麻栗木镶金的，闪着灿烂的光泽。屋里的喷水池，亭榭、客厅都井然有序；室内的窗帘、铺垫和各种陈设,全是丝绸细软,光辉夺目,富丽堂皇,令人望而眼花缭乱,啧啧称羡。年轻的假哈里发被臣仆们簇拥着走进大厅,在一张铺黄绸垫、镶珠宝的金交椅上坐下,接着朝臣们也顺序就座,御前则有卫士持刀护卫。众人坐定,随即摆出饭菜,一齐吃喝。饭后洗手更酌,摆上杯盘酒肴,轮流劝酒,开怀畅饮。可是轮到哈里发何鲁纳·拉施德面前,该他喝时,他却拒而不饮。年轻的假哈里发便问张尔蕃:"你的朋友为什么不喝酒?"

"陛下,他忌酒好多年了。"

"我这儿有苹果汁,适合你的主人的口味。"于是他吩咐仆人取来果子露,亲手送到何鲁纳·拉施德面前,说道:"轮到你喝酒时,请喝果子露好了。"

于是大家继续不断地轮流劝酒,待人们喝得酒酣耳热,醉眼蒙眬时,哈里发何鲁纳·拉施德便悄悄地对宰相说:"张尔蕃,指安拉起誓,我自己反而没有这么考究的酒具;这个青年到底是什么人,但愿我能知道他的底细。"

年轻的假哈里发见哈里发何鲁纳·拉施德和宰相张尔蕃窃窃私语,便大声说:"大庭广众中低声耳语,这种行为是不正当的。""我们没有私语什么,"张尔蕃说,"不过我的这位朋友告诉我:他到过很多地方,和王公大人同餐,与达官贵人共饮,却从来没见过比今夜的宴会更庄严堂皇的场面。然而巴格达人常说:'有酒无歌,徒然令人脑满头胀耳。'因此他觉得遗憾,认为美中不足罢了。"

年轻的假哈里发听了张尔蕃的陈述,漠然笑了一笑,面露喜色,举起手杖一敲,一道屋门应声豁然而开,随即出来一个仆人,手里抬着一把镶金的象牙椅,后面随着一个窈窕美丽的女郎。仆人把椅子摆在厅中,女郎从容坐下,喜笑颜开,满面春光,漂亮的面孔,像晴空中光耀的太阳那么可爱;她把手中的一具印度琵琶像慈母搂抱婴儿般抱在怀里,轻举玉指,弹着琵琶婉转地唱道:

　　爱情的口舌潜伏在我的胸怀,

悄然对你谈情说爱，
宣布我是你的情侣。
在认识你以前，
我不知什么是爱情，
然而安拉的判决却先于一切。

年轻的假哈里发听了女郎歌唱，狂叫一声，撕破宫袍，兴奋得无从抑制自己。左右的人赶忙放下垂帘，拿更考究的衣服替他更换；待他穿戴齐全，恢复了原状，这才继续劝酒。然而刚传到他面前，他举杖一敲，一道屋门应声而开，出来一个仆人，手中抬着一把金交椅，后面跟随着一个更美丽的女郎；仆人摆下椅子，女郎从容坐下，弹着怀中的琵琶，悠扬地唱道：

爱火燃烧着我的心，
热泪夺眶滚滚奔流，
教我怎能安静？
指安拉起誓，
从我被俘以后，
生活就不安定。
心房里填满了哀怨，
教我怎能欢欣？

年轻的假哈里发听了女郎歌唱，狂叫一声，撕破身上的衣服，兴奋得无从抑制自己；左右的人赶快放下垂帘，取衣替他更换，于是恢复原状，继续劝酒。可是再传到他面前，该他喝时，他举杖一敲，一道屋门应声豁然而开，出来一个仆人，手里抬着一张椅子，后面跟随着一个绝世佳人；仆人摆下椅子，女郎从容坐下，弹着怀中的琵琶，哀怨地唱道：

请缩短我们之间的距离，
尽情地欢欣、快慰。

指你的身体发誓，
你的形影永久铭刻在我的记忆里。
月儿般的人儿哟！
我的心房是你安息之地；
没有你，
我怎能选择睡眠！

年轻的假哈里发听了女郎歌唱，狂叫一声，撕破身上的衣服，兴奋得无从抑制自己；左右的人赶忙放下垂帘，替他换上新衣；于是恢复原状，继续劝酒。然而等到又传到他面前，该他喝时，他又举杖一敲，一道屋门应声豁然而开，出来一个仆人，手里抬着一把椅子，后面跟随着一个标致漂亮的女郎；仆人摆下椅子，女郎从容坐下，调了弦，弹着琵琶唱道：

离别、恼恨的时期什么时候宣告结束？
先前愉快的生活几时才能恢复？
昨日我们住在一间屋子里，
快活、欢乐，
眼看嫉妒者昏庸、愚弱。
可是一旦受到时日的欺侮，
教我们离散、落寞，
屋子里凄然无人住宿。
好埋怨的人哟！
你可是埋怨我忘记过去的生活？
我的心却不同意你的怨尤。
请别埋怨，
让我尽情地狂恋；
因为爱人的慰藉还残存在我的心里。
我的人儿哟！

是你自毁约言，

　　　更换誓语；

　　　可是你高飞远走以后，

　　　别以为我会忘记一切。

　　年轻的假哈里发听了女郎歌唱，狂叫一声，撕破身上的衣服，倒在地上，昏迷不省人事；左右的人照例忙着放垂帘替他掩蔽，可是绳索发生故障，垂帘放不下来。哈里发何鲁纳·拉施德转眼一看，发现他遍体鳞伤；继而仔细观察一番，然后对宰相说："张尔蕃，指安拉起誓，这个青年外表是良善的，但是骨子里他却是个残暴的匪徒呀。"

　　"主上，你这是怎么知道的？"

　　"你没看见他身上的伤痕吗？"

　　哈里发何鲁纳·拉施德和张尔蕃低声谈话之时，假哈里发左右的人已经放下垂帘，替他换了衣服，恢复了原状，又开始劝酒；可是他抬头见何鲁纳·拉施德君臣低头窃窃私语，便问道："年轻人，你们正在谈论什么？"

　　"主上，让我对陛下说实话吧，"张尔蕃说，"我的这位商人朋友，他到过许多地方，经常和王公显贵吃喝往来，因此他对我说：今夜躬逢主上的盛宴，场面的豪华富丽是空前的，他从来没见过；而陛下把价值千金的袍服左撕一件，右撕一件，这种过分的奢侈浪费现象，在任何王公显贵的宫室中，他更是从来没见过的。"

　　"你们听着，金钱是我自己的，衣服也是我自己的，我这样做不过是对随从们广施博济罢了。因为我每撕一件衣服，就把被撕的衣服连同五百金一起赏给侍从中的一人享受。"

　　"陛下的作为多么好呀！"张尔蕃夸赞着吟道：

　　　慷慨者在你掌中建了一幢屋宇，

　　　人们无条件地享受你的施济。

　　　慷慨者的门路被封锁的时候，

你的手指便成为开锁的钥匙。

听了张尔蕃的赞颂,年轻的假哈里发怡然自得,慨然赏他一件衣服和一千金币。于是大家继续劝酒取乐;正当人们兴高采烈,陶醉在酒肴的气氛中乐而忘形的时候,哈里发何鲁纳·拉施德对宰相说:"张尔蕃,你问一问他身上的伤痕是怎么来的,看他怎样回答你。"

"主上不必急躁,权且抑制气性;一个人能够忍耐,这是最好不过的。"

"指我的生命和阿巴斯的坟墓起誓,你再不问,我快要闷死了。"

当时年轻的假哈里发回头看见他们君臣窃窃私语,便问张尔蕃:"你和你的朋友,鬼鬼祟祟,老是低声耳语,你们到底谈论些什么?从实告诉我吧。"

"好的。"

"指安拉起誓,我要你把你们的心事全都告诉我,丝毫不许隐瞒。"

"陛下,我的朋友发现御体上的伤痕,感到万分惊奇,因而他对我说:'怎么有人敢打哈里发?'他不过是想知道此中的缘故罢了。"

"你们要知道,"年轻的假哈里发笑了笑说,"我的身世和经历奇怪着呢,如果记录下来,对后人会起劝诫作用哩。"继而他长叹一声,吟道:

> 我的故事奇异,
> 超过古今奇迹。
> 指爱情为誓;
> 我的前途茫茫,
> 已到日暮途穷的境地。
> 欲知我的经历,
> 请洗耳静听;
> 大伙静下来,

听一听经验之言，

一字一句全是真情实语，

并非捏造、虚构。

今夜里，

我心中有了感应：

到场的人物中，

有最高的执政哈里发驾临，

其次是宰相张尔蓄在御前侍候，

第三便是马师伦执刀护卫。

我的推测要是真实不虚，

历来的怀抱、希冀便算全部实现，

满腔的快慰，

从四面八方源源汇集。

年轻的假哈里发吟罢，接着说道："各位要知道：我不是真的哈里发，我是冒名顶替的。我叫穆罕默德·阿里·本·赵赫里。先父是一位大富翁。他过世后，遗下的财产中，有金银、珠宝、玉石、房屋、田地、店铺、澡堂、庄园、磨坊、车马、婢仆，举凡人生享乐的东西，应有尽有，数量之多，指不胜屈。

"先父弃世后，我继承他的遗教，亲身操持家政，从事经营。有一天我和仆人们在铺中经营生意，见一个妙龄女郎骑着骡子，被三个月儿般美丽的姑娘侍候着来到铺前，下马走进铺中，坐在我面前，问道：'你是穆罕默德·赵赫里吗？'

"'不错，我就是穆罕默德·赵赫里。'

"'你这儿有适合我佩戴的项链吗？'

"'小姐，我把所有的项链拿给你看，请你自己选择；要是你选中其中的一串，这便是我无上的荣幸；如果没有合适的，我就算没有造化了。'

"当时我铺中有一百串项链，我全都拿给她看，可是一串也不如她的意;她说:'都不行,我要比这个更好的。'当时除了拿给她选择的一百串之外,我还藏着一串顶名贵的细珠,是先父不惜花十万金买来收藏的,那是绝无仅有的珍品,一班赫赫有名的帝王将相也未必有那样的宝物。于是我对她说:'小姐,此外我还有一串精致的细珠,是顶名贵的,帝王将相也没有这样的珍品。'

"'请拿给我看吧。'

"我把珍藏着的那串细珠拿给她看。她一见倾心,说道:'这才是我所寻求的;我生平就希望获得这样的一串珠子。告诉我吧:其价几何?'

"'此珠原是先父以十万金的代价买来收藏的。'

"'给你赚五千金好了。'

"'小姐,珠子及其主人都在你面前,你随意处置吧,我毫无异议。'

"'做生意的必须赚钱;我能买到珠子,应该向你致以衷心的谢意。'

"她边说边站起来,匆匆走出铺门,跨上骑骡,回头对我说:'先生,今天和你见面,感到十分荣幸,现在劳先生随我往寒舍兑款去吧。'

"我起身关锁铺门,泰然随她去到一幢房屋面前,抬头一看,知是官宦人家的公馆,气派豪华,两扇大门不但雕刻精致,而且镶着金银珠宝,十分富丽堂皇。女郎下马,匆匆走进大门,并吩咐我在门前的墙凳上坐一会,待她去取钱来兑给我。我遵命坐下等了一会,便有一个婢女出来对我说:'坐在门前不太雅观,还是请先生到院落里去吧。'我听从吩咐,果然去到院落里。我坐在椅上等了一会,便有一个婢女出来对我说:'先生,我们小姐请你到大厅门前等一会,待她把钱兑给你。'我听从吩咐,果然去到厅前,刚坐下,便发现厅中摆着一张金交椅,椅上罩着丝幕。一会儿丝幕徐徐卷起,那位购买项链的妙龄女郎便出现在金交椅上,脖子上戴着那串别致的细项链,配着她的明眸皓齿,像晴空中的月儿一般美丽可爱。她一见我便站起来,慢步走到我面前说:'在巴格达城中我不是无名无色的人,你该认识我吧。'

"'不,指安拉起誓,我还不认识你呢,小姐!'

"'我叫朵妮亚,是雅侯约·本·哈利德的女儿,家兄张尔蓄是哈里发的宰相。'

"'小姐! 我到你府中来,这不算犯罪吧;这是你自己教我进来的。'

"'不碍事,你别怕;凭着安拉的意愿,我非教你心满意足不可。我的终身大事,由我自己主张,法官是我的委托人。我请你到这儿来,原是预备跟你结为眷属,选你做我的夫婿。'

"女郎说罢,吩咐请来法官和证人,对他们说:'穆罕默德·阿里·本·赵赫里向我求婚,拿这串项链做聘礼;我接受了他的请求,愿意和他结为终身伴侣;请替我们办理缔婚手续吧。'于是在双方情愿的原则下,法官和证人正式替我们缔结婚约,写下婚书,继而郑重其事地奏起音乐,摆出喜果、酒肴,在歌舞欢呼声中,完成婚礼。

"新婚之后,我舍弃生意和家人,欢欣快乐地跟朵妮亚在一起度过蜜月,夫妻之间情投意合,相敬如宾,过着幸福的生活。可是有一天她对我说:'我瞳仁般的赵赫里呀! 今天我要上澡堂去沐浴,你好生睡在床上,我不回来时,你别离开床铺。'她一再发誓、叮咛,因而我满口应诺,回道:'听明白了,遵命就是。'

"她带领婢女,临行又发誓嘱咐我,教我别离开床位,再三叮咛后,才匆匆而去。可是她出门不久,指安拉起誓,大约刚到巷口,我的房门砰地开了,进来一个老太婆,对我说:'赵赫里我的主人呀,祖白玉黛王后听说你善于歌唱,为人活泼而有礼貌,因此请你上她那儿去谈谈。'

"'指安拉起誓,朵妮亚不回来,我是不能自由行动的。'

"'我的主人啊,别叫祖白玉黛王后生气而恼恨你。去吧,跟她

谈一谈再赶回来好了。'

"我经不起老太婆的怂恿,果然随她进宫,去到王后面前。一见面她便对我说:'我的瞳仁呀!你是朵妮亚的丈夫吗?'

"'不错,我是她的丈夫。'

"'人家说你善良、漂亮而礼貌周全,果然名不虚传;老实说,你本身的特点是远在传说之上的。现在请你唱支歌曲给我听吧。'

"'听明白了,遵命就是。'

"我接过琵琶,弹着唱道:

> 情人的心被爱情纠缠得萎靡疲惫,
>
> 他的身体又受病魔侵袭、蹂躏。

"唱罢,王后对我说:'你的良善、礼貌和歌唱的造诣已经达到至高无上的境地,愿安拉保持你的健康,振奋你的情绪。现在你赶快回去吧,免得朵妮亚回来时不见你而生气。'

"我跪下去吻了地面,然后起身随老太婆回到家中,上床去预备睡觉。可是事出意料之外,我妻已经沐浴归来,正安然睡在床上。她知道我回来,睁眼盯着我,举起双脚,把我踢倒,骂道:'你这个奸诈的家伙!你向我发誓不出去,却中途违约背誓,偷偷摸摸去见祖白玉黛王后。指安拉起誓,要是不怕丑事揭穿,我非把她的宫殿当头捣毁不可。'继而她吩咐仆人:'蒜瓦补!来,杀死这个撒谎的奸诈家伙吧!这种人我们是不需要的。'

"仆人遵从她的命令,从自己衣襟上扯下一块布条,束起我的眼睛,举起宝剑预备杀我。正当危急存亡的时候,府中的婢仆老老少少全都奔到朵妮亚面前,替我说情,哀求道:'小姐,他不了解你的脾气,算不得是严重的罪犯,兼之他没有犯死罪,饶恕他吧。'

"'指安拉起誓,非在他身上留下一些痕迹不可。'于是她吩咐仆人打我。

"仆人们听从她的吩咐,残酷地鞭挞我,把我打得遍体鳞伤。你们所见我身上遗留下来的痕迹,就是当日被鞭挞的结果。之后她吩咐仆人驱逐我。仆人们遵从命令,把我扔出大门。我挣扎着慢吞吞一步一哼地回到自己家中,请医生诊治创伤。在医生的安慰救治下,经过漫长的时日,我才养好创伤。我元气恢复之后,进澡堂沐浴,回到铺中,把所有的货物全都拍卖,然后买下四百婢仆,并花五千金币制备一条彩船,从此自命为哈里发,按照王家的编制设置宰相朝臣,按月发给薪俸,每天夜里轮派二百婢仆陪我乘彩船去底格里斯河中逍遥寻乐。我还下过命令,夜里禁止过渡、游览,违者处死。我过这样的生活,为时已经整整一年。这个期间始终没碰到什么阻挠,也不曾听见一声流言蜚语,一直是顺利的。"

赵赫里叙述完毕,忍不住伤心流泪。哈里发何鲁纳·拉施德听了他的经历和遭遇,知道他的为人和因爱情而感受的忧愁苦闷,不禁产生同情怜悯的心肠,同时也因惊奇而感觉迷惘,喟然叹道:"赞美安拉,他使每件事情离不开因果关系啊。"心中就存下了挽救、提拔他的念头,然后起身告辞,径向王宫归去。

哈里发带领宰相张尔蕃、刀手马师伦回到宫中,脱了商人服装,换上宫服,已是黎明时候,便吩咐宰相:"张尔蕃,去把昨夜我们在他家里的那个青年带来见我。"

"听明白了,遵命就是。"

张尔蕃遵从哈里发的命令,急急忙忙去到青年家中,向他问好,说道:"哈里发何鲁纳·拉施德有话对你说,随我到宫里见他去吧。"

赵赫里随宰相来到宫中,跪在哈里发面前,呼他万岁,祝他荣华富贵、福寿双全,称他为宗教的保护人,吟诗赞道:

　　　　你的门庭一直是人们景仰朝拜的天房①,

　　　　门楣上的灰尘是前人留下的遗痕;

　　　　因此各地的人们高声说:

──────────

　　① 麦加城里的圣寺,为亚伯拉罕所建。

　　　　　"这是莫基时亚伯拉罕立足的地方，

　　　　　你本人就是大圣亚伯拉罕。"

　　听了赵赫里的赞颂，哈里发欣然显出笑容，用慈祥的眼光注视着他，让他在御前坐下，说道："赵赫里，昨夜里发生的事情确实是稀奇古怪的，详细告诉我吧。"

　　"恳求陛下宽恕我，给予安全的保证，免得我胆战心惊，不敢畅所欲言。"

　　"保证你安全无事；说吧，不必忧愁顾虑。"

　　于是赵赫里平心静气，把自己的经历、遭际，从头到尾，详细叙述了一遍。哈里发听了，问道："你可愿意我助你一臂之力，让你们夫妻和好，破镜重圆？"

　　"这是陛下无上的恩赐哩。"他回答着欣然吟道：

　　　　　你该吻他的手指；

　　　　　可它不是手指，

　　　　　而是衣食的钥匙。

　　　　　你该感谢他的恩惠；

　　　　　可它不是恩惠，

　　　　　而是脖子上的珠链。

　　听了赞美诗，哈里发欣然吩咐宰相："张尔蕃，去，把你妹妹朵妮亚带进宫来见我。""听明白了，遵命就是。"张尔蕃应诺着，诚惶诚恐，立刻把朵妮亚带进宫来。于是哈里发指着赵赫里问道："朵妮亚！你认识他吗？"

　　"启禀主上，咱们妇道人家，哪能认识外面的男人呀？"

　　"朵妮亚！他是你的丈夫穆罕默德·阿里·本·赵赫里啊。"哈里发抿着嘴笑了一笑，"情况我们是了解的，事情的始末我们也听说过了，事件的表里全都在我们洞鉴之中；再秘密的事情，终有揭露的时候；俗话说得好：'若要人不知，除非己莫为。'你怎么说呢？"

“主上，过去的事是前生注定了的；现在我诚心忏悔前非，恳求陛下饶恕我。”

哈里发何鲁纳·拉施德哈哈大笑，吩咐把法官、证人请来，主持着替赵赫里和朵妮亚办理复婚手续，另缔婚约，重写婚书，使一对青年的旷夫怨女匹配成双。哈里发并选赵赫里为侍臣；从此赵赫里和他的娇妻朵妮亚，一对恩爱夫妻，相亲相爱，过着美满的幸福生活，直至白发千古。

阿里·艾尔哲明的故事

　　相传哈里发何鲁纳·拉施德执政期间，有一天夜里，他心绪不宁，陷于忧愁苦闷状态，因而召宰相进宫，诉苦道："张尔蕃！今晚我惴惴不安，忧愁苦恼到极点，你想个办法替我消愁解闷吧。"

　　"众穆民的领袖啊！我有个朋友，叫阿里·艾尔哲明。他的见闻很广，记得很多传说，善于讲各种优美动听的故事。听他摆龙门阵，不但可以消愁解闷，而且还能使人有心旷神怡的感受呢。"宰相张尔蕃果然替哈里发想出开心的办法。

　　"那你快给我把他找来吧！"哈里发急于要见阿里。

　　"听明白了，遵命就是。"宰相张尔蕃答应着告退出来，即时找人去请阿里·艾尔哲明。

　　阿里·艾尔哲明应召来到宫中。宰相张尔蕃对他说："哈里发等着你呢，快跟我一起见他去吧。"于是引阿里来到哈里发面前。哈里发让他坐下，说道："阿里呀！今晚我心绪不宁，满腔忧郁。听说你的经验阅历很广，能讲很多故事。现在请你讲个优美动听的故事给我听，借此消愁解闷吧。"

　　"众穆民的领袖啊！讲我亲眼看见的？还是讲我听到的？"阿里征求哈里发的意见。

　　"如果你亲眼见过什么有趣的，那就讲见过的吧。"

　　"听明白了，遵命就是。"阿里按照哈里发的意图，开始讲他亲身经历的故事："有一年我离开故乡巴格达,出去经营生意。身边只带一个童仆供我使唤,并由他携带一个漂亮、别致的行囊,装载旅途中日常需用的什物。行了几天,到达一座城市。我刚开始经营买卖的时候,就遇到一桩意外事件:一个恶霸成性的库尔德人,突然向我进攻,抢掉我的行囊,一口咬定说行囊是他的,里面的什物也是他的。我斗不过他,只好呼吁求救,大声喊道:'穆斯林弟兄们! 大家行行好,把我从这个万恶的暴徒手中救出去吧。'人们闻声赶来了解情况,大家都劝我们不必争执,最好去见法官,请求秉公判断是非曲直。我乐意听取法官裁判,所以和那个库尔德人一同去见法官。我们进了法院,来到法官面前。法官开口问道:'你俩上这儿来起诉吗? 这是怎么一回事呀? 彼此之间有什么争执不下的?'我回道:'我们之间为一个行囊争执不下,所以前来向你申诉,情愿听你公正判断。'法官问道:'你俩谁是原告?'法官刚问谁是原告,那个库尔德人便抢先说:'这是我的行囊,装在囊中的都是我的财物。这个行囊丢了,后来是从此人手中找到的。'他指着我向法官陈述理由。法官问道:'是什么时候丢的?'库尔德人回道:'是昨天丢的。由于遗失这个行囊,气得我昨晚整夜睡不着觉。'法官说:'行囊既是你的,那你说一说吧! 里面到底装的什么东西?'经法官一盘问,那个库尔德人振振有词,如数家珍地说道:'我的行囊中,盛着银质眼药棍两根,眼药一罐,手帕两条,镀金杯两只,烛台两架,帐篷两个,大碟两个,匙子两把,枕头一个,皮毯两床,洗手壶两个,瓷盘一个,铜面盆两个,砂锅一口,瓦罐两个,大杓一把,粗针一颗,干粮袋两个,雌猫一只,母狗两条,托盘一个,绳子两条,袍子一件,皮衣两件,母黄牛一头,小犊两头,山羊一只,公绵羊两只,母绵羊一只,羊羔两只,绿幔子两个,公驼一头,母驼两头,母水牛一头,公黄牛两头,母狮一只,雄狮一只,母熊一只,雄狐两只,靠椅一张,床两张,房屋一幢,包括两个大厅,一道走廊,两间卧室和双门厨房一间。总而言之,有一伙库尔德人可以证明这个行囊是我自己的。'

"法官听库尔德人数说完毕,指着我问道:'喂!你怎么说呢?'那库尔德人的数说,使我感觉迷离。我走到法官面前,说道:'愿安拉提升法官老爷的品级!我这个行囊里面,只盛着破落不堪和缺窗少门的屋舍、住宅各一栋,狗窝一个,孩子读书写字和年轻人玩骰子戏的地方各一块,帐篷一个,麻绳一捆,铁匠炉一个,渔网一张,拐杖一根,木桩一捆,巴士拉、巴格达城各一座,翁顿大帝之子尚多德霸王的宫殿一幢,男女儿童各一群,龟鸨千名。他们都可以证明这行囊是我自己的。'

"那个库尔德人听了我的陈述,唉声叹气,痛哭流涕,强辩道:'法官老爷啊!我这个行囊是很出名的,囊中之物也都是著称的。其中有炮台、堡垒各几座,城市一座,乡镇两个,长枪两杆,白鹤、狮子各一群,牝马、小驹和未阉的雄马各一匹,纯种的骏马两匹,野兽一只,兔子两个,弈棋的人物一群,娼妓一名,龟鸨二名,两性人、瞎子、跛足、牧师、主教、法官各一名,聪明人、眼明人、瘫子、教会执事、僧侣、见证人各二名。这些人足以证明这个行囊的确是我的。'

"法官听了库尔德人的数说,回头问我:'你怎么说呢?阿里。'当时我气愤到极点,向前辩道:'愿安拉保佑法官老爷!我的这个行囊里,盛着锁子甲一件,宽剑一把,武器库一个,善于角触的公绵羊一千只,羊栏一栋,狂吠的家犬一千条,栽种葡萄、无花果、苹果、香草、花卉的果园和花园各一座,图画数幅,雕像数个,玻璃瓶、酒杯一批,美丽的婢女一群,歌咏的妇女一队,为婚礼演奏、歌颂、欢呼的人一群,宽大的区域、场所各数块,和睦的弟兄手足、满面春光的亲戚骨肉、促膝谈心共饮的密友和犯罪而被拘押的囚犯各一批,他们身边刀枪弓箭、鼓笛旌旗俱全。其他男女娃娃、梳妆待嫁的新娘、恭贺婚礼的歌女们也都齐全。还有埃塞俄比亚娘儿五名,印度娘儿三名,麦地那娘儿四名,希腊娘儿二十名,土耳其娘儿五十名,波斯娘儿七十名,库尔德娘儿八十名,格鲁吉亚娘儿九十名。此外还有底格里斯河、幼发拉底河各一条,猎网一张,燧石一块,火镰一个,多柱石的羽勒姆宫一座,流氓、龟鸨一千,马房一所,广场一个,礼拜堂、澡堂各数座,建筑师、木匠各一名,木板一块,钉子一颗,吹箫的黑人一名,官吏、马夫各一人,现款十万元,布帛二十箱,粮食十库。其他如库法城、岸巴尔、岸则突、尔斯革辽尼、白莱海、艾斯摆霍尼等城镇,以及从底睦雅图直到阿斯弯,从洼底奴尔曼直至虎拉萨,从印度直至苏丹这一广阔地带中的城镇乡村都包罗在我的行囊之内;甚至于波斯王艾奴实尔旺和苏里曼大帝的宫殿也都装在里头。愿安拉赏赐我们的法官老爷长命百岁!最后必须说明,行囊内还有内衣外褂数件,非常锋利的剃头刀一千把。如果法官老爷不怕我的报复,不把行囊判为我的主权,这批剃头刀便要刮老爷的胡须。'

"法官听了我和库尔德人的陈述,顿时迷惘、糊涂起来,说道:'据我看来,你二人准是没有信仰的两个恶徒、坏蛋,竟然毫无忌惮地任意嘲弄法官,视法纪如儿戏。显然你二人的申诉、陈述过于荒唐离奇,是前人说所未说,闻所未闻的。指安拉起誓!即使从中国到温姆艾羽辽尼,从波斯到苏丹,从洼底奴尔曼到虎拉萨那么广阔的地带,都摆不下你俩所数的那些物件,何况你俩津津乐道的都是胡诌的无稽之谈,谁都相信不下。难道这个行囊是个无底的海洋,或者是复活日好人坏人全都集合在其中的那个考场吗?否则,它怎么容纳得了你俩数说的那些物件呢?'法官说罢,即时吩咐开囊检查。我遵循命令把行囊一打开,里面只装着一个面饼,一个柠檬,一片乳酪和几个橄榄。从此真相大白,谁都无话可说。我把行囊拿起来,扔在那个库尔德人脚下,然后拔脚就走。"

哈里发何鲁纳·拉施德听了阿里·艾尔哲明讲完他亲身经历的故事,感到非常开心,笑得差一点倒在地上,终于达到消愁解闷的目的,因而从丰赏赐阿里·艾尔哲明,表示感谢,然后尽欢而散。

哈里发何鲁纳·拉施德和
法学大师艾彼·郁稣福的故事

　　相传哈里发何鲁纳·拉施德执政时期,有一天夜里,哈里发何鲁纳·拉施德召宰相张尔蕃进宫,陪他饮酒谈心。他君臣二人越谈越高兴,越喝越起劲,直至彼此喝得醉貌咕咚的时候,便放荡不拘,语无伦次地胡说起来。先是哈里发突然说道:"张尔蕃,听说你买到一个出色的丫头。不瞒你说,那丫头有过人的姿色,我爱她爱得心脏都燃烧起来了,而且长期以来我就存心要把她买到手的。现在你转手把她卖给我吧!"

　　"众穆民的领袖,我可舍不得卖她呀。"张尔蕃说出本心话,断然拒绝哈里发的要求。

　　"你既然不肯卖她,那就把她送给我吧。"

　　"送你我也舍不得呀。"张尔蕃仍然拒绝哈里发的要求。

　　"如果你不把她卖给我,或者不肯把她送给我,那我发誓,我的后妃祖白玉黛就等于被我休过三次了。"哈里发表示决心,非要那个丫头不可。

　　"我若是出卖她,或者把她送给你,那我起誓,我的老婆无异被我休过三次了。"张尔蕃表示更大决心,非保留丫头不可。

　　他君臣二人酒醉吐真言,彼此为一个丫头激烈争执一番,醉眼蒙眬中没有结果。过了一会,他俩逐渐清醒过来,想到酒醉失言,悔不该为一个丫头随便作无意识的争论,更不该拿自己的妻室当儿戏任意赌咒发誓,深知他俩的言行违反了教律,造成了最大的过失,已无挽救的余地,彼此都非同自己的妻室离婚不可了。遇到这样的事情,他俩束手无策,一筹莫展,沮丧、难堪到极点。最后哈里发喟然叹道:"处于这样窘迫、困恼境地,恐怕只有法学大师艾彼·郁稣福能挽救我们了吧!"于是毅然决然地派人去请法学家艾彼·郁稣福。那已经是深更半夜时候了。

钦差奉命来到法学大师艾彼·郁稣福家中,说明来意。艾彼·郁稣福战战兢兢、诚惶诚恐地起而应召,暗自想道:"如果教律方面不出什么岔子,这么晚是不会来找我的。"于是他刻不容缓地赶忙跨上骑骡,准备进宫。临行他吩咐童仆:"牲口恐怕还没吃饱。你把秣囊带在身边!到了宫中,再拿给它继续吃吧。"

"听明白了,遵命就是。"童仆应诺着果然带上马粮袋,然后照拂主人进宫。

到了宫中,艾彼·郁稣福来到哈里发面前。哈里发热情地起身迎接,破格地让艾彼·郁稣福和他并肩坐在自己的床上,说道:"为解决一桩重大事件,所以这时候我们还去请你。"于是把他和张尔蕃醉后失言的经过从头到尾,详细说给艾彼·郁稣福听。最后恳求道:"我们束手无策,处于无奈。请你想办法,给我们解决难题吧。"

"众穆民的领袖,这个问题容易解决得很。"艾彼·郁稣福满有把握地回答哈里发一句,随即回头对宰相说:"张尔蕃,你权且把那个丫头分为两部分!其中一部分转卖给主上,另一部分奉送给他老人家,这不就解决问题而免犯你二位的咒愿了吗?"

哈里发听了艾彼·郁稣福想出的办法,感到高兴、满意。于是哈里发和宰相,君臣二人按照艾彼·郁稣福的建议行事,迎刃解决了困难问题。

哈里发得到张尔蕃的同意,情愿把心爱的丫头半卖半送给他,他一方面心里高兴,一方面急于要把丫头弄到手里,所以他当艾彼·郁稣福的面,吩咐道:"你们快把那个丫头给我接进宫来吧!我太想念她了。"

张尔蕃和其他的人唯命是从,诚惶诚恐地即时把那个丫头迎进宫来。哈里发一见钟情,满意得了不得。于是他对艾彼·郁稣福说:"今夜里我就要同她婚配,结成夫妻,因为我再也没有耐心等她去守那法定的期限了。这该怎么办呢?你给我想办法吧。"

"既然如此,那请陛下把宫中不曾恢复自由的奴隶给我弄一个来吧!"艾彼·郁稣福很有把握地在给哈里发想办法。

哈里发满足艾彼·郁稣福的要求,果然给他找来一个男奴。于是艾彼·郁稣福对哈里发商议:"现在求主上准我把那个丫头暂且配给你的奴隶为妻,一俟办过婚姻手续,再当面叫他休掉她;等他俩离婚之后,陛下今夜宣布娶姑娘为妻,婚姻即算合法。因为经过这番转换手续,即使不让姑娘守满法定期限,而提前娶她为妻,这就算做到合法的婚姻手续了。"

哈里发听了艾彼·郁稣福指出的办法,非常满意,认为这次解决难题的办法,比前一次解决难题的方法更巧妙、灵活,因而对他的为人,表示格外敬仰、钦佩。于是叫丫头和奴隶都到场,当他俩的面对艾彼·郁稣福说:"我同意你把这个丫头配给这个奴隶为妻室,现在你替他俩办理结婚手续吧。"

艾彼·郁稣福遵循哈里发的吩咐,征得奴隶的同意,随即替他俩写婚书、证婚,并举行结婚仪式。一切手续办理完毕,待他俩形式上已然成为一对新婚夫妻之后,艾彼·郁稣福这才按照预定计划,明目张胆地对作为新郎的那个奴隶说:"休掉你的老婆吧!我们赏你一百金的报酬好了。"

"我可不愿意休她。"奴隶断然拒绝艾彼·郁稣福的要求。

为了达到希望目的,艾彼·郁稣福利用金钱怂恿、引诱那个奴隶休妻,继续不断地增加赏银的数目,直增到一千金的重赏,那个奴隶仍然坚决拒绝休妻,并质问艾彼·郁稣福:"休妻这桩事情,该我自作主张啰？还是应由哈里发代办？”

“当然是由你自作主张啰。”艾彼·郁稣福剀切回答奴隶的质问。

“既是这样,指安拉起誓！我是绝对不休妻的。”奴隶表示最大决心。

眼看奴隶的坚定决心和反抗态度,哈里发愤恨到极点,忧心忡忡地嚷道:“艾彼·郁稣福哟！这该怎么办呀？”

“众穆民的领袖,你甭着急！问题简单得很。只消把他送给这个丫头,让丫头做他的主子就成了。”艾彼·郁稣福安慰哈里发,并代他想出另一种办法。

“好的,我情愿把他送给她了。”哈里发听从艾彼·郁稣福的建议,慨然把奴隶送给丫头,让丫头成为奴隶的主子。

“你说！我接受了。”艾彼·郁稣福教丫头回答哈里发,表示同意哈里发的措施。

“我接受了。”丫头果然按照艾彼·郁稣福的意图,把他的话重说一遍,表示接受哈里发的赏赐。

这样一来,艾彼·郁稣福当机立断,当在座之人的面,宣布道:“我以法官职权,处理他俩的婚姻问题。由于男方已经成为女方的奴隶,属于她的主权范围。主奴之间不可能建立婚姻关系,所以他俩的夫妻关系,从此宣告作废。”

哈里发眼看艾彼·郁稣福按部就班、从容不迫地替他解决了困难问题,喜不自胜,一跃跳将起来,说道:“在我执政期间,但愿一般执法的官吏都能像你这样果敢、英明。”于是为了表达感谢、尊敬心情,立刻吩咐侍从拿来几盘金子,一股脑儿地倒给艾彼·郁稣福,问道:“你身边有什么东西可以装载这些金子吗？”

经哈里发一问,艾彼·郁稣福忽然想起喂牲口的秣囊来,便唤童仆拿来那个马粮袋,把金子盛在袋中,然后告辞,满载而归。

次日,法学大师艾彼·郁稣福一觉醒来,回忆昨天夜里宫中发生的事情，觉得自己处理问题切中、得体，对哈里发何鲁纳·拉施德与宰相张尔蕃的风流、慷慨情操，也颇感兴趣，因而洋洋自得，沾沾自喜，并在亲朋面前夸耀说："知识、学问是追求今生与来世的享受最短最好走的一条直径。如果你们不信，只看我才替人解决两三个困难问题，便获得这么多的金钱。"

哈利德·格斯律和自命为偷窃者的故事

相传从前哈利德·本·阿补顿拉·格斯律在巴士拉执政期间，有一天一群庶民扭送一个青年到衙门来告状，求他制裁、惩罚那个青年的罪行。哈利德一看被告，原来是个相貌英俊漂亮、举止活泼伶俐、仪表庄重稳静、衣着干净整齐的年轻小伙子。他询问案情，庶民异口同声地申诉说："这是一个盗窃犯，昨天夜里在我们家中给捉住的。"

哈利德仔细打量一番，眼见那青年文质彬彬的动作和温和善良的面貌，感觉惊奇诧异。继而他吩咐告状的人："你们放松他吧！"并使走他们，然后走到青年面前，亲自打听情况，但出乎意料之外。那青年却当他的面，直认不讳，说道："情况跟他们所说的完全相符，他们都是说实话的人。"

"你生得这么聪明伶俐，干吗要偷盗、行窃呢？"哈利德表现出惋惜、埋怨心情。

"为贪图物质享受我才干这种勾当呢，这也是命运注定了的。"青年满不在乎地承认自己的过失。

"这样一来，未免太使你母亲绝望了。你的相貌英俊漂亮，性情聪明伶俐，举止文雅庄重，难道你一身具备的这些优越、特殊条件，还不能阻止你干坏事吗？"

"大人不必再提这些，请按法律行事吧！这是我自作孽应得的处分。反正安拉大公无私,他是不会亏枉奴婢的。"

听了青年坚决的对答,哈利德无话可说。他静默下来,沉思默想一会,然后再走到青年面前,和颜悦色地启发他说:"在那般见证人面前,你直言不讳,公然承认盗窃行为,这使我觉得非常惊奇、诧异。我可不认为你是窃贼。撇开盗窃案件,也许个中另有别的情况也说不定。你从实告诉我吧!"

"大人不必疑虑! 除了我所招认的罪行之外,我可没有别的理由解释、推卸我自己的罪责。总而言之,是我闯进人家屋里去偷东西,叫人家连人带赃抓住,这才被送进衙门来受处罚的。"

哈利德对于援救、解脱青年的罪责濒于绝望,最后不得不按法律行事,吩咐把他暂且监禁起来,以便判给应得的罪罚,同时派人到巴士拉城中晓谕老百姓,宣布明天依法割窃贼之手示众的消息。青年被送进监狱,戴上镣铐,眼睁睁坐着等待处分。这时候,他痛定思痛,如大梦初醒,忍不住长吁短叹,悲哀哭泣,凄然吟道:

> 我拒绝说出我和她之间的真实情节,
> 哈利德便以割手向我施加压力、威胁。
> 我叹道:"要我泄漏我们的恋爱秘密,
> 　　这是谈何容易的事情?"
> 根据我的口供割去我的两手之一,
> 这比吐露真情而影响她的名誉倒是一桩容易忍受的事情。

那青年在狱中的悲叹、呻吟,叫狱吏清清楚楚地听在耳里,便悄悄地向上司报告实情。哈利德得到这一线索,深夜里吩咐狱吏带青年去见他,亲切地跟他交谈,见他还是那个聪明伶俐、天真活泼、彬彬有礼的模样,因而对他的印象更好,招待他吃喝,陪他谈话,最后嘱咐他:"我知道你和盗窃案无关,可是个中必然另有缘故。明天法官前来当众审判时,你应该否认偷窃行为,据理力争辩护,讲明你不该受割手处分的理由。须知穆圣教训我们说:'嫌疑犯必须避免刑事处分。'这是应该严格遵循的。"哈利德嘱咐毕,命狱吏仍把青年带往狱中。

次日,巴士拉城中因审理盗窃案,曾经轰动一时,男妇老幼相率去看热闹。哈利德率领城中绅耆,亲自出庭监审。到了时候,一切准备妥帖,法官命令提犯人出庭。于是那个青年犯人,身在缧绁之中,戴着脚镣,被狱吏押解着,颠颠簸簸、蹒蹒跚跚地经过人丛,来到审判堂前。当时人们眼看他的处境,谁都可怜他,都洒下一掬同情的眼泪,尤其一般妇女,恸哭失声,大为伤感。

法官制止观众哭泣,宣布审判开始,对青年犯人说:"这家人控告你,说你闯进他们家中,偷窃他们的财帛。也许你所偷的东西,其数值恐怕还达不到该处割刑的法定限度吧。"

"不然,"青年断然回答法官,"其实我偷的东西,其数值已经超过法定的限度了。"

"也许那些财帛,其中有你自己的一份吧。"法官进一步启发他。

"不,所有的财帛全是他们的,当中没有我的面份。"青年剀切承认自己的罪过。

哈利德听了青年的口供,非常生气,即时站了起来,走到青年面前,举起手中的鞭子,在他脸上打了一鞭,喟然吟道:

> 人们只盼望自己的理想成为事实,
> 安拉可是一定要按照他的规定行事。

于是他吩咐法官根据法律给犯人应得的处分,并叫刽子手前来执法。

刽子手奉命来到青年犯人面前,抽出屠刀,拉着犯人的手,把刀口放在他的手腕上,摆好姿势,正准备使劲割手的一刹那,妇女群中,一个女郎突然挤了出来。她身穿一套破旧肮脏衣服,面容苍白,显得格外悲惨凄凉。她边呼吁求救,边奔至青年犯人面前,倒身偎依着他。眼看这种情景,观众激于义愤,顿时喧阗、骚乱起来,仿佛眼前将发生一场猛烈而不可收拾的争吵、骚动似的。这当儿,那女郎大声疾呼,哀求道:"大人啊,看安拉的情面,我求你暂别割他的手! 恳求你先读这张字条,等弄清是非曲直,然后再执法吧!"于是她把手中的字条递给哈利德。哈利德接过字条,打开一看,见上面写道:

> 报告哈利德大人知悉:
> 这是忠于爱情的一个痴情青年,
> 被我眼睑中的箭矢射中他的心灵。
> 我的眼睛向他射出一支利箭,
> 害得他患下无药治疗的相思病。
> 他供认自身不曾犯过的一件违法行为,
> 似乎这样做比让情侣蒙受耻辱更为得计。
> 由于他为人善良、慈祥成性,
> 所以甘心伪装为窃贼。
> 因此我恳求大人暂别忙给他判刑。

哈利德读罢女郎给他的字条,立刻退了下去,并将女郎唤到面前,背地里向她打听个中真情。女郎果然向他吐露真实情形。原来那个青年和女郎彼此看中对方,所以谈情说爱,进入热恋的过程。昨天夜里,他要和女郎幽会,所以悄悄地去到她家里,扔了一个石子在她房前,作为暗号,让她知道他的行径。不想石子落地的响声叫女郎的父兄听见,便起床察看。青年眼看出了岔子,临机应变,立刻把屋中的衣物、布帛,尽可能地收集在自己手里,伪装为窃贼,借此掩盖他和女郎的爱情关系,以期保全她的名誉。

女郎向哈利德叙述青年与她之间的恋爱原委,接着说道:"我父亲和哥哥们出房门来,一眼看见那种情景,便捉住他,口口声声说他是扒手,把他送进衙门,交给大人治罪。他直言不讳,居然招供自己是窃贼。他坚持承认犯罪行为,始终不改口,其目的只为保护我的名节,不叫我在人前丢脸、出丑。他为我宁可背上一个贼名,这种舍己为人的大无畏牺牲精神,充分说明他的性格是最善良最慈祥不过的。"

哈利德听了女郎的叙述,喟然叹道:"像他这样的人,我们应当替他奔走斡旋,促成他的婚姻大事。"于是他迫不及待,立刻把青年叫到面前,亲切地吻他的额角,同时还请来女郎的父亲,自告奋勇地负起媒妁职责,向他说道:"老人家,我们曾经决定按法律行事,割掉这个青年的手,可是他已经得到伟大的安拉护佑,因此必须另行妥善判决。现在为了保全你父女二人的权利和名誉,我情愿代他拿出一万元的罚金,替他赎罪。同时因为令嫒对我吐露真情,所以我给她一万块赏银。最后我征求你的同意,让我做主,把你的女儿嫁给这个青年为妻,以便他俩达到恋爱目的,成为一对恩爱的终身伴侣。"

"我完全同意大人的建议,毫无怨言。"老头慨然答应哈利德的要求。

哈利德的希望理想一旦实现,非常欢喜快慰,情不自禁地赞美安拉一番,随即当面办理缔婚手续,对青年说:"我征得姑娘本人和她父亲的同意,由我为媒作主,把她字你为妻,并代你出一万块钱作为聘金。这头亲事,你是否同意?"

"敬谢大人的好意,在大人主持下,我完全同意缔结这门亲事。"青年欣然接受哈利德的关怀、赐予,并表示衷心感谢。

婚约缔结得非常顺利。之后,哈利德即时吩咐侍从拿一万元当聘金装在盘中,送往女家,作为备办妆奁之用。同时他在大庭广众中,向前来看执法割手示众的男妇老幼,当面宣布那个自命为窃贼的青年,同前来法庭呼吁求情的姑娘,彼此缔结婚约,并即将举行婚典的好消息。观众听了喜信,知道青年得救,并因祸得福的好结局,一下子转忧为喜,破涕为笑。他们先前非常紧张、沉重的心情,顿时变得轻松愉快起来,大家这才如释重负地相率归去。

宰相张尔蕃和蚕豆小贩的故事

相传从前哈里发何鲁纳·拉施德执政期间,一怒之下,处决了他的宰相张尔蕃,跟着颁布一道命令:凡是胆敢前去追悼、凭吊死者的人,同样通通处以绞刑。人们慑于哈里发的权力,都销声匿迹,噤若寒蝉,谁都不敢作声,更不敢表露同情、悲哀情绪。说来事属巧遇。正当那个恐怖、紧张时期,一个远居乡间的、和张尔蕃颇有交情的乡下人,带着他准备妥帖的一首口头赞美诗,按照每年进城一次的习惯,欣然来到巴格达,以便当面歌颂张尔蕃,并照例接受张尔蕃赏赐的一千金,然后带往乡下,作为一家大小全年生活的开支、费用。可是事实竟然出人意料之外。当那乡下人来到京城的时候,才听到张尔蕃罹难被绞死的噩耗。他万感交集,大失所望,不顾一切,冒着生命危险,直奔赴刑场,把骆驼拴起来,然后从容追悼故人张尔蕃,边伤心落泪,边吟诵那首口头赞美诗,歌颂死者。他越哭越伤心,越想越气愤。由于感伤过度,几次晕倒。

当天夜里,他一直待在刑场,埋头追念故人,时而长吁短叹,时而痛哭流涕。至深更半夜,他已筋疲力竭,困顿不堪,不知不觉间,蒙眬进入睡乡。在梦兆中,他看见故人张尔蕃隐约出现在他面前,笑容可掬,怅然说道:"你不辞跋涉、辛苦,远道前来京城看我。然而事与愿违,你所得到的,却是摆在你眼前的这样一个凄惨结局。事情既已到了这步田地,徒悲伤对活人与死者都没好处。如今只希望你去巴士

473

拉走一趟,拜访一下我认识的一位出色的生意人。见面时你喊着我的姓名,向他致意、问好,并告诉他,以蚕豆为标记,我嘱咐他拿一千金接济你。"

乡下人从梦中醒来,想着梦中的见闻,老是觉得惊奇诧异。他将信将疑,犹豫不决。最后终于决心作巴士拉之行。他不辞跋涉,离开巴格达,直往巴士拉,根据梦中张尔蕃的指示,找到了张尔蕃的商人朋友。见面寒暄之后,他把张尔蕃罹难和梦中的嘱托从头叙述了一遍。

商人听了噩耗,知道故人张尔蕃的死难,痛哭流涕,气得死去活来,差一点身死气绝。之后,商人看故人张尔蕃的情面,留乡下人为客,当上宾殷勤招待。乡下人在商人家中做客三天,然后告辞回家。商人遵照张尔蕃的嘱咐,慨然送给乡下人一千五百金,说道:"当中的一千金,是受委托而接济你的,其余五百金是我自愿奉送你的。今后,我还准备每年接济你一千金呢。"

乡下人东奔西走,终于在巴士拉获得一千五百金的报酬,觉得不虚此行,非常欢喜,向商人表示衷心感谢。临行,他耿耿如有所思,一再嗫嚅,最后才勉强说:"愿安拉保佑你! 我想知道蚕豆的来历,恳求你告诉我个中的情形吧。"

"提起蚕豆,这当中却有一段辛酸、曲折的经历呢。"商人因话谈起往事来了,"当初我遭时不遇,境遇坏到极点,一贫如洗,穷得要命。为维持生活,我在巴格达城中,沿街叫卖,以贩卖炒蚕豆糊口。有一天,风雨交加,天气非常寒冷。我身上穿的衣服单薄,不足以御寒,冻得浑身发抖,简直无法支持,因而时常跌在泥塘里,弄得全身湿透,污秽不堪,情况非常狼狈、可怜。幸亏我打相府门前经过,叫宰相张尔蕃看见了。他生恻隐之心,可怜我的窘境,便打发一个侍从出来唤我,并带我进相府去。我到了宰相张尔蕃面前,见他跟亲属和妻室在一起。一见面,他便对我说:'把你身边的蚕豆卖给我的亲眷吧!'我听从他的吩咐,拿勺量蚕豆卖给他们。他们争相竞买,每一勺蚕豆,给予一勺金子的代价,一下子我身边的蚕豆都卖光了。这时候,宰相张尔蕃问我:'你身边还有剩余的蚕豆吗?''不知道。'我随口回答一句,然后拿起箩筐一看,见箩中只剩下一粒。我把那粒蚕豆递给张尔蕃。他接过去,掰为两半,递一半给他的夫人,问道:'你愿出多少钱买下这半蚕豆?'夫人回道:'愿以此豆等量的两倍金子买它。'我听了他俩的谈话,顿时发起愣来,暗自说:'这是不可能的事呀!'可是那位夫人说话算数,果然吩咐丫头拿来两倍大的金子,当面买下那半蚕豆。接着张尔蕃说道:'我也愿以等量的两倍金子买我手中这半蚕豆。'于是吩咐侍从拿来金子,递给我说:'收下你的蚕豆钱吧!'同时他还吩咐侍从替我收集卖蚕豆应得的金子,放在箩筐里,然后送我走出相府。

　　"从那回以后,我把卖蚕豆给宰相张尔蕃夫妇和他的亲属所得的金子,作为本钱,迁到巴士拉来,经营生意买卖。幸蒙安拉恩赏、眷顾,生意一天比一天兴旺、发达,所以才有今天这个局面。推本溯源,这一切的恩惠,都是宰相张尔蕃赏赐的。今后我从张尔蕃给予的恩惠中,每年接济你一千金,这对我来说,是毫不困难的。总而言之,我们饮水思源,可以概见张尔蕃生前、死后,他的为人该是多么仁慈、慷慨啊!"

哈里发何鲁纳·拉施德和懒汉的故事

有一天,哈里发何鲁纳·拉施德坐在宝座上处理国家大事,突然一个小太监捧着一顶镶满各式各样名贵珍珠宝石的赤金王冠,来到御前跪下,吻了地面,奏道:"启禀主上,祖白玉黛王后向主上致意。她说主上已经知道她做这顶王冠,需要一颗顶大的宝石镶在冠顶之上,曾经找遍了她自己的库藏,却没有找到一颗合意的,因此求主上给她想个办法。"

为了满足王后的要求,哈里发吩咐侍从:"去吧,快去物色一颗硕大的宝石,拿来满足王后的要求。"侍从诚惶诚恐,按照王后的要求前去寻找,可是翻遍了整个库藏,却始终找不到合适的,不得已,只好把实情禀告哈里发。哈里发听了郁结于衷,闷闷不乐,自言自语地叹道:"连一颗硕大的宝石都没有,我怎么还配做哈里发?怎么还能号称万王之王呢?你们这些该死的家伙!赶快到市中向宝石商人物色吧。"

侍从们奉了使命,诚惶诚恐地去市上购买,听商人们说:"我们主上需要的宝石,只能从巴士拉的一个叫艾博·穆罕默德·克斯辽尼①那儿可以找到。"因此他们赶快回宫,报告消息。哈里发听了,吩咐宰相张尔蕃写信给巴士拉的执政官穆罕默德·祖贝德,命他送艾

---

① 克斯辽尼,懒汉。

博·穆罕默德·克斯辽尼晋京谒见主上。

宰相张尔蕃遵从命令,照哈里发的意旨写了一封信,打发马师伦前去送信。马师伦带着书信,星夜赶到巴士拉,求见执政官穆罕默德·祖贝德,呈上书信。祖贝德见到马师伦非常高兴,百般尊敬他,毕恭毕敬地读了圣谕,说道:"听明白了,遵命就是。"于是吩咐随从带马师伦去见艾博·穆罕默德·克斯辽尼。

马师伦和祖贝德的随从一起来到克斯辽尼门前,一敲门,里面应声出来一个仆人。马师伦对他说:"告诉你们主人,哈里发召他晋见,有话对他说。"仆人进去报告;主人听了消息,匆匆跑到门口,见哈里发的护卫和祖贝德的随从站在门前,赶忙跪下去吻了地面,说道:"听明白了,遵命就是。请里面坐吧。"

"我们不能坐了,必须赶快晋见,因为哈里发等着你呢。"

"务请各位稍微忍耐一时,待我收拾准备行李。"

克斯辽尼再三恳求,费了许多唇舌,他们才一起进屋去。只见走廊中挂着绿缎子的金线绣花帷幕,排场非常豪华。克斯辽尼吩咐仆人招待客人去自备的澡堂里沐浴。到了澡堂中,举目一望,墙壁和名贵的云石上嵌着金银,水中混着蔷薇水;仆人们殷勤侍奉;浴毕每人给一套绣金衣服穿戴起来,这才请进客厅。克斯辽尼头上戴着镶珠宝金玉的头巾,坐在厅中等候;厅里的陈设全是丝绸细软,桌椅和摆设上都嵌镶着金银、珍珠、宝石,富丽堂皇,光彩夺目。主人让马师伦坐在自己身旁,吩咐摆出丰盛的筵席,杯盘碗盏全是磁器镶金,盛着各式各样丰富可口的山珍海味。马师伦眼看这种稀罕的饮食,暗自叹道:"哟!指安拉起誓,像这样的筵席,在哈里发宫中,我是从来没见过的。"于是宾主觥筹交错,开怀畅饮,直到夜里,酒酣饭饱,每人送给五千金的礼银之后,才尽欢而散。

次日,克斯辽尼又送给他们每人一套绣金蓝袍,当上宾厚礼款待。马师伦催他应召,起程晋京,说道:"慑于哈里发的威权,我们不可能再耽搁了。""我的主人,"克斯辽尼说,"务请阁下再忍耐一时,等明天我准备妥帖，就可以起程随你晋京了。"

次日，一切准备妥当，克斯辽尼跨上仆人给他预备的骑骡，配着嵌珠宝玉石的金鞍银辔，洋洋得意地随马师伦出发。马师伦眼看他那豪华排场，私下想："瞧，他以这样的派头出现在宫中，哈里发能不追问他富豪的原因吗？"

他们辞别祖贝德，率领仆从，离开巴士拉，踏上旅程，向前迈进，继续不断地跋涉。到了巴格达，克斯辽尼在马师伦的陪同下，进宫谒见哈里发，遵命坐在御前，毕恭毕敬地和哈里发对谈。他说道："启禀主上，我随身带来薄礼，愿以臣仆身份献给陛下，不知可否呈献上来？"

"随你便吧，这不碍事。"

克斯辽尼得到允许，吩咐仆人抬来一个箱子，当哈里发的面打开，取出珍贵的古玩，其中有株金树，金质的枝干，翡翠的绿叶，各色珍珠宝石的果子，形态异常美观别致。继而他吩咐仆人抬来第二个箱子，取出一个绸缎帐篷，上面镶满各种名贵的珍珠、宝石，绣着各种飞禽走兽，非常富丽堂皇。哈里发眼看这种稀罕名贵的礼物，喜笑颜开，非常高兴。"主上，"克斯辽尼说，"陛下别以为我把这些礼物奉献陛下是有什么顾虑，或者别有什么企图；其实是鉴于我自己是一个普通人，而这样的物件只适于帝王享受的缘故罢了。如果陛下允许，我还可以在御前表现自己的一技之长呢。"

"你想怎么办就怎么办吧；让我看看你的特长也好。"

"听明白了，遵命就是。"

克斯辽尼鼓起嘴巴，努动上下唇，举手一招，宫墙上的雉堞便慢慢走到他面前；继而他举手一挥，雉堞便回到原地。之后，他眨眨眼，面前便出现一幢门窗洞开的宫殿；他一开口说话，宫内便有雀鸟和他对谈。哈里发眼看这种情景，感到十分惊奇，问道："你这种本领是从哪儿学来的？人们只知道你叫懒汉艾博·穆罕默德，却不知道你有这样惊人的本领。据说你父亲是在澡堂中做放血手艺的，并没有留给你什么产业,可是你怎么富有到这个地步呢?"

"陛下请听我说吧!我的故事奇怪着呢,要是记录下来,可以对后人起警诫作用呢。"

"好的,克斯辽尼,从头讲给我听吧。"

"主上请听:愿陛下荣华富贵,万寿无疆!人们说我是懒汉,先父不曾留下一些财产给我,这都是事实。因为先父本来没有做过大事,他一生不过在澡堂中替人放血罢了。我幼年时代,真算得是天下第一懒人。我懒到骇人听闻的程度,甚至有时睡在烈日下,被晒得汗流满面,也懒得移到荫凉地方去躲避。在那样的情况下,我混混沌沌虚度了十五个寒暑;到先父去世时,不曾留下一些产业,家景萧条,全靠我母亲一个人在外面做佣工维持生活,我自己却懒洋洋地躺着不动。

"有一天我母亲拿着五个银币,到床前对我说:'儿啊,听说艾博·木钻斐尔长者要上中国去经营生意;这位老人家是好人,向来同情、怜悯一般孤苦无告的穷苦人。儿啊,这儿有五个银币,你快起来,咱母子两人去见他,求他给你买五块钱的中国货带回来,凭着安拉的恩赏,也许咱们能赚几个钱糊口。'当时我不听母亲的话,懒得动身;我母亲生气,发誓说,要是我不起来随她去,她就不再管我的吃喝,一辈子不见我,让我活活地饿死。

"听了母亲的誓言,我知道她这样生我的气,是因为我太懒惰的缘故,于是哭丧着脸说:'娘!扶一扶我吧。'她果然扶我起来;我说:'给我拿鞋子来吧。'她果然拿来鞋子;我说:'替我穿在脚上吧。'她果然把鞋子套在我脚上;我说:'抱我下床吧。'她果然把我抱下床;我说:'搀着我吧。'于是她搀着我慢吞吞一步一跌地去到海滨,向老人家打个招呼,问道:'你老人家是艾博·木钻斐尔吗?'

"'不错;你有什么话说?'

"'这儿有五个银币,烦劳您老人家给我买几样中国货带回来,也许沾您老人家的光,我们可以赚几个钱糊口。'

"你们认识这个青年小伙子吗?'艾博·木钻斐尔问同伴们。

"'是啊,他叫艾博·穆罕默德·克斯辽尼,可是我们从来没见他出过门,今天算是例外了。'

"'凭着安拉的恩典,孩子,把钱给我吧。'于是他说了一声'凭着安拉的名义',收下五个银币,从此分手;我陪老娘回家,他和伙伴们同舟漂洋而去。

"艾博·木钻斐尔和他的同伴继续不断地在海洋中航行,一直到了中国境内,卖掉带去的货物,购了当地的特产,和同伴们办了各种应办的手续,然后起程回国。在海洋中航行了三天之后,艾博·木钻斐尔蓦然对同伴们说:'赶快把船停下吧。'

"'你还有什么事要做?'同伴们问他。

"'你们要知道,我把艾博·穆罕默德·克斯辽尼托我的事情给忘记了,让我们转回去替他买几件对他有利的中国货吧。'

"'指安拉起誓,求你别叫我们再往返吧;我们已经赶了三天路程,这期间吃的苦头已经不少了。'

"'我的使命未曾完成,不转回去怎么成呢?'

"'别叫我们转回去,从我们头上抽比五个银币多几倍的一笔利钱给他好了。'

"艾博·木钻斐尔依从伙伴们的建议,大家为他而慷慨解囊,捐献出一笔巨款,于是向回家的途中继续航行。在归途中,经过一个岛屿,岛上人烟稠密;他们便停泊登陆,收买矿石、珍珠、宝贝和其他的土特产。当时一个本地人身边带着一群猴子,其中有个脱了毛的,经常受到同类的欺侮。主人稍不注意,它们便群起而攻之,有时把它摔在主人身上,主人生气,少不了又打它一顿,把它捆绑起来,不准它活动,情况非常可怜。艾博·木钻斐尔眼看这种可怜情景,不禁发生恻隐心肠,对它的主人说:'这只猴子可不可以卖给我?'

"'你要买,我可以卖给你。'

"'我身边带着一个孤儿的五个银币,你愿意把猴子以五个银币

的代价卖给他吗？'

"'卖了，愿安拉因它而使你吉利。'

"艾博·木钻斐尔兑了钱，把猴子交给仆人，拴在船中，于是张帆启碇，向前航行。路经一个小岛，他们又停泊登陆。商人们纷纷出钱雇当地土人潜到海底打捞珍珠和其他名贵的海产。当时猴子看了潜水者的情景，解掉脖子上的绳索，跃入水中，随捞珠的人潜到海底。艾博·木钻斐尔见猴子跳到海中，喟然叹道：'毫无办法，只望伟大的安拉挽救了。由于那个可怜虫的劫运，我替他买的一只猴子也中途丢失了！'

"商人们同声叹息，大失所望，一个个都为失掉猴子而替艾博·木钻斐尔感觉难过。这时候，潜水捞珠的人一批一批陆续回到海面，那只猴子也随着他们一起钻出水面；它手中满握着最名贵的珍珠，走到艾博·木钻斐尔面前，抛下珍珠。艾博·木钻斐尔感到惊奇，说道：'这只猴子有着不可思议的大作用呢。'

"商人们带着珠宝，张帆起航，向归途中进行。路经一个叫祖努基的岛屿，上面住着野人，好吃人肉。船刚拢岸，就被野人包围，商人们全都被俘，当天给野人杀食了一部分，其余的拘留着慢慢杀食。他们感到忧愁、恐怖，大家面面相觑，认为没有活命的希望了。可是到了夜里，那只猴子走到艾博·木钻斐尔面前，替他解了绳子。其余的人见他恢复自由，齐声说道：'艾博·木钻斐尔，也许安拉是借你的手拯救我们吧！'

"'你们各位要知道，凭着安拉的意愿，我之所以得救，全是这只猴子的力量，现在我决心捐给它一千金币呢。'

"'我们要是平安脱险，每人也愿意捐给它一千金币。'

"猴子似乎懂得人性，立刻过来，一个一个顺序解了商人们的绳索。他们恢复了自由，悄悄地逃到海滨，见船安然停在岸边，丝毫没受损坏，便急急忙忙上船，迅速张帆，开航逃跑。到了安全地带，艾博·木钻斐尔对商人们说：'诸位！大伙实践诺言，把认捐给猴子的

钱拿出来吧。'

"'听明白了,遵命就是。'

"于是大家把认捐的钱,每人交出一千金币,一时替猴子捐了一笔巨款,由艾博·木钻斐尔代为保管。商船在归途中继续不断地航行,最后平安回到巴士拉。商人们和家属、亲朋见面言欢。艾博·木钻斐尔刚登陆便问道:'艾博·穆罕默德·克斯辽尼在哪儿?'

"消息传到我母亲耳里,她跑到床前对我说:'儿啊,艾博·木钻斐尔已经回来了!快起来去见他,向他致意,问他给你捎来什么;也许安拉会给你什么东西把你提拔起来呢。''娘,'我说,'抱我下床,搀我出门,让我往海滨看他去。'

"我一拖一沓,慢吞吞懒洋洋地去到海滨,走到艾博·木钻斐尔面前。他一见我便说:'欢迎你,我的孩子!凭着安拉的意愿,你的钱不仅救了我的性命,而且成为商人们脱险的原因呢。'他接着说:'这只猴子,是我替你买来的,你先带它回去。缓一步我上你家来,有话对你说。'

"我带猴子回家,边走边想:'指安拉起誓,这是了不起的商品哩!'到了家中,我对母亲说:'娘!我好生睡着大觉,你却催我起来去做买卖;现在请你看看这批货物吧。'于是我大失所望,无精打采地待在家里。一会儿,艾博·木钻斐尔的仆人一哄闯到我家里,问道:'你是艾博·穆罕默德·克斯辽尼吗?''不错,我就是克斯辽尼。'我说。这时候,艾博·木钻斐尔老人家已在他们后面出现。我忙起身迎接,吻他的手。他对我说:'来,到我家里去吧。'

"'听明白了,遵命就是。'我应诺着随他去到他家里。他吩咐仆人拿出许多金钱,指着对我说:'孩子,安拉解救你了;这是由你那五个银币赚来的利润。'于是他把钱盛在箱中锁起来,把钥匙递给我,吩咐仆人抬起箱子,然后对我说:'这些钱都是你的,你在前引路,把它带回去吧。'

"我听从艾博·木钻斐尔的吩咐,领仆人把钱带到家中。我母亲看见那么多金钱,喜笑颜开,非常高兴,说道:'儿啊,安拉凭这么多金钱救拔了你,从此你别再懒惰,提起精神,预备上市场去做生意买卖吧。'

"我听从母亲的指示,振作起来,革除懒惰习气,在市中开了一间铺子,从事经商。那只猴子一直陪随着我,起居饮食都和我在一起。不过它每天清晨照例要出去一趟,耽搁到正午归来,每次总要带来一个盛着一千金币的钱袋,规规矩矩地放在我面前,然后陪我坐在铺中经营生意。这种情况一直继续下来,过了很长的时日,因此我的钱财越积越多,竟然成了富翁。于是我广置房屋、田产,买了婢仆车马,过舒适快乐的享福生活。

"事出意料之外,有一天我和猴子照例坐在铺中经营生意,它突然抬头东张西望,显出反常的神情,情况非常古怪,令人莫名其妙。我私下想道:'发生什么意外了?'我正在疑虑不定的时候,猴子突然说起话来,喊道:'艾博·穆罕默德!'我听了顿时吓得心惊胆战,怕得要命。它接着对我说:'我告诉你真实情况,你别害怕。你要知道,我是一个神仙,因为你的景况太坏,我才来帮助你的。现在你已经成为富翁,你手中的钱财,多得连你自己也不清楚。现在我有一桩事请求你,要是你答应我,这对你同样有好处呢。'

"'需要我帮你做什么?告诉我吧。'

"'我打算把一个月儿般美丽的女郎匹配给你为妻。'

"'怎么会是这样?告诉我吧,到底是怎么一回事?'

"'明天你穿起最华丽的衣服,骑着金鞍银辔的骡子,往粮食市中打听佘律辅,进他铺中去和他坐谈,对他说:"我希望和令嫒结为夫妻,因此前来求婚。"如果他说你穷,或嫌你无地位,门第不高,你就送他一千金。他要是嫌少,你可以再增加,拿钱打动他。'

"'听清楚了,你说得对;若是安拉意愿,明天我一定前去进行。'

"次日,我穿起华丽衣服,跨上金鞍银辔的骑骡,带领十个仆人,到粮食市中,找到佘律辅的铺子。我见他坐在铺中,便下马向前问

候,坐下和他闲谈。当时他对我说:'你到这儿来,也许有什么事需要我们帮忙吧。'

"'不错,我有事请求你。'

"'什么事情?'

"'我希望和令嫒结为夫妻,因此前来向你求婚。'

"'你没有钱,没有名望,门第又不高,怎么能和我的女儿结婚呢?'

"我从腰里掏出一个盛着一千金的钱袋,双手奉送给他,说道:'给你,拿去用去。这就算是我的名望和门第吧。古人说得好:

> 谁的手里捏着两个银币,
> 他的舌头便教他花言巧语、信口胡言,
> 亲朋也甘听他弄舌鼓唇,
> 视他为出类拔萃。
> 若非金钱替他点缀、粉饰,
> 其褴褛、窘蹙一定会在人前原形毕露。
> 因为富人即使胡言乱语,
> 也能令人钦佩、阿谀,
> 认为是金科玉律。
> 穷人忠心耿耿的金玉良言,
> 却遭人们抹煞、鄙夷,
> 被诬为无稽、妄语。
> 时无上下古今,
> 地无东西南北,
> 所有的金钱、财富,
> 一直给人披上威严、美丽的衣服,
> 既做了诡辩派的舌头,
> 又充当杀人放火者的武器。'

"我诵了古人的诗句，佘律辅听了，低头考虑一会，继而抬头对我说：'你如果一定要和我的女儿结婚，我还得向你索取三千金币。'

　　"'听明白了，遵命就是。'我满口应允，打发仆人回家取来三千金币，双手奉送给他。金钱到手之后，他一骨碌爬起来，吩咐仆人关锁铺门，邀约几个朋友，带我们去到家中，当面缔结婚约，写下婚书，对我说：'十天后给你们办婚礼好了。'

　　"我兴高采烈、欢欣鼓舞地回到自己家里，背着家人，悄悄地和猴子叙谈，告诉它求婚的经过。当时它称赞说：'你做得好！'后来到了临近结婚的日子，猴子对我说：'我有一桩事请求你；你若是替我做了，那么什么事情我都依从你。'

　　"'什么事？你说吧。'

　　"'在新娘子的洞房门前有一间贮藏室，门上的铜环下面有一把钥匙；你取下钥匙，开门进去，里面有个铁箱，四角插着画有符咒的旗帜，箱中有个盛满金钱的托盘，周围有十一条小蛇，盘中还有只绑着脚的白冠雄鸡，旁边摆着一把刀子；你拿起刀子，宰掉雄鸡，割破旗帜，再翻倒铁箱。这便是我请求你替我做的事情。'

　　"'听明白了，遵命就是。'我满口应诺，随即去到佘律辅家中，先看清猴子告诉我的那间贮藏室，继而和新娘见面，对她如花似玉、标致漂亮的容貌感到十分惊讶；她的窈窕、美貌不是言语可以形容的，因此我感到十分欢喜、满意。

　　"当天半夜里，新娘睡熟了。我悄悄起来，蹑手蹑脚地取下钥匙，开了贮藏室，宰了雄鸡，割破旗帜，掀翻铁箱，完成了猴子托付我做的事情。可是就在这个时候，新娘惊醒过来，发现贮藏室洞开，雄鸡被宰，失声叹道：'毫无办法，只盼伟大的安拉拯救了；从此我要被妖怪攫夺了。'

　　"新娘刚说罢，整个屋子就被妖怪包围起来，在一片混乱嘈杂声中，新娘被攫走了。接着佘律辅批着自己的面颊出现在我面前，说道：'艾博·穆罕默德！你干的什么好事？难道这就是你给我们的报酬吗？为了保护我的女儿不被鬼怪攫夺，我才在贮藏室中设置这道符咒。那个该死的妖怪六年前就千方设法，要抢夺我的女儿，可是有符咒保护，没有成功。现在一切都完了！我们家里没有你立足的余地，你快滚蛋吧。'

"我从佘律辅家里出来，垂头丧气地回到自己家中，不见了猴子。我找遍各处，却始终不见它的踪影，我才恍然大悟，知道它就是抢夺我妻的妖怪；知道我自己中了它的诡计，亲手杀死雄鸡，毁掉旗帜，替它清除夺取女郎的障碍。我懊丧到极点，气得昏头昏脑，撕破衣服，批着面颊，坐立不定，没有容身的地方。后来我离开家，去到荒郊野外，茫无目地从早走到日偏，不知该归落到什么地方。我正在糊里糊涂，走投无路的时候，眼前忽然出现两条搏斗的蟒蛇，一褐一白；我随手拾起一个石头，掷了过去，打死了凶暴的褐蛇；白蛇得救，脱身而逃。

"过了一会，那条白蛇又出现在我眼前，并且带来十条白蛇。它们围着死了的褐蛇，一起行动起来，把褐蛇碎尸万段，除了一个头颅之外，全都消灭，这才洋洋得意，胜利归去。我眼看这种情景，感到十分惊诧；兼之疲劳不堪，支持不住，便倒在地上，躺着考虑自己的出路。这时候突然远方传来一种声音，吟道：

> 扔下命运的缰绳，
> 让它无拘无束地自由漫行。
> 清夜里你敞开胸怀，
> 平静地埋头安眠，
> 不必思前顾后。
> 因为转瞬间或一觉惊醒，
> 安拉会把乾坤转变。

"听了吟诵之声，我心中越发疑虑，惴惴不安，正在百思不解的时候，忽然后面又传来一种声音，吟道：

穆斯林呀!

《古兰经》给你带来保证,

是你的指路人,

你应当因它而欢欣、快慰。

神鬼的诱惑和欺骗并不足惧,

因为我们属于人类,

伊斯兰教是我们严正的信念。

"听了吟诵的声音,我不由自主地说道:'行吟的人呀,指你的主宰起誓,告诉我吧,你是谁?'我问罢,那声音霎时变成人形,出现在我面前,说道:'你别害怕,我们是善良之神,曾经受过你的恩惠。如果你有什么需求,只管告诉我们,我们愿意效劳,能使你达到希望目的。'

"'我身遭莫大的灾难,因此我的需求大着呢!世间哪有像我这样遭时不遇的人呀?'

"'也许你是艾博·穆罕默德·克斯辽尼吧?'

"'不错,我就是克斯辽尼。'

"'我是那条白蛇的弟兄;你曾经替它除害,杀死它的仇敌。我们是一父一母所生的四个同胞手足。你的恩情,我们是感激不尽的。你要知道,那只欺骗你的猴子,它是一个妖怪,如果不用那样的手段欺骗你,它一定是无法抢夺女郎的;因为多年以来它就企图抢夺她,可是被那道符咒阻挡着,暴行始终未得逞。要是那道符咒不受破坏,它是无法接近她的。不过你别因为这事而急躁、忧虑,为了报答你的恩情,我们会杀掉它的。'

"善神说罢,霹雳似的大喊一声,他的部下便应声出现在他面前。他向他们打听猴子的去向,其中有个回道:'我知道它的住处。'

"'它住在哪儿?'

"'住在太阳照不到的一座铜城里。'

"'艾博·穆罕默德!'善神对我说,'让我部下中的一个背你前去寻找，他会教你夺回女郎的。不过背你的是个妖怪，在前进途中，你可不能开口提念安拉的大名，否则他扔掉你逃跑，会把你活活地摔死呢。'

"'听明白了，遵命就是。'

"于是他的部下中的一个走到我面前，弯下腰，说道：'跨在我背上吧。'我刚跨上去，他便背着我离开大地，飞向高空。我看见山岳一般大的星球，听见天神们不断的赞颂声。他带我飞在空中，观看各种稀奇景象，并作详细解释，还忠告我不可提念安拉的大名。

"正当我们顺利前进的时候，不想中途碰到一个怪人；他身穿绿袍，面孔发光，披着头发，手持火星四溅的武器，蓦然走到我面前，说道：'艾博•穆罕默德，你快念信仰箴言吧，否则，我就用这武器打死你。'由于禁止赞颂安拉，我的心闷得快要爆裂，因此应声念道：'安拉是唯一的主宰，穆罕默德是他的使徒。'

"我刚念了信仰箴言，他就举起武器一击，妖怪立刻被烧成灰烬。我从空中跌下，落到波涛汹涌的海洋中。幸而碰上一只小船，被船中五个水手打捞起来。他们询问我的情况，我不懂他们的语言，不知他们说什么，只是比手势代替语言。之后他们带我航行，张网捕鱼，烤鱼肉给我充饥。我和他们继续在海中航行，最后登陆，带我进城，引我去见他们的国王。我见到国王，跪下去吻了地面。国王懂得阿拉伯语，慨然赏我衣服，说道：'从此我把你作为我的随从好了。'

"'这座城市叫什么名字？'我问国王。

"'这座城市叫胡诺督，是中国的领土。'

"国王吩咐宰相，带我参观城市。据说那座城市的古代居民是邪教徒，因而受了天谴，全都变成石头。我在城中参观，到处都看见树木和果子。我居住在城中，转眼过了一月。有一天我出城去到郊外，坐在河畔休息，迎面来了一个骑士，一见我便问：'你是艾博•穆罕默德•克斯辽尼吗？'

"'不错，我就是克斯辽尼。'

"'你别害怕,我们受过你救命之恩了。'

"'你是谁?'

"'我是那条白蛇的弟兄;现在你和你的妻子之间的距离非常接近了。'他脱下衣服,披在我身上,说道:'你别害怕,那个被烧毁的妖怪只是我们手下的一个奴仆。'于是他教我骑在他背上,带我去到一处旷野中,指着对我说:'从这两山之间的峡谷里向前走,一直去到看见铜城的地方,在那儿等我来教你如何进城吧。'

"'听明白了,遵命就是。'我应诺着,在峡谷中向前走,去到城下,见城墙是铜的。我顺着城墙兜了一个圈子,却不见城门。这时候白蛇的弟兄已经出现在我面前,给我一把画有符咒的宝剑,让我隐起身来,不叫别人看见。他把宝剑给我,从容归去以后,随即响起一片沸腾的尖叫声,出现无数的人群,眼睛都生在胸膛上。他们一见我便问:'你是谁? 是谁把你扔到这儿来的?'

"我向他们叙述自己的情况,他们听了,说道:'我们是白蛇的部下;你所说的和妖怪一起在城中的那个女郎,我们不知道妖怪如何对待她。那儿有一道泉水,你斟酌水流方向,顺着流水就可进入城中。'

"我按照他们的指示,随着流水,经过地下的水道,果然去到城中,见女郎正襟坐在一张金交椅上,周围有缎帘笼罩着,四面是一座花园,长着金树枝、翡翠叶的树木,结满宝石、黄玉、珍珠、珊瑚的果实。女郎一见便认识我,招呼一声,问道:'我的主人啊! 是谁带你到这儿来的?'

"我向她叙述别后的遭遇。她听了说:'你要知道,这个该死的妖魔,由于过分爱我,把有利于他和有害于他的事都告诉我了。据说城中有一道符咒,他可以凭它毁掉整座城堡;只要他一下命令,所有的魔鬼全都遵从。他说那道符咒摆在一根柱子的顶端。'

"'柱子在什么地方? 那符咒到底是什么样儿的?'

"她指柱子给我看,并说:'符咒是鹰形的,上面画着咒语,但我不知道里面说的是什么。你去把它拿下来，带到炉边，扔点麝香在炉中，随着烟子的升腾，便招来魔鬼，俯首帖耳地站在你面前，你吩咐什么，他们就遵命去做。凭着安拉的恩顾，去拿下符咒，试一试吧。'

"'听明白了，遵命就是。'我应诺着走到柱前，按照女郎的吩咐去做；末了果然招来群鬼，齐声说道：'我们应声来了，主人！无论你吩咐什么，我们都遵命去做。'

"'去把抢夺这个女郎的那个妖怪给我绑起来。'

"'听明白了，遵命就是。'

"他们一哄去了一会，把妖怪牢固地捆绑起来，带到我面前说：'我们遵命把他绑来了。'我吩咐他们暂时归去，然后回到女郎面前，叙述取符的经过，最后说道：'妻子！和我一块儿回家去吧！'

"'对，我们一块儿走吧。'

"我带她钻入地下水道，顺原来经过的途径走出铜城，回到原先救我的那个城里，请求送我们回家。他们带我们去到海滨，驾只木船，一帆风顺地把我们送到巴士拉。

"回到家中，女郎和她的父母见面，彼此感到万分欢喜。之后，我燃着麝香，一熏符咒，成群结队的魔鬼从四面八方赶到我面前，说道：'我们应命来了，要我们做什么？只管吩咐吧！'

"我命令他们把铜城中所有的金银、财帛、珍珠、宝石全都搬到我家里。他们遵从命令搬来以后，我又吩咐他们把猴子带来发落。转瞬间他们把那只卑微下贱的猴子解到。我指着骂道：'该死的家伙！你为什么欺骗我？'随即下令严加惩罚。于是他们拿来一个铜质胆瓶，把它装进去，禁锢起来，拿锡封上瓶口，不让它再见天日。从此以后，我和妻子安居乐业，坐享幸福。直至今日，我家里储存的金银、财帛、珍珠、宝石，数量之多是数不尽、用不完的。主上如果需要什么，我可以役使神灵，立刻给陛下去取。这一切全是安拉的恩赏呢！"

哈里发何鲁纳·拉施德听了艾博·穆罕默德·克斯辽尼的经

历,感到十分惊奇。为了报酬他的珍贵礼物,赏他几件御用之物,表示感谢。从此艾博·穆罕默德·克斯辽尼在哈里发的关怀保护下,继续和妻子过安居乐业的幸福生活,直至白发千古。

雅侯约·哈利德和曼稣尔的故事

　　相传从前哈里发何鲁纳·拉施德执政期间,当他跟白拉密克族来往如初,彼此还没闹翻脸的时候,有一天他突然心血来潮,随便吩咐他的亲信侍卫萨礼和:"萨礼和,你上曼稣尔那儿去一趟,告诉他欠我们的一百万块钱应该即时归还了。我命令你,萨礼和:从现在到日落这个限期内,如果他不把欠款付清,你只管把他的头割来见我,不要跟他讲客气!"

　　"听明白了,遵命就是。"萨礼和唯命是遵,连声应诺,立刻行动起来,即时去找曼稣尔讨债,把哈里发吩咐他的话从头说给曼稣尔听。

　　"从此我完蛋了!"曼稣尔听了萨礼和的传达,喟然长叹,失望到极点。"指安拉起誓! 即使把我的产业和家具什物全部高价拍卖,其总值最多也不过十万块钱,其余九十万元,萨礼和! 你说叫我上哪儿去找呢?"

　　"你应当赶快想办法解救你自己,别拿生命冒险! 须知我是奉上行下的,到了哈里发规定的期限一到,我就不得不执行命令。我劝你赶快想办法解救你自己吧!"

　　"萨礼和,我求你陪我上我家去一趟,让我向妻室儿女告别一声,作最后一次见面,并嘱托亲戚们几句吧。"

　　萨礼和接受曼稣尔的要求,果然陪他去到他家中,让他料理善后,并嘱托、告别妻室儿女。家中的人知道曼稣尔所处的绝望境地,当此生离死别之时,全家大小悲哀哭泣,一时之间悲惨的号啕声、求主解救的祷告声混成一片,情况异常凄惨可怜。萨礼和眼看那种情景,触景生情,顿时发生恻隐、怜悯心肠,一时计上心来,随即对曼稣尔说:"我觉得依靠白拉密克族的帮助,安拉会给你开辟出路的。让我们去找雅侯约·本·哈利德,求他老人家给你想办法吧。"

曼稣尔听从萨礼和的指使,随他一起去到雅侯约·哈利德家中,把临时发生的事情,从头详细叙述一遍,求雅侯约·哈利德伸出援助之手,挽救他的生命。雅侯约·哈利德听了曼稣尔不幸的遭遇,非常忧虑。他低头凝视地板沉思一会,然后抬起头来,唤出他的管家,问道:"咱们库中,如今还存有多少现款?"

"还有五千块钱,老爷。"管家回答。

于是雅侯约·哈利德一方面叫管家取出库中的五千元现款,一方面暗中使人送条子给他的儿子斐子禄和张尔蕃,分别向他俩要钱,作为救人性命之用。他在送给斐子禄的条子上写道:"如今我有机会购置一宗价值连城、永不磨灭的产业,需款甚急,望你给我筹备一笔现金,以便顺利完成此项交易。"他在给张尔蕃的条子上写道:"我这里临时发生一桩紧急事情,需款甚急,望你尽快给我筹备一笔现金,以救燃眉之急。"此外他还使人向白拉密克族中的亲友告急、借贷,替曼稣尔筹款,以期解救他的性命。

斐子禄和张尔蕃昆仲收到条子,诚惶诚恐,即时响应号召,每人给他父亲送来十万元现款。同时他向亲友借到的钱,为数也很可观,可是临时仓猝之间很难凑足一百万元这个总数,还是不能解决问题。在这种情况下,人命关天,大家都很着急,尤其曼稣尔本人惊惶恐怖到极点,生命危在旦夕。迫不得已,别无办法,他只好紧紧抓住雅侯约·哈利德不放,低声下气、苦苦哀求:"我的主人呀!除您老人家之外,旁人是救不了我的。我已经把您老人家靠定了,因此我才抓着您老人家的衣尾不放呢。我求求您,千万求您老人家本着您的崇高、慈祥、慷慨性格，百尺竿头再进一步，无论如何替我想妥当的办法，凑足欠款的尾数，让我还清债务，然后您再把我当成是您老人家一手恢复其自由的一个奴隶看待吧。"

雅侯约·哈利德听了曼稣尔苦苦的恳求、哀告，情动于衷，忍不住涕泗滂沱。他低头伤心哭泣一会，然后抬起头来，吩咐身边的童仆："孩子，你到里面去找戴娜妮莱，叫她把从前哈里发赏她的那颗珍贵的宝石找出来，交在你手里拿来给我用吧！"

童仆遵循命令，去到里屋，果然拿来了一颗宝石，递给主人。雅侯约·哈利德把宝石拿在手里，对曼稣尔说："曼稣尔，这颗宝石是我从珠宝商人手中，以二十万金的代价买了贡献给哈里发的。后来哈里发慨然把它当礼物赏给我的歌女戴娜妮莱。现在给你拿进宫去，哈里发一见便知它的底细；这样一来，为了看重我的情面，他会尊敬你、饶恕你呢。曼稣尔，钱数大体已经凑足，现在你可以进宫付款去了。"

问题有了解决的可能，萨礼和与曼稣尔都转忧为喜，彼此带着现款和那颗昂贵的宝石，欢欢喜喜地一块儿进宫去付款，预备办理还债手续。一路之上，曼稣尔狂妄自负，乐以忘忧，矜然吟道：

> 我这两条腿本来不愿奔走他们的门第，
>
> 然而迫于身首异处的境地不得不向他们哀告、求援。

俗话说得好：欲知心中事，但听口中言。萨礼和听了曼稣尔的吟诵，才知他的心术很坏，品质特差，因而感到非常惊奇，大为不满，随即声色俱厉地谴责道："叫我说，白拉密克是世间仅有的善良民族，而你自己却是世间绝无的败坏人物。你想一想吧，人家不惜金钱，挽救你的危急，给你以生存的机会，你不知感谢、赞美人家的好意，相反地却说这类不仁不义的谰言。显然你这是以怨报德呀。"

萨礼和愤愤不平，怀着满腔郁结情绪，来到宫中，把讨债的经过，在哈里发面前，详细叙述一遍。哈里发听了萨礼和的报告，一方面钦佩雅侯约·哈利德的仁慈、慷慨行为，一方面却痛恨曼稣尔的卑鄙、无耻性情。最后他吩咐萨礼和把那颗宝石原物送还雅侯约·哈利德，说道："凡是我们施舍出去的财物，那是不应该再收回来的。"

　　萨礼和遵循命令，果然把那颗珍贵的宝石，原物送还雅侯约·哈利德，并在他面前，不胜其详地谈论曼稣尔的卑鄙观感、言行。雅侯约·哈利德听了，满不在乎，一笑置之，说道："告诉你吧！萨礼和：人到了穷极无奈的时候，他的思想、意见，难免不陷于混乱、狭隘的境地。在这样的情况下，他的一举一动、一言一行是应该受到原谅的。因为那一切的言语行动，都不是出自他本心的。"言下之意，大有替曼稣尔解嘲、告饶之意。

　　萨礼和听了雅侯约·哈利德的分析、解说，恍然如有所悟，感动得涕泗交流，对雅侯约·哈利德的为人，钦佩、崇拜得五体投地，喟然叹道："像您这样的人物，人世间恐怕是找不出第二个的。可是我引以为叹息痛恨的，却是像您这样品德高尚、慷慨成性的人，何以默默无闻，长期埋没在尘埃中呢？"他感叹之余，慨然吟道：

> 慷慨、仁慈的言行并非随时可以实践，
> 打算做慈善事业的人必须抓紧时机。
> 人们往往不肯及时广施博济，
> 直到无能为力时才懊悔不及。

一封伪信的故事

　　相传从前哈里发何鲁纳·拉施德执政期间,他的属僚雅侯约·本·哈利德和阿补顿拉·本·马立克·虎佐欧二人之间,彼此明争暗斗,互有嫌隙。原因是当时哈里发何鲁纳·拉施德过于宠信阿补顿拉·马立克,致使雅侯约·哈利德和他的子嗣产生猜忌,并且背地里风言风语地说:"穆民的领袖深受阿补顿拉的蛊惑、蒙蔽。"因而怀恨心情牢不可破地残存在他们心中,年深日久,始终没有机会消除。这种情况一直到了哈里发分封阿补顿拉·马立克为亚美尼亚藩王时,才开始有了转变。

　　情况是这样的:阿补顿拉·马立克走马上任,刚到亚美尼亚执政之初,便有一个聪明伶俐、颇有教养,但又破产落魄,处境非常狼狈的伊拉克人,竟不择手段地盗用雅侯约·哈利德的名义,伪造了一封信,带到亚美尼亚,求见阿补顿拉·马立克,企图从中撞骗。他把那封假信交到门警手里,请求转呈给阿补顿拉·马立克。

　　阿补顿拉收到那封假信,拆开一看,见是雅侯约·哈利德写给他的,觉得非常奇怪。经过仔细考虑、研究,弄清楚那是一封捏造的伪信,于是毅然接见求见之人。那个伪造信件的伊拉克人来到阿补顿拉面前,毕恭毕敬地请安、祝福一番,并一本正经地替阿补顿拉和他的属僚祈福求寿。阿补顿拉可不为他的赞颂而陶醉,却剀切地问道:"你不辞跋涉,老远地给我带来一封假信,这到底是什么居心? 不过你只管放心，我们不至于叫你枉费心机、白跑一趟的。"

"愿安拉赏赐主上长命百岁！这封信的确是雅侯约写给殿下的，当中并无虚假、作弊之嫌。此次我来上书，如果有干扰、冒犯的地方，殿下尽可断然拒绝我而不必犹疑。反正安拉的天地非常广阔，到处都有生活出路。"

"让我写封信给我派住在巴格达的代理人，叫他调查一下你送来这封信的虚实再说吧。那时节，如果这封信真是雅侯约写给我的，我就委你一官半职，或者你不想做官，我就赏你现款二十万元，并给你一批驼、马和衣物。假若调查的结果证明这是一封虚构、捏造的伪信，我不但要打你二百大板，而且还得割你的胡须呢。"阿补顿拉·马立克当面说出他的办法，随即吩咐侍从把前来送信求见的人监管在一间屋子里，供给日常生活必需的物品，等事件的真伪调查清楚后，再作处理。同时他写信给住巴格达的代理人：

> 今有人持书前来求见。该送信人自称系雅侯约·哈利德之使者。余对此事有所怀疑，不予置信。故对此事之虚实，不可等闲视之，必须迅速进行调查，并将调查结果，即时据情实报，俾我根据真情作正确之处理也。

阿补顿拉·马立克的信送到巴格达，他的代理人诚惶诚恐，立刻骑马去到雅侯约·哈利德家中，登门拜访，向他请安、问好，并直接把主人的信拿给他看。当时雅侯约·哈利德正在跟他的知心朋友和亲信僚属们促膝谈心。他读罢阿补顿拉写给代理人的信，不动声色，若无其事地对代理人说："明天你来取回信吧！"

阿补顿拉·马立克的代理人告辞走了，雅侯约·哈利德环顾在座的友人和官员们说："假冒我的名义，捏造一封伪信，送给我的仇人，你们说吧！这个招摇撞骗的坏人，应该给他什么处分才对？"

在座的官员和朋友听了雅侯约·哈利德的询问，都慷慨陈词，各抒己见，每人提出一种惩处办法。雅侯约听了他们的建议，认为都不对头，当面批评他们："你们所主张的，我不认为正确可行，各种见解都限于偏颇、狭隘范围。固然你们谁都知道阿补顿拉·马立克在哈里发御前的地位，同样你们也明白我和阿补顿拉之间存在着的隔阂和宿怨。二十多年来，仇恨越结越深，一直没有消除、和解的机会。现在情况可是有了转机。我认为那个冒名伪造信件的人，显然是安拉差来替我们和解的居间人。从此我和阿补顿拉之间燃烧着的隔阂与仇恨的火焰，会因他而一朝熄灭，从此我们之间会和好如初。因此，对那个冒名捏造伪信的人，我应该证明他的行为不乖，成全他的企求，作为对他的报酬。所以我将给阿补顿拉去信，建议给他以应得的待遇和信任。"

在座的人听了雅侯约·哈利德的谈话，明白他的主张和办法，一个个额手称庆，对他的仁慈、慷慨德行和光明磊落的胸襟，钦佩、景仰得五体投地，大家异口同声地赞美他，替他祈福求寿。

雅侯约·哈利德怡然自得，立刻吩咐侍从拿来笔墨纸张，亲笔给阿补顿拉·马立克写信：

阿补顿拉·本·马立克·虎佐欧足下：

拜读手书，并欣闻阁下福体康泰，政通爵显，诸凡如愿，不胜快慰之至，可喜可贺！今者，兹闻持老夫之信函前往拜谒阁下之某君，被阁下指为假冒老夫名义、捏造伪信、企图瞒骗之徒；对此老夫深感遗憾，故专函达，作如下之说明，以求阁下之谅解也。余以为某君持老夫之信函，求见阁下，事属仓猝，因而引起阁下疑虑，以为该函非出自老夫之手笔，故对某君不予置信，此乃理所当然也，足见阁下用事细心入微，可钦可佩。然兹事之真相，竟然出乎阁下之预料，故老夫不得不向阁下作慎重声明：该函实属老夫之手笔，并非某君之冒名捏造。伏乞阁下本宽宏大度之心、仁慈慷慨之性，对某君予以体谅、眷顾，并多加恩遇，俾其宿愿得偿，或畀其一官半职，以展其抱负，而效犬马之劳，庶几于公于私，两全其美，则感激无涯矣。雅侯约·本·哈利德再拜。

雅侯约·哈利德写了证明信,盖上图章,封了起来,待到次日,如约交给阿补顿拉·马立克的代理人。代理人得到回信,派人兼程送到亚美尼亚。阿补顿拉·马立克读了雅侯约·哈利德的证明信,满心欢喜,即时叫出那个持书求见的伊拉克人,对他说:"我答应给你的那两件赏赐,你最喜欢的到底是哪一件?让我马上拿给你吧。"

"金钱、物质的赏赐,对我来说,比任何恩遇更为可贵。"伊拉克人一点也不掩饰他的愿望。

阿补顿拉·马立克看重雅侯约·哈利德的情面,慨然满足伊拉克人的要求,吩咐侍从拿来二十万元现款,十匹披着丝绸马衣、佩着金银鞍辔的阿拉伯骏马,十名马夫,衣物二十箱以及大批珍贵的附属品,作为礼物,一股脑儿地赏给那个伊拉克人。此外还特意送他一套非常华丽、考究的衣服,以壮行色,让他穿起来,衣锦还乡。

那个冒名捏造伪信进行撞骗的伊拉克人,一朝达到希望目的,满载而归。他回到巴格达,不先回家,却马不停蹄地一直来到雅侯约·哈利德门前,请求谒见主人。侍卫进去请示:"报告老爷:刚才门前有人求见。从外表看,来人衣冠楚楚,奴仆成群,仪表非常威严,显然是富豪人家出身。他要求进来拜望老爷。"

雅侯约·哈利德听了侍卫的报告,欣然答应接见他,吩咐侍从带他进来。

伊拉克人随侍从来到雅侯约·哈利德面前,赶忙跪下去请安问好。雅侯约·哈利德问道:"你是谁?"

"不瞒大人,"伊拉克人坦白地回道,"我是被厄运杀死,继而蒙大人从灾难的坟墓中救活,并送进希望的乐园中,享受幸福生活的那个再生之人。我也是冒大人的名义,伪造了一封信,拿去向阿补顿拉·马立克诈取财帛的那个骗子。"

"他怎样对待你?赏你什么东西?"雅侯约·哈利德急于要知道他行骗的经过和结果。

"因为感谢大人的尊手和您善良的心肠、宽宏的恩赏、博大的慈善、高尚的情操、广阔的度量,所以他老人家慷慨为怀,仗义疏财,赏赐我大批财帛,使我一朝变得既富贵而又显赫。而他赏赐我的财帛,现在全都摆在贵府门外,等待大人前去处理。"

"其实你替我所做的事情,比我替你做的可好得无法相比。由于你提供的机遇,我和高贵的阿补顿拉·马立克之间的隔阂、宿怨消除了,我们变得亲近、友好了;从这方面说,你给我的恩惠是无限量的,因此我要像阿补顿拉·马立克赏赐你那样,给你应得的报酬。"雅侯约·哈利德剀切说明他的心愿,随即吩咐侍从拿来金钱、马匹和衣服等物,作为礼品送给伊拉克人,其种类和数量之多,与阿补顿拉·马立克送给他的恰恰相等。

由于阿补顿拉·马立克和雅侯约·哈利德二人疏财仗义、慷慨慈良的德行,致使那个伊拉克人一朝变为富翁,恢复了他原有的富庶地位,继续过舒适、幸福生活,直至白发千古。

哈里发迈蒙和学者的故事

　　相传从前阿巴斯王朝统治阿拉伯人的时期,哈里发迈蒙是爱好学术而提倡讲学最力的人。他本人也是当朝历代哈里发中造诣最深、学问最渊博的学者。在他的倡导、号召下,形成了当时学术界的自由辩论和互相争鸣的风气,因而学术空气空前浓厚;而他本人向来以身作则,每周必须抽两天的工夫,亲身参加学术界的辩论、争鸣活动。当时参加学术辩论、争鸣的,大多是一班法学大师、神学博士和对学术有一技之长的文人学士。到了会期,他们自由参加,齐聚一堂,在哈里发迈蒙的领导下,按照品级的尊卑和学术地位的高低,严格地顺序排班坐在会议厅里,提出学术方面见解不同的问题,自由讨论,互相争辩。每逢遇到疑难、复杂问题,便照老规矩,由到会的人,顺序发挥自己不同的见解,让每个参与会议的人,都有自由发言的机会,任何新颖、分歧意见,都可随便提到会上讨论、争鸣,然后综合、比较各种流派的学说,得出正确、可靠的结论。在这样公开辩论、争鸣的情况下,不但学术蓬勃发展,形成蔚然可观的局面,且一班文人学士,凡是对学术有贡献的,都有提高地位而出人头地的机会。

　　说来事属巧遇。有一次赶到学术讨论会的日期,哈里发迈蒙照例出席主持会议。就在哈里发迈蒙入席与众学者顺序坐定的同时,有一个身着白色破旧衣服的陌生人,也进入会议厅,无声无息地坐在没人注意的最末一个座位上,参加了学术讨论会。这次集会,总共讨论了三个比较深奥、复杂的问题,争辩的范围很广。第一个问题提出以后,与会的学者,顺序各抒己见,当仁不让,争论得很热烈。最后轮到那个陌生人发言的时候,他从容不迫地条分缕析,畅所欲言,而且痛快淋漓地答复各种疑难问题。第一个问题争鸣、辩论的结果,显然那个陌生人的主张、见解,比别人的都切中、新颖,有压倒之势,博得哈里发迈蒙的赏识,即时提升他的品级,让他坐在较高的座位。

接着第二个问题开始的时候,与会的学者们,聚精会神,顺序尽情发表自己的主张见解,各显身手,辩论、争鸣得越发热烈,而轮到那个陌生人发言的时候,他抖擞精神,侃侃而谈。结果他的主张、见解和答辩,比第一次还精彩,有独到之处,与会的人都瞠乎其后,又一次博得哈里发迈蒙的垂青,即时再提升他坐更高的座位。

第三个问题开始以后,与会的人再接再厉,你追我赶,争鸣发展到高潮,学术气氛空前浓厚。而那个陌生人,当仁不让,借题发挥,畅所欲言。结果他的见解和答辩比头两次更精辟,因而一马当先,对学术颇有贡献,博得哈里发迈蒙的钦佩、赞赏,再一次提升他的地位,让他坐在自己身边,表示无上的敬意、爱护。就这样,那位陌生人一天之内,一鸣惊人,他在学术方面的地位,骤然达到登峰造极的领域。

辩论宣告结束后,学者们纷纷起身洗手,然后聚餐。大家尽情吃饱喝足,这才三五成群地陆续告辞归去。其中只有那位初次前来参加争鸣、辩论的陌生学者例外。他被哈里发迈蒙留下,并把他叫到自己面前,表示亲近、看重他,存心重重地赏赐他,吩咐摆出丰富的酒席款待他,并邀请体面人奉陪他,仪式非常隆重。在那种情况下,他不禁受宠若惊。兼之他不会喝酒,而当酒过一巡,酒杯传到他面前,该他喝酒的时候,他觉得却之不恭,感到左右为难。在那种格格不入的情况下,迫不得已,他尴尬地站了起来,毕恭毕敬地说道:"如蒙众穆民的领袖允许,奴婢须向主上陈述下情。"

"你有什么话?只管说吧。"哈里发慨然答应他的要求。

"陛下见高识远,愿安拉不断增加主上的高明见地——奴婢我的情形，主上是了若指掌的。在今天这个庄严、盛大的集会中，高明的学者满座，学富的文人如云，我的学行，比起他们来，显然是无知、愚昧得微不足道的。不过由于我偶然表现一点小聪明小智慧，投合了主上的兴趣，因蒙主上提拔、恩遇，不但接见、亲近我，而且一朝之间把我抬举到与我的学行颇不相称的崇高品位，致使我一下子由卑微变为荣耀，由贫穷变为富贵。这一切的一切，原是主上根据奴婢一点小聪明小智慧而厚加恩赏、眷顾的结果。现在承蒙主上恩上加恩，为我摆宴，致使我却之不恭，受之有愧，原因是奴婢向来不习惯喝酒而严加戒备。如果不顾一切，开怀畅饮，结果只会损害我自己的智慧，这是得不偿失的；换句话说，这也意味着主上不体谅下情，小视我的聪明、智慧而不加爱惜。但愿主上意不出此，慨然收回成命，豁免奴婢破例饮酒。因为酒之为物，它会把我拖向无知、愚昧的边缘，使我距离理智越来越远，让我转本还原，回到先前的卑微地位，依然成为人所不齿的痴呆、愚顽之辈。因此伏乞主上本其见高识远、慷慨慈祥的固有品德，进一步重视奴婢这点微不足道的小聪明小智慧，而不弃之如敝屣吧。"

哈里发迈蒙听了那位陌生学者委婉曲折的陈述，对他拒绝饮酒的苦衷，有所体会而颇为感动，因而赞美他的操守，感谢他的劝谏，让他坐下，对他百般表示钦佩、尊敬，并吩咐侍从送他最华丽的衣服一套，现款十万元，还拿御马送他回家。

从此以后，那位一鸣惊人的陌生学者有了用武之地，每次学术会议，他都出席参加争鸣、辩论，尽量发挥他的专长，大显身手。他的精辟见解和正确答辩，博得与会学士文人同声赞许，尤其哈里发迈蒙对他格外亲近、赏识，每次会议，都提升他的地位，让他坐在自己身边。最后文人学士们都承认他是学者中品学兼优的佼佼者。他的品级地位，人们望尘莫及；对他的崇高荣誉，同辈们都怀着羡慕、向往心情。